情系大三线

沈国凡 著

江蘇鳳凰教育出版社
Phoenix Education Publishing, Ltd

图书在版编目(CIP)数据

情系大三线/沈国凡著.—南京：江苏凤凰教育出版社，2019.3

ISBN 978-7-5499-7985-1

Ⅰ.①情… Ⅱ.①沈… Ⅲ.①报告文学—中国—当代 Ⅳ.①I25

中国版本图书馆 CIP 数据核字(2019)第 058906 号

书　　名	**情系大三线**
作　　者	沈国凡
责任编辑	周敬芝
装帧设计	周　晨
出版发行	江苏凤凰教育出版社(南京市湖南路 1 号 A 楼　邮编 210009)
苏教网址	http://www.1088.com.cn
照　　排	南京理工出版信息技术有限公司
印　　刷	江苏凤凰通达印刷有限公司(电话 025-57572508)
厂　　址	南京市六合区冶山镇牡丹村 6 号(邮编 211523)
开　　本	787mm×1092mm　1/16
印　　张	35.75
版　　次	2019 年 10 月第 1 版 2019 年 10 月第 1 次印刷
书　　号	ISBN 978-7-5499-7985-1
定　　价	98.00 元
网店地址	http://jsfhjycbs.tmall.com
公 众 号	江苏凤凰教育出版社(微信号:jsfhjyfw)
邮购电话	025-85406265，025-85400774，短信 02585420909
盗版举报	025-83658579

1. 原总政文化部部长、中国作协党组书记、中国作协副主席、《人民文学》主编刘白羽（中）为来自“大三线”的本书作者颁发“中国脊梁”优秀报告文学奖：“那一朵朵艳丽的攀枝花，正是从我们创业者的心坎上开出来的啊！”

——《攀枝花为什么这样红》

2. “大三线”高炉出铁：“一股火红的铁流，带着烈焰，带着激情，……顷刻映红了整个炉台……”

——《火红的铁流》

3. 作者在“大三线”钢铁基地：“这是力的较量，这是钢的呼喊，这是雷的轰鸣，这里升腾着中国的希望。”

——《钢铁的回声》

4. 作者（右）与“文学讲习班”的文友合影：“我作为渡口市唯一的一名工人作家参加这次讲习班，领导很高兴，开会就讲……要出我们‘大三线’自己的作家，将来把我们这代人都写出来！”

——《采样工的梦》

5. 青春岁月："对于年轻的我来说，那是一种理想的召唤啊！"

——《攀枝花为什么这样红》

6. 曹国宽师傅和他在"大三线"的三个儿女："他和妻子如同两个领队，各自带着儿女，天各一方地生活着。"

——《远去的灵魂》

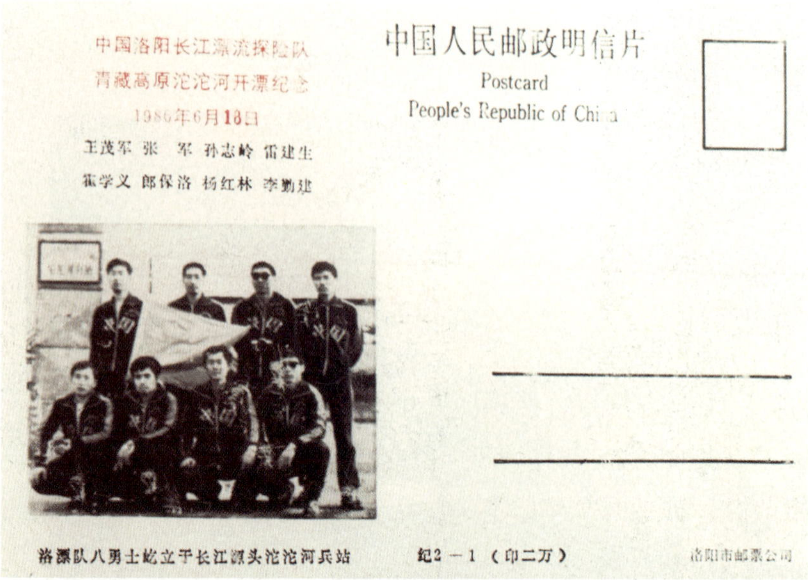

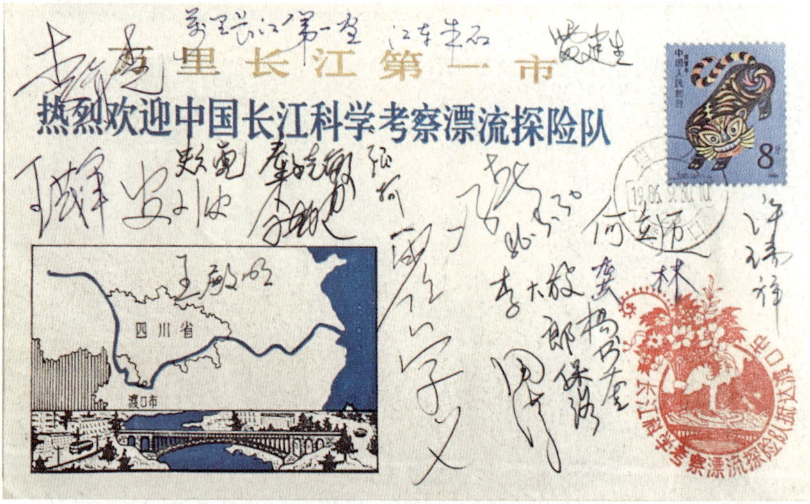

7. 中国洛阳长江漂流探险队明信片：“在那场震惊世界的漂流探险中，牺牲的七名队员和一名记者，都是殉难于这段江面。”

——《征服虎跳峡》

8. 中国长江科学考察漂流探险队抵达渡口市首日封及队员们的签名：“奋斗是什么？那就是胜利的喜悦和献身的悲壮，就是旭日召唤出来的带泪的鲜花。”

——《壮士悲歌》

9. 在“大三线”出身的女儿因缺钙小腿发育不良：“‘大三线’建设中实行的是‘先生产后生活’的原则。可是，年轻人要结婚，要生育子女，这是人类不可抗拒的生存规律。”

——《我给女儿当陪读》

10. 春天来到“大三线”：“您问我们这里冬天怎么样，我告诉您，这里没有冬天啊！”

—《这里没有冬天》

11. “威虎山”上的外语培训班：“宿舍是两排席棚，一排是女生住，一排是老师和男生住。由于席棚不够‘保密’，容易‘漏光’……”

——《有这样一个女孩》

12. 建设者的“家”：“……荒凉的山野上是一排排的竹席棚子和零星的帐篷……”

——《沸腾的热血》

13. 人挑肩扛送矿样：“这些默默无闻的采样工……在这片旷古无人的野岭‘与狼共舞’，将汗水洒在矿山……”

——《采样工的梦》

14. 席棚搭在山窝窝：“当她站在眼前这片荒山野岭上时，不觉惊呆了：没有一间房子，没有一件设备，只有齐人高的茅草和夜间恶狼的叫声。”

——《从莫斯科归来的女人》

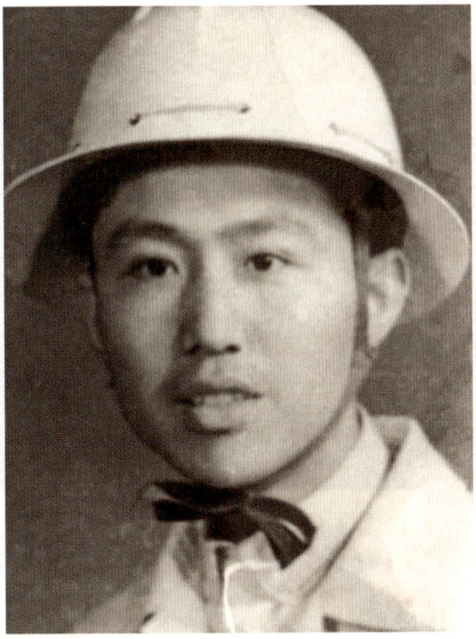

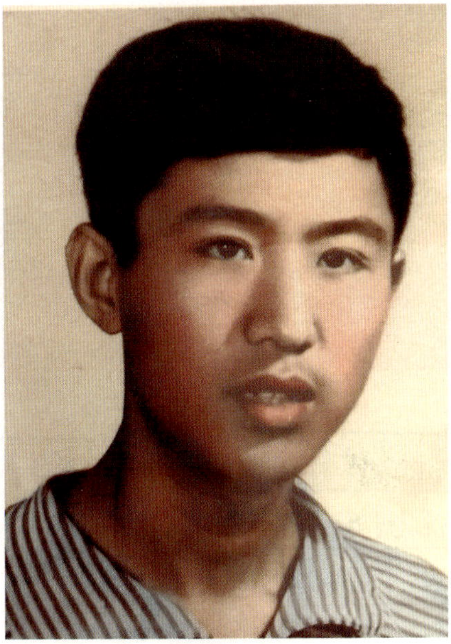

15. 在“大三线”邮给妈妈的第一张照片：“妈妈接到信后一头雾水，来信问我到底在哪里工作，为什么不说实话，难道你们是住在信箱里的吗？”

——《住在“信箱”里的人们》

16. 风华正茂赴“三线”：“我和同伴们按照编号爬上各自的卡车……汽车鸣着喇叭，卷起尘土，追着夕阳向西开去。”

——《沸腾的热血》

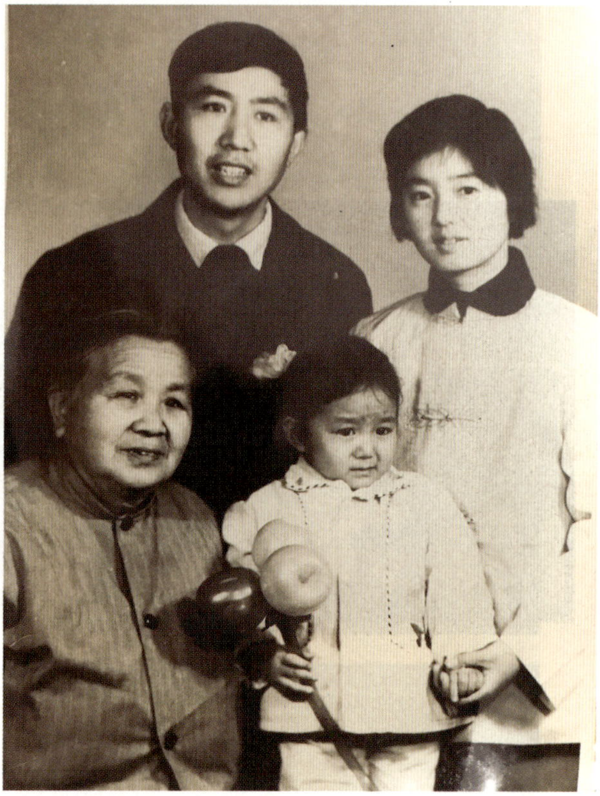

25. 一号高炉大修完工留影："我受命深入现场采访，与工人们在泥里灰尘里滚打，深受感动……"

——《情况危急》

26. "大三线"里的全家福："生命是一种回声，只有勇敢的母亲，才能养育出勇敢的儿女……"

——《妈妈来到"大三线"》

27. 轧钢专家林健椿检测试轧的钢轨："他走到窗前，望着钢厂上空排天的红浪，轻轻地哼起了那支难忘的歌：祖国的河山遥遥在望……"

——《他从远方归来》

28. 开荒种地扎根"三线"："风记得他们，雨记得他们，太阳和月亮记得他们。"

——《血色的杜鹃花》

29. 作者少年时的全家福："我记得爸爸是在一个初夏的日子去世的……"

——《沸腾的热血》

30. 创业者的新居："席棚外有几棵芭蕉树，从石缝里顽强地生长出来。"

——《这里有个"乌拉国"》

目　录

第一章　肩负国家机密的行动

第二章　一块神秘的国土

第三章　高路入云端

第四章 “一百零八将”的特殊使命

第五章 太阳石的光芒

第六章 神秘的地下核基地

第七章 为了第一颗人造卫星

第八章 风沙漠漠杜鹃红

第九章　远山的呼唤

第十章　火红的太阳

第十一章　将钢铁嚼出味道的女人们

第十二章　英雄时代

第十三章　热血情怀

第十四章　这是一块崇拜英雄的土地

第十五章　我们播种爱情

第十六章　一个不和谐的音符

第十七章　生活，我赞美你

第一章

肩负国家机密的行动

1. 沸腾的热血

“你自己再认真考虑一下。”妈妈用慈祥的目光看着我说，“听说那是一个离家很远很远的蛮荒之地，四周全是大山，道路不通，人烟稀少，野狼出没，毒蛇成群，山上的猴子常扔石头下来砸死路人，天气热得很，鸡蛋放在石头上就会熟的。”

妈妈接着说：“你不是读过《三国演义》吗？当年诸葛亮火烧藤甲兵，七擒孟获就是在那个地方，那是一片山高谷深的不毛之地。”

我有些不太相信，心想是不是妈妈有意说来吓我的。我记得《三国演义》写诸葛亮进军南中七擒孟获那一回，有个地方名叫泸水。诸葛亮南征的时候命令马岱带兵穿山越岭进入泸水，士卒从泸水的浅水处裸身过河，谁知进入河水之后，半数皆倒，急救傍岸，竟口鼻出血而亡。速问当地土人，土人告知，此泸水之中有“瘴烟”，白天烈日炎炎，毒气正发，如有人渡水，必中其毒。为减少战前伤亡，士卒们只得星夜天凉以后渡河，故后人有诗写道：“五月驱兵入不毛，月明泸水瘴烟高。”

诸葛亮在他的《出师表》里称“五月渡泸，深入不毛”，“不毛”正是指这片“瘴烟”弥漫的蛮荒之地。

唐代诗人白居易在他所写的《新丰折臂翁》诗中，对泸水的描写则更加令人生畏：“闻道云南有泸水，椒花落时瘴烟起。大军徒涉水如汤，未过十人二三死。”看来泸水不但有“瘴烟”，而且水热如汤，渡河的士卒竟然有许多被“如汤”的河水“烫”死了。

我记得儿时祖父教我背唐诗，每当背这首诗时，背到此处，不由身上打了一个寒战。

后来上了高中，才从有关资料上查找到泸水。一说是现在金沙江上游的一段。

白居易的诗也可以证明，妈妈所说的那个地方“鸡蛋放在石头上就会熟”的说法也确有其事，难怪妈妈要我慎重考虑。

我记得爸爸是在一个初夏的日子去世的，那一年我刚刚10岁，天气特别热，妈妈从工作的四川汗水涔涔地赶回江苏老家来，可是爸爸已经下葬，听人说妈妈倒在老家草屋的地上哭得死去活来。当我放学回到家时，却没有看见妈妈的泪水，她只将我紧紧地、紧紧地搂在怀里。几天后，她拉着我，背着背包，孤儿寡母辗转来到四川，从此母子俩相依为命。妈妈怜我，我怜妈妈，看着我一天天长大，妈妈的脸上开始有了笑容。

可是，我现在却要离开她，到那个曾被称作“泸水”的遥远地方去，参加轰轰烈烈的“大三线”建设，这无异于在我们平静温暖的生活中间，响起了一声惊雷，差一点将她击倒。

我看着妈妈，她平展的前额已有了深深的皱纹，像故乡新翻的泥沟，白发如一层薄薄的秋霜，透着令人心颤的寒意，眼角边的鱼尾纹已经拉得很长，昔日白净丰润的脸，被岁月的风霜雨雪侵蚀得黑红而粗糙。这就是生我养我的妈妈，我就要将她独自一人留在四川这个遥远而又偏僻的县城了。

我想到这里，心里不由“咯噔”一下。

作为独子，我完全有理由留在妈妈身边，更何况妈妈在当地也算是一个德高望重的“老革命”，有着一官半职。然而，青春的热血总是在我的心中沸腾着，喧嚣着，来自“大三线”负责招工的张师傅的话，总是不断地萦绕在我的脑海，让我那颗年轻的心不能平静。

张师傅名叫张甲深，东北鞍山人，29岁，共青团超龄团员，高高的个子，站在那里如同北方原野上的一棵白杨树，坚实而挺拔，倔强而帅气。他身披一件黄色军大衣，显得威武、洒脱，走路急匆匆的，犹如军人赶赴前线。他是一名转业军人，曾在鞍山钢铁公司修建部（以下简称鞍钢）工作，不久前接到指令前往“大三线”，来到当年诸葛亮南征时损兵折将的泸水之滨安营扎寨。这次他和另外两名同事千里迢迢来这里招工，就是按照上级的指示，组建未来“大三线”钢铁基地的修建队伍。

昨天上午，他将我们这一百多名经过三人招工小组和地方政府有关部门审查批准、即将奔赴“大三线”的青年召集起来，在操场上进行了一次集合，见队伍排得弯弯扭扭，就当场进行了一次整队训练，“立正”“稍息”“向右看齐”“向前看”“齐步走”，口令铿锵，表情严肃，并强调说：“从今天开始，你们就是我们‘大三线’的建设者了，必须一切行动听指挥，大家能不能做到？”

回答声参差不齐。

他皱了皱眉头，提高了声音说：“回答不响亮的同志就不要去了。”

我和大家一起，立刻大声地回答：“能！”

声音震得周围树梢上的鸟儿扑楞楞地飞向天空。

张师傅满意地笑了，用东北口音大声地说：“好，有‘大三线’银（人）的精神！”

“为什么要建设‘大三线’？”张师傅站在队前大声地说，“这是党中央做出的决定，现在国际局势并不太平，我国周边也是小战事不断。面对如此复杂的国际形势，吸取苏联在第二次世界大战之前，将大量的重工业和军工都放在国土的欧洲部分，战争爆发后才匆匆向西伯利亚和远东转移的教训，为了应对未来不可预测的战争，党中央决定倾全国之力进行‘大三线’建设。”

张师傅的话，使我想起平时在报刊书籍以及广播里所了解到的国际局势。

当时，我国的工业、国防工业等绝大部分都分布在东北、华北和东南沿海一带，万一发生战争，这些地方就成了袭击的“活靶子”，形势十分严峻。

张师傅接着说：“战云密布头顶，形势非常紧迫，加快‘大三线’建设，是当前形势的需要，是‘备战备荒为人民’的需要，是保家卫国的壮举，是我们每个公民、每个青年对于国家和民族应尽的职责。大家在报纸上看到过中国士兵在珍宝岛与苏军作战的反坦克火箭筒吗？那就是我们‘大三线’工厂研造的。我们必须按照中央的要求，赶在战争到来之前，尽快建成‘三线’战略大后方。我们要在中国西部建第二个大型工业基地，第二个上海。同志们，‘好人好马进三线’，‘依山傍水扎大营’，你们都是经过严格审查和选拔的，你们能参加这样一场轰轰烈烈的大建设是光荣的，将自己的青春献给‘大三线’建设是值得自豪的，让我们用自己年轻的脊梁和坚实的臂膀，扛起祖国交给我们的光荣任务。”

张师傅指着另外两个一同来招工的人说：“徐指导员是四川人，刚从部队转业，连家都没回就来了。小黄和我都来自东北，谁不说俺家乡好，东北大平原，辽阔无边，物产丰富，但为了国家，为了我们这个民族，为了我们的子孙后代，我们扔下家里的父老，背着背包就到‘大三线’来了。国家需要你的时候，你不敢站出来吃大苦，挑重担，那还叫中国青年吗？”

他说到激动之处，向空中猛挥了一下拳头，提高了声音，大声地说：“欢迎同志们参加祖国的‘大三线’建设！”

这是我有生以来听过的最简短、最生动、最不讲究形式的报告，手中没有用来照本宣科的稿子，但每句话都准确、有力而又激情四射。那年我23岁，周身的热血都被激荡得沸腾起来。

这对于相依为命的妈妈，不免有些措手不及。

妈妈曾问过我：“你看我们这县委大院里，有哪家的孩子报名去‘大三线’，除了你有第二个吗？”

妈妈有些生气地说：“现在革命成功了，我们大院里那些从陕北、山东、河北、苏北南下的干部，不但将家乡农村的小脚老婆接来了，又开始接家乡农村的子女来安排工作，这是革命的目的吗？‘贫雇农坐江山’就不讲章法了，就没有党纪国法了？他们能这样做，难道我就不能？你是我唯一的孩子，娘有一千个理由将你留在身边！”

我看着妈妈，心里难免有些难过，但青春的热血仍在沸腾，我说：“他们是他们，我是我。”

妈妈说：“听说那里属于地震带的边缘，万一地震怎么办，娘一个人怎么活？”

我没有话说了。是呀，到那里可就是如同战争年代一样的上了前线，大建设嘛，炮声隆隆，哪有不牺牲人的，更何况还有地震。万一我出了事，妈妈怎么办？

爸爸是1958年在“干部下放劳动锻炼”的号召下，被区委某副书记通知“下放劳动”的。面对四川的崇山峻岭，爸爸选择回老家苏北“锻炼”。我后来听说，爸爸拿到手的介绍信上却写着另外的文字：“自愿下放回乡务农。”

因后母虐待，爸爸不满16岁便离家外出，打工为生，后入国民革命军，奔赴抗战前线，部队被日军击溃，流亡入川，认识母亲，投身革命。“锻炼”两年零两个月后，区委准备将爸爸召回复职，但爸爸却一病不起。我家虽是中医世家，也感无力回天。爸爸自知来日不多，将我唤在床前，口授遗书。无奈十岁小儿，识字不多，无法记录，纸上大都留下空白，妈妈手捧“遗书”，如读天书，至今都让我深感内疚。

这种内疚一直折磨着我。

现在，我咬着牙对妈妈说：“我还是想去。”

妈妈见我执意远行，不再劝了，便说：“好，好，人各有志。”

妈妈早年参加革命，也曾经历过生死考验，就严肃地对我说：“我明天给劳动局王局长讲一下，让他放你走。我得事先跟你说清楚，那里的艰苦是难以想象的。红军长征，就曾从那里经过，牺牲了很多人。不要到时候自己受不了打退堂鼓，这可是开弓没有回头箭！”

我默默地向妈妈点着头。

妈妈说：“有些鸟儿生来就是要展翅高飞，搏击长空的，笼子里怎么也关不住，因为它的每一片羽毛都充满着理想的呼唤。儿子养大了就是国家的，理应为国出力。并不是每一个青年都有这样的机会……”

妈妈说到这里时停了停，接着说：“你赶上了，娘就放你去吧！”

妈妈说完转过身去，默默地看着桌子上那张我爸爸的遗像。

我咬着牙，尽量不让泪水从眼里流出来。

队伍是在晚饭后的傍晚出发的。

夕阳穿透山巅的树缝，将星星点点的灿灿金黄洒在几辆解放牌卡车上。卡车的四周围满了前来送行的亲人，叮咛和依依告别的泪水相伴在一起。我背着背包，在人群中四处寻找，却没有看到妈妈的身影。

几位认识我的阿姨问我：“怎么，你妈妈没有来送行？”

我点点头，眼里已经溢出了泪水。

一位阿姨说：“我了解你妈妈，她是怕一时控制不住自己。”

张师傅站在最前面的一辆卡车前，看了看手表，将手一挥：“出发！”

我和同伴们按照编号爬上各自的卡车，坐在自己的背包上，汽车鸣着喇叭，卷起尘土，追着夕阳向西开去。

当晚，夜宿乌江边上的古镇龚滩。

我对这个小镇十分熟悉，因为妈妈曾经在这个小镇上工作过，我那时下乡在苏北农村当知青，后来妈妈将我接到这里，住在小镇上的最高政府机关龚滩区政府，因此我在这里生活了一年多时间。区政府实际是在一座古庙里，青石板铺路，沉沉的大门面朝乌江，长年紧闭，大门正对面是一个古老的舞台。小镇依山而建，位于四川境内，江对岸便是贵州沿河县。这里是明清两代及民国时期两省运送岩盐、桐油、茶叶和布匹的中转重镇。

我们到时全镇停电，在黑夜中摸到江岸山巅上的旅店，划着火柴点燃用墨水瓶做成的煤油灯，袅袅的黑烟便开始升腾，木板隔成的小屋里也就有了光明。夜深人静，江涛声声，轰鸣如雷，初离妈妈，不免思念，辗转难眠。

2017 年冬天，我为写这本书再次来到这里，这个山峻水险的偏僻小镇已成为一个游客如织、全国闻名的旅游古镇了。这古镇上的青石板，还是当年的那些青石板吗？那个当年的区政府，还是在那座古庙里吗？我们当年奔赴“大三线”时住过的那个依江而建的小旅馆，还是那个“穷酸”的样子吗？对于像我这个曾经在那里生活过的人来说，总是要对这些寻根问底的。

翌日黎明，一声哨响，集合，排队，在张师傅的指挥下顺着如绳的小路走到江边，登上乌江上的小火轮。江水咆哮，险滩密布，火轮一会儿被抛上天空，一会儿又被扔到浪底，惊心动魄，险象环生，不时有被江水泡得鼓胀的猫、狗、牛、羊以及溺水者的浮尸从上游漂来，伙伴们无不惊呼。

船员急了，不断地吹着哨子，叫大家回到舱里，以防重心不稳，火轮倾翻。

傍晚，火轮停靠乌江与长江汇合的涪陵，当地人叫水色清幽的乌江为小河，水色混沌的长江为大河。夕阳下，但见黄白两色的水流在此交汇，水面上闪着金灿灿的光。涪陵以盛产榨菜出名，江滩上，晒满了用来做榨菜的大头菜，菜液的清香在空气中弥漫。

令我没有想到的是，当我们一行跟着领队的张师傅穿过石板铺成的狭窄街道时，竟听见有人在不停地叫我的名字。

我急忙转过头去，天啦，怎么也没有想到在这里遇见了黄老师。

黄老师是大学毕业分配到妈妈所在县教书的老师。这批大学生刚从大城市来到这个山区小县的时候很不安心，县里派干部组织他们参加工作队下乡，根本无法将人员招齐，对于工作的分配也意见很多，弄得组织上很头痛。后来调我妈妈去给他们当队长。说来也怪，妈妈去后不几天，他们竟个个听话，招之即到。每到休息的时候，一个个总爱围着妈妈拉家常，说笑话，开心得很，分配工作再没有出麻烦。我后来从江苏去妈妈身边，这群大学生竟全部跑到我家来围着我，把个小屋挤得满满的，大哥哥大姐姐一样地与我交谈，满屋都是笑声。县领导觉得奇怪，便问妈妈："一个老太婆，是怎么管住一群'小毛猴'的？"妈妈回答很简单："都是些跟我儿子差不多大的孩子，看见他们，就像看见我儿子一样。他们都是我的孩子，能不听我的话吗？！"

由于妈妈曾经当过黄老师那批大学生的领导，他叫我妈妈周队长或者周主任。黄老师只比我大几岁，戴一副近视眼镜，脸黑黑的，背着一只背篓，显得有些疲倦。他告诉我，回万县（现为万州）老家探亲刚回来，路过涪陵，天色晚了，几家旅店都已客满，没有找到地方住宿。他说："你们这么大的队伍，是不是旅店都被你们包了？"

我约他到我们订好的旅店一同住宿，两个人睡一张床。

由于伙伴们都来自各地，很多人之前并不认识，张师傅等领队更是对大家陌生，加之黄老师跟我们这里的很多退伍军人的年龄都差不多，也就无人过问。

我们两个躺在木板床上，他问我这是到哪里去。当得知我要去"大三线"时，他惊奇地说："我知道那个'大三线'的地方名叫渡口（1965 年 2 月 5 日，中共中央、国务院作出《关于成立攀枝花特区人民委员会的批复》，称攀枝花特区，为了保密，同年 4 月改称渡口市，1987 年更名为攀枝花市。为了阅读方便，后面均称为渡口市），山高水险，很艰苦的，周主任怎么舍得让你这个独生儿子去那么远？"

我向他说明了情况，他摇着头说："听很多渡口回来的人说，那个地方都是男人，或者是男多女少，你将来怎么找对象？"

这可把我问住了，因为这是之前根本就没有想过的事情。就拿我们这支去“大三线”的队伍来说，一百多人中女性总共七人，被我们笑称为“七仙女”，到时恋爱“竞争”的激烈程度可想而知。

黄老师说：“你明天一早就跟我回去吧。”

我说：“不行，我走前已经向妈妈保证了的，再苦再累都不打退堂鼓，不当逃兵。”

第二天早晨，黄老师与我告别，他握着我的手说：“你比我有勇气。幸福的花为勇士而开，在实现国家大理想的同时，你也得有个小理想，希望到时你能给周主任带一个漂亮的儿媳回来。”

我跟着队伍登上长江上的客轮，逆流而上，直朝重庆奔去，再从重庆乘火车到成都，接着登上通车不久的成昆铁路。只见山峻水险，谷深崖危，“横断山，路难行，天如火来水似银”，这就是当年红军走过的地方啊，年轻的心不由激动难平，想记下点什么，可是身上竟找不到一片纸，于是便向同行的伙伴要了一个香烟盒，撕开后在背面匆匆写道：

> 跨过千条江河，穿过万座雪山，红色的革命列车，飞驰在长征路上。新钢城的建设者啊，欢乐的歌声灌满车厢；长征路上的新一代啊，打开窗户尽情眺望。雪山下云集的帐篷，如朵朵雪莲蓬勃开放，劈岭开山的冲天大炮，正唤醒地下的宝藏。……铁道线上红星闪闪，人民战士紧握钢枪，……飞过的列车把豪情带向远方。……列车飞驰在长征路上，雪亮的钢轨伸向前方，我们沿着红军走过的道路，在长征路上去谱写新的诗章。

写完之后，我在后面注明了写作时间、地点：1973 年 12 月 31 日于列车上。

我既不会下象棋，也不爱打扑克，一路奔波，甚感寂寞，就将随身带的一本歌曲集《战地新歌》取出来，独自哼了起来。

徐指导员检查人数的时候路过，高兴地指着我说：“会唱歌呀，好的，好的。”

我用手指着嗓子说：“沙嗓子，五音不全。”

徐指导员说："不怕，能唱就行。"

我做梦也没有想到，到了"大三线"后，竟然"滥竽充数"，被推到了百人合唱团指挥的位置——这个我将在后面慢慢道来。

列车过了一个隧道又进入另一个隧道，成昆铁路简直就是一座地下铁道。因为"大三线"要保密，快车不准进入，到达金江车站后又被命令下车，再转乘慢车，在晚霞的照耀下，列车终于停在了金沙江畔的渡口火车站。

火车站建在半山坡上。列车到了这里如同到了大地的尽头，便不再往前开了，只有几排新铺的铁轨伸向来时的远方。在张师傅的指挥下，我们集合在车站的小广场上——那的确是个小广场，我们一百多号人就已经占一半了。

张师傅列队点名，被叫到名字的就站出来另列一队，然后就有人来领着奔向早已停在车站外面的卡车。卡车打亮车灯，鸣了几声喇叭，载着他们奔向更远的大山深处。

刚认识几天的伙伴又要分别，我的心忐忑不安起来，队伍开始出现了骚动。这时，听见队伍里有人高声一喊："怕什么，就算前面是老虎也要喂它几口！"

最后，我和四十多名同伴没有上卡车，而是在张师傅的带领下，顺着火车站弯弯曲曲的小路朝山下走去，立刻听到了锣鼓声。原来，是更早的一批开拓者欢迎我们来了。

那里有几排新盖的席棚子，每个席棚里住六个人，位置自选。靠大门的一张木板床是最差的一个位置，最后留了下来，我说，我来住吧。门是用一块竹席在四周钉了木条，然后用铁丝拧在另一根木柱上的，风不断地从外面吹进来，发出呼呼的响声，一条从山上流下来的水沟从我的床下流过，穿过竹席门，朝着下面的金沙江流去。

张师傅对我们说："大家一路行程三千里，辛苦了，好好休息，明天就是新年了，祝大家新年快乐！"

我站在席棚外面，只见满山灯火，层层叠叠，高高低低，疏疏密密，如同繁星，点亮山野。就像在重庆的枇杷山公园观看全城的万千灯火，浩瀚壮观，年轻的心便随着飞翔，啊，这真是第二个上海！

当晚，躺在夜风飕飕的席棚子里，眼前不断浮现刚才见到的万千灯火，如灿灿星空，年轻的心难以平静，想写点什么，可是却没有纸，便从地上拾起同伴的几只烟盒，就趴在床上，匆匆记下：

金沙江捧起金色的浪花，大凉山披上艳丽的新装，东风送我走千里，锣鼓迎我进“三线”。沸腾的新钢城啊，好一派繁忙的景象，火车汽车流星飞驰，开山大炮日夜轰响。记得当年在学校，地理老师曾经讲，攀枝花（渡口）是好地方，百里大山蕴宝藏。白天想过多少回，夜里梦见多少趟，今日走进攀枝花，激情赛过金沙江。竹席工棚安新家，阳光满屋心里亮，……耳贴大山仔细听，激动的矿藏把咱喊。我们将用青春的热血，去唤醒沉睡千年的大山，我们将用辛勤的汗水，去掘地下的宝藏。亘古无人的莽原山林，将矗起摩天的楼房，重峦叠嶂的深沟大泽，将迎来铁流奔腾钢花怒放。炮声隆隆是欢迎我们的爆竹，沸腾的群山为我们歌唱，激动地握住老师傅的手，工人阶级的血液流进我的血管。做一个“大三线”的建设者，我感到无上荣光，踏着第一批创业者的脚印，将血汗洒遍这里的每一寸土壤。

谁知道睡到半夜，突然席棚子里有人高声尖叫，我急忙起身拉亮门口的电灯，便见呼叫的同伴哆嗦着站在床边，被窝里面竟然“嘶”的一声蹿出一条蛇来。

也许是因为电灯光的刺激，那条花花绿绿的蛇游到床边停了一会儿，从嘴里伸出一条长长的蛇信来，脑袋在空中不停地晃动。

我吓得连连后退，其他几个人也都吓得跳下床来，席棚里一片惊呼。

席棚如兵营一样排列在半山上，一间连着一间，中间只隔了一张薄薄的竹席，这种“惊叫”之声如同时下的微信，一间一间传下去，很快便“刷爆了棚（朋）友圈”，所有席棚里的灯光都亮了。

一夜惊魂，无人敢睡。

第二天醒来一看，昨日的万千灯火如神话般消失了。只见四周全是光秃秃的大山，板着一副铁青色的面孔，荒凉的山野上是一排排的竹席棚子和零星的帐篷，山坡上草木稀稀，岩石狰狞，冬日的晨风竟带着阵阵热浪在荒山野岭上狂跑，刺痛着人的脸颊。喉咙冒烟，嘴唇干裂，伙伴们不由眉头皱了，歌声哑了，笑口闭了……

张师傅和他的妻子崔雅岩来了，一个人拉着刚会走路的女儿，一个人抱着牙牙学语的儿子，走过乱石密布的小道，一间席棚一间席棚地看望大家。见到张师傅，大家如见了亲人，拥上去将他围住，朝他哭喊着："我要回家！我要回家！"

张师傅如同兄长，一个一个地安慰大家："年轻人，留下来吧，昆仑山上都还能长一棵草，这里难道就不能生活？我们是身负使命的一代人，我们用自己的青春，在这千古蛮荒的大山里能为祖国托起一座雄伟的钢城，那是多么自豪的事情啊！"

看着张师傅一家人，特别是两个天真可爱的小生命，都能勇敢地跟着他们来到这里，我们不由感到羞愧。

就这样，我和伙伴们都留了下来——因为血总是热的。

谁知这一留就是整整23年。

令我没有想到的是，在中国西部这片神秘的热土上，我竟然收获了幸福的爱情。

2. 一道紧急命令

1966年仲夏的一个上午，风和日丽。

吴春光急匆匆地回到家里，对妻子说："快点煮饭。"

正在打扫屋子的妻子看着他，奇怪地问："现在是上午十点多钟，还没有到下班时间，你怎么就跑回家来催着煮饭？"

吴春光解开军装衣领上面的风纪扣，冲着妻子说："叫你煮饭你就煮，问那么多干啥！"

吴春光是一名军人，在训练部队时嗓门很大，声音很响，对人说话有时比较"冲"，对没有完成任务的下级有点"军阀作风"，有时还会骂娘。对于家人从来没有这么大声地命令过，更没有不到点就下班回家的先例，妻子觉得他今大有点反常。

妻子放下手中的活，站在屋子中间看着他，不解地问："你今天是怎么啦，没到点就下班回来了？"

吴春光说："接到个紧急命令。"

妻子问："什么紧急命令？"

吴春光说："紧急命令就是紧急命令，你问它干什么？"

妻子随军后也曾遇到过这样的事情，便对他说："你什么时候去执行任务？"

吴春光说："今天下午两点就出发，你还不快点煮饭！"

妻子一听慌了，一边忙着煮饭，一边问道："你一个人去还是带部队去？"

吴春光回答："我也不知道。"

妻子问："到什么地方执行任务？"

吴春光有些不耐烦地说："我更不知道。"

妻子淘好米后转过身来问："这次去多长时间？"

吴春光没有回答。

妻子又问："什么时候回来？"

吴春光仍然不回答。

妻子急了，将淘好的米往灶台上一放，对他说："你怎么什么都不告诉我，你走了让我在家等多久？"

吴春光这下来火了，解下腰上的皮带，往桌子上一扔，只听"啪"的一声，手枪从皮带系着的枪套里面滑了出来，砸在了桌子上，将妻子吓了一跳。

他冲着妻子大声地说："叫你不要问就不要问了！"

妻子不服气，说道："你拿枪吓唬人呀！我是你妻子，不是你的敌人，你要到哪里去，什么时候回来，总得出门前说一声吧。"

吴春光看着妻子，由于生气，胸脯在做饭的围裙后面起伏着，她是那样娇小、瘦弱，自己就这么匆匆地走了，将她和孩子们留在这里，让她用柔弱的肩头挑起家庭的全部担子，这似乎有点"残酷"。虽然组织上会给予关照，但是哪能代替得了自己的丈夫呢？她将会多么劳累。自己这次接受的是一道绝密的命令，是关系到国家未来战略的秘密行动，何年何月回来，不得而知。上级有命令，对任何人，哪怕是自己的妻子、父母，也不能透出一个字。这是命令，更是责任，作为军人，他知道如何遵守。

他看着妻子渴望的目光，心不由软了，将手枪插进枪套里，然后对妻子说道："你就如同当年打仗一样，吃饭后帮我准备一个背包，送我到'前线'去吧。"

"前线？哪里是前线？"妻子瞪着大眼睛看着他。

他又被问烦了，埋怨道："叫你别问就别问了。"

就这样，吴春光吃完午饭，打好绑腿，穿上那双黄胶鞋，推开了家门。

妻子跟着追出来，站在家门前一直看着他的身影消失在军营外面的那片绿树林子——谁知这一走就是一段漫长的岁月，当他们相聚时，两鬓已经落满了"秋霜"。

吴春光到达指定的地点报到之后才发现，与他一同接受这道秘密命令的还有很多其他部队的指战员，他们被编成一个队，吴春光被任命为这支队伍的“领队”之一。

一个大雨滂沱的夜晚，这支队伍被秘密地送上了一列“闷罐”列车，越黄河，过长江，一路向着中国南方的崇山峻岭开去。

这到底是一支什么样的部队，他们肩负着怎样的使命呢？

阵阵袭来的战争阴云，使中国广袤的西部地区，通过“大三线”建设的特殊方式，第一次在国家计划中占有空前的重要位置。成千上万的干部、知识分子、解放军官兵和民工，打起背包，跋山涉水，来到祖国大西南、大西北的深山峡谷、大漠荒野，风餐露宿、肩扛人挑，用艰辛、血汗和生命，投入了轰轰烈烈的“大三线”建设。吴春光的这支队伍，正是这“大三线”建设队伍中的一支。

当时，他们的使命完全处于严格的保密状态，神秘而艰巨。

翻开发黄的中国近代史，从1840年至1945年中国大地遭到七次大规模的外敌入侵和威胁的战争——鸦片战争、英法联军入侵战争、中法战争、中日甲午战争、八国联军入侵战争、日俄战争、中日战争，平均不到十五年中国就要遭遇一次大战，据不完全统计，在这些不幸和被迫卷入的战争中，中华儿女共死亡五千万人以上，国家几乎被外来列强瓜分；第二次世界大战之后，最大的两场局部战争——朝鲜战争、越南战争又都发生在中国的近邻，为了自身国土的安全，中华民族再次被迫卷入，做出了中华人民共和国成立后最大的民族牺牲。作为一个未曾崛起的落后农业大国，在弱肉强食的世界上，国际环境的紧张使长期没有战略后方的中国感到十分不安全。为了国家和民族，必须随时做好应对战争的准备，必须加强后方战略基地的建设。为了应对未来不可预测的战争，在20世纪60年代初，中国的重工业和军事工业由沿海、边疆地区开始向内地转移，这种工业收缩和转移一共划分为三条线。一线指位于沿海和边疆的前线地区；三线指包括四川、贵州、云南、陕西、甘肃、宁夏、青海等西部省区及山西、河南、湖南、湖北、广东、广西等省区的后方地区，共十三个省区；二线指介于一、三线之间的中间地带。其中川、贵、云和陕、甘、宁、青俗称“大三线”，一、二线的腹地俗称“小三线”。从地理环境上划分的三线地区是：甘肃乌鞘岭以东、京广铁路以西，山西雁门关以南、广东韶关以北。这一地区位于我国腹地，离海岸线最近在700千米以上，距西面国土边界上千千米，加之四面分别有青藏高原、云贵高原、太行山、大别山、贺兰山、吕梁山等连绵山脉作为天然屏障，在准备打仗的特定形势下，成为较理想的战略后方。用今天的区域概念来说，三线地区实际就是除新疆、西藏之外的中国西部经济不发达地区。

国无远虑，必有近忧。对于中国这样一个幅员辽阔，工业布局都集中于东南沿海的国家，无论国际形势发生什么样的变化，建设一个战略后方基地是迟早要进行的任务、迟早要付出的代价。

吴春光一行的“闷罐”列车到达某站后停了下来。车站外，已有卡车在等着他们，他和战友们被带上几辆盖着篷布的卡车，卡车载着他们飞快地向着远方的崇山峻岭开去。

弯弯曲曲的盘山公路仿佛绕进了云端，层层叠叠的山峦好像永远都没有尽头。饿了，大家啃着发的干粮，谁也不准大声在车里讲话，这是纪律。几辆军用卡车，仿佛运送的是军用物资。只有在没有人烟的山路上休息时，才能打开车上的帆布篷下车方便。

卡车开了三天两夜之后终于停了下来。

吴春光和战友们在公路边的一块平地上列队清点人数，见一个穿着对襟夹袄的男子向他们走来，带队的首长介绍说，这位是当地乡政府请来给他们带路的向导。

他们各自吃了点干粮，在附近的山泉边用手捧着喝了几口泉水，背上背包，跟着这位带路人踏上了崎岖不平的山间小路。

第二天，突然刮起了山风，不一会儿便下起了大雨，大家急忙将发的雨衣披上。一件薄薄的雨衣，如何挡得住滂沱大雨，不一会儿一个个就被浇成了“落汤鸡”。这山间小路被雨水一浸，就变成了泥泞，战友们穿的是部队统一发的“解放鞋”——黄色帆布的鞋面和橡胶底，雨水一浸，鞋里立刻湿透，胶底踩在泥浆里，越走越打滑。更可怕的是，小路旁边就是万丈悬崖。

夜晚，大家支起帐篷，在风声雨声中吃着被雨水泡软了的干粮，将各自的雨衣铺在湿漉漉的草丛上，度过了一个难忘之夜。

半夜，雨停，山野四周响起了野兽的叫声。帐篷外的哨兵立刻拉动枪栓，将子弹上膛，不停地用手电筒光向四处搜寻。

第二天黎明，鱼肚白的晨光从对面的山尖上升起，帐篷外响起了鸟鸣。

吴春光一行在向导的带领下路过山里的一个小村庄，接着又走了大半天的路程，来到一块四周被大山包围的平地，带队的首长让大家放下背包，高兴地说，目的地终于到了。

看着这样的一个目的地，大家不觉傻眼了。

当天，开始在山上砍树木，搭建临时住房。

临时住房建好之后，领队的首长将全体人员集合，向大家传达了这支部队的任务。

于是，这些在抗日战争和解放战争中放下锄头，拿起枪杆的农民，在这片荒山野岭中放下枪杆，开始了向科学峰顶攀登的新战斗。

这真是一个充满神话的民族，一个创造奇迹的民族啊！

——这是最早的创业者吴春光，给我讲的奔赴“大三线”的故事。

3. 新时代的“地下工作者”

黎明。

阳光从东北平原辽阔的地平线上升起，万缕金线闪着灿灿光辉，洒满了汽笛呼啸、炉火熊熊的鞍山钢铁公司——这是当时中国最大的企业，曾被称作“共和国工业长子”，中华人民共和国成立不久的鼎盛时期拥有近四十万职工，十座巨型高炉山岳般雄伟耸立，上班时的人流如车水马龙。

后来成为中国西部最大钢铁联合企业——冶金工业部攀枝花钢铁公司（以下简称攀钢）经理，并获全国优秀企业家金球奖的赵忠玉，这时还是鞍钢劳动工资处的一名副科长。他穿过自行车车流，早早就到了公司办公的那座“大白楼”，根据通知来到处长办公室。他根本没有想到，这次走进处长办公室，竟然是走进了他人生的一个十字路口。

赵忠玉曾深深地爱着鞍钢，因为这里有他报效国家的理想与事业——鞍山钢铁的开发、利用和崛起，是一部渗透着中华民族从屈辱、血泪到充满志气、豪情的悲壮历史。

中国人硬是靠着自己的智慧，在鞍山炼出了铁，炼出了钢，轧出了钢材，撑起了年轻共和国的脊梁。

一想到这些，赵忠玉的心里就无比激动，为自己能参加鞍钢的建设而自豪。他愿意用自己青春的热血浇铸中国钢都坚固的基石。

处长将办公室的一把椅子拉到自己办公桌的对面，让赵忠玉坐下，亲自用玻璃杯倒了一杯开水放在他的面前，关切地问：“小赵，科里近来怎样？”

赵忠玉说：“挺好的呀！”

处长笑了，对他说："这就好，这就好。"

处长接着说："今天叫你来，是有一件特殊的事情要跟你谈。"

处长说着走过去，关上办公室的房门。

处长告诉他："根据目前国家的需要和形势的发展，组织上决定要调动一下你的工作。"

偌大的一个鞍钢，四十多万职工，工作调动是常有的事情，这算什么事呀，赵忠玉坦诚地回答："我听从组织上的安排。"

处长一听高兴了，笑着说："好，好，好。现在根据国际国内形势发展的需要，为了预防未来的不可预测的战争，合理安排我国工业布局，党中央决定开展轰轰烈烈的'大三线'建设。钢铁工业是一切工业的基础，根据上级的要求，鞍钢决定抽调一批年富力强，有工作经验和吃苦耐劳精神的优秀职工支援'大三线'建设，组织决定调你去'大三线'，你聪明能干，相信到那里后一定会干出一番事业来。"

原以为是鞍钢内部的工作调动，谁知竟要"远走高飞"，这是赵忠玉事前没有想到的事情。

处长继续说："在我国西部的金沙江边有一个地方名叫渡口，中央决定在那里建我国西部最大的钢铁基地，人员配备的任务交给鞍钢来完成。咱们鞍钢是全国钢铁工业的'排头兵''老母鸡'，武（汉）钢、包（头）钢、太（原）钢、本（溪）钢，全国哪一个大型钢铁企业的建设没有咱们鞍钢人?！给你三天时间准备一下，你看行不行?"

1950年赵忠玉17岁，从《人民日报》上看到东北建设要人，就毅然离开江苏常州老家，只身北上。从此，他的命运就同中国的钢铁工业连在了一起。辽阔无垠的东北平原让他视野顿开，轰轰烈烈的大工业建设使他心胸开阔。可是一看人家的个头，不免有些丧气，东北人大都长得高大帅气，而他却是个小个子，留一个小平头，一脸稚嫩的样子，站在那里很不显眼。但他读过书，有文化，会打算盘，于是被安排在劳动工资处当了一名科员。

当时鞍钢学习苏联，等级森严。在办公室里，一般工作人员坐木椅，正副科长坐藤椅，正副处长坐皮椅，并可以享受单间的办公室。后来领导发现这个小个子的南方青年脑子灵活，能熟记全公司的劳动工资数据，简直就是一个“数据库”，一些十多位数字的统计，他在汇报工作时不用翻本子，张口就能说出来。有一天上班，他发现自己的位子上竟放了一把藤椅，以为是哪个同事在开玩笑，就将那把藤椅拿开，四处找自己的那把木椅子。

处长走进屋来，约他到办公室谈话，他这才知道，自己被提为副科长了。

他没有想到，坐上藤椅没有几年，现在又将离开这把藤椅，到一个遥远而又陌生的地方去开拓、创业，建设新的钢铁基地。

处长对他说：“哦，还得先告诉你，那个地方目前相当艰苦，暂时不能带家属和孩子。你准备好之后告诉我一声，就到公司来开个介绍信，然后直接去昆明。”

赵忠玉不明白，不是调渡口的钢铁厂吗，怎么去昆明?

处长告诉他，渡口那里现在还不通火车，数万铁道兵已开进山里，开始抢修成昆铁路，目前只有一条简易的公路可以到达。渡口虽然在四川境内，但从成都坐卡车进去得五天五夜，从昆明去只要三天时间就够了。

处长还特别告诉他，到了昆明之后，在某条街的某家旅店，找到里面的某层楼某个房间，轻轻敲两下门，有人问你，你就说找一个从鞍钢来的姓薛的人，就有人会接待你，并安排你进“大三线”的渡口。

赵忠玉不由地说：“这不就像当年从事‘地下工作’了吗?”

处长笑了，对他说：“具体情况我也不清楚，因为上面有规定要保密，在昆明的具体接待工作也是公司全面安排的。”

就这样，赵忠玉于1968年10月匆匆忙忙地离开鞍钢，用一只背包装着自己的随身用品，急急登上了南下的列车，按照领导的指示，找到昆明那条街上的那家旅店的那个房间，轻轻地敲了两下“联络暗号”。

门开了，一个操着东北口音的中年人问：“你找谁?”

赵忠玉说：“找一个姓薛的。”

“暗号”对上了，那个人立刻伸出手来，热情地将他拉进屋子里，让他坐下，给他倒了一杯开水，对他说：“你是公司派来的赵忠玉同志吧，一路辛苦了。我叫薛世成，是鞍钢派来打前站的。”

在“大三线”工作多少年后，这对建设初期从事过“地下工作”的战友，成了中国西部最大钢铁联合企业的经理和党委书记。

第二天，薛世成安排赵忠玉和其他一些人员乘卡车进入山高水险的“大三线”。

卡车一路扬起尘土，在崎岖不平的山间公路上行驶着，深深的大山挡住了阳光，蓝幽幽的峡谷里蒸腾起缕缕白雾，与公路上腾起的尘土搅和在一起，呛得人直咳嗽。虽然有篷布挡着，但开不多远，一个个从头到脚都被尘土包裹，成了“土人”。更令这些来自东北大平原的人们感到害怕的是，公路下面竟是深不见底的万丈悬崖，江水在山峡中奔腾，发出阵阵狮吼虎啸般的涛声。

卡车昼行夜宿，三天后终于到达金沙江边的一堆乱石中，司机走下车，打开后面的挡板，对他们说：“目的地到了，这就是渡口。”

赵忠玉跟大伙一起跳下车来，看着眼前的一片荒野，真是天苍苍，野茫茫，乱石林立脚打战。大家站在荒原上相互看看，不由都笑了起来，原来几天卡车上的来回颠簸，很多人的裤子后面都被磨开了洞。有人问：“钢铁厂呢，钢铁厂在什么地方？”

领队的用手指了一下脚下的乱石堆说：“就在这里，在我们的脚下！”

4. 歌声里的秘密

“这老头子最近几天疯了！不好好上班，每天从里屋到厨房，从厨房到里屋出出进进，还没完没了地唱上歌了。”最近几天，鞍钢运输部机车车辆厂技术工人曹国宽的老伴王素清在与左邻右舍的家属们聊天时，总是这样埋怨。

邻居不解地说：“大嫂，我看曹师傅每天都是照样上班下班，那辆自行车也擦得亮铮铮的，星期天早早起来为大家打扫楼道，还帮大家把楼房周围打扫得干干净净，这不是挺好的吗！”

老伴叹了口气说：“好什么，四十出头的人了，在家里整天都是唱，唱，唱，叫人烦不烦。”

邻居们都笑了，劝道：“现在不是叫大唱革命歌曲吗，曹师傅唱唱有什么不好！”

老伴摇着头说：“几十年没有听他唱过歌，现在孩子们都大了，他倒是越来越年轻了，带了几个徒弟还不嫌累，这几天回家来就是唱，唱，唱。我周身都是病，到厂里砸石子挣钱都还得孩子们帮忙，回家来就听他老声老气地这么唱，唱，唱，你说烦不烦人！”

邻居问道：“曹师傅都唱些什么呀，是《红灯记》还是《智取威虎山》？”

老伴听后直摇头：“他哪会唱那些，整天唱的就是那两句：‘毛主席的战士最听党的话，哪里需要到哪里去，哪里艰苦哪安家’……”

邻居中的几位老太太一听就对曹国宽的老伴表示同情：“这个曹师傅呀，六个孩子都快长大了，最苦的日子快熬出头了，不好好地过日子，却还要到另一个地方去安家，这是什么意思，回来你得好好问问他。”

老伴得到了支持，决定等老曹回来问个明白。

曹国宽此时在机车车辆厂上班。轰鸣的机车不断从外面的铁轨开进厂里，这些都是穿梭在高炉、转炉、轧机、炼焦炉、烧结机之间繁忙运输中负伤的机车，需要在这里进行“医治”和“整容”。它们可是钢铁工业的大力士，动则数十吨乃至上百吨的铁罐、钢包、渣罐、钢锭、钢材以及被推焦机从炉口推出，如同小山倾倒、散着灼灼热浪的焦炭，厂里的其他重型机械是无法拉动的。

正当壮年的曹国宽是厂里的技术骨干，“国”字脸，平平的下巴，宽宽的肩膀，让人觉得憨实而稳重。他喜欢在早晨的阳光下，站在车间的大门前，看着一辆辆经过他和工友们亲手修理的机车，顺着延伸的铁轨开出大门，然后拉响那悠扬激昂的致谢笛声。

然而，他不久将离开这熟悉和热爱的一切，离开相濡以沫的老伴和几个即将成人的孩子，离开他祖祖辈辈生活的东北大平原，到那片神秘而又遥远的崇山峻岭中去“安家”。

几天前，车间领导找到他，向他传达了一个“秘密”调动命令，“大三线”正在建设一座大型钢铁基地，需要大量的技术工人，厂里决定调他去“大三线”，支援那里钢铁厂的建设，希望他到那里后，能带出一批徒弟。接着，便向他讲了许多建设“大三线”的重要意义。

中华人民共和国成立前，他和父母兄弟一大家人生活在一起，家里的几分薄地收不了多少粮食，挨饿是经常的事。1948年东北解放，他从大石桥前坎子村来到大石桥煤矿当工人。后来，共和国的钢铁建设要人，他就报名进了鞍钢。谁知这工一“扛”就是19年，自己对鞍钢，特别是对工作的机车车辆厂产生了深厚的感情。

现在曹国宽就要离开这个深深爱着的“共和国工业长子”，到“大三线”去建设新的钢厂。一想到要离开鞍钢，离开家人，他的心里总有点沉甸甸的，说早了担心老伴“泄密”，被拖后腿，他终于想出一个做“思想工作”的好办法，每天在家里翻去复来地唱着那两句当时流行的歌词——“毛主席的战士最听党的话，哪里需要到哪里去，哪里艰苦哪安家……”

谁知事与愿违，老伴根本就没有将自己家的老头子跟“毛主席的战士”联系在一起，更不可能想到老实本分的他会到别的地方去“安家”。老伴对那沙哑的嗓音，跑调的旋律，周而复始的歌词，听得实在烦了，就冲着他说：“你既不是战士，更不是党员，天天在家吼那两句做什么？！”

曹国宽只得打住，朝老伴笑一笑。

没想到这天回来，老伴突然问他：“你唱的那个到什么地方去‘安家’到底是怎么回事？”

老伴的提问是有理由的，因为在这个家庭曾经发生过这样一件事情。

那是一个冬日的夜晚，全家人等了很久也没见曹国宽回来，看看墙上的挂钟，早已过了下班的时间，由于天冷，老伴便关上了房门。

不一会儿门外响起敲门声。

老伴打开房门一看，门外除了曹国宽之外，在他身后还站着一个身强力壮的小伙子。

老伴问：“这是怎么回事？”

曹国宽忙指着那个男子说：“我不认识他。”

老伴问：“你不认识怎么带到家里来了？”

曹国宽解释说，自己在外面遇到了这个男子，大冬天的，一个人在那里，浑身冻得发抖，就走过去问他。他说自己是外地人，来这里找亲戚，没找着，身上又没有钱了，没地方住。曹国宽见天色很晚了，他一个人很可怜，就把他带来了，让他暖和暖和，明天再走。

几个孩子见家里来了个陌生人，也都跳下炕来看稀奇。

老伴真有些哭笑不得，心想，这老头子，将一个不知姓名，不知来路的年轻男人带到这个家里来，真让人有些害怕，但也没有办法，只得将那个男人让进家里。

现在，这老头子整天都唱着要到哪里去安家，想着当年那件事情，老伴能不问他吗？

曹国宽笑了笑说：“那是歌里面写的。”

老伴睁大眼睛看着他说：“你为什么总唱这两句，是不是有什么事情瞒着我和孩子？”

就像当年那些地下工作者一样，曹国宽严守机密，没有说。

就这样，老两口在不断重复的歌声和不断的质疑中度过了 1969 年的春节。

春节过后不几天，外面飘着雪花，呼啸的北风吹得楼外的电线呼呼直响，屋檐上挂满了一根根的冰柱，曹国宽突然对老伴说："你帮我收拾下，我要到渡口去。"

"渡口，这是个什么地方？"老伴疑惑不解地看着他。

"在四川的大山里。"曹国宽也不知道那个渡口到底在什么地方。

厂里已经正式通知，春节过后他们这批到"大三线"去的技术骨干就要动身，现在是再也无法瞒住了。

老伴对他说："你跟厂里说一下，家里这么困难，能不能不去？"

曹国宽瞪大眼睛冲着老伴说："去的又不是我一个人，我们厂的书记带队去，大学毕业的技术员王殿玉夫妇也要去，我好意思不去吗？现在是要准备打仗，先有国，后才有家，国家事情为大。"

老伴说："你一个工人，干活拿钱，下力吃饭，厂里叫你当班长都不愿当，国家的事情关你这个工人什么事？"

曹国宽将眼睛一瞪说："怎么不关我的事，你忘了那年日本鬼子进村，是如何唤一条狼狗把村里那个人活活咬死的？"

这一说，老伴便不再吱声了，那件悲惨的事情一辈子都萦绕在她的心里。是呀，要是日本鬼子再牵着狼狗闯进东北来，再来杀人放火，那是多么可怕的事情。

曹国宽的老伴经常生病，初中毕业的大儿子被当成"（有）知识（的）青年"，"到农村去接受贫下中农的再教育"了，其他孩子大都在学校里读书，每月八口人依靠他七十四元八角八分的工资生活，还得每年从中拿出六十元供养在乡下的老父老母，这是弟兄四个和老人约定好了的协议，他不能不给。组织上多次找他谈话要培养他入党，都因为交不起党费放弃了。家里的困难可想而知。他这一走，无异于家里的屋子被抽了顶梁柱。这种困难情况，他如果提出来，厂里可能也会考虑。但大家与小家的关系曹国宽还是分得清的，为了不让离别的气氛过早笼罩这个困苦的家庭，他直到临走的前几天，才揭开自己在家里整天唱歌的秘密。

按照上级的规定，在支援“大三线”的队伍中，他已经是“超龄青年”了——他刚过了支援“大三线”的年龄。他接到通知后，还是没有讲任何价钱就毫不犹豫地同意了，除了书记讲的那些国家大事的秘密之外，他心里也有自己的小秘密。上级有规定，支援“大三线”的职工，可以享受国家艰苦地区的补贴，每个月要多开二十四元的艰苦地区补贴费，家里就可多增加一点收入。对于他的家庭来说，也是一笔不小的补贴。那二十四元钱可以积蓄起来给四个女儿分别做一件花棉袄，可以为下乡的儿子买一床厚一点的棉被，为上学的小儿子多买几支铅笔。

老伴见他主意已定，再劝也无济于事，一边帮他收拾行李，一边说：“你怎么不早点说，你将这床被子带走了，家里就少了一床被子，现在没有钱买……”

曹国宽从身上的内衣口袋里掏出两张五元的钱来，将其中的一张交给老伴说：“我身上还有十元钱，我拿五元在路上花，反正路费都是厂里出，一路上花不了多少钱。”

家里找遍了也没有一只可以装零散物品的袋子，老伴只得用厂里发的毛巾为他缝了只袋子。

曹国宽是在夜晚离开家的。

窗外下着鹅毛大雪，寒冷的北风呼啸着扑向窗棂。透过窗户，可以看见昏暗的路灯下，寂静的街面已被厚厚的积雪覆盖，大街上空无一人。银色的雪花，从夜空飘洒下来，乘着北风，眷恋地在屋子四周旋转着、旋转着……

亲人们都来送行。当走到屋子外面的走廊上时，四弟突然停住脚步，拉住曹国宽的手说：“哥，你去的那个地方听说很热，我没有什么东西送你，就将身上的这件衬衫送给你吧，到了‘南边’用得着。”

说着，四弟脱下棉袄，将里面的衬衣脱下来，交到了曹国宽手里。

就这样，支援“大三线”建设的“超龄青年”曹国宽告别家人，背上背包，在楼房的大门前，与家人和亲友挥手告别，独自前往集合地点——鞍山火车站。

曹国宽一行将横穿整个中国大陆，从东北大平原来到西南的崇山峻岭。他怎么也没有想到，到了“大三线”后，会与另一个从南方来的“大三线”年轻建设者——本书的作者相识，并成了一家人。

北方冬日的夜，很静很静。

天空飘洒着雪花，厚厚的积雪覆盖着大地。

故乡无垠的雪原上，留下了他深深的脚印……

第二章

一块神秘的国土

1. 住在“信箱”里的人们

我和伙伴们进入“大三线”后就“失踪”了。

怎么能不失踪呢？冬日“渡泸”，深入不毛之地，比当年诸葛亮带兵“渡泸”的五月，气候还要恶劣。翻越大凉山时，只见车外漫天风雪，如昔日大凉山深处奴隶主遮云挡日的魔掌，搅得天昏地暗。穿过大凉山后，虽然脱离了“奴隶社会”，但仍是“黄鹤之飞尚不得过，猿猱欲度愁攀援”，青天难攀，蜀道更险，“泸水”河畔，曾吓退多少英雄豪杰。

然而，这还不是“失踪”的真正原因，真正的原因是家里的亲人根本就不知道我们到底在什么地方。

怎么不知道，招工时不是说到“大三线”的渡口吗？

是的，是渡口。可是，全国有多少渡口，你能数得清说得明吗？

有河必有渡，渡口那么多，到底在哪个渡口呢？

于是，便有大量的信件邮往“渡口”。这些信件根据寄信时所在邮局工作人员的理解，投往了山南海北的“渡口”，有的左转右转又回到了寄信人家乡的“渡口”，回到了自己的手里。

我是家里独子，自然怕妈妈担心，到达后就马上给她写信，那信封上的地址是34号信箱12分箱。

妈妈接到信后一头雾水，来信问我到底在哪里工作，为什么不说实话，难道你们是住在信箱里的吗？

是的，我们当时就是这样一群特殊的中国人，的确是住在“信箱”里的。

“大三线”建设初期，为了保密，对所有参加建设的人员有一条严格的规定，必须严守机密，一律不准用地名邮信。其实，你想要地名很多地方根本就没有，因为亿万年来这里就不通人烟，这些地名就只得由我们这些建设者自己来取。例如现在的攀枝花市有一个地名叫“五十四公里”，就是最早的一支建设大军进来，与上级联系时，上级问现在到了什么地方，大家都不知道自己脚下的土地叫什么地名，荒无人烟的不毛之地找不到一个人询问，就根据所走的千米数，将这个地方叫作五十四公里，这地名一直沿用至今。还有什么瓜子坪（万山丛中瓜子那么大的一块平地）、枣子坪、乌龟井等等地名，也许都是这样产生的。而“弄弄坪”这个地名呢，也有人说是因为一位中央领导来了，指挥部的领导汇报说，这里到处都是大山，建钢铁厂困难很大。那位领导用手指了指群山说，弄一弄就平了，人们就将这个即将建设“大三线”钢铁基地的地方叫弄弄坪。

为了不让具体的位置被邮件传出，当时所有参加建设的单位、部门、企业和科研院所，都被标上某某信箱的代号。对外联络出示公章，也是标的某某信箱。我到“大三线”后，被分在张师傅所在的攀钢修建部机械工程队，当时的邮信地址为渡口市 34 号信箱 12 分箱，每天有专门的通信员到邮局和上级机关领取信件、报刊和文件。

与此同时，在遥远的大西北，　座兵器工业部的工厂迁入漠漠黄沙的一片荒原，此地无名，如何通邮？为了保密，工厂以代号兰州市 6 号信箱对外进行联系。除了当地邮局，外来人员就是到了此地，也根本无法寻找到这个“6 号信箱”的具体地址。一位大学毕业生分配工作，学校开出的介绍信是兰州市“6 号信箱”。于是，他拿着介绍信到兰州，可是，找了三天，问遍了兰州的机关和工厂，也没有找到这个地方。他独自住在旅馆里，身上的钱也快用完了，急得实在没有办法，只得给“6 号信箱”写了封信。

信第一天邮出，第二天就有人来敲门了。

他打开房门一看，一男一女两个年轻人站在外面。

对方问他，是不是叫某某名字。

他警惕地看着对方，问他们有什么事。

对方拿出那封信来，对他说，他们是兰州市 6 号信箱的，领导派他们来接他。

他跟着这两位来自“信箱”的年轻人走出旅店，一看外面停着一辆汽车，便问，有多远。

对方告诉他说，虽然这个“信箱”在兰州，但离兰州却有很远的路程。

上了汽车，驶出兰州城，在一片荒漠上奔驰了半天，当落日如轮搁在西边大漠上的时候，才到达目的地。

我比这位分配到西北“信箱”的大学生幸运，是被招工的张师傅带到“信箱”里来的，但正是这样的“信箱”，给我惹过不小的麻烦。

刚到“大三线”，由于是技术工种的徒工，每月工资二十九元，还必须三年后才有探亲假。这三年里，总是日夜思念着母亲，不知她一个人在家如何，一直放心不下。1976年夏天，我已经从机械队调到修建部办公室任秘书，于是便向领导请了到“大三线”后的第一次探亲假。

我决定走一次由建设“大三线”的铁道兵、铁路局职工以及地方民工通力修建的成昆铁路和襄渝铁路，然后再从贵州的铜仁乘汽车入川，看望在川东某县工作的妈妈。

我用平时省下的钱，找供销社的朋友“开后门”，花了七十六元买了台上海生产的海鸥203型单反折叠式照相机，在单位劳资科开了探亲介绍信，换了一套干净的衣服，就兴冲冲地上路了。

可是，当我到达火车站掏钱买票时，发现放在包里的钱和探亲证明没有了。这下可急出了一头汗水。回想在下公共汽车时，门口被人堵着，费了很大劲才挤下来，是不是在挤的时候被人掏了包？

“大三线”是一块净土，连轰轰烈烈的红卫兵运动，也被阻在了大山外面。这小偷却无孔不入，竟然“渗透”了进来。我后悔自己“阶级斗争觉悟不高”，只得乘车回去借钱，重开探亲证明。

往回走也不容易。

为了保密，铁路快车不能进“大三线”，停在外面一个名叫金江的地方，离“大三线”腹地近四十里，必须转乘慢车或公共汽车。

当天晚上，我登上去昆明的火车，从昆明转车到达贵州的玉屏，再从玉屏乘汽车直奔铜仁。

我是第一次到铜仁。这座位于贵州东南部的小城，有一条清清的锦江绕城而过，江水碧蓝，绿树夹岸，葱郁苍翠，时有裹着青丝包布的苗人，背着背篓在大街上买卖山货和其他物品。参加“大三线”建设已快三年，终日所听皆是雷鸣般的开山炮声，见到的都是裸露的山石、席棚和满身尘土的建设者。今日见如此桃源之景，顿感神清气爽。

晚饭后，独自挂着相机沿江散步。落霞似火，重重叠叠，从天边一直“烧”到山头，与江中的波澜染成一片，渔舟唱晚，江水悠悠，乱花渐欲迷人眼，浅草幽幽没马蹄，一群黄莺在树枝上叫着，见我过去，便“扑”的一声飞起，喳喳地相互呼唤着涌向河岸边的树丛。如此美景，激情顿生，我举起相机，“咔咔”地拍了几张。

谁知到了半夜，突然响起了急促的敲门声。

我不敢开门，问敲门的人是谁。

对方答：“我们是值夜的民兵。”

我只得将房门打开。

几个壮汉出现在我的面前，他们手中都握着枪，警惕地看着我，其中一个对我厉声命令：“把你的证明拿出来。”

我急忙将单位开的探亲证明掏出来交给他。

他看了看又将我的证明转交到另一个民兵手里，冲着我说：“你这个证明是假的，你说说，你到我们这里到底是来做什么？”

那个年月中国人没有身份证，能够证明身份的就是所在单位开的证明。我忙说：“怎么能是假的呢，这是我们单位开给我的。”

那个人朝我吼道：“你放老实点。既然是单位的证明，为什么没有单位名称？”

我忙过去指着那张探亲证明说：“你看，这上面盖有红印章，这就是我所在的单位。”

另一个民兵突然一下子拉响枪栓，冲着我说：“你能骗谁，既然是单位证明，为什么没有单位，为什么用的是叫人看不明白的信箱。老实说，你这是不是一种联络暗号！”

我哭笑不得，对他说道："这个信箱就是我们单位。"

那个领头的将手一招，对他的手下命令说："将他带走，查了一年多的夜，终于查出一个大'特务'！"

这可把我吓了一跳，我说："你们不要误会，我是在'大三线'工作的干部，是回家探亲路过这里的。"

这群民兵哪听我解释，将手中几支生锈的破枪一横，硬是要将我带到他们的民兵指挥部审问。

我想这可糟了，他们身在闭塞的大山里，对国家大事了解不够，我根据建设"大三线"的有关规定，是不能向他们说明自己所在具体地点和单位的，万一出现纠缠，肯定会吃亏。于是便提出，跟他们一同去派出所。

派出所值班的民警瘦高个子，年近四十，双目突出。跟那几个民兵在一边私语几句之后，命令将我带到审讯室。

民警给我上了一通对待阶级敌人和敌特的政策，让我"坦白从宽"。

我只得再向他解释。

他突然火了，站起来一拍桌子，一双鼓突的眼珠瞪得更大，冲着我吼道："我问你，那个信箱是不是你们的代号？"

我说："是的。"

他说："这就对了，交待吧，他们派你来是做什么的？"

我说："我回家探亲的，路过你们这里。"

他说："你别的地方不走，为什么单单要走我们这里，是不是有什么任务？"

原来，他们那里来了一支地质队，正在探测水银矿的储藏量，考察是否具有开采价值。我有个中学时高年级的同学姓冯，我们平时玩得好，他考上成都地质学院，毕业后分在这个地质队。我中午到的时候，专门去郊外的地质队看过他。为了保证水银矿的探测，在那个处处都要提防"敌人"的年代，当地就加强对外来人口的巡查，防止有"敌特"破坏。我探亲证明上那个"可疑"的"信箱"，就成了他们怀疑的"证据"。这位民警先入为主，把我假想成妄图破坏水银矿的"敌特"，非要审出我证明上的信箱是"特务"的联系暗号，怎么解释他都不听。我最后只得"泄密"，告诉他那上面信箱的地址在渡口。

他一听火了，对我大声吼道：“你把我当成三岁的小孩子了，渡口，哪个渡口？全国有多少个渡口，我们这里江边也有一个渡口哩！”

已经说到了这个分上，我不能再泄密了，咬紧牙关，任他审问。

他突然问我：“你到我们郊区的地质队去干什么？”

好在他们有侦察，我在旅店拿出探亲证明登记好后，就被暗中跟踪了。我忙说：“去地质队看一个同学。”

于是，他们打电话到地质队，经我那个同学一再保证，他们才相信我的确是住在“信箱”里的，那是一个属于国家机密的“大三线”重点企业，我就是那个国家重点保密的“大三线”的一名建设者。

那个民警决定将我放了。“为了我的安全”，几个民兵又“护送”我回到旅店。

第二天晚上，我回到家里跟妈妈谈起这件事，由于委屈，眼里涌出了泪水。

妈妈安慰我说：“我们身边经常会有这样的人，吃人民的饭，穿人民的衣，却不干人民满意的事情，同时还给干的人找麻烦，扣帽子。年轻人，受点委屈算不了什么！我看你在‘大三线’这三年锻炼得不错。如果每个中国人都像‘大三线’建设者一样，为国着想，为国分难，我们这个国家会很快就强大起来。”

夜已深了，柔润如脂的月光，轻轻地抚摸着木板屋的窗棂。我和妈妈对坐着，母子俩有说不完的话。我走的第二年春天，妈妈在窗外种了一棵泡桐树，现在都已经蹿得好高了，宽大的绿叶在窗前轻轻摇曳，几滴晶莹的露珠，轻轻地从绿叶上落下来，融进了树下的泥土里……

2. 新年的“礼物”

到达“大三线”重镇渡口的第二天，我们每人都得到了一份新年“礼物”。

大家一阵高兴，欢呼起来。

“礼物”用一张旧报纸包着，每人一包。我打开一看，那东西成晶体状，半透明，这不就是小时候吃过的冰糖吗？没想到“大三线”的领导这样关心我们，把我们这些年轻人都当成孩子了，真是好领导啊！

我转过身去，在“冰糖”上咬了一小块。

“哎呀，怎么这么难吃！”我急忙吐了出来。

张师傅发现后立刻笑了，对我们说：“你们怎么这么性急，就开始‘吃’上了！我只顾忙着发了，还没来得及给大家讲，这不是冰糖，是明矾，是发给你们用来沉淀水的。”

水，哪里有水？我一早推开竹席棚子的门，却找不到一滴水洗脸。

水还是有的，我的床下就是一条水沟，是从山上流下来的带着铁锈色的污水——因为这里满山遍野都是铁矿石。与我住在一个席棚子里的同伴为了防“洪”，在各自的床下用石块“筑”了一道“坝”，将山上流下的污水引向席棚子的大门。而我的床位就在大门前，你不让水从你床下经过，还能从哪里流出去呢？于是，我的床下经常在半夜发生“洪”灾，满是泥沙的“洪水”将我的鞋里灌满。

这样的水，哪能洗脸？

别急！在我们席棚下面的山脚下有一条咆哮奔涌的大江。千仞绝壁，夹击两岸，水拍云崖，雪涌千堆，狂呼乱撞，涛声裂岸，昂昂如雄狮之怒，滔滔似巨龙之吼，将江面上那座连接两岸的铁索桥震得秋千般来回晃荡。

这就是金沙江——当年诸葛亮损兵折将的“泸水”，中国工农红军北上长征的军号曾伴着江水响彻云崖。

我决定到江边去打桶水上来。

一条如线的小路弯弯曲曲绕向江边，乱石挡道，危岩四伏，随时都得提防脚下，越接近江边，路越难走，只得“摸着石头走路”——四肢并用。眼看着江水就在脚下，可走来走去怎么都走不到江边，这才真正领教了“三线人”所说的那句“煽情”的名言：“别看江水在脚下，一定走得两腿麻。”

到达江边时只觉口渴难忍，于是用手捧起江水，咕嘟咕嘟地喝了几口。

这江水喝下之后并无爽快之感，反而觉得粗粗的，在嗓子眼里翻腾，不肯下去，不由有些后怕：会不会有《三国演义》中所说的“瘴气”？

阳光已经穿过云层，刺向光秃秃的山野，满山铁锈色的石头仿佛被点燃，闪着赤红色的光，耀眼而刺目，凉爽的晨风逐渐开始变暖，热浪慢慢在峡谷中蒸腾。

突然，对岸响起了急促的哨声，安全员挥动着红旗，女播音员在高音喇叭里大声朝我呼喊：“九附二信箱（‘大三线’建设的某公路工程公司代号）马上要放炮了，江对面提水的人赶快离开，请赶快离开！”

我急忙将桶里打满水，顺着来路往山上爬。没走几步，身上就被汗水湿透，想休息一下，可对面的女播音员还在大声催促。终于越过重重岩石，眼看着离住的那排席棚不远了，江对岸突然响起了惊雷般的炮声，大地被震得颤抖起来，接着，无数的飞石便天女散花般地落入江中。

我被这一串串连珠炮似的惊雷震住了，脚下一滑，“咚”的一声，一桶水全部泼掉了。那只小桶，也顺着山路咕噜噜地滚下了山坡。

我完全呆住了。

对岸的开山炮声，还在接连不断地响着，轰隆隆、轰隆隆——中国“大三线”的创业者，正用粗大的“喉咙”唤醒着这片沉睡了亿万年的荒原。

中午，我感觉身体不适，肚子咕咕直响，接着就是接连不断地上厕所——在靠近住宿的一排竹席棚子不远处，挖一个坑，用几张竹席围起来，那就是厕所。开始男女共用，男性大都“高风亮节”，将方便让给女性，但也免不了有时“撞脸”。后来有人想出一个办法，用一块木板，一面写男，另一面写女，谁进去时谁就“翻牌”。可是，也有粗心的人，时常会闹出些尴尬来。

我由于中了“瘴气”，腹泻不止，成了厕所的“霸主”，弄得内急的男女同胞有苦难言。于是张师傅找我谈话，问我到底怎么回事。

我将喝江水的事情如实讲了。

张师傅一听脸色顿变，操着东北口音冲我大声地说：“你这是干哈（啥），干哈（啥）呀，我不是讲过吗，到了‘大三线’不要随便喝生水，这江里的水能随便喝吗？那是从雪山上融化下来的，一路流来，经过多少地方，水里含有大肠杆菌和乙肝病毒，这都是经过卫生部门化验的，你赶快到医务室去看一下。”

这“泸水”“瘴气”绝非纸上谈兵，而是扑面而来，我吓得不轻，速奔医务室求医。

一座鹤立鸡群的红砖小楼，是先到的开拓者建的，医务室率先进入“小康”，刚刚搬了进去。我从蒸笼一样的席棚走进去，仿佛到了另一个世界，立刻感到神清气爽。值班的女医生微微朝我一笑，露出两排洁白整齐的牙齿，指着旁边的一张凳子让我坐下，顺手拿起一支温度计，对我命令道：“把嘴张开。”

我听从指挥，张大了嘴巴。

量完体温，她对我说：“你啷个搞起的吵，才（刚）来就生病，有些（点）低烧。”

她讲一口地道的成都话，声音带着川西平原女性嗓音的磁性，甜润而柔和，在问诊的同时，对我进行了“再教育”，告诫我这里虽然水贵如油，但没有烧开的生水是万不能喝的。前不久，有一位老工人不慎喝了生水，几个小时后就开始拉肚子，人很快虚脱，送来后就立刻将他转到指挥部医院，结果……

她不由停住了。

我问：“结果怎样？”

她说：“这还用问吗？”

从她的表情可以猜出，那个老工人肯定是到诸葛亮那里“报到”去了——在我们住地不远处，有一个地方，名叫诸葛营，传说是当年诸葛亮南征时驻扎军队的营盘，四周还有许多荒坟，幽幽的青苔和高高的荒草透着刺骨的寒意，诉说着“五月渡泸”那令人心颤的往事。

她见我用手捂着肚子，愁眉苦脸的样子，就笑了起来，安慰我说：“你来得及时，不用紧张，很快就会好的。”

她诊断我为大肠杆菌感染，给我开药的同时，还开了一张病假条和软食证明，并一再嘱咐我要好好休息。

真是个认真而细心的好医生——我没想到她会主动为我开这两张证明。除了休息几天之外，还可以吃到与众不同的病号饭，也就是证明上所写的“软食”(面条)。

我小心翼翼地将证明放进了衣服口袋里。

职工们都上班去了，医务室里除我之外没有病人，她发完药后给我倒了一杯开水，看着我将药片吞下。

虽然是冬天，这里的阳光仍赤热似火，朗朗地照着窗外一排排建设者住的席棚，白花花地刺得人睁不开眼睛，热浪开始在峡谷蒸腾。

考虑到席棚子里太热，她让我先在医务室休息一会儿。

我们开始闲聊起来。我才知道她姓郭，比我稍大两岁，毕业于成都的一所卫校。我好奇地问她：“郭大夫，你每天怎么洗脸？”

她睁大眼睛看了看我，目光清纯、柔和，然后笑了，问道：“你怎么问这个问题？”

我说：“你的脸白白净净的，上哪弄水洗的？”

她显得有几分腼腆，脸微微有些发红，然后对我说：“不是给你们发明矾了吗？在打来的泥浆水里搅几下，等泥浆沉淀后再将水倒出来洗脸，不是同样可以洗得很干净吗？”

我说：“我把明矾当成冰糖咬了一口。”

她开心地笑了起来，指着我说：“哈儿（傻子）哈儿（傻子）。”

我说：“不是哈儿，哈儿生了病会到你这里来吗？”

她笑得弯了腰，对我说：“你真调皮。”

我说：“不是调皮，是无知啊，谁知道在‘大三线’连喝个水都会生病，洗脸水都成了问题！”

她说：“如果‘大三线’是天堂，还要我们来做什么？人人都会享福，但并不是人人都愿吃苦，人人都会吃苦。”

我不解地问：“什么叫会吃苦？”

她说：“那就是在苦中要体会到甜，体会到与一般人不同的滋味，体会到生命的幸福与人生的光芒。”

我简直被面前这个女医生的话震住了，怔怔地看着她，她是那样端庄、自然，毫无一点做作的样子。我可以断定，每一句话都出自她的内心。

这是怎样强大的一个灵魂啊！

她青春、阳光，花一样的年龄，完全可以过另外的一种生活。那时的中专毕业生就算国家干部了，是由国家统一分配工作的，也就是说她毕业之后居丰饶之蜀中，吃国家之“皇粮”，是铁板上钉钉子的事情。可是，她却做了另外的选择。

这叫什么？这叫勇敢！

医务室里放着一盆清水，明亮、洁净，是郭大夫用明矾沉淀下来给病人用的。她说：“你现在是病人了，这盆水就送给你吧。”

我连忙说：“不用了，不用了，我自己也有明矾，我不再贪‘吃’了，一定用来沉淀泥浆水。”

郭大夫用手指着我，哈哈大笑起来。

我急忙跑出了医务室。

从此，我同所有“大三线”建设者一样节约用水——一盆泥浆水用明矾沉淀之后，早上洗脸，中午擦背，晚上洗脚，最后还得用来浇菜地。

我希望将自己“沉淀”成为一个真正的“大三线”建设者，一个像郭大夫一样的人。

不久，我调离了12分箱机械队，与郭大夫见面的机会就少了。

……

18年后，当年“大三线”建设的特大型重点钢铁基地，现在已改名为冶金工业部攀枝花钢铁公司，并在成都附近的温江建了一座职工疗养院，白墙青瓦，平畴绿野，都江堰清澈透明的流水，悠悠地绕着流向远方。

我被通知到这里参加公司举办的厂矿长、党委书记和机关处级干部读书班，再次见到了郭大夫——她被调到这里担任保健医生。

我们一见面，都不约而同地笑了起来。

别人问：“你们笑什么？”

我们说：“不告诉你们。”

是的，那已经是一个遥远的故事了。

3. 从“四大名菜”到“大三鲜”时代

我刚进大山，就遇到了当年诸葛亮的“蜀军”所遇到的问题，喝了“如汤”的“泸水”中了“瘴气”。我不敢将这事告诉妈妈，她要是知道了该多着急：看吧，不听我的话，果然遇到“瘴气”了吧！

我那天从医务室出来，首先想到的是将那张“软食证明”交到食堂管理员手里，好美美地享受几餐“病号饭”。食堂管理员接过我的“软食证明”反复地看着，然后问我：“新工人吧？”

我说：“是的，刚到就生病了。”

他操着东北话说：“你小子当心点，别乱喝生水，我手下就那几个炊事员，面条也就那么一点干面，没时间总给你一个人开‘小灶’。”

我心想，这管理员还真够厉害的。

自从交了那张条子，就一直盼着快点开午饭。

谁知这“病号饭”，竟引来了两个不是病号的人。

医务室郭大夫为我开的“软食证明”，是当时最高的享受。我一个人躺在席棚子里，感到肚子真的有些饿了，想着那碗面条，炊事员能在里面给放点什么呢？鸡蛋肯定是不可能的，因为无处可买。那就放点青菜叶，浇几滴香喷喷的麻油，再洒上葱花，那味道肯定很香啊！

我想起了在家时，妈妈给我做的面条，每次都会在里面打上一只荷包蛋，再浇上用肉末和干辣椒做成的肉臊子，碗里就会漂起一层红红的辣油，那香气便会飘满整个屋子。可是，现在“大三线”如此困难，上哪去弄鸡蛋？难道你没看见吗，招工的张师傅等人，回来时每人都从外地买了鸡蛋提着，一筐鸡蛋，上车下车，上船下船，提了整整三千里路，就为了家里有两个一同来到这大山里的孩子！

想着想着，就迷迷糊糊地睡着了。

突然，有人用手使劲地拍着席棚子的门，叫着我的名字。

我起来一看，是我们一同招工来分在食堂里的一位同乡，他问我："午饭都快开完了，你怎么还不去吃？"

我急忙朝食堂跑去。

人们已经吃完走了，我问正在收拾桌椅的食堂炊事员，他告诉我，有人在等着我。

里面值班的炊事员也是同我们一起招工来的，同乡人一进入"大三线"就病了，自然对我同情，急忙给我煮面条。

那是一碗没有多少油水的面条，只是外加一点辣椒，我端着，站在用竹席围起的食堂里，几大口就吃光了。

吃完后，我一边洗碗，一边对煮面条的同乡表示感谢。

正在这时，从外面冲进两个刚下中班回来的年轻工人，进来后问还有没有饭。同乡回答，早开过午饭，下班了。

那二人见我洗的碗边上有几根面条渣，就说："没有饭，那给我们煮面条。"

同乡说："这是病号饭。"

那二人说："那我们也吃病号饭。"

想想看，那么艰苦的环境下，能吃上一餐面条该是多么幸福的事啊！

这二人对我的同乡说："你没空我们自己来煮。"

说着二人就往食堂里走，自己开始下面条。

两个人刚从工地上回来，工作服上全是煤灰，脸也被煤灰蒙着。同乡说："你们那一身煤灰弄在锅里了。"

那二人说："没事，自己吃。"

就这样，二人各自下了一大碗面条，伴着煤灰痛痛快快地吃了起来。

后来得知，这二位老兄是重庆钢校毕业后分配到这里来的。南方人，自然是爱吃米饭，但他们也为能够跟病号一起享受到这份"软食"而特别高兴。

一个月的新工人入厂学习后，我所在的34号信箱12分箱要在食堂召开欢迎新工人大会，张师傅让我代表这批新工人表决心。

会议开得很隆重，我表的决心充满激情。

创业初期，大山里的艰苦令人难以想象。艰苦到什么程度？加一滴下面条的酱油都没有。后来，人们利用出差的机会，在外面买固体酱油带进来。我与卡车司机一同出差去云南，将那个县的一家商店里所有肉罐头全部买下，带回到大山里分给朋友。生孩子产妇没有鸡蛋吃，只得托探亲的工友从几千里之外用一只竹篮提着带到"大三线"的山沟里。

我到"大三线"不久，接到一位朋友的来信，朋友鼓励我不畏困难，勇敢向前，扎根"大三线"：

越是难走的路，基石越坚实！世界上没有不劳而获的事情！啊，朋友，挺起你的胸膛，迈开你的脚步，走在崎岖漫漫的天地里，走出我们宏伟事业所需要的血管！走出一条未来的理想大道！

去吧，我亲爱的朋友，能够享受真正幸福的勇士！战斗就是生活，战斗就是幸福，战斗是一切旧事物孕育新生活的产婆，失去了战斗的生活还有什么意义！看，那刺破夜空的雷前闪电，是多么的夺目耀眼，风暴中的海燕翱翔得多么快乐和幸福！啊，朋友！去吧，在"大三线"的风雨中，去享受人生的真正勇敢与坚强、奋斗与幸福吧！

去吧，我亲爱的战友，百折不挠的勇士，生活的道路是绝对没有平坦的，要想投机那是梦中的呓语。看那屋脊上的小草，它时时左顾右盼，东倒西歪，虽摇头摆尾，点头哈腰，讨得了少时的暖日微风，然而，终将被暴风雨折断奴头媚腰。可是，那高崖巅上的劲松啊，它巨人般挺拔，俯瞰着环宇，虽因横眉冷对、顽强搏斗，不免被寒霜毁枝败叶，但终于迎来了永恒朝阳普照的万里晴空！啊，朋友，失败乃成功之母，挫折是血的教训，一时的不得志，有什么了不起？！坚持，就是胜利！

去吧，我亲爱的战友，知难而进的斗士！伟业的开创固然艰难，获得新生活的自由，本来就格外不易！生铁，当它受到多次加热和高压而不得不改变原有的形态时，那日子也该是一样严峻的。可是，少此怎能成钢！啊，朋友，要在现实的广阔天地里“杀”出一条路来，实非等闲魅力可至！特别是老友那脆弱的身体，它确实需要付出极大的痛苦、牺牲和代价。然而，钢铁铸成意志，风暴雷电铸成灵魂的您，我坚信，困难只能是您智慧的母亲，前进的向导，战斗的伴侣！那伟业的宏图，定会在您坚不可摧的双手中绘成！

去吧，我远飞的战友，我高翔的雄鹰！看，那冰峰上的蜡梅，盛开得多么鲜艳；那狂涛下的游鱼，搏斗得何等欢腾！啊，朋友，与其在因……（因时间久远，此处字迹已无法看清）而丑类群聚、媚骨丛生的污浊天地里苟活万载，倒不如到磊落的世界去斗争而结束自己短暂的一生！

去吧，我亲密的朋友，我战斗的巨人！正如您信中所说：“时光如涛荡泥土，砥柱触天立中流”，是见水即化的泥土，还是顶天立地的砥柱，历史将做出最好的见证！历史将淘汰一大批丑类，同时也将造就出一大批时代的英雄！

去吧，我亲密的战友，我最难舍的兄弟，倘若因路途不使而未能见到您登程的英姿，那就请让我在这信中把您热烈地拥抱！……

这是一个名叫张晓的朋友写给我的。他是我中学时高年级的同学，此前考入重庆大学机械系，回到家乡后官至某县主管工业的副县长。应该说，他是一位老“大三线”建设者。他曾经到过“大三线”，在渡口市7659部队重（庆）大（学）三连参加“大三线”建设的劳动锻炼。这封信本来是四页，由于时间久远，加之搬家和工作调动等各种原因，不慎掉了两页，余下的这些字迹辨认起来也很困难了。

正是在妈妈和朋友的鼓励下，我才勇敢踏上了这片土地，用年轻的热血，在这块土地上浇灌未来之花。

初进“大三线”，首先需要适应的是生活。住席棚喝泥浆水那是必须具备的“硬件”。食堂的伙食虽然是“软件”，每天都有变化，但那个变化只是一种形式，因为“万变不离其宗”，每餐都是“四大名菜”——粉条、海带、咸菜和土豆，不是粉条煮土豆，就是海带拌咸菜，或者是粉条煮咸菜，海带拌粉条，反正就在这“四大名菜”间进行排列组合。

肉和豆腐也是有的——那是每个月才能迎来一两次的“盛宴”。未到吃饭的时间，食堂门外就有了“嘴馋”的职工，大门一开，便一拥而入。就是在这种情况下，大家进去后都是规规矩矩排队，偶尔也有一两个插队的，会受到大家的指责，自己只得红着脸重新排队。也有耍小聪明请人“代”的，但到了卖饭的炊事员那里，就会毫不客气地将“代”的那只饭碗给你“扔”出来，“代”的人和被“代”的人也会脸红，不敢吱声，悄悄地排到队伍的最后面去了——廉耻与尊严比利益更重要。如果当时有人说博士强占别人座位而不知耻的事情，那简直就如同在听天方夜谭一样。

队伍排好后，就会响起碗筷的敲击声，叮叮当当的响声，如同一支乐队在演奏“开饭进行曲”。

在进山初期的“大三线”，曾经有过一场“战争”。

我进入“大三线”时主食以馒头为主，这是因为馒头打败了米饭。

米饭在这场“战争”中失败的原因，主要是天时地利人和都不在米饭这边。

为了加快“大三线”建设，中央从北方的骨干企业调动了大批干部、科技人员进入南方的深山峡谷。很多北方人爱吃面食，加之食堂的大师傅也是从北方“配”来的，馒头成了三餐的主食。随着“大三线”建设的不断扩大，南方的干部、科技人才也开始进入，在南方各地招工的年轻人也大量进入“大三线”，南方人的队伍逐渐壮大起来。天天吃馒头让南方人无法接受，就给食堂提意见，说这里天气太热，饮水困难，馒头无法吞下肚，吃了不消化。南方人开始呼吁，不能总是馒头当家，也应该考虑一下米饭在“大三线”建设中的“地位”。

“战争”便这样开始了。

可是，周围各县皆很贫困，无法供应几十万人吃的大米，那就得从成都调运，千里之外运来几十卡车，数十万人在大山沟里，几天就给消化完了。更主要的是，馒头制作方便，也便于外出施工和作业时携带，每人发两个大馒头，领一包咸菜，就可以在野外对付一餐。那时还没有大量使用塑料袋，要是米饭怎么办，用毛巾包？可那菜怎么办，也可以包？但吃饭得要筷子，大山光秃秃的，全是石头，连树枝都难找到一根。用手抓？但哪来水洗手，这地方是“五月渡泸”之地，那“瘴气”可不是闹着玩的，生了病怎么办？于是，馒头打败了米饭，当仁不让地上阵挂帅，成了这片神秘国土上人们的主食。

四川省的干部从成都到这里来视察工作，在食堂里见到堆积如山的馒头，他们只得“入乡随俗”跟着一起吃馒头，于是惊呼，这哪是在我们四川呀，好像到了北方嘛！

这种“战争”，一直“打”到后来铁路通车，才算得以缓解。

铁路通车之后，物资供应有所好转，大米开始运进来了，每餐既有大米饭，也有馒头，人人各选所需。可是，问题又来了。以前吃“四大名菜”，那是人人平等，无人有意见。现在不同了，人们从“四大名菜”中解放出来，南方人特别是云南、贵州、四川、江西等地来的人爱吃辣椒，自称为“辣椒派”。他们提意见，为什么菜里不放辣椒？

管理员是东北人——人们将他称作“酸菜派的代表”，就解释说，咱北方人不爱吃那玩意，太辣，没法下口。

“辣椒派”就说，那你们天天用酸菜炖粉条给我们吃，那玩意太酸，我们不爱吃。作为管理员，你还得考虑一下“群众利益”。

这两派争论没有个结论，又杀出一个“大葱派”。

食堂里的大师傅有几个是山东人，做凉拌菜都有大葱，炒菜也少不了大葱。这大葱对于东北人来说也还可以，但“辣椒派”认为不够劲，还是没有辣椒吃起来带劲。更多的南方人则认为那大葱太“冲”，“冲”得人直流泪，吃饭就如同“诉苦”一样。于是又对“大葱派”提意见说，葱那玩意吃多了影响视力，画图纸眼睛都花了，会影响工作。

这三派还没有争出个结果，又出来一批“甜食派”。

那都是来自江苏、浙江和上海的建设者。他们说，你们又是酸，又是辣，又是“葱”，我们怎么办，我们想在炒菜中加点糖提提鲜味，怎么样，这个要求不高吧？

这些意见都反映到管理员那里，他真的感到头痛了。

他从东北调到“大三线”来当这食堂管理员，开始认为很简单，不就是买粮购菜烧水煮饭这些事吗，有什么难的。万万没有想到，来自大江南北的建设者们有着不同的口味。艰苦时大家都咬着牙过日子，“四大名菜”天天吃，谁也没有叫一声苦，现在铁路通了，生活好了，各种口味都冒出来了。

每到各派提意见时，他总是哈哈地笑着说：“别忙，别忙，这‘大三线’不是一天建成的，这口味也不是一天能改变的，要不食堂再给大家做‘四大名菜’？那样谁都没有意见。”

大家一听这话，立刻反对。

管理员就说：“我们都是来自五湖四海，为了一个共同的革命目标，走到一起来了。是不是各种口味都相互‘谦让’一下？我给食堂的师傅们开个会，让他们好好研究研究，给大家来个‘大三鲜’口味怎么样？”

大家说：“管理员你真能逗，‘大三线’是我们参加的国家战略建设的总称，怎么能吃？”

管理员笑着说：“我说的是‘大三鲜’，不是‘大三线’。”

他接着解释道：“‘大三线’人吃‘大三鲜’，这多有意义呀！”

人们看着这个大块头管理员满面笑容的样子，不知他葫芦里卖的是什么药。

管理员态度和蔼地笑着说：“到时你们吃就是了。”

几天之后，食堂真的搞了一道名叫“大三鲜”的凉拌菜，将粉条、大葱、黄瓜、豆腐皮、辣椒、花椒等，再加上白糖、酱油、醋、清油一股脑拌在一起，那真是五味俱全，香飘食堂，叫人垂涎三尺。

有人吃了后找到管理员问：“这拌的是什么味道呀？”

管理员满面笑容地说：“不是告诉你是‘大三鲜’吗？你们上海人要的那个甜味不也在里面吗？光这点凉拌菜，食堂里白糖都放了一斤哩！”

工地上很快出了一条爆炸性“新闻”——“大三线”人的生活已经发生了“翻天

覆地”的变化，从“四大名菜”进入了“大三鲜”时代。

后来，工友们将这个光荣称号赐给了这位管理员，天长日久，人们竟忘记了他的名字，见面都叫他“大三鲜”。

听说这位管理员有次在领工资时遇到一位新来的劳资员，他签完名就是不肯将工资发给他，并指着他签名的那个地方说：“你怎么领工资时签别人的名字？”

管理员说：“这不是我的名字吗？”

新来的劳资员说：“你不是叫‘大三鲜’吗？”

管理员一听自己也笑了，骂道：“妈的，还真给叫出名了哩！”

4. 野狼出没的山谷

我顺着弯弯曲曲的山路朝山下走去。

走着走着，突然月亮从山巅上一下子蹦了出来，清冷的光洒满群山，如薄薄的纱，似浅浅的霜，驱散着白日的炎热。四处无人，山野空旷，遥望山脚下那座横跨在金沙江上的铁桥，只见江雾袅袅，朦朦胧胧，桥上几点稀疏的灯光，星星般眨着眼睛，半山上的我，如同独行在云空之中。

我接到一个通知，将跨过那座大桥，到对面的十三栋招待所去参加一个座谈会。

什么样的座谈会？不知道，叫去就得去，“大三线”一切都是军事化管理。

这是一排用泥土打筑起来的干打垒土房，从左往右顺着数过去，总指挥部所在附近的那栋是第十三栋，因此取名为十三栋。在“大三线”，一切都是这么简单，这么迅速，只要解决实际问题就行，用不着像现在一样要请领导和名人来命名、剪彩、题字再放礼炮和气球。

我不由停住脚步，借着月光看了看四周，只见乱石密布，怪兽般或蹲或立，面目狰狞可畏，石头后面，不时会蹿出一些不知名的小动物。风呼呼地响着，从峡谷深处刮来，如野狼般嚎叫。先来的师傅们曾告诉过我，夜晚最好不要单独出门，因为时常会有饿狼趁着夜色下山觅食。想到这里不由打了个寒战，急忙弯腰拾起一块石头捏在手中。

即将建成中国西部最大钢铁基地的弄弄坪上有一棵巨大的攀枝花树，在这棵树的周围住着七户人家，据说都是前清时候从京城流放来的“罪犯”的后人。由于交通闭塞，山高水险，“不与秦塞通人烟”，“罪犯”被送来后无处逃跑，只得开荒种地，苦苦求生。更可怕的是这里人少狼多，当地人将狼叫作“马狗”——这里的狼由于缺乏食物，长得都比较瘦小，面部如马，大小如当地土狗，如果相混在一起很难分辨。每当夜幕降临，狼群的吼叫声震撼山谷，家家紧闭房门，无人敢外出。

这是一个野狼出没的山谷。

在双龙滩到五道河一带，有一百多户人家，由于人口相对密集，觅食相对容易，狼群更是疯狂无忌。据有关书籍记载，中华人民共和国成立后的七八年间，这一带被狼咬死咬伤的将近四十人之多，至于猪、羊、牛、马更是不计其数。夜幕降临，谁家小孩啼哭，便会引来狼群屋前屋后咆哮哀号，恐怖之声此起彼伏。

狼的嚎叫将孩子的哭声压倒，小孩子立刻吓得不敢吱声。

据说群狼袭击一个人时，会从四面八方进行包围，让你无路可逃，轮番进攻，以消耗你的体力，待你筋疲力尽时，再用它们锋利的牙齿进行撕咬。如果是一只狼时，它会从你的身后悄无声息地跟踪，时机成熟，猛然一下子扑上前来，两只前爪搭在你的双肩上，待你回头看时，就张嘴在你的脖子上猛咬一口，再用力将你向背上一甩，驮着就朝深山里跑去。

为了消除狼群对人们生存的威胁，村里曾自发地组织起打狼队，各家青壮年自带火药枪、铜炮枪、弯火杆、大刀、长矛、砍柴刀和木棒，在村子附近的山林开展了一场轰轰烈烈的打狼运动。在这场“运动”之前，村里人就对“马狗”经常出没的地方进行过侦察，确定了位置。

这天一早，人们先对这片山谷进行包围，再放一头猪进入狼群所在位置，听到里面的惨叫后放出猎狗，鸣锣敲鼓，四面八方的人群开始呐喊，不一会儿便逼出三条狼来。

喊杀声立刻震荡山谷，在人们的一阵追杀中，除一条狼夺命逃出，另外两条狼被打死。人们分别割下一块狼肉，高悬于自家房门，以警示狼群。

村子里只平息了一年，到第二年秋天，新一窝狼崽出来了，山谷里再次响起令人心惊胆战的狼嚎。

1958 年，最早的一批建设者进来采集矿样，狼群终于嗅到了这么多人体的气味，成群结队地围着帐篷嚎叫。开枪射击，打死一只，接着就会跑来一群。没有办法，后来只得不断地鸣枪驱散。

为了防止狼群的袭击，比我先来的一批建设者，夜夜得派人在帐篷外面放哨。就是白天，男人们小便也不敢大意，因为曾经出现过小便没有解完，狼却从身后扑上来的恶性事件。于是规定，男人不准单独小便，得几个人背靠背地站着。女人更是要十人以上，围在一起才敢“方便”。当时有句顺口溜，叫作“男人‘方便’背靠背”，“女人‘方便’成群结队”。我进入“大三线”时，狼已经少多了，但张师傅还是告诫我们，夜间不可单人外出，遇见狼时用手电筒光直射狼眼，狼便会看不清对方，你也可以借此逃生。

我想到这些，不由有些害怕起来。

就在这时，身后突然响起了乱石滚动的声音。

我急忙转过身去，手电筒光直逼身后出现的黑影，右手高高举起了手中握着的那块石头。

那个黑影被我突然的动作惊住了，连声唤我的名字。

我一听，原来是工程科的工程师丁锁喜。

丁锁喜是江苏丹阳人，与我算是江苏“老乡”，可从外表上看，他却一点也不像江南人。三十开外年纪，高个子，宽肩膀，一张棱角分明的四方脸，一口南方普通话说得沉稳而有节奏。他早年是学地质的，后来又考入西北大学数学系，毕业后被分配到鞍钢工作，与同乡的女医生吕柳梅相识相恋，组建了一个幸福温暖的家庭，生育了两个可爱的女儿。他乐于助人，办事沉稳，又有才华，深得领导和同事们的信任。

正当他事业和家庭都蒸蒸日上之时，突然接到支援“大三线”的通知。看着自己亲手建设起来的温暖的家，看着娇妻爱女，心里不免有些依依难舍。妻子吕柳梅看出了他的心思，对他说：“我们都跟你去吧。”

丁锁喜被妻子的选择吓了一跳，忙说：“你知道那是什么地方吗？诸葛亮南征时的蛮荒之地，山高水险，狼群出没，毒蛇成灾，你去了孩子们都得去，现在那里连一栋房子都没有，你们去了怎么生活？”

吕柳梅说：“国家建设要人，我们母女不能拖你后腿，怕什么，狼来了我们一起打，蛇来了我们一起捕，冰山上还会长一朵雪莲哩。”

他们是扑进共和国怀抱的第一代青年，憧憬着美好的未来，渴盼着为国出力，希望为民族建功立业，灵魂的深处闪耀着理想的光芒。于是，丁锁喜将新分不久的房子交给了厂里，拖家带口来到了“大三线”。

罗曼·罗兰告诉我们：世上只有一种英雄主义，就是在认清生活的真相之后依然热爱生活。

丁锁喜曾经对我说过，有时女人比男人更坚强。可是万没想到，到了“大三线”的第一个夜晚，全家被安排住进一间竹席棚子里，因为发电机还未运进来，到了晚上漆黑一片，仿佛进入洪荒时代。突然满山响起了狼嚎，那声音如婴儿号哭，声调拖得很长，震得整个峡谷都在打战，吓得孩子们直打哆嗦。

到了半夜，有几只野狼竟跑到席棚子外面来，用嘴不停地拱着席棚。

几张薄薄的竹席，围起来就是他们温暖的家，万一大人睡着了，野狼拱破后钻进来，那将是多么危险的事情。丁锁喜穿上跑工地的大头皮鞋，带上手电筒，手中握着一根木棒，冲出了席棚，对着野狼就是一阵猛打。

这突如其来的袭击让几只狼措手不及，慌忙逃向深山。

可是，第二天晚上这些狼又来了。

丁锁喜只得握着木棒，在席棚外面为老婆孩子站岗，直到后来荒原上有了电灯，一家人搬进最早修建的红砖楼房，这才松了一口气。前不久，丁锁喜的大女儿从美国给我发来微信，谈起当年的情景，十分感叹地说，爸爸的木棒不仅为我们驱走了狼群，同时也教会了我们如何面对生活，我深深地怀念那些艰苦的岁月，怀念那一代人伟大的情怀。

我与丁锁喜的相识完全是因为文学。

“大三线”没有电视看，每月只能看一两次露天电影，收音机的收听效果也不好，每天能及时看到的就是一张当地的报纸。我经常在上面发表一些豆腐块一样的小文章和诗歌，他便“慕名而来”找到我，下班之后，时常约我到他家里去聊文学，谈艺术，分析古今中外的名家名著，他的两个女儿则静静地坐在旁边听。

丁锁喜夫妇善良而乐于助人。当时“大三线”男多女少，他们常为一些志同道合的青年男女牵线搭桥，为此还闹过一次笑话。

34号信箱（后改名四零公司，再改为东风钢铁厂，最后改为攀钢）12分箱机关有两个名字相近的“小沈”，一个是我，另一个名叫沈国强。他比我年长，上海人，工科生，寡言务实，与丁锁喜同在工程科负责工程。丁锁喜见他年龄不小了，就告诉妻子吕柳梅，想法在医院为“小沈”找一个女朋友。

有一次我到医务室看病，热心的吕柳梅突然告诉我说，那个姑娘不错，在医院当护士，什么时候见个面。

我听得一头雾水。

吕柳梅觉得我对这件事不热情，就告诉了丁锁喜。

丁锁喜一听哈哈大笑起来，对她说，你搞错了，我说的是那个“小沈”，不是这个“小沈”。

丁锁喜夫妇崇敬知识，爱与有文化的青年交往，就是在“大三线”最艰苦的时候，也没有因此放弃对子女的文化教育和知识积累。

现在，我经常跟他在美国的大女儿进行微信交流，每当谈到当年，她都十分感谢父母。2018年7月30日，她从美国给我发来一条消息：“我要感谢爸爸坚持要（我）上好的学校。……（19）70年爸爸妈妈被派去攀钢支援‘三线’建设，（当时‘大三线’）学校教育质量一塌糊涂。父亲和公司另外三个孩子父亲找到十九冶金建材（设）公司小学，（这是）我们附近最好的学校。希望他们收容我们。他们学校硬件条件很差，但老师质量高。（他们）提的条件是在半山腰用推土机为他们开出一片体育操场。恢复高考的时候，攀钢剃光头（四川方言，即一个也未考上）好多年。（19）79年我是唯一一个考上大学的女孩子。那年我们区里大学录取率0.6%。攀（枝花）钢市里录取率千分之几。虽然读了个农学院，但是改变了我的一生。”

我给她回微信：“你父母是永远值得尊敬的人，他们相信和崇尚知识！”

在“大三线”艰苦的岁月里，丁锁喜和他的妻子像大哥哥大姐姐一样地呵护我这个小“老乡”。1978年恢复高考，我报考了中央戏剧学院编剧专业。这个专业与其他大学专业报考不同，报考前要求先交曾经发表过的文学作品。复试通知发到我单位时，我却在回家探亲的路上，等我赶回单位拿到通知，已经过了在西安的复试时间。丁锁喜觉得像我这样参加“大三线”建设的青年，翻山越岭去赶考不容易，鼓励我不要轻易放弃，再向学校说明情况，争取一下。夜里，他陪我去邮局给学校在西安的招生办公室挂长途电话，可是邮局要先交二十元押金，那时我工资每月二十九元八角，摸摸身上，仅有十元，他立刻从内衣口袋里掏出钱来为我付了押金，并在邮局陪了我大半个晚上，遗憾的是电话一直没有打通。后来，当姜文、巩俐等中戏毕业生登上中国电影、电视舞台，他还十分感叹地对我说："你错过了人生一个最好的机会啊！"

那天晚上，丁锁喜追上我后问："天这么黑了，要到哪里去？"

我将通知去参加座谈会的事告诉了他。

我这才发现，丁锁喜手里握着一根木棒。他说："你刚来，不了解这山里的情况，不时有狼出没，一个人走很危险，我陪你过江去吧。"

丁锁喜的话提醒了我，就在不久前的一个傍晚，一群小孩子在外面的荒地上玩耍，突然有一只狼从山上蹿下来，叼着一个小孩子就跑，其他的小孩子都吓得哭了起来。

这事被几个下班的工人遇见了，他们一边追一边呼喊着向狼扔石头，被叼的小孩子一下子掉在地上，狼来不及再叼，急急地逃跑了。大家将小孩子抱到医务室，由于抢救及时，小孩子终于活了下来。

就这样，丁锁喜手握木棒，将我送过金沙江上的铁桥，来到了十三栋招待所。座谈会的会议室就是两位客人住宿的房间，他们见丁锁喜手中握着一根粗大的木棒，加之他个子高大，脚上穿着一双跑工地的大头皮鞋，不知将发生什么事情，有些惊慌地看着我们。

我讲明了原因，两个客人都笑了，连说："没想到你们来开个会这么不容易。"

他们邀请丁锁喜一同参加座谈会。

两位召开座谈会的客人四十出头年纪，都来自上海，首先作了自我介绍。那个穿着深蓝色涤卡中山装的名叫罗洛，那个穿着灰色夹克衫的名叫张骏祥。

丁锁喜一听，立刻站起来，恭恭敬敬地向他们鞠了个躬，喊道："罗老师，张老师。"

原来，他们是从上海到"大三线"来为上海电影制片厂组织电影剧本的。参加座谈会人员连丁锁喜在内一共六人，都是生活在“大三线”的业余作者，在报刊上都发表过一些文学作品。听了我们在“大三线”亲历的故事和感想之后，罗、张二人十分高兴，耐心地向我们讲述电影剧本创作的基本常识，鼓励我们将自己亲历的生活加工提炼后写成电影剧本。

在回来的路上，我问丁锁喜：“丁师傅，那两个是你大学的老师？”

丁锁喜说：“你怎么连他们的名字都不知道？罗洛是位大诗人，张骏祥是著名的电影导演。”

我当时就是这样无知。直到三十多年后，我因工作关系才对罗洛有了进一步的了解。他和著名作家巴金是同乡，曾是一名地下党员，国民党时期成都学生运动的一个领军人物，组织并参加过成都郊县的武装暴动，四川军阀曾以五百块大洋买他的人头。他精通三国语言，诗也写得好，后来担任过上海市作家协会主席。

张骏祥是一位著名的电影、话剧导演，同时还是剧作家和文艺理论家，是著名演员白杨的前夫。中华人民共和国成立后曾改编或导演了当时著名的《胜利重逢》《翠岗红旗》《鸡毛信》《白求恩大夫》《燎原》《大庆战歌》等影片。其中《翠岗红旗》《鸡毛信》获文化部1949—1955年优秀故事影片奖。出版论文集《关于电影的特殊表现手段》，是那个时代著名的电影权威。

在轰轰烈烈、热火朝天的大建设中，忽然吹来一股文艺清风，我们这些文艺青年兴奋不已。走着走着，丁锁喜突然对我说：“我们两个来合作一部电影剧本。”

于是，我们在两山夹峙的铁道上一边走一边构思，交流着即将创作的电影剧本。

猛抬头，一轮月亮竟大得让我吃惊，比内地的满月足足大出了一圈，如铜盆般高悬中天，难怪古人赞叹“清风雅雨建昌月”，果真名不虚传。月光下，淡淡的夜雾笼罩着神秘的山谷，山风从乱石危岩间穿过，枯草野树在怪异的风声中摇曳，大山如披着魔毯的怪兽，狰狞地俯视着横穿而过的铁道。

突然，我发现铁道边站着一条“狗”，眼睛里闪着绿光，正虎视眈眈地盯着我。

儿时听大人说，遇到野狗不要怕，只要你弯腰做出捡石头的样子，它就会被吓跑。我于是弯下腰去，伸手去捡铁道边的石头。

可是，那条“狗”并没有逃跑，仍然盯着我，绿幽幽的目光让人感到恐怖。

突然，它猛地一跃，向我扑来。

我吓得连连后退，差一点跌倒在轨道上。

为了防止夜狼的袭击，丁锁喜走在我的身后，见我向后倒退，马上明白遇见了什么，立刻冲到前面，朝着扑上来的那条“狗”就是一棒。

这一棒打个正着，那条“狗”从地上爬起来，连连向后退去。

丁锁喜叫我拧亮手电筒，将光对着那“狗”的眼睛，紧接着追上去，又是几棒。

那条“狗”朝我们怪叫两声，夹着尾巴朝山里跑去了。

丁锁喜对我说：“那是‘马狗’，我们遇见狼了！”

我不由吓出一身冷汗，路上构思的电影剧本中的情节，也被吓得跟着那条狼跑到月光下的深山里去了……

5. 这里有个“乌拉国”

黎明来到了深山峡谷中的“大三线”特区——渡口。

江水如一条巨龙，闪着银光，带着不羁的野性，挟风携雷，挽云吐雾，在山谷间咆哮奔涌，浩荡地冲出横断山脉的重重锁链，将龙的不屈与神的威严，带向浩浩荡荡的海洋。

席棚外有几棵芭蕉树，从石缝里顽强地生长出来，虽然宽大的叶片被亚热带的烈日烤得有几分憔悴，但晨风中仍欢乐地摇曳着。阳光照在对面的山顶上，那些光秃秃的岩石，闪着铁锈色的光。半山上，是一条正在修筑的公路——从特区总指挥部所在地大渡口到未来的城市主城区炳草岗的公路，在昨日的炮声中被炸开的岩石，倔强地躺着，隆隆的推土机正从那条简易的公路上开来，推土机手有不少是“川妹子”，她们头戴草帽，朝阳洒在肩头，晨光沐浴着工装，美丽而迷人。在一曲《东方红》的歌曲播过之后，9 号信箱（筑路工程公司）女播音员清脆悦耳的声音，从对岸那间简易工棚的高音喇叭里传过江来……

这是我住的席棚外面每天早晨的风景。

我爱看这样的风景，觉得既新鲜又激动。用时髦的话来说，就是每天都能看到祖国前进的足迹。

这是一个星期天的早晨，我照样站在席棚外面，观赏对岸的风景，等待着开推土机的女司机出现在洒满晨光的简易公路上。

来了，来了，一辆隆隆轰响的推土机满载着阳光，开上了简易公路。我定睛一看，那女司机穿一件蓝色工装，勃勃英姿随着晨风直向我扑来。

我正看得出神，肩头被人猛地拍了一下。

我回头一看，原来是姜大哥。

姜大哥名叫姜华令，是特区邮电局的野外架线工——比我先进入“大三线”的一位年轻的开拓者。

姜大哥说：“你今天有时间吗？”

我说：“今天星期天，有时间呀。”

姜大哥说：“有时间的话我们一会儿就走，我带你‘出国’去转转。”

我一听惊住了，问他：“出国？”

他朝我笑笑，用那口标准的四川达县口音说：“是的，我们今天‘出国’去耍耍（玩玩）。”

那个时候“出国”二字是不能随便说的，特别是在“大三线”这个相对封闭、“具有战略意义”的“保密”地方，我朝四周看了看，见没有人，就问他：“到哪个国家？”

他神秘地朝我笑笑，一脸的憨厚：“趁早晨凉快，你先跟我走，到时候再告诉你。”

我一下子“警惕”起来。

我所在的“大三线”地处西南，在云南与四川的交界处，根据自己所掌握的地理知识，最靠近的国家应该是缅甸、泰国、柬埔寨、越南等东南亚国家，这都是可以通过陆路越过边境的。听说有很多寨子到了晚上，每当放露天电影的时候，两个国家边寨的乡民们是可以相互过去看电影的。

但是，“老干部”的儿子姜大哥为什么要带我“出国”呢？

姜华令跟我一样，都属于自愿参加“大三线”建设的“干部子弟”。据说他父亲是一位从山东南下的老干部，在四川达县（现达州）工作，“大三线”需要建设邮电局，开通电话，新婚不久的他就带着妻子来了——我叫他的妻子刘姐。

他每天戴着一顶草帽，开始在崇山峻岭中架设电话线。

我曾去看过姜大哥他们架电话线，深深为之震撼，那是怎样艰苦的一项工作啊！

电杆都竖立在高山顶上。没有公路，也没有小道，每一根电杆都得靠人踏过险危乱石，踩过刺脚荆棘，拨开杂草抬上去。这还不算，到了山顶，还得放炮炸开石头，才能将电线杆子埋下。埋下还不行，还得用钢筋水泥浇上才能稳固。也就是说，一根电线杆埋下之后，最少得等三天才能稳定下来。为一根电线杆，架线工要在同一座高山上来回爬六次。只有等电线杆子埋稳了，架线工才穿着铁铸的“爬杆鞋”——一种沉重、形状如镰刀一样的铁钩“鞋”，如同表演杂技一样，一步一步地爬到电杆的顶端。架线更是如云中飞燕一般，贴着天空，抚着白云蓝天，山风在耳边吹着令人心战的口哨，稍有不慎，便会跌下深谷。

没有谁为他们送饭，每天早晨在食堂里每人领三个馒头和一小包榨菜，再将各自的水壶里灌满开水就出发。累了，在山顶的树荫下休息；饿了，啃一口随身带着的馒头；渴了，水壶里倒口水润润嗓子。除了这些，随时还会受到野狼和毒蛇的袭击。更可恶的是那些猴子，常常仗着猴多势众，成群结队来袭击，将袋子里的馒头榨菜全部抢走。后来，为了保卫食物，一部分人上电杆架线，再留人在下面手握木棒照看。可是，这也不好使，猴子机灵得很，守的人少时，它们就会从山顶上扔石头下来袭击你，把看守的人赶走，再来抢架线工的食物。

艰苦吗？真艰苦。

累吗？真累。

但是，每当跟姜大哥谈起这些时，他就直笑：“没到‘大三线’，怎么能想到生活这么有‘味道’！”

这简直就是诗人的语言。

姜大哥就是一位诗人，我与姜大哥相识完全是因为诗。

正是这些生活，正是对于这种生活的热爱，对于青春、理想、人生以及生命的追寻，在复刊不久的《四川文艺》上，姜大哥一下子发表了一组写架线工的诗歌，整整十首啊，成了渡口特区最先在省级公开刊物上发表诗歌且数量最多的工人作者。

姜大哥在“大三线”建设中发表了很多诗，有一首《砍山歌》，我至今都还记得：

砍山歌

（在丛林荆棘中砍开一条大路，架线工称之为“砍山”。）

举起银辉闪闪的板斧，
挥动雪亮雪亮的砍刀，
架线工正步向前，砍呀砍，
荆棘丛林迎刃而倒。

山风在耳边打着尖利的口哨，
白云在身前身后缭绕，
砍呀，摩拳擦掌早盼这一天，
架线工要把障碍全清扫。

红眼狼躲在远处哀号，
金钱豹早已逃之夭夭，
砍呀，管它千年古藤万年蒺藜，
砍出了头上一带蓝天红日照。

顾不上全身汗如泉冒，
架线工是把不卷的钢刀，
砍呀，砍得又宽又直，
祖国急需一条起飞的跑道。

这首诗发表在1980年8月1日的《渡口日报》上，没有哼哼叽叽的“诗病”，没有令人难猜的“谜语”，更没有故作高深的“朦胧”，咿咿呀呀的“梦话”和自鸣得意的“抒怀”，完全是从生活中“酿”出来的，充满着“大三线”创业者的血性与阳刚，今天读来仍然叫人热血沸腾。

后来，我也在公开发行的报刊上发表了几组诗。

也是一个星期天，有五六个戴着草帽的人来找我，我一个也不认识，他们便拿出刊物，指着问那组诗是不是我写的。

我虽然用的真名，但是那个时候没有“百度”，数十万建设者中，他们是如何找到我的，直到现在都是一个“谜”。

我以为他们是保卫处的，不由有些紧张。

那个时候，凡发表有关的文字都是要经过单位盖章的，由于是文学作品，我便跳过单位直接投稿，虽然报刊用了，但对单位来讲那是“违规”的。

他们自我介绍后我才知道，原来是几位文学爱好者。姜华令的年龄稍长，我们都叫他姜大哥。

这时，姜大哥见我不愿跟他“出国”，就悄悄地对我说：“不远，我们今天去，明天就回来。把草帽戴上，将水壶里灌满水，我们马上出发。”

想想明天得上班，我就推脱。

姜大哥笑着说：“不会耽误你上班，明天一早我们搭个森工局的便车回来上班。”

这下我更糊涂了，他这个“出国”也真方便，搭个便车就可以回来。

我问他：“搭个便车就可以回来了，这是去哪个国家？”

他说：“乌拉国。”

我费尽脑子搜索着所学的地理知识，也不知道这是个什么国家，想想这么个奇怪的名字，也许是个非洲的国家哩。到非洲国家去，第二天搭个便车就能回来吗？

姜大哥见我傻傻地看着他，就笑着说：“这春天来了，乌拉国的山茶花开了，满山遍野，可漂亮啦。乌拉国的国王家有位公主，就像山茶花一样美丽，我带你到国王家去看一看，说不定还会激起你的灵感，写出一组好诗。”

我那时年轻贪玩，想想明天可以准时回来上班，别人又不知道，于是匆匆地准备了一下，就跟着姜大哥出发了。

黎明的阳光洒满山岭，山谷里的夜雾开始蒸腾，路边的野草上还凝着露珠，走不多远鞋子上面便已经潮湿。我们顺着渡口火车站下面的坡路，一步一步地向山上爬，那小路也就巴掌般宽，每一步都得在乱石中寻找插脚的地方。竟有几只鸟儿追着我们，在头上喳喳地叫着。

姜大哥边走边告诉我，“乌拉国”就在不远的大黑山深处，当地人把这座山称作

“神山”。那里山高谷深，原始森林莽莽苍苍，流泉飞瀑尽布其间，山林里活跃着狼、熊、鹿、兔等各种野生动物。早在20世纪50年代末，国家森工局组织了万名林业工人在此伐木，现在进行“大三线”建设，这里就成了木材资源的一个重要基地。

关于这座山，姜大哥在架线的时候，曾听到当地人讲过一个民间故事。

有一天，天上的王母娘娘准备摆盛宴，土地神送来一只山鸡，正当厨师准备下刀时，那山鸡却说话了。她说自己可以马上下一只金蛋给厨师，只请求放了她。厨师贪财，收了金蛋放了山鸡。这只山鸡飞下凡尘，便看中了这座山木青黛、雄奇秀美的大黑山，逃到山中修行千年，终于成精，将自己修成了一个娇艳的美女。在一个落霞临山的傍晚，山神突然在灿灿的晚霞中，看见一位楚楚动人的女子，十八九岁年纪，穿一身绿色裙裳，飘飘地在山林中行走，便一下子被迷住了。加之山鸡精每日可以给他下金蛋一枚，财色双获，从此，山神成了山鸡精的俘虏，任由她在大山四周吮吸村寨里孩子的精血，弄得大山四周不得安宁。

我说：“我们这次去会不会遇到山鸡精，你别成了山神，让她把我吃了。”

姜大哥哈哈大笑起来，对我说：“你比我年轻英俊，那山鸡精肯定会看上你吃掉我的。”

我们边走边聊，虽是翻山越岭，倒也不觉得累。

姜大哥接着讲。

一日，玉帝乘一条黑龙下凡视察，了解民情，“飞”到金沙江上空，顿感妖风阵阵，定睛一看，一只人形的山鸡精正与山神在江边大山的树林子里饮酒作乐。顿时大怒，立刻通知“纪委”，召回山神，撤其职务，清查其银两，并向月亮里的嫦娥、吴刚调取了每晚所录的“影像”，按天庭法律给山神治罪。

可是，那山鸡精却是玉帝“体制”外的妖精，天庭的“纪律”管她不着。于是玉帝放飞黑龙，让其下凡为民除害。

黑龙手持玉帝的尚方宝剑来到这里，开展了一场轰轰烈烈的“打黑除恶”运动，处决了山鸡精，将其手下的门徒一个个收拾干净，从此，四乡太平，五谷丰登，黑龙受到了山民们的衷心拥戴……

我听得入神，突然前面响起一阵汽车的喇叭声，吓了一大跳。原来，我们已经走完了一段山路，来到新修的公路边了。

姜大哥指了指路边的两块石头说："坐下休息一会，我们等进'乌拉国'的卡车。"

我坐下后急切地问："那个黑龙后来怎样了？"

姜大哥揭下头上的草帽扇着汗水说："还想听吗？"

姜大哥叹了口气说："百年之后，这条黑龙归天了，人们将他埋葬在大山上，第二天一看，整座大山的岩石一夜之间就变得黑幽幽的，森森古木，满山遍野，如同黑龙的皮肤，后来，人们将这座山叫作大黑山。"

这时，一辆解放牌卡车从前面的公路上开过来了。

姜大哥一下子跃起来，举着手上的草帽不停地晃动。

卡车在我们前面"吱"的一声停住。

姜大哥走上前去跟司机交谈，只见司机不断地摇着头。

姜大哥从衣袋里取出一盒金沙江牌香烟来，递到司机手里。

司机接过香烟看了看，将手向后面的车厢挥了挥说："上车吧。"

这是一辆森工局运送木材的车子，现在送完木材，开始返回他们所在的"乌拉国"住地。返程大都是空车，有事去"乌拉国"的人，只要在路边招招手，热情的司机就会分文不取地让你上车，将你平安地送到那个深山中的"国家"。

姜大哥看看驾驶室，只见司机一个人，就指着我说："我这位兄弟刚来'大三线'，晕车，能不能让我们坐在你旁边？"

司机倒也干脆，对我们说："你们上来吧。"

那真是个令人怀念的年代，人与人之间充满着信任与友爱。如此荒野，只要你招招手，那些素不相识的司机，就会主动将车停下来，顺便将你捎到要去的地方，而且分文不取。这次姜大哥"贿赂"司机的那种香烟，也只不过两角八分钱一包。要是当下，别说你一包香烟，就是再多的钱，谁愿意，谁又敢在这人烟稀少的荒郊野外，让两个年轻力壮的陌生男子坐到自己的驾驶室里哩！

司机是1965年进山来的，在这里已经干了近十个年头，川东口音，粗糙的脸上长着浓黑的胡子。

我向他提出了许多问题：进“乌拉国”要不要签证？见没见过国王？国王的王宫是什么样子？公主真的很漂亮吗？……

司机听后笑笑说：“哎呀，你这个小兄弟提的问题真多，你自己进那个‘国家’看看吧，我也说不清。”

姜大哥说：“别总问师傅，山路危险，让他集中精力开车。”

我一看窗外，山路弯弯，如长蛇绕着大山；危崖摇摇，仿佛随时都会垮塌下来。苍郁覆山，绿浪阵阵，将阳光都挡住了，车越往里面开，森林越茂密，光线更暗。枯藤老树，昏鸦声声，与大山外阳光灿灿、炮声隆隆的“大三线”建设相比，这里真是另有一番“异国风采”。

姜大哥用手指着车窗外的景色告诉我，这里就是原始森林了，我们的车现在就是在原始森林中行驶。在未修这条运送木材的公路前，没有人敢走进来，因为到了里面，全是古木和荆棘，根本无路可走，山林里还有各种野兽出没。他当年进山来架电话线，到了夜晚，如同洪荒，四周漆黑，野兽的怪叫声震动着山岗。只有这时，走进大自然原生态的环境中，曾经意气风发、改天换地的人们才会感觉到自身的渺小与恐惧。面对如此强大的大自然，人类只有团结起来，才能将自身的渺小变成群体的伟大。

发动机嘶哑地吼叫着，喘息着，牵引着汽车缓缓地向山顶爬去，那个神秘的“乌拉国”，就在大山的深处。

由于山势陡峭，汽车爬山非常吃力，加之山路坑坑洼洼，我们的车就如同摇篮一样晃动着，我被摇得浑身的骨头都快散架。

看我快睡着了，姜大哥给我们讲起了他对于“乌拉国”的“考证”。

在远古的时候，这里曾是一片荒无人烟的原始森林，野狼成群，虎豹出没，后来从远方来了一对猎人，年长的姓“乌”，年少的姓“拉”，虽不同姓，但情同弟兄。两个人见这里树木森森，野兽成群，真是个打猎的好地方。便在山顶上搭起一个草棚，开始在这里以打猎为生。不出几年，他们将打猎获得的兽肉做成肉干，将兽皮缝成皮袄，背到外地换回了许多大米和盐巴。他们依靠这些财产，娶了山外的两个女人来做媳妇，从此在此繁衍，几代人下来，这里便成了一个热闹的部落。后来，他们的后代用两家的姓在此建国，取名“乌拉国”。

姜大哥的“考证”是否确切，无从得知。倒是司机听后来了兴趣，讲了一个民间流传的有关“乌拉国”的故事。

姓乌与姓阿的两位猎人进到这片原始森林中，搭窝棚一座，挖土灶一个，架铁锅一口，便在这片荒无人烟的大山中开始了他们的狩猎生涯。有一天，太阳初升，晨风徐徐，两个人在林子里布下猎套，突听林子里响起野兽走动的声音，见一只花狐狸从身边蹦起来，直朝前扑去。两个人急忙拉弓射箭，已经晚了，花狐狸蹿进树林子里跑了。

二人并不甘心，寻着狐狸逃跑的路线开始寻找。隐入山林中的狐狸哪里能找到哩！二人寻得口干舌燥，便倒在一棵大树的树干上休息。这时，突然眼前一道闪电划过，在前面的树林子里，几缕云雾飘飘而起，云雾中竟裹着一位亭亭玉立的女子，她身着轻纱，头戴山花，转过身来朝二人莞尔一笑。

“乌”“阿”二位猎人被眼前的女子惊住了，呆呆地看着，这荒山野岭，百里不见一户人家，这是哪家的女子，竟误入了这片山林？

二人走近那个女子。女子大方地请他们到自己的家里去坐一会儿。

二个跟着走了进去。

朱门轻启，只见里面是一座秀美的庄园，粉墙黛瓦，飞檐凌空，雕梁画栋，秀窗鎏金，小桥流水，荷叶映绿，瑶草奇花，如入仙境。

二人问那女子，此是何处？女子告诉他们，这里就是二人所在的大黑山。

二人将信将疑，抬头看看大墙外面的天空，天空被森森古木遮挡着，跟自己在窝棚里看到的一个样子。

二人告别之后回到窝棚里，越想越觉得奇怪，第二天清晨，再到昨日之地去时，却不见玉楼琼阁，也不见那个女子。

“乌”猎人说：“我们昨日是不是进了仙境？”

“阿”猎人说：“仙人是为我们指路了，此地定是未来的天堂，你我二人何不在此立业安家？”

于是，两个猎人打猎更加努力，他们将兽肉运到外面的集市上去卖，除换回粮食、盐巴、茶叶之外，还赚下了不少的家产，便在外地托人说媒，各自娶了外地女子为妻，两户人家在此扎根安家，日出狩猎，日落而归，日子过得其乐融融。

转眼几代人下来，这里已经成了一个不小的部落，有一天，两家人的头人在一起“聚餐”，几杯酒下肚，交谈中便提出，在这里成立一个国家，对越来越多的人口进行管理。便将两家的姓合在一起，取名为“乌阿国”，后来，几代人口音在交往中有所变化，“阿”姓在口音上就变成了“拉”，因此，现在人们都叫它为“乌拉国”。

司机的故事讲得生动极了，我完全被这个神秘的“乌拉国”吸引，希望汽车早一点进入“国境”。

姜大哥补充说：“在国王的治理下，这里很快变成了‘房舍俨然，有良田美池桑竹之属。阡陌交通，鸡犬相闻。其中往来耕作……黄发垂髫，并怡然自乐’的人间仙境，吸引了外面很多人来此居住，国家也就发展壮大起来。”

汽车在前面转了一个弯就停了下来，司机用手指着右边的山路对我们说：“你们沿着这条小路往山上走，前面就是‘乌拉国’了。我得顺公路往右边开，将车子开回局里去。”

我们与司机告别，顺着那条山路往山上爬。古木森森，山路弯弯，一道清亮的山泉，从山顶上哗哗地流下来。除了鸟鸣，四周没有人烟。我走着走着，不免有些胆怯。

我问姜大哥：“乌拉国有警察吗？我们能够随便穿越他们国界吗？”

姜大哥哈哈地笑了起来：“这个‘国家’我以前来过，帮他们架过电线，我们‘大三线’还有一个邮电所在那里，所长是我们邮电系统的先进工作者，我曾去采访过他。”

我更加惊奇，问道：“你们怎么能随便在别人的‘国家’里架电话线？”

姜大哥理直气壮地说：“什么别的国家，‘大三线’建设一开始，我们就派人进去了，要联络，要通信，他们自己也想改变通信条件，我们去帮他们架电话线，他们‘全国人民’都欢迎，干完活硬要接我们到家里去吃洋芋（洋山芋）饭哩。”

姜大哥还说，“大三线”建设之前，这一带还时常有土匪，不时向人打黑枪，抢财物，这“乌拉国”由于人心齐，防范严密，只要发现有土匪进来，山顶上的观察哨兵就吹响牛角号，全“国”的男人都举着鸟枪、斧头、菜刀出动，把进入“国家”的道路一一封锁，土匪插翅也难逃。

这真是一个神秘的“国家”，藏在深山人未识。

我们翻过一个山坳，再转过一片茂密的树林，只见前面有一个小窝棚，窝棚外面站着一条黑狗，见到我们，昂起头来“汪汪”地狂叫。

姜大哥提醒我说：“马上进乌拉国了。”

我不由迟疑起来。

这“出国”可不是闹着玩的，首先语言得通，其次得遵守他“国”的法律，要不要通“关”，搜不搜身，万一将我们当成从“国外”潜入的“敌人”抓起来，那可就误事了。

姜大哥胸有成竹地说：“别怕，你跟着我，邮电所的刘所长跟我是熟人。”

窝棚里走出两个男子，黑色包头，穿一身家纺粗布的对襟小袄，各自手中提着一支鸟枪。

姜大哥忙掏出香烟来各自递上一支，再划根火柴帮他们将香烟点燃。

姜大哥说：“我是山下邮局的，进来找你们邮电所的刘所长，商量架电话线的事情。”

既不要介绍信，也没有什么通关检查，两个窝棚里的人朝我们客气地点点头，用略带卷舌的川滇边界口音说：“上去吧，前面就是邮电所了。”

还好，两“国”语言是相通的，不用翻译就能听懂。

就这样，我们过了“海关”，进入了“乌拉国”。

顺着山路往上爬，不远处看见一个村子，一片茂密的树林包围着几十户人家，一色的黄泥土墙，盖的瓦全是用杉木皮做成，上面压着石块，古朴中透出远古生活的情趣。此时正是春天，四野里桃花盛开，灿灿的如云铺地，灼灼的似霞燃烧，绿树红花之间，有母鸡带着小鸡在觅食，不时传来几声狗吠，便会在山林中引起回声。

姜大哥说：“这就是乌拉国，你看怎么样？”

我说：“山下在轰轰烈烈地搞‘大三线’建设，这里却如此宁静，真是世外桃源。”

姜大哥说：“我们已经帮他们办起了邮电所，架好了电线，下一步就是先帮这里的邮电所和‘国王’家里装上电话机，这里不久也将变了。”

走着走着，看见前面一座房子，四周全是黄泥土墙，四四方方如同一座土地庙，两扇门开着，朝里面看看，黑咕隆咚，什么也看不清。

姜大哥说，这里就是邮电所，我们进去坐一坐。

我们走了进去，瞳孔开始放大，这才看清里面有一个柜台，柜台后面坐着一个中年女子，姜大哥进去就叫大嫂。

那女子急忙从柜台后面走出来，高兴地问姜大哥，你怎么也不说一声就来了。

姜大哥将我介绍给他，说是今天周末无事，带我来这里玩玩。

姜大哥问那个女子：“你们家老刘是不是又跋山涉水送信去了？”

那女子说：“他自从到了这里，几年了从来都没有休息过星期天。”

姜大哥开玩笑说：“你们家老刘可是了不起啊，邮局那么多人，领导独独看中他，派他出‘国’来担任这个邮电所的所长。”

那女子笑着说：“这叫什么‘出国’呀，这叫上山。”

原来，在“大三线”建设开始以后，被派进“乌拉国”来创办邮电所的这位先行者名叫刘志才，那个与姜大哥说话的女子就是陪同他“出国任职”的妻子。他当时在川西平原涪江边上一个山清水秀的县里担任邮电所主任，年轻有为，前程似锦。“大三线”要通邮路，办邮局，人们没有想到他竟然报名参加。乘坐了五天的汽车，翻过泥巴山，来到呼啸的金沙江畔。下车一看，哎呀，全是席棚子和帐篷，平时吃的是海带和萝卜干。他钻进席棚，打开被盖卷，支起蚊帐，坐在“杠杠床”上休息。突然听到隔壁的席棚里传出了女孩子的哭声，过了一会儿又有几个女孩子参加了“合唱”，有的竟爹呀娘呀地号啕起来。更有的男孩子，到了晚上，就跑到金沙江边去坐在石头上偷偷地哭。一句话，这里的艰苦超过了他们的想象，想家了。

有一天，领导找到他说：“你在老家蓬溪县就是一个邮电所的主任，现在想派你去一个‘国家’管一个邮电所。”

刘志才一听忙问领导：“什么，你说什么？”

当他从领导口中得知那个“国家”名叫“乌拉国”时，还真是被吓了一跳。

有了解情况的人来劝他，说那个“乌拉国”在一个荒凉的大山上，偏僻得很，当地不少人都有粗脖子病、麻风病，听说还有土匪，不时会到这个“国”里来抢东西。

有人还告诉他，那里过去是不通邮路的，现在那个所谓的邮电所，其实就是用黄泥筑起来的小房子，像个土地庙，白天里面都要点灯才能看见，你去了没有土地婆帮你煮饭，你咋办？

刘志才没有退缩，毅然出“国”任职。

这是怎样的一个邮电所啊，“小土地庙”没有大的窗户，采光不好，里面整天都是黑咕隆咚的。到了下雨的时候，里面的积水，一直淹到脚脖子。原有的几名员工嫌这里太艰苦，也就打起被盖卷走了。由于“大三线”的建设，从外地来的邮件不少，刘志才必须得找个帮手，申请了几次，都无人愿意到这个僻远的邮电所去。

没有办法，他只得动员自己的妻子，可妻子也不愿意，因为两个孩子到了这里就无法上学。

刘志才不断在妻子面前夸“乌拉国”，说这里简直就是一座大公园，青山翠绿，溪流潺潺，空气清新，是个天然的“氧吧”。满山遍野都是动物，走路就会有兔子从你脚边跳出来。夏天里，这里还有一种小动物叫石鹅，每只半斤多重，肉又白又嫩，味道鲜美得很。山上蘑菇、鸡枞满山遍野，送信回来在路上顺手就可以摘到一草帽。他知道年轻的妻子爱花，就说这里到了春天，桃花盛开，满山遍野，还有山茶花，更是艳丽如霞，那金黄色的花蕊，就像一只小喇叭。至于红心果啊，橄榄果呀，更是随手可摘。

经过刘志才对“乌拉国”如诗如画的描绘，妻子终于同意跟他一同“出国”代班。

“代班”是那个时候“大三线”建设中的一个专用名词，就是去工作的人工资关系等都保留在原单位。刘志才心想，代班也行，自己在“国外”总还有个临时的帮手，不然一个“国家”的邮电所，光靠他一个人怎么也忙不过来。

就这样，这对夫妇拉着一个刚会走路的孩子，抱着一个还在吃奶的孩子，先搭了一段森工局运送木材返程的便车，接着就开始爬山。妻子根本没有想到，这山间小路仅有巴掌般宽，山也太高太陡，到处都是危岩，火箭草不断地拉扯着裤子，走不几步便浑身出汗，怀中的孩子也啼哭起来。

妻子伤心了，一屁股坐在路边的石头上。

前一天晚上下了一场雨，路上布满泥泞，刘志才从地上拾起一根树枝，帮妻子刮去沾在鞋上的泥浆。

突然，他听见山上响起沙沙沙的声音。

他急忙一把拉起妻子，就朝小路前面的树林子里跑去。

当他们停下来回头看时，刚才休息的地方，山体出现滑坡，一大堆乱石和泥沙将那个地方堆得满满的。

妻子抱着孩子，不由倒抽了一口冷气，冲着他说：“刘志才啊刘志才，你要把我们仨带到哪里去？”

眼泪在妻子的眼眶里转动着。

刘志才心想，这一带全是黑压压的森林，十几里路不见人烟，前一段时间，还有土匪出没，土匪经常会打冷枪，抢劫路人的财物。这一切都不能告诉妻子，于是拉着她的手，拼命地往山上爬。

进了“乌拉国”，妻子突然惊喜地对他叫了起来。

刘志才一看，原来山路上出现了羊群。

那是一位十五六岁的少女，正在山坡上放羊，羊群如同白云一样散布在绿色的草地上，四周是森森的古木，构成了一幅美艳的牧羊图。再仔细看时，发现放牧的少女打着赤脚，身上仅穿着一条破烂得不能遮体的裙子，高山上寒冷的风吹过，她就不由得打一个寒战。

妻子叫刘志才打开随身带着的箱子，从里面取出一条裤子和一件上衣，送给了那个牧羊女。

牧羊女惊异地看着面前这个抱着孩子的女人，双手接过衣服，双膝下跪，磕头致谢。

他们慌忙将牧羊女拉起来，让她到前面的林子里去将衣服穿上。

到达“乌拉国”时天色已晚，一家人走进了那个土地庙一样的土屋里。妻子问他，这就是“乌拉国”的邮电所，这就是我们的“家”吗？话未说完，泪花已在眼眶里转动了。

不久，雨季来临，山洪暴发，洪水猛兽一般从后山上飞冲直下，将这座“土地庙”的后墙冲垮。为了一家人的安全，刘志才手中握着一把锄头，站在后墙倒塌地方，不停地挖沟放水。就这样也无法挡住洪水，洪水很快就冲进了厨房，冲进了卧室，冲进了营业室，惊魂未定的老婆抱着孩子，冒雨跑到别人家去躲雨。风雨过后，这座“乌拉国”“小土地庙”的黄土墙被洪水“啃”去了三分之一，各地邮来的报纸杂志和信件以及本地邮往外地的邮件不断涌来，他只得用几根松树棒支撑着，继续营业。

从“乌拉国”到为“大三线”建设伐木的森工局住地，只有一条三千米左右的简易公路，经常塌方，到了雨季，邮车开不进邮电所，邮电所里的邮件送不到邮电车上，刘志才就自己肩挑背扛，来来回回，这条路上一走就是十几年，背烂了四只背篓，没有失误过一份邮件。

有一位侨居缅甸的老太太得知“乌拉国”通邮了，就邮了一封信来寻找亲人。由于时隔多年，很多地名人名都发生了变化，刘志才在投递时多次都无法找到收信人。但他没有灰心，每天送信送报时，就顺便打听，终于找到了收信人，使这封死信得以复活。多年后，当国门敞开，这位华侨老太太回到“乌拉国”探亲，专门要寻找当年为他送信的刘志才，而这时的老刘已经两鬓斑白。

一晃十多个年头就这么过去了。突然有一天，妻子提出要离开他，回到山下的“大三线”特区邮局去。

刘志才不得不放妻子下山。妻子当年跟着他“出国”，本来就是来“代班”的，没想到这一“代”就是13年。

一个令他们夫妻难以面对的现实摆在面前。

跟着妻子一同上山的两个孩子，大的已经长到18岁了，因为“乌拉国”的学校教学质量不行，在招工考试中没有考好，一直没有工作。一个18岁的小伙子，整天在这里跟着父亲送邮件，又没有工资，全干的义务劳动，他将来怎么生活，怎么融入外面的社会？这成了他们夫妻的一块心病。

更叫他们心痛的还是那个当年抱着“出国”的小儿子，到了这里之后，有一次突然发高烧，他们抱着四处求医。高山之上，荒僻的山野，哪来良医良药？结果误食了假药，等到孩子高烧退后，已经成了一个小哑巴。

这犹如晴天霹雳，将妻子击倒了。她紧紧地抱着孩子，不停地呼喊着，天啦，怎么会发生这样的事情！老天爷，你惩罚我吧，求求你，放过我的孩子，他还小，他还小啊！

呼喊声撕心裂肺，山鸣谷应。

为了孩子，她执意要离开“乌拉国”。

刘志才还能再说什么呢？他只好含着泪水，送妻儿三人“回国”。

“乌拉国”的街道是一条狭窄的土路，居民的房屋在街道两边错落有序地排列着，除邮电所外，还有两个小商店，卖着从外面“进口”的布匹、食盐和针线。给我最大的感觉是家家户户门前都站着一条山狗，警惕的眼睛不断地看着路人，只要发现陌生人，就张开嘴“汪汪汪”地叫起来，一条狗开叫，很快便引起连锁反应，“朋友圈”就出现“爆棚”，整个“国家”的狗都跟着叫起来，大山深处便是一片令人心惊的狗吠声。

我很害怕这种狗吠，问姜大哥：“为什么这个‘国家’养那么多狗？”

姜大哥说：“为了防止土匪和小偷。”

我说：“除了落草的土匪，谁还跑这里来偷？”

姜大哥说：“人穷起盗心，贫穷啊，一尺布，一两盐，在这个‘国家’都是宝贵的。听刘志才讲，‘大三线’建设开始，森工局在这里建了个物资仓库，那里经常被盗，附近的粮站也被盗过，幸好邮电所没有什么值钱的，还没有被盗。这，就是远离尘世的这个‘国家’的另一个方面吧。”

写到这里，我不由想起曾经去过的一个名叫列支敦士登的欧洲小国，那个国家小得仅有一条街道，但街道两边却布满了商店，这是一个依靠邮票赚钱的国家，商店里到处都在卖邮票，将一枚小小的邮票做到能养活一个国家，那也是将邮票业做到了极致。街道中心有一尊国王的大理石塑像，那国王瘦瘦的，穿一件西装，如同一位学者。国王的王宫在一个山顶上，看去如同一座大型的仓库。我踏着积雪，怀着十二万分的好奇爬上山顶，来到这座王宫的大门前，以为会有警卫持枪把门，见到的却是一个老者，独自坐在一个小棚子里，半闭着眼睛打瞌睡。据说，这王宫是可以出租的，无论是举办婚宴，还是做别的用场，只要付足了钱，都可以进王宫里去享受一番。

列支敦士登跟“乌拉国”一样地处山区，崇山峻岭包围着这个小国，但这里的公路却四通八达，欧洲很多国家的车辆都要从这里经过，形成了这里发达的商业。更令人没有想到的是，这个小国竟然选择了邮票作为支柱产业，生意越做越大，国库的收入也越来越丰厚。当年我所进入的“乌拉国”，地处闭塞的西南山林，“国家”实行的是封闭式治理，“不与秦塞通人烟”，天长日久造成了落后与贫穷的面貌，家家户户只得依靠养狗来维持自家的安宁。

对于“乌拉国”，我后来查遍了《大不列颠百科全书》也找不到这个“国家”。

姜大哥告诉我，刘志才入乡随俗，也养了一条狗来护所。他有一次在送邮途中，腿关节突然不听使唤，一下子倒在山路上了。看看四周，前无店，后无户，只有那条狗跟随着他。那狗跑过来，不停地用嘴拱着他，可是，他实在无力站起来，最后，那狗跑了，在山里找到一个伐木工人，那个伐木工人跟着狗跑来，才将他救起。

这条狗成了刘志才在“乌拉国”跑邮的帮手。

这就是“大三线”的邮电职工。

刘志才同我一样，是自愿报名来参加“大三线”建设的，可是，他却没有我幸运，没有投入轰轰烈烈大建设洪流的现场，而是被派到这个远离建设工地、居于深山中的“乌拉国”来建立邮电所，为贫穷的大山里的人们送报送信，打开他们的视野，让他们与祖国前进的步伐紧紧地联系起来。

他，成了“大三线”派到“乌拉国”的“特使”。

几年下来，刘志才完全成了一个地道的“乌拉国”的国民。一顶被太阳晒得发黑的草帽，一张被山风吹得多皱的脸，现在已经完全看不出当年那个涪江边帅气的年轻邮电所长模样了。身上穿的那件褪色的蓝布中山装，上面打了两块补丁，只有这个才能看出他比“乌拉国”本土的“国民”们洋气。

半夜里，他左腿上那三个疮又痛又痒，在这个山高水远的“国家”，上哪儿治去？想着明天还要送邮袋、接邮件、开门营业……可这条腿为什么就这个时候长疮呢？想着想着，不由想到了自己的家乡，那清清的涪江水，悠悠的小船在上面漂荡着……突然，他放声大哭起来，泪水像断了线的珠子，不断地往下流，枕头都被打湿了一大片……

向局里提出离开这里，理由是充分的，他的家庭为了这个偏僻的“乌拉国”，已经付出了沉重的代价。可是，“大三线”建设刚拉开序幕，隆隆的炮声终日不停，各行各业都需要人啊！同时，“大三线”的建设也需要周边群众的支持呀！这里条件差，到时又派谁来呢，谁又愿意来接自己的班呢？

他咬咬牙，决定还是自己坚守这个“阵地”。那个时代，这些普通而平凡的共产党人是何等的令人敬佩啊！

随着“大三线”建设的向前推进，这里的邮件越来越多，一个人孤零零地在这里，要完成逐渐繁重的工作还是很困难的。他咬咬牙，再次动员妻子“出国”。

妻子得知他生病的消息，急急忙忙跑到“乌拉国”来，看着他日渐消瘦的样子，心痛了，咬咬牙，拉着那个小哑巴儿子，再次进入“乌拉国”……

姜大哥说，邮电所虽然还是那座“土地庙”，但四周的环境已有了很大改变。

我仔细看了下周围。门前开出了一块平地，在平地上浇了水泥，变得光滑、洁净。在这个“土地庙”的四周，夫妻二人开出了几块小园子，除种了一些蔬菜之外，还种了各种各样的花木。正是春光明媚时节，园子里的那几株山茶花开了，红艳艳的，与屋前屋后的绿树相映成趣，“土地庙”便成了世外的桃源，清新的空气中弥漫着沁人心脾的花香。

姜大哥对刘志才的妻子说：“我们先到外面转一转，等老刘回来后我们再来，局里给了我一个任务，这次来要采访一下老刘。”

刘志才的妻子忙说：“不用不用，老刘这个人，从来就是个埋头做事的，最怕别人采访。”

“乌拉国”有几个寨子，分散在大山上，因为分散，我们不可能一个一个地转，于是就近在“首都”四周转一转。这个“首都”也是一个小村寨，狭窄的街道，一律是土路，那座“王宫”就立在“首都”街道尽头的山坡上，四周打的黄泥墙在阳光下闪着光，我们站在街道上，仰头看那座“王宫”，只能看见里面房子的屋顶，与一般“国民”家不同的是，屋上盖的是青瓦，中间有一座小楼，两层高吧，四周用雕花木围成了走廊，显出一种“皇家”气派。

我问姜大哥，能不能进“宫”里去？

姜大哥告诉我，得有熟人引见才能进去。他让我等一等，刘志才送邮件回来，让他去给说一说，因为刘志才在这个“国家”已经很有名气了，他的话“国王”会听的。

我问：“能见到‘国王’和‘公主’吗？”

姜大哥说：“没有问题。”

过了一会儿，姜大哥又说：“现在‘大三线’开始建设了，这个‘国家’看来也会变化，已被当地政府统一管理，这样更有利于对这个地方的开发和建设，也有利于支援‘大三线’建设。”

当晚，我们等了很久，直到满山的灯光都已熄灭，才见到送邮回来的刘志才，他手里拿着一只手电筒，衣服被汗水湿透。

第二天，姜大哥对他进行了采访，采访结束，本想通过他的关系去“王宫”里拜见“国王”和“公主”的，可是，刘志才小小的邮电所里，已经堆满了邮件，因为采访耽误了时间，他必须赶快出发，否则到天黑之前就无法回到邮电所。

我们不便再麻烦，就跟他握手告别。姜大哥答应过几天后，带我再来这里，一定帮我完成这个愿望。

后来，随着轰轰烈烈的“大三线”建设推向高潮，我的工作也有了变动，姜大哥曾约我两次，但都没有时间。

其实，我进入“大三线”的时候，“乌拉国”就被改成了务本乡，意思为“务农为本”，划归“大三线”渡口市仁和区管辖。但是，“务本乡”这名称除了官方公文使用外，恐怕没有多少人这么称呼，人们还是习惯叫这里为“乌拉国”。务本乡位于渡口市腹心地带，全乡最高海拔 2920 米，森林覆盖率达 85% 以上，其中大黑山省级森林公园林区面积 21413 亩。

这里就是一个森林王国。

至于“乌拉国”的“公主”，后来听说下山到渡口市的一所学校“留学”。有关人员给我介绍说，这个“公主”是一位十八九岁的姑娘，常穿一条百褶裙，上身穿一件当时流行的的确良花衬衫，面容白皙，腰肢婀娜，平时喜欢唱歌，那歌声可是吸引着无数的同学哩！

我专门去过几次，均因各种原因未能见面，这成了一件非常遗憾的事情。

6. 深山谍影

“大三线”建设初期，国外有些间谍潜入侦察，窃取包括技术情报在内的各种信息，保密成了随时都提到重要工作日程上的事情。

有一天半夜时分，我睡得正香，突然有人在楼道里吹哨子，叫大家赶快到楼下集合，有重要的任务。

我急忙跳下床，迅速穿上衣服，系紧鞋带，朝楼下跑去。

楼下已经集合了很多人，分成了几个队伍，其中有结构工程队、土建工程队和机械动力科的职工，还有机关的工作人员。

这中间有不少人是从铁道兵转业的，动作自然迅速，我看了一下，个个神色严肃，不知道发生了什么事情。

保卫科宋科长站在队前，严肃地对大家说，刚才接到报警，说在我们附近的那座山上，发现有人在那里发射照明弹，这显然是潜入的敌特在发射联络信号。我们这里是建设的核心部位，必须迅速确定其潜伏的地方，将潜伏的敌特抓出来，保卫我们的“大三线”建设。

他这一说，我顿时紧张起来，小时候看了那么多反特电影，这次还真的遇到特务了。于是下决心，哪怕上天入地，也要将这个特务找出来。

宋科长说，我们必须马上出发。根据分工，我们从四面向前面的那座大山进行包围，逐渐缩小包围圈，在天亮之前，一定要抓住间谍，结束战斗。

他接着强调，在未发现间谍之前，不准说话，一旦发现，就要喊话，威慑对方投降，让他将枪扔出来，以减少我方人员的伤亡。

我举手说：“报告，间谍有枪，我们空手怎么抓？”

宋科长说："土建工程队有的是做铁锹的木柄，一个人发一根，这就是我们的武器，我们要先下手为强，用木柄先将他打倒，如果间谍要反抗，我们就打他的头部，但是不要打死了，要捉活的。"

说着，他做了一个动作，教我们怎么用木柄对付间谍。

我跟着队伍出发了。

没走几步，宋科长命令："伏下身子，保护好自己，猫着腰前进。"

大家在坑坑洼洼的地面上摸黑朝大山里进发，因为不准用手电，不准说话，只听着沙沙的脚步声。

突然，有人"哎哟"一声跌倒。

有人就严肃地喊着："不准说话，爬起来，跟上。"

队伍来到山脚下，人员成扇形分开，根据出发前的分工，从山下向山顶"步步为营"，进行拉网式"排查"，就是有一只蚂蚁也难逃脱，何况一个大活人哩！

天色太黑，伸手不见五指，张嘴不见牙齿，人们只能凭自己的"感觉"摸索着前进。山林间到处都是杂树和刺，有的人衣服被刮破了，手被划出了血，但谁也不哼一声，心中只有一个愿望，尽快抓住那个潜伏在深山里的间谍。

说起间谍，我不由想起老皮，他现在还被有关部门关押着，原因是怀疑他是间谍。

老皮军人出身。转业后进入"大三线"，在我所在的"信箱"武装部当副部长，为人和蔼，待人忠厚，谁知后来竟被确定为搜集"大三线"建设情报的"间谍"，并押送到西昌某地进行审讯。确定"间谍"的依据是，他手中有一只公文包，正是某部某技术人员丢失的那只，皮包确认无误，但里面有关某种军事舰艇的设计图纸没有了，最后确认是被他"送出去"了。听说在审讯时他开始态度很坏，不肯承认，于是就用测谎仪对他进行测试，结果证明，他没有说实话。于是，就对他加大审讯力度。谁知这老皮还真有点"革命先烈的精神"，竟然毫不畏惧，大义凛然，不肯屈服。审讯的人越审对他越怀疑，一个"大三线"建设的基层武装部副部长，也就芝麻大个官，哪来这样硬的骨头？不是一个老牌间谍，没有经过严格的训练，哪能有这样好的心理素质？

到老皮所在的“大三线”单位查他的档案，贫农家庭，高小文化，共产党员。

这个老皮，到底是一个真正的共产党员，还是一个训练有素的老牌间谍？直到我们这次出发抓间谍之前，这件“间谍案”还没有审出个结果来。

会不会我们去抓的这个间谍，与老皮是一伙的呢？要是这次抓住了这个间谍，将真实情况审出来，看你老皮还怎么顽抗！

保卫科的宋科长没有讲，我们也不便问，那就等抓到这个间谍后再说吧。

谁知黑夜搜索，困难极大。出发前想好的方案，到了现实中却不好使。由于山太大，这百十个人“撒”出去，立刻就被“融化”在里面了。

出发前有规定，在未发现“敌情”之前谁也不准说话。如果发现敌情，就要喊话威慑对方并进行包围，不能让间谍跑了。由于天黑，又不准打手电，走着走着，人就走分散了，各人只好“各自为战”，自己壮着胆子往山顶上搜。

山上起了露水，冰凉冰凉地贴在脸上，可手中的木柄却攥出了汗。一个不小心，我一脚踩在一块石头上，石头一滚，便“扑通”一声倒在地上。

后面的人不知道前面是什么，大叫：“这里有人！”

这一声非同小可，只听呼啦啦的声音，有很多脚步朝这边跑来。

宋科长用他那口山东口音大声地说：“保（包）卫（围）起来！”

我想，间谍听到这样的喊声，一定会吓得把枪扔出来。

终于发现了“敌情”，抓间谍的人们立刻兴奋起来，摸索着朝我这边围拢来。

我听那声音是从我后面发出来的，于是转过身去往后面搜索。

宋科长又喊：“缴枪不杀！”

我按照宋科长的命令，伏着身子（担心间谍的子弹），一步一步向后面摸索，突然，看见有一个人影，正勾着腰，小心翼翼地朝我这个方面摸索着过来。

我心想，终于发现间谍了，不由有些紧张，万一他开枪怎么办，必须先下手，于是猛然一下子站起来，举起手中的木柄，对着那个黑影挥去。

只听“哎呀”一声，那人倒在地上。

我猛扑上去，将那人压在下面，大声叫喊：“缴枪不杀！把枪扔出来！”

谁知那人冲着我大声吼起来：“奶奶的，抓自己人呀！”

我一听那声音，糟了！

山头上慢慢地发白，山野开始朦胧起来，一个个精疲力竭的搜山队员，身上都满是露水，大家在山顶上会齐，你看看我，我看看你，都因为没有搜索到间谍而灰心丧气。

宋科长给大家讲话，说这间谍也太狡猾，不知道昨晚上到什么地方联络去了，害得我们忙了一个晚上。他答应回去后向上级汇报，是不是情报有误。不过这没有关系，在“大三线”，就是得处处提高警惕，保持清醒头脑，防止敌特的破坏。

有人提议，唱个歌吧。

有人说，算了，算了，还是快点回去上班吧。

这事过了半个多月后，我在家属区竟然遇见了老皮，他仍然穿着一件褪色的旧军装，只是精神不太好，面容有些消瘦。

我问他：“皮部长，什么时候回来的？”

他说：“刚回来两天。”

我问：“到底怎么回事？”

他说：“怎么回事，人家不给饭吃了，让我回来了。”

我问：“事情怎么就这样完了？”

他说：“还能怎样？”

我问：“听说你很顽固？”

他说：“什么叫顽固？任意地伤害同志，诬陷好人。我虽然不是个老党员，但我会向老党员老同志学习，我们天天喊为了真理宁死不屈，要真叫你死，你就屈服了。可我就是不屈服，他们可以将我枪毙，但不可以叫我低头，搞冤案，造假情况，那还能叫共产党员吗？”

原来，老皮转业到“大三线”之后，因为家庭困难，六十多岁的老母在家无人照顾，就接来同住。老人到来之后，看着他家孩子多，老婆身体也不好，就靠他一个人工资生活，为了帮助他克服家庭的经济困难，就经常到外面的垃圾箱里去拾破烂卖。一天，老人拾到了一只公文包，觉得很好，就拿回家。想想同儿子一起在机关工作的人，人人上班都提着一只公文包，儿子每天上班却总是背着当兵时的黄挎包，这只公文包擦干净后正好可以让儿子提着上班。谁知这只包竟是一个设计机密图纸的技术人员的，不知怎么丢了，就报了案。因为案情重大，很快便找到了那只包，并将提包的主人老皮拘留审讯。偏偏遇到了老皮这个实在人，又是军人出身，不肯认“罪”，受尽了苦也不低头，真有一股“大三线”人的硬骨头精神。所以越审对他越怀疑，并初步定为老牌“间谍”，老皮也为此吃了不少苦头。最后，案子破了，原来那皮包是被一个小偷偷了，图纸扔了，里面的钱拿了。

老皮的间谍案就这样结束了。

这个老皮，文化水平不高，参加“大三线”建设，他不会造原子弹，不能攻克钒钛磁铁矿的科技难关，却有着一副铮铮铁骨，正是一副副这样的肩膀，扛起了“大三线”辉煌的事业。

7. 地震来了

惊闻 2008 年 8 月 30 日下午 4 时 30 分，四川省攀枝花市仁和区、凉山彝族自治州会理县交界发生 6.1 级地震，震中位于攀枝花市区东南约 50 千米，这次强震导致 25 人死亡，受灾人口达 80 多万。

此时已是傍晚，许多朋友还在远郊的地震灾区参加救援，而我所工作过的市中心，当年“大三线”建设的钢铁基地工业区，由于建设时强调了国防建设的质量，现在完好无损。耸入星空的高炉照样飞涌着通红的铁流，烈火熊熊的转炉同样飞溅金色的钢花，轧机仍然在不停地轰鸣……

这场地震之后很多朋友都问我，你在那里工作过，遇到过地震吗，能不能给我们谈一谈当时地震的事情。

我听了不由大笑，说起当年在“大三线”时躲地震啊，那真是趣事多多！

“大三线”钢铁基地所在的渡口市，据说是位于某个地震带的边缘，不时会受到地震的影响。我刚去时，还是有些害怕，但一年多下来也没发生什么，人们照样上班下班，工地上机器照样轰隆隆地开着，铁路照样向前延伸，列车照样奔驰，也就渐渐地把这件事情淡忘了。

谁知到了 1976 年夏天，有一天半夜的时候，突然听见楼内一阵很响的脚步声，由于当时的房子是采用预制板建造的，水泥预制板架在房梁上，楼板厚度不够，上面有脚步声，就会传到下面。我睁开眼睛，看见同室的武装部干部老吴早已起来了，他一边穿衣服，一边对我大声地说：“小沈，快下楼，快一点！”

我问：“是紧急集合，抓特务？”

他说：“有什么特务，地震了！”

我没想到这地震真的一下子来了，急忙起来，衣服都没有来得及穿，抱在手上跟着跑下楼。

楼下是一个由土建队平整修建的灯光球场。

我跟到球场上时，上面所有的灯都打开了，雪亮的灯光照着一大群躲地震的人。有机关办公楼对面大楼里的土建工程队和结构工程队的工人，大家都涌在球场中间。很多人都未来得及穿外衣，有的女职工也只穿了一条内裤，灯光照着，搞得各自都不好意思。女职工用手捂着前胸蹲在地上，有时看看头上的灯，是不是在晃动。

保卫科的人这时站出来，对全体喊："男职工站前面，女职工站后面，听口令。"

于是，人群开始涌向自己的"队伍"。

保卫科的人喊："女职工队伍向后转！"

于是，男女职工背对着背，相互不再干扰。

好在这里是亚热带气候，夜晚不太冷，大伙就这样扛着。

我站在人群里，看看四周，刚建起的楼房包围着这个小小的灯光球场。由于是大山里建球场，开一块平地不容易，就在球场边上依山开出了两个台阶，建了一座四层的小红楼，一二楼是机关办公，三楼住机关的单身男职工，四楼住机关单身女职工和子弟学校的女教师。在球场下面，依山建了一座六层的楼房，那是土建工程队和结构工程队单身职工住的单身楼，这座楼比机关办公楼要大得多，住着两个工程队近两千多名单身职工。灯光球场前面是一个舞台，舞台的对面不远处是一座刚建起来的三层楼的红砖房子，住着机动科的单身职工。现在，我们就处在这楼群的包围中。

再看这三座修建不久的楼房的后面，就是一座座巍峨挺拔的大山。在这个漆黑的夜晚，仿佛一头头怪兽，正张开血盆大口在那里等着我们。

我不由一阵心悸，万一这些楼房和它们身后的大山倒下来，我们这些人肯定会被压成肉饼。

在这群峰茫茫的大山里，要找一块平地躲避地震谈何容易？

方圆四周，只有我们人工建造出来的这个灯光球场是唯一可以躲避地震的

“平原”。

夜一下子变得很长。

我这是第一次经历生死考验，心里不由有些胆怯。这样死去，心有不甘。“出师未捷身先死”，“大三线”建设才刚刚开始，沸腾的热血还没有来得及喷洒就倒下了，那多可惜。

我同大家一样，只能听天由命。

就这样过了几个小时，大家仰望着的灯光球场上的灯还是那么明晃晃地亮着，没有出现晃动。有几个胆子大点的年轻人便开始大声地说：“明天还得上班，就这样明天上班出了事故谁负责！”

有人回应：“老天爷负责！”

人群发出一阵大笑，紧张的空气开始活跃起来。

有人提出，是不是派人到楼里去，拿几件衣服出来给女职工们穿。

谁去？有几个年轻小伙子自告奋勇要求完成这项任务。

可是，楼上的女职工宿舍，小伙子们怎么进去？

交钥匙？

女职工们你看看我，我看看你，没人愿意交出钥匙。

这时，有几名女职工说：“我们自己去拿。”

说话容易，到底谁去冒这个险？

有两个女职工站出来了。

我的个天，竟然有这样的女豪杰，男职工们都转过身去，想看看到底是谁。

保卫科人员的哨声响了，大声命令：“都转过去！转过去！”

“蹬蹬蹬……”，两位女豪杰，如同奔赴前线冲向敌群一样，从人群中飞跑而出，冲上灯光球场与机关办公楼前的数十个台阶，飞冲到大门前，就像冲入敌堡一样冲进大门，接着便“蹬蹬蹬”地向楼上冲去。

我仿佛觉得脚下的地在颤抖，头上的灯在晃动。

人们着急地朝台阶上喊：“快点！快点！”

过了一会儿，这两位女豪杰就从办公楼的大门里冲了出来，各自手里抱着一捆衣服。

灯光球场上开始欢呼起来，人们如迎接英雄一样地拥了上去。

保卫科人员的哨声已经毫无用处，男女职工都拥到一起，欢呼声在灯光球场上震响。人们所害怕的地震阴影，早已被这欢呼的声音抛到了九霄云外。

我看了看那两位女英雄，有一位竟然是财务科的小唐，一个姣小的四川妹子。

感激不尽的女同胞们开始穿衣服。

舍身炸碉堡的董存瑞是英雄，堵枪眼掩护部队冲锋的黄继光是英雄，在高铁上阻止抢占座位的是英雄，在公交车上阻止抢夺司机方向盘，挽救了无数生命的也是英雄。无论多么弱小的生命，只要在人们需要的时候能站出来，人们便会把他视作英雄。

这场地震过后大概两年，又闹了一次地震。

与我同室的武装部干部老吴同志，这次可就没有上次那么轻松了。上次是一个人跑地震，这次是带着老婆孩子们一起跑地震——他老婆带着两个孩子，赶在这个节骨眼上来探亲了。

根据“大三线”不成文的规定，老吴的妻子来了，我自当另找地方睡觉，把宿舍让给他一家人团聚。

我在他妻子到来的前一天，就主动搬了出去。

老吴见我“高风亮节”，非常感动，一再对我说：“小沈，感谢你啊！”

我说：“这有什么感谢的，大家都是这样，没有房子住，你一家人如何团聚？我一个单身汉，到哪都能过一夜。”

老吴是部队转业到这里的。他聪明，为人和气，笑着对我说：“你手表如果有问题，以后就不要客气，我帮你修就是了。”

老吴修表还真有一套，也许是在当兵之前，为谋生，曾经学习过修表？我曾提出向他学修表，他朝我笑笑说：“你是动笔杆子的人，别开玩笑了。”

老吴的妻子也许没有想到，一个国家的“大三线”重点企业，却没有他们夫妻单独居住的地方，一下子在单身楼里见到这么多陌生的男人，不免有些脸红。她穿着得体，衣服干净，进屋后老吴便把房门关上了。

我这才想起，打饭的碗还在屋里没有拿出来，就去敲门。

敲了几声，屋子里没有回应。

我想，这是怎么搞的，不是看见他两口子进去的吗？

组织科有一个干部是广东人，我们叫他“老广”，他这时上楼来了，见我在敲门，就笑着说：“小沈呀，你怎么扛（搞）的呀，快包（不）敲了。”

我有些摸不着头脑，问：“为什么，我饭碗还在里面，马上开午饭了。”

“老广”朝我神秘地笑笑。

这时，房门开了一道缝，老吴探出头来问：“小沈，什么事？”

我说：“我的饭碗还在里面。”

老吴关上门，去帮我找饭碗。

我被关在门外，觉得这个老吴真奇怪，这是我和他住的房间，老婆来了竟然不让我进里面去找饭碗。

一会儿，老吴又将门拉开了一道缝，把我的饭碗从里面递了出来。

这天睡到半夜，楼道里又传出了急促的脚步声，同室的人叫醒我说：“地震了，快跑！”

我急忙跟着队伍往楼下跑。

不知是心急还是真的地震了，感到脚步有点不稳，跌跌撞撞地又跑到了楼下的灯光球场。

这次大家都有经验了，有的抱着衣服，有的抱着食品，有的提着脸盆（地震来时用来顶在头上），楼上的单身女职工，虽然都早有准备穿好了衣服，但也有的由于跑得急，来不及穿鞋，打着一双赤脚跑下楼的。

大家在灯光球场上站了一会儿，才见从办公大楼里走出几个人来。

灯光昏暗，一时看不清是谁。

人们开始指责这几个人，都这个时候了，为什么拖到后面慢腾腾地出来，他们不要命啦！

等这几个人跑下阶梯，人们才看见，那是两个大人和两个孩子。

有人叫了起来："这是老吴和他刚来探亲的老婆孩子！"

人们立刻呼叫，让他们快点跑到灯光球场上去。

老吴在前，抱着一床被子，后面跟着他的老婆和两个孩子。

他问我："这是怎么搞的，又要地震了？"

我说："不知道，大家都往楼下跑，我也跟着跑。"

老吴用一只手挟住被子，看看老婆和两个还在揉着眼睛的孩子，心痛地说："怎么会有这样的事？"

我不由可怜起老吴来，好不容易盼到一年一次的探亲，老婆孩子举家来了，他该多高兴啊，一家人亲亲热热，团团圆圆地在"大三线"过几天日子，多开心！可是，这可恨的地震，早不震，晚不震，偏偏这个时候来震，老吴挟着的那床被子，说不定里面还是热乎乎的哩！

就这样，老吴带着老婆孩子，跟我们一起在灯光球场站了一夜。

第二天早上，传达说暂时不会发生地震，大家可以各自去上班，但地震的警报还未解除，大家还是得提高警惕，晚上不要进预制板搭建起来的楼房里过夜。

这可难住了老吴，机关办公楼是当时加快速度建起来的，楼板全是架的水泥预制板，只要稍微震动，房梁就会晃动，架在上面的预制板就会掉下来，这是非常危险的。

怎么办，在"大三线"那种艰苦的环境下，一家人上哪里找地方住？

这时，有人告诉他，新修的那栋工会大楼不是用预制板建的，可以防止地震。为了一家人的安全，老吴决定搬到那栋楼里面去住。

白天楼里办公，只有晚上才能住。但里面都是办公室，带家属一起住不太好，更何况老吴另有考虑：如果住在办公室里，地震来了怎么办？拖儿带崽的，一家人能跑出来吗？于是，他决定晚上将一家人安排在这座楼房一楼的大门里，只要发生地震，一拉开门就可以跑出来。

这样安排之后，老吴对我说："小沈，晚上你可以搬回来住了。"

我问："你全家睡到工会楼下的大门里，那多冷呀！"

老吴说："那有什么办法。"

上级通知，一个月内都得随时提防地震。

这“持久战”，直“打”得人精疲力竭，神经错乱。

就这样，我每天白天在外，晚上等老吴一家到工会楼下的大门里去了，就回到原来的宿舍一边睡觉一边警惕地预防地震。

有一天晚上，我看着老吴一家老小抱着被子走进工会大楼，就回到房间，推开门，只听屋子里“咣当”一声，我以为是地震了，吓得转头就往楼下跑，跑到楼下却没见一个躲地震的人。

我犹豫不决地在楼下站了一会儿，才小心翼翼地回到楼上，屋子的门还开着，一只脸盆和一只啤酒瓶子倒在地上。

这到底是怎么回事?

第二天我问老吴，他说那是他用来预测地震的。

我不解地问：“国家那么先进的设备都没法预测地震，你这个怎么预测地震?”

老吴笑着“预测”给我看。

原来，他将那只啤酒瓶的瓶口朝下倒立着，再将脸盆放在倒立的啤酒瓶上，这样一来，别说是地震，就是像我刚才一样，稍微有一点风，那啤酒瓶就会倒下报警。

老吴不愧是个会修表的手艺人，还真有点“工匠精神”，这个点子想得真好。

他怎么能不动脑筋想办法来预防地震呢?我们大都是单身一人，震了也就震了，可他是全家性命都在上头啊!

地震的警报“响”了一个月，上级才通知解除，但会不会再发生地震，谁也说不清。反正上级通知解除，那就是解除了，各自心里也就轻松下来。

只可怜了老吴，这里刚通知解除警报，他那里就得送探亲的老婆和孩子们回老家，因为探亲假的时间到了。本想一家人在“大三线”高高兴兴地团聚一个月，却偏偏遇到了一个月的地震警报，弄得他白天上班，晚上担心着老婆孩子，一家人躺在工会大门里的水泥地上，上面只铺了一张席子。他发明的那套防震设备也同时搬到了大门里，他一个人整夜整夜地守着，没有睡过一个安稳觉，人也变瘦了。

送走老婆孩子，老吴回来一下子就倒在了床上。

我问："怎么啦？"

老吴什么话也没有说，只是两只眼睛盯着天花板，好像仍在担心什么时候发生地震，那上面的预制板会掉下来……

8. 芝麻，开门吧

与杨实相识的时候，“大三线”建设的重点项目攀钢一期工程已经完成，我被调到攀钢党委宣传部，不久接替雷锋战友王漪南同志的工作，担任文艺科副科长。

1986年有一件轰动海内外的大事件，那就是美国激流探险家卡·沃伦带着他的激流探险队要来中国漂流长江。漂流探险，是人类利用无动力装备，依靠自身的力量完成的江河水上探险，在全世界的河流中，唯有中国的长江至今无人漂完全程，漂流长江被称作地球上最后的伟大征服。前几年，西南交通大学职工尧茂书想完成这个壮举，从长江源头的格拉丹冬雪山下开漂，最后梦断长河。

美国人要来中国漂流探险，征服长江，立刻引起了国内青年的关注，他们以勇气和热情，纷纷组织漂流探险队，要抢在美国人之前漂完长江。我所在的攀钢给予了极大的支持，支援中国科学考察漂流探险队两条无动力橡皮船，取名“攀钢号”，何平、冯春两名攀钢青年参加了这支漂流探险队。35岁的我说服家人，以《攀钢报》记者的身份冒险参加了这次采访。这的确是一场惊心动魄的壮举，有七名队员和一名记者为此牺牲。我曾含着热泪，为他们写了一篇又一篇的报道。

杨实爬上七楼，在宣传部找到我，自我介绍说自己是三楼劳动人事处的杨实，想请我写几篇有关长江漂流探险的稿子。

我看看他，一个干瘦的老头，中等个子，戴一副深度近视眼镜，下巴上稀稀拉拉地长着几根胡子。他的普通话带着浓浓的港澳腔，讲得有些吃力，我听得也费劲。一个负责劳动工资的机关工作人员让我写这样的稿子，似乎有点牛头不对马嘴，我对他说：“杨师傅，你是不是跑错地方了？”

他张开嘴哈哈地直朝我笑，非常客气地说：“《澳门日报》找到我，让我为他们写这方面的稿子，准备连载。我没有参加这次漂流探险，没法写，就想到了你。”

他一边说着，一边将约稿信和编辑的名片从衣服口袋里掏出来交给我。

交谈中我才知道，他是澳门人，在澳门时也是个舞文弄墨之人，曾经担任过《华商报》的记者。

杨实永远也忘不了他回到大陆，怀着一颗赤诚的报国之心，考入大学的地质系。他唱着《地质队员之歌》，足迹遍布神州的山山水水，为祖国寻找着无尽的宝藏。1964年他告别地质研究所，从成都出发，跨过波涛汹涌的大渡河、雅砻江、金沙江，翻越云缠雾绕的泥巴山、大凉山，五天五夜后来到一个小山村，那里地名叫德胜营，断壁残垣依稀可见，这是三国时期诸葛亮南征胜利时在此屯兵的营盘。这里已是公路的尽头，前面便是横亘着的重重大山。

第一次进山，大伙各自准备了一根木杠，用来抬探矿的设备和各自的行李，天黑的时候到达金沙江边的一个小山头上，队长突然问："谁会煮饭？"

这是一支"学生兵"，大都是地质学院的毕业生，在学校里吃的是食堂，随身还带着干粮，前几天也就这么将就了。现在干粮快吃完了，目的地还没有到，就得自己煮饭。这可难住了书生们，一顿饭煮了两个多小时，最后还是吃的夹生饭。

晚上睡觉，帐篷让给了女生，男生都各自找一个能避风的石崖，将木杠并起来放在地上，然后躺在上面，身是不能翻的，一翻就得从木杠上滚到地上。

金沙江河谷，是个"早穿棉袄午穿纱"的气候，到了半夜，山谷里起了露水，一个个浑身上下都湿淋淋的，冷得牙齿直打战。四处空旷，寂静得有些恐怖，唯有金沙江水，闪着银光，倔强地在峡谷中不倦地流淌。

寒露袭身，无法入睡，有人触景生情，轻轻地背诵起明代著名文学家杨慎写的那首《宿金沙江》的诗："往年曾向嘉陵宿，驿楼东畔阑干曲。江声彻夜搅离愁，月色中天照幽独。岂意飘零瘴海头，嘉陵回首转悠悠。江声月色那堪说，肠断金沙万里楼。"

杨慎夜宿金沙江古渡口，月正中天，江涛不息，面对险山恶水，离愁之苦溢于诗行。与杨实等人相比，杨慎是幸运的，他毕竟还有个古渡口的旅店可住，不必受这荒山野岭露宿之苦。

且慢，面对这金沙江边的恶水荒野，令杨慎感到愁苦的不仅仅是行路难，别离苦，更有土匪盗贼在此“剪径”（抢劫）。他另一首诗《博南谣》，便描述了这里的“不太平”：“澜沧自失姜兵备，白日公然劫行李。博南行商丛怨歌，黄金失手泪滂沱。铁索箐边山嵯峨，金沙江头足风波。为客从来辛苦多，嗟尔行商奈苦何。”巍山嵯峨，土匪盘聚，盗贼蜂起，一夫当关，万夫莫开，月黑风高，抢财攫物，山野古渡，杀人如麻，呜夫，念天地之悠悠，独怆然而涕下！

杨慎在这人迹罕至的金沙江畔，肉体和灵魂都曾忍受过怎样的煎熬呢？

明万历元年，云南巡抚邹应龙曾率军来此对土匪和盗贼进行清剿。20世纪50年代，人民解放军奉命进山剿匪，土匪、盗贼纷纷逃进山林，直到杨实等地质队员进来之时仍未灭迹。不时会有冷枪袭击地质勘探队，更有为此牺牲者，荒坟仍掩隐在野草之中。

高耸的大黑山，位于金沙江与雅砻江之间，最高处老鹰岩海拔达2290米，原始森林莽莽苍苍，古藤老树缠绕其间，毒蛇盘踞，野兽成群，自古无人敢于进入。1966年，“大三线”的建设拉开序幕，开来了伐木队，每天在深山老林中伐木，十多年下来，通过金沙江和雅砻江的水道运送出来的木材无数，但也只伐其冰山一角。

杨实等地质队员是“大三线”钢铁基地最早的开拓者，这里丰饶的钒钛磁铁矿的发现，竟然充满着神话般的色彩。

离即将崛起的“大三线”钢铁基地不远处有个小镇名叫仁和，说是镇，也就相当于内地的一个村，几十户人家，一条狭窄的街道，两边大都是草房和木板房，还有一些人家的猪圈、羊圈，整条街上都散发着一股刺鼻的粪便味。为了支援“大三线”建设，上海一家医院迁来就落户在这个小镇上。因为文学，我与这家医院的儿科医生徐书生成为知音，周末就经常到这个川滇交界的小镇来会面或是买一些日用品和山货。

传说镇上有个铁匠铺，打好农具菜刀斧头之后，就要挑着送到镇外的人家。可是，每当挑着担子翻越兰尖火山上的山口时，仿佛脚下有什么东西在吸引着，肩头上的担子越来越重，当地人传说是有山神在作怪，以后铁匠铺的伙计出发送货之前，必先烧香跪拜山神。

这个神奇的民间传说，谜一样地吸引了无数有识之士，他们不辞辛劳，跋山涉水来到这里，目的是要探明这种奇异的现象，到底是何方“神圣”所为。

20世纪30年代中期，山间响起了马铃声，一队人马驮着各种物资，从西昌出发向这里走来，进入兰尖火山的垭口时，这些马匹竟难于拔脚，多次失足。一过了这个垭口，那些马匹就轻步地快跑起来。

领队的年轻人名叫常隆庆，他初步断定这里一定有着丰富的磁铁矿，因为那些马匹在出发前都钉了马掌。

常隆庆是四川江安人，地质学家，1930年毕业于北京大学地质系，是我国著名地质学家李四光的学生。他抱着“实业救国”“工业救国”的理想来到西昌，立志要为国家寻找到丰富的铁矿，用钢铁之“钙”，让祖国在世界列强面前挺直起佝偻的脊梁。可是，他们这支勘探队行走到阿树妮（现在为红妮）时，却遭到了土匪的袭击，所带物资被洗劫一空。幸得土匪们不要那些马背上驮着的石头（矿石），这些物质才被驮回西昌进行深度研究和化验。

常隆庆在这片蛮荒之地跋山涉水，风餐露宿，终于获得了丰硕的成果，他撰写了这片神秘土地上的第一篇地质报告《盐边、盐源、华坪、永胜等县矿产调查报告》，这个报告发表在1940年的《新宁远》月刊上。他初步测定这片神奇的大山中至少拥有八百多万吨铁矿和一亿多吨煤的储藏量。加之滔滔不绝的金沙江水，苍茫浩荡的大黑山原始森林，一切兴建大型钢铁企业的条件均已具备。他为此兴奋不已，在他的这篇著作中大声疾呼：办厂兴业，利国利民，“如此便事，弃之无理”。

常隆庆之后，又有秦馨凌、李善邦、汤克成、陈正、许克勤等地质专家先后来到这里，他们同常隆庆一样，呼号开发矿业，建厂强国。但在那个黑夜如磐的年代，他们的呼号和壮志，最后如同这里的矿石一样远埋深山。

轰轰烈烈的“大三线”建设，将这块神秘宝地的开发提上了日程，杨实跟着地质队进来了，他们要打开这个神秘的聚宝盆。

勘探队的食品和行李全用马驮着，几十个人步行了两天才来到渡口。弄弄坪上住着七户人家，一个个衣不遮体，女孩子12岁了还打着光屁股。一个女人怀抱一个孩子，全身赤裸着，勘探队员给了她一条裤子，她感激得连叫：“同志哥好！同志哥好!”夜晚，四周一片漆黑，仿佛到了远古时代的洪荒世界。帐篷外，狼群狂叫，声音凄厉恐怖，令人汗毛倒竖。白天上山探矿，路遇一只狗熊，十七个年轻的地质队员吓得脸色发青。好在大队长刘庆是个“三八”式老干部，见过血与火，便冲上前去，举枪朝天鸣放，才把狗熊吓跑。

金沙江上没有桥，渡江就更危险，江面上只有一条小船，每次只能坐三个人，骡马衣物只好扔在江对岸。金沙江是长江最危险的一段，浪涌涛嚣，暗礁密布，稍有不慎，便会翻船。东西运不过江，晚上就住彝族老乡家的猪圈。蔬菜呢?没有，每顿只能辣椒盐巴拌干粮。当时有句顺口溜道出了这里的荒凉和恐怖：“一怕麻风二怕狼，三怕横渡金沙江，四怕坏人打黑枪，五怕地震倒了房。”

常言道“兵马未动，粮草先行”。可这“大三线”建设是在与“帝国主义”抢时间，与“修正主义”抢时间，一定要抢在战争到来之前建成巩固的战略后方，这是国家之重托，人民之厚望。由于道路不通，物资无法运进来，杨实和大家经常吃的是土豆、海带和粉丝——大家称之为“三大名菜”。

煮饭呢?“三块石头架口锅。”睡觉呢?“帐篷搭在山窝窝。”床呢?“白天杠杠压，晚上压杠杠。”(白天用木杠抬机器，晚上就将木杠拼起来当床。)被盖呢，澡堂呢?“天当被盖地作床，澡堂就是金沙江。”

直到我进入“大三线”，每个人发的仍然是“三件宝”——水壶、毛巾、大草帽。我们每次出门，必带“三宝”。草帽用来挡住头上火辣辣的太阳，毛巾用来擦汗，水壶自然是用来喝水的，因为没走几步便汗流浃背，口渴难耐。

处于“大三线”的渡口市山高谷深，“横断山，路难行，天如火来水似银”，萧华将军创作的《长征组歌》中写到的就是这个地方。听人说，红军当年就是从我们席棚对面的山上经过的。

除此之外，有时还得带上一件“特殊武器”，那就是木棒。进入草丛地带，木棒用来打草惊蛇；进入山林石穴，木棒用来对付野狼袭击。

苦吗?苦。累吗?累。想回北京吗?想。但是有什么比自己劳动换来的果实更令人沉醉的呢?经过艰苦的地质勘探，终于发现了这个神秘的聚宝盆：初步探明这里共有100亿吨铁矿石。目前已探明的全国500亿吨铁矿石，这里就占了五分之一。更重要的是这些铁矿石中含有丰富的稀有金属钒钛，钒储量为2亿吨，占全国的87%，钛储量为8亿吨，占全国的92%。钒比钢轻，有韧性，高温下不变形，是航天航空以及战略的重要物资。过去中国没有，根据20世纪60年代的国际通用价格，中国用20吨花生油还换不回一吨钒，动用一点钒得国务院总理亲自批。攀钢投产，中国一下子成了世界三大产钒大国之一。这个震惊世界的变化，怎么不叫杨实兴奋？钛硬度大，耐腐蚀，是制造飞机和潜水艇的原料，渗入钛白粉造的纸经久不变色。有人计算，把渡口市的钛制成钛白粉，可以把地球刷成一个大白球！

除了钒钛之外，这里还蕴藏着丰富的钪和镓，这两种是制造电子计算机不可缺少的材料，另外还有黄金、银、铜、锡……一位外国专家知道后感叹地说："上帝太不公平了，把这么多的宝藏都埋在了这里！"

建成的"大三线"钢铁基地投产后年产265万吨铁，215万吨钢，6.5万吨钒渣，其他有许多稀有金属都被扔掉了。没有办法，由于科学技术的原因，只能吃了豆渣，扔了豆腐。外国人出钱要买攀钢的铁渣，我们能卖吗？这将等待着多少有志之士去研究、去探索、去奉献啊！

现在，中国"大三线"建设的序幕已经拉开，常隆庆等先辈所为之奔走呼号的理想即将变成现实，中国这个东方巨人，将用钒钛磁铁矿冶炼出来的优质钢材支撑起坚实的脊梁，高昂起自豪的头颅。

面对蕴藏着无尽宝藏的群山，我们高呼："芝麻，开门吧！"

杨实是自豪的，在他洒下汗水的地方，一座现代化的钢铁城市将巍然屹立，那是在中国共产党领导下，中国一代知识分子和工人的智慧与知识的结晶啊！他爱这座自己用双手建设起来的钢城，他后来写信给海外的亲戚说："我出生在海外，但我生命的根却扎在'大三线'的攀钢。我和我的儿女们都是攀钢人，永远地留在这块令人迷恋的土地上了。"

什么是青春、生命、事业和荣耀？那就是当他回首往事的时候，不会因碌碌无为而羞耻，也不因虚度年华而悔恨。面对着祖国飞奔的列车，他能自豪地说这里有我铺下的钢轨；面对着明天灿烂的霞光，他能无愧地说那里有我鲜红的血液……

第三章

高路入云端

1. 劈开横断山

2017年11月27日黎明。

成都平原浓雾弥漫，我和妻乘坐的长途汽车闪着雪亮的车灯，穿过湿漉漉的街道，一路向西奔去。在夜幕降临时，我们回到了曾经为之献出青春的中国“大三线”钢都——这里早已不称“信箱”，也不再叫“渡口”，改成了攀枝花——全国唯一一座以花命名的地级市。

昔日，建设“大三线”的队伍乘解放牌卡车从成都出发，过雅安，翻泥巴山和大凉山，整整开了五天五夜，成昆铁路通车后，翻山穿洞也需要整整24小时，现在高速公路穿山越岭，千里“三线”一日还，看着越来越近的那片热土，不由激动万分！

年轻的长途汽车司机说在市区的中心炳草岗不停车，让我们在密地大桥旁边的公交车站下车了。这是当年“大三线”建设时架在这段金沙江上的第二座铁桥，从这里可以直接到达市中心炳草岗，过江后顺江可以到达“大三线”建设时连接金沙江两岸的另一座大桥——渡口大桥和攀钢的办公大楼，也可以顺着山路向上直接到达兰尖火山铁矿。

夜幕降临，华灯初上，来来往往的汽车不断卷起亚热带城市的尘土，从我们的面前驶过，可是公共汽车却迟迟未来。招了无数次手，终于有一辆出租车停了下来，我们急忙提着行李，匆匆上车。

开车的小伙子一口东北话。得知我们是故地重返，显得很热情，跟我们攀上了“老乡”，说他的父辈来自遥远的东北鞍山，父亲当年来此地时是何等艰苦。可是，他的车到了前面的三岔路口，并未走中间的那条公路，而是载着我们转到了江边的公路。

我提醒他："我们是到炳草岗市委后面的9号信箱宾馆。"

他朝我们笑笑说："我知道。现在还有什么9号信箱，早改成某某宾馆了。"

我说："不管怎么改，那地方总不会变的呀！"

他说："我接过很多像你们这样离开后又回来看望的老人，这座城市是你们建设起来的，我不会骗你们。"

我还能说什么呢？任他在江边公路上转了一圈，转回到中间的公路，再从炳草岗电影院转回到市政府门前的公路，顺着对面坡道转到市委后面的目的地。

我向他要机打的发票。他说这地方不兴那个，顺手在一叠汽车票据上撕下一张给我，开着车一溜烟地驶下了坡道。

我希望在攀钢找几位老朋友老同事随便聊聊，被告知必须通过党委宣传部。

在这片我曾战斗、工作和生活过的土地上，一切都是那么熟悉，那么亲切。那些难忘的人和事，只要一闭上眼睛都会浮现在眼前，现在却一下子变得陌生了。

介绍信和中国作家协会会员证是早就准备好的，我说："那就找宣传部长吧。"

接待我的朋友说："部长很忙。"

二十多年过去，我曾工作过的党委宣传部已换了几番人马。我问朋友，现在宣传部长是谁，他告诉我名叫吴铁军。我一听便决定"不再麻烦组织"，自己来做这件事情。

我直接给吴部长打电话，对方接电话后听出是我的声音，高兴地说："哎呀，主席（我曾担任过攀钢首届文联专职副主席）老兄，欢迎欢迎！"

吴铁军是我在攀钢党委宣传部工作时从东北师范学院来到"大三线"的毕业生，开始在职工总医院团委，后来调到公司党委宣传部宣传科，我们共事多年，相处甚好。

我提出想会一下原攀钢俱乐部主任张文远。

第二天，我乘公交车越过金沙江大桥，直奔事先约定的攀钢向阳村离退休老同志活动室，张文远早已在屋子里等我了，两个人紧紧地拥抱在一起。

当年的"文艺青年"张文远老了，那张圆润丰满的脸盘，已被岁月的风霜打磨得粗粝而松弛，但是，我仍然感觉得到，这位老铁道兵战士拥抱的手臂，还是那么有力。他说：“没想到是你呀，我退休后想出去旅游，看看祖国的大好河山，但老伴瘫了，躺在床上不能动，我得侍候。”

我问：“怎么搞的，以前不是很好的吗？”

张文远说：“以前住席棚子，地上潮湿，得了风湿，年轻时可以扛一下，现在老了，病就犯了，扛不住了，她现在是一步都不能离开我。”

我说：“真没想到啊！”

张文远乐观地笑着说：“不过我现在生活得很踏实，这里的一砖一瓦，都留着我们当年的青春……”

1964 年 11 月 12 日，张文远从老家四川南部县应征入伍。他那年 19 岁，问招兵的首长，铁道兵到底是干什么的。首长对他说，到“大三线”去修铁路。这铁路怎么修法，他不知道，因为他的家乡还没有铁路。

张文远和新兵们乘上接兵的解放牌敞篷汽车，经绵阳、成都、隆昌、泸州，然后开始钻山进洞，进入云贵高原的莽莽群山，一直开到云南楚雄彝族自治州的南华县委大院，整整九天九夜，山路崎岖，悬崖叠嶂，雾雨重重，运兵车一路险象环生，虽是初冬时节，很多新兵都惊得汗流浃背。

南华县位于云贵高原中部，处于川滇交通要道，素有“九府通衢”的美誉，是茶马古道上的商贸重镇，历来商贾云集，商贸繁荣，未来的成昆铁路将从这里经过。

三个月的新兵集训，主要是形势教育：美军侵略越南直接威胁到中国南疆的安全，要“御敌于国门之外”，必须加快“大三线”建设，以及修建成昆铁路对“大三线”建设的意义。集训结束，张文远被分在铁道兵的一个连队，这个连队驻在远离县城的密苴桥，任务是在两座大山之间架一座铁路桥。从县城到连队驻地蛮荒一片，只有一条刚修的便道，蛇形般盘绕着一座座云蒸雾绕的山峦。新兵们跟着带队的老兵，在荆棘丛生的小路上走了一天半才来到前线的施工连队。

张文远没有想到，铁道兵的待遇高于野战兵，野战兵每人每月四十元伙食费，铁道兵每人每月四十三元，后来又涨到四十七元。云南大米很适合四川人的胃口，饭吃得饱了，浑身都是力气，加之每月还有六元钱的津贴，除了买牙膏等日常用品之外，可以省下两元钱邮回家中补贴家用，他感到既兴奋又满足。

“一颗红星头上戴，革命红旗挂两边”，那是一个崇尚军人、人人争穿军装的时代。和平时代的铁道兵，同样面临着生死的考验。

指导员李通胜见张文远有文艺特长，字也写得不错，让他跟着在工地上做宣传。那些战友瞬间倒下的悲壮场景，他至今未能忘怀。

那是个风云动荡的年代，年轻的共和国刚刚走出困境，又面临反华浪潮的重重包围。全国上下做好了“准备大打，准备打常规战争，也要准备打核战争”的准备，为了配合“大三线”钢铁钒钛工业基地的建设，确保部分国防工厂的设备进入川滇，修路迫在眉睫。中央下了没有铁轨就把沿海铁路上的铁轨拆下来支援的决心，调遣铁道兵和铁路局的职工，以大决战的姿态修建成昆铁路。

1964 年 9 月，扩编后的铁道兵五个师共十八万官兵接到命令，迅速集结到西南“大三线”，与成都铁路局的十万职工以及附近各县的数万民工，组成总计约四十万人的筑路大军，投入成昆铁路建设。消息传到国外，洋专家们纷纷摇头，嘲笑“中国人简直是疯了”。

关于成昆铁路的建设，自辛亥革命以来，从孙中山开始各主政当局均进行过无数次的规划和论证，也曾多次邀请外国专家进行考证。洋专家们一致认为，成都至昆明一线山高水险，地质构造复杂，可称作是“世界地质博物馆”，在这样的地质环境下修建铁路，世界铁路史上没有先例，何况在中国这样一个落后的农业国，那就更是“难于上青天”的事情。

面对当时的国际形势，中国人没有别的选择，决心破釜沉舟，万众抗敌。誓用民族之巨手，劈开横断山脉；用中华之脊梁，架铁道于云天。张文远所在的铁道兵八师，与五师、七师所负责的桐子林、拉鲊、禄丰、一平浪直到昆明，是全程地质情况较为复杂的地段。

他刚到连队，就遇到了惊心动魄的一幕。

那天黎明，他随指导员来到工地，就被这浩大的施工场面惊住了。无数铁道兵战士如天外来客，身系绳索于万丈悬崖之上，鹰翔脚底，伸手摘云，黄灿灿的日头从峡谷的缝隙间挤进来，将有限的温暖之光洒在他们浸着黎明寒露的军装上。铁锤和风镐撞击岩石的声音震得人两耳发麻。几声炮响，山鸣谷应，飞石凌空，惊得酣睡的山雀扑扑地蹿向天空。指导员用手指着沸腾的工地说："这真是如火如荼。"

张文远第一次听到这个成语，回去查了字典才明白了它的意思。

连接两座大山之间的桥梁正在立柱。好高好高的一根擎天柱啊，从山谷的谷底仰头看去，连安全帽都会掉在地上。施工的新战士攀着攀着，不由两腿打战，老兵就会在上面高声鼓励，加油，向登高英雄杨连弟学习。杨连弟是抗美援朝战争中的登高英雄，他带领战友们在敌机的轰炸下多次完成铁路线的抢修任务，他的精神鼓舞着几代铁道兵将士。现在，"杨连弟连"就在附近的铁七师。

这天十一点钟，正在安装的铁路桥面合龙时中间出现了十厘米的缝隙。有人说，十厘米，小意思，不会影响行车。连长知道后狠狠地骂了一通，就带着张文远一起去桥梁工地，决定重新安装。

负责指挥安装的战士姓朱，四川阆中人。在他的哨声指挥下，重达130吨的葫芦吊将一根沉甸甸的钢轨吊起，徐徐地转向桥面。就在这时，山谷里突然起了一阵狂风，葫芦吊还未转过方向，那根钢轨被桥梁顶了一下，直直地向着指挥者撞来……

这是张文远第一次看到战友牺牲。那就如同石头击在一只鸡蛋上一样，"壳"马上就"破"了，血从口腔和鼻孔里喷出来，抬到卫生队解剖，得知五脏六腑全被撞碎。

附近五营负责的一根桥梁立柱，密密麻麻的钢筋都已经扎好，战士们在搭成的临时"跳板"上来回向柱子里倒浇灌的混凝土。脚下是万丈悬崖，木板在空中来回晃动，稍有不慎，便会出现事故。

突然，一个倒混凝土的小战士脚下一滑，如同飞人一样从"跳板"上跌下去，整个身子扑倒在钢筋林立的桥柱上，尖刺的钢筋穿透了他的全身。

几只苍鹰从远方的天空扑来，悲壮的山风在沸腾的峰峦间回旋，警戒战士的枪声回荡在深深的峡谷……

号称地质博物馆的川滇高原，河流纵横，山脉连绵，植被各异，地质状况十分复杂，气候变化无常，给施工队伍带来了巨大的困难，各种意想不到的险情不断发生，这些和平年代的将士们，随时都经受着生死的考验。

不断地出现险情，不断地有牺牲，金沙江河谷热浪飞升，如同蒸笼，工地上终日尘土飞扬，战士们汗流浃背。任务分班包干，每天下来，全身都被粉尘包裹，只有两只眼睛还有“生命迹象”。跟张文远一同参军的，有一位亲戚家的弟弟，跑来对他说：“哥呀，我实在吃不消了，我想……”

张文远呵斥道：“兄弟，人还是要有点精神的！你看工地上那些小战士，个子没你高，身子没你壮，一个个从不畏惧，冲锋在前，你这个样子哪像个战士？”

张文远的话掷地有声。从此，这位兄弟焕发精神，冲锋在前，处处争先，多次受到表扬，后来被部队推荐为工农兵大学生，毕业后分在北京某地铁公司工作，后来担任了公司的机动科长。

回忆铁道兵的生涯，张文远感叹地说：“讲起这些，现在的年轻人说我们太傻。他们忘记了，要是没有我们这些‘傻子’，他们今天能够如此太平地上学读书，能够乘着成昆铁路的列车走出大山，到昆明、成都以及全国各地去旅游吗？中国的大西南能有这么一座花一样美丽的城市吗？”

也许有人会从故纸堆里翻出许多东西来“证明”，战争不是没有爆发吗？

战争没有爆发不等于不可能爆发。我们现在有“大三线”的强大工业和高科技国防装备，腰杆硬了，胆子壮了，说话的底气也有了，你得想一想，这种底气是怎么来的，是从哪里来的！当年要是没有一批像邓稼先、张文远一样奋斗在“大三线”的“傻子”，卧薪尝胆，埋头苦干，不惜牺牲，能有今天傲立世界的资本吗？

正如思想家约翰·亚当斯所说：“我们必须研究政治和战争，那么我们的儿子们也许才会拥有研究数学和哲学、地理学、自然史、军舰建造、航海术、商业和农业的自由，以便给他们的孩子们研究绘画、诗歌、音乐、建筑、雕塑、陶瓷的权利。”

73 岁的张文远已有 49 年的党龄，担任了 7 年退休党员的支部书记，虽然他每天都得照顾瘫痪在床的老伴，但是他所在的支部年年都被评为先进党支部。

世界上有很多事情都是“傻子”做成的，因为他们心中永远有一个信念。

我在“大三线”的攀钢党委宣传部工作时，曾与雷锋的战友王漪南同志办公桌对办公桌共事，他退休后我接替他的职务担任文艺科副科长，直到三十多年后我在攀钢干休所他的家里，见到墙上挂着雷锋的照片，小屋里摆满了雷锋的资料和图片，才知道他是雷锋所在工程兵十团的军官，并且是第一份雷锋事迹报告的主要起草人。我想写一本《走近真实的雷锋》的书，他帮助我找到当年的随军摄影师，照片洗好邮来，我要付费用，这位摄影师告诉我分文不要。正是有了这些赴汤蹈火的“傻子”们，才有了民族的脊梁、社会的进步、人类的未来。

2. 风雨苍苍

黑友禄是彝族同胞，讲一口带卷舌音的云南话。

三十多年过去了，岁月的风霜将一个英俊的“确博”（彝语，朋友）变成了“老木苏”（彝语，老大爷），一个儿孙满堂的“阿普”（彝语，祖父）。他坐在我的对面腰板笔挺，手放双膝，目光平视，仍然是标准的军人坐姿。

我与他相识是在攀钢党委宣传部工作的时候。他那时从铁道兵转业，后来到公司机关小车队工作，有几次工作上的交往。这次见面，就想跟他多聊一聊，听听那些奇妙的往事和撼人心魄的故事。

1959年12月，位于中国南疆的云南楚雄彝族自治州仍暖风徐徐，艳阳朗朗，只有远处的雪山裹着银色的铠甲，威严地呼唤着严冬的冰雪。谁也没有想到，初中二年级的男生黑友禄竟然穿上了军装。

他这一年18岁，决定追逐自己从军报国的理想。这次征兵全县招了16名，其他的新兵留下去某野战部队，他和另外一名入伍的高中生李如靖，提前离开县城赴新兵团报到。

我问：“李如靖，是不是后来在攀钢党委宣传部新闻科担任领导的那个李如靖？”

黑友禄说：“是的，他是禄丰的兵。”

我笑了，对他说：“这位‘新兵’后来是我的领导，我在他手下工作三年之久，一起筹办了《攀钢报》的前身《攀钢通讯》。我从文联调走后，他又接替我的工作，担任文联专职副主席。”

黑友禄觉得很自豪，自己属于“有文化的人”，未来的兵种肯定不错。到云南曲靖集训三个月后，分在铁道兵五师。他心想，铁道兵，那一定是开火车，运军用物资或者学习机械修理，那都得需要文化知识。

黑友禄没有想到，1961 年的某一天，突然通知他脱下军装换上便服。

一个细雨蒙蒙的早晨，他同穿上便服的其他军人一起登上大卡车，沿着云南边境崎岖的山路，在山峦连绵的亚热带山林中穿行了不知多少天，最后停在一片树林子里。队伍集合，首长宣布，这些穿上便服的军人，重新组成一支铁道兵部队，番号第二十二团，每三人或五人一支步枪，任务是进入老挝丛林，帮助老挝修筑公路。

阿么么（彝语，哎呀呀），出国了！

他们是以工程队（中国民工）的名义出国“承包”工程的，不能有丝毫的部队痕迹，除不穿军装之外，还不能使用军用品，不能唱军歌，不能吹军号，就连常用的黄色军用品也要全部染成黑色，以防敌机和敌特的侦察。由于走得匆忙，部队的很多装备和武器都未带走，加之国境线上，有的装备也难进入，这给部队的施工和生活带来了很大困难。老挝北部山区属于亚热带雨林气候，走着走着，林子里就会突然袭来一阵暴雨，没有雨具，战士们只能用宽大的芭蕉叶顶在头上挡雨。身上沾满泥浆，在草地上打个滚再爬起来前进。带的帐篷不够，到了晚上一部分战士就只有露宿荒山，第二天起来，浑身上下都沾满了湿漉漉的露水。

黑友禄入伍时的兴奋和激动全没有了，每天都是打眼放炮，劈山修路，三五个人一支步枪，很难轮到一次实弹演习，这叫什么“保卫祖国”呀！

“出国”两年多，中国铁道兵终于修通了从云南孟纳到老挝丰沙里长达 120 千米的“中老友谊公路”，将沿途的道班、车站以及厕所等辅助设施都一一建好。

1963 年春，南疆的茶花展瓣怒放，黑友禄所在的团接到命令撤回国内。当一辆辆卡车驶过中老边境零千米处进入中国界碑的一瞬间，无人指挥，无人命令，数十辆卡车上的战士都站了起来，放声高唱：向前向前向前，我们的队伍向太阳，脚踏着祖国的大地，背负着民族的希望，我们是一支不可战胜的力量……

祖国啊，我的母亲，祖国啊，我的亲娘，离别才短短的两年时光，战士们觉得竟是那样的漫长，声声军歌，响彻云霄，军威昂昂，山鸣谷响，南疆大地，为青春的热血所沸腾。

二十二团很快接到新的命令，开往宣威，参加滇黔铁路（后改为贵昆铁路）的修建。

黑友禄和战友们脱下民工服，换上新军装，当这群老兵根据命令来到宣威时，迎接他们的是一批刚刚入伍的新兵。

1964 年，贵昆铁路即将通车，铁道兵文工团来到深山为部队演出，教战士们唱了一首新歌：

背上了（那个）行装扛起了（那个）枪，
雄壮的（那个）队伍浩浩荡荡，
同志呀！你要问我们哪里去呀，
我们要到祖国最需要的地方！

离别了天山千里雪，
但见那东海呀万顷浪，
才听塞外牛羊叫，
又闻（那个）江南稻花香。
同志们（那）迈开大步呀朝前走呀，
铁道兵战士志在四方！

……

劈高山填大海，
锦绣山河织上那铁路网，
今天汗水下地，
明朝（那个）鲜花齐开放。
同志们（那）迈开大步呀朝前走呀，
铁道兵战士志在四方！

这真是一支神奇的歌，唱起它就会热血沸腾，豪情万丈。黑友禄从建设贵昆铁路的万山丛中，一直唱到修筑成昆铁路的金沙江畔。扩建后的铁五师以“五”为建制，即五个班为一个排，以此类推，一个师几乎相当于野战部队的两个师，人多力量大，歌声更响亮，在深山里这么一唱，真有点“喝令三山五岳开道，我来了”的气概。

谁也没有想到，惊天动地的一场灾难，正向他们扑来。

对于成昆铁路，之前曾有“东、中、西”三条线路方案。东线和中线都是以位于四川腹地的内江为中心向南延伸，比现在施工的西线短，自然条件也好得多。1958年，苏联专家考察后认为，西线由于地质、气候等诸多原因，已是铁路禁区，只有中线勉强可行。

但是从国家的发展，特别是防御未来不可预测的战争角度来看，中国有关方面认为西线更具有经济和战略意义：成昆铁路自成都经彭山、眉山、夹江、峨边、甘洛、喜德、西昌、德昌、元谋、禄丰、安宁抵达昆明。铁路涉及范围包括四川、云南两省七个地、市（州），共13.6万平方千米，约2000万人口。沿线物产丰富，资源充沛，位于川西平原的成都至峨眉段，素有“川西粮仓”之称，四川省的西昌地区和云南省的元谋至昆明一带，也盛产粮食和经济作物。沿线蕴藏着煤、铁、铜、铝、锌、石棉、磷、岩盐等多种金属矿和非金属矿，开发前景十分诱人。这里山高谷深，远离沿海，战时易守难攻，如果工业发展起来，除可以带动西部贫困地区的经济发展之外，更可以建立起强大的战略后方。正是这巨大的经济和战略需要，中国最后选择了“铁路禁区”的西线。

西南铁路建设工地指挥部随即发布命令：“川黔、贵昆、成昆三条铁路同时开工，加快进度。首先，抢通川黔，要求1965年10月1日通车，贵昆线1966年10月1日通车，最后，集中所有兵力决战成昆，采取南北并进，西昌会师的方案，争取于1969年7月1日建成通车。”

命令以雷霆万钧之势，迅速传达到铁道兵的每个师，铁路局的每个施工段和沿途各县支援的民工团，四十万筑路大军在西南山地全面开花，在连克川黔、贵昆两线后，气势磅礴的成昆铁路大决战全面打响！

黑友禄所在的铁五师是这场大决战的一支劲旅，被放在地质构造较为复杂，也是最中心的渡口市一线。金沙江畔的渡口市一段只有一座铁索桥，人踩上去晃悠悠的，稍不小心便会被荡下咆哮奔腾的江水，真是金沙江上“铁索寒”啊！

乘木船过江的部队更加危险。金沙江是长江上唯一一条未曾通航的大江，两山夹峙着江面，惊涛裂岸，雪涌千堆，狂浪如柱，直立云空，站在江边，不由惊叹，“噫嘘唏，危乎高哉！”更恐怖的是江底暗礁潜伏，漩流密布，稍不留神便会船毁人亡。

如同当年红军渡江一样，英勇的铁道兵战士踏浪向前，全无惧色，在船工的划桨声中，横渡激流闯险滩，踏平金沙万重浪，硬是靠着一艘艘木船，将官兵们运送到对岸。

由于渡江的船不够，黑友禄背着背包，从另一条江——雅砻江顺江走到二十二团驻地——米易县炳谷丫口的一个山包上。站在这里一望，群山连绵，天低云矮，荒草没膝，西沉的夕阳正从肩头上缓缓移过，四周看不到一只鸟雀的踪影，真是天苍苍，野莽莽，风吹草低更荒凉。

第二天部队在山上割草，砍树，打土墙，开始修建“营房”——黑友禄自豪地说，现在的盐边县城所在地，就是我们部队当年“开发”出来的。

1966 年，黑友禄从排长调任器材助理员，负责全团的物资。其间生过一场大病，部队派一名医生专程把他送到成都的四川省军区医院治疗，医院三次给团里下达病危通知，幸得抢救及时，他 39 天后得以重回部队。

黑友禄到阎王殿去转了一圈回来了，他的那些战友后来却永远地离开了他。

1969 年 11 月的一天，负责修筑隧道的二十二团官兵正在打隧道，风枪的声音哒哒地在山洞里鸣响，腾起的粉尘呛得人直咳，隧道外，负责铺设路面的民工正在挑石，眼看着快过年了，军民拧成一股绳，希望在年前能将这段路面铺设好。

峡谷里号子声声，挥汗如雨，热浪蒸腾，这时，突然一阵狂风刮起，天空一下子堆满了乌云，眨眼间，这些乌云就变成了粗大的雨点，噼噼啪啪地从峡谷的缝隙中砸了下来，风助雨势，雨助风威，峡谷里顿时天昏地暗。

金沙江河谷的风当地人将其分为三种——公风、母风和阴阳风，每月这“一家三口”平分秋色，各占十天。公风来时，粗口大嗓，声如雷鸣，天地变色，沙石飞扬，天摇地动。母风来时，叫声凄厉，热浪腾腾，将整个峡谷“吹”得如同火炉，谁此时想吃鸡蛋，将其垒于沙石之中，不久便熟——这曾是妈妈给我的忠告，到了这里才真正领略了这个“风采”。阴阳风更是变幻莫测，来势凶猛，时冷时热，除了扫荡平地，最爱的是钻进洞穴，并在里面施展各种魔法。打隧道的战士们最恨这种阴阳怪气的风，因为它钻进隧道里后，让正在施工的战士们连换件衣服的时间都没有，常会闹出许多病来，让人叫苦不迭。

这场风雨来得凶猛，将沙石刮得天昏地暗。有人高喊：“公风来了！”

人们感到脚下的土地开始晃动，抬头一看，整座大山仿佛也晃动起来，紧接着便是惊天动地的几声巨响，顿时天摇地动，山谷变色，仿佛被魔鬼的手掌一推，整个一座大山便从人们的头顶上倾泻下来，日月无光，天昏地暗，峡谷顿时被淹没在一片烟尘里。

“砰砰砰……”警戒战士的枪声接连不断地鸣响。

“泥石流，泥石流来啦！”呼喊的声音很快被淹没。

黑友禄接到命令，负责这次事件的善后工作——抢救伤者，寻找死者，通知亲属，埋葬死者。

黑友禄来到现场，呈现在眼前的是一幅悲惨的场景。巨大的泥石流以雷霆之力，将所经之地的一切几乎全部摧毁，巨岩裸露，尘土一片，道路被切断，工棚被掩埋，负伤的战士与民工在救援人员的帮助下，从乱岩叠嶂的石堆里爬出来，满身满脸的尘土已经无法辨认出是谁。更悲惨的是那些被深深埋在乱石堆里的死者，有的早已肢体不全，有一个战士，手中还紧紧地握着风镐，费了很大力气才将他的手与风镐分开。

一具一具死者的遗体被挖出来，用竹席包裹着，摆放在坝子上，这里面有战士，也有民工。黑友禄一具一具地数过去，一共有108具遗体。

他脱下头上的军帽，向这些修筑成昆铁路的献身者致哀，无法控制的泪水，从这位彝族军人的眼眶里涌了出来……

怎么运走？找了当地的司机，司机不肯运送。

他回到部队，对战士们说：“谁愿意跟我去完成这个任务？”

立刻，战士们都举起手来。

黑友禄心里盘算着，面对着这么多牺牲者，得选几名心“硬”的老兵，否则到了现场一把鼻涕一把泪，那还怎么工作！

他问一个举手的小战士：“你穿过几双胶鞋？”

小战士不明白什么意思，眨着眼睛看着他。

部队当时发给战士的都是胶鞋，大家以穿坏胶鞋的多少来衡量战士参军的军龄和经历。他见小战士答不上来，知道他是一个入伍不久的新兵，就朝着大家高声地喊：“穿胶鞋多的战士举手！”

他从中选了三名“穿胶鞋最多的战士”，迅速赶回出事地点。

一封封电报发出去了，一个个长途电话打出去了，牺牲者的亲人们从山南海北赶来，事故现场哭成一片。

安葬的那天，“公风”再次发威，天地晃动，大雨倾盆。

军号响起，战士列队，鸣枪送行。

枪声划破苍穹，穿过泪雨，在风狂雨暴的峡谷间久久回荡。

金沙江畔，横断山下，又多了一座铁道兵烈士陵园。

3. 生命的雕像

丁锁喜的女儿从美国给我发来一条微信，内容是“世界上最美公路”的图片。只见云雾缠绕着的高速公路绕着群山盘旋而上，如同白色的丝带在天空中飘荡，那挺拔苍翠的山峦，闪着蓝色光波的奔腾江河，层层叠叠翠绿的森林，山花烂漫的山野，在仙境般的云雾中时隐时现，天路迢迢，风清云柔，万千景象在黎明的辉映下闪射出神奇诱人的光彩……

她问我：“你知道这条公路吗？祖国真伟大，一生能够到这条公路上走一次，也就心满意足了。”

我回道：“这是从成都到达西昌的高速公路，她穿山越岭，气吞山河，容纳了人间美景，我已经在这条路上来往过四次了。”

她回道：“你真幸福。”

是的，每一个活着的人都是幸福的。那些为着民族的生死存亡，在“大三线”的崇山峻岭中献出生命和热血的中华儿女，当我们乘坐在舒适的车厢里依窗观景的时候，难道能忘记他们吗？

这次，我决定放弃“世界上最美公路”的风景，与妻再坐一趟成昆铁路的绿皮火车，看一看沿途那一座座烈士纪念碑。成昆铁路上的每一根枕木，都是他们用自己的脊梁铺成的啊！

2017 年 12 月 6 日，朋友开车送我们到金江火车站。

这是我在参加“大三线”建设时经常进出的一个车站。由于高速公路和机场的兴建，这里已没有了当年的“繁华”与忙碌，车站的广场上走着稀疏的几个行人，两个卖水果的老乡在那里叫卖着，显得冷清而失落。只有那亚热带的太阳同四十多年前一样，在车站对面的山坡上顽强地照射过来，让我不由怀念起他曾经给过的那些温暖时光。

火车沿着金沙江河谷开出金江车站之后，就完全变成了“地铁”——一个山洞连着一个山洞。过了西昌，进入彝族同胞聚居的大凉山，山越来越高，路越来越险，前后两个机头卖力地又拉又推，呼哧呼哧地喘着粗气，绿皮火车老牛拉破车一样在险峻的铁道上爬行。一座座烈士陵园如同卫士一样在铁路边出现，护送着顽强的绿皮列车穿过隧道，越过悬崖之上的空中桥梁，一步一步地爬上顶峰，不倦的阳光从两山夹峙的缝隙间顽强地照射下来，刺入云天的碑柱和血色的碑文，在苍翠的山峦中闪射出耀眼的红光，我不由泪眼蒙眬。

薄暮时分，车到普雄。在我的印象中，普雄是成昆铁路北线海拔较高的车站，打开车窗，只见山色迷蒙，风凉刺骨，与金江车站仿佛两个天地。这个位于“高山之巅”的车站不大，还是四十多年前的样子，但上下车的人明显增多，有不少彝族“确博”披着黑色的察尔瓦（生羊毛做的披毡），打着赤脚，匆匆地从车上走下来，而几个阿米子（彝语，姑娘）穿着百褶裙，背着背篓，正准备上车。

说起普雄，颇有几分怀念。四十多年前，在这个小站上有一个穿着铁路制服的工人，四十开外年纪，拄着一根拐杖，上车后没有位子，他拿出铁路职工证想去找列车员，可是那车厢里人挤人，连脚都无法插下，他怎么能挤过去？我站起来，让他坐在我的位子上，他怎么也不肯，说自己到前面的燕岗就下车了。经不住大伙相劝，他最后还是坐了下来。

坐着没有什么事，我们开始闲聊。我问他腿是怎么回事。他说，那是以前修成昆铁路时遇到了险情留下来的。说着，他用手指着暮色中的普雄车站说，这里的铁路都是我们铁二局修的。

普雄山峻水险不说，光是沿途的气候就给施工的铁路职工造成了无法预测的灾难 。

我当年经常奔走于这条铁路线，曾记下过这样一段民谚：金江的太阳，泸沽的风，燕岗打雷如炮轰，普雄下雨就过冬。据有关资料记载：沿线气候差异显著，变化多端。不同区段和同一段的不同高度，常常呈现令人惊异的气候差异。当地民谣中有“山高一丈，大不一样”的说法，多变的气候和明显的日温差，使岩石剧烈风化，即使是坚硬的花岗岩，风化厚度也达十到三十米。在此气候条件下，岩石在开挖暴露过程中就将迅速风化剥落，给工程的稳固造成巨大的隐患。险峻复杂的地形、地貌、水文、气候状况，产生了严重不良的各种地质现象。大自然仍嫌不够热闹，还把河岸冲刷、山体错落、岩溶、岩爆、有害气体等罗织在此，给设计和施工摆下了一个难以突破的“八卦阵”。

他所在的铁二局工程队在普雄施工，由于工程紧，请不下来探亲假，他和许多铁路工人一样只得让老婆来工地上探亲。他的家在川北仪陇县，跟开国元帅朱德是同乡。当时万山丛中的普雄只有一条简易公路，来一趟真不容易。夫妻分居多年，总盼着有个孩子，老婆将家里的自留地以及喂的猪、羊、鸡、鸭统统托付给邻居，还是不辞辛劳地来了。

工地上住的是临时搭建起来的棚子，工友们六七个人挤在一起，老婆来了，别的工友就得让地方，各自卷着被盖卷去找别的工友“搭铺”，出门前再回过头来朝他诡秘地笑一笑。

工友们一走，他迫不及待地抱起老婆扔到木板床上。老婆说，几千里路赶来，饭都没有吃一口，你急什么？他笑着说，为了要儿子呀！

就这样，顾不得吃饭，顾不得洗脸洗脚，也顾不得长途跋涉的疲劳，这对每年只能见一次面的“鸳鸯”，在这间透风透光透音的简陋工棚里，匆匆忙忙地为家庭的理想“奋斗”着。

谁知到了半夜，狂风大作，一场暴雨突然降临。工棚外面，只听风声雨声如同跑马，山上的树木被刮得东倒西歪，一座座工棚如同一片片树叶，在风雨的敲击和拍打声中呻吟。

突然，有人高喊，山洪来了，快跑！

一座座工棚的门推开了，人们拎着裤子，提着衣服，赤着双脚，向着安全的地方转移。

这对苦命的“鸳鸯”由于“奋斗”过度，正在呼呼入睡。

工友们转移后发现少了他们，急忙派人冒着危险跑回来。

两个人从睡梦中被叫醒，顺手抓起裤子，跟着来人的手电筒光朝工棚外面跑。

就在这时，只见一道闪电从头顶划过，接着便是一声“如炮轰”的炸雷，将整个大山摇晃，天崩地裂般的山洪从山顶俯冲下来，将那间度过温暖时光的工棚“哗”地一下冲倒，就直接向他们扑来。

棚子里用来洗脚的一只木盆冲到了他们脚边。

在这千钧一发之时，老婆顺手抓起那只木盆，一下子扣在他的头上。紧接着，只听几声巨响，山洪卷着巨石飞冲而来，将夫妻二人连同那个冒着生命危险赶来叫他们的工友一起淹没。

第二天早晨，工程队的工友们赶来，将他们从乱石堆中挖了出来，他被送到医院，最后锯断半条被石头压断的腿，得以活了下来，他的工友和为着家庭“理想”共同奋斗的妻子，却长眠在这片对她还十分陌生的土地上了。

后来工友们告诉他，全靠老婆扣在他头上的那只木盆，他的头部才没有受到巨石的伤害，得以保全了性命，这真是一位伟大的女人啊！

说到这里，他不由长长地叹了一口气——成昆铁路边有很多烈士陵园，可是里面却没有她，因为她既不是铁道兵战士，也不是铁路局职工，更不是支援铁路建设的民工团的民工，她只是一个跑到工地上来探亲的农村妇女，是为家庭的“理想”而来的，她不能进烈士陵园……

“但求人间皆乐土，岂顾身后影无踪。”

壮哉，成昆铁路！

伟哉，中国的铁路职工和他们的家属！

4. 英雄交响曲

2017 年 12 月 6 日傍晚。

绿皮火车经过普雄，太阳便坠到了西边的山峦，天色随之暗了下来。相邻几个床位上的乘客均已入睡，不时有畅快的鼾声响起。我却毫无睡意，独坐窗前，看着剪影一样的山色，心中涌动着无法平静的激浪。

车过成昆线，今夜我无眠，吹进车窗里来的阵阵山风，仿佛在向我诉说着那些难忘的岁月，这条创造了奇迹的铁路，究竟还有着多少秘密呢？

一位大学生模样的青年走过来看看我说："叔叔，你怎么还不睡呀？"

我说："不想睡，看看山。"

他摇着头说："你平原地方来的人吧，这山有什么好看的？"

我朝他笑一笑。也许，他生下来就开始坐这条路上的火车了，他知道这条铁路是怎么来的吗？

成昆铁路穿越地质大断裂带，沿线山势陡峭，奇峰耸立，深涧密布，沟壑纵横，地形和地质极为复杂，谷深坡陡，河流峡谷两岸分布着数百米高的陡岩峭壁，不良地质现象不仅种类繁多而且数量很大，火车在这"地质博物馆"里行驶，如蟒蛇出洞，巨龙绕山。一会儿上坡，一会儿下坡，刚从一座桥梁的下面绕行，接着又从同一座桥梁的上面经过；刚在这座山的山巅绕着白云"飞翔"，观山鹰陡崖展翅；一会儿又降到另一座山的谷底飞驰，听江河奔腾的滚滚涛声。一会儿山穷水尽，一会儿柳暗花明，峰回路转，曲曲折折，如同乘"过山车"，缓慢而又过瘾，这正是我现在所需要的，我想多看几眼，将这些山水都"读"入脑海，"写"进灵魂。

成昆铁路建成后，北衔宝成、成渝铁路，南挽贵昆铁路，是我国铁路网中的重要干线，对于改善西南地区的交通状况，密切西南边疆与内地的联系，建立机动灵活的战略大后方，促进西南地区的经济发展和巩固国防，起着举足轻重的作用。成昆铁路以其艰巨宏伟的工程，全新的设计施工和建筑艺术，创造了举世辉煌的业绩。有 17 项新技术、新工艺达到或超过国际水平。

我的车窗前又出现一座烈士陵园。

在成昆铁路的列车上，陌生的旅客们交谈得最多的就是那些烈士墓，与这些烈士墓相连的是那一个一个令人难忘的故事。

远山朦胧，雾岚徐徐，炊烟袅袅，夜幕四合，落山的夕阳将最后一抹金色的光焰浇铸在碑柱的尖顶，暮色中的群山因她而熠熠生辉。这梦幻般的景色中，我仿佛看见一个年轻的女子，身穿白色素装，脚踩青青山路，正向着这片墓地徐徐走来。

一位难眠的乘客，讲了一个难忘的故事。

1964 年 11 月 12 日，四川南部县参军的人群中，有一个青年名叫姚文秀，他牺牲的时候女儿只有半岁。对于父亲的印象只有一张穿军装的照片。她总是不停地问："爸爸究竟到哪里去了呢？"除了民政局每月给她六元钱，后来涨到每月十元的抚恤金外，无人能回答这个孤苦的孩子提出的问题。她长大了，才知道父亲是修筑成昆铁路牺牲的烈士。他是怎么牺牲的，他有墓吗，如果有的话又在哪里呢？这个无法解开的谜，令女儿肝肠寸断。每年清明节，她只能面朝成昆铁路的方向，为牺牲的父亲送去纷飞的纸钱。

她决定要寻找父亲的墓地。

可是，千里成昆线上，有着两百多个规模不等的烈士陵园，大都建在陡峭的山崖上，一个孤独的女子，上哪里去寻先父的忠魂？后来，她终于找到一封四十多年前父亲从部队寄回家的信。可是，跟当年"大三线"寄出的所有信件一样，信封上只有部队番号，没有具体地址。她仍不死心，反复翻看后终于发现邮戳上隐隐约约地印着"云南禄丰"四个字。

她通过多方努力，最后在当地民政部门的帮助下，终于查实在当地的成昆铁路铁道兵甸尾烈士陵园里，安葬着一位名叫姚文秀的烈士。他的名字印在当地的烈士名册上。其英雄事迹是：1966 年 7 月，成昆铁路禄丰段的一个工地上山洪暴发，大水卷走了很多木料。为了保护国家财产，姚文秀奋不顾身地与洪水搏斗，不幸在保护木料时被洪水冲走。一个星期后，战友们在退水后的河道里找到了他的遗体。

这一年，烈士23岁。

成昆铁路铁道兵甸尾烈士陵园共安葬了44位烈士。

姚文秀烈士，整整的44年啊，你的女儿终于找到了你。你站起来，站起来看一眼吧，夕阳下，山路上，有个穿着素色衣服的女子，手捧着一束鲜艳的山花正朝你走来，她就是你的女儿，她看你来啦……

绿皮列车仍然在缓缓地爬山。

我一动不动地坐着，看着窗外黑黝黝的群山和昏暗的隧道灯光，仿佛觉得一座座烈士陵园里，那些倒下的战士复活了，他们列队站在夜幕下，目送着隆隆的列车从身边奔向远方。听着铁轨有节奏的声音，犹如触摸到他们温暖的体肤和圣洁的灵魂，听到无数不屈的生命，仍然在高唱着那支气壮山河的战歌："背上了（那个）行装扛起了（那个）枪，雄壮的（那个）队伍浩浩荡荡……"

有人说参战的铁道兵部队，几乎每一个团都有一座烈士陵园。也有人说，几乎每一个小站旁都有一座烈士墓。仅穿越云南省的339.6千米的铁道线上，就建有十座烈士陵园。永仁烈士陵园是这段铁路中最大的烈士陵园，安葬了副部队长李永增等140名烈士。位于元谋火车站东700米的横山梁子的能禹陵园，建于1969年，占地面积8亩，安葬修筑成昆铁路牺牲的铁道兵8708部队烈士69名，其中党员17名，团员22名，连长1名，烈士中最大年龄58岁，最小年龄18岁。

除了这些大陵园之外，还有一些默默无闻的小陵园，姚文秀烈士牺牲的禄丰，成昆铁路经过全县境内仅约150千米，牺牲330名铁道兵，留下黑井、甸尾、大旧庄、一平浪、禄丰和羊街共6座烈士陵园。

一位铁道兵老战士是这样回忆当时的情形的："修铁路比修公路难度更大。尤其是当时技术落后，机械化程度低，安全保障措施少，用的是大锤钢钎、铁锹大镐、风钻矿车等简陋工具。在地质构造十分复杂的地区打隧道、架桥梁，经常发生塌方、透水、滑坡、泥石流等险情。指战员们付出了常人难以想象的辛苦和牺牲。一次山洞发生塌方，几个战士不幸被埋，营里立即组织救援，但是塌方越来越严重，山洞上方不断有泥沙和石块涌下来，上去救人的战士也被淹没了……那次塌方牺牲了18名战士。后来，成昆铁路竣工后，我们几个师的军务部门做过统计，修筑1083千米的铁道线，共牺牲了2100多人，平均每500米就留下一名烈士。所以后来就有人说，成昆铁路每一根枕木下躺着一位烈士。我们这些幸存者，每当想起牺牲的战友都是泪水涟涟。”

成昆铁路险峻、陡峭、坚实、顽强，不屈地挺立在山高水险的大西南，在这里，英烈们用生命在与我们对话，用他们的身躯在告诉我们什么是大写的人的精神，什么是民族的灵魂，什么是国家的脊梁！是在那个特殊的岁月里，由一支部队将士和铁路职工共同组成的特殊队伍，用青春和热血、用理想和信念、用精神和意志在大西南的险山恶水中建起的一座钢铁长城！虽然那些年轻的面孔已经模糊在岁月的烟尘里，可正是他们用自己的血和肉，铸就了中华民族钢铁般坚实的脊梁。

春天又来到了“大三线”。

大雁南归，山峦披彩，明月松间照，清泉石上流，巍峨群山中的成昆铁路沿线，一座座烈士墓前，松柏苍翠，墓草青青，风轻轻地吹着，将一个个遥远而感人的故事，讲给阳光，讲给风雨，讲给正在盛开的山花……

不要忘记他们，中国“大三线”的峻岭崇山中，长眠着多少个这样的灵魂啊！

第四章

「一百零八将」的特殊使命

1. 世界冶炼史上的“哥德巴赫猜想”

在中国“大三线”的茫茫戈壁滩上，战略核武器的研发正在进行；“西出阳关”的骆驼山下，卫星试验基地准备开建；为研发核潜艇内迁的工厂正在准备搬迁；导弹和新式雷达的开发，正在崇山峻岭中快步进行，还有陆战坦克、地空导弹、反坦克火箭筒以及各种未来战争需要的常规武器的工厂以及第二汽车制造厂也正在或准备向“大三线”转移和兴建，它们都共同呼唤着一个母体——“大三线”钢铁钒钛基地那滚滚奔腾的铁流钢花。

是的，它们都离不开钢铁。

没有坚硬的钢铁，一切都是纸上谈兵。

这不是普通的钢铁，这是从钒钛磁铁矿里冶炼出来的特殊钢铁啊！

从 20 世纪 30 年代开始，无数志士仁人和科技精英，怀着实业救国的壮志，跋千山而不惧难，涉万水而不畏险，终于在我国西南的崇山峻岭中，发现了稀有的钒钛磁铁矿的矿石。他们四处奔走，希望能在中国的西南建成大型钢铁企业，支撑起“东亚病夫”的脊梁，使羸弱的中国得以强筋壮骨。

钒钛磁铁这种稀有的矿石，对于当时的中国人来说，就如同云空中的一朵奇葩，镜子里的一朵鲜花，海市上的一座蜃楼。因为钒钛磁铁矿的冶炼，需要极高的科学技术，到“大三线”建设开始之时，世界上也仅有为数极少的发达国家拥有这项冶炼技术，但也都是在小型电炉里进行冶炼。轰轰烈烈的“大三线”建设，数以百计的尖端科技和重型工业企业，仅靠容量极小的电炉冶炼，根本无法满足需要。利用普通大型高炉冶炼这种稀有的钒钛磁铁矿，在全世界绝无先例。

1958 年夏天，炎炎赤日将金沙江畔满山赤褐色的铁矿石晒得发烫，山脚下那几棵芭蕉树也被烈日烤焦，枯黄的叶子仿佛立刻会被这火热的太阳点燃。看，在那条通向江边的山路上，正走来一群年轻的采样工。他们头戴铝盔，扛着帐篷，顶着烈日爬上兰尖火山，任务是在这里采集矿样，运往外地。

采样工在这片蛇狼出没的山野上顶着烈日和风雨，用钢钎与铁锤，将坚硬的岩石砸碎，依靠着人背肩扛，将这些矿石运到江边，用木船运到山外有公路的地方，再用汽车运送到一千多里外的火车站，在这里装了几个车皮。这些采自深山的宝藏被一层层的帆布严严实实地遮挡起来，在茫茫的夜色中，一直向着中国北方运去。

这列神秘的运矿列车，在极其保密的情况下，秘密进入苏联国境，一直开进了列宁格勒的一座冶炼厂。

许多著名的苏联冶炼专家集中在这里，采用普通高炉对这些矿石进行冶炼试验。

然而，这种采自中国西南深山中的钒钛磁铁矿，如同魔石一般，投入高炉后变幻无穷，许多神秘莫测的化学变化完全超出了他们的想象，弄得现场的工人措手不及，差点造成重大事故。

1961年列宁格勒设计院提交给我国的研究报告断定，该矿不能用普通高炉冶炼。最后结论是：渡口的矿是“呆矿”。

几代中国地质科学家在中国西南的深山中发现的稀世珍宝——钒钛磁铁矿，被苏联专家无情地判了“死刑”。

金沙江畔一座座赤褐色的矿山上，长着一棵棵挺拔伟岸的攀枝花树，如同矿石一样赤褐色的枝干上，盛开着火焰般的攀枝花。于是，有一句“名言”便流传开来——攀枝花好看不好摘呀！

普通高炉冶炼钒钛磁铁矿——一道世界性的难题。

这是世界冶炼史上的“哥德巴赫猜想”。

现在，千军万马从辽阔的中国大地上，向着“大三线”云集。在金沙江畔，来自祖国四面八方的建设大军和数十万铁道兵，正浩浩荡荡地开进崇山峻岭。他们依靠一只只木船，在浪涌涛嚣中强渡金沙江；他们背着背包，从江面上空悬挂着的铁索桥越过大江。荒野中撑起帐篷，石头上架起铁锅，将在这里建设中国西部最大的钢铁钒钛基地。

这是“大三线”建设的重中之重。

然而，这块名叫钒钛磁铁矿的“石头”，却堵住了通往“大三线”的咽喉要道，真是一“石”挡道，万人莫开啊！

当我进入“大三线”时，钒钛磁铁矿冶炼的试验场已经从承德转移到了与“大三线”重镇渡口市近临的西昌，试验也从小型变成了中型，这个钒钛磁铁矿冶炼的中型试验场代号为410——人称410厂，我便有了与从事冶炼钒钛磁铁矿试验工作的汤乃武、马家源、胡庆昌等专家接触、交流的机会。因常年从事具体的科技项目，形成了冷峻的思考习惯，他们谈起这个世界冶炼里程碑式的科技攻关项目时都很平淡，就如同谈家常一样。那一代中国科技工作者卧薪尝胆，发奋图强，以身许国的感人故事，令我至今难忘。

2017年11月30日，我再次回到“大三线”，与老处长王安惠进行了深度交谈。这位88岁的老人，是1970年7月1日“大三线”钢铁基地一号高炉出铁的现场指挥者和参加者之一，一号高炉流出了普通高炉冶炼钒钛磁铁矿的第一炉铁水。这位被评为“美丽钢城建设者”的老人，虽然“退休早，工资少，房子破旧面积小”，但聊起当年的情景，仍是激情满怀，热泪盈眶。

2. 从天安门前出征

我的电脑里，至今保留着一张翻拍来的照片，那是一张人数众多的集体合影。照片上的人们穿着20世纪60年代的“流行服装”，男士留着分头，女士梳着短辫，分成五排，面带微笑，目视前方，在他们的身后，是雄伟的天安门城楼。

这是接受钒钛磁铁矿冶炼任务后，即将奔赴试验前线的攻关人员出征前的合影。

率领这支队伍的是著名炼铁专家周传典。

新任冶金工业部部长吕东直截了当地给他下了军令状：“这次钒钛磁铁矿冶炼试验，是关系到国家在未来不可预测的战争中生死存亡的大事，所以只能成功，不准失败。苏美两霸包围我们，形势险恶。一旦打起来，沿海靠不住了，武汉、包头、太原的钢铁厂也在敌人的轰炸圈内，现有的钢铁厂大都不能生产了，没有钢铁打什么仗？苏联第一个五年计划就在乌拉尔建了几座钢铁厂。卫国战争中，乌拉尔以西的钢铁厂被德军占领、破坏，苏联就是依靠乌拉尔的这些新建钢铁厂提供的钢铁取得了胜利。中央已决定在渡口建设后方战略基地。你们试验的成败，关系到建立这个后方基地的战略设想能否付诸实施。”

这是20世纪60年代中期，战争的阴云笼罩着天空，共和国的开创者们纵观历史，决心倾全国之力，应对不可预测的战争，建设“大三线”钢铁基地。周传典率领的钒钛磁铁矿冶炼试验组，成为当时决定民族未来命运的关键棋子。

冶金工业部副部长徐驰，被国务院点将，担任钢铁基地建设总指挥。他知道，周传典所领导的试验组，关系到这座钢铁基地的生死存亡。

徐驰回京汇报工作时，专门找到周传典，紧紧握着他的手说：“钒钛磁铁矿冶炼是一个世界性难题，如果这一关攻不破，大钢铁厂就不能建设，机械、军工也搞不起来，中央领导为此睡不好觉，冶金部党组下决心组织试验，并决定抽你去负责。现在已经箭在弦上，千军万马进驻渡口，人力、物力、财力都已经做了安排，为钢铁基地修建的成昆铁路正在开洞、架桥，整个工程已全线动工。如果试验失败，后果不堪设想，我们亦成为千古罪人！”

周传典感觉到，这位当年在延安曾用毛驴驮着木炭炼出钢铁的老战士的手，在微微地颤抖。

就这样，炼铁专家周传典成了钒钛磁铁矿冶炼攻关的主帅，开始招兵买马。他以“共和国工业长子”鞍钢为中心，在鞍钢和全国大专院校选拔人才，很快便拟了一个包括他自己在内的108人的名单，人们称他们为中国钒钛冶炼攻关的“一百零八将”。

钒钛磁铁矿冶炼的小型试验场设在河北承德钢铁厂。

42岁的中国炼铁专家周传典站起来，习惯地用手推了推鼻梁上的眼镜，十分激动地说：“一个人在几十年的工作生涯中做不了几件重要的事，如果我们能够顺利完成渡口市的试验任务，做好这件事，我们就可以死而无憾了！”

一百多张年轻的面孔都激动得通红，接着便响起一阵热烈的掌声。

周传典感到一种从未有过的鼓舞。再看看整个会场，红旗高挂，一把把“交椅”上坐着一个个虎虎生气的青年人，真有点像《水浒》中水泊梁山的群英聚会。这一群共和国培养出来的青年科技人才，接受了一项特殊使命，要依靠自己的聪明才智，攻下横亘在世界冶金专家面前的一道难题——用普通高炉冶炼钒钛磁铁矿。

时间使他们不能有丝毫松懈。

1965年的初春时节，承德的风仍带着阵阵寒意。

周传典裹着一件棉布工作服，急步登上炉台。他是接到30岁的值班工长徐鸿飞的紧急电话后赶来的。钒钛磁铁矿的冶炼，进入十分困难的阶段。高炉内的二氧化钛含量已达20%，渣口出来的渣子，如同得了痴呆症，在炉口傻愣愣地转悠，就是不肯流出来。从鞍钢调来参加试验的老技师李忠钧，指挥着一群工人，轮番用钢钎捅炉眼，一个个早已脱了棉袄，汗水湿透了身上的帆布工装。

徐鸿飞朝周传典无可奈何地摇摇头：“你看怎么办？”

周传典曾作为专家出国指导过朝鲜的大型钢铁厂的生产，在鞍钢也曾参加过炼铁高炉恢复生产的工作，在全国钢铁战线上，是一名有着赫赫战功的虎将。但是，这钒钛磁铁矿的冶炼，他却从未接触过。这是一道世界性的难题，当时在世界上根本就没有国家能够用普通高炉进行这种稀有矿石的冶炼。

不知何时，炉台上已拥满了试验组的人员，人们用焦虑的目光看着周传典。

周传典那张棱角分明的脸显得异常冷静。他的目光从一张张面孔看过去，资料组长庄镇恶、选矿组长朱俊士、烧结组长张明鉴、技术组长李殷泰、化学实验室主任李桂新，以及专门从鞍钢调来负责高炉操作的胡庆昌、徐鸿飞、殷沛然……由他点名的这108位战将，有的是大学教授，有的是冶炼专家，也有与高炉打了半辈子交道的工长，更多的是那些刚刚参加工作的大学生，祖国的信任在他们身上凝聚成无坚不摧的力量，炉台连着每一个人的心啊！听说高炉试验出了事故，便不约而同地奔来了。

还能有什么办法呢？共和国刚从几年自然灾害中转过生机，初春的阳光刚刚照到这片曾长满荒草的炉台上，设备、仪器等各方面条件都相当落后。周传典走上前去，操起一根钢钎，大吼一声：“上！”

如同一声冲锋的军号，人们都操起钢钎，迎着熊熊炉火，朝炉口冲去。

血肉之躯与烈焰火海展开了一场拼搏，炙热的炉渣随时都会将人烫伤，数千度的高温烤得脸上的皮肉一块块快要裂开。

“嘭！”炉口一声巨响，岩浆般的铁渣四处飞溅。

“有人负伤了！”冲在炉口的人高喊。

“快，抬下去！”周传典大声命令。

是一位年轻人的喊声：“不，我不能离开炉台！”

中原大地，春寒料峭，炉火熊熊……

3. 我们别无选择

炼铁专家胡庆昌所在的办公楼，与我所在的办公楼中间只隔了一条狭长的公路，早晨上班的时候，我经常会看见他手中提着一只安全帽站在台阶上等下厂的汽车。当年，他是被周传典点将参加钒钛磁铁矿攻关的“一百零八将”之一，后来，跟着这场举世瞩目的冶炼攻关来到“大三线”，随着一座座冶炼钒钛磁铁矿高炉的建成，他最后也将家安在了深山中的“大三线”。

有时候下厂的车还没有来，我们会站在台阶上闲聊。他这时已经是生产部门的领导了，对于我们这些在机关楼里跑上跑下的小青年十分和蔼。特别是提到一些技术问题，他更是乐意解答。

他说，钒钛磁铁矿的冶炼太难啦！

苏联是世界产钒大国之一，有七座钒钛铁矿山，为了提钒，他们在著名炼铁学教授巴甫洛夫、肖米克等人的带领下，进行了多次试验，都没有取得成功。

日本沿海盛产钛铁矿砂，他们集中了全国的冶炼专家，花了很大的精力进行试验和研究，以便为资源缺乏的日本打开一条冶炼钢铁的新路。谁知钒钛磁铁矿冶炼之难，难于上青天，科学技术高度发达的日本，也只能望钛兴叹。

加拿大多伦多大学教授罗斯，搜集了世界各国钒钛磁铁矿冶炼的资料，从理论上深入分析了该矿的特殊性及其冶炼的特点，可是当矿石投进高炉，对面临着的千变万化，罗斯感到束手无策。

西德、南非……世界上许多国家尽管组织了各种技术攻关，迄今为止仍没有一个国家解决了普通高炉冶炼钒钛磁铁矿的难题。

1967 年夏天，一个繁星满天的夜晚，周传典找到冶金部科技情报室的李公达，这位老炼铁专家曾留学西洋，造诣很深，20世纪50年代指导全国炼铁生产技术很有成效。1964年，李公达曾骑着毛驴，在农民的帮助下，深入不毛之地的渡口，登上兰尖火山铁矿，从此开始了对这里的钒钛磁铁矿冶炼的研究。

中国的两位炼铁专家坐在窗前，倾谈着钒钛磁铁矿冶炼的种种设想。青丝染霜的李公达，面对正当壮年的周传典，语重心长地说：“让你组织承德的模拟试验，是我的建议。你正当盛年，风华正茂，好男儿为国争光，相信你这位国际专家（指周传典曾去朝鲜指导过钢铁生产）能干出成绩来的。”

李公达向周传典详细介绍了已在国家科委立案的三种冶炼钒钛磁铁矿方案：一是叶渚沛的“三高”方案（高鼓风湿份，高风温，高炉顶压力），二是蔡博和苏联专家的电炉冶炼方案，三是他所竭力主张的高炉冶炼钒钛磁铁矿。

最后李公达说：“这是一场与世界各国争时间抢速度的试验，我们不能落在后面！”

1965年新年刚过，胡庆昌跟着周传典来到承德，成了承德试验的一名高炉值班长。

有一天，负责高炉值班的庄镇恶和胡庆昌，站在高炉前傻眼了。

钒钛磁铁矿的冶炼真是瞬息万变。刚才还好好的高炉，当三氧化铁在高炉渣中达25%时，突然出现了一种前所未有的奇异现象。开始是炉口渣铁量减少，后来干脆只出铁不出渣了。谁知眨眼工夫，火红的铁渣竟挤出炉口，如黄河之水倾泻而下，炙热的铁渣漫过渣沟，流满了整个炉台。

“一百零八将”都来了。

值班长胡庆昌穿一双大头鞋，厚厚的鞋底在高温下吱吱地冒着青烟。他顾不了这些，急忙带着周传典观察现场。铁渣升腾着数千度高温，烤得人的每一个毛孔都快要裂开。面对着这场灾难，有人气得直跺脚，几个年轻的女大学生都哭了。

钒钛磁铁矿啊，你真是上帝投向人间的“魔石”。

钒和钛是两种稀有的元素。当今世界，衡量一个国家的钢铁工业，并不是单看你的钢铁产量，而是要看你钒钛的蓄量和利用程度，钒比钢轻，有韧性，是一种化工催化剂，也是航天、航空、航海、军工不可缺少的原料。国际上许多国家都作为战略物资控制，20世纪50年代我国要花20吨花生油才能从国外换回1吨钒渣。动用一点钒，须经国务院总理亲自批准。钛抗腐蚀，硬度强，是造飞机、潜艇的宝贵原料；加钛白粉的纸张、油漆永远雪白，不会变黄。许多专家认为，未来世界的工业取决于钒钛。

周传典和胡庆昌在炉台前转了一圈，见庄镇恶独自站在一旁，不知在沉思什么，便开玩笑道："老庄，你这个镇恶怎么没有能把钒钛磁铁矿的恶魔镇住？"

资料组长庄镇恶是周传典在北京钢铁学院点的将。他沉稳、善思，知识渊博，经验丰富，能吃苦耐劳，善于总结经验。他每天坚持到炉台上观察，掌握第一手资料。昨晚，他同胡庆昌一起，在炉台上苦苦奋战了一夜。他疲倦了，劳累了？不，这位科学家正在思考着一个新的发现。

庄镇恶对周传典说："这惨痛的失败使我摸到了一条规律：高炉大泻之前，风口挂渣，风吹不进，风量逐渐减少；大泻之后，风口明亮，风量猛增。"

"对！"胡庆昌说道，"平常能从风口看到焦炭的滚动，矿石的下降，有时就看不见了。能看到就像一朵白云，或一团棉絮一样的东西在风口前飘摆，一般过20分钟左右，又要大泻了。"

周传典一听，高兴地用手拍着庄镇恶和胡庆昌的肩膀："伟大的发现！"

庄镇恶和胡庆昌怎么也没有想到，他们的发现为打开神秘的"魔石"冶炼大门，初步找到了方向。

周传典一面安排人清除炉台上的铁渣，一边召开紧急会议。

面对着新的发现，科学家们神奇的大脑开始剧烈地活动起来。大家争论着，分析着，据理力争，各不相让，直争得面红耳赤。

不远处，清悠悠的滦河在静静地流淌。

夕阳西沉，远山衔金。烟雾腾腾的会议室里，一个个科学家、教授、学者、工程师和刚刚迈出大学校门的年轻技术员们早已把吃饭忘记了。周传典看看手表，站起来做了总结："这个发现很重要，它说明只喷吹氧化物质还不行，需要有搅拌作用，这就为把喷吹精矿粉改为喷吹压缩空气提供了理论根据……只要我们群策群力，中国科技工作者降服‘魔石’，指日可待!”

会场里，立刻响起一片掌声。

一波未平，一波又起。

周传典桌上的电话不停地响着。

电话是高炉值班长徐鸿飞打来的：“你是周厂长吗？不好了，高炉出严重事故，所有风口都快堵死了。危险，危险……”

徐鸿飞是1957年东北工学院的毕业生，瘦高个子，尖下颚，平时说话总是轻言慢语。在周传典挑选他到实验组前，他在鞍钢代理炼铁厂厂长，是一位勤勤恳恳工作的青年。在鞍钢炼铁厂的厂长室，周传典拍拍他的肩膀说：“好男儿志在四方。”于是，将他点将要来实验组，和胡庆昌等一起负责高炉冶炼。听徐鸿飞那急切的声音，周传典扔下话筒便直奔高炉。

100立方米的小高炉，所有的风口基本被堵死，漆黑的风口如同瞎眼的怪兽，恐怖而令人战栗。

整座高炉，奄奄一息。

高炉如同一个人，吃下矿石之后需要排泄，铁水和炉渣的流出便是“排泄”。一旦高炉出现不消化症，就像人吃了饭不排泄一样，岂不憋死！钒钛磁铁矿则是最不容易“消化”的。高温熔化后就会变稠，如同糯米一样粘满炉壁，堵死风口，稍不慎，便会出现特大事故。为此，世界上很多国家不敢试验，有的国家试验也是在小型电炉里进行，谁也没有这么大的胆量，将这神奇的“魔石”投进普通大型高炉。

“大三线”钢铁基地总指挥徐驰来了，他握着一双双手，深情地说：“倾全国之力建设的‘大三线’钢铁钒钛基地盼着你们，看着你们，我们不要做千古罪人，我们要做让后代永远引为自豪的‘大三线’千古奇人、建设英雄，创造出世界冶炼史上的奇迹，盼望试验组尽快降服‘魔石’。”

迫于当时的国际形势，中国科技工作者偏要干这别人不敢干的事情。他们在试验中所遇到的困难，也是别人不敢想和想不到的。现在上面的矿石还在不断熔化，下面渣口铁口却打不开，周传典和大家一样，急得围着炉子团团转。

徐飞鸿大声报告："只剩下最后一个半风口了！"

周传典仔细一看，过去那种风口前棉絮状的飘摆物不见了，看见的只是渣铁堆积物死死堆在风口，一个一个风口陆续都快被堵死，如果这一个半风口再堵死，这座高炉从炉底、炉口到风口以上，一旦停炉就会变成一个大渣铁坨子，凝固后就会是一根中华民族的耻辱柱。

"一定得奋力抢救！"周传典再次仔细察看后，认为只此一瞬，不能再有时间延误了。

周传典站在炉台上，大着嗓门下达命令："同志们，我们是干什么来的？我们是为国争光来的，是为攻克钒钛磁铁矿冶炼的世界性难题来的，是为中国的'大三线'建设能够顺利进行来的，是为中国自己的潜艇、导弹、卫星的奠基来的。现在，试验出现了险情，唯一的办法，只有迅速用氧气一点一点地烧化渣口前的渣铁，使渣口通连风口，让风吹进炉子，才能救活高炉，使之不至于闷死。钢铁钒钛基地的建设在盼着我们，党中央、毛主席在等待着我们胜利的消息，我们哪怕献出生命与热血，也要救活炉子，完成这项光荣的任务！"

"下定决心，不怕牺牲，排除万难，去争取胜利！"炉台上一阵阵山呼海啸般的口号声，无数手臂紧握拳头，高高地举了起来。

紧张的抢救开始了。除试验组的人员外，承德钢厂的部分职工也闻讯赶来。一部分人把氧气瓶从炉台下抬到炉台上，一部分人向炉内捅搅烧化的渣铁。这是何等繁重的劳动啊，炽热的渣铁烤得浑身上下滋滋地冒油，坚实的渣铁沉甸甸的，搅动一块如同扔掉一座小山。

满头大汗的徐鸿飞跑过来，大声向周传典报告："周厂长，没有氧气了！"

屋漏偏遇连夜雨。正在同大家一起奋战的周传典一下子惊得目瞪口呆，大声地说："没有氧气怎么行？断了氧就等于宣判了炉子的死刑！"

"没有办法呀，全承德市还没有制氧设备，瓶装氧气都是从北京运来的！"年轻的工长徐鸿飞急得快要哭了。

正在这时，炉台的值班电话响了，是冶金部王玉清同志从北京打来的，他向周传典询问了情况，并问需要什么帮助。

真是及时雨啊！不知是激动还是高兴，周传典竟孩子般挥动着手臂，大声地喊着：“我们正在抢救高炉，急需氧气，快！快！”

北京，首都钢铁公司。

厂门前，数十辆卡车装满了200瓶氧气，火速开往承德。

当天下午，第二批送氧气的卡车，再次驶出首钢大门。

看着一瓶瓶从北京远程运来的氧气，奋战了一个昼夜的人们顿时忘记了疲劳，炉台上一片欢呼。这欢呼声中，尤以学俄语的那批年轻的大学生们叫得最响：“乌拉！乌拉！”

抬吧，几十千克重的氧气瓶，两个人一组，虽然沉重，仍健步如飞。

重庆钢铁设计院的刘光镕，是一个刚毕业的女大学生，四川人，矮矮的个子，站在那里比氧气瓶高不了多少，她嫌两个人抬太耽误时间，冲上去一个人扛起一罐氧气瓶就跑。

“小刘，你……”几个东北来的大个子急忙拉住她。

“让开！”刘光镕还真有股子四川妹子的辣劲，大吼一声，扛着氧气瓶冲上炉台。

人们被这位四川姑娘的精神感动了，两个人的“互助组”迅速解散成“单干户”，有几位体力弱的科学家，沉重的氧气瓶压得他们直喘粗气，但仍然不肯休息。

祖国啊，为你的儿女们自豪吧！

1965年4月21日凌晨2时，花去了上千瓶氧气，才将高炉炉缸里的渣铁掏净，高炉逐渐恢复运行，下料平稳，一场事故终于排除。然而，钒钛磁铁矿冶炼试验的困难却没有完全解决，千辛万难仍横在中国科技工作者面前。

不顾连续奋战32个小时的疲劳，试验组立即召开紧急会议。

周传典看着一张张疲惫的面容，深情地说：“同志们，我们不能休息，我们就是死，也死在这里！”

全场一片沉默，疲惫的面容顿时变得肃穆、庄重。

周传典接着说：“钒钛磁铁矿的试验已到了关键时刻。如果没有什么新的措施跟上去，新熔化的渣铁还会继续堆积起来，事故又将重演！”

怎么办？各种方案都提了出来，接着又一个个地被否定。

“治重病要下猛药！”不知是谁吼了一声，接着便站起来一个梳着分头的青年人，一身学生装，口袋里插着两支钢笔，除了年龄之外，典型的一个中学生装扮。

这个人就是马家源。我与炼铁专家马家源的认识，是他在钢铁研究所工作的时候。他留着学生头，穿一件洗得很干净的工作服，工作服的上衣口袋里总是插着一支钢笔。他平易近人，见面后先是微微地点点头，说话的语速掌握得非常好，不快不慢，每一句话对方都会听得明白。他正在搜集各种科研资料，准备撰写一篇有关普通高炉冶炼钒钛磁铁矿的论文。听说他当时正在大学里读研究生，就被抽调到了钒钛磁铁矿的科技攻关组，成了“一百零八将”中的一员。

十多年后，他写出了有关中国首次攻克钒钛磁铁矿冶炼的论文，并担任了屹立在中国“大三线”的攀枝花钢铁公司副经理。高中毕业时，老师说他文章写得好，让他考中文系。但他最后选择了支撑共和国脊梁的钢铁事业。这时，他面对着一个个专家、教授，还有几分腼腆。他向攻关组大胆建议：“生铁含量从 0.5% 再降到 0.3% 以下，把西渣口作为专用的喷吹口，除连续喷吹压缩空气外，在出渣前或出渣后还喷入精矿粉各 150 斤左右……”

白铭、安云沛等几个年轻人对此表示支持。

专家们很惊讶：“这种操作法，在普通高炉冶炼的工艺流程中是绝对不允许的！”

总结各方意见，周传典拍板了：“我们别无选择，只有背水一战！请各小组认真考虑小马提出的新方案，开始新试验。”

新的试验开始了，一群年轻人守炉餐，伴炉眠，人都瘦了一圈。

“都给我回去睡觉！”周传典几次登上炉台，催促和命令他们。可是，一个个热血沸腾的青年人，赶也赶不走。

实现新试验的连续操作特别忙，从压缩空气机、喷吹罐、管道一直到渣口喷吹管，只好步步设岗。面对投进高炉的“魔石”和熊熊炉火，每个人的心都提到了嗓子眼上。

徐鸿飞、胡庆昌等值班长，来回不停地指挥着炉前工操作。书生气十足的白净脸盘，早已被灰尘和汗水蒙满，完全成了一个“黑人”，只有说话时才露出两排白色的牙齿。

“吴启常，加急电报！”有人飞快冲上炉台，将一份电报交给北京钢铁学院来的吴启常。

吴启常打开一看，电报是母亲发来的：哥触电身亡。

“快走吧，这里有我们哩！”试验组的人都好心地劝他。为了赶时间，试验组领导立刻安排人员赶往承德，为他买了当天上午回家的火车票。

吴启常背着小挎包，含着泪水离开了正在热火朝天进行新试验的高炉。令人们没有想到的是，当天下午，他又出现在炉台上。

大伙围住他，关切地问：“这是怎么啦?”

吴启常摇摇头，用牙齿紧紧地咬住嘴唇，一句话也没说，又投入了挥汗如雨的战斗。

东北工学院青年教师余锟，母亲病卧在床，试验组照顾他，两次派他去家乡沈阳购买器材。他为了抢时间，连近在咫尺的家门都没进，办完事又匆匆忙忙地赶回来。

领导小组成员中，有三位家里有病人。孩子经常来信报告病情，说得很可怜：“我们有一年多时间未见你了，什么时候回家呀？”

令人高兴的是，经过试验组全体人员的努力，终于“药”到“病”除，新装炉的烧结矿下到炉缸时，风口前边未出现往日排渣或涌渣的现象，都是通明透亮的。待有一定数量的铁水时，老技师李忠钧手握钢钎，捅开铁口，世界第一炉普通高炉冶炼钒钛的铁水，闪着耀眼的金花，呼啸奔涌。

漆黑的夜空亮起了启明星，在驯服钒钛磁铁矿“魔石”的道路上，终于看见了黎明的曙光。

顿时，“一百零八将”在炉台边欢呼起来。

4. 生命的最后时刻

用老处长王安惠的话来说，他所参加的1970年7月1日“大三线”钢铁基地一号高炉的出铁，这只是中国人攻克钒钛磁铁矿冶炼的第一步，要想生产时不出事故，达到与冶炼普通铁矿一样流畅的标准，还有很长的路要走。

参加承德试验的队伍，很快转移到西昌的410厂，用普通高炉对钒钛磁铁矿进行进一步的试验。

人们没有想到的是，就在这个时候，死神在茫茫夜色的笼罩下，一步一步地向着全力以赴进行钒钛磁铁矿冶炼攻关的专家汤乃武走来。

他躺在病床上，无力地睁开眼睛，觉得世界成了漆黑的一片。仿佛有无数可恶的小虫，在死神的驱使下，正在他的腹腔里慌乱地四处爬动，用尖锐的牙齿，如蚕吃桑叶一般吞噬着他的生命。

又一个难眠之夜。

汤乃武从一堆堆资料上抬起头来，推开窗户，望着满天星斗。他仿佛看见金沙江畔，在同一片星空下，建设钢铁基地的人们正举着火把，打亮车灯在深山峡谷中奋战。天上的星星，像远方建设大军的一双双眼睛，他们好像在问：“汤乃武，你能摘下这颗世界冶炼皇冠上的明珠，为‘大三线’钢铁基地的建设，提供技术保证吗？”

“我要活，要去揭开钒钛磁铁矿冶炼的秘密！”汤乃武大声地喊叫着。

但是，病情已经确认，胆管细胞腺癌，已到晚期。

汤乃武是位科学家，知道生命的存在和消失，有时只有一步之差。他不甘心这么离开中国西部这片令他难忘的热土，离开那些从全国各地“移民”来到这里的开拓者与建设者，离开他终生为之奋斗的钒钛磁铁矿冶炼攻关课题。他曾下过多大的决心啊，在有生之年，一定要为中国攻下这个世界冶炼史上无人攻克的堡垒。哪怕用自己的血肉之躯，为中国钒钛磁铁矿的冶炼铺平道路，他也心甘情愿！

医生进病房来检查，汤乃武紧紧抓住他的手，一声声地哀求：“你能不能想个办法，让我再坚持三天，只要有三天就行了……”

医生看着他憔悴的面容，转过脸去偷偷地擦着眼泪。

三天——汤乃武在这生命的最后时刻里，想要做些什么呢？一是小高炉冶炼钒钛磁铁矿的解剖试验；二是市金属学会要主持年会；三是西德专家要来渡口，他得赶紧与对方交换钒钛磁铁矿冶炼的意见。他想尽最大的努力把这些事都办好，留给后来的接力者，留给这块生生死死都眷恋的热土。他决不能将属于人类的科学财富带到另一个世界去。

病情是在两个月前发现的。

他那时正在西德考察并参加对外技术合作谈判。他以惊人的旋风式的工作效率，在 21 天里跑了 11 个城市，13 个部门和企业，连美丽的莱茵河都未来得及多看几眼。西德的钒钛磁铁矿是在小型电炉里冶炼，而中国要进入大型普通高炉冶炼，要超过别人，没有这种旋风般的速度能行吗？汤乃武已明显地感到体力不支，腹部疼痛，吃不下东西了。随行人员劝他去医院检查治疗，在西德的风景区散散心，休息几天后再工作。汤乃武摇摇头，婉言谢绝。因为随行只有一名翻译，他怕翻译随自己去看病而影响全局工作。

一个月后，飞机在中国首都机场降落。汤乃武硬是从前来接他的救护车上跳下来，忍着腹部的疼痛，直奔北京钢铁研究院，找了一张桌子，夜以继日地赶写出国总结报告。

腹部疼痛难忍，豆粒般大的汗珠从他宽阔的额头直往下滴。他抱来一个枕头，用力压住自己的腹部，勾着腰坚持写完出国总结报告。

与汤乃武一同从西德考察回来的钢铁总院副院长金钰嘉接过报告，立刻劝他去住院检查身体。

汤乃武朝金钰嘉笑了笑：“我何尝不想住下来检查一下呢？你是知道我脾气的，

钒钛磁铁矿的试验正在火候上，我能安心在北京住院？看不到试验场，只怕是越住病越重哩！”

金钰嘉无可奈何地摇摇头，紧紧握住汤乃武的手：“老汤啊，你是科学家，你知道自己的生命对祖国、对人民的价值，回去后一定要好好检查一下。”

金钰嘉怎能想到，这竟是他和汤乃武最后的一次握手。

能否用普通大型高炉冶炼钒钛磁铁矿，是中国摆脱依赖进口钒过日子的关键。冶炼钒钛磁铁矿小高炉解剖试验，在我国尚属首次，这是汤乃武提出并参与设计和组织的，它是大型高炉冶炼钒钛磁铁矿的一次具有世界意义的探索。汤乃武心急如焚，归心似箭，因为来自全国各地的专家已云集410厂试验场。

汤乃武迎着黎明的晨光匆匆忙忙走下火车。离家已经两个多月了，真想先回家看一看，可是，他最盼望看到的是曾经日夜奋战的试验场。旅途的奔波，过度的劳累，连吃一块饼干都感到腹部疼痛。三里多路，走走停停，实在痛得无法忍受了，只得抱着肚子蹲下去。人们发现他的时候，他已晕倒在离试验场50多米的公路旁，怀中仍紧紧地抱着那个装有试验数据的公文包。

现在一切都来不及了，汤乃武只想再多活三天，在这短暂的有限时间里，完成他人生的最后冲刺。

第一天，汤乃武靠着输入肌体的几针葡萄糖液，硬是支撑着走出医院，走进全市金属学会第二次会员代表大会的会场。在生命之火即将熄灭的时刻，他十分镇静地主持了这次开发建设渡口的科学家和工程师的聚会。

在人生的十字路口，每个人都必须对自己的道路做出选择。中华人民共和国成立前夕，汤乃武的父亲和姐姐都去了台湾，后来两个妹妹也去了美国。父亲和姐妹们动员他一起走，他毅然拒绝了。他从武汉大学矿冶系毕业后，独自留在了这块生养他的土地上。他来到鞍钢，火红的炉火激起他生命的热血，他担任高炉工长，参加了我国第一座机械化大型高炉的投产。兴建武钢，汤乃武依靠自己的智慧解决了无数冶炼科学上的难题，他的成就被载入厚重的《中国炼铁三十年》。1964年5月，汤乃武作为第一批创业者，从武汉西行，来到人迹罕至的“大三线”渡口市。说来也真有趣，当时武钢一位副经理对他说：“走啊，到渡口去，你的技术在那里大有用场。”汤乃武立即坚决地说：“我去，跟你一起去！”就这样，他卷起被盖，同这位副经理登上轮船逆流而上，连家里都没来得及打一声招呼。

第二年春暖花开的时候，汤乃武的妻子带着孩子来了。事前发电报叫他去接，当他的妻子下车后却未见人影，找到他的屋子时，却是一间空屋。问别人，人家说老汤整天都泡在试验场，这屋里很少有人住。妻子一看，果然家徒四壁，什么也没有给他们安排，只在木桌上给孩子留下一包花生糖。

妻子动手帮汤乃武整理屋子，在枕头下发现了他写的日记，随便翻开一页，只见上面写着：“繁忙的工作从日出、日落到深夜，真是筋疲力尽，早就应该入睡了，但还有多少问题等待我去思索。想、想、想，又一个失眠的夜晚。”

妻子愣愣地站在土屋里，泪水不觉流在脸上。不懂事的孩子看着母亲，奇怪地问：“妈妈，你怎么啦？”……

往事如烟，汤乃武没有后悔和遗憾，他的生命已化成了钒钛磁铁矿冶炼的铁流，和那巍然耸立的一座座大型高炉，就连攀钢的幼儿演出队，也叫钒花艺术队。科学家们的心血在这块不毛之地开花结果了。

现在，汤乃武无可奈何地躺在病床上，昏沉沉的，觉得自己变成了一个用钒钛磁铁铸成的坚强无比的铁人，正与黑暗中扑来的死神搏斗着。死神在他这尊钢铁巨人面前，节节败退，他无比旺盛的生命之火，在高炉里熊熊点燃。

第二天，汤乃武忍受着难以想象的痛苦，奇迹般地再次走进市金属学会的会场。他站在讲台上，作了题为《回转炉电炉流程在攀西地区的发展前景》的学术报告。他用自己对祖国钢铁事业的一腔热血，竭尽全力进行生命的最后一搏，要将自己最后的一点能量，都洒在攀西（即攀枝花—西昌地区）丰富资源的开发上。可是，汤乃武只讲了 35 分钟，声音便越来越弱了……

“不，我不愿调去北京。渡口有这么丰富的矿产资源，综合利用的科研担子落在我们身上，我就是要站稳脚跟，死也要死在这块自己钟情的土地上。”汤乃武曾在上级要调他进京担任职务时，这样对上级的一位同志说。

在钒钛磁铁矿冶炼的试验中，因为高炉变料，炉况失常，渣铁放不出来，炉口几乎堵死。汤乃武和大家一起，冒着高温烈焰，用氧气烧，用钢钎抠，连续奋战40多个小时。他不慎被炙热的炉渣烧伤脚，溃烂了一个多月，仍然一瘸一瘸地坚持在炉前观察。

“汤工，休息休息吧，别上炉子了。”人们苦心劝告他。

汤乃武笑着说：“不上炉子，心里不踏实啊！”

汤乃武被调任渡口钢铁研究院副院长，妻子却在西昌一时未调来。他自己洗衣服，打开水，胃不好，就自己用煤油炉子煮面条。买一捆青菜放着，煮面条就掺一点，菜蔫了，连鸡都不吃；他女婿来看见了，要扔出去，他忙说：“别丢，可以当维生素嘛。”他用冷水泡一泡，照样煮着吃。更多的时候，为了争取一点时间，他常常是啃面包、饼干度日。

“大三线”拓荒者的生命是一把把烈火，烧去了荒凉，迎来了辉煌。即使火焰熄灭了，也会变成浩瀚天宇的一颗颗星星，为后人照亮着前进的道路。

“一个人的精力和时间都是有限的，有所得就必有所失。”这是汤乃武的名言。他生活上从来舍不得花更多时间，越简单越好。在他的宿舍里，只有一张床，一张没有抽屉的桌子，一个玻璃已坏了的书柜和一把旧木椅。他认为自己最有价值的财产，是那些多年积累的资料和小山般堆起的书籍。

这就是为建设“大三线”而来的科学家。中国的知识分子，吃的是草，挤出来的是血。

“小骆，麻烦你帮我买把菜，只要是青叶子就行，我好久没吃蔬菜了。”这是汤乃武一生中，唯一的一次给别人添麻烦。

小骆是谁？他的秘书。

住院才两天，汤乃武的头发一下子全白了。那头上银白色的积雪带着死神的威胁，一步一步地逼近。

第三天，汤乃武无论怎样努力也不能支撑着站起来了。他躺在床上，仍未停息的大脑还在想着攀钢的科研事业，想着如何尽快地开发渡口地下无尽的宝藏。他和前来探望的同志们谈工作，从小高炉解剖试验的资料、照片、图像的整理到试验场的试验准备，经费预算，一一都进行了安排和交待。安排对外技术合作的工作，口授了给西德首席谈判代表瓦尔登博士的信。同攀钢的领导同志商量，如何使科研更好地为攀钢生产服务……

汤乃武又一次昏迷了。

稍微清醒，他便喊着：“给部（冶金部）里打电话，我要留在这里……”

为了挽救汤乃武的生命，整个渡口六家医院著名的医生都来了，经过共同会诊，决定做皮肝穿刺。动这种手术会带来剧痛，医生有些犹豫。妻子征求他的意见，他说：“叫他们大胆做，我也是搞科研的，允许成功也允许失败。”手术中，他承受着巨大的疼痛，从来没有呻吟一声，儿媳用棉签帮他擦牙时，发现他的牙齿都咬碎了。

儿媳控制不住，失声痛哭起来：“爸爸，你叫唤吧，叫喊出来，也许要好受些。”

“孩子，别这样。”汤乃武安慰道，“爸爸一生都没有叫过一声苦，我一叫喊，医生护士都要着急的。”

汤乃武是安详而欣慰的。他用自己在科学道路上顽强拼搏的毅力，与死神抗争了整整三天，住院前急着要办的工作都已办妥，即使死神突然降临，他用生命换来的不朽业绩，也会永远屹立在这块他所钟情的国土上。

生与死，那是灵魂的最后挣扎。

一个灵魂的高尚与平庸，自信与彷徨，坚强与懦弱，勇敢与萎缩，无私与贪婪，“天下为公”与“人不为己”，默默奉献与巧取豪夺，诚实善良与坑蒙拐骗，货真价实与弄虚作假……这些决定着一个人的人生方向。千千万万人所走的方向，决定着一个国家的运行状态，更决定着一个国家的未来——是富足、发展、进步、光明，还是虚华、民怨、停滞、动荡、毁灭等等。

下午，汤乃武病情恶化，说话已极其困难。一位领导将耳朵贴在他蠕动的嘴唇边，只听见他艰难地说：“中国的……钢铁……要搞上去……要关心知识分子……发挥……他们……的……的作用……让……让他们……做出……贡献……”

泪水从汤乃武深陷的眼窝里流了出来：“我……我的生命……已经……献……献给……了这块……土地……我……我……还有很多……工作……没有……没有……做完……”

医生拿来了纸和笔，汤乃武抖抖索索地在纸上写道："坚持就是胜利。"

突然，笔从他的手中滑落下去。

窗外，阳光下的攀枝花开得血一样红。

厂区里，响起了一阵阵震撼峡谷的汽笛声，巍巍钢城在为自己忠诚的儿子致哀……

第五章

太阳石的光芒

1. 宝鼎之光

一道紧急命令，以泰山之重，闪电之速，迅速传达到渡口总指挥部以及所有决战“大三线”钢铁基地的部队官兵、企业职工和支援建设的地方政府及民工——1970 年 7 月 1 日必须出铁！

总攻的信号弹已经升起，“战斗”进入白热化，数十万跋山涉水来的建设者气壮山河，高唱国歌，“冒着敌人的炮火，前进！……”

渡口的开拓者们用血，用汗，用自己坚实的臂膀、挺直的脊梁和不屈的生命，终于完成了“三通”（通路、通电、通水），重重叠叠的群山中开天辟地有了照亮黑夜的明珠，亘古无人的荒原上终于响起了隆隆的机器声，开山炮更是如惊雷滚过大地，令云涛惊愕，山岳战栗。

然而，地无三尺平，群峦恶如魔，厂房建何处，上帝也发愁。

建设者豪情万丈，高呼一声：“弄一弄就平了！”

真是壮怀激烈，气贯长虹，千古壮士，万代风流，我辈定弯弓射虎，莫待少年白头。开拓者如巍巍巨人，倚天抽剑，削万峰以填深谷，劈重峦以改江流，终于在山峦重叠的万峰之中，“弄”出了三个大台阶，二十三个小台阶，竖起层层叠叠的厂房，挺立起一座年产 250 万吨钢的“大三线”现代化钢铁联合企业。这是中国十大钢铁企业中唯一一座由中国人自己设计，自己制造设备，自己安装、调试，直到投产的大型钢铁联合企业，吨钢面积为一比一，堪称世界之最，她的每一寸土地、每一颗螺丝都充满着中国人的自豪与骄傲，后来被全世界的钢铁巨头们称为“象牙微雕钢城”，并获得国家科技进步一等奖。

现在，巍峨的一号高炉正拔地而起——建设者们将这个地方叫作弄弄坪。

战争打的是什么？钢铁，钢铁，最后还是钢铁！

普通高炉冶炼钒钛磁铁矿虽然在攻关小组“一百零八将”的努力下取得了重大突破，但是还有很多问题仍需进行探索与试验，是否能够顺利生产，还是一个未知的过程。这个过程，被一些外国专家描绘为“未来世纪的探索”。就在这时，另一个问题接踵而来，那就是无法获得炼铁所需要的肥气煤。

如果说石油是一个国家工业的血液，钢铁就是一个国家工业的脊梁，那些深深埋藏在地球深处的煤炭，就是一个国家工业的基石。

建设“大三线”钢铁基地时早就考虑到了这个问题，在钢铁基地附近建设了一座大型煤矿——宝鼎煤矿。又在盛产肥气煤的贵州六枝、盘县（现为盘州市）、水城一线建设了一座大型煤矿，作为专供这座钢铁基地炼铁炼钢所需要的煤炭供应点，为了便于领导，将这三个地方进行了行政合并，史称“六盘水市”。从某种意义上来说，贵昆铁路主要就是为运输六盘水煤炭与“大三线”钢铁基地之间的联系而建设的。

并不是所有的煤炭都可以用来炼铁的，对于钒钛磁铁矿的冶炼必须得是肥气煤炼出的焦炭，60 米高的高炉是一个“大肚罗汉”，每天“吃”下肚的焦炭数量惊人，两座煤矿处于边建设边投产状态，所采的肥气煤远远不能供应炼铁生产的需要。

基石不牢，地动山摇。为确保在“七一”出铁，一道道紧急命令下达到两座相隔两千里的煤矿。

宝鼎矿区决定调集精兵强将，在龙洞煤矿展开夺煤会战。

从云南省煤炭管理局调来参加“大三线”建设的副局长亓伟，被任命为龙洞会战指挥长。

这个“亓”字，源于商周时期的甲骨金文，可谓源远流长。作为姓氏用字则晚于秦汉，始于魏晋，直至今日。当年，亓伟拿着介绍信到特区报到，接待他的人看了看问：“同志，你姓什么？”

他的姓难认，他这个人更难认。他同工人一样，穿着一套袖口上打了补丁的工作服，走到人群中，人们都把他当成一个老工人，要是没人介绍，谁敢相信这样一个老头曾经担任过一个省的煤炭管理机关的领导，同时还有着一段非凡的革命史哩。

1938年，面对日军的侵略，他义愤填膺，投笔从戎，参加八路军，保家卫国，血洒疆场，立过战功，并于翌年加入中国共产党。后被派往敌后，担任武工队长。他指挥队伍，神出鬼没，埋地雷炸毁日军车队，以突袭灭敌于荒野，炸敌堡，拔据点，打得日伪军闻风丧胆。随后又随军挺进中原，进军西南。中华人民共和国成立后他向部队首长行了最后一个军礼，脱下戎装，转战祖国急需的煤炭战线。1964年，他接到命令，带一支队伍进入金沙江河谷，为贫煤的中国南方寻找煤矿。

现在，这巨大的煤矿开始投建，即将成为“大三线”重要的战备燃料基地，为“大三线”钢铁基地的投产提供巨大的热能。

会战的龙洞煤矿在一个偏僻的大山上，没有路，没有电。总指挥部集结了部队、电力局、公路工程队、民工和煤矿职工数千人，开始了紧张而忙碌的攻坚战。

决战的红旗插遍了山岭，荒山在隆隆炮声中惊醒，紧张的肥气煤开采在亓伟指挥下吹响了冲锋号。

大山里的黎明，太阳总是躲在山峦的背后不肯露头。乳白色的雾，缠绵而留恋地在群山间拥抱、升腾。晨风徐徐，薄雾依依，山就变成了一个飘飘欲飞的仙子，雾就是她轻盈飘曳的裙裾，朦胧、秀丽，梦幻般诱人着迷。

一群工人排着队走出矿井。这些夜班工人一个个浑身被煤灰包裹，几个送饭的家属站在井口，竟然认不出哪位是自己的丈夫。

一位大嫂走过来，将一盒饭递到亓伟手里。

队伍里立刻爆发出一阵笑声。

亓伟急忙说：“大嫂，你认错人了。”

那位大嫂一听，糟了，忙说：“指挥长，你吃吧。”

夜晚，林涛无声，鸟雀归巢，山野静寂，在深深的地下，却是一派忙碌沸腾的景象。

这是亓伟第几次与夜班工人一起奋战，谁也记不清。自从龙洞煤矿会战打响，十几天下来了，他一直都没有回过矿里的办公室，他将自己的指挥部早已搬到了矿井，哪里有问题，他就会出现在哪里。如果哪个队的领导没有下矿井，哪个领导解决问题不及时，或者是官僚主义，都逃不过他的眼睛。工人们都说，这亓指挥长，不愧是武工队长，真是神出鬼没，说不定什么时候就会出现在你的眼前，问题都是当场拍板，当场解决，决不拖延一分一秒。

有几个干部见他实在累了，就劝他回去休息一会儿。他眼睛一睖，问道："我可以休息一会儿，上级下达的'七一'出铁的时间能'休息'吗？我说同志啊，我们是干什么来的，我们是在同帝国主义抢时间，同修正主义抢时间。我看，从日本人侵华开始到现在，他们从来都没有'休息'过，我们能休息吗？"

一番话，说得几个劝他的干部连连点头。

渡口总指挥部来人到会战指挥部找亓伟，转来转去找不到人。总指挥部的人就下到矿井，见几十个人正在凿煤，一个个满身煤灰，走过去拍拍一位老师傅的肩膀问："师傅，你们指挥长在哪里？"

那人头也不抬地问："你们找他有什么事？"

当得知这几个人是总指挥部派来的时，那个人就一屁股坐在煤堆上说："有什么事你们就说吧。"

不用再问，这个人肯定就是他们要找的指挥长亓伟。

亓伟经常对干部们说："煤矿深深地埋在地下，我们干部却高高在上，怎么能打好会战，怎么能保证'七一'出铁？能不能保证'七一'出铁，不光是个战略问题，也是对我们这些'大三线'建设者的考验。"

龙洞煤矿位于金沙江河谷地带，每当中午，烈日如火，烤得人浑身流汗，头皮发麻，裸露的山头上找不到一块绿荫，人们只能硬着头皮与太阳对抗，席棚子里的温度高达四十度以上，难怪有人将这里叫作火焰山。

孙行者要过火焰山得向铁扇公主借芭蕉扇。亓伟却只有一顶旧草帽，每天戴着它在矿区上下来回跑，哪里有困难就出现在哪里。

"危险！"当主平峒掘进到60米时，突然出现了塌方，他在井口得到通知，立刻将手一挥，对机关里的干部们说："是共产党员、共青团的都举起手来！"

他大声命令："战斗打响，不准一人后退，跟我来！"

他将手一挥，人们跟着他冲下了矿井。

这就是那个时代建设中国"大三线"的共产党员、共青团员！

没有痛苦与不安，没有留下一句可以载入史册的豪言壮语，曾经轰轰烈烈投入挽救民族危亡的抗战老战士，中国“大三线”重点煤矿工程的指挥长亓伟，就这样静静地离开了他所深深爱着的矿山。

这天是1972年3月26日。

在清理遗物时，人们在他办公桌的玻璃板下，看到了一张用钢笔书写的纸条：人生自古谁无死，留取丹心照汗青。

他，也许早就知道自己身患不治之症！

亓伟去世后，《渡口日报》曾用很大篇幅登载他的事迹。矿区以他为荣，矿工以他为傲。整个渡口开展了广泛的宣传学习。遵照亓伟生前遗愿，他被葬在高高的宝鼎山上。每天黎明，旭日冲破夜云，中国“大三线”钢都的第一缕阳光，最先照在这个山顶，洒在那座巍巍屹立的墓碑上，墓碑便闪着熠熠金辉。人们传说，每当这个时候，只要你向着那个地方望去，便会看到一个巍峨的身影站在那里，仰苍天，抚白云，观宝鼎山煤海涛涛，望弄弄坪铁流滚滚……

他的墓已成为宝鼎山上十分珍贵的文物。

他的生命已化成坚实的长城，他的灵魂仍滋养着壮丽的河山。

2. 一个矿工的婚期

宝鼎山分为大宝鼎和小宝鼎，小宝鼎如同一只弯嘴葫芦，“口”小肚大，那个大肚子里尽是宝藏。它与大宝鼎相比是个小兄弟，在夺煤大战中并不落后，你看那个张远林班长，正带着全班风风火火地日夜战斗在矿井里，决心夺取全矿班组采煤的冠军。

家里的未婚妻正在苦苦地等待，他们确定的婚期即将到了，他必须尽快请假回家。

宝鼎煤矿是“大三线”建设中的重点煤矿，位于渡口远郊的宝鼎山上。这是一座海拔高度为2538米的高山，如同一位冲霄的巨汉，巍巍傲立于群山之巅。

宝鼎宝鼎，宝藏之鼎，此名文采飞扬，融古今为一炉，厚重、沉稳。

民间曾有故事记载，此山为《西游记》中的那个猴头孙悟空所“造”。

传说，一心想在天庭当大官的孙悟空嫌玉帝赐给他的弼马温官位太小，就开始在天庭闹事。他既不安于本职工作，又不善于处理各种复杂的人际关系，对菩萨、神仙更是不尊，与德高望重的太白金星见面时竟直呼其为老头，见了皇权在握的玉帝既不行礼，也不跪拜。加之能七十二变——这本是他加官晋爵的看家本领，也在“干部考察”时被认为不太稳重，有关“组织部门”因此得出了他“不宜做官”的结论。这话不能当面对他说，说了这猴头就会造反。就骗他钻进了太上老君的八卦炉，想在这烈火熊熊的炉子里将他烧成灰烬，以绝后患。谁知这猴头本领高强，竟然炼出了一双火眼金睛，当炉顶揭开，众臣子准备欢庆胜利的时候，猴头竟从烈火中一跃而出，一棍打翻太上老君的八卦炉。这宝炉在空中飞旋了九万里，最后倒扣于金沙江畔，形成了这座宝鼎山。

猴头到底是猴头，不明事理，虽然弼马温是天上最小的官职，但也相当于凡尘王国中军马场的场长了，如果他以权谋点什么也是可以办到的，到时说不定还可获得升迁，这真是自毁前程啊！他却给人间做了一件大好事，将“太上老君”八卦炉中的无尽宝藏都埋藏在这里，宝鼎就变成了一座蕴藏着煤、锌等多种矿藏的宝山。

建设“大三线”的号角吹响，这里就成了开发建设的重点之一，钢铁基地的一号高炉要出铁，煤便成了关键，但是很多地下资源还未来得及普查，特别是肥气煤的蓄量还有待于进一步确定。时间不能等，从山西阳泉矿务局调来主持宝鼎矿务局工作的马书绅接到命令，急得在那间用作指挥部的小破屋子里团团转。宝鼎这座山上虽然有煤，但这煤是不是炼铁所急需的肥气煤，他心中没有底。调来资料，上面根本就没有记载。

有人开玩笑说：“这些只有打翻八卦炉的孙悟空知道，不妨找他来问一问。”

说这话的人，本想让马书绅绷紧了的神经放松一下，谁知反倒使他的神经绷得更紧了。如同一位前线指挥员，竟然不知道自己的对手有多少兵力，这些兵力都分布在什么地方，他感到十分棘手。

当晚，总指挥部的电话又打来了，问他现在肥气煤的开采情况。

马书绅急了，大声地说：“完不成任务，我老马提着脑袋来见你们！”

第二天一早，他在全矿组织了近三十名技术骨干，将他们分成几个小组，分头到附近的山上进行探测和调查，并限定仅三天时间。

马书绅拄着一根棒子，亲自带队跋山涉水，在三天时间里，访问了当地居民，同时对一些地质情况进行了重新排查，最后确定宝鼎山蓄藏着一定量的肥气煤，特别是龙洞煤矿蓄量可观，决定以龙洞煤矿为主战场，开始了全矿支援“七一”出铁夺煤大会战。

三年前，张远林回四川广汉老家探亲，与一个漂亮、勤劳、能吃苦的姑娘好上了。女方见他为人忠厚，办事诚恳可靠，又是在“大三线”国营大企业工作，双方就确定了关系。

第二年春节，双方家长提出建议，两个人都不小了，是不是该准备一下婚事。那个时候结婚的要求很简单，最高的也就只是“三转一响”（自行车、手表、缝纫机和收音机），总共也就几百块钱。问题来了，这些东西都很紧张，得凭票供应，张远林就只得四处托人。

终于将东西置办齐了，老家的父母也腾出了一间屋子给他们做新房，准备这年春节张远林请假回家探亲就为他们举办婚事。临近春节，矿里突然通知要加快掘洞的工程进度，全矿上下拧成了一股绳，从家属到指挥长都扑在了施工现场。张远林所在班，任务是全矿最艰苦的一段工程，是一块难啃的“硬骨头”，他这个班长怎么能“临阵脱逃”?

张远林跟未婚妻说明情况，商量等工程结束后另找时间。

这事一拖就是半年，直到这项工程完工，张远林才向领导提出请假回家结婚的事。

领导一听竟然同他一样的兴奋，马上大笔一挥，同意。

消息很快传到了矿山的几个班组，年轻人围着他，催着要看他未婚妻的照片。

张远林将揣在内衣口袋里的照片小心翼翼地取出来，让工友们看个够。

工友们一看，女孩子梳着短发，一双眼睛大而传神，笑起来嘴唇微微向上，显得既可爱又有几分调皮，直夸张远林好福气。由于旧思想的束缚，昔日煤矿工人找对象比较困难，谁家下井的儿子或工友谈好了一个对象，就会成为矿里的大喜事，家家庆贺，人人祝福，现在连领导都催着他赶快回家完婚，别让煮熟的鸭子给飞了。

师傅的老伴带着几位老大嫂来了，千叮万嘱他不能太“倔”，婚后要搞好“夫妻关系”，一定要“比翼双飞”到“大三线”来。

毛巾、脸盆、被单、枕头、热水瓶……工友们送的礼品一件件地堆满了那间单身宿舍的小屋，幸福的暖流在张远林的心里流淌着，睡梦里都曾笑过好几次。

第二天早晨，张远林背上行装，准备前往长途汽车站，去金江火车站转乘成昆铁路的火车回老家。他正出门，矿区突然响起了几声警报，那凄烈呼喊的声音如炸雷惊天，山峰倾倒，撕裂着整个矿山。片刻之后，煤矿总医院的救护车呼啸着从山路上飞冲而来，正在休息的矿工和家属们都朝矿井的方向奔去。

张远林立刻明白，矿井出了事故。

他扔了背包，跟着人群，撒腿就向矿井跑去。

矿井外面聚满了人，指挥长大声地喊着，快，向矿井里通风，用鼓风机，下最大决心将风送进去。

接着，他大声命令："30 岁以下的年轻人都站出来，组成救援突击队，打开井口，下井救人！"

张远林不用多想，立刻加入了救援突击队。

当被困的五名工友被救出来时，张远林也被同时送上了救护车。他在这次救援中被落下的石头砸中，左眼受伤，必须住院治疗。

他急了，问医生，要多长时间才能出院？医生说，最少一个星期吧，就是出院后，也暂时不能干重活，走远路。

他一听就从病床上下来，弯下腰去，一边穿鞋子一边说："不行，我要出院，我还有急事！"

医生不解地看着他问："你还有什么急事？人都已经全救出来了。"

张远林想告诉对方，自己得准时回家结婚，他张了几次嘴都说不出口，对着镜子看了看自己，头上裹着纱布，回去那还不把家人和未婚妻吓一大跳？

张远林一家八口人，他排行老二，为供弟妹们上学，他 16 岁就挑起了家里的担子。1960 年，他被公社评为劳动模范，奖品是一条毛巾、一支新华牌钢笔，还有两个大肉馅的包子。后来，"大三线"建设要人，他就报了名，最后被县里推荐给了渡口的煤矿指挥部，背着背包来到了小宝鼎。

小宝鼎地处深山，火车不通，仅有一条简易公路似蛇行群峦，汽车上山，如老牛爬行，吁吁喘气。这里峰峦入云，空气稀薄，初来之时，便会感觉呼吸困难，严重的还会觉得胸闷心慌，头晕恶心，呕吐不止，直至流鼻血。更可恶的还有那些被矿工们称作"空降兵"的长脚蚊虫，腿长，个大，一只只都肥嘟嘟的，真应了那句"三个蚊子炒盘菜"的俗语。矿工们当时住的是竹席棚子，每当傍晚，这些长脚蚊如同轰炸机一般在里面嗡嗡地叫，寻找着各自的目标。只要盯上了谁，在谁身上咬上一口，那个地方就会鼓起一个深红色的疙瘩，越抓越疼，越疼越痒，那种疼痒是直往人心里戳的啊！矿工们就只得手中拿着树枝、扇子或者是用自己的衣服、裤子、帽子，不停地扫来扫去，用以抵挡着这些"敌机"的袭击。

有人从小宝鼎去了大宝鼎，大宝鼎各方面的条件当然比小宝鼎好。张远林却不走，他时常想起报名参加“大三线”建设时的情景，全村五个青年报名，到公社和县里审批时，只批准了他一个人，因为他是团小组长，工作积极，肯吃苦。像当年送子参军打日本鬼子一样，公社给他戴上大红花，敲锣打鼓地把他送到县城，欢送他参加“大三线”建设。咱是县里推荐来当工人的，可不能给家乡的父老乡亲们丢脸，这是他时常搁在心里的一句话。

张远林是个有“恋爱史”的人。

此前，他曾爱过一个姑娘，对方漂亮，有文化，为人勤快，两个人确立了恋爱关系。谁知他竟然报名要去“大三线”，而且是到煤矿去当一名挖煤的工人，对方劝他说，那煤黑子有什么值得当的。他不听，说了很多参加“大三线”建设的光荣和自豪，那个姑娘认为他们不是一条道上的人，分手了。

是呀，你张远林有什么特别的，一米六的个子，矮墩墩的，厚嘴唇，细眼睛，小平头，一脸的憨相，站在哪里也不出众，琴棋书画你会哪样？把你吊起来也滴不出几滴墨水。你说你能写信，会写信的人多了去，为什么非要找你？你说你勤劳，勤劳有什么用，一个挖煤的，能“挖”几个钱？

另外一个姑娘偏偏就看上了张远林的这些“缺点”。人矮一点怕什么，只要志向高就行；那个年月，咱农村人要帮父母养家，哪有钱上学？文化，有条件后可以学习的呀！挖煤怎么啦，没偷没抢，那是凭劳动挣钱吃饭，更何况也是参加保家卫国的“大三线”建设，多光荣的事情哩！

张远林一听乐了，他就喜欢具有这种“三观”的姑娘，他们订婚了。

一周之后，头上包裹着的纱布解除了，但视觉仍有些模糊，医生嘱咐，这次受伤不轻，左脸颊有根神经断了，还有脑震荡，这是最后确诊的，如果不注意，发展下去很可能瘫痪，出院后还得静养一段时间，给他开了病假证明。

张远林躺在单身宿舍的木板床上，怎么也无法休息，脑海里总是回旋着家里的亲人们为他筹办婚事的忙碌身影。就在这时，矿里传达了总指挥部的命令，为了确保“七一”出铁，煤矿指挥部必须大干快上，增加肥气煤的开采，现在总攻的号角已经吹响，千军万马都在为着这个目标拼命奋斗。要求“大三线”尽快出铁的紧急命令和自己的终身大事都摆在面前，他必须做出自己的选择。

他找来一张纸，铺在窗前的木桌上，开始给未婚妻写信，要求再次推迟婚期。

矿里领导这次说什么也不同意他推迟婚期了。矿工找一个媳妇不容易，矿里领导决定派人将他护送回家休养，待病好之后再来上班。

张远林被矿里派人“押”着回到老家。家里人见他完全没有了以前的机灵劲，问他到底发生了什么，他只说，出了一点小工伤。

未婚妻看到他这个样子，眼圈红了。

他笑着说：“没有什么，你看我这不是好好的吗？”

未婚妻说：“你还笑，出了这么大的工伤，也不告诉一声。”

他说：“幸好我们没有结婚，要不然我瘫痪了你怎么办？”

未婚妻说：“你瘫了，我就伺候你一辈子。”

还有什么比这样的话更令张远林感动的呢？他张开双臂，将对方紧紧地抱在怀里。

为了参加夺煤会战，他们很快举办了婚礼。接着便带着新婚的丽人，“比翼双飞”踏上了赶回小宝鼎煤矿的路程……

单身宿舍的工友们主动卷起被盖，找别的工友“搭伙”，将这间简陋的工棚让给他们做新房。工棚外，三块石头架起一只铁锅，就是他们新婚的厨房。每天中午，新婚的妻子跟矿里其他的大嫂们一起，给自己新婚的丈夫送饭到井口。

张远林带领的班组所创造的业绩，成为这次夺煤会战的标杆。

1977 年 8 月，张远林被选为党的十一大代表，出席党的全国代表大会。

1978 年 1 月，张远林出席全国煤炭劳动模范大会，被誉为全国煤炭战线劳动模范。

1979 年，张远林被国务院命名为全国劳动模范。

1982 年，张远林当选为党的十二大代表，再次出席党的全国代表大会。

他如同一块煤，在“大三线”的熔炉里熊熊燃烧。

1975 年 3 月，火红的攀枝花开遍山野，常州籍“老乡”、著名数学家华罗庚来到“大三线”重镇渡口市。他站在用干打垒筑成的“十三栋招待所”的山头上，望宝鼎矿山，索道凌空飞架，铁斗云中穿梭，观弄弄坪上灯火万千，出铁的红浪映红了半个天空，深深为“大三线”建设者移山填谷的壮举所感动，老先生夜不能寐，激情喷发，用写惯了数字的笔，临窗赋诗一首：

多去西南峥峻地，
少去江南鱼米乡。
身生故乡非不爱，
更爱三线炼人场。

这位很少“舞文弄墨”的数学家，是在渡口听了张远林等“大三线”建设者的事迹后写的这首诗，是他对“大三线”建设者发自内心的褒奖。

如今，我们是否应回眸看一看他们的身影，记住他们的努力和奉献，记住那个砥砺奋进的时代。

3. 生死瞬间

1978年初冬的一个夜晚，我乘贵昆铁路的列车到达六枝。出站后，只见外面灯光昏暗，山势近逼，四处升腾着湿漉漉的雾气，透着高原初冬时节的丝丝寒意。

山静街寂。

那个年代，这个大山深处为“大三线”建设新建的小站，出租车还是个稀奇的“物种”，下车的人们也都“自谋出路”，“各奔前程”。我在车站的转角处找到一个摆小摊的老人，向他问去煤矿机械厂的路。他用手指着前面告诉我，“抵拢倒拐”（方言，即到最前面转弯），再往前过一个“大十字”（方言，即十字路口），再过一个“坎坎”（方言，小坡坡）就到了。接着他又告诫我，你背着包包不要“走旮旯”（方言，狭窄隐蔽的地方），当心“棒老二”（方言，强盗）。

老人方言特重，如听天书，我只得边听边“破译”。

找到煤矿机械厂的大门，只见灯光昏暗，大门半开，两个身穿蓝色棉大衣的护厂队员，一个倒背着步枪（未上刺刀），一个倒背着冲锋枪，在那里来回巡逻。

我背着包，从黑暗中出现在他们面前。

两个队员警惕地后退一步，将背着的枪熟练地横了过来，对着我问：“干什么的？”声音威严，钢枪直逼，夜深人静，令人战栗。

我急忙递上介绍信，说明想会一个朋友。

那个背冲锋枪的接过介绍信，另一个背步枪的枪口仍直逼着我。

背冲锋枪的人在昏暗的路灯下看了看介绍信，对我说：“哦，是‘大三线’的××信箱，自家人。”

他告诉我，现在阶级斗争很复杂，有人想“破坏”煤矿，我们的煤矿是为你们

"大三线"钢铁基地供应能源的，得时时提高警惕，万一出了问题可不得了！

我连说，理解理解。

那个背着步枪的队员给我带路，很快就找到了住在一排预制板房里的朋友——他们是我女朋友的大姐和大姐夫，大姐不久前请假从"渡口"到这里来生孩子，我是遵照女朋友的吩咐，利用出差顺路的机会来看他们的。这屋里可以说是家徒四壁。大姐刚生完孩子，头上包裹着一条毛巾。一个煮饭的炉子放在门口，一张破木桌上放着一块巴掌大的豆腐，我在屋子里转了转，才发现一只小纸盒子里放着几枚鸡蛋。

大姐夫妻二人大学时谈的恋爱，虽然同为"大三线"建设者，却分居在千里之遥的两地，爱情的道路鸟语花香，但中国西部的两省两地，实在是山高水远。

第二天，大姐夫陪我去逛街。

这里最著名的是拉克大街。为什么叫这个名字，也许是地处少数民族地区的原故吧。大街在群山包围之中，一条笔直的街道伸向远方，街面宽阔，新建的房子排列整齐，给人清新、鲜亮的感觉。街上的人群以"大三线"重点煤矿六枝矿务局的职工和家属为主，不时也有附近少数民族的女子穿着民族服装，挑着担子，在街边叫卖。

我爱这样的街道，没有奢华炫耀，没有顾影自盼，朴实得如同这里的矿工，他们用自己英雄的故事，默默地铺满了这条大街。

六盘水煤矿，是"大三线"钢铁基地建设的一个重要组成部分，当时确定"渡口的矿，六（枝）盘（县）水（城）的煤，钟摆式运输"，以保证西南"大三线"钢铁基地的需要。当年"大三线"钢铁基地"七一"出铁的命令传达到千里之外的六盘水煤矿基地，全矿沸腾，但是，在掘取肥气煤的战斗中，却发生了令人意想不到的一幕。

矿里到处都在传说这次意外事故。

事情还得从那天早晨说起。

有一位青年工人，是不久前从外地招工来的，经过培训后分在掘井队。小伙子聪明，能干，字写得好，很快成了班里的骨干，老师傅们都很喜欢他。

他待人真诚、和气，肯帮助人，在矿里跟大家关系都很好。

这天早晨，他跟往常一样，早早起床，胡乱地吃了几口早饭，就顺着小路往矿区走去。

他喜欢这样上班，一边观景，一边同上班路过的熟人打招呼。看着矿区从一片荒山丛中屹立起来，一个个上班的工人从自己的面前路过，相互再打个招呼，他感到心里舒畅，踏实。

六枝这个地方，对他来说，以前还是完全陌生的。

招工的时候别人告诉他，有个“夜郎自大”的成语，说的就是那个地方。他这才恍然大悟，自己这次要被招到“夜郎国”去工作了。

《史记·西南夷列传》所记：“滇王与汉使者言曰：‘汉孰与我大？’及夜郎侯亦然。以道不通，故各以为一州主，不知汉广大。”因此有了“夜郎自大”这个成语。

“大三线”的建设者们不再是“夜郎”，他们要将无尽的地下宝藏挖掘出来，支援“大三线”钢铁基地建设，让那里早日流出火红的铁流，飞溅起金色的钢花。

前几天，他家里来了电报，告诉他母亲病危。矿里批了假，让他马上回家去看看。

他自从工作后只回过两次家，一次是回家完婚，一次是回家看望病危的父亲。现在母亲病了，天天躺在家里床上，对亲戚们说着要见他一面。作为儿子，怎么能不回家去看一看呢？他已经买好今天头班火车的车票。为支援钢铁基地准时出铁，他对全班进行了动员和安排，准备回家看一下就马上回来。他是负责班里安全的，临走前，有些不放心，想到矿井里再看一看。

谁知这一看，唉……

他在井口遇见队长，队长问他为什么还没走。他说：“到井下看一下就上来。”

队长劝他说：“早点回家去看看老母亲，尽孝是一个儿子的责任。”

他朝队长笑笑说：“队长，你的命令我哪次没认真执行？你放心好了。”

他来到井下，见班里的兄弟们早已抓紧时间开始工作。风镐突突地响着，再看看掌子面，看看支撑矿井顶部的支架，都很牢固，没有发现安全隐患，也就放心了。

他转过身去，就往井口走，准备去赶今天的头班火车。

就在这时，只听矿井深处突然发出“轰隆”的一声巨响。

他知道出了事故，高喊："瓦斯爆炸了，快往井口跑！"

他指挥着班里的工友往外跑。

前面就是井口，已经看见井口的亮光了。

矿工们常说，瓦斯狠如虎，吃人不吐骨。煤矿中矿井的作业点处在几百米的地下，时刻受瓦斯、煤尘、水、火、冒顶等自然灾害的威胁。矿井里瓦斯、氧气、温度达到一定程度就会引起爆炸。在瓦斯爆炸的一瞬间，中心地点的温度可达摄氏 1850 到 2650 度，瓦斯爆炸在矿难中是最危险的"老虎"。

现在世界各国其中也包括中国，对于瓦斯在矿井中的危害进行了比较有效的控制，并开发利用于工业生产和民用生活，但在"大三线"建设初期，人类对于瓦斯的控制与利用非常有限。

苏联是当时世界矿井挖掘比较先进的国家，其著名的顿巴斯煤矿中的加加林矿，1969 年 7 月 13 日发生瓦斯爆炸事故，突出煤量 14000 吨，涌出瓦斯量达 26 万吨以上，造成大量人员伤亡，是当时世界上最大的瓦斯事故。

在中国的煤矿史上，因瓦斯事故造成的灾难也是触目惊心。

到了 20 世纪 90 年代，因瓦斯爆炸造成的矿难仍然不断。

生死一瞬，他用力将 个个队员推向井口。

他，再也没有从井下上来。

听说井下出了事故，矿工们来了，家属们来了，放学的孩子们也来了，矿井口外一片恸哭声。

千里之外，一位躺在病床上的老母亲，手中紧紧捏着儿子发来的那份回家探亲的电报，久久地望着窗外，盼望着儿子早日归来……

煤矿工人将煤炭叫作太阳石，那是太阳将自己的光和热都融进了这一块黑黑的石头里了，每一块黑黑的石头才会有着火一样的情怀，用自己的光和热温暖人间，照亮世界。

那些忠诚、坚贞、顽强的战士、工友和同志，就是一块极不起眼的煤——一块太阳石，他们年轻的生命在这片荒凉的山野上，像太阳石一样熊熊燃烧。

鲁迅先生有言："石在，火种不会灭。"

1970年7月1日，蓝天、白云，火焰似的凤凰花红遍金沙江畔，渡口市钢铁钒钛基地的第一座大型高炉巍然耸立。

数万“大三线”重点工程建设者高举红旗，敲锣打鼓，汇集在一号高炉前，欢呼声、口号声响彻云霄。胡庆昌登上炉台，代表中国钒钛磁铁矿攻关组和数十万钢铁基地建设者，取出了世界第一炉普通高炉冶炼钒钛磁铁矿的铁水。

出铁了！火红的铁流冲出炉口，炉台上顿时升腾起滚滚红浪。火红的铁流啊，你带着汗，带着泪，带着笑，带着不屈的生命之光，带着不灭的理想之火，带着中国科技工作者的一腔热血，带着中国“大三线”儿女的壮志豪情，尽情地奔流吧！

世界第一炉用普通高炉冶炼出来的钒钛磁铁矿炽热的铁流啊，你让中国的航天事业看到了希望，你让正在中国“大三线”的戈壁荒野进行核试验的同行更加充满信心，你让正在进行核潜艇研究的“大三线”战友勇气倍增，你为中国“大三线”建设打开了智慧之门，备足了“粮草”，你奔腾着我们民族的希望，呼啸着我们民族的自豪！

随着钒钛磁铁矿冶炼的成功，在中国十大钢铁基地中唯一的一座由中国人自己设计，自己制造设备，自己施工建设的雄伟钢城，巍然屹立在攀西裂谷的崇山峻岭，那是镶嵌在共和国大地上的一颗璀璨明珠。

第六章

神秘的地下核基地

1. 地图上消失的小镇

中国西部的茫茫戈壁滩上，孤烟袅袅，落日如轮，从美国回来的邓稼先和他的同事们告别家人，埋名隐姓于沙漠，卧薪尝胆于荒野，让青春奋发，以生命图强，将自己的热血融进这片热土，决心在这里放一个令世界震惊的“大炮仗”。

这个“大炮仗”就是原子弹。

说起原子弹，自然要谈到“816”。

“816”是什么？

它是当年“大三线”建设中一个保密工程的代号，史称816工程，816厂。

说起这个工程，很多中国人都不知道，因为它是在绝密的情况下进行的。

将这个工程的全名告诉你，我想你一定会猜到这是个什么样的工程了。它的全名为“三线建设进洞的原子能反应堆及化学后处理工程”。

名字太长，为了读者方便，这里不妨将它称为核工业基地或者是核基地。说起核基地，国人都知道这个工程是做什么的了。

问题来了，你知道那个曾经被叫作“816”的核基地在什么地方吗？

我可以肯定地说，绝大多数国人都不知道。

在中国的“大三线”建设中，如果说渡口东风钢铁厂（攀枝花钢铁公司）是最重要的钢铁钒钛基地，那么这个当时代号为“816”的军工企业，就是那个时候准备储备中国核能量的最保密的核原料工业基地。为了保密，所以用编号代替。

它在什么地方？白涛镇。

这个神秘的地方未曾向世界公开之前，就是告诉你，你也无法找到它。不信，你找一份那个年代的中华人民共和国地图来，根本无法找到这个小镇。

是不是因为地方太小，没有标识出来？

那就找一份当时标识到村寨的地图来查一查，那些比这个地方还小的村寨在地图上都有标示，地图上仍然无法找到这个小镇。

一些国外的情报机构采用多种方式，其中包括最先进的卫星探测，直到这个地方正式向外公布之前，仍然无法寻找到这个白涛镇。

这到底是个什么地方，竟然如此神秘？

好了，你不妨跟着我的文字，一同去那里走一趟吧。

2017 年 12 月 4 日，我和妻在暮色中乘车离开曾经工作了 23 年的“大三线”重镇攀枝花，列车穿过成昆铁路，第二天黎明时分到达成都，然后转乘去重庆的动车，于当天下午到达重庆下面的涪陵。

走出车站，面前是巍峨的高山，巨人般耸立。车站建在山脚下，出站的路绕着山脚，弯弯曲曲，蛇形般向下盘旋，路很窄，不时还有石梯，得一步一步地往下走，好不容易绕出了车站，手机突然响了。

电话是郑志宏先生打来的，他告诉我，他在车站外面的一个大广告牌下面等我。

我们从未见过面。

也许是第六感——“大三线”赋予的特殊感应，在熙熙攘攘的出站人群中，双目一视，便知道是对方。

我称他郑总，他叫我沈老师。

汽车驶出火车站，沿着公路向着对面的大山开去。一条四车道的山间公路，环山绕着，曲曲折折，不时有载重汽车驶过，车后卷起尘土，公路两边的树叶上落满了灰尘，风一吹，也同时飘散在空气中。

绕过山脚，看见一道绿莹莹的江水，悠悠地在两山之间流淌。我不由一阵兴奋，不用问，这就是乌江，当年离别母亲奔赴“大三线”，就是乘坐小火轮顺江而下来到涪陵的。这不由使我想起当时的情境，想起在涪陵街上遇见的黄老师，当年他担心我到了“大三线”无法解决“个人问题”，现在带着妻一起到这里来采访。40 多年过去，我已两鬓染霜，要是再遇到黄老师，那将是怎样的一番人生感叹！

岁月悠悠，人生如歌，乌江水仍然是那样不停地奔流着。

汽车驶过乌江上的一座大桥，进入了武陵山脉。只见山势陡峭，茂林密密，公路两旁的石灰岩因长年风雨的侵蚀，早已变成了深褐的颜色。太阳开始西沉，金灿灿的光射在碧蓝的江水里，水中的山，幽幽地漂动，闪着光，泛着绿，便有了另一番情趣。

车行了一段时间，我问郑总："快到了吧？"

郑总用手指着前方的大山说："还有一段时间。"

汽车绕着大山经过一个小镇，这个小镇，便是以前的地图上无法找到的那个白涛镇。

小镇不大，屹立在乌江岸边的一个山洼里，面对乌江，背靠大山。按当地人所说，前有江，后有山，好风水呀！

汽车绕着小镇外面转了一圈，没有看到高楼，一座座青砖砌起的水泥平房，平静地屹立在那里，没有叫卖声，没有汽车马达和喇叭来回喧闹，任奔腾的乌江在山脚下日夜掀起白色的浪涛，人们仍静静地过着自己的日子。

明明小镇就在这里，为什么那个时候的地图上无法找到呢？

汽车绕着盘山公路一圈一圈地往上开去。一路上除了农舍之外，还有工厂和零星的楼房，越往山里开，里面的楼房越现代化，水泥路面也变得干净起来。过了白涛镇不远，看见了一座高楼，傲然屹立，俯江涛万顷，仰苍山白云，这是建峰集团（原816厂）的办公大楼。汽车绕过这座高楼往山上开，山势有些陡峭，但是路面平顺、干净，公路两旁绿树摇曳，风带着山野的清香徐徐扑来。

我说："这真是个避暑的好地方。"

郑总说："那上面就是我们的生活区。"

公路两旁，透过树叶间的缝隙，可以看见一些红砖砌成的瓦房和烟囱，高山上的林间小路边，建有供人休息的小亭，越往上走，山势越陡峭，自然环境越好。公路两旁有梧桐树，黄灿灿的树叶，在深秋阳光的照射下，如一枚枚硕大的金币，摇着深情的手，闪着灿灿的光，夹道欢迎远方的来客。

当年816厂留下的历史痕迹，凝固在大山深处。

如同攀钢的南山宾馆一样，昔日816厂的宾馆建在这座大山的最高峰。站在宾馆外面的广场上，可以看见乌江对岸群山苍茫，壁立千仞，千峰万壑在晚霞的映照下浩荡、雄浑，茫茫苍穹，天地壮阔，人生匆匆，不由会生出许多感慨。

透过霞光，在苍茫的两山之间，可以看见当年816厂修建的那座乌江大桥，它穿透时代的风雨，巍巍地横跨在乌江两岸，将那个神秘的、准备用于储备核能量并被称作世界奇迹的、巨大的世界第一人工山洞，与大山这边816厂职工的生活区连接在一起。那个被称作白涛的小镇，就屹立在生活区的江岸边。

然而，这个小镇并非原始的小镇，那个原始的白涛小镇已经不存在了。当年"大三线"的重点核工程建设进入这里的时候，为了保密，将小镇搬迁到了现在的位置，并将它从中国地图上完全抹去。这样一来，你怎么能在当时的中国地图上找到那个白涛镇呢？

郑总说："你们先休息下吧，明天我让人带你们参观人工洞体。"

2. 令人震撼的地下核基地

这里曾是准备使用的中国第二套核反应堆，现在以“世界上已知最大的人工洞体、全球解密的最大核军事工程”著称。

没有进过这个人工洞体，无法想象它的辽阔和壮观，奇妙与神秘，无法想象它科学的设计与精巧的布局，更无法想象凝聚在这里的那些超凡的智慧与不屈的毅力，以及那一个个轰然倒下的壮实的身躯，是如何在地球的深处，创造了当代中国人的奇迹——一座地下的坚实长城。

2002 年 4 月，国防科工委下达解密令——这个“大三线”建设时期的 816 地下巨型核基地才为世人所知。

2009 年 9 月，“816 工程遗址”被列入重庆市级文物保护单位。

2010 年 4 月 24 日，816 洞体首次对公众开放。目前出于国家安全方面的考虑，洞体只对国内游客开放。成为世界上独一无二、不可复制、更是无法复制的景区。票价为淡季 40 元，旺季 60 元，这个票价中含进入洞体的观光车费 10元。

进入洞体内观光还得乘坐“专车”，可见这个人工洞体的工程是何等巨大。

不知何时，我们脚下的土地变成了一个浩大的建筑工地。高楼林立、景区遍布、仿古建筑成风、奇形怪状的建筑成癖、伪造历史成瘾、名人故居的建筑成灾，联合国在这些令人眼花缭乱的中国 20 世纪的建筑中，仅将两大建筑列入世界 20 世纪建筑遗产——816 地下核工程和故宫博物院宝蕴楼。

郑总给我发来了短信：沈老师，一会儿谭小东副总经理来接你们，参观洞体……

即将进入这个神秘的洞体，不由有些激动。

我站在宾馆外面的广场上，晨风徐徐，寒露凝霜，武陵山脉深处的高山之巅宁静、安详。

在这个深秋的黎明，我看见太阳从对岸乌江之滨的高山后面慢慢升起，在茂林间徘徊了很久，一下跃过密密的树梢，跳到了深蓝色的天空上，江对岸便有万束金辉射了过来。温暖的阳光带着激荡的热情，立刻唤醒了寂静的山野，鸟鸣谷应，山花摇曳，透明的天空让我这个在城市的雾霾与建筑灰尘中蜗居已久的人感到神清气爽，心旷神怡。

我和妻坐上谭副总亲自开来的汽车，绕着山路向江边驶去，前面便是那座当年816厂修建的乌江大桥。越过大桥，再转了几道弯，看到一个停车场，有很多旅游团的导游举着旗子在那里排队。

谭副总将我们交给一位在现场负责的旅游公司的老总，并嘱咐我们进去后不要乱走，要跟着别的旅游团走，以免迷失方向，如果在里面迷失了方向，很难找到出口的——里面就是一个千回百转的迷宫。出来后给他打个电话，他到原地来接我们。

1965年年初，为了战备，中国准备将位于西北的一个重要的核基地内迁到“大三线”，选址勘测组跑了云贵川的很多地方，几辆车都跑废了。从已去世的原816厂总工程师宁志敏的回忆材料上显示，当年选址小组曾提出过三个地点。第一个是川西洪雅县罗坝区，第二个是凉山彝族自治州的甘洛，第三个是重庆下面涪陵的白涛镇。由于背靠乌江，水量充足，群山环绕，较为隐蔽，核工业部最终决定在重庆涪陵白涛镇金子山修建816工程，定址白涛镇后，这个地名便从中国地图上消失了。

洞体的入口处在山脚下的公路边，洞口成拱形，上面有一条用钢筋水泥做成的拱形文字：“816地下核工程”，在这拱形洞门的下面，用红布挂着一条红底白字的横幅，上书：决胜全面建成小康社会，夺取新时代中国特色社会主义伟大胜利！

洞门外面有一排焊接的铁栏杆，栏杆上面搭着网状的隔离物。有一个检票口，洞口有两排灯光向里面延伸，但无法看到里面更远的地方与转角处，有旅游的中巴车不时从里面开出。

这个人工洞体里，到底隐藏着什么秘密？

从洞口向里望去，通道一直绵延，一眼见不到底。进入洞口，便有丝丝凉意袭来。陪同的人介绍说，洞内常年保持着25℃至27℃，冬暖夏凉，四季恒温。走进洞内，洞体笔直而宽阔，完全可以容两辆载重卡车自由行驶，洞顶一排排白炽灯延向远方，一眼望不到头。如同小型广场一样的一个个分洞体，通过纵横交错的车道相连，洞内岔路、楼梯、电梯、厂房随处可见，排水沟、通气管道一应俱全。

我被这巨大的工程震撼。

这样一个浩大的人工工程，为什么一直不会被外界所发现呢?

一条公路顺着山洞向里面延伸，路面平整，整洁，可并行两辆卡车，在转弯处有红绿灯指示方向。再往里走，如进了迷魂阵，道路四通八达，每个路口均可再分支线，如同人的血管一样，各种所需的物资与核燃料，就是通过这些如同“毛细血管”一样的洞体内的公路，输送和蓄藏到各自的洞穴里。

为战备需要，洞体内厂房进洞深度400米左右，顶部覆盖层最厚达200米，核心部位厂房的覆盖层厚度均在150米以上。洞体工程设计可以预防100万吨氢弹空中爆炸冲击和1000磅炸弹直接命中攻击，能抵抗8级地震破坏。为修建该工程，整座大山几乎被挖空。山体周围共有大小洞口19个，根据不同规划，人员出入口、汽车通行洞、排风洞、排水沟、仓库等应有尽有。洞里面共有大小洞室18个，道路、导洞、支洞、隧道等130多条，总长21千米。洞体总建筑面积10.4万平方米。核反应堆大厅是洞内最大的洞室，高达79.6米，总共上下9层。

至今为止，该洞是世界上最大人工洞体，被誉为“人工奇迹”。

我们在洞体里行走，犹如行走在布满阳光的街道，路面整洁，道路宽敞，这竟然是在地球的深处，令人无法想象。据说洞体施工土石方量151万立方米，施工石渣可筑成长达1500千米的一米见方的“长城”。因为开发为旅游景点，在洞内安装了各种色彩的电灯，进入洞内，彩灯闪烁，人在里面行走，如同进入梦幻世界。最感神秘的是那个宽敞的核反应堆大厅，朝下望去，下面是一口巨大的“锅”，这就是用来燃烧核原料的地方。我俯视着那深深的“锅”底，巨大的锅沿，脑海中竟冒出了对于核燃料燃烧时的幻觉，引起一阵心灵的震颤。

当年负责该工程厂房建设的副总工程师靳文国说，核反应堆“大锅”是专门用于烧制核原料的，直径达20多米，深有5米，有负责正常生产的生产泵、负责调控温度的控制泵以及可对“失控”及时制止的安全泵等。

这是洞内最大的洞室，名称叫作反应堆大厅主厂房，也叫核反应堆大厅，大小与一个标准足球场相差无几。在洞内第 8 层，是核反应堆的“锅底”，直径约 20 多米的大型“反应锅”深 5 米左右。30 多米高的大厅内，当年反应堆的支架部分和空间堆芯依然保存完整，布有 1984 个工艺管道，旁边 1 米多宽防辐射沟内，铺满了从云南运来的重晶石沙。大厅顶部，有许多圆形的通气孔，在大厅四周的墙上保存着钢制的走廊，乳白色油漆的墙面依然闪闪发亮，隔开观察室和反应堆的铅门足有 6000 吨重。

仅仅是这个主反应堆大厅的挖掘、打洞就用了 8 年时间，牺牲了 50 多名战士，他们被安葬在离洞 3 千米处一个叫“一碗水”的烈士陵园——我和妻曾专门去了这座烈士陵园，凭吊为 816 工程牺牲的烈士——稍后我将专门介绍。

最先进最现代化的要算是主控室。

几束蓝色而柔和的光，照着这座有 9 层楼高的主控制室，显得宁静而神秘。安放着当时国内最先进的计算机机体，计算机控制台正对着的 4 个直径约 2 米的圆形控制盘上，分别注满数百个小孔，核材料棒就是插进这些小孔。在主控室另一端的严密系统插销盘上，分序号标注 2001 个小孔，这些小孔一面同主控室内的计算机相连，一面同核反应堆内的 2001 个核反应孔相连。

816 工程规划生产核燃料。

工程停建后，核反应堆内的 1000 多根燃料棒已被取走。

洞壁上，随处可见当年工程兵官兵们用红色油漆写下的标语，其中一幅是：

一面学习，
一面生产，
克服困难，
敌人丧胆。

我坐在主控台前，看着那一排排不熟悉不认识的现代化装备，仿佛听到了一个被屈辱了百年的巨人的呐喊，听到了一个时代前进的脚步。

第二次世界大战中，美国用远程轰炸机携带着两枚原子弹，扔在日本的广岛与长崎，作为对日本侵略者的复仇，然而，受到原子弹伤害的却是千千万万日本民众，他们只能接受，只能在悲伤中度过余生。从此，原子弹成了战争威胁的灵丹妙药，成为列强“引领世界”的指挥棒。原子弹兮，风萧萧兮，世界各国无不谈核色变。积贫积弱的中国，百年来成为列强们弱肉强食的格斗场，独立后的中华民族，壮自我之体魄，强自己之筋骨，挺起民族之脊梁，成为迫在眉睫的国之大事，那一代中华民族的优秀儿女，硬是用自己的生命，铸就了我们民族强壮的肌体。

816 工程的人工洞体是一个抽屉形的建筑群，在此次开放的唯一一个洞室——810 大厅内可以看到，这里空间非常庞大，足以摆下一座足球场或者一栋 20 层的楼房。在大厅顶部，还有许多圆形的通气孔，在大厅四周的墙上还保留着钢制的走廊。整个建筑布局宛如迷宫，根据不同规划，人员出入口、汽车通行洞、排风洞、排水沟、仓库等应有尽有，道路、导洞、支洞、隧道等 130 多条。没有内行指引，进入者在这个迷宫里根本无法出来。

我和妻在这个神秘的山洞里转了两个多小时，出来的时候已近中午，洞外仍有排队等着参观的游客。

参观结束，那个一开始就出现在脑海中的问题还是没有解决。我问带领我们参观的职工，这样一个巨大的人工洞体一直未被发现的秘密在何处？

他转过身去，用手指了指那座大山说：“你看，那山顶上有什么？”

我抬头看了看，只见山势巍巍，绿树丛丛，白云悠悠，蓝天湛湛，看不出有什么神秘的地方。

他笑着说：“你再仔细地看一看那个山尖上有什么！”

我将头仰得更高，只见山尖上风吹绿涛，苍苍茫茫，也没有发现任何可疑的痕迹。

他神秘地朝我笑了笑，用手指着山尖上万绿丛中的一个小点说：“你看，那里有一片‘树叶’。”

我更是奇怪，看了看说：“满山遍野都是树叶呀！”

他说：“就那一‘片’，一点点小，像松树叶一样小，这里看去，也不过是大山中海涛般树叶中的一片，但那不是树叶，那是这个地下核基地的烟囱。”

这根烟囱位于金子山上，高达150米，是专门为地下核工厂修建的排风洞。为了不被发现，设计者和施工者共同想出了这个办法，将其伪装在高山之巅的万树丛中，一片小小的“树叶”，谁又会去特意地关照和注意呢?

真是足智多谋!

我抬头向四处望去，只见群山陡峭，壁立千仞，我被拥抱在大山连绵，雄浑苍茫的天宇下，感到一种从未有过的震颤。这些雄伟的大山抚着云，顶着天，就连那轮鲜红的太阳，也被他们的巨手高高托举着，这就是山的雄伟，山的豪情，山的壮志与山的力量。

3.“两弹一星”的无名英雄

816工程是为生产原子弹服务的，是我国“三线”建设这段不可磨灭历史的重要代表性工程。工程总投资7.4亿人民币。至1984年停建时，已完成85%的建筑工程、60%的安装工程。如果再投入1亿元，就可以完工，生产核燃料了。

816厂是原准备建设的一座地下核工厂，其厂址是六万多名工程兵将士八年里“挖”出的这个巨大的人工洞体——816工程。在这个人工洞体里建设原子能反应堆，生产钚239核燃料，为生产原子弹服务。这样的规模，这样的艰难程度，作为曾经的核工厂实体，无论在国内还是在世界上都是独一无二的。

铁与血浇铸了“816”。

在我即将离开“816”的前夜，郑总来看我，他手里提着一个沉甸甸的纸袋，轻轻地放在我的手提箱边上。

他说明天早上要赶到重庆去参加一个会议，不能来送我，由他们一位同事送我去涪陵火车站，问我还有什么事需要他协助。

我提出还是要见一见原816工程总指挥部设计管理科的负责人潘开太。

我说：“这两天资料看了不少，但我一定要见一见人，要亲自聊一聊。中午的火车，可以晚点走，麻烦你通知一下，明天一早就与潘开太见个面。”

郑总戴副眼镜，文静而谦和，他一边点头同意帮我约潘开太明晨会面，一边用手指着那个纸袋告诉我，你看一下，如果需要的话就送给你带走。

这袋子里装的是什么？

送走郑总，本来想打开那个纸袋看一看，忽然想起前几天寻找到一份资料，那是一位志愿军老战士的儿子写的回忆，与我正在采访的核工业，特别是816厂有着千丝万缕的联系，年纪大了，怕忘记，坐下来赶紧记录在本子上。

那是20世纪50年代初期，朝鲜战场的停战协议签定后不久，志愿军某部忽然接到通知，准备回国，有紧急任务。

什么紧急任务？接到命令的志愿军首长也不知道，难道还有比朝鲜战争更紧迫的任务？官兵上下带着疑问，登上了回国的列车。

车过鸭绿江大桥，迎面是祖国的大好河山。从战争前线归来的战士们在敌机的轰炸下行军，在血与火中拼杀，战痕累累的朝鲜土地上，多少人妻离子散，多少人流离失所，战争的硝烟中倒下多少无辜的生命，朝鲜变成了被战火烧焦的土地。今天终于回到自己的祖国，列车上，有几位年轻的战士不由高声朗诵起志愿军诗人未央写的诗："车过鸭绿江，好像飞一样。祖国我回来了，祖国我的亲娘……"

负伤的战士伸出裹着纱布的手，擦着眼里流出的泪水。

一江之隔，两重天地，战争与和平，在这些经历过炮火的年轻军人心中，涌动起滚滚的波浪。

部队到达丹东后稍作休息，根据指令再上列车，一路向南。

这是要到什么地方去？

到北京去保卫首都，到天津去护卫海港，到云南去守卫边疆……大家蹲在闷罐车里，听着车轮滚动的声音，各自发挥着自己的想象。

谁也没有想到，列车过了石家庄后竟转了方向，一路向西开去。

有战士兴奋地叫着，这不会是要去"西藏"吧！

年轻的战士们一听都激动起来，好，向部队首长写决心书，"为保卫西藏不怕流血牺牲"。

也不知列车行了多久，突然停了下来，并通知大家，不准下车，不准打开车门。

到底发生了什么事？年轻的军人中有好奇者，悄悄打开列车上面那块用作"窗户"的铁板。谁知刚打开一点缝，便听到外面野狼呼叫般的风声，黄沙挤着从缝里涌了进来，整个车厢里立刻黄沙飞溅，弄得一个个满头满脸都是黄尘。

窗户虽然及时关上了，但造成的后果与影响还是很大，这样的风声和沙尘，是这些年轻的战士们从来都未曾见过的。

风沙停后，首长下令，全体下车。风沙将铁轨淹没了，列车无法再开，大家得下来想法清理。

从朝鲜前线下来的官兵，除了手中的枪杆还能有什么，于是，大家用手捧，用衣服裤子装，硬是用这些土办法，将数十千米铁道线上的黄沙清除，让这趟军列滚滚向前。

车到兰州，无数辆深绿色的解放牌汽车已停在广场上，大家按各自连队分别上车，再拉上上面的篷布，汽车响了几声喇叭，向着城外开去。

不知道外面的情况，只听见呼呼的风声和黄沙扑打在篷布上的沙沙声，只感觉道路难行，汽车不停地摇晃，有不适应的战士，很快就晕车了，趴在车栏上，就着篷布往下吐。

经过两天两夜，汽车终于在一个地方停了下来。大家下车，只见眼前一片沙漠，海洋般地伸向远方，赤热的太阳光照在上面，双脚踩着都感到发烫，穿着单衣都热。到了晚上，温度一下子冷到令人发颤，真是晚穿棉袄午穿纱，战士们将从朝鲜战场带来的棉衣穿上。由于走得匆忙，连帐篷也没有带一顶，官兵们只能穿棉衣躺在沙海中睡觉。那怎么睡得着呢？一动一身沙，搞得全身都发痒。望头顶，天空碧蓝，弯月如钩，这真是大漠沙如雪，祁连月似钩，不免勾起战士们的思乡之情。

不知是哪位小战士，轻轻地唱起了当时流行的歌曲《王大妈要和平》："王大妈要和平，要呀么要和平，她每天动员妇女们，来呀么来学习……"

现在的年轻人，恐怕连听都没有听过这首歌。我还是在稍微懂事的年龄听过妈妈和她的同事们唱过，当时对于"和平"不知道是什么意思。长大后妈妈告诉我，我跟着妈妈和阿姨们唱，把"和平"唱成了"花瓶"，引得大家哈哈大笑。这是一首深情的歌，是那个时代的流行音乐，以一个母亲的身份告诉人们，反对战争，呼唤和平，是这首歌的主题。

歌声很快感染了身边的战友，大家跟着轻轻地唱起来，不一会儿，整个沙漠里形成了一支雄壮的合唱，在无边的沙海回荡。

这是违反军纪的事情。

首长命令司号员吹熄灯号。

歌声鼎沸的沙漠很快平静下来，战士们的眼里都盈满着泪水。

是的，正是为了母亲，为了和平，他们才不怕牺牲，不辞辛苦，在朝鲜前线爬冰卧雪，到茫茫戈壁滩吞尘咽沙。

第二天早上照常出操，官兵们只得脱掉鞋袜，赤脚在沙漠上跑步。清晨的沙漠，沙子还带着凉气，赤足踏在上面，松软而冰凉，战士们一个个跑得满头大汗。

上午，部队集合，首长宣布，这里就是这支部队新的战场，代号“404”地区。

一个个战士都傻眼了，这是个什么地方？一不是边疆，二不是中心城市，一片荒漠，要这么一支经过战火考验的上万人的部队到这里来干什么？

很快，帐篷运进来了，官兵们告别露宿风餐，开始有了家的感觉。沙漠里风沙太大，这薄薄的帐篷顶不了烈日风寒。每当风沙到来之前，部队就吹军号，这是命令，不管在任何岗位的官兵，听到号声都得钻进帐篷里。也有调皮的小战士，觉得自己在朝鲜战场经历过炮火，那么残酷的战争都活着回来了，这点风沙有什么可躲的。

年轻人好奇，想看看外面到底怎么回事。有一次，一个小战士悄悄打开帐篷的门，头刚探出去，沙漠上的风发了疯一样向他刮来，紧接着就是沙子和碎石，从门缝往里面挤。小战士被风刮倒在地，死死抓住扎帐篷的那根绳子。里面的人立刻冲到门口，合力将他拉进帐篷里来。

大家一看，小战士头上、脸上全是大大小小的血洞。他一边拍着浑身的沙尘，一边说：“这沙漠比美国鬼子还厉害，就像妖魔一样，还想吃人！”

像这位小战士一样想看个“稀奇”的战士还有几个，都受到不同程度的轻伤。一个部队的文书戴着眼镜，因为有事进帐篷时间晚了点，风沙袭来，将他的眼镜击碎，造成双目失明。

受伤的战士都被送到部队医院治疗。

第二天，风暴停止，很多帐篷的门却打不开。外面的战友拿来铁铲等工具，将门外面的沙堆铲掉，里面的战友这才“获救”。

此事成为部队的一个宣传教育案例，从此，在没有命令的情况下，再无人敢随便打开帐篷。

令人发愁的是，沙尘暴经常会在开饭的时候突然袭来。送饭的人不能等，如果一直等下去，也不知会等到什么时候。于是，一个班几名战士推着一辆小四轮车，将饭菜用厚厚的帆布蒙着，乘风沙“喘息”的瞬间，前面一个人拉，后面一个人推，两边各一个人扶着。

这是一场多么艰难的吃饭“仗”啊，帐篷里面的战友们根本无法帮忙，只能看着炊事班这几个人在“敌人”的重重包围下孤军奋战。

过了一段时间，上级通知，从朝鲜前线带来的武器全部上交。

官兵们摸着那支经历过战火的枪，那支曾经威震“三千里江山”的枪，那支杀退过军事强国的枪，很多战士的眼里含满泪水。

就这样，一群从朝鲜战场上下来的官兵，用他们对祖国的忠诚与热血，在一片荒无人烟的戈壁滩上，开始了中国第一座核基地的建设。

当中国第一颗原子弹腾空而起，在无涯的沙海中，升起那朵巨大的蘑菇云的时候，这些当年从朝鲜战场上下来的年轻战士，一个个已经鬓发染霜，他们相拥相抱，泪流满面。

1967年，这支为中国的原子弹基地建设立下过赫赫战功的工程兵部队接到指令，离开亲手创建起来的核基地，登上列车，向着中国“大三线”的深山挺进，为了应对不可预测的战争，他们将在这里用自己的忠诚与血汗，为祖国再建一座地下核基地。

他们是中国“两弹一星”的无名英雄。

现在，记录完了，我走过去将郑总放在那里的纸袋提起，纸袋很沉，里面放着一本厚厚的书，这本书有多厚呢，我伸出指头量了量，接近中指的长度。

我将书放在桌子上。这本书名叫《难忘的特种兵岁月》，是内部发行的资料汇编，作者是当年参加816工程的军人陈怀文。我一页一页地翻过去，里面有他自己写的回忆文章，有战友们的回忆，有当时的部队番号与建制，以及部队所属各级首长和战友的名册等等。半个世纪过去了，作者竟然以个人之力，跋千山，涉万水，于千辛而不顾，万苦而不辞，从浩繁的历史星河中打捞起那段难忘的岁月，并将这些成文成书，这真是一个浩繁的工程，可见那些岁月，在他的人生中有着多么重要的位置。

1969年，珍宝岛事件，中苏双方均有伤亡，这给在和平日子里成长起来的我们这一代青年的心灵以震撼，富国强兵成了我们这一代青年不可动摇的志向。

1969年12月8日，天高云淡，阳光灼灼，这真是冬日里难得的好天气。一列满载新兵的专列从山西某地出发，直朝中国北方开去。

陈怀文就坐在这群新兵里。

部队要向什么地方去，出发之前没有讲，一路上也不能随便问带兵的首长，这是军队的纪律。大家感到列车是朝北开，有人认为可能是去东北前线，陈怀文却觉得是开往北京，因为这支招兵部队的番号是8342，与首都警卫部队8341在编序上是紧靠着的。当一名保卫首都的战士，在天安门前站岗放哨，那是多么自豪与光荣。

列车开到石家庄，休息一会儿之后，并没有按照陈怀文的想象朝北京方向开，而是调转方向，向着南方飞奔而去。

这是要去什么地方，越南前线，还是云南边防？

列车跨过黄河，越过长江，最后在山城重庆停下后，战士们排着队上了一艘轮船，沿着长江顺流而下，约四个多小时后再转入乌江，只见江水如龙，青山似剑，农舍掩隐，天苍野莽，不知此为何地，部队为何要来这个远离边疆的地方？

轮船在咆哮的江水中喘着粗气，汽笛的怒吼声被两岸夹击着，在江面上响起呜呜的回声，震荡着乘客的耳膜。山西多山，但也没有见过两山间如此凶险的大江呀！为什么要将这么多新战士运送到这个既不是首都，也不是边防，更非前线的大山沟里来呢？

疑问在一个个新兵的脑海里盘旋。

身为军人，服从命令为天职，不该问的就不能问，问也不会有人告诉你，新兵们看着大山发呆，怎么也想不出要将部队开到这里来的理由。

轮船在一个紧靠大山的小码头停了下来，新兵们排着队，一队一队地离船上岸。岸上是一个微微倾斜的陡坡，要将这个队伍全部排下很困难。队伍按编好的班排打了几个弯，站成一个半圆形。

一位接兵部队的首长大声宣布："同志们，我们部队驻地到了！"

"哗"的一下，所有新兵的目光都转向迎面的高山。

这是什么地方？山靠着山，山连着山，山重着山，山拥着山，山推着山，山挤着山，山抱着山，山挽着山，真是古代传说中的愚公之居，开门就见山。营房呢，练兵场呢，怎么什么都没有呀？

三个月的新兵集训结束，这个谜底终于揭开，首长向大家宣布，工程兵建筑第54师的任务就在脚下，在这里建设816工程。

原来，这支对外称为8342部队的工程兵部队，是中央军委直属的一支特种兵部队，专门执行国防秘密工程的建设。部队编制人员多于野战部队，即一个排四个班，一个连四个排，以此类推。

部队开始用竹子和稀泥搭建营房，上面盖上几片油毛毡就算是定居了。冬天山里下雪，风直朝竹条子扎成的屋里钻，被子是为行军打仗设计的，很薄，冰凉似铁。夏天裸晒在烈日下，加之山野里蚊虫乱飞，叮得人无法入睡。

陈怀文当了一名风镐手，每天的任务是打山洞，战友们称"五块石头夹块肉"，即四面和头顶全是岩石，中间是操作风镐的战士。

从1967年开始，一支来自西北某地的特种兵部队秘密进驻涪陵深山，开挖地下核工厂，到后来每年招入新兵，前后有六万多名官兵，整整的八年时间，在这个山高谷深，天苍野莽的天险之地，棚居浊饮，劈山凿洞，以青春喝退顽石，用热血浇灌洞体，付出了令人难以想象的代价，在一个名叫"一碗水"的山顶上留下一座烈士陵园之后，终于创造了举世无双的奇迹——816地下核工厂，当今"世界第一人工洞体"。

很多年轻的战士，当兵两年，山洞"挖"进不到两百米，就到了退伍的时间，只得在粉尘飞溅的洞前，挥泪与战友们告别。

当时的保密要求非常严格，叫作终身保密，除了"上不告诉父母，下不告诉妻儿"之外，就是将来退伍了，也不能将这里告诉任何人。

施工部队都是有界限规定的，不准相互越界乱窜。有弟兄二人，相隔一年参军。两年过去了，有一次部队休息，在白涛小镇上，哥哥突然发现前面那个军人很像自己的弟弟，急忙跑上前去，一看傻眼了，那还真是自己亲弟弟，两个人抱在一起。

还有一位老战士，回到家乡后务农，别人听说他是特种兵退伍的，想让他讲讲当年的故事，他就是不肯讲，以至于有人怀疑他当年当兵是假的。直到生病即将去世的时候，家里亲人再次问起，他则说，那是绝密的，不能告诉你们。

陈怀文怀念那段艰苦而充满理想与激情的青春岁月，部队铸炼了他勇敢坚定的信念，退休后他默默地搜集了大量资料，完成了这部极具史料价值的巨著。同时，他将自己保存了半个世纪的军棉大衣，捐献给了核工业部建峰集团（原816厂）的博物馆。

这就是那一代的中国军人，这就是他们忠诚的灵魂。

我来到这里的时候，稻熟橘红，金柚垂枝，“一碗水”烈士墓外面的山坡上，金灿灿的广柑如灯笼般挂满枝头，山野四处一派和平景象。那一代中国军人的热血与忠诚，已化作滔滔的乌江之水，日夜不停地从金子山下流过，时而汹涌，时而怒吼，时而咆哮，时而欢腾，那一代无畏的战士，赋予了这条千古大江新的生命。

4. 结缘“大三线”

纵观古今中外的历史，从来都没有什么“岁月静好”，世界一直都没有“太平”。我们今天之所以能够在纷繁的世界中“享太平”，那是因为有人曾经为我们负重前行。

这“太平”的后面是什么呢？是当年参加“大三线”建设的人们殚精竭虑、夙兴夜寐所奠定的强大的国防实力。

二战之后，世界格局和科学技术发生了翻天覆地的变化，使“我们”（国家）强壮的不单纯是有枪炮，还有能给对方以毁灭性打击的战争武器原子弹。刚刚从列强的铁蹄下站立起来的中国，面对咄咄逼人的国际局势，更是需要强筋壮骨，开始建设制造原子弹所必需的核基地。

潘开太曾参加过中国两个核基地的建设。当816核基地工程正式开建时，他是816工程总指挥部设计管理科负责人、工程师。

与他见面是在2017年12月8日上午，在建峰宾馆的一个小会议室里。

我们将窗户推开。

山里的阳光像村姑一样，有些羞涩，慢慢从山尖上的树林里探出头来，轻轻地伸出金手指，将笼罩着山林的雾纱撩开，阳光初显，群山苍茫，青翠欲滴。晨风拂来，空气清新、湿润，混杂着绿树的清香，带着丝丝的甜意。

潘开太1936年1月18日出生于湖南湘潭（祖籍汨罗市），1957年毕业于长沙市一中，后考入湖南大学土木系，他做梦也没有想到，为了中国核基地的建设，自己“南征北战”，跑遍了大半个中国，最后扎根在万山丛中的乌江之滨。

他大学毕业后，被分到化工部兰化研究设计院，后来调到第二机械工业部（核工业部）进入中国核工业第二设计研究院，从事717工程扩大初步设计及施工图设计。

1964年11月底，后来担任816厂负责人的徐光，带着潘开太在内的24名年轻的科技工作者走出北京，一路向西，“马上望祁连，奇峰高插天。西走接嘉峪，凝素无青云”。

古之边塞，雄关险峻，过玉门关、嘉峪关，穿过祁连山，越过戈壁滩，“风摇柽柳空千里，月照流沙别一天”。24个青年人，跟着徐光往前走，不管是风雪还是茫茫沙海，他们都义无反顾。

西出玉门，就是一片黄沙，狂风刮过，飞沙走石，天旋地转，仿佛世界末日，火车不能开，汽车被掀翻，人只得躲在骆驼的肚子下面，否则就会被风刮走，当时这里正在建设我国的第一座核工业基地。

这是一支特殊的队伍，他们不能后退，因为肩负着神圣的使命。

潘开太是可以不到这里来的，开始确定的“出塞”人员中并没有他。谁知一场球赛，他被徐光给盯上了。

潘开太一米八的个子，年轻、帅气，爱好体育运动，排球打得好，篮球打得更好。那天核工业部举行篮球赛，潘开太在球场上尽显风采，抢球、运球、投球均得到了观众的喝彩。在场外看得兴起的404厂四分厂副厂长王维清，便走过去对另一个观众徐光说：“趁现在把这个小潘‘挖’到我们那里去，但名单都已确定了，怎么办？”

徐光说：“一会儿我给部里讲，我们的人员中有一人专业不对口，我们得换一个，把小潘给换来。”

人的命运竟是如此的奇特，一场篮球赛，将潘开太从首都北京“换”到了“古戍盘雕大漠风”的404厂——中国第一个核工业基地。

戈壁深处的404厂离兰州888千米，紧靠着酒泉，在这片黄沙漠漠的戈壁滩上，将建成我国第一个原子能（核）工业基地。徐光后来担任了404厂三分厂的基建副厂长，潘开太被分配担任717工程指挥部管道组组长。

“星旗映疏勒，云阵上祁连。”717工程是刚研究出来的最新工艺技术装置，其中管道密密麻麻，该工程生产一种新型核原料。

潘开太随后参加了418工程三结合设计及工程建设工作，建成后的418工程，完全解决了国防对这一新型核原料需要量的问题。

404厂的“谜”美蒋一直都没有破，但中苏关系恶化，苏联专家带走了图纸，这个绝密的核工业基地的坐标位置、建设初期的设备情况以及其他绝密装备等等，就完全裸露在苏联的面前了。

404厂离中苏边境较近，完全在对方的打击范围内。苏军如果发动战争，仅十几分钟便可到达。为此404厂的火车、汽车整日24小时不能熄火，进入战备值班，随时准备将骨干及工程技术人员撤至核爆炸影响范围以外，以应对突发情况。厂区内外挖了不少防空洞，一有情况，部分人员可钻入防空洞。所有核心的核技术资料全部撤至祁连山深处的山丹县境内。为了保卫工厂，防止苏军派飞机轰炸，厂区外围驻满高炮部队，长长的炮筒如同电线杆一样竖立，每时每刻都指向高高的天空。与此同时，军用机场上装备了歼五、歼六战机的一个空军师，随时准备迎战从空中飞来的苏联战机。

为了中国核工业和国防事业，保存中国的核基地成为当务之急。上级做出了转移404核基地的决定。首先将404的技术力量除留厂人员外，还成建制地分为“816”“821”“827”三部分，本着“(进)山、(分)散、(钻)洞”的原则，向“大三线”的崇山峻岭转移，接着又在四川的广元、峨眉、宜宾，湖北的五斗坪等地建立起核基地，其中以816厂规模最大。

1966年9月，经多方考察，选定在涪陵白涛镇的大山里建设816核工厂。徐光接到上级指令，离开404厂，来到新址白涛镇。

816工程是20世纪60年代中央决定在“大三线”腹地建设的第二个核原料工业基地的地下核工程。

816工程规划生产核原料，而不是核燃料。816厂的核反应堆为石墨水冷反应堆，是能不停堆卸料的600 MW生产、发电两用堆。洞内工程除了反应堆部分外，还有另一重要组成部分——核元件进行后处理的818工程，它的产品为铀、钚、镎、氚化锂或氘氚化锂及其他放射性同位素，并进行强、中、弱放射性废液处理。1975 年部队完成坑道施工任务之后，厂房建设和设备安装由核工业部建设队伍为主实施。

在 404 厂三次公布支援“大三线”建设人员的名单中，均没有潘开太。在这批人员即将启程的头一天，主任陈云波突然通知他收拾行李，明天出发，并说：“你主持正在做的往压力容器内输送固体物料的试验装置，虽然都快要完成了，也只能放下。那边点名要呀！我们想要留住你也留不住了。”

潘开太急了，对陈主任说：“别人都是半个月前就通知了，我一点思想准备都没有。我的行李包装用品都被别人借光了，一件不剩。现在我的衣服、书籍、资料等全都散堆在同室人空出的床上；先准备走的人，把车站上的草绳都买光了，该怎么办呢！”

陈主任朝他笑着说：“我们共同来想办法，你还是快些去准备吧。”

能问一问那是个什么地方吗？能问一问去后的住房和工资待遇吗？能问一问未来的专业能否发展，职务能否提升吗？没有，什么都没有问，什么也来不及问，什么也不用问，什么也不必问，因为从来没有想过要去问这些！这就是那个时代的青年，他们知道自己肩上扛着一个热气腾腾的祖国。

运送人员和物资行李的车都已经准备好了，明天一早就将开走，潘开太这下子急了，虽然没有多少家当，但衣服被子总得捆一捆吧。

车间的何主任来了，建议做个木箱子，把杂七杂八的东西往里面一装就行了。可是，到哪去弄木材呢？

另一个车间尚有少量预留的机电设备包装材料，何主任就和几位留厂的同志，趁天黑跑去“偷”了几块回来，连夜帮着做了个大木箱，把他的大部分衣物和书籍扔在里面。剩余的还有不少，就只得烧掉了一些书籍资料。何主任又带了几个同志跑到膳食科和食堂仓库里，将腾出来的五个装保健奶粉的铁皮桶拿来，这就最后解决了包装问题。

第二天天一亮，大伙急忙将潘开太这些行李物件装入了货运军列。

“锁钥九边联漠北”，“春风不度玉门关”。1969 年 10 月，在萧萧的寒风中，潘开太离开 404 厂，登上了南下的军列。

刚到重庆白马镇的第二天一早，就有人来敲门找潘开太。

来人说自己是新建的816厂的通信员，要他今天立刻赶到厂里去。

行李还放在房间，怎么扛去？没有办法，只得将那个装着全部家当的木箱等物品扔在六机部一个废弃的厂房里，就急匆匆地赶船去了。

那时由重庆到涪陵可是个艰难的行程，小火轮得先顺流而下开入长江，然后再逆流而上转入乌江。要到达816厂的白涛镇，行的是上水。由于乌江滩多流激，小火轮如老牛拉破车一样在江水里号叫，柴油发动机冒出的黑烟，如一条黑龙在江面上翻腾，可那船前进的速度，还赶不上岸上的行人。遇到大滩，还得靠岸，然后从船上扔下一条缆绳，将其拴在一条粗大的钢绳上，再通过江岸上的绞滩站，开动起绞滩机，一步一步地将小火轮绞上滩。

从大漠戈壁来的小潘同志脸上的沙尘还未洗尽，劈头就遇到了如此险恶的江水，如此危险的行船，同每一个第一次过乌江的人一样，不由出了一身冷汗。

船到白涛镇，潘开太一看，两岸全是高耸的大山，将乌江挤压得怒涛汹涌，江岸边一条弯弯曲曲的小路，一直通到云雾深处的山顶。

他正东张西望，突然看见岸上有人在向他招手。

潘开太一看，那人好熟，啊，原来是老首长徐光。

潘开太一切都明白了，又是这位老首长，可能还要加上核二院那帮设计者的建议，将自己要到这个大山沟里来了。

就这样，青年工程技术人才潘开太同志的户口，于1968年12月底从首都北京迁到了西北的兰州，不到一年其户口又从兰州迁到了大山沟里的涪陵县某人民公社，从当时价值千金的城市户口变成了“农村户口”，以至于他和那一大批来到“大三线”的知识分子和员工，在当时的户口政策下，除非组织有计划调动以外，到老都还是“农村户口”，无法再将户口迁回城市。

现在还能找到这样的青年知识分子吗？

小镇上有个小饭店，徐光带着风尘仆仆的潘开太进去，自掏腰包，要了八分钱一碗的面条招待他。

面条吃完，抹抹嘴，徐光带他到王家坝唯一的一座二层楼红砖房子里，告诉他，这里就是他和核二院现场设计队工作的地方，即刻开始了对816工程的研究和探讨。随后又搬至陈家嘴白涛区政府楼上，在谭绍英处长的主持下，对816工程初步设计进行了初审。

潘开太对这个乌江岸边的大山沟完全陌生，陌生到什么程度？竟然将“涪陵”读成了“培陵”。

到了这里的第一课就是保密。未来的厂区外围挂着“军事禁区，严禁入内”，对外称“国营建新化工机械厂”，对外通信地址为：重庆市4513信箱——这个通信地址一直沿用到现在——这个保密的“信箱”，离重庆竟达200千米。

人员涌来了，有不少是“一清（清华）二白（北大）”的青年学子。原本贫穷的大山沟，没有办法容纳这么多人，只得在山顶上搭帐篷，建席棚，人员分男女，各自挤在里面。巴山夜雨，秋池水涨，大家只能顶着塑料布或者撑着雨伞过夜。

潘开太在816工程总指挥部正式挂牌成立时，负责设计管理科的工作。设计管理科共有九个工程技术人员，属于七个专业，大多是工程师。另有一个地质钻探队和一个测量队。科里的人都叫他“头”。

潘开太感到吃惊的是，当这个“头”吃亏太大。

首先是审查图纸。科里人员设计完了就没事了，而他得一点点地进行审查，发现不了问题，别人就不服你，说话就没有力度。怎么办？不熟悉的专业就得埋头学习。

其次是责任太大。国防重点工程，核基地建设，非同儿戏，出了问题，首先得拿为头的人讯问，官位芝麻小，责任重如山。

在个人经济利益方面，他这个当头的也吃了亏。

他评定的本是设计研究级的工资标准。在调入北京工作时，工资每月六十二元五角，到404厂后转工资时套错了级别，少了一级工资。因忙着工作，加之对调资政策不太关心也不了解，直到一年后才发现，致使因时间过长而无法调整。厂长石祝山说，只能等下次调工资时，给他跳升一级，但这期间的工资级差就没法补了。对此他也不曾多计较，并未因此而影响工作。谁知不久便调816厂，为了给他管理的部门职工多涨点工资，他将自己的增资指标让给了别的职工——这次是他自动“吃亏”的。

在那个一分钱一只土鸡蛋，两分钱一斤橘子的岁月里，五元钱可是一个中学生一个月的伙食费，他可让出了一笔不小的数字。

潘开太没想到，这个亏一直“吃”到满头白发，八十高龄。

那一代参加“大三线”建设的青年知识分子，他们的生命中流淌着的是怎样的血液？现在的年轻人恐怕很难理解！

一切都是在保密中进行。

设计时，图纸上的河流不能标明乌江，只能标明为大江。潘开太出差，因为工作证上无具体地址，被派出所抓去关在澡堂子里，并声称“老子就能处理你”，他仍然咬紧牙关不能说出具体地址——这跟我当年遇到的完全一样，“大三线”建设，还真得有点“视死如归”的精神才行。

潘开太出差，在火车上遇到了一个当年大学的同学，两个人闲聊时，对方问他在哪工作，他答，一家国有企业。对方问，你这企业是做什么的。他答，做矿山机械。那个同学高兴了，对他说，要到他的厂里来订货。这可难住了潘开太，他担心对方跟着自己下车到厂里去，车到兰州，他便说有事提前下了车，并断绝了与这个同学的联系。

设计必须深入现场，潘开太就带着大家钻洞子。

洞体正在紧张施工，进入山洞非常危险，随时都担心塌方和遇上哑炮。金子山的岩石为石灰岩，非常坚硬，一根钻杆用不了几下就不行了。更加令他们感到不适的是气温。夏天，山洞外地表温度达到五十多度，鞋子踩在上面都发烫。山洞里却是另外一种气候，进去都得穿上棉袄。这种变化无常的气温，即使是像潘开太这样在西北沙漠里，经历过“早穿棉袄午穿纱”的人也难适应，一冷一热，浑身上下都长满了痱子，痒得难受。

随着工程兵对人工洞体的不断扩展，进入 816 厂的人员开始增多。人来了要住房，怎么办？建干打垒。

潘开太接到命令，离开设计大队，到高山上的生活基地麦子坪，参加生活给水系统施工和民用干打垒房屋的建设。他担任了两个民工连加三个民工班的民工队队长。

说是基建工作，实际上是带着一群农民工建干打垒。他称自己是“干打垒专家”，他捡过石头，抹过水泥，和过稀泥，总之，为了能扎下根来，任何活都可以干。

潘开太心里还挂念着远在千里之外的亲人，一家五口分居五处，老母亲一直瘫痪在床。

潘开太与朱文玉的恋爱是在大学实习的时候开始的。

朱文玉16岁就在自来水厂当工人，成了配合潘开太这批实习生的“师傅”。两个人一来二往，便产生了感情，实习结束，公司领导招待大家在一起看了场电影。潘开太至今都还记得，那是一部香港电影，名叫《抢新郎》。看完后，大家让他俩先谈谈感想。

感想，什么感想？抢新郎呀！

潘开太回到学校后，收到朱文玉的来信。信中说，家里人认为，他们的年龄相差太大了，不适合。但她本人不同意这个结论。

潘开太觉得年龄相差并不大。他大学刚毕业，个子一米八，帅气着呢。后来，他到湘乡搞设计，在返校的途中带队老师让他中途下车，顺便去她们公司一趟。在两个人交谈中得知，她父母想将这个女儿留在身边，不希望她嫁到外地。

爱情的力量是多么强大，两个年轻人这样一来二往，爱的激情终于冲破了一切。1962年潘开太大学毕业前夕，学校有关领导给他们提供了一套新婚的房子，可以免费住45天，有情人终成眷属。

可是，他俩办完结婚手续后，并没在学校居住，他当天就赶回家中看望母亲去了。第二天朱文玉回公司上班，直至潘开太去分配单位之前，他俩虽然常在一起，但一直未曾同居。原因是潘开太未曾工作，自己养活不了自己，还有父母亲及其他至亲等待供养，两人一致同意，工作问题没有解决之前，暂不同居。

后来，因为工作关系，夫妻俩开始了漫长的两地分居。

为了中国的核基地建设，潘开太从大西北跑到大西南，从沙漠进深山，转眼十年过去，远在家乡的妻子抚养着两个幼小的孩子，母亲不幸瘫痪在床，潘开太都没有时间回家照看。到了816厂，生活虽然艰苦，但也算是基本安定，他想将妻子和孩子接来，来了首先得有个住的地方，孩子们大了要上学，在一片荒野的山坡上，当时哪有这个条件。

1972年，干打垒房子一排排建起来了，厂里的职工和家属都有了一个“窝”，潘开太开始想家了。

几天后，领导告诉他商调函已发出去了，他将此事告诉了小朱，小朱也高兴地等待着团聚。

潘开太为家人的团聚回到湘潭。但在湘潭劳动局去办理手续时，却受到这个政府部门的质疑，他们不相信有不受地方政府管的企业。劳动局的副局长对他讲，由你多次来局里的言谈举止以及你与单位多次来往的信函和电报内容，能看出你是个忠厚老实的人。但湘潭劳动局的工作人员骨子里却怀疑816厂存在的真实性。尽管816厂向湘潭劳动局发了多次公函和电报，并回复了劳动局提出的多方面的问题，他们仍不相信在中国有不受地方政府管辖的企业。

湘潭市有关方面向重庆发出一封公函，调查816厂的情况。

重庆市有关方面回函：经查，我市无此单位。

这下可好，数月的来回奔波无效。

湘潭劳动局向潘开太做了进一步启示性的讲解，你是湘潭人，知道湘潭有不少大型的兵工企业：861厂，282厂，383厂等等，哪有不经我们劳动局管的，你不要再等了，先回单位去吧。

潘开太根据816厂领导的意见，想做进一步的解释。

湘潭劳动局领导向他发出了最后通牒，并告诉他，我局不会给你办的，要办请到省里去办；或者你能拿出那个地方政府的公函来才有效。

潘开太无可奈何，只能一人返厂。

强龙奈何不了地头蛇，妻子要想直调到816厂已无可能，那就只能“曲线救国”。

816厂只得请当地政府“支持”，将潘开太家属调入地方，然后再转调进816厂。

这样折腾了几天之后，潘开太第二次启程，再去湘潭劳动局转妻子的关系。局方见了地方政府的大印后说：还真有这样的单位呢，这单位对职工真是特别好啊！

就这样，从大学毕业一直转战在“大三线”的小潘同志，才真正有了一个家，一个安在“大三线”崇山峻岭中的家。

“大三线”职工要想在荒山野岭和戈壁荒滩上安个家，面临着多少困难啊！

随着时代大潮的不断涌动，那个巨大的人工洞体最后停止了建设。核基地不像别的企业，除了几间停工的厂房和破旧的机器，别的一无所有，“天之骄子”的816厂面临着新的挑战。

为了生存，厂里开始组织大家打铁钉、蒸馒头、办养鸡场以及种蘑菇来维持生计，职工们看着原子弹爆炸时那幅巨大的照片，开玩笑说，这真是“蘑菇云里种蘑菇”。

更加艰难的选择摆在这家“大三线”核基地工厂的面前，那座曾经牺牲了无数战士的巨大的人工洞体，每三年的维修费用高达1800多万元，除此，还有数千职工的工资毫无着落，国家不给了，只得靠自救。

现在，无数游客穿山越岭来到这里，参观完这个“大三线”建设中的核基地人工洞体之后，心灵的震撼不言而喻。

潘开太所住的原816厂生活区的地点名叫麦子坪，这跟我当年所在的“大三线”重镇渡口市的“瓜子坪”一样，说明这个地方山多平地少，你想想，就麦子那么小的一块平地呀。这“麦子”上住着当年参加“大三线”建设的许多家庭。我晚饭后在这里散步，看见不少老人，我对他们怀着深深的敬意，因为在我国第一颗原子弹爆炸时所升起的蘑菇云里，有他们当年在404厂流下的血汗和智慧，中国的核工业能有今天，与他们那一代人无私的奉献密不可分。

1985年，核工业部为“长期从事核工业建设做出贡献”的员工颁发荣誉证书，潘开太和816厂的一千多名员工获此殊荣。

潘开太的一生，在轰轰烈烈的“大三线”建设中度过。戈壁滩上的风沙和乌江之滨的风雪，将他从一个风华正茂的青年磨砺成了一位银发满头的长者。临至暮年，因工作需要，他成为816厂唯一的一个被组织上三次延长退休年龄的职工。即至60多岁退休后又被816厂有关部门或生产单位不间断地返聘为技术顾问或总顾问，直至2014年12月底78岁时才彻底离开他热恋的技术岗位，安享晚年的退休生活。

他没有轰轰烈烈的壮举，没有惊天动地的业绩，更没有因此而获得巨大的财富与荣誉，他只是做了自己应该做的一切，用牙齿咬碎困难，用肩头担起重托，默默地耕耘，无声地奉献，勇敢与坚强，悲凉与温暖，在他的人生中交替，在生命与自然的抗争中，他是一个不屈的强者，信念的执着，铸成了他以及他们那一代青年知识分子伟大的灵魂，照亮了他们的人生之路，使他们在茫茫的戈壁滩上和崇山峻岭中都从未迷失方向。

那是一个民族最闪光的亮点在生命的轮回中闪耀。

5．“一碗水”烈士陵园

太阳还没有从大山后面醒来，山野上飘着薄薄的白雾。

汽车载着我和妻再次越过当年816厂修建的乌江大桥，沿着江边的盘山公路向山顶上开去。山色空濛，绿树夹道，鸟雀在山林里啁啾。乌江水也没有了昔日的狂暴，变得清幽、绵长，如丝如带，携着一段悠长的岁月，悠悠地从远山漂来，静静地从我的身边流过。

“一碗水”，这是个什么地方？

汽车绕着盘山公路，蛇形般向上盘旋，那些成熟了的山果，害羞一般时隐时现。路边的村舍，飘着袅袅炊烟，一家家的屋檐下，挂着红红的辣椒，金黄的玉米，“清江一曲抱村流，长夏江村事事幽”，虽非夏日，但这些散落在乌江岸边的小村庄，仍保持着古朴和宁静，从终日喧闹的城市来到这里，才真正品尝到生活汁液的原味。

靠近公路的农家，木门青瓦，熟了的柚子黄澄澄的，灯笼般挂在屋前房后。有老人坐在屋前，用竹竿做成的长长旱烟枪，一直伸到了屋檐下，吸烟时上面的火星一闪一闪。放牛的牧童骑在牛背上，缓缓地向山里走去。有几个年轻的姑娘，头上扎着花头巾，一串山歌便从那里飘来。

我熟悉这样的生活，喜爱这样的宁静。

“一碗水”——陌生、神秘，深深地藏在乌江岸边的大山中。

汽车不知疲倦地在盘山公路上缓缓地往山上爬着，到了山顶，见到一户农舍，司机将车停下，走进农家。

过了一会儿，他回到车上，汽车便绕着山路，一直转到了这户农家的屋后。

屋后是一个陡坡，汽车开足马力朝坡上开去，到了一块较平坦的地方停了下来。

司机用手指着前面的一道围墙说："这里就是'一碗水'烈士陵园。"

我急忙向前走去。

大门边的围墙上，嵌着"烈士陵园"几个深红色的正楷大字。贴着白色磁砖的墙体上嵌有一块黑色大理石，上面刻着："重庆市文物保护单位　816 工程遗址烈士陵园"。站在围墙外面，可以看见园里高耸着一座塔形的烈士纪念碑，上书"革命烈士永垂不朽"。纪念碑的四周长满松柏。

大门被铁锁牢牢地锁着，进不了园。

司机说，他去找人拿一下钥匙。

他绕过陡坡，朝园陵前面公路边的那户人家走去。

我隔着铁门朝里面望去，里面有一条小路，正对着的就是那座纪念碑，在纪念碑的底座上还有两行红色的文字：

纪念在社会主义革命和建设中
英勇献身的革命烈士

落款是：

中国人民解放军八三四二部队

时间是：

一九七二年七月

园陵里面的布局成梯形，一个台阶一排烈士墓，如同列队一样整齐，烈士仿佛仍站在那里，等待着部队的命令。墓地背朝乌江，面向东方，秋日的阳光洒在陵园里，郁郁的松柏在山风的吹拂下轻轻摇曳，迎接我这个远方来客。

司机取了钥匙从下面上来了，在他的后面跟着一位穿着花棉袄的老奶奶，老人的背有些驼了，朝我们点点头。

也许，这位老人就是负责保管陵园钥匙的人。

这是我所见过的最朴实、干净、整洁的烈士陵园，说明有人经常打扫与整理。园里长满了松柏，连轻轻吹过的山风也是绿色的，空气中弥漫着松枝与山花的清香。墓群如同战士，有序列队站立，一座座墓碑，是他们昂起的头颅，那些深深雕刻在墓碑上的遒劲的朱色字，便是他们无声的诉说。

每一座墓碑上都刻着一个红色的五星。

陵墓一律用水泥封顶，由于风雨的侵蚀，上面已经长出了青苔，静静地贴着，绿幽幽地覆盖着。秋日的阳光照在上面，交汇成军装的色彩。

我和妻站在墓群前，向这些坚强勇敢的灵魂致哀。

我站在陵园的高处，一次一次地数着，数了四五遍也没有数清陵墓的数量。我从一排又一排的烈士墓前走过，如同穿行在“大三线”建设的战友中间，感受着那种九天揽月的壮志和移山填海的豪情；感受着那种“但使龙城飞将在，不叫胡马度阴山”的“大三线”人的血性；白发之人，不由沸腾起少年热血。

我一座又一座地看过去，从碑文可以看出，这些为建设816地下核基地倒下的战友来自全国各地，年龄最小的只有19岁。我将他们的墓一座一座地拍下来，存放在手机里，然后发给远方的朋友。我要告诉他们，在乌江之滨，有一个名叫“一碗水”的地方，为着中国的“大三线”地下核基地的建设，倒下了这些年轻的生命。

让我们永远记住他们：

安徽省涡阳县花沟公社孙老家大队，贫农家庭。一九七一年元月入伍，一九七二年五月二十四日十七时二十分的一次战备施工中为抢救国家财产不幸光荣牺牲，现年二十一岁。

孙好法烈士　之墓

中国人民解放军八〇四〇部队七五一分队 立 一九七二年五月十五日

程思贵同志系安徽省涡阳县吉寿公社人，家庭贫农成分，现年十九岁，于一九七一年元月入伍，一九七二年二月入团，同年八月二十九日，因公负伤，经抢救无效，于九月一日光荣牺牲。

程思贵烈士　之墓

中国人民解放军八〇四〇部队立 一九七二年九月二日

冯延文同志系山西省平定县锁簧公社北庄大队人，现年十九岁，一九七〇年元月入伍，七一年八月入团，于一九七一年八月三十日因公光荣牺牲

冯延文烈士　之墓

中国人民解放军八〇四〇部队七七五分队 立 一九七一年九月十三日

别道遂同志一九五一年生于湖北省沔阳县同兴公社衡 × 大队，下中农出身，团员，一九六九年入伍任副班长，一九七一年十月二十日因工伤抢救无效于十月二十一日光荣牺牲

别道遂烈士　之墓

中国人民解放军八〇四〇部队一九七一年十一月十五日 立

……

虽然时间已经久远，但这些墓碑上的文字大都能清晰辨认出来，有模糊的地方，我只得在这里打了个“×”。

816 地下核工程曾经作为国家的绝密军事工程，先后调动了六万余名工程兵和参建职工，他们听从召唤，义无反顾，踏上征程，严守机密，“上不告父母，下不告妻儿”，从祖国的四面八方云集在大山深处的白涛镇开山掘洞，架桥铺路，无数优秀的儿女长眠在这片热土。

我到过不少的烈士陵园，能够保存如此完好，受到如此爱护的真不多，这也可以看出当地群众对他们的爱戴与怀念。我是突然到来的，既非官员，也非大腕，更

非可以赞助的款爷，他们没有必要做给我看。

读着这些墓碑上的文字，就是在读一个又一个鲜活的生命啊！在这些倒下的烈士中，最年轻的才 19 岁。19 岁啊，那是初升的朝阳，那是刚刚绽放的生命的花朵，为了民族的生存与强大，他们倒在了这里。

他们用自己年轻的躯体，铺平了中国核工业的道路。

2011 年 5 月，乌江两岸春风吹拂，山峦滴翠，杜鹃花染红了山野。一个须发斑白的老汉在一个年轻人的搀扶下，缓缓地走上山坡，一步一步地向山顶上的烈士陵园走来。当远远地看到那座烈士纪念碑时，老人顿时泪流满面。他从一座又一座的烈士墓前走过，走到一个名叫刘世德的烈士墓前时，双膝跪地，号啕大哭。

整整 43 年了啊，他终于找到了自己的亲人！

老人名叫刘兴哥，来自甘肃，那个烈士墓里的刘世德是他的亲哥哥。由于历史的原因，刘世德牺牲后墓地仍处于“保密”状态，通知家人的牺牲地为重庆，可重庆那么大，到底埋葬在什么地方呢，家人无法知道。

这成了刘兴哥的一块心病。

他四处打听，到处托人，四十多年下来，也没有打听到。

上苍有眼，英烈显灵，一个偶然的机会，峰回路转，柳暗花明。

刘兴哥有次得了阑尾炎，住进医院动手术。同室的病友是一位跟他年龄相仿的老人，两个人交谈中得知，这位老人当年与自己的哥哥一同参军到重庆，是哥哥的战友。从他那里得知，哥哥牺牲在重庆下面的涪陵，那里有一座烈士陵园，当年他和几名战友亲手埋葬了施工中牺牲的刘世德。

听到这个消息，刘兴哥一夜未眠，病情稍好，就立刻出院。

他带着刘世德的儿子从甘肃出发来到重庆，又从重庆乘船到了涪陵，再从涪陵想法乘车到白涛，通过多方打听，终于克服重重困难，爬上了这座高高的山峰，来到了烈士陵园，在亲人的墓前，长跪不起，泪如雨下……

“一碗水”有一个名叫周德全的老人，当年亲眼看到了工程兵战士们在这里不怕牺牲，顽强掘洞的战斗场面，深深为之感动，为了让后人永远记住他们，守护这座烈士陵园整整 40年。

2014年老人去世前，将抽屉里烈士陵园大门的钥匙拿出，用颤抖的手握着，亲手交到家人的手里，嘱咐他们一定要好好守护这座烈士陵园。老人要求家人，将自己埋葬在陵园的外面，永远与烈士们在一起。

我站在墓群的高处，越过围墙向外望去。大山连绵，群峰巍巍，那座用生命开拓的巨大山洞，就在这座大山的不远处，我分明感觉到，它日夜都翘首仰望着这高山之巅的烈士陵园。山风呼啸，松涛声声，云海深处是灰蒙蒙的一片，那是历史的烟云吗？

是的，由于当年“大三线”的建设，由于这些建设者的献身精神，我们现在已经有了原子弹、氢弹、卫星和各种类型的导弹、潜艇、战斗机以及更多的常规武器装备，我们强大了。但是，请你记住“一碗水”这个地方，记住那些倒在这片土地上的年轻军人。当年，这些年轻的战士每一个人都是“一碗水”，当他们的信念与意志拧在一起的时候，就汇聚成了浩浩荡荡的江河，惊天动地，奔腾万里，众志成城，摧枯拉朽，还有什么比一个民族的团结更有力量的吗？

“大三线”建设是中华人民共和国发展历程中一段不可磨灭的记忆。

同为“大三线”建设者，我真想高呼一声，唤醒地下的这些弟兄，让他们站起来，我们拥抱，我们倾诉，我们共同怀想那个激情燃烧的岁月。这一座座烈士墓，就是一座座青春年华的丰碑啊！它巍然屹立在苍松翠柏之间，晨举旭日，暮听松涛，俯视滔滔乌江，遥望雄浑洞体，任风云变幻，世事沧桑，逝去的是岁月，不老的是青山，816地下核工程遗址是“大三线”建设留给后人的宝贵财富。

这里，建设的不仅是一道抵御列强的长城，更是铸就了一个民族的灵魂。

第七章

为了第一颗人造卫星

1. 他从朝鲜战场上归来

他曾是个小八路，但又是一个参加过解放战争、抗美援朝战争，转战过两个卫星发射基地的老战士。

他名叫艾平，延安时期曾担任M 001 台（毛泽东电台）报务员，开国大典时被任命为特遣应急无线电通信队队长兼中心台台长，20 世纪 60 年代世界军队无线电通信比赛时，曾任中国人民解放军国际比赛集训队队长兼总教练。在“两弹一星”研制的岁月，曾任国防科工委第二十基地（酒泉卫星发射基地）司令部通信团团长，国防科工委第二十七基地（西昌卫星发射基地）司令部副参谋长等职。是酒泉、西昌两个航天城初建时期的创业者以及地地东风-1、地空红旗-1、空空霹雳-1 以及东方红一号、二号卫星发射的参战者。1955 年被中华人民共和国授予解放奖章；1988 年被中华人民共和国中央军事委员会授予中国人民解放军独立功勋荣誉奖章；国防科工委授予献身国防科技事业荣誉奖章。

他是一位超龄的“大三线”建设者。

一个晨光初显的早晨，我来到位于某市郊外山上的一个部队干休所，将盖着公章的介绍信和中国作家协会会员证，一并交到政工科年轻的女军官手里，经过“验明证身”，我走进了艾平老人的家里。

一套两居室的住房，简朴而整洁，靠墙摆放着一架钢琴——他妻子退休前是一所音乐学院的钢琴教师。家里挂着的照片，大都是参加“两弹一星”时的工作照。

艾平身体微微发福，但精神特好，记忆力特强，许多年久的事情仍可清晰地一一道来。他谈到当年是如何学习无线电收发报时，不时会自然地冒出几句有关无线电及收发报的专业英语，我很吃惊，问他的学历，他说，只在陕北乡下读过几天私塾，要说学历，那就是个“文盲”，或者“半文盲”。

我问他：“‘两弹一星’的发射，玩的可都是高科技，怎么会点到你这个‘半文盲’？”

艾平哈哈地笑了：“可能是我的老首长、总参通信兵部主任王诤将军推荐的。在那个时候，能从事无线电收发报操作的人就算是有知识的了。”

我说：“搞如此尖端的科技，你难道不担心自己学识不够？”

艾平摇着头说：“经历过战争你就知道了，死都不怕，还能怕什么？更何况通知的时候根本就不知道去大西北做什么。”

那是朝鲜战场上停战后的一个黎明，太阳照着被炮火犁过的山头，山头上没有一棵绿树，烧焦的土地散发出一股火药与血腥交混在一起的气味。

在志愿军总部担任报务工作的艾平突然接到通知，迅速离朝回国，到西北某地某部报到。

他立刻移交手头的工作，打起背包，随同撤离朝鲜的志愿军某部官兵，一同登上了回国的列车。到了北京后就一路西行，来到了一片戈壁滩上。那是怎样的一片荒原啊，四处全是漠漠黄沙，连一棵草都不长啊！风一吹，黄沙卷起，遮天蔽日，直往人的鼻孔里钻，呛得人直打喷嚏，要是你的嘴不闭严，到时还会给你灌个满嘴黄沙。

刚从炮火连天的朝鲜战场上回来的艾平，站在空旷的戈壁滩上，看着昏黄的太阳，漠漠的黄沙，不明白为什么要调自己到这个地方来。

1957年10月4日，在苏联茫茫的哈萨克草原上，一座高高的发射塔迎着寒风巍巍矗立，工作人员已经全部撤离，宁静与紧张的气氛笼罩着整个草原。片刻之后，随着一声巨响，一枚R-7洲际导弹腾空而起，直冲长天，越过大气层，向着神秘莫测的浩瀚天宇飞去。很快，消息便传遍世界——苏联将人类第一颗人造卫星送入太空。

人类开始进入征服太空的新纪元。

世界强国开始研制人造地球卫星，以彰显强国之力，大国之威，并为以后的太空利用、军事侦察、通讯联络、电视转播创造条件，纷纷投巨资抢占这新的科技和军事高地。

人造卫星是“站”在天体俯视地球的最好工具，也是人类科学技术和国防的制高点，1956年，中国把开发火箭技术纳入国家十二年科学发展规划。1957年著名科学家钱学森等积极倡议开展人造卫星的研究工作。中国为实现百年来的强国之梦，决定也要搞自己的人造卫星。

艾平就是在这个时候被通知到这片戈壁滩上来的。

艾平来到北京，去看望老首长——开国中将、总参通信兵部主任王诤。王诤是中国人民解放军通信兵的创始人，见到老部下艾平很高兴，告诉他，这次把你从朝鲜调回来，有一个更重的任务在等着你，那就是我们准备制造人造卫星，你的任务是到那个地方去负责无线电通信工作。

艾平一听吓了一跳，对王诤说：“老首长，你是知道的，我肚里有多少墨水，发个电报，译个电码，那还凑合，卫星这玩艺可不是我这个大老粗花点力气就能扔上天的。”

王诤一听笑了，对他说：“谁干过？六亿中国人恐怕也难找出几个干过的人来，不过没有关系，我们边干边学，我就不相信中国人的脑子比洋人笨。”

艾平苦笑着说：“老首长，不怕你笑话，出国前你让我们这些当通信兵的青年去考西安通信兵学院，我也去考了，分数你也看过了，结果你也明白。”

王诤对他说：“你们那次的考题，我后来全部拿来做了一遍，的确是难度太大，超过了一般大学入学考试的水平。你数学考了多少？”

艾平说：“你忘了吗，全军通信兵考生中倒数第一，零分啊！”

王诤哈哈地笑了起来：“这不奇怪，你13岁开始就跟着军队钻山沟，哪有时间读书，谁能给你创造条件读书。”

王诤熟悉、了解这个“小家伙”，知道他聪明、勤奋、好学，一定能完成交给他的任务。因为严师出高徒，他的老师是一位严谨、幽默、奋发有为的师长，同时也是美国作家埃德加·斯诺笔下的历史人物，“小家伙”一定会为他的老师争光。

艾平13岁在陕北参加八路军，首长看他聪明好学，从炊事班抽调到无线电训练班学习无线电收发报。什么“莫尔斯”字码，什么ABC，当时可是一窍不通。一个名叫柳仁甫的八路军教员，成了他了解无线电的“启蒙”老师。凡是读过美国著名作家埃德加·斯诺《西行漫记》的人，应该知道艾平这位老师的名字。

斯诺在他的书中这样写道：

> 我遇见一个14岁的少年，他曾经是上海一家机器厂的学徒。他同三位同伴历经各种危险，到了西北。我见到他时，他是保安无线电学校的学生。我问他是否想念上海，他说不想念，他在上海没有什么牵挂，而他在那里唯一的乐趣是望着商店橱窗里的美味食品——这他当然买不起。

这个14岁的少年名叫柳仁甫，后来成了艾平的老师。其实，当时小柳同志已经17岁了，只是因为营养不良，个子长不起来——中华人民共和国成立后，柳仁甫对这位美国作家所写的年龄进行过说明。

艾平是这样向我介绍他的老师的：

> 柳主任（班主任，柳仁甫）矮个削瘦，牙齿上上下下排不齐，一双小光眼，别看小特明亮、特有神，两眼一扫一瞪学员们立马肃然起敬，谁也不敢胡拧次。他早年在上海做童工时就秘密加入共产党，开始学习无线电技术，他在延安演出过大型歌剧《白毛女》，他饰黄世仁，他的妻子唐静演喜儿，演一场轰动好大一片。柳主任上课，教室里历来肃静，他具有一种特殊的本领：既能坐着发报，还可以站着发，又能一边环顾全窑（洞），瞭望监视学生的抄收情况，倘若谁敢玩蚂蚱、逗蟋蟀、乱写乱画必被提溜起来，令你久立照相、丢脸难堪，还要遭受一顿“别开生面”的批评：“你老人家贵体欠安无恙乎？”“老先生上课做黄粱美梦成绩是上不去的。”“老兄，如果你的脑瓜或者屁股出了毛病不舒服，出去站在崖畔上吹吹风。”……你说弄上这么两回谁还敢调皮捣蛋？

柳仁甫怎么也不会想到，这个入学时还是个“半文盲”的小战士，30年后竟然会成为年轻的共和国研制“两弹一星”的参加者。

从冰天雪地的朝鲜战场进入烈日炎炎的戈壁荒漠，完全是两个天地。茫茫戈壁滩，遍野是黄沙，就连帐篷也没有地方扎根拴绳。

到了晚上，风停了，荒漠开始从白天的炙热中“冷静”下来。艾平会与战友们坐在沙包上看星星，那星星真是与内地不同，又大又亮，一颗一颗，在天空中闪烁。他就会与战友们想，那上面是个什么样子呢？小时听大人讲嫦娥奔月，那是因为她盗吃了灵芝草，现在要是有一棵灵芝草多好呀，可以吞下后就直奔月宫，也省得十万官兵在大漠上苦苦煎熬。

睡到半夜，突然起风。这风呼啸着发出狼一般的吼声，四周的黄沙在这种恐怖的声音中被卷了起来，成柱状直向天空飞去。艾平等人住的帐篷如同童话故事里的魔毯，被连根拔起，卷向天空。

人们在夜空中呼叫着，一边保护设备和生活物品，一边在“魔毯”下追逐，希望自己的“家”能尽快地从天空中落下来。

有战友开玩笑说：“这卫星还未上天，‘家’先上天了，要是能乘着‘家’上天该多好。”

聊到这里时，艾平对我说：“这真是苦中寻乐，真正的革命浪漫主义啊！”

我说：“真是‘平沙莽莽黄入天，轮台九月风夜吼’。”

艾平接着说：“一川碎石大如斗，随风满地石乱走。”

我看着面前的这位老人，一下子惊住了，问道：“你也能背这首诗？”

艾平说：“这是唐诗中的《走马川行奉送封大夫出师西征》，唐代边塞诗人岑参写的。”

我吃惊不小，问道：“你能背多少首唐诗？”

艾平答：“一百首左右吧。”

天啊，一个13岁参加八路军的“半文盲”，不但熟练地掌握了无线电收发报知识，80多岁了竟然还能背出约一百首唐诗，当年将他从朝鲜战场上紧急调回国内，让他参加“两弹一星”以及导弹工程基地无线电通信联络工作，王诤将军真是慧眼识珠。

艾平告诉我，工作时需要学习的东西太多，哪有时间背唐诗。真正开始背唐诗是离休以后的事，主要是为了防止老年痴呆，谁知这一背，就记住了将近一百首。

我说："你这个钻劲可真是了不得。"

艾平说："世界上很多东西都是逼出来的。我初到卫星发射基地，什么也不懂啊，就跟着懂的人学吧。中国人不懂的就向外国人学，外国没有的，我们就自己想办法。想想也是，以前打仗谁学过，还不是扛着枪把日本鬼子赶回去了。有时候也真难啊，可想想在战场上牺牲的战友，我们这些活着的人不往前冲，不把国家建设好，那是对不起他们的呀！"

他说："人可以被消灭，但不能被打败。"

停了一会儿，他接着说："想起那些牺牲的战友，再高的科学堡垒都要敢于攻下，我们一定要凭中国人自己的智慧和力量，将卫星送上天，要不我们对不起那些倒下的战友啊！"

其实，世界上任何一个天才都是智慧、勇气和毅力的结晶，很多人的天才都是在世俗的暖流中随波逐流，悄悄地流失了。

就这样，在人迹罕至的大漠深处，一个13岁参加八路军的"半文盲"战士，凭着大无畏的精神，投入了发射场的建设。

这样的老八路、老红军在火热的"大三线"建设中处处可见。

高达一百米的发射塔，在亘古无人的荒漠上高高地竖立起来，这座相当于30多层楼高的发射塔傲视着茫茫戈壁，轻抚着蓝天白云，将中国人的壮志豪情书写在万里长天。塔内安装有防爆电梯，航天员逃逸滑道等先进设施，塔顶有重型吊车、避雷针，塔底建有双向导流槽，整个设备完全符合现代卫星发射的要求。

这是时代创造的奇迹，智慧的奇迹，科学的奇迹，更是"大三线"建设这座熔炉里炼铸出来的人的奇迹。

艾平告诉我，戈壁滩上的发射塔建好后，发射了中国制造的第一颗人造卫星，接着又进行了几次导弹发射试验，一切良好。后来随着交通条件的改善，官兵们的住房和生活条件也同时有了好转，他的家搬进了有自来水的新居，妻子和孩子们都很高兴。

就在这个时候，他接到工作调动的命令，前往正在创建的西昌卫星发射基地。

他告别了亲手建设起来的“东风卫星发射基地”（后改为酒泉卫星发射基地），告别了盼望已久的新分的住房，打起背包，登上了南下的列车。

我说：“我去过西昌卫星发射基地，那里离我在‘大三线’工作的攀钢不远。呵呀，那个路真难走，从西昌出发，汽车在大山里颠簸了近两个小时吧，弄得浑身都是尘土。”

艾平说：“这里跟酒泉不一样了，又是另外一个天地。虽然没有沙漠，但山高谷深，群峰苍莽，几乎与世隔绝，一切又都得重新开始。”

“明日巴陵道，秋山又几重。”即将担任卫星基地副参谋长的艾平，又踏上新的征程……

夕阳已经挂在干休所外面的山头上了，几缕灿灿的鲜红映在艾平家的窗子上。窗外，山野上的野花五颜六色，一片灿烂。山风将花的清香，贴着窗子悄悄地送来。是的，在轰轰烈烈的“大三线”建设中，有这样的一群人，他们用握过枪杆的粗糙之手，拿起了重如泰山的书本，咬紧牙，拼上命，一步一步地向着陡峭的科学之峰攀登。渴了，捧口山泉抹下嘴；累了，躺在荒野数星星。凭着不怕牺牲的大无畏精神，在“大三线”铸民族之脊梁，国家之长城。韶华被崇山峻岭带走，青丝被戈壁烈日染白，他们无怨无悔。他们用生命，树起了一座后人很难超越的精神之碑，这是骨子里的坚强。他们是山，他们是河，是雷电，是太阳，他们是我们应该永远铭记的英雄前辈。

2. 与美制 U-2 高空侦察机的较量

李书训家里，摆着他在卫星发射、导弹研制中所获得的各种奖品和纪念品，挂着他在“大三线”卫星基地、导弹基地以及参加观看发射时的照片。我们相对而坐，听他讲述那场为保卫“大三线”建设，与美制 U-2 高空侦察机的较量，这也是当时中美在军事科技上的较量。

1963 年 3 月 28 日，一架美制 U-2 高空侦察飞机从台湾某军用机场起飞，迅速腾入两万多米的高空，越过海峡飞入中国大陆境内。接着，这架飞机如同一只云中大鹏，穿过云涛，箭一般地直向西北方向的荒漠深处“射”去。

当时，中国集结了大量科技人员和部队官兵，正在西北的荒漠中进行紧张的战略武器和人造卫星的实验，这架侦察机莫不是为此而来？

果然，这架美制 U-2 侦察机经内蒙古的包头，突然来了一个急转弯，直飞中国西部的卫星发射和战略武器试验基地。面对着两万米高空的这架侦察机，命令战机拦截已不现实，中国的战机无论从飞行高度或飞行速度上都不如这架美制 U-2 飞机，唯有发射导弹才能将其击落。

命令下达到导弹部队。

当这架飞机飞到离地空导弹站 100 千米处时，导弹部队立刻打开导弹发射机，准备给这架飞机以毁灭性的打击。然而，令人意想不到的事情发生了，当导弹发射机刚刚打开，这架飞机就改变航向，迅速脱离了危险区。

导弹部队只得关闭导弹发射机，采用米波雷达继续进行搜索。这架美制 U-2 高空侦察机好像长了眼睛，一个转身，又向着地空导弹发射制控站飞来。

导弹部队的官兵们急了，立刻开机，准备迅速发射。

可是，飞行在两万多米高空的这个怪物再次改变航向，在中国大陆的领空中抛下一道趾高气扬的白雾，独自炫耀着飞走了。

1963 年 9 月 25 日，又一架美制 U-2 高空侦察机飞入中国大陆，同样向西北方向飞行，进入西安地区上空。为击落这架飞机，解放军地空导弹部队曾七次打开制导站发射机，均被这架 U-2 高空侦察机发现，双方像捉迷藏一样在地空之间来回周旋，最后也未能将这架侦察机击落。

美制 U-2 高空侦察机到底是一种什么样的飞机，为何如此先进的地空导弹也只能望空兴叹？这样下去，中国大陆的领空不就成了无防的“自由空港”，这是中华人民共和国成立以来在军事上从未遇到过的棘手问题。

U-2 高空侦察机是冷战时期世界上最先进的高空战略侦察机，绰号“黑寡妇”。飞行高度可达两万多米，最大航程超过 5000 千米，装有可以多角度转动拍摄的长焦航空相机和先进的电子侦察设备，可以飞八九个小时。据说，美国那个时候有 90% 的苏联战略情报都是靠 U-2 高空侦察机拍照得来的。

U-2 高空侦察机对于我国西部的卫星研制和发射基地，以及其他重要的战略武器试验构成了严重的威胁，面对苏联都难对付的 U-2 高空侦察机，中国将如何对付？

李书训是这场中美较量的直接参与者，那时他刚从大学毕业，被分在第四机械工业部新技术处，跟着王诤将军多次深入位于西部的军工企业，依靠“大三线”的科技人才和广大员工，终于打得这些飞机不敢再来大陆。

1963 年国庆过后的中国南方，天气还有些闷热。在弋阳至衢州的大山中，开进来一支“地质队”。这些“地质勘探队员”身穿蓝色工装，个个年轻英武，汽车载着沉重的“仪器”，艰难地向大山深处前进，来到指定地点，“地质队员”们跳下车来，忙着架设“仪器”，并对进入大山深处的各个路口进行了封锁。

11 月 1 日清晨，在台湾的桃园机场，“黑猫中队”少校飞行员叶常棣发动起美制 U-2 高空侦察机，迅速滑进跑道，钻入云层，飞越海峡，经温州进入中国大陆，随后经过衢州以东地空导弹部署外侧，向西北方向飞行。

这架 U-2 飞机的目标很明确，仍然是西北的人造卫星和军事战略武器基地。

导弹部队根据设下的“圈套”，判断这架U-2飞机在西北完成侦察任务后，很有可能由原路返回。因为来前没有受到任何的威胁，说明这条线路上没有导弹伏击，就是返航时被发现了，临时调集导弹部队也来不及。如果改变航向，很有可能进入导弹伏击圈。

叶常棣在“完成任务”后放开胆子沿着来路返航。

此时的叶常棣是兴奋的，飞机已飞到了江西上饶的上空，能够从两万多米的高空中，感觉到不远处的海岸线了，只要立刻加速，瞬间就可以飞回桃园机场。任务已经完成，他将受到嘉奖与升级。

这时，在地面上担任伏击任务的解放军导弹部队各营，目标指示雷达在200千米处几乎同时发现目标。U-2飞过九江后，径直飞向地空导弹营阵地。

浑然不知的叶常棣看了看速度表，只见指针指着750。

他立刻从每小时750千米处开始加速，准备出海下滑。

U-2像一道闪电，很快进入衢州地界。导弹部队根据作战计划，吸取了前几次的教训，为了隐蔽制导雷达频率，先用炮瞄雷达向导弹部队指示目标，等待U-2靠近。

衢州素有“居浙右之上游，控鄱阳之肘腋，制闽越之喉吭，通宣歙之声势”“东南锁钥”之称。叶常棣万万没有想到，他驾驶的这架U-2飞机，在这“锁钥”之地真的就被“锁”住了。

待这架U-2飞机距离导弹发射站35千米时，导弹部队突然打开制导雷达天线对准目标。U-2飞机里的警报器立刻响起，叶常棣脸色陡变，迅速改变航向。

一切都来不及了，他已经钻进了事先设好的“圈套”，导弹部队以迅雷不及掩耳之势连续发出了两枚导弹。

在两万多米的高空，突然爆发出惊天动地的一声巨响，如沉雷炸裂长空，刚才还闪着骄傲羽翼的这只空中“黑猫”，被这突然出现的巨大神力撕成碎片，纷纷从浩瀚无垠的高空散落……

叶常棣“幸运”地成了解放军的俘虏。从叶常棣口中得知了许多技术情报。

美制U-2侦察机用于对付地面导弹的高尖端科技手段，是一个名叫警报器12系统的装备，这体现了美国的高空尖端技术已经发展到了世界领先水平。

某院的研究所火速派出专家赶赴现场，对 U-2 飞机的残骸进行技术性解剖。

解剖的结果与叶常棣口供完全一致。

“破敌”的焦点，集中在警报器 12 系统上。

1963 年 11 月 10 日黎明，晨光轻轻地唤醒北京城。王诤部长起床后胡乱地洗完脸，刷完牙，夹着那只帆布公文包就朝门外走。

李书训告诉我，与王诤一同前往西安的有空军高炮部政委朱虚之、处长文绶，国防部第五研究院秘书庄寿昌，四机部一局新技术处专家黄伟熊、李书训。

王诤一行赶到西安的时候已是傍晚，古老的城墙在西天的晚霞中勾画出梦幻般的剪影，先辈守疆卫国的豪气弥漫在这座古老的都城。已经下班的某国防厂党委书记郭志平、厂长李传常和总工程师洪民光接到通知，立即前来王诤住处。王诤部长住的是招待所，屋子太小，没有那么多凳子，王诤不坐，谁也不好意思坐，大家就站着谈话。

王诤说，我这次受命来西安，就是要解决打 U-2 飞机的问题。王诤强调，这件事很重要，很紧迫，关系到我国西部战略基地的建设。现在我们军工就要发挥作用，你们研究一下，组织一个精干技术班子，选技术好，有经验的同志，搞炮瞄雷达的同志也可以参加，明天我们开个会研究一下。

翌日，西安人民大厦某会议室。

参加会议的人员除王诤带来的人和厂里的三位领导之外，增加了厂里的副总工程师张锡熊，厂研究所副所长王其扬和王传仪、张范基、周培德三位专家。

王诤说，今年以来，美国 U-2 飞机来了几次，未打下来，中央军委领导同志很着急，空军领导压力很大，这件事很重要，战备急需！好在前不久，我们采用设“圈套”的近战办法，出其不意打下来一架。发现机上有个警报器 12，这是我们引进不到的技术，我们要感谢美国人。关键还是要我们去研究，去找窍门。

说到这里，王诤停住了，严肃的目光从一张张脸上扫过。

他说：“之前，我将这个任务交给某院，他们说需要半年时间才能解决。我说，这怎么行，这个周期太长了，这是战斗，分秒必争！我来到你们厂，是经过认真思考的，你们虽然在大西北很艰苦，但你们有研究炮瞄雷达的经验，有试制某军工产品的基础，我就是要和你们一起尽快解决这个问题，用我们的智慧打败敌人！”

王诤的话，让在场的人听得热血沸腾。中美的这场战斗已经在两万多米的高空展开，中华男儿，岂能不奔赴“沙场”，捍我领土。

仅仅两天，厂里的技术人员就拿出了初步方案。

第四天，厂部会议室。王诤在听完张锡熊副总工程师的全面汇报后，一直紧绷着的脸上有了笑容，连说，好好好，就这样定，按这个方案干。我让庄秘书与某院联系，让他们给你们再提供一些资料，加快进度。你们提出两个半月，我给你们三个月时间完成任务，成功了给你们嘉奖。

很快，这家工厂研制出了一种对付美国警报器 12 的设备，取名 15 号。

1964 年 11 月 26 日，就在中国爆炸第一颗原子弹不久，一架 U-2 飞机从海峡对岸起飞，再次进入中国大陆，毫不掩饰地直飞西北的卫星和核试验基地。

解放军地面导弹部队发现后立即跟踪，随后连发三枚导弹，这架 U-2 飞机如同一位舞蹈家，在天空中“长袖起舞”，飞起了“8”字、“U”字、“S”字，轻易躲过了三枚导弹，逃出了火力网。

是什么使研制出来用以阻隔警报器 12 系统的 15 号装备失灵？这里面究竟出了什么问题？原因到底在什么地方？

在神秘的 U-2 飞机上，到底发生了什么？

茫茫苍穹，浩浩长空，军力与智慧在进行着较量，谁是赢者？

为了再次击落空中“黑猫”，我们曾想出一个诱敌深入的办法——佯动。

空军连续两次命令轰炸机起飞，作为引 U-2 飞机出动的诱饵。可是，这 U-2 精得很，除了中国大陆的西北战略基地，对其他都不感兴趣。

遇到了一个狡猾的对手。

U-2 飞机经过几次往返，觉得中国大陆的导弹已奈何不了它，胆子也越来越大。

1965 年 1 月 10 日，国民党空军少校张立义接到命令，驾“黑猫”前往中国大陆西部侦察。张立义钻进飞机，滑出跑道，升空之后，绕着小岛飞行一圈，拔高了高度，便越过海峡，直向大陆北方的青岛飞去。

一个聪明的飞行员。他选择了与其他飞行员完全不同的航线，不再经过南昌，目的仍然是避开伏击的导弹。

张立义飞到青岛上空之后，突然来了一个急转弯，飞机改变航向，很快进入内蒙古呼和浩特以西的土默特左旗上空。一路上都没有遇到险情，张立义为自己选择的航线感到骄傲。就在此时，突然从地面腾起三团火球，直向他的飞机扑来……惊天动地的炸裂声，在云层的上空轰鸣。

又一个“黑猫”少校飞行员成了解放军的俘虏。

通过对飞机残骸的研究和对张立义的审讯，终于搞清了美制 U-2 飞机为何如此猖狂的原因。据张立义供认，美国针对中国在导弹发射上安装的 15 号，加装了 13 号抗干扰系统，使我们的 15 号失灵，由于他一时不慎，没有来得及打开 13 号抗干扰系统，而警报器 12 号系统又被我 15 号阻隔，因此才被击中。

“病根”找到了，王诤决定对症下“药”。

王诤带着空军高炮部文绶处长和年轻的导弹专家李书训，再次奔赴西安。还是那家国防工厂，还是那班人马，再次进行了研究。

一个新型装备终于研制出来了，代号为 16 号。

正当 16 号装备出厂的时候，我国自行研制的“红旗”2 号导弹在西部某地发射成功。

得到这个消息大家都很高兴。这下好了，可以将 15 号、16 号安装在“红旗”上，取代原来的苏制导弹，对付 U-2 的全套装备就全部是我们中国“大三线”军工自己生产的了。

“大三线”某国防厂给部队提供了一套红旗 2 号制导站装备。

1967 年 9 月 8 日，黑猫中队的一架 U-2 飞机从海峡对岸起飞，很快升空两万米，越过海峡之后顺着海岸线一路北行，妄图窜入西北。跟踪雷达早已发现这只“黑猫”，并采用 15 号、16 号对其飞机上的干扰系统进行阻隔。

这架飞机的驾驶员对于大陆地面部队的这些装备全然不知，仗着美式精良装备，放胆北飞。

当U-2飞机飞临嘉兴附近上空的时候，突然从地面升起一枚“大三线”生产的“红旗”2号导弹，如同一把长剑拔鞘而出，闪电一般“刺”向“黑猫”。只听晴空中一声炸雷，罪恶的“黑猫”立刻五脏俱裂，命丧长空。

曾经称霸世界的美国王牌侦察机，为了获取别国的军事情报，曾经飞越世界上很多国家的领空，一共只被击落七架，其中五架都是中国击落的，五架中有四架都是依靠“大三线”军工企业仿制和研制的导弹及电子设备进行对抗获胜的。

3. 托着卫星上天的灵魂

这是玉门关外的一条小河。

这是一群人在荒凉的“西域”行走了两个多小时才盼到的小河。

1965年夏日的一个中午，阳光毒毒地照着，黄沙闪着刺目的光，照得人睁不开眼睛。一群跋涉者坐在各自的背包上，将衣服顶在头上，以缓解阳光的毒射。大家沉默地坐着，一种无法言表的凝重空气笼罩着他们。

在河边的沙堆上，坐着一个年轻的女子，望着奔流的河水，正痛苦地哭喊着。

这是多么揪心的声音啊，震动着这片亘古无人的荒漠。

这里，究竟发生了什么？

出了玉门关，沙土堆成山，茫茫黄沙犹如魔鬼，风一刮起，便会造一座山丘。这种沙土堆成的山一座连着一座，好像永远都没有尽头。这些重重叠叠的山峦有一个特点，那就是像秃子的头没有“毛”，想寻一棵绿色的小草都难，天苍野茫，黄沙漠漠。人呢，羊呢，都到哪里去了？

行走在黄沙覆盖的荒原上，使人不由想起古人的边塞之行，想起唐代王之涣写的那两句著名的诗句：“羌笛何须怨杨柳，春风不度玉门关。”

孤城一座，群山万仞，那滔滔的黄河呢？已经远得在“白云间”了。行走在塞外凉州的王之涣，在苍凉而干裂的土地上，对水的渴盼是多么强烈。

是的，在这荒漠上行走，天上的白云仿佛伸手就能触摸到，但黄河呢，水呢？

突然，一条潺潺的河流出现在人们眼前。

一群在山梁上跋涉的人们，欢呼着，跳跃着，向着那条小河跑去。

这是一支奔赴“大三线”参加中国第一颗人造卫星试验的队伍，这中间有年过半百的科学家，有大学教师，有化验员，有刚刚毕业的大学生，他们共同乘坐着一辆解放牌卡车，翻过祁连山，进入这片荒漠。不幸的是，汽车这时抛锚了，司机急得满头大汗，无论他怎么修理，那汽车就是不听话，在那里一丝不动。

离目的地还有一天多的路程，大家身上带的干粮有限，不能这样久等，必须尽快到达目的地，将情况汇报后派人来修车，于是决定步行穿越这片黄沙垒起的山梁。

大家开始有说有笑，有人一边走一边唱歌，可是走着走着，队伍里便没有了笑声。白花花的太阳毒辣辣地照着，烤得人浑身出汗，汗水在脸上很快就干了，满脸都是白花花的“盐”。鞋子踩在沙土上，热气很快穿透脚底，烫得人脚掌发痛。

在这支队伍里有一对母子，母亲名叫刘华丽，她丈夫已经提前去了“大三线”，儿子只有 6 岁，家里无人照看，想想一路上都是坐车，就决定带儿子一同到“大三线”。儿子还以为是带他出去同叔叔阿姨们一起玩，也就高高兴兴地跟着来了。

一路上乘火车，再换乘汽车，儿子都非常兴奋。现在开始在荒漠上行走，城里孩子哪见过如此多的黄沙，如此强烈的阳光，如此荒凉的沙漠，还有这么多叔叔阿姨陪着“玩”，那个高兴劲头就别提了。

看着孩子在这样恶劣的环境下仍然蹦蹦跳跳，刘华丽心里非常高兴。

跋涉在沙漠中的时间长了，大家都感到精疲力竭，好在已经快走到沙漠的边缘了，不远处已经有了绿色的树木。

再往前走，眼前出现了一条河流。

这真是一条神奇的河流，四周都是黄灿灿的沙海，唯有它绿幽幽的，清亮亮的，清澈得连天空中的白云都钻到了河底，河床下面洁净的细沙一粒粒都闪着亮晶晶的光。

最高兴的还是那个 6 岁的孩子，未等大人们放下身上的背包，他高声地叫喊着，直朝河边冲去。

刘华丽急忙扔了背包，一边追一边叫着孩子的名字。

兴奋和激动中的孩子扑向河边。

可怕的一幕瞬间发生，孩子脚下的河岸一下子“松”了，孩子突然被河水带向河心，接着就被河水卷了进去。

刘华丽呼喊着，跟着冲进河水里去救孩子。

沙漠边缘难得见到的河流是令人生畏的魔鬼，在表面的平静下，埋藏着深深的陷阱。因为其河床下是经过水流冲洗后的细沙，松散而不稳固，这样的河床，人一旦陷入，那些看似漂亮晶莹的细沙，就会很快移动，使人越陷越深向下滑动，直至最后被无情的河水吞没。

别说一个6岁的孩子，就连这些参加人造卫星试验的科学工作者，也未必了解这个常识。

刘华丽进入河水后，根本无法抓住孩子，自己也跟着往下滑。

为了抢救孩子，后面的人一个拉着一个地往河里走，河底的细沙在他们的压力下，开始不断地向四周移动，形成“陷阱”，人也就越陷越深。

“不能再这样了！必须赶快上岸！”有人高声叫着，指挥大家撤回到岸上。

刘华丽被救上来了，可是，她的那个可爱的孩子呢?

沙海茫茫，烈日灿灿，一个年轻的母亲，在这片人迹罕至的漠漠荒野上，呼天号地喊着孩子的名字……

酒泉酒泉，酒香之泉。日月经天，江河经地，英雄远去，功勋永存。

从一个古代最偏远的地方到现代化的航天城，酒泉卫星发射中心演绎了中华民族走向世界前沿的最精彩的片段。酒泉卫星发射中心已经成为了解和感受中国力量的重要脉搏。

中国是世界上第五个研制出两弹和卫星的国家。那些坚强、勇敢、不屈的将士们，用他们的血肉之躯和不朽的灵魂，在这里托举着一个强大的祖国。

抗战老战士石荣奇是从朝鲜战场上来到这里的。

首长开过无数次会，号召大家学文化学知识，向科学进军。不是说知识就是力量吗，没有知识哪来的力量，这卫星怎么能上天?

战士自有战士的英勇，自有战士的胆略，冲锋号已经吹响了，拿出同日本鬼子拼刺刀的勇气来，怕什么，往前冲，就这样，他写下了一部抗战老战士的神话，从

ABCD 开始，连续攻克无数的“明碉暗堡”，冲到了这场战斗的最前沿，成了一名测试发射系统的专家。

那可不是坐在屋子里只会写论文的纸上谈兵的专家，每一项都是真刀真枪的现场拼杀和较量。

我在西昌卫星发射基地曾看见一条巨大的标语写在墙上，上面就四个字：

万无一失

高高的发射塔竖起来了，各方面的专家对发射的每个系统进行了检验，唯有检测系统出现问题，几个工程技术人员经过几次检修，但在试验时仍然未达到标准。

妻子生病住院，病情出现危急，石荣奇一直都在医院陪着。他得知现场的情况后，对医生简单说了几句，就急匆匆地走了。来到现场，向当班的同志询问后就拿来记录，对一些设备的兼容情况进行了分析，得出结论，马上安排人进行重新安装。当一切都做完之后，天色已近傍晚，他连晚饭都来不及吃，又急忙赶往医院。

真是双喜临门：在他和战友们的努力下，发射塔监测方面的技术问题解决了；在医生们的精心治疗下，妻子的病也逐渐好转，他心里有说不出的高兴。

可是，万万没有想到的事情发生了，在一次对卫星相关数据的测试中，他突然感觉身体不适，呼吸困难，胸闷、头晕，只得躺下来休息。

同事们劝他，赶快到医院去检查下，可不能大意。

他躺在地上，笑着说，自己身体壮着哩。

知识就是力量。为着民族的强盛，他顽强地从事着一种陌生而艰难的事业，这已经完全超出了他的智力与才学，也超过了他的体力。过度的劳累使他病倒了，到医院一检查，癌症晚期。

他送走了前来看望的家人和战友，独自走出医院，站在晚霞映红的沙漠上，看着远处高高耸立的发射塔，多么像一位顶天立地的巨人，昂首云天，巍巍耸立，那上面的每根钢架，每一颗螺丝钉，每一条线路，每一束灯光，都渗透着他和战友们的血汗啊！那是中国人的理想之塔，志气之塔，骄傲之塔，也是他和战友们的生命之塔。他已经将自己生命的全部光和热，献给了这块深深爱着的土地。即使明天离开这个世界，他也已问心无愧。

“干在戈壁滩，埋在青山下”，这是酒泉航天人的铮铮誓言。

4. 战士的胸怀

他是一名战士，牺牲的时候二十出头。

现在，他静静地躺在聂荣臻元帅的旁边——六百多名航天人带着他们的飞天之梦，长眠在中国西部这片神秘的土地上。

他名叫王莱，小个子，瘦瘦的，站在队伍里极不显眼。接兵部队的首长告诉他，这批兵要去很远的地方，有多远，他不知道，当兵嘛，保家卫国，不就是到边防前线吗，是西沙群岛还是珍宝岛，是雪域高原的西藏边境还是云南边防的老山主峰？

他对首长说，咱农村娃子，吃苦不怕，流汗愿意，流血牺牲不会往后退。要炸敌人的碉堡，你一声令下，咱抱着炸药包就往前冲。

首长哈哈地笑了起来，拍着他的肩膀说，好啊，你想当战斗英雄。

他说，咱打小就爱看打仗的电影，炸敌人碉堡的董存瑞多勇敢！咱爹说了，当兵就要向英雄学习，做这样的英雄。

首长说，好，到你立功的时候，我给你戴一朵大红花。

就这样，一个年轻的小战士，怀着英雄的梦想，蹦蹦跳跳地跟着接兵部队的首长登上了西行的列车。

也不知走了多少时间，他们从列车上下来，排队集合，再上卡车。

卡车在无边无际的沙漠里飞驰，车轮卷起滚滚黄尘，呛得人直咳嗽，被太阳烤得发烫的沙尘，直往人的脸上扑，贴在汗涔涔的脸上，脸被烫得火辣辣地痛。卡车的篷布怎能挡得住烈焰一般的太阳，人在车里如同被火烤着，浑身仿佛在吱吱地发出被烤的响声。卡车到了什么地方，外面有些什么样的景致，一切都不知道，因为沙尘卷起，连眼睛都无法睁开。

“征蓬出汉塞，归雁入胡天”，在一个“大漠风尘日色昏”的傍晚，第一次出远门的小战士王莱，终于到达了他从军的地方。

他和大家都跳下卡车，站在空旷的沙漠上，突然发现地平线上的那轮太阳，大得让他吃惊，比家里的磨盘还大了一圈，这是啥地方，看太阳那么大，一定离太阳的家乡更近了，怪不得这么热呀，热得满地黄沙都发烫，连一棵树也难找到。

他急切地盼望着发枪，当兵嘛，哪能不背枪哩！

可是，新兵连训练结束，分到连队里仍然没有枪，只有练习射击的时候，才派人到军械处去领几支枪发给大家过过瘾。

这叫什么当兵呀，小战士心里不愉快了，他找到首长，要求到边防前线去。

首长用手指着远处那座高高的发射塔说，那是我们卫星的发射塔，中国的人造卫星要通过它发射上天，我们就是为保卫它而来的，只有它安全无恙，全国人民才放心，这责任可不比守边防轻啊！

王莱摸摸脑袋想了想，敬了个军礼，走了。

从此，他不再闹着要当边防军，不再向首长提出想摸摸枪的要求。他穿着军装，系着皮带，每天到自己的岗位上执勤站岗，警惕地守护着这座大漠深处的中国航天城。

一眨眼就快两年了，在新战士面前，王莱已经成了老兵，每天仍然是周而复始地出操、执勤、站岗、打扫营区，也没有发现一个可疑人员，更没抓住一个“国际间谍”，一切都平安无事。

首长每天集合时总是那句老话，作为航天城的战士，时刻都要提高警惕。

这天王莱执勤下来，正在营房外面的场地上洗脸，突然看见不远处冒起了一股浓烟，接着就听到一声爆炸。

他不由一惊，判断一定是出事了。扔下脸盆，急忙朝那个方向跑去。

他看见几股呛人的浓烟从一个屋子里直往外冒，来不及多想，一头就冲了进去。

这是一次燃料事故，如不及时抢救，很可能引发更大的火灾。

必须争分夺秒。

王莱冲进去，抱起那个燃料桶就往外跑。

燃料桶呼呼地向外冒着火苗，桶外热得烫人。

王莱咬着牙，直往外面的沙漠深处跑去。

烈日灼灼，燃料桶在沙漠上爆炸了。

那个脸上时刻带着笑容的小战士王莱，倒在了远离故乡的沙漠上。

当年招兵的首长，在他的墓碑上系了一朵用红色丝绸扎成的大红花。

我们崇尚英雄，因为他们平凡，平凡得如同沙漠里的一粒沙。

我们爱戴英雄，是因为他们给了我们民族以灵魂。

1970年4月24日，在我国西北的东风（酒泉）发射场，“长征一号”火箭成功地将中国第一颗人造卫星“东方红一号”送入太空。中国人终于实现了自己的飞天梦，成为继苏、美、法、日之后，世界上第五个用自制火箭发射国产卫星的国家。

“地球是人类的摇篮，但人类决不会停止在摇篮时代。”人类对于宇宙的探索与进军，从来都没有停止过。世界各国的科技实力和尖端技术，都在这里展现着各自的风采，彰显着国民的意愿与民族的智慧，世界各国都拼力抢占这个制高点，谁掌握控制了太空，谁就是未来战争的胜者。

仰望太空，这是一场没有硝烟的战争。

现在，随着经济的转型和形势的发展，“大三线”已经完成了其神圣使命。但是，面对中国未来经济的发展和战略防御，其创下的辉煌“家业”和不朽精神，仍然是我们这个民族挺立的脊梁。

大西北的风沙中，书写着一代又一代的英雄。我们不应该忘记每一个为此做出贡献的人。

写到这里，桌上的手机突然响了，顺手拿起来看了一眼，是一个年轻“诗人”用微信发来的诗：“‘大三线’的子宫，孕育了……”诗，越写越抒情，越写越自豪，将我们有原子弹，有核潜艇，有（无数的）飞机大炮，有九百六十万平方千米土地，有十几亿勤劳勇敢的人民，我们的经济全世界第二位，我们的高铁“走遍天下无敌”，我们敢向任何强敌亮肌肉，向任何“豺狼”挥利剑等等，用“诗”的语言，如“黄河之水天上来”一般，哗哗地从手机上流来。

我没有读完，觉得这诗的灵魂出了问题。

我们从不向任何国家展示武力，但我们必须得有自己强大的武力，为了和平，为了生存，军事上的强大不是我们炫耀的资本，灵魂的强大才是一个民族经久不衰的“核动力”。

真正的“核动力”，是那些为着国家和民族忘我奋斗的灵魂！

当一个民族失去了灵魂，就会成为资本的玩物。

鲁迅先生曾写道：“我们从古以来，就有埋头苦干的人，有拼命硬干的人，有为民请命的人，有舍身求法的人……这就是中国的脊梁。”

我们的祖先，早已将她融入了我们的生命。

不要背叛这种生命。

年轻人，请你宣誓。

第八章

风沙漠漠杜鹃红

1. 白雪皑皑

抬头望去，云浓天低，白雪皑皑，一条狭窄的汽车道如细绳从山巅上扔了下来。山势险峻，乱石危崖四处可见，路上结满了冰凌，人和马往上走一步，就会往后退半步，如此险恶的路径，运粮的车队怎么能够通过?

寻找运粮队伍的五个人艰难地顺着小路，小心翼翼地往山顶上爬着，快到山顶的时候，抬头一看，不由大惊，只见云层下面站着几个人正在朝山下看，见有人上来了，就不断地向他们挥手。

这是些什么人?听当地老乡说过，山路上时常有“剪路”（打劫）的人，大家不由停住脚步。

山顶上，仍然有人在不断地向他们挥手，有的还脱下衣服来向他们挥动。

不像打劫的。五个人壮了壮胆子，顺着小路朝顶上爬去。

快了，快了，已经看得清山顶上的人了。

这时，只见有人从山顶上飞冲下来。

五个人都警惕起来，停住脚步。

那人一直冲到他们面前，他头发、眉毛、胡子和身上的老羊皮袄上结满了冰，脸被风雪吹得黑黝黝的，他冲上来就抱住了五个人中的一个熟人，高声地叫着：“可等到你们了!”

原来，山顶上的这些人就是他们要寻找的运粮队。在运粮途中经过此地时，正遇到风雪，汽车无法下山，被困在了山顶上。那时没有手机，路上也无电话可以联系，一下子就断了消息。

这是一位参加过大西北建设的老人给我讲过的一段寻找运粮队的故事。

在“大三线”建设的年月里，大西北运粮有多困难，现在的年轻人根本无法想象。

2017年11月27日，在当年“大三线”重镇渡口市炳草岗的山上，靠近竹湖园的一栋家属楼房里，我和妻来到韩福祥老师傅的家里。我叫他韩师傅，他叫我小沈，我们是老熟人，“大三线”建设初期曾经一起在34号信箱12分箱（攀钢修建部）工作，他在安全科任安全员，我在办公室当秘书，楼上楼下，经常会面，也常有工作上的交往。

我们每一次回来总要去看看他。这位85岁的老人，身体硬朗，仍然一口东北乡音，在交谈中，他向我讲起了当年亲自参加的一次大西北运粮的故事。

他说，那个时候的艰苦啊，真是令人难以想象。

抗日战争结束，中国人从日本人手中接管了鞍钢。日本人断言，中国人只能在炉台下种高粱，因为当时中国根本没这个技术力量，让停火的高炉恢复生产。1949年中华人民共和国成立，面对着满目疮痍，全国开展第一个五年计划，1953年号召“全国支援鞍钢”，到1954年，鞍钢在全国人民的支援下，全面恢复生产，雄伟的高炉展示着中国人的智慧与骄傲。1954年，在“鞍钢支援全国”的口号下，作为“共和国工业长子”的大批鞍钢优秀儿女奔赴全国各地，支援各地的工业建设。

1960年韩师傅从鞍钢被抽调到大西北，帮助工业落后的西北地区建厂。他们越过祁连山，经酒泉，然后到渭南。

西北与东北虽然都属于北方，但冬天的风却有些不太一样。东北冬天的风叫北毛风，那是从西伯利亚刮来的，飕飕地叫着，把积雪卷得在地上团团转。西北冬天的风则叫作恶风，那真是恶劣啊，不讲规矩，没有底线，说来就来，说走就走，一刮就刮个天昏地暗，扫地三尺，把积雪连着地上的泥土一同刮起，扬入空中，再飞卷着从头上洒下。令人想象不到的是，一旦风起，气温便跟着直线下降，地上结冰，空中飞雪，整个天地全被这恶风霸占，不但会“卷我屋上三重茅”，而且会伤害到行人和牲畜。在大西北，冬日里只要恶风卷起，便很少有人出门。

韩福祥师傅一行是为支援大西北而来，是为了中国的工业化而来，冬天来到，也不能退缩，加之当时身强力壮，也不把这当回事，一心只想着加快工程进度。这时，粮食已经不够了，指挥部就派人外出运粮。以前运粮都是汽车，近七十多辆卡车一辆紧连着一辆，构成了浩浩荡荡的运粮队伍。现在不行了，苏联专家已经撤走，石油也对中国停运，没有汽油，汽车只得停在风雪中“待岗”。

更加急迫的是，有一批支援建设的员工，被困在大雪里不能出来，那里的粮食已经吃完，无法坚持，必须想法把这些人救出来。

指挥部决定，派出两辆拖拉机去给被风雪围困的员工们运送救命粮，想法将他们从风雪中运回来。

为什么要派拖拉机呢？主要是大西北到了冬天，冰天雪地，汽车打滑，很难开动，而拖拉机行进速度相对较慢，比较安全。更主要的是整个指挥部没有一滴汽油了，只剩下极少的一点柴油，可以给拖拉机提供燃料。拖拉机运输也有缺点，除了速度之外，就是没有车棚，司机和运送的押车人员都只能在风雪中硬挺硬地与风雪抗争。

韩福祥被派往跟车运粮。

两辆拖拉机翻越祁连山时，遇到了暴风雪，恶风从山顶上疯狂地扫下来，将满山遍野扫成了白茫茫的一片，下山的路根本无法辨清。

随着风起，山上气温一下子下降了十多度，车子冻得咔咔直响。想着还有员工在积雪中等待着救命的粮食，大家不敢停留，冒着风雪一步一步艰难地向前开着。风雪实在太大了，有时不得不停下来，人钻到拖拉机下面或者是背靠着拖拉机躲一躲。

我问他：“当时气温有多少度？”

韩福祥说：“当时温度已降到零下三十四度了。”

我问：“那是什么感觉呢？”

韩福祥说：“到最后下车的时候，有的人耳朵、鼻子都被冻硬了，连小便冻得都无法解出来。”

就这样，韩福祥一行终于将粮食运到了目的地，被风雪围困的员工终于吃了一顿饱饭，然后上了拖拉机，拉着他们往指挥部开。

这一路上啊，风雪更大了。拖拉机没车篷，大家都坐在车斗里，任由风雪无情地抽打，几次出现险情，有几名员工差一点丧了性命。

我将这段写好的文字发给韩福祥师傅的二女儿，请她读给父亲听。韩师傅听后非常激动，还补充说："'三线'建设者的确是很辛苦的。运粮是1960年的事情，当时运进去的是粮食，运出来的是人，也有的人经一路上的折腾，差一点冻死了，这种撕心裂肺的故事还有很多。那个情景，对于你们来说都是很陌生的。"

这就是当年参加大西北建设的建设者，这就是那一代建设者所经历的岁月，他们在风雪中站立着，站成了一座无字丰碑。

问那个时候参加"大三线"建设的年轻人，为什么能有这么大的干劲，他们总是笑笑，指着一个个老干部的背影说，你看他们，从炮火中走来，这么大年纪，处处冲锋在前，吃苦在前，有这样的榜样，我们年轻人还有什么困难不能克服的呢！

还能找到这样的干部吗？

英雄的前辈们啊，他们的身影虽然远去，但那坚实的背影却永远令人怀念！

2.“风筝”飘向夜空

你去过“长城饮马寒宵月”的西北“大三线”吗？你见过当年那些建设者们在夜色沉沉的风沙中放“风筝”的情景吗？

我想，你肯定没有见过。

有一群人曾经在这里生活和工作过，正是他们，使这片遥远而荒凉的沙漠充满着神秘的色彩。就说“风筝”吧，当年这里飞上天空的可不是普通的风筝，那是一座座巨大的帐篷。

这事情说来有些神奇。

当我写到这里的时候正是七月，江南走出梅雨，开始进入高温。朗朗的阳光白晃晃地照着，刺得人的眼睛都无法睁开。这使我想起在“大三线”建设的时候，金沙江畔那火辣辣的太阳，几乎一年四季都是如此强烈，如此炽热，四周的山，全是光秃秃的，烤得人喘不过气来。那风也少了江南的湿润，干裂而充满野性，夹着尘沙直向人扑来，脸上的皮肤就会感到被撕裂般的痛疼。

现在提倡建设“宜居城市”，可那时的“大三线”建设，大都建在“不宜居”的山野、戈壁和荒漠。同为“大三线”，自然环境也各不相同，位于大西北腾格里大沙漠深处的“大三线”，比我所在的金沙江畔的生存环境还要恶劣。

前几天，我女儿与几位同事突然心血来潮，踏羌笛之声，西出阳关，经兰州，过嘉峪关，走敦煌，去张掖，在漠漠的沙原上奔走了七天。这群从小在城市长大的孩子，不但领略了唐诗宋词中的边塞之风，更感受到古代边塞的雄关之险，大漠之威，守疆之苦，无不感叹万千。

我的手机上收到女儿发来的许多照片，只见一个个年轻人头上盖着宽边遮阳帽，戴着墨镜，脸上除了口罩，还蒙着面罩，就连脖子也用一层布保护起来，脚上厚厚的旅游鞋外面，套了一只长长的红色塑料袋一直扎到膝盖——以防流沙进入。真实的人，已经被这些防护的服装严严实实包裹起来了。每个人乘坐的骆驼，都编有号码，由专人牵着，一步一步地在沙海中行走，体味着与都市完全不同的另一种生存环境。

更加幸福的还是在旅游结束之后，这些年轻人就可以在夜市上吃到充满着浓浓西北风味的美食。

这是我们那一代“大三线”建设者，连做梦都不敢想的事情。

20 世纪 60 年代中期，同样有一支年轻人组成的队伍，脚上蹬着一双黄色帆布的解放鞋，背着沉甸甸的行李和物资，从北京出发，顶着风沙一路西行。临出发之前，每人仅发了一件硬邦邦的老羊皮袄。

年轻人问，为什么要发这玩艺？回答是，那里早穿棉袄午穿纱，夜里冷得直打（颤）牙。

这是一次秘密行动，根据出发前宣布的纪律，那是不能随便告诉任何人的，连自己的家人，也是不能说的。

过祁连山，穿玉门关、嘉峪关，四周的景色由绿变黄，最后变成了脚下的一片黄沙。“长城高与白云齐，一蹑危楼万堞低。锁钥九边联漠北，丸泥四郡划安西。”清代诗人裴景福的《登嘉峪关》一诗，写尽了那里的万般风情。

20 岁左右的年轻人，哪里见过如此浩大的沙漠？低头脚下黄沙堆，抬头天空黄尘飞，放眼不见一只鸟，百里难寻一棵绿。真是天苍苍，野茫茫，黄沙漠漠真荒凉。

这里是一片死海，一块生命的禁区。

这是一支神秘的队伍，带着秘密的使命，将在这里建设一座现代的工厂，代号为 ××× 信箱。

烈日炙烤，沙石烫脚。这还不算，沙漠中最厉害的是风暴，特别是西北风刮起时，风势强劲，给人类的生存造成很大威胁。放眼望去，湛蓝的天空下，大漠浩瀚、苍凉、雄浑，起伏连绵的沙丘如同凝固的波浪一样高低错落，沙漠浩瀚得令人心颤，沙海柔美的线条同时也显现出它的非凡韵味。

这支跋涉而来的队伍要想在这里扎根建厂，那真是难于上青天。

傍晚，太阳跌落在大漠远处的地平线上，闪着灿灿的霞光，如一只巨大的火球在沙漠深处燃烧，对沙砾进行一天里最后的加温。沙砾带着炽热的火，不断地烤着每个人的脚板，只感到火辣辣的痛。

有几个年轻人实在是困了，就倒在沙石上和衣而睡。

没睡多久，全身上下如蒸桑拿一般汗雨淋淋，哪里睡得着，只好爬起来，在沙漠上来回走动，以此抵抗睡意的袭击。

这支疲乏的队伍开始自己搭帐篷。

这沙漠中的帐篷却并不是那么好搭的。

说起住帐篷，现在住惯了高楼的城市人都觉得既新鲜又好玩。春天，我常在上海郊外看见一个个“浪漫”的家庭，在小河边或绿草中搭起帐篷。一家人躲在窄小的帐篷里，享受着难言的“天伦”。饿了，还可以在外面的野地上做野炊。摆脱了喧闹的都市，静静地躺在草地上，看袅袅的炊烟在绿树红花间轻轻飘荡，还真有些诗情画意。

可是，真要在帐篷这块狭窄的天地里过日子，那又是另外的一件事情了。

在“512”汶川大地震的时候，我第一时间跟着医疗队进入灾区，住的就是帐篷。我住的是一个“单间”——一顶个人住的小帐篷。里面狭窄，地面潮湿，第二天早晨起来，浑身上下都湿漉漉的，身上的关节也仿佛生了锈。更可怕的是，有一次塑料布与人都一同沉入了泥土里——发生了余震，幸亏醒得及时，我急忙从泥坑里爬出来，从此对住帐篷心有余悸。

搭帐篷首先得固定帐篷外面的几根桩。沙海茫茫，没有坚固的石头，没有厚实的泥土，没有可以依靠的建筑物，如何在松软的沙海中将帐篷固定？

有人建议往沙漠下面“钻探”。

大家顶着烈日，依靠人工扒沙“钻探”，可下面还是松软的沙子，根本无法接触到泥土和岩石。

又有人提出，将一座座帐篷相互连接起来，形成巨大的帐篷群，帐篷与帐篷之间相互连接，相互依靠，形成相对稳固的居住环境。

这个新办法得到大家的赞同。

实践证明，这是一个“软”连结，仍然不能将那么多帐篷竖立起来。

后来，又有人想出办法，将各自带来的重一点的物品和部分机械作为“地基”，将帐篷上的绳子系在上面作为固定点。可是，有人提出要先计算一下重量，再考虑实施。

太阳已经偏西，不能再耽误，因为到了夜晚，这里将是一片漆黑，没有任何照明，搭帐篷就更加困难。

少扯淡了，要“计算”明天再说，得尽快把今天晚上的住宿安排好。

大家把那些可以作为“地基”的物品堆放起来，将帐篷打开，相互连接，沙漠上的新家就这样安定下来了。一座座绿色的帐篷，如同一朵朵绿色的生命之花，盛开在无边的沙海里。暮云低垂，轻抚着帐篷，天空低得仿佛伸手就能触摸，没有烦躁的蝉鸣，没有鸟儿的啁啾，四周静极了，静得每个人都能听到自己心脏跳动的声音。

谁知到了半夜，帐篷外面忽然传来恐怖的风声，如大海波涛喧嚣，在无边的沙海里滚动，发出令人恐怖的声浪，紧接着，沙石炒豆般哔哔叭叭地打在帐篷上，声如擂鼓，令人震颤。

“朋友圈”（住帐篷的朋友）很快爆棚（篷）。

在这片荒原上，帐篷是唯一的“保护伞”，只有保住帐篷，才能保住每个建设者的生命。为了增加帐篷底座的重量，那些背来的背包，挎包，甚至有的仪器，都成了救援的“武器”。

大自然以其咄咄逼人的威力，要给这些敢于跨入生命禁区的人们一个下马威。风撕裂着沙海，撕裂着大地，撕裂着一顶顶象征着生命的帐篷，紧接着，几道闪电照亮荒原，天空滚过一阵雷鸣，黑压压的天空乌云翻滚。

所有的帐篷都被大自然抽打着。

生命，在恐怖的荒原上经受着考验。

突然，有人高喊，帐篷不见了。

这一声非同小可，立刻引起连锁反应，又有人跟着叫喊起来。

“轮台九月风夜吼，一川碎石大如斗”，粗犷的风声很快将他们的喊声淹没。

恐怖的风暴无情地抽打着，更多帐篷的“地基”开始动摇。

面对粗野的风暴，有什么办法保住这个“家”？

有人高喊，趴上去，趴上去。

于是，一个个年轻的身体扑向风暴鼓荡下的帐篷，他们想用自己的体重压住风魔。

风魔发怒了，一阵怒吼，便钻进了帐篷里，有几间帐篷被鼓荡起来，压在上面的人也被一下子掀了下去。

风怒吼着将那顶帐篷卷上天空。

敢于“侵入”沙海的帐篷，遇到了风暴的疯狂报复，它驱赶着这些敢于冒险进来的人们，将一顶顶帐篷向天空中抛去。

风向这些不速之客怒吼着，帐篷在天空中如风筝一样飞翔……

第二天早晨，风暴终于停止了，几十个年轻人跑了近十里路，才寻回那些在夜空中飘向远方的“风筝”。

冬日，风从沙漠深处呼呼刮来，击打在身上那件硬邦邦的老羊皮袄上，发出叮叮当当的声音。

在这片茫茫的黄沙中，什么最宝贵？不是水，不是粮，是人，是那些有着坚强意志的人，他们才是最宝贵的，有了他们，就有了力量，有了胜利的保证。

在寒风中艰难跋涉的人们，老羊皮袄被风刮着，在身上不停地扑打，沙尘从空中飞落下来，直朝人的脖子里钻，“沙飞朝似幕，云起夜疑城”。在这一片荒沙中，这群来自远方城市的“大三线”建设者们，想到的是未来，是汗水浇灌出来的丰收之花。天空蔚蓝，碧水如银，诗的韵律和着潺潺水声，在亘古无人的沙漠深处回响，这是他们青春的誓言，这是他们向沙漠发出的挑战。青年身上有沸腾的热血，国家未来才更有希望。

3. 血色的杜鹃花

黎明的阳光轻轻撩开夜幕，悄悄地来到窗前。

接连几个小时的写作，思绪一直在岁月的长河中奔腾，那些留恋的青春容颜，都微笑着向我走来，帮助我打开记忆的闸门，我们再次相聚在一起，一同欢乐，一同歌唱，一同奔赴生死考验的“前线”，一同相拥，一同流淌悲壮的泪水。

我从电脑前站起来，伸了伸胳膊。

窗外的小河蓝幽幽的，将黎明的阳光吸入河床，河水里便闪射出一条条金色的丝线，两岸醉人的秀色便在这清澈的河水里荡漾。它是运河的一条支流，由于近年加强了对江河的环境保护，这条流过窗前的小河终于“苦尽甘来”，“获得新生”。如此醉人之水，诱人之色，让书房前这个小小的窗户平添了许多诗情画意。“江南好，风景旧曾谙。日出江花红胜火，春来江水绿如蓝。能不忆江南？”

突然，桌上的手机响了起来。

拿起来一看，是朋友发来的一个视频，劝我停止“夜战”，迎接新的一天，听一首歌曲——《哥伦布传》的主题曲《1492 征服天堂》。

我于是打开视频，悠扬的音乐和动人的独唱便在这间小小的书房里回旋：

理想让我们坚强
冲破黑暗的阻挡
理想让我们坚强
决不放弃希望
透过泪水能看见

闪烁的星光

穿越风和雨跟随

生命的光芒……

气势磅礴的旋律在小屋里回旋，一夜写作的疲劳随着音乐飘向窗外的世界。

对于哥伦布这样一位世界公认的英雄，不知是否也会有“聪明”的同胞提出“质疑”？那种以牺牲生命为代价的冒险，只有“傻冒”才会去做。可是，从某种意义上来说，“聪明人”往往自负、平庸，正是那些“傻冒”的人才创造奇迹，书写历史。

在那“烟波江上使人愁”的漫漫岁月里，硬是有一批哥伦布式的中国“傻冒”，放弃优越的生活环境和物质条件以及可以青云直上的仕途，别亲人，埋名姓，奔荒漠，钻山沟，立志打破核大国的虎狼之梦，凭热血一腔，洒炎黄之地，以七尺之躯，捐中华河山，在风沙中冒险试验，在雨雪里寻找矿石，硬是在千难万险中“杀”出一条“血路”，造出中国自己的原子弹。其愿之宏大，其志之悲壮，令日月垂泪，山河哽咽。

风钻手从事的是高强度的体力劳动，加之环境恶劣，生活艰苦，很多工友几年下来，都不同程度得了职业病。

我所在的12分箱有个筑炉工程队，常年与粉尘打交道。由于从事的是高炉大修时炉内撤砖和砌砖的工作，检修时虽然停产，但是炉皮每天都在烈日下烤着，里面干活的人如同在烤箱里一样，更何况炉内粉尘弥漫，有时连眼睛都无法睁开。戴着的防护眼罩，上面都会被蒙上一层厚厚的粉尘，工作环境非常恶劣。筑炉工人们只要一声令下，没有一个人讲条件，没有一个人后退。由于工作的关系，每到高炉大修时，我都会被抽调到指挥部调研施工情况，进行现场宣传，经常跟筑炉队的领导和工人打交道，我深深地感到，他们的确是“大三线”建设中一群最可爱的人。

令人担心的是，每年的体检，他们中都会发现一两个矽肺病的晚期患者。

你看，这次体检，老工人王师傅就摊上了这个绝症。

领导命令他休息、调养，他要回老家去休养也行，总之，一切都由他自己作主。

我曾在攀钢劳动保护研究所就此病问过有关专家，他们说矽肺病是一种高危的职业病，主要是由于生产过程中长期吸入大量含游离二氧化硅的粉尘所引起的，是一种以肺纤维化改变为主的肺部疾病。患上这种职业病会逐渐出现缓慢进展的呼吸困难，病人感觉出气不畅或胸部有压迫感。造成这种现象的原因是由于肺纤维化，特别是合并肺气肿所致。晚期患者呼吸困难现象极为明显，轻微活动甚至休息时也感气短，不能平卧，并出现咳血现象。这种病人的肺最后会是怎么样的？他们告诉我，那个肺最后是一块如同钢铁一样坚硬的石头了，在成昆铁路的建设中，一些得了这种病的人去世后，将他们的肺取出来，手术刀根本无法划开，用铁锤砸也很难砸碎。

老王师傅怎么舍得离开他付出热血与生命的热土呢？

他决定原地休养。

雨过天晴，大山里的空气润湿、清新，猛吸一口，竟带着丝丝的甜味。

筑炉队的后面是一片山地，十多年前那个光秃秃的山坡，早已被筑炉队的工友们种上了绿树，茂密的树林已经初步形成，空气也变得湿润起来。作为筑炉工的老王除了与工友们蹲在树荫底下下象棋之外，没有其他爱好。

今天，趁工友们都上班的时候，他决定“潇洒”地转一次山。自从来到“大三线”，从未如此贪婪地独自跑到山头上呼吸过这醉人的空气。

这里的空气真好，甜润而清新，雨后的山林充满着勃勃生机。

山坡下，泡桐树宽大的叶子油亮发光，骄傲地在晨风中摇曳。桐子树的叶子也是巴掌般宽大，如同美丽的衣裳罩着树干，面对邻居——泡桐树的骄傲也不示弱，趾高气扬地抖动起绿意浓浓的“外衣”。半山上是一片竹林，竹叶上仍挂着雨露，山风拂过，便滴滴答答地飘落下来，稍不留神，就有几滴调皮地钻进脖子里。山顶上，是松树和杉树的天下，那些羽毛般的针叶被雨水洗得透绿，轻轻地抚着天空，召唤着远方的白云。

令老王兴奋的是山顶上那一蓬蓬，一簇簇，一片片盛开的杜鹃花，像燃烧的火焰，似黎明的朝霞，烧红了一个山坡又一个山坡，当地老乡都叫它映山红，那的确是映得满山红遍啊！

老王来到大山里已经有近十个年头了，没有想到，大山中竟然有这等美丽的风光。

如此家园，岂能容虎狼侵犯？

暴雨过后，山里的蘑菇真是漫山遍野，鸡枞、竹荪、松茸、牛肝菌、青头菌、马牙菌……每一棵树下，每一棵小草旁，每一朵野花边，甚至那些牛粪上面，都会冒出一株株撑着可爱小伞的蘑菇。老王不一会儿便采了满满的一小筐。

他站在山顶上，看着徐徐升起的太阳，用沙哑的嗓音，唱起了电影《上甘岭》的插曲——这是他一生中第一次面对大自然放声歌唱：

……

朋友来了有好酒，

若是那豺狼来了，

迎接它的有猎枪。

……

这是老王一生中唱的最后一首歌。

不久，他就默默地倒在了大山深处。

老王，以及千千万万个老王一样的人们，用他们的生命铺平了前进的道路，使我们这个古老的民族走到了今天。人们吃着米饭和肉，闲时搓着麻将，饭后跳跳广场舞，梳着流行的发型，穿着时尚的服饰，豪宅豪车展示着富有，名表名包炫耀着虚荣。“天下熙熙皆为利而来，天下攘攘皆为利而往。”老王啊，你又为的是什么呢？

“英雄墓前无人问，戏子家事天下知。”富裕时代不可原谅的贫血啊，让一个民族的肌体发生着令人痛心的“裂变”。

老王就这样默默地倒下去了。

在“大三线”建设中，涌现出了很多英雄，很多做出了杰出贡献的科学家，但老王不是英雄，不是科学家，他只是千千万万参加“大三线”建设的中华儿女们中的一员，一名极其普通的筑炉工人，在中国“大三线”建设的功臣中更没有他的名字，甚至很多人都叫不出他的名字。但是，作为一个实实在在的人，他曾经在这个地球上存在过，他的确将自己的生命铸进了中华民族雄伟而神圣的“大三线”建设。

他是这荒山上的一棵草，一片叶，一朵血色的杜鹃花。

我深信，多少年以后，即使我们这一代人都化成了灰烬，一定会有人从我记下的这些文字中获得灵感，创作出一部类似《哥伦布传》的史诗般的电影，老王以及千千万万“大三线”建设者的生命，一定会再次站立起来，在民族崛起的史诗中获得新生。

风记得他们，雨记得他们，太阳和月亮记得他们。

第九章

远山的呼唤

1. 有这样一个女孩

1972年岁末，东北平原朔风凛冽，雪野千里。

她回到家里，母亲正在干家务。她走过去说："妈，我初中毕业了。"由于特殊的历史原因，这批学生是冬天毕业的。

母亲没有抬头，忙着手里的活。

是呀，丈夫和两个大点的孩子去了"大三线"，家里就只剩下她这个老太婆、三个小一点的女儿和最小的儿子，很多事情都得她来做。丈夫每个月从"大三线"邮回来的钱有限，根本不够一家人的柴米油盐，她得出去挣钱来贴补家用。她的身体不好，厂里砸石子挣不了几个钱。大儿子在家时还去帮个忙，现在大儿子、大女儿都跟着老头子去了"大三线"，家里的几个孩子都在上学，谁来帮自己的忙？

她有些后悔，当初不放老头子去那么远的"大三线"就好了，好好的一个家，被分成天南海北的两个地方。

如果在中国版图上画一条对角线的话，他们一家正好分在从东北到西南这条对角线的两端。

女孩见母亲没有回答，就走过去，一边帮着做家务，一边提醒母亲："妈，我初中毕业了。老师今天说，同学们要上山下乡或者是干别的工作，都要告诉学校。"

母亲看看她说："你问我，我也不知道，你自己作主。你爸爸那里又来鞍钢召人了，你如果愿意去，可以去报名，这是最后一天了。不过，你去了就像你哥哥姐姐一样，离妈妈远了，想回来也不容易了。"

女孩想了一个晚上，第二天对母亲说："我去渡口。"

母亲转过脸来看着她说："由你自己决定。"

就这样，她走出家门，朝着报名的地方走去。

根据当时“大三线”建设的政策规定，家中父母的一方在“大三线”，其子女可以进入“大三线”参加工作。女孩匆匆来到报名站，可是，报名已经结束。

她站在那里，怎么办？

这时，看见一个熟人走了过来。熟人问她有什么事，她说明了自己的想法。

熟人看着她说：“那里很艰苦的。”

她说：“我已经决定了，要到那里去，我不怕苦，你再帮问一问。”

想想看，呆在祖祖辈辈生活的大平原上多好呀，谁愿到那个遥远的大山里去呢？这个女孩，还真有些胆量。既然上级有政策，参加“大三线”建设的职工是可以带子女去的，让她去也是名正言顺的事情。

熟人问她：“你想好了？”

答：“想好了。”

在这位熟人的帮助下，女孩终于报上了名。

走出报名点的屋子，抬头看看天空，雪停了，天空一片湛蓝，有几只鸽子欢快地从蓝天上飞过。

东北平原真是个好地方，冬有雪花，春有报春花，特别是到了夏天，空气湿润润的，街道两边开满了鲜花，高高的白杨树，如同北方挺拔的美男子，屹立在笔直的街道两旁，为这座中国最大的钢铁之都，更增添了一股北方男性的阳刚之气。啊，这就是自己的故乡，就是自己祖祖辈辈生活的土地！

她走在大街上，感到轻松，激动。是呀，不久自己就会同爸爸、哥哥、姐姐一样成为一名“大三线”的建设者，领到一份属于自己的工资，结束依靠父亲生活的困境，为贫困的家庭减轻负担，让体弱的妈妈可以买一点肉和鸡蛋补补身体。

走着走着，她不由放慢脚步，心中涌起了淡淡的惆怅。

这一离开，自己什么时候才能回来呢？这一望无际的平原，这留下自己童年足迹的街道，这清清的辽河，幽幽的烈士山，母亲的温暖，弟弟妹妹们的亲情，老师的身影，同学的笑声……

一个阳光明媚的日子，在负责招工的李守石师傅的带领下，她和十几名“大三线”职工的子女们登上南下的列车。

她这是第一次出远门，此前走得最远的是离家几十千米的大石桥，印象中，那已经是很远的地方了。现在呢，列车一路呼啸着，越过广阔的平原，向着南方飞奔，平原越来越少，眼前开始出现一座一座山丘，这不知要走到什么地方，好远呀！想想小时候，到大石桥，那已经是很远的了，怎么比那里还远哩！风从车窗外呼呼地吹进来，想着离家越来越远，不免有几分伤感。

啊，故乡，昨天你近在咫尺，明天你就在天涯！

到北京后转车，李师傅在一家饭店里要了几笼烧卖招待大家。女孩长这么大，从来没有吃过，那味道真好。看看那个形状，跟东北包子的做法不一样。令她高兴的是，在这里竟然遇见了同学。

从北京登车，没有买到卧铺票，大家只能硬挺着，好在那时年轻，一路劳累，也没有谁在意。列车过秦岭，在崇山峻岭中穿过一个山洞又一个山洞，如同一只爬虫一样在大山里爬行。这么多山啊，那得爬到什么时候！

黎明时分，李师傅通知大家下车。他领着这群十多岁的孩子，操着浓重的东北口音，在一家小店里吃饭，引来无数四川人好奇的目光。要是当下，也许有人会怀疑他是个人口贩子，你看那些经过长途跋涉而来的孩子，一个个面容疲惫，饭一上桌就猛吃起来。

女孩饭后想在街上买点东西。从家里出发时，仅带了十几元钱，摸摸口袋，早已没有分文，一路上的伙食还得自己负责，怎么办？只得向领队的李师傅借了四十元，作为未来几天一路上的盘缠。口袋里没有钱，走在大街上不敢逛商店，那就看看街景吧。只见成都女孩与东北女孩完全不同，很多披着长发，有的刚洗完头就这么披着在大街上行走，她感到不可思议。在她的家乡，一个女孩子是不能这样上街的，那样会招到别人的笑话。

真是十里不同天，百里不同俗。

刚刚通车不久的成昆铁路迎接了这批远方来的孩子。

列车在一座又一座的大山里穿行，山鹰在头上盘旋，江水在脚下咆哮，刚刚从一座桥洞的下面穿过，过了一会儿，又开到了这座桥的上面，神奇得如同进入魔宫。

一个又一个的山洞，远远超过了翻越秦岭的数量，如同进入了一座地下铁道。从平原地方来的女孩，第一次看到，真有些惊心动魄。

啊，故乡，现在是离你越来越远了！

终于，列车到达目的地——“大三线”的渡口车站。当她走下车，就看见有两个人站在那里，那两个人也急匆匆地向她走来。

来接她的是先进入“大三线”的父亲曹国宽和大姐。

八千里路云和月，横穿了整个中国大陆，终于来到了“大三线”，在这个遥远的“大三线”的火车站，见到了比她更早奔赴“大三线”的亲人，这一切都如同在梦中一样。

午饭是在父亲一个朋友家吃的。

朋友的家住在火车站附近。说是家，不如说是两间透风漏雨的竹席棚子，不下雨时，锅会放在外面，用几块石头架起来，平时烧煤炭炉子，一到生火时，整个席棚四周便会被弄得烟雾腾腾。

这里没有鞍山笔直的街道，挺拔的白杨，盛开的鲜花以及电车（日本留下的老式公交车）那叮叮当当的铃声。太阳照着光秃秃的山坡，岩石板着铁青色的面孔，横七竖八地躺在山坡上，时常会绊倒那些走路不小心的人。坡上几乎很难见到树木，只有稀疏的几丛野草，耷拉着脑袋，有气无力地趴在岩缝外面。几座刚建起来的红砖房，如同高傲的公主，站立在荒凉的山顶上，无可奈何地经受着风雨的侵蚀。

女孩看着这一切，这是一片多么荒凉的山野呀！要在这里建设中国的“第二个上海”，建设中国未来的战略基地，将要付出多少血汗啊！

女孩很快被分配在34号信箱12分箱机动科当了一名车工，父亲听说后很高兴，称赞这是一个好工种，车、钳、铆、电、焊这都是技术工种，嘱咐她要好好干。

发工装了，那是用蓝色劳动布做的，刚刚走出校门的女孩很高兴，自己终于成了一名“大三线”的建设者，决心遵照父亲的教导，好好学习技术，做一名合格的车工。

大量涌入“大三线”的职工子女，打破了她的“理想”。为了解决“大三线”师资不足的难题，各单位开始从工程技术人员中抽借人员到学校任教，在年轻职工中选派人员开展专职学习，培养“大三线”自己的教师。

有一天，女孩正在上班，科里通知她赶快准备，到南山上去参加学习。

学什么？通知的人说不知道，好像是让你去当老师。

她一听吓了一跳，自己才刚刚初中毕业，能当什么老师？

父亲讲了，当车工好，有技术，技术工人家的孩子，就得靠技术吃饭，那教师可不是自己干的事情。

她有些犹豫。

调令已经下达，“大三线”职工，一切行动听指挥，怎么能说不去就不去呢？

就这样，她上了“威虎山”（南山），成了“座山雕”（朱老师）队伍中的一员。

人们将这座山叫作“威虎山”，主要是因为这座紧靠着金沙江的高山荒凉、险峻，在未修建公路前，只有一条弯曲的小路通到山顶，真有“一夫当关，万夫莫开”之险。没有想到，后来这里成了一个办学的圣地。随着建设的不断扩大，道路的修通，护士培训班、电工培训班、外语教师培训班等一系列训练班和学校都搬到了这座山上。虽然没有“百鸡宴”，条件很艰苦，但这里仍然吸引了很多渴望学习知识的年轻人。

女孩到山上报到后才发现，与她一同上山的还有几个女孩子，领导给她们讲，你们是为学校培养的英语教师，公司决定在这里办英语培训班，给你们请来了老师，大家得好好学习，参加“大三线”建设者的孩子们都交给你们了。

没有想到，身上的担子还挺重的！

老师名叫朱耀华，是从炼铁厂调来的大学毕业生，上海人，戴一副近视眼镜，能讲一口流利的英语。

培训班的宿舍是两排席棚，一排是女生住，一排是老师和男生住。由于席棚不够“保密”，容易“漏光”，两个席棚各自隔在两个方向。在两个席棚中间有一只水龙头，是男女共用。每个人早上几点起床，几点洗脸，晚上几点休息，基本上都曝光在公众面前。

朱老师带了一本英语书籍来，复印出来，人手一本作为教材。

朱老师仅比学生们年长几岁，大家都是职工，手心手背一个样，条件简陋，交通不便，学员的外语和其他学科的水平参差不齐，要教好这样一批学生，实非容易之事。除了学习之外，更难的还是管理，虽然是师生关系，但大家都是企业职工，又不能像管理学生一样地批评处罚，只有靠大家自觉。由于学员中女生占大多数，管理起来更加吃力。那时奶糖是人人爱吃的食品，在这大山沟里上哪里买去？后来，女孩们得到“情报”，朱老师有从上海带来的“大白兔”奶糖，下课后就找老师要奶糖。

更叫老师头痛的是，每天早晨有的女孩子到点了不肯起床。席棚子是不隔光的，可以通过竹席间的缝隙看到里面，男老师不便走近去敲门。每到这时，朱老师就会拾起地上的小石块，扔到女生席棚的门上，并在远处一声声地叫喊：“到点了，该起床了！”

朱老师从ABCD开始，一点一点地向大家传授着英语知识。

一个学期就这样过来了。在打了一点基础之后，女孩和同学们被分成两批，前往成都和重庆的大学“深造”。

那是一个炎热的夏天，女孩从四川师范大学“深造”回来，正赶上第一批小学生升入初中，就被“赶着鸭子上架”——教书去了。那上架的“鸭子”有多么艰难啊，自己上午刚学，下午就教学生，这样一步一步地推着往前走。如同在“大三线”爬山，一步一身大汗，每一步都很艰难，有时真想撂了挑子，回到车间里去。可是，“大三线”建设就是一场战斗，号角吹响了，有后退的吗？

就这样，她开始了23年深山教书的教师生涯。

女孩手里拿着那本英语教科书，站在用席棚子围起来的学校里，自己都觉得惊奇，难道真的就成了这些“大三线”孩子们的老师了？在此之前，自己还是一个初中毕业的学生哩！上课铃响了，站在讲台上，看着那些仅比自己小几岁的学生，用一双双渴盼知识的目光看着自己，心里就直发颤。

女孩不断地问着自己，我能给他们什么呢？

是的，除了匆匆培训的那点英语知识之外，女孩觉得自己什么都不懂。

学校举行排球比赛，教师队的人数不够，有老师对她说，你来参加吧。

她说，我不会打排球呀！

几位老师说，我们排球队人数不够，你来充个数站在那里，球来了我们来接就是了。

好吧，女孩就这样参加了人生中的第一次排球赛。

对方的发球手太“叼”，知道她不行，专门朝她的位置发。说好不接球的，眼看着那个圆滚滚的东西从半空中转着过网来了，马上就要落到自己身边，未等别的队员帮助，她捏着拳头冲去，“嘭”的一下将球高高垫起。

那球没有过网，在女孩的头上转动着。

她急了，“怎么还不过去！”于是冲上去，再次用手垫了一下。

“嘟！”裁判的哨声响了。

她傻愣愣地站在球场上：“这是怎么回事？”

球场上的老师给她讲：“犯规了，犯规了。”

嘿，她哪知道这个规矩，那发过来的排球一个人是不能接第二次的。

你看看，连最基本的体育常识都不明白的人，怎么能在中学里当老师！

修建部要举行职工文艺汇演，子弟学校是文化单位，自然不能缺席。音乐老师编了几个舞蹈，但是女演员不够，就叫女孩参加。她说，不会跳舞呀。校长说，年轻人，不会跳就学，谁生来就会，“大三线”哪一件事情是学好了再来做的，不都是形势逼出来的吗？边干边学，音乐老师来教大家。

于是，女孩参加了学校的舞蹈队。

到了演出那天，穿着艳丽的民族服装，还真有点“派头”。

舞台上的灯光由暗转明，学校的舞蹈开始了。观众抱着很大希望，紧盯着舞台。

她个子小排在后面，向台前看了一眼，整个灯光球场都被人挤满了，不免有些紧张。那就跟着舞吧！她从未在这么大的舞台上“蹦跶”过，由于跳得投入，别的演员都退场了也浑然不知，跳了一会儿一看，怎么台上一个人也没有了？心怦怦地跳起来，急忙转身，一边跳着一边退场。

效果奇特，台下竟爆发出热烈的掌声。

女孩自己明白，连最基本的舞台知识都不知道，这个中学老师还怎么当！

更严峻的形势接着逼来。

随着时间的增长，新一批有着大学毕业文凭的教师从外面引进来了，当年女孩她们这支临时“整编”起来的教师队伍，已经完成了“过渡时期”的任务，面临着被淘汰的危险，有的已经被淘汰了。

“大三线”的教育有了新的发展，但对于女孩她们这批在危难之时勇敢冲上教育阵地的人来说，面临极不公平的选择，是前进还是后退，是冲锋还是“激流勇退”？

严酷的现实毫不留情地摆在她面前。

她选择了勇敢，选择了前进，选择了“大三线”人顽强不屈的创业精神，开始一点一点地努力。

好在这时她找到了一个好帮手，一个来自南方的年轻人，每天下班后，他就找来数学、地理、历史、语文（重点讲古文）等等课本，从中学时代应该掌握的知识，一点一点进行讲解。哎，有时那个年轻人看着她睁着大眼睛的样子就问，听懂了吗？她总是摇着头说，不明白。是呀，一个初中生——那个年月的初中生，没有教科书，整天读的、背的就是唯一的一本“宝书”，现在面对如山如海的知识，有什么办法！

那时，这个女孩有多难呀！

你知道“山顶洞人”吗？从上海到法国里昂（不乘飞机）如何走？文言文中的“故”有多少种解释？阿基米德定律是什么？门捷列夫元素周期表能背吗？勾股定理这个简单的几何原理明白吗？最简单的一元二次方程如何解？解析几何的主要内容有哪些……天啦，这么一大堆知识，以前听都没有听说过，很多字都不认识，怎么学？

那个帮助她的年轻人鼓励说，没有关系，一天一点，慢慢来，书山有路勤为径。

他对那个女孩说，可以帮助她，与她一起携手前进。

这是怎样艰难的跋涉啊，整整的23年里，她一边教学，一边自学，他携着她的手，共同向着那座高不可攀的顶峰攀登。

有时真的很累啊，真想坐下来休息一会。沸腾的“大三线”建设日夜都在吹响着奋进的号角，冲锋号一响，有向后退的人吗？

他拉着她的手，大声地鼓励："来，再往前走！"

就这样，女孩终于通过了大学英语函授的入学考试，最后取得了大学英语专业那本发烫的红本。

她的学生，多少年后又回到这所学校，跟她成了同事。

没有惊天动地的壮举，没有参加任何高尖科技的攻关，更没有在喧腾的工地挥汗如雨，但她同样是"大三线"建设这部英雄交响曲中一支悠远动听的生命之歌。

在荒芜的大山里，知识之花灿烂开放。

这就是一个"大三线"女孩的故事。

这个女孩是谁？她就是那个奔赴"大三线"的"超龄青年"曹国宽师傅的二女儿。

令这个女孩没有想到的是，她爱上了一个来自南方的青年人——那个辅导她学习的人。

那个人是谁？

别问了，那个人就是我。

2. 采样工的梦

我站在西南航空公司成都售票处的窗口，将脑袋凑近那个小小的圆洞，里面的女售票员头也不抬地问："买票吗？"

我被她轻柔的四川口音吸引。不，应该说是成都口音，因为成都口音相比四川其他地方的口音要"软"，特别适合女性，听起来很舒服。在"大三线"这么多年，与很多来自成都的女孩打过交道，她们纯朴、爽直、不畏困难，给我留下了很好的印象。

可是，这个售票员却让我有些不舒服。是呀，那时能坐飞机的，大都是"首长"，由秘书或警卫员来取票。这些取票的人要么直接进了里面的办公室，要么站在窗口外面，很有礼貌地递上介绍信购票，哪有我这样一个毛头小伙子，竟把头探进窗口里面来了？

我说："不买票。"

她仍然不抬头，冲着我说："不买票你把头探进来做什么？"

是呀，问得有理。

我急忙说："我来问一下，有没有到北京的机票？"

成都是什么地方？天府之国的"都城"，"大三线"建设的轴心，成昆铁路通车之前，唯一能够进川的宝成铁路交汇地。芙蓉花开，沃野千里，当年老杜（杜甫）同志不远千里跑到这里，在浣花溪还自费盖了座小茅屋哩；薛涛女士比老杜阔气，时常用"公款"待客，登临望江楼吟诗；刘玄德虽然卖过草鞋，但终于在此宝地称雄一方；诸葛亮虽五丈原归天，但武侯祠却让他名存千古……成都人见多识广，更何况守着南来北往飞机的民航售票员，见到的、听到的，那就更不用说了。一看我就是一个从山沟里出来的“土包子”，从来没有坐过飞机，竟来问这种“没档次”的问题。

她还是不抬头，用成都话回答我说：“你自己看舍（啊），班次都写在外面板板（黑板）上的吔。”

我有些不悦，就用成都话回她说：“我没得文化吔，看不懂舍（啊）。”

她觉得我这个人很有意思，刚才说的普通话，现在又说成都话，一个连板板上的航班都看不明白的人，还想坐飞机？就抬起头来看看我，问：“你要哪天的机票？”

我说：“最近的是哪天？”

她说：“星期三。”

我问：“什么机型？”

这句话让这位漂亮的川妹子一惊，用眼睛盯着我看了好久，那目光仿佛在说，一个“土包子”，竟然还知道问“机型”。

她说：“三叉戟。”

我一听高兴了，问她：“是不是林彪他们乘的那种三叉戟？”

她说：“你这人真怪，三叉戟就是三叉戟，问那么多做什么？怎么一下子想到哪里去了，我们的飞机是要保证乘客安全的。”

我说：“好，我就买‘三叉戟’那一班去北京的机票。”

她说：“证明！钱！”

我惊住了，问：“什么证明？我去北京学习。”

她笑了，那完全是在笑我的无知啊！

她说：“飞机不是火车，那是在天上飞的东西，不是你想坐就坐的呀，你是好人还是坏人，谁知道？打证明来，没有证明买不到机票。”

我说：“我单位很远，在‘大三线’的山沟里，怎么办？”

她说：“我有什么办法，没有证明就不能卖票，这是有规定的。”

这“大三线”人上一趟北京也真不容易，好不容易领导同意我坐一次飞机——这是我人生第一次有机会坐飞机，同时坐的是与那个家喻户晓的“大人物”一样的机型，心里兴奋得很。但这里却买不到票，要我回去开证明，这开的什么玩笑。那里不是成都，四分钱公交车票可以满城跑，那是千山万水之外的大山沟，这不把人折腾得累死啊！

眼看着离北京学习报到的时间很近了，没有别的办法，那就坐火车的硬座吧，反正年轻，坐个两天一夜也没事。

她看我的样子很可怜，就说："这样吧，你在成都有认识的单位吗？让他们给你开个证明来也行。"

说完，她又补充一句："街道、旅馆的那些证明不要拿来啊，我们这里最低得出具县团级以上的证明才能买票的哟！"

一种好奇和兴奋，使我下了决心，不怕"牺牲"，一定要坐一次"大人物"跌下去的那种机型，山沟里的人也要感受一下现代化。

我找到四川省总工会宣教部，因为这次到北京全总干校文学讲习班学习，是他们决定后通知到我所在单位的。我不是他们单位的工作人员，他们会不会为我出这个证明呢？

那是20世纪70年代后期，工人出身的作家蒋子龙等风头正盛，工矿企业出来的作家成为全国文学创作突起的一支生力军。1980年11月，北京秋高气爽，全国总工会宣教部决定举办一期全国工人作家讲习班——这是中华人民共和国成立以来至今为止全国唯一的一次工人作家讲习班，意在提升工人作家的素质和创作水平，壮大工人作家队伍。

四川省总工会经过研究，从全省的工人作家中选出四名，成都两名：老侯（量具刃具厂）、老王，自贡一名，加上来自"大三线"的我，组成了一支工人文学创作的"川军"，北上受训。

我作为渡口市唯一的一名工人作家参加这次讲习班，领导很高兴，开会就讲"我们'大三线'不但出钢材，出原子弹，出人造卫星，出科学家，出工程师，出优秀的技术工人，也要出文学创作的人才，要出我们'大三线'自己的作家，将来把我们这代人都写出来！"临出发前，还特意关照我，这次可以坐飞机去北京。

那时，出差乘交通工具是讲级别的，坐飞机要县处级以上的领导才能报销，我一个工人，能得到这样的待遇，深感知遇之恩，心中暗暗地下定决心，这辈子，一定要为中国的“大三线”建设写一部厚重的著作，留给历史，留给未来——当然，这得看我在“大三线”沉下去的深度以及自身的才华。

证明很快开到，被时代蒙上了一层神秘色彩的三叉戟飞机，带着我这个来自“山沟”里的“土包子”飞向北京。

讲习班在位于马神庙的全国总工会干部学校（全总干校）里，全总宣教部工作人员刘友遂、周茜热情地接待我们。全总主席倪志福两次来看望大家，并亲自给我们上了一堂课，专门讲当时的国际国内形势。

讲习班主要是请吴祖光等有创作经验的名家上课，好像没有请过大学教授。授课老师都是高山上滚石头——石（实）打石（实），讲的全是干货，非常实用。

这是一次全国工人文学创作队伍的大会师，大发动，大学习，大交流。学员来自石油、冶金（钢铁）、电子、航空航天、兵器、核工业、造船等各个行业，一有时间，大家交流作品，相互鼓励，经常“闹腾”到深夜。

《工人日报》文艺副刊和工人出版社的编辑，几乎是每天跟大家“泡”在一起，除了听课之外，就是向大家约稿、组稿。

有一天，工人出版社的文学编辑叶梅珂老师找到我，希望我写点“大三线”建设的作品，散文、诗歌都可以，他们想在这期讲习班结束后编一本集子，别的都齐了，就差“大三线”建设方面的了。

我问她，什么时候要稿子。

她说，最好明天，因为时间紧，稿子不要太长。

关于这次给学员们出合集的事，叶老师早已在班里讲过多次，我总认为时间还来得及，也没有动笔，加之从山沟来到北京，有点贪玩，老侯经常带我们这支“川军”到颐和园去喝啤酒，也就没把稿子的事放在心上。这下我急了，明天，就这点时间，我能写点什么？

夜晚，躺在床上，怎么也睡不着。

参加“大三线”建设以来所遇到的人和事，一件一件地从我的眼前掠过。

那是一个周末的早晨，我决定要到矿山去一趟，主要是想了解一下，在当时连公路都没有的情况下，是如何将这些沉甸甸的矿石运送出去的。

矿山在瓜子坪，到那里必须爬山。十月的天气，在外地已是秋高气爽的季节，而这里仍然是烈日炎炎，如同火焰一般地烤着大地，加之去矿山的路，根本没有多少植被，全是一块一块铁锈色的岩石，太阳光照在上面，将石头烤得发烫。

我来到事先约好的那间席棚子里，里面坐着几个人，负责联系的一个朋友告诉我，这些都是当年参加过运送矿石的工人，他们知道当时的事情，于是，我们开始聊起来。

那是1958年的初春时节，这里满山的攀枝花已经开了。他们接到上级命令，要进入金沙江畔的荒山野岭去采矿，并将这些矿石运出去，再用汽车送到成都，装上火车，送到很远很远的地方去进行试验。

我问他们，知不知道那个很远很远的地方是什么地方。大家都摇着头说，不知道。

那时进山是多么艰苦啊，一片荒山，没有人烟，吃水得从山顶跑到山下的金沙江去挑，有时一挑水眼看着已挑到“家”了，不小心一块石头绊了脚，一下子人仰桶翻，半天的劳动就算白费了。

更恐怖的还是狼，满山遍野的狼，到了晚上，它们就围着你的帐篷转，怎么赶也赶不完，这批赶走了，那批又来了。夜晚，那些狼眼都闪着绿光，在荒山上四处闪射。每到这时，就只能对空鸣枪。

我问，为什么不对狼群开枪。

他们笑着说，不能开枪啊，狼太多了，狼不是虎，狼是个群居动物，像现在这样偶尔出现一两只，那是没有关系的，你开枪打就是了。可那时太多了啊，你不能打，也不敢打，你打死一只，其他的狼就会集合起来报复你，不断地向你扑来，除了用冲锋枪扫射，别的都没有办法。

有人曾被狼袭击，有人曾被咬伤，幸好都没有生命危险。

在这片天空下，采样工们小心翼翼地与狼共存。

每人发了一只安全帽，那是用铝做成的，跟石油工人戴的一个样。没有厨房，煮饭就是用三块石头架一口锅，带来的两口锅后来不知怎么烧坏了，煮饭就只得用安全帽，在帽子边上打几个洞，用根铁丝拴着，再找来几根粗木棍子，架成三角形，将安全帽挂在上面煮饭或烧开水——因为金沙江的生水是不能喝的，喝了就会拉痢疾，几天下来，人就完了。

一筐一筐的矿石，通过人工挖掘出来，他们就靠人背肩扛，将这些矿石运下山，装进江边的几只小船，由小船运到外面的公路，用汽车运到有铁路的成都，再从成都运往远方。

那时候真是太苦了，太苦了啊！可是，没有一个人叫苦，没有一个人叫累，没有一个人当逃兵，大家硬是咬着牙，坚持着将一筐一筐的矿石背着、扛着送到山下。

有人吸了口香烟，慢慢地吐了出来，烟雾便轻轻地在屋子里飘散。

我问，为什么要这样。

他们说，这矿石是国家急需的呀，什么事大？国家的事就是大事，点上了我们，我们就不能后退，这就像打仗一样，人人都不往前冲，怎么能获得胜利，怎么能有现在这样热气腾腾的"大三线"建设。

这些默默无闻的采样工，平凡得就像这满山遍野的矿石，但正是他们，在这片旷古无人的野岭"与狼共舞"，将汗水洒在矿山，才给这里带来了沸腾的生活，给一个国家带来了富强，他们逝去的青春，将化作满山遍野的灯火和飞溅的铁流钢花……

我想到这里，不由热血沸腾，一下子从床上跳下来，拉亮了屋子里的电灯。

同室的文友来自云南个旧锡矿，他问："你怎么啦，来了灵感？"

我说："是的。"

他说："赶快，不然睡一觉就没了。"

于是，我坐在床前，打开笔记本，匆匆写了一首诗。稿子交给叶老师后，很快便在《工人日报》上发表了：

采样工的梦

最后一片晚霞从山尖隐退，

荒坡上燃起了熊熊的火堆。

劳碌的采样工回来了，

火堆上又吊起了那只铝盔。

突突突，米在铝盔里跳跃，
咕咕咕，水在铝盔里滚沸。
三根木棒吊口“锅”，
煮熟的米饭喷香味。

折两根树枝当筷子，
舀半盏山泉味醇美。
山风赶走了一天的疲劳，
头枕着铝盔呼呼入睡。

铝盔啊，采样工生活的伴侣，
甜蜜的梦总和它伴随。
亲爱的祖国在晨光中前进，
向着未来将铝盔猛挥！

3. 他从远方归来

走过几条铁道，翻过一个小坡，就见到了攀钢轨梁厂。

我轻车熟路地走到二楼的总工程师办公室，轻轻叩响房门。

这时，走过来一位女士，她问我是不是找林总工程师。

我说："是的。"

她问我："你事先约过吗？"

我说："我是公司党委宣传部的，采访林总从来都不用约的，也从不耽误他做事，来了跟着他上班就是了。"

她告诉我："林总最近不在厂里。"

我问她："林总现在在什么地方？"

她说不知道，让我到办公室去问一下。

我要找的这位林总，是我跟踪多年的采访对象。

我在攀枝花钢铁公司党委宣传部新闻科、文艺科以及报社工作时，曾确定过几位常年跟踪采访的对像，在这些人中，有一位中国著名的轧钢专家，他的名字叫林健椿。

他当时在轨梁厂担任总工程师，瘦高个子，戴一副近视眼镜，身上经常穿着一套轧钢工人的工作服。我的采访也很特别，什么话也不说，就跟着他在车间里转，看着他处理各种复杂的技术问题，跟着他走进轧机的操作室，看他指挥工人操作轧机，再跟着他一同去会议室，看他如何开会，如何与下面的车间主任和班组长交待某种钢材轧制的要领，再跟着他一同走进食堂，各自手中捧着一只大碗，跟工人们一起排队打饭领菜，最后向他要几个轧材的数字，跟他挥挥手就算是采访结束了。

林健椿喜欢我这种采访——不过多打扰，稿子写好后交给他看一看，改几个不准确的数字或词语，就算通过了。

他此时在什么地方呢?

巴黎郊外的戴高乐机场，一架银色的大型客机冲出跑道，腾上蔚蓝的晴空。

他——第一个以轧钢专家的身份，登上国际钢轨标准会议讲坛的中国人，正坐在这架开往北京的班机里。前几天，在那座充满典型欧洲特色的椭圆形大厅里，他曾以洪亮的声音向来自世界各国的专家和学者，宣读自己在轧钢孔型设计方面的科学研究成果。他的发言被阵阵掌声打断。

阳光在机翼上闪射着耀眼的银光，一团团乳白色的云朵，像海涛一般相互推拥着，撞击着……

他想起了乌克兰，因为乌克兰的冬天是寒冷的。

夏日里万紫千红的大平原，变成了白茫茫的一片，北顿涅茨河失去了昔日的粗犷和奔放，在严寒中轻轻地喘息。寒风饿狼般呼号着，从空旷的原野扑进被称作工程师摇篮的哈尔科夫工学院，把天上的雪花和地上的雪花搅在一起，眼前是一片混沌、迷茫。

下课的铃声刚响，一群充满青春活力的大学生涌出教室。风雪中有人在喊："哎呀，中国太贫穷，太落后了!"

走在前面的一位中国留学生停住脚步，转过头去："什么?"

"我是说你们中国怎么这么贫穷落后。"苏联学生将手中那本厚厚的《各国概况》举起来，傲慢地晃了晃。

这位中国学生就是林健椿，1955年以优异成绩毕业于上海育才中学，成为中华人民共和国成立以来第二批奔赴苏联的留学生。只见他推了推鼻梁上的眼镜，很不服气地说："我们中国的橘子，比你们的大得多!"

"橘子大顶什么用，工业，你们的工业!"

林健椿的热血一下子激烈地奔涌起来。他不甘示弱，用手举起祖国生产的铱金钢笔："铱，你们现在有吗? 你们生产的钢笔尖上，连一点铱也没有，写字都不好写。不信，我们比比看!"

“对，比一比！”几位中国留学生挤进人群，为自己的同胞助威。

比赛开始了。林健椿那支金星牌铱金钢笔，笔尖上那小米粒大的铱金，闪射着自豪的银光。他在走廊旁边的小桌子上铺开一张白纸，流利地写下了几行俄文。

苏联学生那支又粗又笨的钢笔，在纸上刚写了几个字母，刮得纸沙沙直响，一下戳了个窟窿。

围观的同学一阵大笑。

那个苏联学生恼怒了，大声吼起来：“铱，我们不稀罕！我们的钢铁比你们多得多，钢材的品种，中国少得可怜……老师讲的难道你忘了吗？”

这是林健椿一辈子也忘不了的。在捷尔任斯克钢铁厂实习的那天早晨，看到那巨人般挺立的轧机，林健椿激动地走到老师面前：“老师，让我到操作室亲手轧一根钢材吧。”

老师摇着头说：“你们中国的同学，看一下就行了。”

“这叫什么实习，不如说是参观。”林健椿嘟囔着。

老师摇摇头：“因为你们还没有这种轧机，学了回去也无用。”

林健椿那股不服输的犟劲又上来了：“老师，将来我们会有的呀！”

走出轰鸣的轧钢车间，老师摘下厂门前杨树上的一片叶子，在手中不停地玩弄着，将高高的鼻子向上翘了翘：“今天轧的是一种难度极大的310乙字钢，目前世界上只有几个国家能够生产。从世界钢材生产的发展史来看，中国嘛，你们回去也许得搞30年。”

30年？多么遥远啊！林健椿气得浑身冒火。

他一把拉下头上的皮帽，针锋相对地回答：“30年？我不信！”

春天是播种的季节。

富饶美丽的辽南平原上，冰雪初化的池塘，像少女的眼睛，清澈而迷人；钻天的白杨舒展开手臂，尽情地萌发着新芽。在绿叶掩映的鲜花丛中，爱神迈着轻轻的脚步，悄悄地向林健椿走来了。

这是一位走出大学校门不久的姑娘。端庄而秀气的脸盘，一双大眼睛总是笑眯眯的。第一次约会，在公园里那座精巧的假山后面。柳枝轻拂着绿色的秀发，穿着花裙子的彩蝶在花丛中飞来飞去，甜丝丝的春风，把人的心都吹得有几分醉意。姑娘看了一眼林健椿那身皱巴巴的衣服，转过脸去忍不住偷偷地笑了。

“我……我家庭负担很重，爸爸妈妈年老了，两个弟弟正在上学。”林健椿笨拙地解释着。

姑娘止住了笑，轻声地埋怨他：“事业上的勇士，爱情上的傻瓜。”

姑娘的埋怨是有根据的。

1959 年 7 月，从国外留学归来的林健椿，当知道南京长江大桥建设需要的合金角钢，准备在鞍钢设计试轧时，就毅然放弃了回上海来到这里。为了轧出这种钢材，他奇迹般地在轧机旁站了 30 多个小时，对轧机进行调试。当隆隆的轧机轧出通红的合金角钢时，他只觉得胸口闷得慌，一口鲜血从嘴里吐了出来。带着体温的殷红的血，渐渐地、渐渐地浸进了脚下这片古老的土地……

后来，姑娘来到林健椿住的那间单身宿舍。正在埋头修改草图的林健椿急忙起来让座。谁知不小心，一脚踢在床边的洗脸盆上，脸盆滑到了姑娘的脚下。

细心的姑娘立刻发现，这是怎样的一只脸盆呀，周围的搪瓷早已脱落，漏了的盆底上塞上了一团棉花。

“坐，坐。”林健椿一边用手去理那皱头皱脑的床单，一边不好意思地将那个洗脸盆塞到床底下。

姑娘端详起这张床来：被子胡乱地“卷”成一堆，床单像刚从腌菜缸里拿出来似的，薄薄的枕头下，乱七八糟地放满了书。

姑娘用手在枕头上压了压：“这不硌头吗？”

林健椿十分认真地摇摇头：“习惯了，一点也不硌。”

“真呆！”姑娘心里暗暗想着。当她的视线从床上慢慢移向那张堆满书籍的桌子，看到那张我国急需的港口钢桩设计草图时，姑娘把一束目光投向林健椿：理解、钦佩、含情脉脉……

美丽而可爱的姑娘决定嫁给他，这该是多么幸福啊！可是林健椿却结结巴巴地说：“不，不……”

心中情思绵绵，可惜春风不度，姑娘的脸羞得通红：“难道你这个书呆子看不上我？”

“我……我是不提工程师不结婚。”

“嗨——”姑娘长长地松了一口气。

林健椿29岁这年，被厂里提为工程师，他们结婚了。小俩口一起回到上海，走进了一家大商店，妻子看了看林健椿脚上那双开口的布鞋，向旁边卖鞋的柜台走去。

“健椿，来试试看。”

妻子拿着鞋喊了两声，身后一点动静也没有。

卖鞋的售货员只顾捂着嘴笑。妻子回头一看，连个人影都没有。

妻子在商店门前站了站，凭着昔日的经验，直奔对面的新华书店。

这时林健椿正像得了宝贝一样地捧着几本国外港口钢桩轧制工艺的书，正在书柜前翻看着。

妻子又好气又好笑，用食指在他额前重重地点了一下：“你呀！”

林健椿一愣，镜片后面的一对眼睛瞪得大大的。婚前他正忙着试轧建设塘沽新港急需用的港口钢桩。这种钢桩轧制难度大，从国外进口价格昂贵，林健椿现在正被各种技术上的困难包围着。他歉意地朝妻子点点头，兴奋地说：“这几本书我找了好几个地方。我想用婚假这段时间把它们看完，把几个技术难点再攻一攻。不能叫国家把那么多钱，扔进外国人的腰包。”

当港口钢桩轧成功时，记者问林健椿是如何解决技术难关的，他十分认真地说：“这，这得感谢结婚……”把记者逗得哈哈大笑。

挂在柳梢上的月亮，慢慢地滑向烈士山后面，鞍山车站那高大的门楼，沐浴在一片金色的朝晖里。

林健椿急忙从床上翻起身来，习惯地去穿那件工作服。妻子一把拉住他：“真呆，医生说你劳累过度，得了肺结核病，不是让你休息一个月吗？”

林健椿笑了笑：“我去厂里转一转就回来。”

这一“转”，直到晚上电灯亮了才回家。他像一个做错事的孩子，悄悄地推开房门，轻手轻脚地走了进去。

妻子生气地背转身，看也不看他一眼。

他毕竟太劳累了，刚一坐下就咳嗽。妻子的心被那一声声的咳嗽牵动着，忙转过身来。

原来，林健椿在热浪蒸腾的轧机前检查钢材轧制的时候，没有抹防护油，脸被灼人的热浪烤伤。白净的脸盘子，变得红一块紫一块的。

妻子心疼地哭了起来。

林健椿笑着给妻子解释："这点伤会好的，要是试轧球扁钢出了问题，给国家造成损失，那是无法补偿的呀！"

"球扁钢，球扁钢，军工生产急需球扁钢，但国外那家公司无理撕毁合同，不给发货。"几个月前，一位工程师来找林健椿时，脸色气得铁青。

强烈的责任感，使林健椿不能自制了，他握住那位工程师的手说："中国有句古话：'亲戚有，朋友有，不如自己有。'讨来的饭怎么能填饱肚子？为中国人争口气，我们自己干吧！"

为了尽快拿出草图，业余时间，他全部扎进了家里。这是怎样的一个"家"呀！结婚两年多了，他还借住在别人的地下室里，地上潮湿得像刚下过雨，墙头上长满了绿色的青苔，黑洞洞的，终日不见阳光，一阵阵霉味直刺鼻孔……就在这个"家"里，一份份资料查出来了，一张张草图画好了。

数月之后，石破天惊，鞍钢轧出了球扁钢！

国外的公司震惊了，要求恢复合同。我们的外贸部门自豪地回答说："不要了，我们自己有！"

妻子挥舞着手中的画报，高兴地向他跑来，说："健椿，你上画报啦！"

轧机轰鸣，金花飞溅，操作台下，通红的钢材映着他倔强的面容。他手里紧紧地捏着一张图纸，在这铁和钢汇聚的世界中，宛如一尊粗犷的雕塑。

"可惜，你的名字给印错了，林健椿印成了林健椿。"妻子遗憾地说。

林健椿推了推鼻梁上的眼镜，靠近画报，看着照片下面自己的名字，高兴地咧开嘴笑了："为祖国轧钢材哪是为了图个人名声，印错了更好！"

精神空虚的人，往往疯狂追求个人的物质享受；充满理想的人，却乐于在艰难中拼搏。听说千里之外万山丛中攀钢的轨梁厂，即将设计生产难度较大而国家又急需的大型宽腿工字钢，这就像有一块巨大的磁石，把林健椿的心吸引住了。

在新分的楼房里，妻子深情地望着他："健椿，别走吧，我们结婚五年了，好不容易分得这间房子，建起这个温暖的家。"

他推了推鼻梁上的眼镜，依恋地看了看这个家。屋子里到处堆满了放东西的纸箱，连一把像样的椅子也没有。但是新刷的墙壁白得像乳白色的奶油，阳光从玻璃窗外射进来，照在被妻子擦洗得锃亮的水泥地板上，闪着一束束迷人的光环。正是这简陋、朴实的一切，才格外地使他感到幸福、留恋。他不敢看妻子那双眼睛，只觉得鼻尖有点发酸。

林健椿和他的妻子都知道，他要去的那个地方，是三国时期诸葛亮七擒孟获之地。20 世纪 30 年代，几位法国传教士骑着毛驴到那里"寻宝"，终因山高水险，困死在荒凉的群山之中。听说那里"鸡蛋放在石头上都会烤熟"……

林健椿望着桌上那捆俄文书籍。发黄的书面，在眼前变幻着、变幻着……那是什么地方？是苏联的哈尔科夫工学院。自己是在跟谁争论？……

他猛地一把抓住妻子："让我走吧，别人有的，我们国家也应该有呀！"

妻子紧咬着薄薄的嘴唇，不再劝他了。她知道，再劝也是无用的，她太了解自己的丈夫了。夫妻俩就这样久久地对望着，谁也不说一句话，但都从对方的眼睛里，看到一种支持和信任的力量。

临行的前一夜，林健椿走到床前，恋恋不舍地望着熟睡的孩子，胖乎乎的小脸蛋，真像一个红红的苹果。他情不自禁地俯下身去用手摸了摸孩子细嫩的脸。孩子很不舒服地蹬了两下小腿，吓得他急忙将手缩了回去。

妻子抽泣着，走过去亲昵地依偎着他，深情地说："放心去吧，我再苦再累也要把孩子带好。"

像审查完一张十分满意的新钢种图纸，林健椿推了推鼻梁上的眼镜，幸福地笑了。

月亮悄悄地躲进了云层，阳台上带着露水的鲜花，正散发着阵阵清香；窗前的绿树，在夜风中翩翩舞蹈，多么温馨而又缠绵的夜啊！

傍晚，橘黄色的太阳沉下了群山，碧绿的金沙江水，变成了一条墨蓝色的带子。有人急急忙忙给林健椿送来一份电报。林健椿打开一看，心一下子提到了嗓子眼上："妻病住院。"

电报是妻子的单位发来的。1975年2月4日海城发生地震，波及邻近的鞍山，妻子抱着孩子，站在零下20多度的雪地里，10个多小时没有吃一口东西。她那瘦弱的身子，在风雪中不停地颤抖……

电报单在林健椿的手中微微颤抖着，像受惊的蜜蜂颤抖着薄薄的双翅。他觉得自己没有尽到一个丈夫和父亲的责任。他多么想立即"飞"到妻子身边，为她熬药、洗衣、煮饭……可现在又怎么能离开呢？

在林健椿的办公桌上，放着一张即将试轧的19号槽帮钢设计图纸。这种极其复杂的异型钢材，在发展我国的煤矿工业中十分重要。有的钢厂试轧了三年，一直没有成功。有关部门急了，准备从国外进口，但外商却向我们要50万美金的试轧费。

林健椿操起带着浓重的上海腔的普通话，气愤地说："明明是欺负人嘛，已经成批生产了，为什么还要试轧费？这简直是敲竹杠。"

欺负也罢，敲诈也罢，人家外商却不买账："有本事你轧一段给我看看。"

这是欺我神州无人啊！

林健椿站出来了。他同有关单位谈妥，如果在1977年7月底轧不出来，那时再进口也不迟。

多少年生活的风雨，把他的性格磨炼成了一块硬钢，压不弯，砸不烂。他咬咬牙，将那张电报单塞进了衣兜。

有人好心劝他："从国外进口就进口吧，花的又不是你的钱。要是这次轧不成功，报废一根轧辊就是几十万元，你就全完啦。"

一句话触痛了林健椿心中的"伤疤"。

他苦笑着摇摇头，独自朝厂房外走去。

耳边没有了隆隆的轧机声，灼热通红的钢材看不见了，脑海里浮现的是桌上铺着绿色塑料台布的会议室，和一张张严肃的面孔。

这是林健椿第三次参加讨论他入党问题的支部大会，第一次是1960年，党支部讨论他入党问题时，有人说："知识分子中暂时不发展。""暂时"两个字，使林健椿等了10多年。第二次有人提出他一个亲戚有历史问题，得"调查调查"。这一"调查"又是两年。第三次讨论，两种意见争论很激烈，主持人只好宣布休会。

我的天啦，这个会竟休了730多天！

现在正是"休会"时期，好心的人怎不为他担心呢？

厂房外，不知从哪传来了国歌的乐曲。多么雄壮，多么鼓舞人心！林健椿不觉想起出国留学的那一天，在首都车站的月台上，军乐队也是奏着国歌给他们送行的。有关领导告诉他们："你们花的都是外汇，每月费用相当于国内培养10个大学生，祖国寄希望于你们。"

羊有跪乳之恩，儿恋母哺养之情。一种强烈的民族自强心，像奔腾的黄河，如汹涌的长江，猛烈地在他的心中撞击着，腾起阵阵澎湃的浪潮。林健椿决心破釜沉舟，背水一战。

林健椿同他的合作者们，经过四个多月的试轧准备后，7月1日在攀钢轨梁厂开机试轧，一次就成功啦！

鞭炮响起来了，锣鼓敲起来了，送饭的炊事员高兴得将手中的饭勺都扔上了天空。

一位日本专家，从遥远的北海道寄来了热情的祝贺信。

国外报纸对此大加评论："中国还是有人才，中国未来的路宽得很。"

林健椿的脸上，却没有一丝笑容！

他刚才得到一个消息，有关部门已同外商订立了合同，19号槽帮钢统统从国外进口。

"不是说好等到7月底吗？"

"人家怕你轧不出来呀，现在这年月，别人相信你我，还是相信外国人？"

"合同订了几年？"

“三年。”

“这不是捧着金饭碗去要饭吗？”林健椿站起来，独自朝金沙江畔走去。只见山峦重叠，云海茫茫，奔腾不羁的金沙江水，掀起堆堆浪花，呼啸着，奔涌着，发出阵阵裂岸的涛声……

林健椿现在的每一根神经，都紧紧连着我国盼了20多年的310乙字钢。这是制造机车不可缺少的材料，过去全部依靠进口。这种不对称型钢材，在国际上标志着一个国家的轧钢技术水平，目前是拿着巨额的外汇，别人也不肯卖。形势把我们的机车生产，逼到了濒临绝境的悬崖。

在与国外的技术竞争中一贯勇猛骄骁的林健椿，经过数年的研究后，现在满怀信心地要攻下轧310乙字钢这个尖端技术。他要用自己的热血和智慧，让祖国的列车绝处逢生，驶向一个柳暗花明的新天地。

不久，他把妻子和孩子迁到渡口这个山沟沟来了，但他却匆匆忙忙赶到上海去考查310乙字钢的试轧情况。

江南的梅雨季节，雨像断线的珠子，从深墨色的天空滴滴答答地落在春水盈盈的池塘里，落在浓密的、浅青色的树叶上，敲着座座农舍青青的、鱼鳞似的瓦片。工作完后，林健椿决定抽半天时间回老家去看看。

他撑着雨伞，冒着大雨，走进那条印满自己童年和少年时代足迹的弄堂。当踩着嘎吱嘎吱响的楼梯走上二楼时，不觉呆住了：

屋里同外面一个样，也在滴滴答答下着雨，楼板上摆满了盛水的脸盆和茶缸。年迈的老母亲戴着一顶草帽，来回不停地向窗外倒水。她那双患有风湿性关节炎的腿，一拐一拐地走得多么吃力呀！父亲的头发已经全白了，像一层初冬的白霜，紧紧覆盖着头顶，坐在床前不住地咳嗽……

林健椿只觉一阵心酸：儿子离膝远行了，老人生活得如此艰难！

老人看见归来的儿子，深陷的眼窝里流下了浑浊的泪水。父亲告诉林健椿，每天一早，母亲得到楼下去排队倒马桶。有次不注意，马桶和她一起摔倒在地上。母亲对他说，每次都是年老的父亲去排队买煤，有次在石子路上一下滑倒了，还是过路的小学生将他扶回家来。

林健椿觉得心里隐隐作痛，多么想在家里多住几天，帮老人买好煤，修好房，尽到一个做儿子的责任啊！

他的眼里盈满了泪花。奇怪，飘飘洒洒的梅雨，不知什么时候变成了纷纷扬扬的雪花，盖满了那尖屋顶的教室，还有那金黄色的卷发，高傲的眼睛，铱金笔晃动……“310 乙字钢，你们回去也许得搞 30 年……”

离开那里快 20 个年头了。林健椿平坦舒展的前额，已爬上了几条浅浅的皱纹。难道轧这种钢材，非得整整 30 年？那么我们的机车呢，能再等下去？林健椿眨眨眼睛，眼前仍然是风雨的世界，小屋仿佛是风雨中随时都会被击垮的小舟。

他伸手摸了摸衣袋里的那张火车票，仿佛又触到了那一根根闪着蓝光的沉甸甸的钢材。林健椿早已把自己的青春、爱情、希望和理想，统统交给了它们。他愿陪着它们一起欢乐，一起流泪，一起饱尝人生的酸甜苦辣。啊，钢材，你蕴含着沉着、坚实的力量，将到荒原去竖起井架，将到江河去架起铁桥，将去撑起共和国工业化的脊梁！

老人是了解自己儿子的。他们站在那间木板房的屋檐下，向匆匆而来又匆匆而去的儿子挥手告别。儿子的眼圈已是红红的，薄薄的嘴唇动了好几次，却始终没有说出一句话来。

林健椿冒着大雨走了。他不敢回头看一眼两位可怜的老人，只觉得脸上湿润润的，分不清是雨水还是泪水。

“外国人的钱，也开始流进中国人的腰包了。”林健椿看着那些争先恐后来攀钢签订购买钢材合同的外商，开心地笑起来了。

他兴奋极了，连夜赶绘着 310 乙字钢的草图。这天，他拿着草图，高兴地推开自家的房门。怎么回事？被子胡乱地拖到椅子上，枕头搁在地上当沙发，墙上、地板上、床单上抹满了孩子流的鼻血。两个孩子委屈地扑进他的怀里。

林健椿紧紧搂住两个孩子。

为了尽快设计出 310 乙字钢的草图，他几次忘了给躺在医院病床上的妻子送饭。

给孩子留下中午的馒头，将他们锁在家，自己在厂里面的图纸前，一坐就是10多个小时。

他揭开锅盖，用鼻子闻了闻里面的馒头，好大一股馊味。

普天下的父母，谁不爱自己的孩子？先上一趟街吧，给孩子们买一斤肉，煮一顿香喷喷的肉汤。不行，不行，那得花半个小时。那么先给他们洗个澡，只要十分钟就够了。林健椿下意识地看了下手腕上的表，突然“哎哟”一声，吓得两个孩子直对着他发愣。

林健椿曾约一位老工人，说下班后将那张草图送去，请他提提意见。现在约定的时间已到，他急忙蹲下身子，像对待大人一样拍着孩子细嫩的肩：“妈妈病了，你们更要听话，等爸爸有空，一定给你们买好吃的。”说完就匆匆地走了。

春节的食品是最多、最好吃的，孩子们真高兴。但爸爸怎么还不回来？

在千家万户的鞭炮声和欢笑声中，林健椿正端着碗，走进四川眉山车辆厂招待所的食堂。

炊事员打开卖饭口的木板，奇怪地看着这个“眼镜”：“今天过年，食堂不卖饭。”

“哦，哦。”林健椿点点头，端着饭碗往回走。雪停了，灰蒙蒙的天空变得明朗起来。不远处楼房的窗口，不时飘出收录机播放的轻松愉快的乐曲。几个小孩穿着花花绿绿的新衣服，站在雪地里放鞭炮，充满稚气的欢笑和噼啪的鞭炮声交织在一起，在空中回荡着……

炊事员看着瘦弱的背影，可怜起他来：“眼镜，你回来，我们这次破例给你一个人煮饭。”

第二天，人们还沉睡在甜美的梦乡之中，林健椿已验收完在眉山车辆加工厂加工的试轧辅助装置，冒着凛冽的北风，护送着这些设备，登上了成昆铁路上的列车。

此时的林健椿，戴着长嘴鸭舌帽，穿着那身浸满油渍和汗水的工作服，站在高高的操纵室里。他聚精会神地看着巨大的轧机张开钢铁的牙齿，拼命挤压着粗大的钢锭。一根根红通通的乙字钢，像一条条火龙，飞快向前蹿去。热锯沙沙地响着，绽开一簇簇耀眼的金花。

在北京冶金工业部的大楼里，部长们守在电话机旁，焦急地等待着消息。

俄顷，如迅雷滚过大地，长风将喜讯带到了北京——中国的轧钢工艺终于迈出了飞跃的一步：310 乙字钢轧成功啦！

部长们高兴得大声喊着："立即发贺电，嘉奖全体工作人员！嘉奖林健椿！"

林健椿呢，到哪里去了？

在这欢乐和喜庆交织的时刻，林健椿从车间里出来，顾不得到澡堂去洗净浑身的汗水和油渍，急忙穿过欢腾的人群，匆匆朝家里跑去。他打开房门，伸出双臂紧紧地抱住两个孩子，不停地用嘴在孩子细嫩的小脸蛋上亲呀亲，眼里淌出了滚烫的泪水……

良久，他走到窗前，望着钢厂上空排天的红浪，轻轻地哼起了那支难忘的歌：

祖国的河山遥遥在望，
祖国的炊烟招手唤儿郎。
……秀丽的海岸，绵延万里，
银色的浪花，叫人感到亲切甜香。
祖国，我们远航归来了，
祖国，我们的亲娘……

第十章

火红的太阳

1. 啊！太阳

在漠漠荒原上，一群赤身裸体的人类祖先，匍匐在黄土地，对天上的太阳十分虔诚地祷告着，烈日炙烤着一个个古铜色的脊背，满头的黄尘和汗水表现着他们对于太阳的依赖与崇拜，那是人类生命的图腾。

这团远离地球的火球，亿万年来，人类只是被动地依附于它，有谁又能伸出长臂去抓住它呢？

蒲泽权戴一顶草帽，背一只水壶，在“大三线”渡口市那炙人肌肤的烈日下行走着。

这是一位白皙、文静、书生气十足的中年人，对于科学事业不懈地探求，使他的面容总显着倦意——一种征服者不屈的倦意。他在这块热土上已经生活了整整 20 个春秋，看过中国西部金沙江峡谷毒辣辣的太阳，怎样使高耸的钢架变形，怎样引发熊熊的山火，人们又是怎样利用它的热能，在沙窝里煮熟鸡蛋……

工地上，太阳烤得人头晕眼花；夜晚家家屋子里如同蒸笼，使人难以入睡。人们无法接受太阳的这种“宠爱”，纷纷咒骂这“毒日头”。

蒲泽权抱着水壶咕嘟咕嘟地喝了几口水。是呀，炎热的时候，这里的炉前工平均每天要喝 23 斤水，才能维护阳光炙烤下的生命！

这种恶劣的自然环境和气候环境，给“大三线”建设者带来多少生活和工作上的困难啊！

蒲泽权皱了皱眉头。他心里在思考着一个大的理想：能不能让“大三线”的太阳来为建设者乃至于人类服务？

1987 年，四川省科协准备出版一本介绍四川科技精英的书，位于“大三线”渡口市的蒲泽权是这本书中的重点人物，这个写作任务就交给了我。当我采访他时，他详细地描述了这个理想。蒲泽权的想法是有一定道理的。因为人类正面临着一场生存的挑战——能源危机。

他对我说，1973 年以来，由于国际上出现的石油禁运和石油价格猛涨，发达的西方国家产生能源危机，影响了世界范围内的经济发展，刺激了美国、德国、日本、法国、意大利等国对各种能源的开发，其中包括对太阳能的开发和利用。从长远看，矿物能源的供需将越来越不平衡，并终将枯竭，而太阳能将寄寓着人类越来越大的希望。

蒲泽权大步地走到陡坡下面的建筑工地，顶着烈日同工人们一起干活。汗水流得太多，嗓子又开始"冒烟"了。他用手抹了一把脸上的汗水，抬头看看火辣辣的太阳，心中不觉想道：我一个学供热供煤气及采暖通风专业的普通工程技术人员，能够攻下这对于人类生存具有重要价值的科学堡垒吗？

看着工地上伸入云霄的塔吊，他的心也跟着飞向天空。

渡口是一块未曾开发的处女地，这块灼热的、峰峦起伏的大峡谷，蕴藏着丰富的铁矿、煤矿以及无数稀有金属，为创业者准备了巨大的水力资源和得天独厚的太阳能源，为他们留着成功的机会，同时也设置了重重障碍，面对这片神奇的土地，这位重庆大学的工科毕业生兴奋不已。

他到建筑工地一看，不觉有些气馁，三千多人的施工队，如同古人一样仍使用着陈旧的井字架，水平运输全靠人工，骄阳晒得一个个汗流浃背，为了改变这种落后状况，"初生牛犊"蒲泽权参加了"井架塔吊"的研制工作。

"小蒲，你怎么尽吃馒头、烧饼，你是什么东西便宜吃什么，身体垮了怎么搞设计？"

他只能朝这些同事们笑笑。他是一个孝子，家里困难，得省下钱来邮给家里的父母。蒲泽权一边啃着馒头，一边忙着修改图纸。蒲泽权如同一头牛，吃的是草，挤出来的却是奶。1976 年，西南地区第一台井架塔式吊车终于成功地竖立在"大三线"重镇渡口市区炳草岗二街坊的工地上，结束了使用井字架建房的古老历史。

他真是太累了，当人们欢呼着开动这台耸入云空的巨型井架塔吊时，他竟倒在路边的草地上，呼呼地睡着了。

“这几个人是疯了吗？”人们用手指着规划设计院屋顶上的几个人，在中午的骄阳烈焰下不停地奔忙着的身影，觉得十分奇怪。

这是蒲泽权带领的科研小组，为了取得准确的数据，经常在烈日当空的中午忙碌，有时为了一个数据，得反复做几十次实验。

“老蒲，吃午饭了。”

“你看那片云遮过来了，为了赶在云块到来前测试完，你给我把饭端上来吧。”

蒲泽权坐在如同热锅般蒸烤的屋顶上，端着饭碗大口大口地吃起来，豆粒般大的汗珠，一颗一颗地滴在饭碗里。

对于太阳能的利用，国际上从20世纪70年代已经开始，我国直到20世纪80年代才引起有关部门的重视。蒲泽权就是在这个时候接受了这项科研任务，对这项陌生的科研项目，在一无资料，二无设备的情况下，他以顽强的毅力开始了艰难的跋涉。

傍晚，当人们悠闲散步和乘凉的时候，蒲泽权才大汗淋漓地从屋顶上爬下来，跌跌撞撞地推开自家的房门，累得一下子瘫倒在椅子上。

蒲泽权带我到他家去过一次。这是怎样的一个家呀，一张简陋的木桌，几把破旧的木椅，一张竹板凉躺椅……作为一个人，蒲泽权又何尝不想生活得舒服一些，把家里布置得漂亮一些，他哪里有时间考虑这些事呢？他只希望自己的生命像太阳一样，无私地、不息地奉献给人类。

妻子见他累成这个样子，又心疼又埋怨：“四十出头的人，简直像个老头了，人过四十五，何必再辛苦，你图个啥呀！”

他知道妻子心疼自己，只顾嘿嘿地笑着，然后说：“人各有志，各人有各人的追求嘛，这太阳能的利用具有人类意义啊，你没有看见那些专家、教授为此发表的著作、论文，拿出来有尺把厚哩，那才是本事呢！”

妻子被他的憨厚劲逗笑了，摇着头说：“就凭你那几下子能抓住太阳？”

蒲泽权嘿嘿一阵笑，接着竟滔滔不绝地向妻子讲起自己对中国西部“大三线”

太阳能利用的宏伟规划……

中国西部“大三线”由于远离海洋，雨水稀少，日照时间较长，拉萨有“日光城”之称，属于亚热带气候的渡口市，干旱季节长达七个多月，云雨稀少，天气透明度好，日照充沛，气温一年四季都较高，被人们称作“太阳城”，有着得天独厚的太阳能利用的自然条件，蒲泽权通过数年的反复测试，终于得出了太阳能利用的准确数据，根据中央气象局对我国太阳能资源的利用区划，只低于西藏和西北的少数地区，在我国属于太阳能资源丰富的地区。

有了科学的数据，蒲泽权开始了太阳能利用的探索。他和科研组的同事们一起，比较了国内外各种类型太阳能集热装置，边干边学，以严谨的科学态度和忘我的工作精神，很快研究成功了“八一”型扁盒式太阳能平板集热器，这种集热器以其热效高、结构精巧、耐腐蚀、安装方便、价格低廉等特点，在全国建筑技术发展中心1984年举办的建筑技术交易会上，荣获优秀科技成果奖。

现在，金沙江畔褐灰色的山岗上，用“八一”型扁盒式太阳能平板集热器建成了目前我国最大规模的太阳能村，炫目的阳光下，攀钢南山生活片区1500户现代化住宅楼鳞次栉比，楼顶上，整齐地排列着橘红色的水箱和黑色的板状集热器，它们在蓝天白云下，骄傲地吞噬着炎热的阳光，将无尽的热能不断地吸收，热水经过保温管道，流进用户浴室，为“大三线”的钢铁工人洗涤尘埃污垢，驱除工作的疲劳。

日本箱根，清风徐徐，樱花簇簇，国际太阳能热利用研讨会在此召开。

蒲泽权作为中国太阳能利用的科学家，应邀出席了这次世界性的学术研讨会。他西装革履，走上讲台，向世界各国的科学家宣读了自己的论文——《中国四川渡口地区的太阳能资源及利用太阳能干燥中药的试验》，引起了各国科学家们极大的兴趣。

蒲泽权自己也是兴奋的。就在前几天，他还在深圳的蛇口工业区忙碌呢！

“八一”扁盒式太阳能平板集热器在南京展出后，全国各地商家争相购买，深圳专门来人，请蒲泽权去帮助安装，他二话没说，背起行李就走，而他妻子还在家里等着他吃晚饭哩！

在蛇口工业园区的赤日下，他在海滨公园为老干部住宅搞太阳能热水装置，为了省钱，他没住带空调的房间，汗流浃背地趴在桌上画图，顶着烈日爬上房顶指挥安装。

蒲泽权对我说，探寻太阳无穷的奥秘，使其更好地为人类服务，这是他终生的奋斗目标。“八一”型扁盒式太阳能平板集热器救活了一个濒临绝境的工厂——米易农机厂，现在这家工厂生产的太阳能集热器远销全国各地，蒲泽权对太阳能的不懈探索，也取得了新的丰硕成果：太阳能锅炉自动跟踪装置，平板式太阳能热水器测试装置，直流式、自动循环定温放水太阳能浴室……这些科研成果，都分别获得了省、市的重大科研成果奖。

四月的日本箱根风和日丽，在这座美丽的城市里，蒲泽权很少像别人一样逛街，一有时间就钻进闻名世界的筑波科学城，考察和学习别人的先进技术，在极短的时间里，他发现了日本对太阳能利用的惊人毅力和开发精神，早在1961年日本就成立了太阳能协会，以后又制定了1974—2000年的阳光计划，许多大学都开设了一门叫作“太阳能建筑学”的新专业。

蒲泽权同各国专家一起，登上沼津市山顶的度假村，站在这里放眼望去，参差错落的楼群上，一块块平板太阳能集热器闪着熠熠银光。这里的餐厅、旅馆、体育馆、游泳池、停车场等等，大都使用了太阳能，日本人称这里是太阳之山，这样大规模的太阳能利用，在中国特别是“大三线”建设地区还没有，他暗暗地下定决心，将来一定要将渡口建设成一座名副其实的“太阳城”。

从日本回来的第二天，蒲泽权又爬上了设计院二楼的平台，开始了他的太阳能研究。他好像永远都不知疲倦，永远都不知劳累。

他的事迹，后来被收入《四川科技精英》一书，书中称他为“国家有突出贡献的专家”。

蒲泽权自豪地对我说：“将来的世纪必是太阳能的世纪。”蒲泽权将自己的生命之光，默默地融进了这光辉灿烂的事业。

每天清晨，身为渡口规划设计院研究室主任的他，总是迎着那轮喷薄而出的红日开始工作，他也像太阳一样默默地燃烧着自己。

啊，太阳！

2. 挺直我们的脊梁

杨永政的家在我家后面，我们是“抬头不见低头见”。他是炼钢厂的一名下砖工，由于工作中创造的奇迹，成了“大三线”建设时期的一位名人。事情还得从他“倒霉”的时候说起。

那是一天下午，他下班后洗完澡，将衣服胡乱地披在肩上，弯着腰，把头上的草帽压得低低的，有气无力地朝宿舍走去。一个20多岁的小伙子，平时走路胸脯挺得高高的，现在为什么连脊梁也挺不直了呢?

回到宿舍，他拉下蚊帐，一头倒在床上，划亮一根火柴，点燃香烟，大口大口地猛吸起来，红红的烟火一闪一闪……

几天前的一个黎明，当他下完最后一盘砖，和班里的工友一起坐在车间的空地上慢慢地吸着香烟，欣赏那巨大的行车提着钢水罐浇铸钢锭的时候，突然一股通红的钢水从钢锭模里冲了出来。顷刻，车间里一片红浪，铸车和铁道被钢水紧紧地凝在了一起。

班长雷鸣般吼道：“这盘砖是谁下的?”

所有的目光一起射了过来，他捏着香烟的手不觉颤抖了一下。

下砖，是用耐火材料制成的特殊型号和形状的砖，在铸锭模底盘上的流钢槽中，砌成几条连接铸管和模子的流钢通道，使钢水从铸造管均匀地流入模子内，最后形成钢锭。作为一个负责下砖的工人，造成这样严重的事故，他怎么能不震惊？这个车间里有个全国冶金战线上的质量标兵名叫牟秀福，连续下砖一千盘都不漏一滴钢水呀！在全厂开展争当质量排头兵活动中，他曾下决心要赶上牟秀福。苦苦干了半年连续下砖700盘不漏钢水，眼看着向1000盘目标靠近，谁知出现这场事故，造成漏钢水 28 吨的损失，自己苦苦奋斗的成绩前功尽弃。

车间主任来了，看着满地钢水，心疼地在那里转来转去，然后抬起头来仔细地打量着他："杨永政，从现在开始，你得认真找原因，在全车间一个班一个班地向职工检讨，让大家都吸取你的教训，认真把好质量关。"

质量是企业的生命，创造这"生命"的是人。没有强烈责任感的职工队伍，便不可能有优秀的质量。离开优秀的质量，企业的"生命"就可能在激烈竞争中停止。

下砖工，是炼钢厂最苦最累的一项工种。人得蹲在两百多度高温的钢锭模底盘上作业，就像踩在火焰山上一样，厚厚的大头鞋在脚下吱吱冒着青烟。被烤得发烫的帆布裤紧贴皮肉，火烤一样难受。嘴里吐出的口水，还没落地就蒸发了。高压风管吹起的粉尘，呛得人连气也透不过来。稍微有点门道的人，早就改换了别的工种。杨永政也曾有过这样一次机会。那是几年前，厂里一位职工家属得了败血症，需要输血抢救，杨永政曾献出自己的血液，使垂危中的病人慢慢恢复了健康。看着杨永政苍白的脸，厂领导关心地问："小杨，献血后你身体一直不好，给你换个工种吧。"

"唉，那时要听领导的话，换个工种该有多好，怎么也不会像现在这样……"杨永政不觉后悔，"呼"一下从床上坐起，将烟头扔在地上，"对，找领导，还可能……"

杨永政的脚刚迈出房门又停住了，仿佛觉得厂里光荣榜上的牟秀福老师傅，正在轻视地朝着他笑："原来你是个没有志气的小伙子！"是呀，论年龄自己比牟秀福年轻，论体力更比他强，自己对工作的责任心呢？人总还得有点志气，没有志气就没有了魂，哪能一出事故就打退堂鼓！我们四川乡村里有句顺口溜：滴自己的汗，吃自己的饭，自己的事自己干，靠天靠老子，不算是好汉。杨永政挺了挺脊梁，将右手捏成了一个拳头，狠狠地砸在左手心里："挺起腰杆，从零开始！"

"杨永政，写恋爱信呀！"

"那么专心，一定是写入党申请书啰！"

下班后，几个青年人硬是拉他出去玩，可杨永政就是不去："你们去吧，我得赶快把今天跟牟师傅学习的收获记下来。"

五月，处于亚热带地区的“大三线”渡口市，异常的炎热和干燥。这是下砖工们一年一度最难熬的季节。杨永政蹲在烤人的钢锭模底盘上下砖的时候，只觉得头晕目眩，心里一阵发慌，头上为夜班照明的各种电灯，好像变成了节日里五彩缤纷的礼花，他差一点栽倒在通红的底盘上。

杨永政回头看了一眼车间那块小小的空地，只见已下完砖的几个工人正站在那里一边大口大口地喝着冰凉的汽水，一边手舞足蹈地闲聊。这一切，对于一个在灼人的高温下工作的人，是多么具有诱惑力呀！杨永政用舌头舔了舔干裂的嘴唇，挥起衣袖抹了把涌上额头的汗水：“算啦，快点下完，好去喝汽水，冰凉冰凉的汽水，喝上一大碗该多舒服！”

他不觉加快了速度。不行，万一漏了钢水怎么办？一吨钢水那可是经千人手，流万滴汗才换来的呀！怎么能一到自己手里，就这样马马虎虎地让它流掉呢？要是人人都像我这样马虎，我们的祖国何时才能富强起来！对了，牟师傅讲过，越是难熬的时候，就越容易出现事故，这时多流一滴汗，质量就多一分保证。杨永政咬咬牙，抹去糊住眼睛的汗水，又一块砖一块砖仔细地干了起来。

下到最后两块砖的时候，杨永政觉得鼻子痒痒的，然后便干裂般疼痛，两滴鼻血滴在手中米黄色的耐火砖上，一会儿鼻血就滴个不止。杨永政真想扔掉手中的砖块，跳下烤人的底盘，哪怕给鼻子里塞上一团纸，暂时止住流血也是好的。最后这两块砖正是接头处，可是个关键活呀！他急忙用衣袖将流到鼻子边上的血抹了一下，又埋头去下那两块砖。

杨永政歪歪倒倒地从钢锭模底盘上下来了。他闭着眼睛蹲在地上，不停地喘着粗气。

空地上休息的几个人高声喊他：“杨永政，你蹲在那里干啥，快过来喝汽水呀！”

杨永政慢慢地站起来，只觉得眼前直冒金星，胸口一阵闷疼，“哇”的一声，从嘴里吐出一口深红色的鲜血……

钢铁就是这样炼成的啊！

杨永政啊，你对自己也太苛刻了。这两年多来，你由一个白白的“小胖子”变得这样消瘦，仿佛一下子老了10岁。再说，你已远远超过了牟秀福师傅创造的1000

盘不漏钢水的成绩，以3000盘、5000盘已到7000盘不漏钢的纪录，赢得了人们对你的钦佩和赞扬。曾经被28吨漏钢压弯的脊梁，也该挺得直直的了。

不，为了让祖国的腰杆挺得更直，工作时他仍一丝不苟，努力控制自己不去想心爱的妻子和女儿，两眼总是紧紧地盯着手中的耐火砖。

有人抱上几块砖放在钢锭模底盘上，杨永政一听声音："这砖选过了吗？"

"哎呀，都是人家耐火材料厂里检验过才运来的，还选个啥哟！"

"不行。"杨永政拿起一块耐火砖，在底盘上轻轻敲了敲，用手举起来，对着阳光仔细瞧着，发现了一道裂纹——头发丝那么细细的一道。

一场将要造成的严重漏钢水事故避免了。有人向他竖起大拇指："你真行，要是不检查出来，不知又要漏掉多少吨钢水哩！"

为了无牵无挂地工作，杨永政将妻子、女儿从老家迁到了中国西部崇山峻岭中的"大三线"，我们两家成了"近邻"。但他几乎没有陪妻子、女儿好好耍过一次。

他妻子很生气。有一次——

"陪我看电影去！"杨永政下班回来刚迈进房门，妻子顺手递给他一张电影票。

杨永政无力地倒在椅子上："哎呀，你看我累得连路都走不动了！"

"不行，非要你陪我去不可，你这是只要工作不要我呀！"

杨永政只有不吭声。他知道自己很难给妻子一个满意的回答。为了下好每盘砖，他每天下班后总是千方百计注意休息，尽量使体力得到恢复。

妻子见他不动，连珠炮似的向他发起了进攻："你一个月拿多少钱，这样拼死拼活地干！"

20世纪60年代，中国人狂热地信奉精神万能，而90年代以后，许多人又成了物质万能的信徒，个别人出奇地吝啬自己微弱的一点光和热。杨永政不愧是祖国的好儿子，正是千千万万个钢铸铁浇的杨永政，才组成了我们共和国坚实的脊梁。

妻子看看倒在椅子上的杨永政，不觉又心痛起来。是呀，他每天在热浪升腾的高温下作业，人都早该烤熟了！上班穿的那条帆布裤子，哪天下来不是结满了厚厚的一层汗碱，用手敲一敲，就像晒干的老羊皮一样嘣嘣直响。脱下来往地上一放，就能硬邦邦地“站”在地上。刚才还在生气的妻子，这时泪水盈盈地给他端来热腾腾的菜，再给他倒上一杯酒：“快喝了好好休息吧！我想让领导给我调一个离家近一点的单位，也好让你少劳累。”

“我下了十年砖，从来没向领导提出过要求，你才工作几天，就给领导出难题，这样不好。”

“我不改换单位，你每天早上四点钟就得起来送我上班，太累了。”

从杨永政家到妻子上班的地方，路远，荒凉，还得翻过一座小山坡。为避免出事，杨永政总是摸黑护送妻子上班。每次送走妻子回来，天刚拂晓，又急忙唤醒床上的孩子，给孩子洗脸，做饭，然后抱上孩子，直奔幼儿园……

一晃，整整三年时光过去了。翻一翻杨永政的生产记录本，人们不觉大吃一惊。他硬是在失败和困难面前，在日复一日无休的劳动中，将自己的血汗、青春和健康都砌进了那一块块耐火砖里，终于创造了惊人的奇迹：连续下砖 10930 盘无漏钢水。可供大型转炉出钢 2732 炉，可浇铸钢锭 32 万吨。

下一万盘砖无一次漏钢事故，谈何容易！这是平凡的积累，意志的凝聚。厂里给他记一等功，共青团四川省委授予他“新长征突击手”的光荣称号。

当杨永政在一阵雷鸣般的掌声中走上大会主席台时，人们顿时发出一阵惊叹。他，偏矮的个子，古铜色的脸十分消瘦，身子骨儿也不算结实。但正是这样一个貌不惊人的小伙子，创造了全国冶金战线罕见的奇迹！我曾带着当时很红的报告文学作家陈祖芬采访过杨永政，谈了一个多小时，他也没有冒出一句豪言壮语。

是啊，世界上有许多奇迹，都是在默默无声中创造出来的。在挫折和困难面前永不低头，在压力和强敌面前不屈服，用汗水、鲜血、生命，去开创无限美好的未来，这就是我们中华民族千百年来赖以生存和不断振兴的脊梁！

3. 火红的铁流

投产后的炼铁厂，是位于“大三线”的攀枝花钢铁公司的主要工厂，我在攀钢党委宣传部工作时，自然少不了与当时炼铁厂的厂长石维勋打交道。

这是一个充满激情和热情的人。

这天，石维勋走出办公室，抬头看看天空，天空是那么的湛蓝，深远，几丝淡淡的白云正悠闲地飘动着。他羡慕地望着那几丝白云。哎，它们是多么轻松自由啊!

石维勋怎么能不羡慕它们呢？作为炼铁厂厂长，沉重的担子压在他的肩头，使他无法轻松舒畅地喘一口气。公司下达的1990年生铁计划是225万吨，远远超过历史上任何一年。同时公司又提出：上半年生铁必须完成100万吨，全公司职工才有涨工资的希望。

工资涨不涨，就看炼铁厂，十几万职工家属的目光，一起盯住了炼铁厂。

厂门前响起了噼噼啪啪的鞭炮声，人们敲锣打鼓将祝贺信提前送到炼铁厂。

系着红领巾的少先队员们，吹着军号，敲着队鼓，来到炼铁厂慰问。

一位退休工人，每天来到炉前帮助炉前工清渣。

公司领导一次又一次地来到炼铁厂，解决生产问题，了解生产情况……

偏偏事与愿违，自从翻开1990年的第一张日历，炼铁厂的生产就面临着欠产的严峻局面。元旦那天，由于铁口堵不上，三高炉的铁水罐被焊住，只好放炮。沉闷的炮声轰轰隆隆，取代了欢庆的鞭炮声，震撼着炼铁厂三千多名职工的心。开门红变成了开门“轰”。

一个现代化的大型钢铁联合企业，炼铁是龙头，龙头舞不动，攀钢这条龙就不能腾飞。石维勋厂长为此心急如焚，能否完成目标影响到全公司生产全局的好坏，这不能不使他担心。多少个夜晚，他望着弄弄坪上出铁的红云，常陷入深深的思索之中。

对于位于“大三线”深山峡谷中的攀钢来说，石维勋也算一只“熊猫”——毕业于重庆大学冶金系炼铁专业。作为在生产第一线的厂长，石维勋可算是年轻的。他风华正茂，准备干一番轰轰烈烈的事业。可是生产上不去，全公司上下几万双眼睛都盯住自己，他那乐观的脸上没有了笑容，变得出奇的忧郁和沉默。

到哪里去找扭转乾坤的灵丹妙药呢?

为了寻找生产滑坡的原因，厂党委先后召开了两次扩大会。石维勋在会上提出，加强劳动纪律的管理，实行制度治厂。现代化企业的纪律和制度，就是企业永不衰竭的效益。就像18世纪泰罗利用近乎“残酷”的管理培养了一代工人，造就了一个大工业社会一样，石维勋要用现代化企业的炉火，焚去职工身上的传统陋习，造就出一支无愧于当今世界的新型产业大军。

傍晚，落霞如血。石维勋站在山坡上，望着脚下奔腾咆哮的金沙江，江水劈开重重山峦，向着远方奔涌，不觉心潮起伏。是的，他自己曾多次分析过一季度生产滑坡的主要原因，一切客观条件都得靠人去掌握，因此抓人的管理是关键。

谁知道第一斧砍下去，就遇到了一块硬邦邦的“铁块”。

这天四号高炉检修，缺电焊工，生产调度从其他高炉借调一名电焊工支援，这个电焊工拖了一个多小时才来报到，致使检修时间延长。厂长办公会上，石维勋根据厂里规定，做出记过处分的决定。

这下可不得了，有人说处分过重，有人说石维勋治厂太苛刻，那个被处分的“铁块”更是吵吵嚷嚷。

石维勋办事跟他的外表可不一样。别看他白净的脸盘，一副书生的样子，办事却出奇果断、干脆。他理直气壮地说：“制度治厂、严格管理，才能带出一支打不垮压不弯的炼铁队伍。纪律是胜利之本，令行禁止，现代化的大生产相互合作如此紧密，不讲服从是不行的。那一个小时要出多少铁呀！这个责任谁担得起，要我说处分还轻了哩！”

全厂职工一听，知道石维勋动了真格了，可千万别撞在他的“枪口”上。

谁也没有想到，石维勋带头向自己开了一“枪”。

炼铁厂元月欠产，按厂里规定，必须扣除厂里主要负责人和管理人员的奖金。这是过去所没有的，全厂工人的目光都盯着这一条，看你石维勋有没有这个胆量。石维勋在全厂干部会上宣布：“从我开始，按规定厂领导、科级干部和机关干部，一律停发当月奖金。”

有人埋怨，有人认为不合理，天天在炼铁厂跑上跑下，到头来还停发奖金。但更多的职工却拍手称赞。四号高炉工人元月份每人只拿了八元钱的奖金，仍乐呵呵地：“石厂长办事公正，我们还比他多得了八元钱哩，下月一定把生产搞上去！”

夜半三更，石维勋叩响了家里的房门。孩子打开一看，父亲满身烟尘。

石维勋憨厚地笑着说：“谁叫我是学冶炼专业的哩，炼铁这工艺特点就决定了比别人少睡觉嘛！”

孩子噘起嘴巴，说了一句使他很伤感的话：“我长大了怎么也不学炼铁专业！”

孩子的话是天真的，可石维勋哩，他仍然每天风里来雨里去，在铁水奔腾的炼铁厂，用自己对“大三线”企业的一颗滚烫的心，去温暖每一个职工，用自己勤奋工作的身影，去带动每一个职工。

石维勋最头痛的是二期工程刚建成投产的四号高炉。

这座现代化的大型高炉，由于在设计、施工时有一些缺陷，一生产就常出事故。从投产之日开始，天天欠产，拖了全厂的后腿。

石维勋经常和厂里的其他领导一起蹲在四号高炉旁，一边查看设备，一边检查生产。他常对工人们讲：“我们渡口‘大三线’企业是在暴风雨中站起来的，不能在暴风雨中倒下去。一个民族没有坚韧不拔、百折不挠的精神不行。在我们炼铁厂的职工中，没有克服不了的困难，我们一定要尽最大努力，千方百计完成公司下达的生产任务。”

石维勋处理事情干脆、果断，从不拖泥带水。他常说，提高决策效率，也是为炼铁生产争时间抢速度，也就是提高了企业的经济效益。

这天，石维勋满头大汗地来到四号高炉，查看冷却壁损坏的原因，各种意见争执不下，1400多度的高温，损坏了一块冷却壁，整个炉子就有出事故的危险。事关大局，大家的目光一起转向石维勋。

石维勋心潮也不平静，万一自己指挥失误，还会造成新的事故。自己大学毕业后在攀钢当过瓦斯工、操作工长、厂值班长、炉长、冶炼科长、生产副厂长等职，工人的辛苦，遇到事故后的心情他都能理解。他根据自己的判断，对炉台上的人们大声说道："情况已经查明，冷却壁坏了，必须马上组织人员用灰浆灌死！"

出铁口这时出的不是火红的铁流，而是哗哗的流水，有人担心地说："万一铁水遇着冷水那是要爆炸的！"

是的，这地方在铁水沟附近，弄不好一场惊天动地的爆炸事故就将发生。人们犹豫着。

石维勋也捏了一把汗，万一自己决策失误，后果不堪设想。他经过周密的思考，斩钉截铁地说："干！赶快用灰浆灌死，出了事故我负责！"

经过抢救，滚滚的铁流带着四号高炉职工的欢笑，带着攀钢13万职工家属的希望从出铁口奔涌而出，映红了石维勋那张清瘦的面容，他那神采奕奕的目光中，盈满了晶莹的泪花。

黎明来到了"大三线"的渡口市，晨曦映照着一座座巨人般巍峨挺立的高炉。下夜班的职工发现，石维勋办公室的灯光还亮着。那橘红色的灯光透过玻璃窗，融入了黎明的晨光。

"厂长，你又是一夜未回家吧！"有人敲门问道。

石维勋习惯地笑了笑，猛吸了一口香烟："昨晚厂里出了一点小事故，回家也睡不安稳。"

石维勋多少个夜晚都是这样度过的。谁没有妻室儿女，谁不愿一天工作疲劳后，喝杯凉茶，一家人围着电视机有说有笑共享天伦。石维勋几乎把这一切都忘了，这是怎样一种无私奉献精神啊！

1990年除夕之夜，千家万户欢乐的鞭炮声响彻了整个峡谷。石维勋戴上安全帽，匆匆登上炉台。

这是最后的决战，1990年最后的一炉铁水。石维勋和他的战友们、同志们苦苦奋斗的 365 个日日夜夜，就是为着这最后胜利的时刻啊！

开口机有力地冲击着出铁口，一股火红的铁流，带着烈焰，带着激情，带着攀钢职工的自豪和欢乐，奔涌而出，顷刻映红了整个炉台，映红了除夕的夜空。

石维勋站在炉前，铁流的红光映着他激动而兴奋的面容。1990 年对于他这个上任不久的炼铁厂厂长，是一场多么严峻的考验啊！他同全厂职工一起，终于闯过来了。

铁流呼啸着，奔涌着，映着炼铁工人一张张粗犷的面容，那火红的铁流，就是他们滚烫的心啊！

石维勋站在金色的炉台上，面孔被铁流映得通红，他暗暗下定决心，要让奔腾的铁流映红祖国的蓝天——那是“大三线”人对祖国、对人民的忠诚啊！

第十一章

将钢铁嚼出味道的女人们

水平的试验。

何有瑾是一位事业心极强的科学家，她的爱情、家庭怎么样呢？我曾试探着向她问过这个问题。

何有瑾笑了，她说这个问题一言难尽。

半个世纪前，在那辆从成都开往西昌的汽车上，何有瑾认识了毕业于东北工学院的学生崔润炯。在共同的事业中，他们播下了爱情的种子。可是，接踵而来的就是家庭和事业的矛盾。

一转眼20多年过去，他们的大女儿都高中毕业参加高考了。

何有瑾回到家里，大女儿坐在那里生闷气。

她心想上午高考，孩子肯定考得不理想，忙安慰道："快吃饭吧，下午还有考试哩。"

大女儿一边委屈地抹眼泪，一边冲母亲吼道："考，考，考，你们十几年来到底管了我什么？你们自己上大学，出国留学，难道忍心让我去当待业青年？"

何有瑾那颗慈母的心，不觉剧烈地颤抖起来。生活不断地给人们提出各种各样的问题，在这些纷纭复杂的问题面前，事业的航船必须在感情的波涛中经受一次又一次严峻的考验。

"雪山草地"横在何有瑾面前，要是过不去，整个攀钢的建设就会受影响，全国第一座提钒车间就无法进行施工和生产。何有瑾将刚满月的二女儿交给丈夫，自己伏下身去吻了吻孩子的脸蛋，便默默地提着旅行包出差了。她跑遍了成、渝两地的工厂，终于解决了提钒工艺中雾化器的制造问题。

具有世界先进水平的雾化提钒工艺，在包括何有瑾在内的千千万万工程技术专家的共同努力下终于成功了！当看到我国第一座提钒车间那火红的云浪和飞溅的钢花时，何有瑾的脸上露出了从未有过的欣慰。

祖国啊，为你的女儿自豪吧！

2. 牙齿洁白的女人

1988 年春节后的一个晚上，由昆明开往上海的特快列车正风驰电掣般地行驶，车到贵州的一个山地，突然发出惊天动地的一声巨响，接着便是一节节车厢撞击大地的回声，颠覆的列车被痛苦地抛在路旁。

经过专家们察看，事故的原因是钢轨断裂。

消息传到攀钢，人们惊得目瞪口呆。以生产钢轨为主的攀钢，钢轨已远销全国各地，是不是攀钢生产的钢轨出了问题？公司立即派出调查组，赴贵州调查情况。

还好，不是攀钢生产的钢轨。但是，如何进一步提高钢轨质量，使攀钢的钢轨从国内市场跻身国际市场？共和国作为一个重要问题向攀钢提出来了。

俞梦文握着沉重的笔，在国家重点科技攻关项目课题技术负责人的栏目上，郑重地写下自己的名字。那不光是她的名字，那是她庄严神圣的誓言，那是她渴盼拼搏的决心，那是她生命燃烧的火焰，这一年她 45 岁。

铁道部向冶金部告急，必须加快实现钢轨的重型化、纯净化、强韧化！

中国喘息的大动脉向俞梦文和她的同事们呼喊：“以铁路为主的中国交通运输业，运营里程仅为 58000 千米，在美国、加拿大和印度之后，但运量却远远超过这些国家。”货运量已由 50 年代的 1.3 亿吨增加到 1985 年的 13 亿吨，每年都有近 30% 的货物积压，仅这一只沉重的翅膀，就足以影响共和国的起飞。随着铁路运输密度的日益增大，国产的钢轨强度越来越不能适应，它们在重压下喘息、变形、断裂，每年全国铁路伤损钢轨达十多万根。

攀钢过去引以为豪的全长淬火钢轨，可算是其中的佼佼者。但是随着运输密度的增大，在铺路使用过程中也暴露出了许多问题。有关方面不太满意了，要转向引石（石家庄）太（太原）线是中国铁路对钢轨要求最苛刻的一条线，过去每九个月就得全程换一次钢轨。在这条线上分段铺设了中国、俄罗斯（苏联）、日本、奥地利四个国家的重轨。俞梦文试验组试制出来的重轨质量如何，将在这里接受最后的检验，四个国家钢铁工业的高科技，在钢轨上进行着较量。

俞梦文是考察组中唯一的女性。为了事业和祖国的荣誉，她不愿接受特殊的照顾，在漫天飘飞的雪花中，背着水壶，提着食品，同男人们一样一段一段地查找、记录、拍摄图片。饿了，靠两排洁白的牙齿帮忙，将冷馒头掏出来啃几下，再迎着风雪，仰着脖子喝几口冰凉的水。病了，能挺就挺，实在挺不住了，就往肚子里送几片药。俞梦文——这个献身中国“大三线”和祖国伟大事业的女儿，烈日下是一朵如霞似火的攀枝花，风雪中是一朵傲然怒放的雪莲。她将女性圣洁、娇柔的生命凝成了坚实无比的钢轨，那是中国科技工作者坚实的脊梁，它要驮载着祖国的列车，隆隆地驰向霞光灿烂的明天！

铁道部复函冶金部：“攀钢的电感应淬火钢轨全部产量我部都可接受。”

俞梦文用颤抖的手，接过一张又一张鲜红的证书，一块又一块金光闪烁的奖牌：60公斤／米重轨获冶金部科技进步二等奖；60公斤／米重轨获国家金牌奖。50公斤/米全长淬火轨工艺填补了国内空白，具有国际先进水平，年产一万吨可为攀钢创效益千万元。国家“七五”攻关项目高强度热处理钢轨技术和装置，获北京国际发明展览会银牌奖，获广州首届国际专利及技术设备展览会银牌奖，1990年7月获美国专利。

每个企业必须要有自己的“拳头”产品，它是企业的支撑点。有了“拳头”产品翅膀就硬了。攀钢舍得在科技上投资，攀钢的工程技术人员有理想有抱负，这个支撑点就坚实。

俞梦文的论文《攀钢重轨生产技术开发》，被编入1989年10月国际钒钛会议论文集。

俞梦文研究室外面的芒果树上结出了一串串沉甸甸的果实，金灿灿、光亮亮的，如同一枚枚硕大无朋的金币在阳光下闪烁。这里有试验组同志们洒下的汗水，其中也包括她的丈夫洪及鄙，因为他曾是这个攻关项目的主要参加者，后来调任公司副经理，这沉重的担子便落在了俞梦文的肩上。谁能料到这位圆脸、短发，有着白玉般牙齿的女人，硬是将坚硬的钢铁嚼出味道来了。

3. 写下一个女人的名字

我每次与她见面，总很难将她与她那沉甸甸的铸铁事业联系在一起。

她纤弱、娇小，说话轻言细语，是典型的江南女性。想她的少女时代，一定是个很逗人喜爱的姑娘。那时她爱唱歌，像一只欢快的百灵鸟，老师说毕业后考音乐学院吧。她与同学进电影院，看了一场苏联电影《钢与渣》，那飞溅的金花，炽热的钢涛，像磁石一样将她少女的心吸引了。在那火与光、力与热交织的事业中度过一生，那将是多么辉煌灿烂啊！

20 世纪 50 年代的中国青年是单纯的，勃勃的事业心吸引着她，献身祖国的壮志豪情召唤着她，她成了北京钢铁学院的第一批学生。

她做梦也没有想到，直到银发爬上了两鬓，才有了一个像样的试验室，有了全套崭新的设备。路旁的树枝繁叶茂，紫荆花盛开着，木瓜树总忘不了准时结果。夏日的风轻轻地吹拂着窗帘，给窗明几净的试验室带来了花的芬芳，叶的清香。这一切她盼了一辈子，应该是满意的。可是她这时却站起来，把胳膊一甩，生气地说："这样不行，绝对不行！"

她跑出试验室，决定去追公司经理赵忠玉。追到会议室门口，她停下脚步，在门外徘徊。

门开了，赵忠玉走出来，她走上去，先作了自我介绍，然后便越说越激动，似乎要教训面前的这位经理一顿："听说有人光为赚钱，要将铸造厂改成高速线材轧钢厂？我是搞铸铁专业的，正在铸造厂搞轧辊试制，我比任何人都清楚，仅仅作为技术资料，铸造厂也有相当的保存价值。若整个攀钢全部自产轧辊代替外地购买，每年可节省 100 万元以上。"

赵忠玉说："等了一个下午，太阳都落山了。"

她说："难道让我等十年不成？"

"你不是等过十年吗？"

"你们怎么能这样？……"她生气了，细细的嗓音一下子提高了起来。

赵忠玉看着这个娇小的老太婆镜片后面生气的目光，笑着说："别火嘛，你们搞科研的不是文学家，不能太激动，科学是实事求是的事业。我佩服你的精神，转产的问题由公司再研究一次，你的试验照样进行，绝对保证，怎样？"

"此话当真？"她没有想到赵忠玉这么干脆。

赵忠玉将圆圆的脑袋一晃："难道我骗你？"

理解、信任、真诚，使这位刚才还怒气冲冲的老太婆，竟少女般腼腆地低着头看着自己的脚尖。

她和她的丈夫许光奎都是研究铸铁的，两人在一个试验室工作。大年初四，赵忠玉来到他们家拜年："我们是不打不相识，祝你们早日攻克钒钛铸铁这道难题！"

她没有回答，心中却早已下了决心。

铸铁——被誉为中国的第五大发明。我国出土的司母戊鼎，是公元前商代的铸件。春秋时期的大型编钟群是中国古代铸造事业的辉煌业绩。越王勾践的宝剑，是青铜器时代铸造业的奇迹，至今仍光亮锋利。古代的沧州铁狮、正定铜佛、永乐大钟等，更是显示了中华民族在铸造上的卓越贡献和聪明才智。当今飞速发展的现代工业向铸造业提出了更高的要求，她和丈夫许光奎所投身研究的钒钛铸铁，更是铸造业的巍巍塔尖上一颗璀璨的明珠。

飞速发展的世界科学技术，向中国提出了严峻的挑战。发达国家早已把注意力从钢铁生产转向新的领域——钒钛研究。在挪威、丹麦、瑞典，已开始广泛地将钒钛生铁用于所有类型较小的轮船发动机上，并声称"每只船上都安装了钒钛马达"。英国在钢锭模的炉料中配入一定量的钒钛生铁，使用寿命率提高 25% 到 75%。德国研究了 74000 吨滑轮发动机气缸套，运转 4000 小时后，含钒 0.27 的铸铁相对磨损量为 1.14%，而不含钒的却为 1.356%，仅以零点几的差数就能大大提高铸件的强度及各种耗能；俄罗斯曾多次向钢铁中加入钛和钒，来改善钢锭模的质量。而中国，迫于当时的国际形势，直到攀钢建成前的几年，才开始开发“大三线”的钒钛矿。

科技是第一生产力，没有科技的发展，便不会有经济的腾飞。

晚了，但要追上，要超过，这就是中国人的骨气。1972年国家正式下达研究钒钛铸铁的任务，为了摘取这颗铸造业上的明珠，她和丈夫几乎耗尽了毕生的精力。

她接到国家钒钛铸铁研究的课题时，简直高兴得要“发疯”了。如同一位被久锁在地牢的人，突然看到了灿烂的阳光，真想跑过去拥抱那轮鲜红的太阳。但是，钒钛铸铁这颗太阳不是那么容易拥抱的，她面临的是一无所有，做试验，连起码的实验室、化铁炉和显微镜都没有，一切都白手起家。

女性的生命并不柔弱，她同实验小组的人一起住席棚，住干打垒房子，喝浑浊的泥浆水。迎面而来的风沙打在脸上，火辣辣疼痛，嘴唇干裂，鼻孔流血，她都同男人们一起挺过来了。她毕竟是个女人，炎热的夏天不能同男人们一样脱个光膀子抬砖块、挑水泥、扛木头，她得穿着衣裳去当砌砖工、水泥匠、管道工……一天忙下来，衣服上结满了一层白花花的汗碱，浑身上下都是泥土和汗臭，一双手累得连筷子都无法拿起。

多少个日日夜夜过去了，试验一次次地失败。盼望成功的希望越强烈，失败带来的痛苦就越沉重。一个文弱的女性，如何受得了这一次次沉重的打击。她想喊，想叫，想痛痛快快大哭一场！

科学不相信眼泪，那就再来一百次两百次的试验吧！她穿着大头鞋，戴上安全帽，将女性的妩媚和娇弱全部掩藏在厚厚的工作服里。没有车下厂，那就步行，同工人一起做砂型，一起装料化铁水，高温、严寒、炉前炉后踏焰蹈火。开炉、配料、熔炼、提温、浇注……一切原始记录都要亲自过手。渴了，随便喝一口开水；困了，坐在料堆前打个盹。

铸造历来是男人的事业，她却以惊人的顽强和智慧，向男人的领域挑战。她永远忘不了1962年冬天那个大雪纷飞的日子，当时中国的冷轧钢辊全靠进口，别人将中国钢铁工业急需的这种轧辊放在国境线上，让我们看得见买不到。转向别的国家，人家也袖手旁观，不予理睬。她凭着一腔青春的热血，同鞍钢的科技人员一起，开始了国家重大科技项目“硬钡铬高硬度冷轧工作辊”的研究。她从来不去想，自己的名字能否载入中国铸造工业的史册，而是凭着一颗耿耿的报国之心，硬是攻下了这道难题，在她少女的青春年华中，增添了无比瑰丽的一页。

1966年，她来到“大三线”，参加了钒钛铸铁的科学试验，现在她病倒了，丈夫为钒钛铸铁项目却要外出考察。她真舍不得丈夫离开，希望他能推迟几天，可是事业在召唤着这对科学道路上孜孜求索的夫妻，她不愿因为自己而影响钒钛铸铁争分夺秒的研究。她对丈夫说：“你放心去吧，谁叫我们都学的是铸造呢。”说完，心中一阵酸楚，泪水情不自禁地在眼眶里打转。

丈夫坐在她的身边，拉着她的手，看着那因过度劳累变得消瘦的面容。当年在大学里时，这是一张多么动人的少女的面容啊，为了祖国的钢铁钒钛事业，岁月的风霜已使她过早地出现皱纹。丈夫安慰道：“还有20年哩，你一定要注意自己的身体，不要强迫自己去干了。”

她点着头：“我只想多活几年。”

丈夫走了，一去就是三个月，她被抬进了医院，在手术室里，昏迷过去了。冥冥中，她看见了一座巨大的冲天炉，正隆隆地向她滚过去了。炉火熊熊，烈焰升腾，轰隆有声，地裂天开，一块红彤彤的太阳般炽热的钒钛铸铁出来了……

红颜褪尽，鬓发染霜，整整20个春秋的日子没有白熬。几番寒暑，几多苦难，铸造了一个中国女性不屈的灵魂。她终于使钒钛铸铁在神州大地开出了艳丽的奇葩，写出了中国铸造史上第一篇钒钛铸铁的科研报告，为我国预示了钒钛生铁用于铸造的生产前景，受到全国科学大会的奖励。

十月，北京的香山层林尽染。她在这里走上了国际铸造会议的讲台。来自世界各国的专家，那些象征着强悍、力量的男人们，怀着好奇的目光看着这位闯进这一领域的中国女人，静静地听完她那不同凡响的论文后，全场报以热烈的掌声。

男人们热情的手都伸过来：“这项成果将为中国钒钛铸铁的推广使用打开新的

局面!”

论文被收入《北京国际铸造会议论文集》的中英文版中，很快传向海外。

作为我国钒钛铸铁应用研究领域的主要开拓者之一，陈璟琚这个闪光的名字将在中国的冶金史上写下辉煌的一笔。

第十二章

英雄时代

1. 情况危急

我正在一号高炉大修指挥部里赶写《大修战报》的稿子，房门突然被“咣当”一声推开，一个头戴安全帽，满身尘灰的人冲了进来，急匆匆地问：“指挥部怎么没有人?”

我说：“我不是人吗?”

他上气不接下气地说：“我是要找张主任，张指挥长。”

我才看清，来人是筑炉工程队的教导员，忙问：“找张主任有什么事吗?”

这位教导员军人出身，冲着我大声地吼起来：“别误事！快帮我找张主任，找张主任！危险，危险，一号高炉检修出事了，将会出现爆炸事故！”

我吓了一跳，那还得了，一号高炉高达六十多米，是一座“大三线”建设的标志性工程，自 1970 年 7 月 1 日流出攀钢第一炉钒钛磁铁矿的铁水，它就成了“大三线”建设者和全体中国人民的骄傲。万一出现爆炸事故，建设者的心血付之东流不说，更重要的是给“大三线”建设带来的损失和影响将无法估计。有人说，一座高炉的爆炸，如同一枚中型原子弹，滚滚的铁水从里面飞溅而出，两三千度的铁水顷刻弥漫大地和天空，那会是一种什么样的状况，任何人都是可以想象得出来的。

指挥部的领导都到现场去了，怎么办?

这个指挥部，其实是建在一号高炉大修现场的一座十多平方米的小屋，四周用红砖砌了个围墙，上面盖上几块水泥瓦，中间放一张开会用的长方桌，加上几把椅子，几张凳子，一个更衣柜，两部电话机。屋里还隔出一个很小的单间，里面放着一套播音设备，一张小桌子和一把椅子，那里就是现场广播室，专门负责现场进度、好人好事、英雄模范人物的报道以及通知找人、开会等各种紧急事件。外面炮声隆隆，火车鸣响，汽车呼叫，高音喇叭呼喊，更有热风炉日夜不断呼啸，如炮弹划过长空，高炉出铁的红浪则如炮弹爆裂，映红了半个天空。上级或者是前线施工队来电话，这里接电话的人为了减少噪音干扰，就得蹲下身子，捂着另一只耳朵，扯开嗓子与对方说话——此情此景，跟电影战争片里看到的前线指挥部一模一样。

我那时年轻，理想的翅膀正翱翔在浩渺的长空，喜欢这种轰轰烈烈的生活。因为工作关系，经常充当接电话的角色。

高炉大修是一项重要工程，因为必须停炉。那时，全国的大型高炉是有限的，一停炉就会直接影响到全国的钢铁产量，企业是不能自行停产进行大修的，必须报首都的有关部门批准，可见一座高炉的大修事关重大。

高炉大修还是一种大规模多工种多层面的联合作战，其中工种包括铆工、电焊工、筑炉工等等近百十个工种，牵涉修建部、运输部、电修厂、机修厂、炼铁厂等几十个县团级厂矿，施工作业从六十多米的炉顶直到炉下的地沟，大概有几十层，每一层都有人作业，稍有不慎，上面掉一颗螺丝钉下来，就会砸穿下面人的安全帽，给下面的施工人员造成伤亡，每次大修都会出现或多或少的事故。

每个工种都有自己的施工进度，为了抢时间，抢进度，施工的厂矿之间经常会出现扯皮的现象——就像电影里张军长的车队与李军长的车队相互争道一样。为了解决施工中出现的各种问题和矛盾，每次都会成立一个现场指挥部，统一对现场施工进行指挥。指挥部下设工程组、材料组、宣传组、医疗救护组等几个小组，我当时在修建部办公室任秘书，因为修建部党委书记兼主任张国林担任现场指挥部的负责人，我就跟着被临时抽调到指挥部宣传组。

一号高炉大修事关重大，根据以往的经验，为了在进度上能够做到“齐头并进”，不再出现“抢道”争进度的现象，据说工程组的人员还专门请教了数学大师华罗庚，华罗庚提出了一个统筹法，工程组的工程师丁锁喜等人根据华罗庚的统筹法，专门设计了一张整个工程的现场统筹施工图，挂在现场指挥部的墙上，每次开会，只要参战的施工单位之间出现争执，大家都会站起来，走到那张统筹图前，各自查看自己在这盘“棋”中此时此刻应该“站”的位置。

宣传组的工作相对要简单很多，参加每天早晨的指挥部汇报会，然后就是跑现场，对各参战厂矿进度和好人好事进行报道，稿子写好交播音员现场马上广播，每天出一份铅印的《大修战报》。

这场“战斗”由于准备充分，第一批冲上去的修建部土建工程队五百多名职工，日夜苦战，出师获胜。

我受命深入现场采访，与工人们在泥里灰尘里滚打，深受感动，为鼓舞士气，匆匆给《大修战报》写了一篇报道：

修建部出师得力　土建队一炮成功

担任高炉主攻任务的修建部，把高炉的大修当着创“六好”工厂的第一仗来打。这天，战斗的序幕一拉开，土建队在拆除风口大套的爆破中一次成功，为整个检修打响了第一炮。

上午十点三十分，修建部土建队一分队在接到任务后，马上组织力量，把任务落实到班组，很快就完成了十六个风口大套的炮眼的掏挖任务。这是一场攻坚的硬仗，靠高炉两边的水管不住哗哗地向下流水。参加的土建一分队工人全身衣服都淋湿了，仍然坚持大干。少数民族工人石正林，浑身上下被水湿透了，加上灰尘很大，连眼睛都睁不开，同志们几次要换他下来，他却坚持着一直干完。老工人肖前忠、王胜举，一边认真检查质量，一边指导青年工人掏炮眼。青年工人陈桃元、王建刚跟着老师傅一起连班干。特别是担任放炮任务的凿岩班，在班长斯友发的带领下，严格按照操作规程装炸药，认真负责把好关，修建部土建队的领导亲临高炉现场，每一道工序都进行认真严格的质量检查，进行一个个炮眼的验收。担任这次任务的土建一分队凿岩班、水泥一班、水泥二班、木工班、架工班、混合班六个班组，紧密配合，主动协作，相互创造条件。下午五时五十五分，土建一分队开始放炮，一炮成功，风口大套基本全部崩出，为大修创造了条件。同过去的检修相比，整整提前了两个班的时间。（沈国凡）

这样的现场报道，是不是有点像战争年代的战地记者一样？“大三线”每一项重要工程的完成都是一场战斗，都得付出一定的代价。年轻的我憧憬这样的战斗，喜欢这如同战斗场面一样壮阔的气势，一样奋不顾身的战士，一样英雄涌现的豪情，对于其他一切都毫不在意，虽然艰苦、危险，每天只顾往最前线冲，目的很简单，就是要深入下去，沉到底层，冲上第一线，了解更多的情况，见到更多的英雄，写出更好的报道。

那个年代的中国工人真是一个团结、敬业、坚强的群体，在任何困难的环境下，他们都是一群硬骨头，咬紧牙关，不计报酬，不争个人利益，不向困难低头，他们发自内心地爱着这个国家，爱着这个民族，敢为国家和民族担重担，在困难面前从未退缩。他们用自己坚实的脊梁，扛着一个热气腾腾的国家往前走——因为他们大多数亲身感受过列强铁蹄下的苦难，他们希望通过自己的努力，将这个灾难深重的国家从“东亚病夫”变成东方巨人。

我至今保存着一份当时写在《大修战报》上的“工地巡礼”：

沸腾的工地

——攀钢一号高炉大修工地巡礼之一

沈国凡

人们爱说，这金沙江畔是没有冬天的。在这秋末冬初，祖国的北方早已是寒风凛冽，雪花纷飞，但这里却仍然是热汗飞洒，热浪翻滚。正在大修的一号高炉工地，更是春潮澎湃，一片沸腾。

清晨，一轮红日从东方冉冉升起，万缕金光洒满大地。就在这金色的黎明，在上班和下班的人流里，在工地那洪亮的广播喇叭声中，我又听到了一条振奋人心的好消息：修建部土建工程队采用先进爆破技术，一炮崩出风口十二个大套，在打响了胜利第一炮的基础上，又提前完成了上级交给的清除炉渣的任务。土建队一分队支部书记刘士忠同志，此刻正从高炉上下来，他看上去大约有四十开外的年纪，敦实的个子，微黑的面孔，满头的黑发间夹杂着几根白发，额头上正闪动晶亮的汗珠哩！昨晚，就是他和二分队支部书记吴鹤同志一起，带领同志们冲进热浪逼人的炉内，冒着灼热的高温进行着顽强的激战。高炉内完全是一片烟海，呛人的炉灰叫人睁不开眼睛。他们开始用撬棍撬，但铁渣太硬，进度很慢，接着他们又采用铁镐挖。汗水浸透了衣服，双手打起了血泡，但是没有一个人叫苦。他们就是这样凭着一颗热爱社会主义祖国的红心，用自己勤劳的双手，为整个工期提前完成赢得了时间。

“一分钟就是一吨铁”，这句话铭记在参加检修的每个同志的心中，为了争时间，抢速度，多少人在顽强地战斗，多少人在动脑筋，想办法。智慧，像灿烂的火花在闪烁；检修，以飞快的速度在前进。

电修厂电气检修车间架工七班，接受了上料系统电机拆除的运输任务，面对作业范围广，条件差的具体困难，班长罗勤义、王春君同志，正带着全班在仔细地研究作战方案。他们运用（华罗庚的）“统筹法”妥善安排人力，合理使用汽车，把全班十三名同志分成三个小组，分兵把口，专人负责，仅用十三个小时就胜利完成了炉顶卷扬机室和沟下四十台电机的吊装任务，比以往进度大大加快。修建部机械一队一分队配管班，是一个刚成立起来的班组，他们所担负的是高炉冷却管道的安装工作，全班十五名同志没有一个人干过。一号高炉的冷却管道有一万多个接头，需要大量的橡皮垫圈，按每人三分钟一个计算，十五个人全部用来剪垫圈也赶不上需要。全班同志为了争时间，抢速度，在班长林树歧同志的带领下，在机动科的协助下，自制了招牌切割机。原先每人三分钟剪一个，现在十秒钟就剪一个，工效提高了十八倍，现在只要一个人剪的垫圈就能供给全班同志的需要。

十一月四日中午十二点，我来到一号高炉最顶端采访。这里修建部结构工程队一分队三班正在拆除均压放散管。你看，那是谁已爬了上去。他正系好安全带，点燃焊枪进行切割。他是三班的汽焊工刘代良同志，修长的身材，一双炯炯有神的大眼睛。谈起这个同志，谁都说他有一股倔劲，平时跟大伙争论问题，总是倔着不肯服输；干起活来，别人不敢干的活，他也总是倔着要干，人民解放军那种“一不怕苦，二不怕死”的革命精神，仍然在他的身上闪耀着。白云在他的脚下浮动，焊花在他的身边飞舞，在这六十多米的高空，他仅用了一个多小时，就完成了切割任务。班长王树荣同志指挥全班，将废管整体吊下，原计划两天半的工期，结果只用了半小时就全部完成。

一号高炉拆除工作正在飞速向前，战斗的凯歌响彻沸腾的工地，在这些勤劳勇敢的建设者面前，我们的钢城的确是没有冬天的。

（《大修战报》1978 年 11 月 13 日　星期一　第 2版）

我除了为现场广播站和《大修战报》写消息和通讯，也写一些文艺小稿，鼓舞士气。这也很有意思，使我想起战争年代那些文艺兵，因此总是热血沸腾地来做这件事。《高原战士报》摄影记者兰老师，转业来到“大三线”，他在现场担任摄影，经常发一些照片给我，我就给他的摄影作品配一些文字，在《大修战报》开了一个用抒情文字配图片的栏目，很受职工们欢迎。

神奇的云彩

——献给两位高空作业的工人

高高的、高高的天空，飘着两朵神奇的云彩——金色的朝阳驮在脊梁，宽阔的胸怀向大地敞开，多么遥远——徐徐地飘去，多么亲近——静静地飞来，用凝聚的力，用生命的光，向上牵引着一个瑰丽的世界。那横空的银线、傲立的苍松，都在这云彩的脚下变矮！

焊花篇——检修工地随想

焊条

又细又长的焊条，在强烈的弧光下熔化。它将一道道裂缝缝合，将一套套钢件焊牢，让它们去做支架，去铺铁桥，去竖起塔吊，去兴建厂房，去召唤天边那火红的朝阳。

焊条无私无畏地献出了自己的一切。千千万万在“大三线”沸腾工地上挥洒热汗的人们，他们的生命是为祖国而闪烁着火花的焊条！

这时，根据教导员的要求，我拿起电话，要了好几个地方都没有找到指挥长张国林。

教导员来火了，冲着我吼道：“你这个秘书是怎么当的？要是在战场上，我们的战士早就在前线牺牲光了！”

我被他骂得一句话也不敢回，浑身上下都急出了汗水。

这时，播音员进来了，她告诉我，张指挥长正在一号高炉施工现场处理事故。

这位教导员一听，推门就朝外面跑，我向播音员交待了几句，顺手拿了一顶安全帽往头上一扣，也跟着朝外跑。

播音员朝我喊：“沈秘书！”

我大声问她：“还有什么事？”

她指指我头上的安全帽。

我揭下来一看，原来是一顶红色安全帽。现场有规定，由于大修时参加的厂矿有几十个，人员太多，工种太复杂，为了方便联系，及时解决现场出现的问题，安全帽根据各人在施工现场担任的不同角色，是按颜色进行分配的，这就是我们参加现场施工人员的“军衔”，正副总指挥是戴红色安全帽的，无论任何人在现场遇到问题都可以随时向他们汇报并要求解决——那可不是炫耀，那是一种责任和担当。我由于匆忙，竟然将张指挥长的那顶红色安全帽戴在头上了，要是到了现场，有人找我处理技术难题可就麻烦了。

播音员拿了一顶黄色安全帽给我，朝我做了个鬼脸——小小年纪，就想当指挥长了？

我朝她笑笑，慌忙戴上，转身朝机声轰鸣的现场跑去。

2. 情况上报北京

那个时候的“大三线”领导啊，真是令人敬佩！

当我跑到现场时，指挥长张国林早已站在灰尘飞扬的事故现场了。他浑身尘土，一张国字形的脸，早已被现场的机油和粉尘抹黑，只能看见两只眼睛在转动。一群人围着他，正在向他汇报情况。

张国林是从鞍钢“配”来“大三线”的干部，曾在鞍钢修建部工作过，对于高炉大修比较熟悉。他文化水平不高，但办事果断，身先士卒，工作务实，待人和蔼，最烦那种无休无止空谈的会议。他从鞍钢的一名工人，一直干到现在“大三线”一号高炉大修的指挥长，对子女、对家属要求都很严格。他从不要秘书写讲话稿，几千人的大会上讲的都是大实话，职工们爱听，还不时鼓掌。

一场“中型原子弹爆炸”一样的事故，摆在了张国林的面前。

原来，在大修开始之前需要停炉，然后由筑炉工人进入炉内进行清渣，可是，进行炉内清渣时，由于渣铁混合凝固在一起，工人们无法进行清除，最后决定要在炉内放炮。

虽然已经停炉，但高炉里的中部和底部仍然是烈火熊熊，人进入高炉里面操作，就如同进入火焰山一样，顷刻就会流干汗水，产生虚脱，加之炉下火烤，里面时常会产生一氧化碳，这是一种对人体非常有害的气体，一旦吸入过量，便会死亡。

炉内放炮，这可是一件非常危险的施工方案，现在已经别无他法。

筑炉工程队的方案得到指挥部的批准，工人们进入炉内，开始打眼，然后安放炸药，这每一步的实施都充满着危险。因为仅隔着一层铁板，脚下就是火焰山一样燃烧着的焦炭和矿石，还有铁水，除了一氧化碳之外，那些安放的炸药，随时都有爆炸的可能。

张国林站在高炉下面，亲自看着筑炉工程队的工人进入炉内后，就一直站在那里，一动不动地看着，他的心提到了嗓子眼上。

谢天谢地，安放炸药的工人终于如数从炉内走出来了。

紧接着，开始疏散现场人员，高炉上下多层作业的人员全部从现场下来，在地面上等待下一步工作的时间。安全人员全部到位，从高炉的底部开始，一层一层地往上爬，查看有无人员，有无安全隐患。在这一切都完成之后，人们都静静地等着炮响。

随着一声令下，施工工人开始点炮，现场响起了轰雷般的响声，轰隆隆地从天空轰向大地，地面开始震动。

安全员根据要求，数着炮声。

炮声终于停了，性急的施工队伍就想进入现场。

安全员不让任何一个人进入，因为还有一炮没有炸响。

人们等了半个多小时，仍然没有听到炮声，就涌上来质问安全员，是不是数错了，等了这么长时间也没有炮响。

安全员肯定，没有数错。

现场出现了僵局，有人要进去施工，安全员却不让进入，更可怕的是，这未响的一炮不知在高炉的什么位置，万一到时引爆了炉里的矿石和铁水，那将造成重大事故。

事态严重，负责施工的筑炉工程队教导员只得飞跑至指挥部汇报。他没有想到，指挥长一直都在施工现场，没敢离开半步。

施工暂停，立刻将情况上报北京。

3. 共产党员跟我上

指挥部立即召开紧急会议。

小屋里一下子拥满了各路“诸侯”和工程技术人员，凳子不够，大多数人都站着，热烘烘的汗味和烟草味弥漫在屋子里。大家提出了很多办法，但又被一个个否定。

最后，指挥长张国林拍板，不能坐等，先派人进入炉内清除引爆的渣铁，为后续排险的人员扫清道路。可是，这“扫清道路”也是一项危险的决策，万一到时这没有放响的一炮突然爆响，这些进入炉内的人活着出来的可能性就很小，更何况炉内还有残留的煤气，进入的人员随时都可能中毒牺牲。

这是一场生死搏斗，会场里一下子安静下来，人们的目光都汴视着张国林。

如同一位前线的将军，张国林一一安排各路“诸侯”的任务：“筑炉队担任主攻，负责炉内清理，机械队负责外围安全，电修厂负责电器安全……医院来人没有？来了，好，你们组织一个现场救护队，我希望医院里只留一台救护车，剩下所有的救护车都开来现场，倒下一个拉走一个，全力抢救，不准有一个人因抢救不及时死亡！”

张国林说：“小沈，立刻通知修建部机关的所有男同志，全部换上工作服，戴上安全帽穿上大头鞋，乘大院里的卡车速到现场来，到一号高炉炉口集合！”

这种场面，多像我儿时看到的战争电影——一场总攻的战斗布置。

布置完毕，张国林问：“各位听清楚没有？”

“听清楚了！”齐声回答，声震屋顶。

人们各就各位。

我跟着张国林来到高炉的风口，很快修建部的两辆大卡车开来了。

张国林说："同志们，今天将你们从工作岗位上调到施工现场来，那也是不得已的事情，事关大局，我们必须全力以赴。我们机关的任务，是同筑炉队的工人一起进入炉内清渣，为后面的排炮扫清道路，节省时间。大家都知道，进入炉内很危险，里面除了温度很高，还有煤气，加之地方狭窄，每次只能进去两个人，每人最多在里面干五分钟就必须出来，如果感到身体不适就要马上出来！"

接着张国林说："共产党员站出来，站在第一排！"

这时，安全员提着一只鸟笼走了过来，对张国林说："指挥长，里面还有煤气。"

我一看，一只鸽子死在了笼子里。

根据要求，在进入之前必须对炉内的煤气进行检测，安全员用一只鸽子放在炉口，便是这样的结果。

现在一切都不能再想了。

我们每人发了一条毛巾，然后沾满冷水，咬在嘴上。

炉口放着几把用来清除铁渣的工具。

张国林说："我第一个进去，出来后请大家跟着我，从党员科长开始，一个一个地接着不要停。请留出一条通道给救护人员。"

说着，张国林就往炉前走。

我当时还不是党员，是被"破格"调到办公室的。领导上去了，我这个办公室秘书能往后退吗？我跟在张国林后面，一头冲进了炉子里。

我的天啦，这恐怕是我一生中最感恐惧的时刻！

炉子里半明半暗，铁渣遍地，里面热得如同进了烤箱，直感到皮肤都快要烤糊了。更可怕的是，在自己的脚下，仅隔着一层铁板，就是红红的铁水，仿佛开锅了一样地沸腾着，不时有火星飞溅，在炉壁四周跳跃。浑身汗水顷刻就干了，咬着的毛巾，也感觉不再湿润。没法呼吸，也不敢呼吸，感觉到浓浓的煤气正从四面八方向自己涌来。

我从来没有干过这活，不知道怎么除渣，就照着张国林的样子，挥着手中的工具在炉壁乱捣，只要能将渣铁敲松就行。实在有些闷不住了，我就轻轻地吸了一口气，我的天，这一下只觉天旋地转……

张国林这时挥挥手，我跟着他冲出炉子。

两个早已等在外面的护士，立刻抬着担架上来。

我对她们说："没事！没事！"

我回到指挥部，躺在会议室桌上休息，过了一会儿，救护车的喇叭声在外面响了起来。

播音员告诉我，有人晕倒，拉医院抢救去了。

紧接着，又是一阵喇叭声。

整个下午，救护车那凄厉刺耳的喇叭声不断地在工地上空回响。

第二天，当我来到工地上的时候，见指挥部的外面停着一辆面包车，有一个老头站在那里，高个子，穿一件深蓝色的中山装，几位指挥部领导都站在他的四周。

我问播音员："这老头是谁？"

她说："高部长，今天一早刚到，还没休息就来工地了。"

高部长名叫高扬文，当时刚接任冶金部的领导，他身边就一个秘书，也没有什么人跟着，上班的工人不断从他的身边走过，有的还不时停下来看看他，他也同大家打招呼。

指挥部领导让他到里面休息一会儿，他连连摇头说："不用，不用。"

他拿了一顶安全帽，就跟着指挥部的人到现场去了。

这样的领导啊，你不想敬佩都不行！

前不久，央视播放了一部纪录片《难忘方毅》。方毅是"大三线"建设时期主管科技的副总理，为了攻克冶炼钒钛磁铁矿的难关，他曾三次进入"大三线"的渡口市，住着干打垒的"招待所"，一双布鞋，一顶草帽，同工人和科技人员一起商讨，攻克一个又一个的难关，受到"大三线"人民的爱戴，人们至今都还记得他。

在渡口市工作过的崔一贵、刘桂芬夫妇，是北京广播学院（现中国传媒大学）毕业后来到"大三线"的，当年曾对我的写作进行过指导与帮助——崔一贵是我的江苏老乡，在我之前调回江苏，我喊他们老师，他们叫我小沈。我将《难忘方毅》

的纪录片传给他们，他们看后非常感动。

2018年11月6日下午6点53分，刘桂芬老师给我发来微信，非常激动地谈了自己的观后感：

> 方毅与攀枝花情缘真是太深，看了这部央视纪录片，不禁热泪盈眶。那时的干部，那时的知识分子，那时的工人心里都怀揣着一个信念，为祖国的建设无私奉献！虽然苦，但没有一个人叫苦。虽然穷，但没有一个人叫穷。方毅式的干部现在还有吗？我当时在广播站，在电视台随同采访，对方毅印象颇深，也留下了珍贵的照片。看了纪录片，回忆过去，浮想联翩……谢谢您，是您给我提供了这感人的回忆！

高扬文到现场查看了之后回到招待所，吃了几口饭，又来到工地，跟指挥部的人一同探讨解决问题的办法。

高扬文认为，炉内的铁渣已经基本清理干净，排除哑炮的工作马上就可以进行，现在关键是谁进入炉内去排除哑炮。

4. 排炮英雄杨二富

说起排除哑炮，凡是参加过筑路或者是其他取石修建工程的人都知道，这比开始装药和引爆更加危险。在“大三线”建设中，因哑炮引发人员伤亡事故的次数多得无法统计。

因此，有“谈哑色变”之说。

有人说，在施工工地上征求有经验的人员；有人说，请十九冶金建设公司的专业人员来实施；有人说，将这个任务交给筑炉工程队，因为炉内放炮是由他们负责的……

事关生死，指挥部里空气凝重。

筑炉工程队那位教导员站起来了，他说，这工作是我们的，还是由我们来完成！

全场寂静。

教导员说完就走了出去。

会议室里所有的人，都无法迈动脚步。

一会儿，教导员领着一个人进来了。

大家一看，这是一个30岁左右的年轻人，穿一件满是机油和灰尘的工作服，脚上穿着大头皮鞋，脸看不大清楚，几乎全被炉渣扬起的粉尘蒙住了。

原来，教导员回到队里之后，将队伍召集起来，简单地说了一句话：“这份活是我们干的，我们必须完成，谁上去？”

立刻，无数的手臂举了起来。

教导员被感动了，他说：“大家都别争，这事是哪个班干的，就由哪个班来完成。”

任务落在了这个小伙子所在的班里。

班里又发生争论，人们都抢着要去排炮。

这个年轻人的理由最充分，他说，自己老家有弟兄几个，如果真的“光荣”了，父母可以由他们照顾，更主要的是当时炉内打炮眼的时候，他一直是参加这项工作的，每个炮眼所在的部位他都熟悉，换一个不熟悉的人进去，在里面长时间找不到炮眼，危险就更大。

教导员一听理由充分，上去一把拉着他就跑到指挥部来了。

正为此“研究”的会议室里，人们一下子都站了起来。

张国林问：“你是筑炉队的吗？”

答：“是的。”

张国林：“你叫什么名字？”

“杨二富。”

张国林：“你有什么要求？”

杨二富：“没有别的要求，儿子长大后让他来接我的班。”

张国林：“还有吗？”

“没有。”

“还有你就提出来！”

“没有。”

就这样，一名平时名不见经传的普通工人，一个曾经对食堂的饭菜提过意见的筑炉工，在关键的时刻挺身而出，义无反顾，别无他求，勇敢地接受了这个生死未知的任务。

他是董存瑞，不是。

他是黄继光，也不是。

他就是他，一名参加“大三线”建设的工人。

就这样，杨二富转身离开指挥部，独自冲过铁道，跑上炉台，沿着扶梯，一步一步地向着炉口走去。

整个施工现场的数千双目光，都集聚在那个移动着的小点上。

时间在一分一秒地过去，钻进炉内的杨二富还没有出来。

很多人都在看手表，手表仍然嘀嘀嗒嗒地转动着。

有人捂起了耳朵。

有人闭上了眼睛。

突然，有人指着高炉叫了起来：“快看！快看！”

一个黑影站在炉口，接着便从炉口往下面跑来。

杨二富抱着一包未响的炸药，从炉台上跑下来了。

整个施工工地立刻欢呼起来：“杨二富，英雄！英雄，杨二富！”

第十三章

热血情怀

1. 木棉花一样的早晨

我不知道他是谁，为什么要叫我到这个地方来。

屋子里只有一张凳子，他自己坐在床沿上，指着那张凳子让我坐下。

我不敢坐，轻声地说："领导坐。"

他哈哈地笑了起来，对我说："我不是什么领导。"

他斜着身子拉开写字台的抽屉，从里面的一只大信封里，取出几只烟盒纸来摆在桌子上。

我一看吓出一身冷汗，这东西怎么到了他的手里?

他指着上面的字问我："这是不是你写的?"

糟了，这位省里来的领导开始调查我了!

我只能坦白"交待"："是，是的，是我写的。"

他提醒我说："你再看一看。"

那是三只金沙江牌的香烟盒，每只烟盒上都密密麻麻地写满了文字——那全是我的笔迹。

我不敢再看那三只烟盒，那些笔迹就是我的"罪状"——到"大三线"后写的诗。

那时的我，除了小时爷爷逼着背了几首唐诗之外，还偷读了《莎士比亚十四行诗》《雪莱诗选》以及徐志摩、戴望舒、郭沫若的诗，也模仿着写过几首诗。可是，"你我相逢在黑夜的海上，你有你的，我有我的方向……"我们那个时代，这样的诗写出来是会被"批判"的。年少的我，便"与时俱进"，开始读当代诗人写的"骑马挂枪走天下，祖国到处是我的家……"这种豪情壮怀的军旅诗。到了"大三线"，隆隆的炮声，沸腾的生活，创业者披荆斩棘，勇往直前的大无畏精神，让我这颗年轻的心不能平静，诗的火焰一下子被点燃，我情不自禁地拿起了笔：

炮声隆隆

轰隆，轰隆，轰隆，炮声阵阵震长空，如同一串串爆竹，响彻在沸腾的群山中。 醒来吧，沉睡的荒野，敞开吧，宝藏的迷宫，炮声代表创业者大声喊话，翻飞的彩旗鼓满着东风。 火星在导火绳上呼呼闪动，一串炮响，万山花红，青烟黄云裹着腾腾热浪，飞洒的石雨火药味浓浓。 一炮劈碎千层石壁，一炮削掉半座山峰，一腔豪情将炮眼填满，崭新的钢城诞生在我们手中。 炮声里，万颗明星缀深山；炮声里，十里大江飞彩虹；炮声里，座座高楼耸云天；炮声里，钢花飞溅铁流涌…… 炮声就是我们火爆的性格，迎着千难万险敢打敢冲，啊，这崇山峻岭中的炮声，就是我们“大三线”建设者粗大的喉咙。（1974 年 1 月 21 日）

初进“大三线”，住的都是竹席棚，四处透风，晴天如蒸笼，下雨天水帘洞，水从我的床下流过，半夜里竟然将我的鞋子冲走，第二天只得打着赤脚找同事借鞋。那时年轻，偷偷读过不少浪漫主义的小说，对这些都不当回事，觉得浪漫而有诗意——不勇敢地走进“大三线”，哪来这样的生活！夜深人静，山风呼呼，自己躲在蚊帐里，打着手电，裹着被子，匆匆挥笔：

席棚

金沙江两岸，立着一排排席棚，如同艳丽的攀枝花，开在绵延的大山中。 根根竹条紧又密，能抗狂暴的风和雨；张张竹席连一起，不怕九天炸雷轰。 碗口粗的梁柱扎下根，山洪巨浪冲不动；二指宽的毡毛盖屋顶，不惧暴雨和狂风。 山顶看——一条线，山下看——一重重；窗含对岸万仞山，夜夜喜听炮声隆。 别以为席棚矮又窄，高楼大厦在其中；别以为席棚狭又小，四海云水门前涌。 我们今天住席棚，豪情岂能“锁”棚中，

双手托出新钢城，钢花飞溅天地红。（1974 年 1 月 20 日）

那时写作非常艰苦，我搬一块石头放在床前用来当凳子，要写作时，就将石头从床下拉出来，将“稿纸”放在床上，就这样进行写作。没有稿纸，就将同伴们的香烟盒收集起来，将诗和文章写在上面。

感情最深的是江对面 9 号信箱的筑路队，每天他们都以炮声将我们唤醒。那时主要修建的是从大渡口到未来的市中心炳草岗的公路。我们的席棚就立在江对岸，那是怎样的一座高山啊，雄伟挺拔，巨人冲霄，挡住了半个天空，要想在这里修一条公路，那真得有一种“万水千山只等闲”的精神。

我敬佩这支筑路队，专门过江去过几次，看他们施工，听他们讲故事，我不能克制自己，为他们写下了下面的这些文字：

筑路队

铁锤舞，红旗飞，大吼三声高山退，好一个火辣辣的筑路队！　汗水能漂万吨轮，手上茧子堆连堆，皮肤晒黑如擦亮的铜，个个说话如响雷：“荒山野岭摆战场，敢做开路先锋队，斩峭壁，劈险峰，专爱和岩石来作对。能梳平万重山，能制服千条水，为了建设攀枝花，恋情填进炸药内。”炮声响，推车飞，金光大道心中铺，筑路队不知苦和累。（1974 年 1 月 19 日）

可是，我清楚地记得，那三只香烟盒上，并没有这几首诗。

我脑子里不断地回忆着，是哪些诗惊动了这位省里来的“领导”呢？

那时，江上的唯一交通是一座铁索桥，最早进入大山的第一批创业者，就是通过铁索桥从对岸的云南进入四川的未来钢铁基地进行建设的。看着这座风雨中显得锈痕斑斑的大桥，我心潮难平，于是写了一首《高高的铁索桥》。看着巍巍的高炉出铁，红浪飞升，映红天空，也心情激动，写了一首《金色的瀑布》。来自全国各地的“大三线”建设者，操着不同的口音，相处在这荒野山沟，大家就是“乡亲”了，觉得充满了一种浪漫色彩，于是写了一首《乡亲》。

那时啊，就为一个地名在建设中发生的变化，也要激动得给宣传队写几句快板诗：

烂泥田

上面新商场，下面新医院，绵延的楼房接蓝天，又宽又平的柏油路，被两排绿树抱中间，人熙攘，喇叭喧，笑声催得百花艳…… 这是个啥地方？嘿，名字叫作烂泥田。 世上美名万万千，这个名字真新鲜，四处不见烂泥水，为何叫作烂泥田？这奇怪的名字哪来的？还得重说三年前。 当年创业来这里，山窝窝里把帐篷建。大雨缺天河，狂风席地卷，帐篷如同鼓满风的帆，四处陷在泥里边。水声哗哗床底流，泥巴、冷水拌炒面，出门烂泥没膝盖，泥浆涂满衣和脸…… 哈哈哈，这没有名字的荒山沟，我们给它起个名字就叫烂泥田。 斗地战天征腐恶，烂泥田上写新篇，铁肩，将千顷烂泥挑走，双手，把新取的石头撒遍，炮声开出金光道，红心搭桥能通天，钢骨撑楼入云霄，汗雨浇得树常青，夜来满“田”撒星斗，与天空银河连一片…… 谁还相信这是过去的荒山沟，谁还相信这是过去的烂泥田，我们高举创业的红旗，在金沙江畔改地换天。 请我们后来的世代子孙，都把这奇怪的名字记在心间，这名字记着火红的岁月，这名字记着战斗的诗篇……（1974 年 1 月 27 日）

难道是这首给宣传队写的快板诗惹了麻烦？“烂泥田”，这不是在诬蔑“大三线”吗？我不由出了一身冷汗。

但我清楚地记得，那几只烟盒上也没有这首快板诗呀！

那个时候，个人是不能随便给报刊投稿的，一般的稿件都得要单位盖个章，备个案，才能寄出去。特别是在“大三线”，为了保密，对于向外投寄稿件也是很严的。就是一般的文学作品，单位上也是时常会“关注”。多少年以后，我到四川师范大学参加毕业论文答辩，同学中有一位当年曾在保卫处工作过，他告诉我说，当时他们早就“盯”上我了，因为我经常在外面的报刊上发表作品。

听了这话，我不由出了一身冷汗。

可是，沸腾的“大三线”生活，万众一心移山填海的气势，攻克科技难关的一个个不倦身影，这些平凡的人，埋名于深山，创造着不平凡的业绩，怎么能不叫人激动呢?

血，总是热的啊!

我记得进入“大三线”的第二天，当分配我当铆工时，也是激动得不得了，第二天赶紧跟着师傅到正在检修的石灰石矿工地学干活，回来就匆匆记下自己的心愿:

铆　钉

密密麻麻的铆钉，像一排排的星星，一颗、两颗、三颗……坚守着自己的岗位，使出全身的力气，把钢件铆合得紧紧。风吹来——不动摇；雨打去——不松动。　铆钉很小很小，躺在那里不显眼，站在那里不惊人，但是它却有着神奇的本领。飞跨大江的“彩虹”，远涉重洋的巨轮，忙碌的高炉送料斗，力举千钧的起重机，都少不了这小小的铆钉。别看它钢铁脾气倔强，铆钉一到就心连心。　铆钉啊铆钉，顽强而坚定；铆钉啊铆钉，紧密团结的象征。　铆钉上响着铿锵的锤声，是我们“大三线”建设者的激情催它进军。架千道“彩虹”，造万吨巨轮，颗颗银光雪亮的铆钉，就是我们铆工闪闪的红心。　我终年辛勤地工作，和铆钉结下了深厚的友情。为了构造祖国坚固的长城，我愿在“大三线”做一颗小小的铆钉。

这个心愿，我记得好像抄在一只香烟盒上寄出去了。

我试探着问“领导”:“我是不是做错了什么，你是来调查我的吗?”

“领导”急忙说:“不不不……”

他越否认，我越怀疑。

1974年4月28日，《四川日报》发表了我的《钢城新人赞》(二首)。那个时候工人吃香，更何况我这个写诗的是一名来自“大三线”的工人哩，编辑特意在我名字的前面加了“工人”二字。

初进“大三线”便看见了年轻的女推土机司机，那个剪着短发，飒爽英姿的女孩，开着推土机隆隆地奔驰在工地上，一下子将我吸引，我为此匆匆记下：“年龄不过十八九，飒爽英姿红旗手，别看她是个女娃娃，嘿，大山见她也让路走……”。

那时的诗，浸透着时代风雨的印痕，历史就是这么一步一步走过来的。

在我们一群“大三线”作者的呼吁下，渡口市办了一本文艺杂志《攀枝花文艺》，成为在四川省内，与复刊后的《四川文艺》并驾齐驱的两本公开发行的刊物——可见当时“大三线”享受的“待遇”有多么特殊。一些曾经在这本刊物上发表过作品的作者，后来成了名人进京赴任。

这时，只见那位“领导”从抽屉里抽出四叠稿纸来，轻轻地放在桌上说：“你们这里是不是纸张很困难，这几本稿纸是专门带来送给你的，以后多给我们写点作品哦！”

我有些激动，对他说：“领导……”

他哈哈地笑了起来，对我说：“小沈啊，我哪是什么领导，我是《星星》诗刊的编辑，名叫兰万伦。”

我悬着的心这才放了下来，喊他一声兰老师。

我恭恭敬敬地接过稿纸。

两叠宽大一点的稿纸下面印着“四川文艺”，两叠“修长秀气”的稿纸下面印着“《星星》诗刊”。那些如同田野一样的方格墨香四溢，我的心里充满着温暖。

兰老师想看看沸腾的“大三线”建设，于是，我带他到炼铁厂参观。

一号高炉正在大修，他仰头看着高高的炉顶说，这真高啊，都快接着蓝天了。

我问他：“兰老师，你敢上吗，现在正好高炉大修，已经停产，我可以带你到最顶上面去。”

兰老师一听兴奋了，同意跟我一同爬一次高炉。

我借了两顶安全帽，就带着兰老师往高炉顶上走。

高炉大修是多层作业，每一层都有工人在干活，安全显得特别重要。走了一半之后，兰老师就觉得有些“危险”，双手抓着扶栏，再看看头顶，还远着哩！

他问我：“小沈，你到过顶上吗？”

我说：“我每天最少要爬到最高处一次，目的是作现场采访。”

兰老师见我一边走一边还同干活的工人打招呼，就问我：“你认识他们？”

我说，认识认识，我们是一个单位的，有的还是跟我一同进厂的哩！

兰老师说：“哎呀，沸腾的生活，沸腾的热血！”

就这样，我和兰老师一边说着，一边如同爬山一样往炉顶上爬。

炉顶插着一面红旗，有几个工人系着保险带在干活。

兰老师问我，这有多高。

我告诉他，六十多米。

这个高度，比成都的锦江宾馆还高。

兰老师紧紧抓住扶栏说：“哦，在这上面干活可得要点胆量！”

是的，风吹着红旗，发出呼啦啦的声音，整个炉顶都在摇晃，仿佛很快就会断裂，将你抛于万丈深谷，不由使人双腿打战。这里稍有不慎，就会“飞”下炉顶。我的一位工友，后来在高炉大修时不慎跌下，虽然保住了性命，却终生瘫痪。

我对兰老师说：“有的人写诗，啊，我站在高高的炉顶……那全是扯淡，叫他上来站站看，有没有这个胆量！更何况平时高炉生产，下面如同火焰山一样，谁敢上来，谁能上来，谁又上得来，谁又能让你上来？只有像我们今天，大修停产熄炉才能上来。”

兰老师哈哈地笑了：“是哟，是哟，现在有的人写诗，全是没有生活的‘无病呻吟’。”

站在高高的炉顶上，群山变矮，江水如丝，仿佛伸手就能摘到云朵，钢铁基地如一幅雄伟的画卷展现在眼前。厂房星罗棋布，铁道纵横交错，列车如长龙穿山而来，汽车像一只只甲壳虫，在这片“大三线”的“花瓣”上徐徐前行。

从高炉上下来，兰老师激动不已，鼓励我说：“哎呀，你是真正沉到‘大三线’的生活里了，现场的点点滴滴都明白，都让你激动，相信你一定会写出好的作品。”

我说：“我最大的体会是不管任何朝代，任何国度，为社会创造财富的永远都是这些埋头苦干的劳动人民。”

兰老师是在早晨离开渡口的。

阳光照在山坡上，弯曲的盘山公路飘带般绕着群山。突然，兰老师停住了脚步，指着前面江边的两棵树问：“那是什么树，花开得如此火红？”

我说：“那树名叫攀枝花，也叫木棉树，英雄树。”

兰老师说：“多好的树名，从来没有见过这样的花，开得像火焰一样。”

后来，我用兰老师赠的稿纸，坐在江边席棚的石头上，给《星星》诗刊写了一组诗。《星星》诗刊不久就发表了，第一首便是将钢与花糅合在一起，追忆“大三线”那个木棉花一样的早晨：

攀枝花的钢

太阳从这里升起
阳光，富有亘古的希望
这里永远是早晨
是东方人迷恋的热土
而昨天的太阳是黑色的
被埋在深深的地心
发不出一点声音
当掘进的钻头
让你见到阳光
你才笑着
献出全部的热能
高炉里熔着黎明
从炽热的炉口喷出
木棉花一样的早晨

2. 钢铁的回声

1986年春天，我在“大三线”接待了慕名而来的著名作家白桦。这是一位身穿蓝色牛仔夹克，满头银发的长者。

他说，对于这片位于云南四川交界的“大三线”，仰慕已久，今天终于如愿，感到非常高兴。他对于云南有着特别深厚的感情，而这片“大三线”的主要城区建筑都建在原来的云南境内。

他的话，让我想起了小时看过的那部名叫《山间铃响马帮来》的电影。这部由白桦担任编剧的电影，反映的是滇西的崇山峻岭中，有一队神秘的马帮，叮当的马铃声，闹醒了莽莽山林……岁月虽然把他的满头青丝染成了白色，但他那乐观开朗的性格，充满着年轻人的朝气，很快就拉近了我们之间的距离。

他戴着茶色眼镜，孩子般天真地打量着车窗外的景色，一排排高大的厂房和火焰般燃烧着的凤凰树，令他激动，不断地发出赞叹。钢城炽热的阳光，将他的脸映得红扑扑的。

他转过头来，十分感叹地对我说：“真是不容易，在荒山野岭中建设起这么雄伟的钢城！”

“可是，至今二十多年了，这样沸腾的生活，却没有产生出一部像样的作品。”我摇摇头说，“这里完全可以产生出一部中国的《叶尔绍夫兄弟》，可是还没有。”

他打断我的话，将右手向上举起来，做了个有力的动作：“不，这里是产生史诗性作品的地方，完全可以超过《叶尔绍夫兄弟》。”

我俩就这样聊着，车开过金沙江大桥，司机问我，是去招待所还是到别的什么地方。

我征求白桦的意见。

他爽快地说："到工地，到现场，这是我早就想来看的地方啊！"

轿车转了一个弯，减慢了速度，缓缓地在水泥路面上向着厂区开去。

"快，快，白桦老师，出铁了！出铁了！"汽车开到三号高炉前停下，我打开车门，将白色的安全帽交到白桦手里。

白桦迈着年轻人一样坚实有力的脚步，登上了高高的炉台。

啊，他如他的作品一样，永远都不会衰老！

壮观的出铁场面，很快将他吸引。

炉门打开了，炽热的铁流飞涌而出，带着光，带着热，如同炽烈的岩浆冲出铁槽。炉台前，顿时挂起金色的瀑布，如银河九天，飞涌直下。在烈火热焰中，几个穿着帆布工作服的工人，手持钢钎，在出铁口前奔忙着。脚上厚厚的大头鞋，踩在腾着热浪的铁渣上，丝丝地直冒青烟，金菊般盛开的铁花，在他们的四周飞溅……

"这是用普通高炉冶炼钒钛磁铁矿，全世界只有中国突破了这项科研项目，目前对国外是保密的，不让参观的。"我说着，指了指立在旁边的那块木牌，上面用中文和英文写着"外国人止步"。

白桦说："太壮观，太伟大了！"

白桦兴奋地用手指着那些炉前奔忙的工人问我："你熟悉他们吗？"

我说："熟悉呀，我自己就当过工人，是他们中的一员，经常到炼铁厂来为他们检修高炉。"

白桦问我："你知道他们来自哪里，哪个学校，什么文化，有什么爱好，家庭情况如何？"

我说："知道呀，老的炉长大多换了，新的炉长大都是大学生，他们大都毕业于昆明工学院和东北工学院，其中东北工学院毕业多些……"

白桦笑了，说："看来，你对这里的生活很熟悉，这是你的本钱，这是你在'大三线'最大的收获。要写这里的巨著，换谁来都不好使，因为他们没有生活，根本不了解这里的建设者，只能靠胡编。比如说，你让我来写，我虽然对云南很熟悉，但对'大三线'的建设却不熟悉，那是根本不行的呀！"

白桦说："'大三线'是多么沸腾的生活啊，你们在这里创造历史，创造未来，每一个人都是一部诗史。"

他说："你可以写他们嘛，写这些普通人的生活，普通人的命运。千万不要写炼铁过程，苏联的《叶尔绍夫兄弟》也没有写轧钢过程呀，而是写了在背景下的人的生活。"

点石成金。

是的，我23岁进入这里，当过工人、基层干部，我同这座年轻的钢城一起成长。那些普通的工人，有的是同我坐一辆卡车进来的，有的曾经在一起修理过机器，为铆实一颗铆钉，一起挥动过铁锤。我想写他们，写那些我所熟悉的哥们兄弟。我们曾一起住过席棚，一起打过扑克，一起骂过将我们"骗"到这大山里来的招工师傅，一起"参谋"过各自选找的女朋友。更多的是，我们曾在一起享受过创业的艰辛和欢乐。我们这一代人的青春，已经完全献给了"大三线"，献给了这座年轻的钢城。可是，我却写不出来，在我发表的作品中，熟悉的生活反而少得可怜。

"不识庐山真面目，只缘身在此山中。"仿佛隔着一层雾，我在雾的峰峦间攀登着、寻觅着。

现在，雾慢慢地从我的眼前散去，我看到了一部巨著的轮廓，那是一座山，巍然耸立在前面不远的金沙江畔，它在江的那边。

轿车缓缓从炉台外的公路滑过，我们来到火热的提钒车间。

白桦走出车门，戴上安全帽，对我说："你看我像不像一个老工人?"

我笑了，说："你真风趣。"

白桦说："我当过工人哩！在发电厂、造船厂、钢铁厂当过电工、钳工，连一些最苦的工种都干过。"

"怪不得听到高炉震耳欲聋的声音一点都不害怕。"我说，"曾经有几位作家和诗人来这里，我陪他们下厂，他们听到轰隆隆如同闷雷一般的机器声，再看到车间里挂着警示牌——'此处有电''注意安全''小心，此处危险'，一个个吓得都不敢迈动脚步了。"

白桦爽朗地笑起来，他镜片后面的一双眼睛，充满着童趣，就连伸出眼镜外面的鱼尾纹，也是那么无邪地随着笑声舒展着。

巨大的行车提着烈焰升腾的铁水罐，缓缓地开了过来。铁水在罐子里开水般沸腾，烤得我们都无法睁开眼睛。

为了安全，我示意他向后退，以减轻高温的炙烤。

可是，随着一阵电铃声，他反而向前迈了一步，指着头上的行车向我惊呼："怎么，在这上面开行车的还是个姑娘！"

我来到攀钢已经整整 14 年了，怎么就没有注意到在提钒车间开行车的姑娘呢？这里是铁，是火，是钢，是力的较量，是铁与钢的碰撞，就连甩落在炉上的汗水，仿佛也能发出钢铁碰撞的沉重响声，这是男人的岗位，这是力的较量与意志的碰撞，那个开行车的姑娘，竟然是那么的娇弱，却托泰山而稳固，举昆仑而不动色，真是建设"大三线"的巾帼英雄。她是从哪里招工来的？她为什么被分在了这里？她热爱这个岗位吗？她有男朋友了吗？下班后她爱跳舞还是爱游泳？从浴室沐浴出来，她一定打扮得很漂亮吧？……

白桦的惊呼，使我十几年来，第一次对这位开行车的姑娘，想了很多很多。

"建设在'大三线'的攀钢，是目前我国唯一的一个中国人自己设计，自己施工建设，自己调试投产的特大型钢铁联合企业，这座提钒车间在全国也是独一无二的。"从车间出来，我感慨地对白桦说，"有一位工程师名叫江耀华，为了这座提钒车间，献出了自己的生命，我曾为他写过一篇小散文。他的事迹，代表着我们'大三线'人的精神，那是应该写成一部巨著的呀！"

白桦一边取下安全帽，一边说："'大三线'人的精神，的确是令人鼓舞的。当年要是送我到这里来工作就好了，这样就有了'大三线'人创业的生活，现在再到这里来生活三五年，一定会写出这些伟大而平凡的中国人来。可惜我当年不在这里，那些'大三线'人的创业生活，只依靠采访和看别人的资料是不能补偿的，无论你怎么写，都隔着一层啊！还是那句老话，生活是创作的源泉，依靠第二手获得的东西，怎么都不会感人。各人有各人的生活，作为作家，也是各人有各人的描述对象，是万万不能勉强的。"

轿车从提钒车间开出不远，被一位挥着小红旗的工人拦住了。在与厂区铁道交汇的地方，一列火车头，正推着装满钢锭的车皮，从前面缓缓地开来。

年轻的汽车司机打开音乐旋钮，轿车里响起柔美的歌声。

我曾陪同白桦登上南山，观看钢城壮丽的夜景。那满山遍野的灯火，如同繁星降落人间，令人兴奋，叫人激动，犹如置身于星河之中，伸手即可摘下星星。这就是十多年前的荒原啊，现在已经建成了中国西部最大的现代化钢城。

“大三线”人改天换地的壮举，令这位老作家激动不已。

在这片星海中，有一片最亮的星湖，那是攀钢新建的职工俱乐部。

从南山上下来，白桦执意要到那片灯湖里去看一看。

这里正在举行舞会，萨克斯的吹奏者忘情地吹着动听的舞曲，一队队青年男女翩翩起舞。

我对白桦说：“给你找个舞伴，跳一曲。”

他摇着头说：“不跳，不跳，看着这些年轻人跳更是一种享受。”

有几位加拿大朋友带着舞伴转到他面前，他礼貌地点点头。

这就是我们“大三线”人，既会工作，也会生活。这些美好的生活，都是用我们的双手创造的啊！

走出舞厅，在柔和的灯光下，我们拾级而上，白桦感叹地说：“没有想到，这大山里还有如此丰富的生活。”……

火车终于开走了。司机按了两声喇叭，将车从交叉的铁道边上开了过去。

前面，响起了轨梁厂轰鸣的轧钢声。

一块烧红的钢锭，在轧机巨大压力的挤压下，如同面团一样，任由轧钢工人的双手操纵着轧机，“揉”成了各种形状。这是力的较量，这是钢的呼喊，这是雷的轰鸣，这里升腾着中国的希望。

这家建设在深山中的钢铁企业，挺直着中国人的脊梁。

整个参观都是在热与汗中交织，在钢与力中穿行，在火与“雷”中轰响，这是“大三线”前进的脚步，这是中国巨人前进的声音。

热血早已沸腾，嗓子开始冒烟。

太渴了。

从轨梁厂出来，我在汽水房里要了几瓶汽水——攀钢的一线厂矿都有自己的汽水厂，专门生产汽水供给和钢与火、铁与渣打交道的现场工人休息时饮用，那是不用交钱，可以随便喝的。

我们各自拿着汽水瓶，站在路边的树荫下，仰起脖子，咕嘟咕嘟地喝了起来。

白桦喝完后感慨地说："这里的建设者，在这火焰般炽热的山谷里，干出了惊天动地的事业，这些优秀的干部，优秀的工人，就是我们的民族英雄。在很多人都已经麻木的时候，这些人的心脏仍然在跳动，在孕育，在诞生，你要写这些可爱的中国人，写你的同事与朋友，写你在这里认识的每一个平凡的人，他们在这里住席棚，搞建设，写他们在那种情况下的奋斗、欢乐与痛苦，写他们的灵魂……"

由于激动，白桦的话说得比较快，不觉咳了几声："你看，我这人一激动，气管炎又犯了。"

还了汽水瓶钻进汽车，白桦仍然处于激动中。他的目光贪婪地看着绿树成荫的厂区大道和一个个小巧别致的凉亭。良久，他转过身来对我说："前年，我随中国作家代表团去苏联，在长长的顿河两岸，有很多雕塑，十分高大雄伟，隔着宽阔的河面都能看见。全是肖洛霍夫《静静的顿河》里的人物，是这部作品里的一个个不朽的灵魂。苏联卫国战争时期，顿河两岸出了很多有名的将军，可是，顿河两岸却没有一座这些将军的雕像。苏联人民对自己民族的传统文化是充满信心的，我们也应该对自己民族的文化充满信心，天空是晴朗的，这就是我们写作的目的。"

3. 芭蕉熟透的时候

位于“大三线”的渡口市盛产芭蕉。

是的，我说的是芭蕉，而非香蕉。

在山坡上，山谷里，江岸边，只要有土壤的地方，不屈的芭蕉树就倔强地扎下根去，顶着亚热带的烈日和狂风，迎着雨季粗暴的阵雨，挺直着身躯，一个劲地往上生长，很快，宽大的绿叶便如雨伞般撑开了。那是怎样强大的一种生命力啊，立荒山野岭，迎风暴烈日，山洪中深深扎根，风沙里挺直脊梁。她孕育着一串串丰硕的果实，给初进大山的人们带来了美味与欢乐。

我第一次尝到芭蕉是在一位十九冶朋友的宿舍里。

小聂是一位与我年龄相仿的朋友，他看到我在外地发表的一些作品后，就约了他们公司的老李和老祝两位业余作者，专门找到我的住处——位于金沙江边的一排席棚。虽是陌生人，但谈起文学和各自发表的作品，大家便一见如故，决定找个地方逛一逛。可是，出门就是山，抬脚就是泥，往哪里去呢？经过商量，决定到小聂的单身宿舍去。

小聂的单身宿舍在半山腰，我住的地方却在山脚，我们就开始爬坡，绕过曲曲弯弯的山路，终于到了这个朋友住的单身宿舍。由于十九冶是较早进入“大三线”对钢铁基地的设备进行安装的单位，小聂的住宿条件比我要好一点，住的是临时搭建起来的预制板的房子，有的职工宿舍还建了小二楼或小三楼，算是这片荒原上的“雄伟建筑”，令我羡慕。

我们进了这里，犹如进了当下的宾馆，直感到清凉爽快。

小聂有很多书，都放在一只木箱里，他打开后对我们说，你们可以翻一翻，这些书呀，我走到哪运到哪，从来没有丢失过。

我们开始翻书，有中国古典的四大名著，有民国时代诗人们写的新诗，有那个时代著名的散文家杨朔、刘白羽、秦牧的散文集，有孙犁、峻青、杨沫等人的小说，那真是饱了一次眼福。

十九冶的全称为第十九冶金建设公司，是直属冶金部的建筑安装公司，下面有约二十个县团级子公司，是一支中国冶金建设的劲旅。哪里有工程，不论山多高水多险，一声令下，他们就得打起背包出发。常常是他们在一片荒山野岭或者是戈壁荒滩上将一座钢城建设好了，一座座高楼大厦建起来了，就会接到新的命令，奔赴新的“前线”。我们称他们是新时代的游击队。十九冶是从武汉、昆明抽调的冶金建设队伍组建起来的，要在长途的跋涉中将这些沉甸甸的书运到而不出现丢失，那真是一件不容易的事。

我们正翻得出神，小聂却出了门，一会便提回来一串芭蕉。

我不认识芭蕉，问他是哪里弄来的香蕉。

十九冶的几位文友都笑了，他们说这不是香蕉，是芭蕉，并耐心地告诉我芭蕉与香蕉的区别。

就这样，我第一次认识了芭蕉。

这种芭蕉与香蕉相比，个头要小得多。由于生长在荒野，经受着风吹日晒，更主要的是风沙的袭击，是在恶劣的环境中成长起来的果实。虽然“个头”没有香蕉大，半月形的弯曲却比香蕉“厉害”，皮也没有香蕉那么厚，就靠着这一层薄薄的皮，保护里面细嫩如雪的“肉”。芭蕉割下来时是青的，必须“捂”一段时间后才能吃。

那时，经常有当地老乡背着一串串的芭蕉到金沙江大桥的桥头来卖，几分钱一斤。现在，这种“纯天然食品”，不知涨价没有？

小聂说，这是他们自己种的，前几天刚收割，放在别人家捂着，正好招待你们。

十九冶是较早进入“大三线”的建设队伍，他们负责的是钢铁基地高炉、转炉和未来的轧钢厂的安装工作，这可是一项技术性很强，又非常艰苦的活。不说别的，要将那些重达数百吨的机件吊上几十米高的炉顶，这本身就是一件难事。

十九冶有一个著名的吊装技师名叫刘宝祥，本事真的是高啊！一号高炉安装时，在设备不齐，人员不够的情况下，他硬是动脑筋，将巨大的机件吊上炉顶，成了远近闻名的吊装大王。

他们进山时比现在更艰苦，为了改变环境，就开始植树。亚热带地区适合芭蕉生长，休息的时候，人们就在住的席棚外面的空地上，开始挖坑种芭蕉。工人们将洗脚水用来浇灌这些幼苗，几年下来，一排排芭蕉树长得又粗又壮，还结了果实。荒山野岭中有了绿色的生命，大家不知道多高兴啊！

后来，十九冶决定要在这里修几排职工宿舍，可是，那一排排的芭蕉树怎么办？

于是，在建职工宿舍之前，先给这些芭蕉树建了“房子”——用竹席围起来，严禁施工者损坏。这是个多么有眼光的决定啊，正是由于这样，我今天来到这里，才能吃到朋友种的芭蕉。

那个时候，十九冶的家属楼房已经开始建造，一栋一栋地排列在山坡上，阳光照着，芭蕉树围着，成了当时“大三线”最好的生活区，真叫人羡慕。

我们挤在狭小的单身宿舍里，一边吃着芭蕉，一边闲聊。对面床的一个师傅下夜班回来，将一双鞋脱在地上，里面散发出一股别样的味道，我们也毫不在意。

我们各自拿出自己的近作，请大家“欣赏”。

我写的是：

点燃朝霞的人

抹去孤独的夜，燃起炽热的情，身旁，没有泪水凝成的露珠，只有长空的夜风，弹奏着激情的琴。从未见你退缩，从未见你灰心，划亮一根根巨大的“火柴”，执着地点燃那盏睡着的灯。亮了，亮了，红红的灯焰是一团火球，万道霞光唤来祖国的黎明。你——一颗闪亮的星，熔化这思念已久的早晨，黑夜，终于成了过去，呵，电焊工，点燃朝霞的人！

钢（外一章）

渔家爱网，战士爱枪，咱们钢铁工人哩，哪个不爱钢?！　钢啊，沉訇訇，硬邦邦，砸不烂，压不弯，敲一敲哟，铮铮响。嗨，这性格，就同咱钢铁工人一个样！去南国，去北疆，去铺轨，去架梁，去做时代的火车头，高歌猛进向前方。祖国需要螺丝钉，它就挺身而出，一辈子坚守在岗位上！　工钢、槽钢、角钢，钢锭、钢板、钢梁……摸一摸，心窝里都发烫。钢啊，是我们劳动的结晶；钢啊，凝聚着我们的理想。我们钢铁工人的性格，给了钢无穷的力量！

出　焦

炉门一敞，火浪三丈！嗨，从半空中垮下一座燃烧的山岗！通红的焦炭，像凝固的岩浆；呼啸的火苗，热辣辣扑人脸上。火焰中钻，热浪里闯，焦出炉口，汗湿衣裳，我们炼焦工的心啊，就是这样滚烫！　操起手中的钢钎，飞步冲到炉顶上，出焦口烈焰升腾，眼前是一派壮丽的景象：滚滚的铁水在奔流，滔滔的钢瀑在飞淌，火红的钢锭卷起热浪……炼焦工宽阔的胸膛里燃烧着焦炭一样炽热的情怀，炼焦工和焦炭一起，日夜为祖国出热发光！

他们看了后说写得好，有“钢味”。

这是不是诗呢？那时真不懂。年轻的热血在心中燃烧，沸腾的生活是我的向往，每天在工地上见到那些忙碌的身影，总觉得有很多话想说，于是就从内心里喷出来了。这些文字，没有一句是坐在办公桌旁或者是书房里靠翻别人的作品所“延伸”出来的“灵感”，更没有唐代诗人卢延让那种“吟安一个字，捻断数茎须”的痛苦，顺水而来，就势而成。

他们也有自己创作的作品，我们交换着相互讨论、切磋。那串芭蕉，就这样一边谈作品，一边吃着，很快就吃完了。

一大堆芭蕉皮，小聂说，由他来处理。

满以为他将那些皮倒掉就会回来，可是，我们却等了好长一段时间，他才回来。我们问他，怎么倒个芭蕉皮要这么长时间。

他笑着说，自己将这些芭蕉皮都埋到芭蕉林子里了，这不正是最好的肥料吗！

老祝是大学毕业的文科生，笑着说："落红不是无情物，化作春泥更护花。"

我说："那是什么落红，那是落皮。"

老李是工科大学毕业生，便说："这是按物质不灭定律办事。"

笑声飞出窗外，引来几个刚下夜班的工人伸着脖子朝屋里看，奇怪地说："三个男人在一起，不知有什么好笑的。"

这就是三个文学青年在"大三线"的生活和乐趣。

临走，他们提出，能不能为冶建工人写点东西，因为他们的确是这个时代国家重大建设的游击队，足迹走遍了山山水水，真是哪里艰苦哪安家啊！可是，他们的家在哪里？在天山，在漠北，在海南，哪里有国家重点工程，哪里就有他们的足迹。当一排排现代化工厂建成，一座座高楼耸立在昔日的荒原，他们还未来得及搬进新屋，又马上要奔赴新的地方，那里迎接他们的，又将是一片荒原或沙漠。这就是我们的冶建工人，他们用自己的脊梁扛着我们的国家往前走。

朋友的话让我感动。是的，同为"大三线"建设者，他们比我们更艰苦。钢铁基地建成后，我们可以从他们手中接过一座崭新的工厂开始生产，在为国家创造财富的同时，也可以获得相应的个人报酬。而他们建设起来的这座崭新的城市，却不能留住他们，他们又将打起背包，奔赴遥远的荒原，再次搭起帐篷，开始艰苦的创业。

谁还会回头去看一看他们？谁还会记得曾经有这样一批创业者？他们是这座美丽钢城的奠基人！

我所在的12分箱机关，与十九冶的工安、机电等几个分公司相邻，每天都会看到他们忙碌的身影，晚上他们那里放电影，我们就会跑去看，我们这里放电影，他们也会跑来，我对他们太熟悉了。

后来，我为他们写了一组散文诗，以下是其中一首：

创业者的旅行包

"大三线"建设者南北转战，他们没有更多财产，只有一只小小的旅行包。

这只小小的旅行包里，装着毛巾、牙刷、书籍、笔记本和衣服。

旅行包伴随着他们，曾劈开耸入云霄的峰峦，踏遍热风猛卷的沙漠，征服奔腾不羁的江河，掏出深藏地心的宝藏……

顽石，在他们面前俯首让路；困难，在他们脚下踩得粉碎。一只旅行包，装着创业者火红的年华，战斗的生活，金色的理想。

"大三线"创业者啊，你只有一只小小的旅行包，却有着容纳高山大河的宽阔胸怀。

一转眼，我与十九冶的几位朋友交往已经一年多了。突然有一天，他们匆匆忙忙地跑来找我，说是有急事。

他们也不说话，拉着我就往山坡上爬。到了半山上，朋友们说："小沈，我们要分别了。"

我吃惊得睁大了眼睛问："怎么回事？"

他们说："十九冶接到上级命令，即将奔赴新的地方。"

我问："什么地方？"

他们说："到武汉，去建'一米七工程'。"

我问："这是个什么工程？"

他们说："国家准备在武钢建一个一米七的热轧板厂，因此叫作'一米七工程'。因为这项工程是国内首次，难度极大。十九冶是一支能打硬仗恶仗的队伍，最后决定从十九冶抽调精兵强将奔赴武钢。"

我长长地叹了一口气："'大三线'钢铁基地刚建设起来，你们又要走了，连新盖的楼房都没有搬进去住过一天。"

他们说："我们已经习惯了。哪里需要到哪里去，哪里艰苦哪安家。"

我说："我看你们到哪里也没有安家，来来去去地在中国这块土地上忙碌，要说你们有家，那家就是在荒山野岭，大漠戈壁。"

他们说："一代人有一代人的使命，我们这代人，注定要与荒山野岭打交道。

来川师讲学，就跟着学生队伍混进去听课。到了那里一看，这教授不就是老祝吗？仍然戴着那副近视眼镜，说的仍是那口浓浓的川南口音。原来，“大三线”的诗友老祝后来考了研究生，毕业后在大学任教，现在已是研究古典文学的专家了。

我俩在川师大门前有一段简短的对话。

祝：“小沈，你什么时候到川师任教的？”

沈：“哪是任教，是当学生啊！”

老祝惊问：“为什么？”

沈：“现在要文凭了，只得业余时间读书上学，这次是到川师来进行毕业论文答辩。”

老祝笑着说：“你还要答辩什么？！”

沈：“不行啊，不答辩就拿不到那张文凭。”

老祝摇着头说：“会讲的不一定能写，会写的不一定能讲，这就难为到你这种从真刀真枪的实践中‘爬’出来的人了。”

沈：“你现在是教授了，我来做你的学生吧？”

老祝哈哈地笑了起来，然后说：“我哪敢收你这样的学生？”

所幸的是，川师中文系负责我们论文答辩的余老师，平时开课主讲的是当代中国报告文学的创作与理论，在答辩的学员名单中看到我的名字，便对我说，算了，你不用答辩了。

最后，我交了一篇作品就算完成了毕业论文的答辩。

在遥远的“大三线”，在神秘的万山丛中，在那个芭蕉熟透的季节里，同时盛开着多少青春和友谊的鲜花啊！

第十四章

这是一块崇拜英雄的土地

1. 征服虎跳峡

1986年9月21日11时45分，洛阳漂流探险队队长王茂军和队员李维民带上五星红旗，钻入高1.4米，直径1.8米的碉堡式密封船，从金沙江上的中虎跳下游下水。

我作为《攀钢报》记者，追踪长江漂流探险队，参加了这场曾经轰动全国并具有历史意义的长江漂流探险的采访。长江是世界上唯一一条没有被人类用无动力装备漂完全程的江河，这场漂流探险也被当时称为“人类最后的伟大征服”。

美国激流探险家卡·沃伦，在经过多年准备之后，带着精良装备和一支漂流探险队进入长江上游，准备进行漂流探险。

消息很快传遍全国。

中国人的长江，怎么能让外国人来完成这“最后的伟大征服”。许多有志青年组织了漂流队，在条件非常艰苦的情况下，进入长江源头，决心抢在美国人之前完成这项壮举。金沙江是长江的上游，漂流探险队必须经过金沙江畔的“大三线”重镇渡口市。“大三线”重点企业的钢铁基地——此时已改名为冶金工业部攀枝花钢铁公司，积极支持中国青年的爱国壮举，支援了两条无动力橡皮筏子，取名“攀钢号”，攀钢的两名青年职工何平、冯春参加了长江科学考察漂流探险队。

金沙江是长江上最危险的一条江河。两山夹峙，江水在挤压下呼啸奔腾，如巨龙翻江，稍有不慎，便会船毁人亡。在那场震惊世界的漂流探险中，牺牲的七名队员和一名记者，都是殉难于这段江面。

这时，只见王茂军、李维民乘坐的密封船一入水中便被卷进激流，由山涌雷鸣般的浪涛挟裹着，向下虎跳冲去。

下虎跳乃虎尾之险！

两山夹峙着窄小江面，惊涛裂岸，雪涌千堆，狂浪如柱，直立云空，噫吁唏，危乎高哉！横卧江心的下虎跳石，如恶虎獠牙，随时准备着咬碎江面上漂来的船只。在倒角滩、下虎跳滩、上簸箕滩、下簸箕滩四个大滩中，以倒角滩为最险，这条特级险滩仅次于中虎跳的“满天星”，为虎跳峡中“第二险”。在2.5千米长的水道上，落差竟达35米，大小跌水20余处，如九天银河，飞冲直下。更令人提心吊胆的是，这中间还有个“之”字形的急弯，水流在此直撞云崖，再以十倍的疯狂倒卷回来，裹风挟雷向下急泻。

密封船漂到此处，顷刻被压成“烧饼”，马上又拧成“麻花”，王茂军和李维民在里面，任船体在肚皮上来回摩擦挤压，连气都出不过来。

船在此处接连翻了四个跟斗以后，对直冲向江心的下虎跳石。

两岸观战群众，大惊失色。

只见船被冲上5米高的下虎跳石，后面紧跟着一排大浪涌来，立刻被推了下去，如离弦之箭冲过了7米高的平台跌水。

这时一道飞瀑之下，船在里面来回打滚，然后猛然跌出瀑下深潭，以风驰电掣之势，向着下簸箕滩漂去。

两岸观众，见此劈波斩浪的险情，不时发出阵阵惊呼。

船内的王茂军、李维民在剧烈的震动中，顿觉五脏六腑都快裂开，紧抱气柱，相互鼓励。经过1小时20分的顽强搏斗，密封船终于顺利闯过四道险滩，进入一片回水。

王茂军忙打开窗口，只见惊涛骇浪已被甩于船后，船在回水中滴溜溜打转。

18千米长的世界第一大峡谷虎跳峡，已经全部被中州壮士征服了！

王茂军、李维民走出密封船，用力挥动着五星红旗。在这碧水蓝天之间，那面旗帜显得格外火红耀眼。

二位勇士登上江岸的时候，数百名群众一起涌了上来，欢呼声震撼山岳。云南丽江纳西族自治县大具区区长杨子寿双手捧着锦旗，代表全区人民献给洛阳漂流探险队，只见旗上写着：

征服虎跳峡

英名存青史

洛阳漂流探险队的全体队员相聚拥抱，将锦旗高高举起，激动地唱起了国歌。

这是自豪的歌声，这是骄傲的歌声，这是给漂流勇士以无穷力量的歌声啊！它压过了怒涛，越过了群峰，带着人类首次征服世界第一大峡谷的喜讯，在这块古老而年轻的国土上回荡……

高唱吧，勇士们，让我们整个中华民族，踏着这雄壮的节拍前进！

2. 壮士悲歌

回到住地，一个消息传来：在大青沟江边捞起一具死尸，请洛阳队速去辨认。

王茂军忙对李勤建、霍学义说："你们去看看是不是蛤蟆（队员孙志岭的别名）。你们是好朋友，要仔细辨认。"

李勤建、霍学义赶到后见尸体已经开始腐烂，头部肿得有篮球般大，面部也肿得难以辨认。他们记得小时候同孙志岭玩耍时，他身上有三处明显标记：背上和腿上各有一小伤疤，肚脐眼处有一肉疙瘩。二人急忙去翻看尸体，谁知尸体一翻一个洞。

他们最后终于发现了肚脐眼处的标记。

二人一声哀号："蛤蟆——"便扑向尸体，一时竟顾不得那么多了，紧紧将其抱住，不停地摇晃着，他们多么想将这位可亲可敬的战友摇"醒"啊！

是的，漂流长江的伟大事业不能没有他！

这位洛阳机务段35岁 的工人，看起《鲁滨逊漂流记》来竟如同孩子一般着迷。在筹备漂流之初，他曾两次瞒着父母，去上海设计和购买密封船。为支持漂流队，他悄悄找姐夫的好友借了8000元钱。他平时爱打猎，直到他在家擦着那支250元买来的猎枪时，父母都还以为他又要去打猎了。不久他连招呼都不打，突然失踪了。

他是全队不可缺少的"活宝"，过通天河无人区，寂寞得令人心烦，他表演各种戏剧中的角色，把大家逗得哈哈大笑，使队员们忘记了孤独和艰苦。他为人风趣，无话不引人发笑。他将乌云称为"黑大哥"；脚被礁石挂伤，他说是金沙江的亲吻；又说金沙江是位未出嫁的少女，我动了她一下，她啃了我一口。每遇险滩，他必高喊："这里有妖怪，等老孙前来降伏它！"

孙志岭爱说笑话，干活样样抢先。杨红林、张军失踪，他撑起单人帐篷，在江边寻找了三天三夜。这次冲虎跳峡，更是十分坚决，他一边同王茂军商量漂流方案，一边说："杨红林、张军都为漂流探险献身（牺牲）了，我是下了决心，不行就找他俩去，我们漂流探险队的旗帜要永远向前！要是我死了，你们要给我儿子讲我为什么要漂流长江。骨灰一定分三份，一份投入金沙江，让我继续漂流；一份埋在遇难处，看长江滚滚东去；一份送回故乡洛阳，葬于生养我的土地。"

……

中原自古多慷慨悲歌之士，现在又增加了一个孙志岭。

奋斗是什么？那就是胜利的喜悦和献身的悲壮，就是旭日召唤出来的带泪的鲜花。

现在，面对着眼前的事实，李勤建、霍学义怎么也不敢相信，这位走到哪里，哪里就响起笑声的战友会永远躺下。他们总感到他会突然翻身起来，带着幽默、诙谐的笑声说："哈哈，尧茂书（西南交大职工，首漂长江壮烈献身的壮士）说我未完成任务，让我回来了！"

苍天此刻也为漂流壮士致哀，竟突然下起雨来。雨声夹着江风的悲号，在峡口里回荡……

李勤建、霍学义痛哭着，用手不停地捶打着江岸。

二人买来一条毛毯，将孙志岭的遗体包裹起来，装于一口棺材，运往丽江火化。

火葬场的金属运送带徐徐地转动着，将孙志岭的遗体送进炉子。李勤建、霍学义哭喊着，双手紧紧抓住金属带子，直到被压出了鲜血也不肯松手。

孙志岭啊，让战友们再多看你一眼吧！

我至今保存着孙志岭人生中的最后两张照片，这都是在冲击中虎跳时拍的。

一张是他戴着墨镜，身穿红黄相间的漂流队队服，外面套着黄色的救生衣，腰上别着一把防身自救的匕首，右手捏着一支香烟，开漂前自豪地站在高高的岩石上，身后是巍峨的大山。另一张是他戴着墨镜，钻进密封船时，正微笑着向外面的人群招手。

孙志岭遇难后，王茂军和雷建生、郎保洛、李勤建、安小波、杨书奎、秦晓敏、许瑞祥在这两张珍贵的照片后为我签名留念。

雷建生、李勤建签的是：

深切怀念孙志岭同志

王茂军写下的是：

他与长江共存
江流千古名留千古

当天，记者们向全世界发出了这条消息。

王茂军知道后不停地摇着头，痛苦地呼号："这些记者们太残酷了，太残酷，蛤蟆家里现在不知成了什么样了啊！"

……

古都洛阳。

孙志岭的妻子李亚萍，带着儿子从郑州匆匆赶来。

她推开房门，见二位老人已哭成一团。

她自己的眼睛已经哭红了，见了公婆强忍着未流一滴泪，她默默地走进孙志岭生前的房间，细心地整理着留下的一切，将屋子里的东西照孙志岭在家时的原样摆好。

"爸爸妈妈，你们要节哀，保重身体要紧。志岭远去了，我一定像他在时一样地侍奉你们，把儿子抚养成人。"李亚萍本来想劝二位老人宽心的，说着说着禁不住自己泪流满面。

二位老人怕儿媳哭坏身体，又忙去相劝："志岭是好样的，他为国献身，死得值得。"

"妈妈，你别哭嘛，我一定听你的话，向爸爸学习。"12岁的彦兵，拿着手帕给李亚萍擦眼泪。

“孩子！”李亚萍紧紧抱住儿子，仿佛怕再失去他一样。

当天，孙志岭父亲找来女婿史金海，对他说：“志岭是我们家唯一的男孩子，他为国家献身了，你去参加漂流探险吧。要向他学习，不要后退，要勇敢地漂到底！”

啊，多么好的父亲，多么好的人民，祖国将永远感谢你们，民族将永远感激你们。

吃饭的时候，彦兵多摆了一双筷子：“这双筷子是爸爸的，我们应该永远记住他！”

英雄的名字与长江共存，与日月同辉！

3. 英雄来到“大三线”

洛阳漂流探险队作为人类首次征服虎跳峡的英雄队伍，接到了有关通知，四川省慰问团将在“大三线”重镇渡口市举行欢迎活动，渡口市委、市政府热切希望洛阳漂流探险队全体成员，于9月30日赶到“大三线”的格里坪，与科漂队一起共庆节日。

170千米的水路，就是“飞”，一天也飞不到呀！

怎么办？弃船乘车，不行！“偷工减料”少漂，更不行！

洛阳漂流探险队又吃了一颗豹子胆——夜闯金沙江。

看不见浪峰，辨不清波谷，只能听见震耳欲聋的涛声，猛兽般怒吼着。两岸耸立的山峰，如同站着的黑色怪物，狰狞得令人恐怖。雷建生、李维民、龚林、雷志划着敞口浴盆式橡皮船，打着手电，在黑夜里摸索着前进。

龚林、雷志这两名云南籍队员，是自幼就在金沙江上闯的“混江龙”。单位不同意他们参加漂流探险队，他们只好像王茂军一样立了一张“生死状”。洛阳漂流探险队得到这两名队员，如虎添翼。他们长年在金沙江上放木，熟悉金沙江的水情，此次夜闯金沙江，多亏二人船头引航，才得以一次次地躲过险滩、礁石和激流。

两岸未眠的老乡被号子声吸引了，赶到江边一看，方知是漂流探险队夜航，都纷纷举着火把和手电为他们照明。

半夜里，天上突然下起雨来，茫茫江面模糊一片。

这时前面导航的龚林大喝：“有险滩！”船便跌入了狂浪之中，风声、浪声、雨声，震撼着夜航队员的心：要是此刻翻船，定是九死一生。

只听雷建生喊道：“划桨！”

几只大桨一起猛划，小船在黑暗中摇晃着冲出险滩。

翌日云开天晴，洛阳漂流探险队终于闯过红礁岩滩，绿地拉滩，划完177千米的水路，与科漂队一起进入位于“大三线”的万里长江第一市——渡口市。

渡口市沸腾了。

沿江20多千米的山坡、高楼、桥梁上都挂满了欢迎漂流勇士的大红标语，数万名群众站在金沙江两岸，手舞彩旗，敲锣打鼓，表达对漂流勇士的崇敬和热爱。当漂流队跟着导航船划到渡口大桥时，只见数万只气球腾空而起，数百挂鞭炮一起鸣响，象征吉祥的五色彩纸如雪花从天而降，洒落在漂流队员的身上……

欢迎大会在攀枝花宾馆礼堂召开，两队入场均未亮出队旗，大会统称为“长江漂流探险全体同志”。

散会后，王茂军与洛阳市委慰问团的同志商量，对全队进行了整顿，成立队委会，增补雷建生为副队长，郎保洛、何立迎等为队委，加强对全队的领导。

这几天来，整个“大三线”重镇渡口市被卷入了欢迎漂流勇士的旋风之中，王茂军、雷建生、郎保洛和科漂队的王岩、颜柯，以及来自渡口本市的何平、冯春等队员，成了人们心中最耀眼的明星，他们走到哪里，哪里就响起掌声和欢呼声。人们争先恐后递上日记本、明信片、红领巾、渡口市集邮公司发行的“首日封”，追着挤着请队员们签名。

我看见一位未带日记本的小伙子急了，让队员们将字签在身上那件白衬衫上。

10月2日上午，我与队长王茂军正“躲”在攀枝花宾馆会场的后门交谈，突然围上来一群中学生，要请王茂军签名。签了10分钟后，王茂军觉得手都发酸了，可是抬头一看，人不但没有减少，竟黑压压地围了一层又一层，里面除中学生外，还增加了工人、干部和武警战士。

我们二人被围在“铜墙铁壁”之中，几次“突围”均未成功。

这样直到红日中天，午钟响起，史六虎等几名队员手拉着手挤进来，我和王茂军才算得救。

走到食堂门前，我突然被一个约六七岁的小男孩拦住了，他递过来一张明信片：“叔叔，签个名吧，我人小挤不过他们。”

我忙说："我不是漂流队员，是来采访的记者。"

小男孩央求道："你让漂流队叔叔给签个名吧，签完后我给你背首诗。"

真诚的童心让我感动，接过明信片就去帮小男孩签名。

使我惊奇的是，当我将签好的明信片交给那个小男孩时，他给我背的不是儿歌，竟是一首气壮山河的唐代边塞诗：

秦时明月汉时关，
万里长征人未还。
但使龙城飞将在，
不叫胡马度阴山。

在食堂里吃饭，服务员端上饭菜后，从身上拿出几个"首日封"，顺次请队员们签名；宾馆里的服务员打扫房间时，也为此来开"后门"。到攀钢参观后，队员们被接至招待所一间小屋休息，大铁门关严，警察在门前来回巡逻，心想这下可以安静一下。谁知接待他们的攀钢领导也是"漂流迷"，拿出"首日封"来请郎保洛等队员签名。

更有趣的是四川省慰问团团长在慰问队员时，最后也拿出一本精致的签名本请队员们签名，说是"为家里的孩子们帮忙"。

中国人以前并无请名人签名的习惯，为何几天之间此风竟刮得如此迅猛，以至以后沿江而下，越刮越烈？难道这不正预示着我们的民族，在改变那种"持沉稳重"的中庸之道，而向往"暴虎冯河，死而无悔"的开拓冒险精神吗？

作报告、签名、照相，半夜里还有很多漂流迷在房间里不走。郎保洛中虎跳遇险后身体还未完全恢复，血压陡然升高，在盛情的海洋中忙得连大脑都失去了"控制"。10 月 3 日上午 10 时左右，他坐在我的面前接受采访时，竟有点语无伦次。

当问到他家里现在的情况时，郎保洛在口袋里摸了半天，摸出一封揉皱了的信交给我。打开一看，是他母亲的来信：

保洛：

昨天洛阳广播电台广播了胶鞋厂要去医院看你，并负责护送我也去。红林妈听到这个消息后，即来我家，哭泣着要跟我去看你们。我本想给她点安慰，让她如愿以偿，我随即请示市助委会，他们也随即同意她和我去。

今天一早从报纸上得知你已去（出）院随队走，我即找到红林妈，说明我们这时去没意识（思），会给你们添麻烦，而且不一定能在那里见得到你们，说了好多我们去对你们不利的话，总算让红林妈放弃了去看你们的愿望。我想你不会不高兴吧？

妈妈多么想看看四天四夜从石峰（缝）中拾回一条命的儿子，妈妈听得（到）和想得到她的儿子是怎么度过的四天四夜……为了让你更好更早完成全程漂流奋斗目标，妈妈可以放弃一切。

我知道我还是我。我想你也更会清楚郎保洛还是郎保洛，漂完长江，你们的壮举载入长江史册，你们即在各自的工作岗位继续学习和工作。可是你们可要念念不忘地想到，你们虽已取得征服天险的成功，可代价也真不小。共同奋斗、朝夕相处的三位同志牺牲了，这除了载入长江史册之外，其他是无法弥补了。可你郎保洛要不是党的军队和受党教育多年的伟大中华民族，从岩峰（缝）下冒险救出，又哪能还有我的洛儿呢？这种救命之恩妈妈和你都应是毕生难忘的。我想你的理解和体会比我更深。

听说上午你厂子弟校的老师带着几位少先队员来家慰问我，我不在家，去红林家了，很对不起他们，马上去你厂致谢。

人们常说会水者都是溺死的，希你和全队同志既（即）使过了险区宜宾，（在）未达目的之前，都要时时提高警惕，以防困倦时麻痹大意落水或遇上不测之风浪。你可知道在内河的小湖里，遇到大点的风还要翻船，何况你们所漂的长江呢？

总之历史告诉我们娇（骄）傲者失败，谦虚谨慎者成功，否则不管驾驭什么样的船都会翻的。所以我希望你能团结好战友（和）同志，服从队

（里）的领导和统一指挥。好了，说得多了也烦，祝你们成功，顺利到达目的（地）。

代问全队同志好！

妈妈

1986年9月26日

10月3日晚上10点左右，我和王茂军在一楼闲谈等洛阳的长途电话，突然有个小伙子来叫王茂军上楼，说队里有急事。

王茂军匆匆上到五楼，只见服务员的值班室里拥满了人。有的背着背包，有的提着网兜，都闹着要跟洛阳队去漂流长江。更有意思的是这层楼的服务员李仕莲，20出头年纪，长得细皮嫩肉，手似雪葱，竟早就缠着要参加洛阳漂流探险队。王茂军说她没有父母和单位同意，坚决不收。这下她急了，一封电报："女病危"，将父亲催来渡口市，现在当着王茂军的面，正在叫老人表态。

李仕莲十分坚决地说："王队长，我父亲已当你面点头了。单位不让走，我打辞职报告，漂流完我回来自谋生路！"

王茂军只好说："再研究研究！"

话刚出口，一大群小伙子又围了上来："还有我呢！还有我呢！"

大家争着把自己写的决心书、生死状、申请书送到王茂军手里。

第二天拂晓，洛阳漂流探险队驱车前往渡口大桥放船。

汽车刚一发动，却被一个人伸开手臂拦于路中。

王茂军一看，竟是李仕莲，同时她还带来了宾馆的另一个服务员张爱凤。二人一改昨日的装束，一身漂流探险队员打扮，倒显得有几分巾帼英雄之气。

洛阳漂流探险队的男性王国里，从此增加了两名女性。她们和后来在万县入队的姑娘谢心、王月香一起，在漂流中都表现得十分勇敢。

短短的几天时间，渡口人民已与漂流勇士难舍难分。这天早晨，天下着毛毛细雨，渡口市委、市政府以及各大企业的主要领导，都来到江边送行，两岸群众，仍是人山人海。

放船之前，洛阳漂流探险队在江边举行了孙志岭骨灰安葬仪式。

在阵阵哀乐声中，李勤建手捧着孙志岭的骨灰盒，骨灰盒上盖着洛阳漂流探险队的队旗。队员们臂戴黑纱，向孙志岭的骨灰致哀。

王茂军代表全队，遵照孙志岭生前遗愿，将他的一部分骨灰撒入奔腾的金沙江中："志岭，你放心吧，我们一定会漂到上海……"

王茂军哽咽了。

两岸群众，一片抽泣之声。蒙蒙天空，顿时雨如倾盆。

壮士骨灰撒长江，涛声万里送忠魂。

队员们擦干眼泪，接过渡口人民送来的壮行酒，一饮而尽。

橡皮船在一片鞭炮声和欢呼声中徐徐离开江岸。

突然，从江岸上飞跑下来一位"红衣少女"。她推开人群，直扑入大江之中，伸手去抓橡皮船，死活要跟漂流探险队走。

当将她送回岸上时，她浑身水淋淋的，抱头嚎啕大哭……

长江漂流探险已经过去三十多年了，人们也许早已将它忘记。但作为一名"大三线"的建设者，一名采访的记者，我永远记得这场伟大的壮举，记得那些为祖国的荣誉而舍生忘死的灵魂，那的确是曾经书写在"大三线"这块土地上的一部惊心动魄的悲壮史诗。

第十五章

我们播种爱情

1. 托人“捎”去的未婚妻

黄老师问我：“有女朋友了吗？”

我朝他笑笑。

黄老师会意地说：“有没有照片？”

我从皮夹里抽出一张照片递给他。

这个黄老师，就是我参加“大三线”建设时，在涪陵街上所遇到的那个黄老师。我这次回家探望母亲，在县城的大街上遇见他。他端详着我，高兴地说：“我看你长壮了，人也成熟了，看来‘大三线’还是很锻炼人的。”

我说：“我一直记着当年你鼓励我的那句话，幸福之花为勇士而开。”

黄老师一边看着照片一边说：“那个地方很艰苦，你是个独子，是周主任的宝贝，担心你受不了，但你坚持下来了，听说还立了功提了干，我为你感到高兴。”

说着，黄老师指着照片问：“这照片上的姑娘怎么有点像电影《望乡》里的女记者？”

那时，一部名叫《望乡》的日本电影正在中国大陆风行。写的是有一位名叫圭子的女记者，从事亚洲女性史的研究，为了调查当年日本女性被迫海外卖春的史实，来到当时输出卖春妇最多的九州岛采访。

黄老师所说的“女记者”，就是指这部电影里的山谷圭子，那可是我们当年的青春偶像，日本著名影星栗原小卷扮演的。

黄老师问：“这是你的女朋友？”

我说：“是的。”

黄老师问：“什么地方人？”

我说："东北人，旗人，八旗女子，随支援'大三线'建设的父亲来的。"

黄老师听晕了，睁大眼睛看着我。

我说："我们'大三线'34号信箱的主要干部和主要技术人员都是由中国最大的钢都鞍钢'承包'的。她告诉我，她家乡的居民以前分为'在旗'和'在民'两种，她父亲曹家属于'在旗'，是八旗中的正黄旗，母亲姓王，王氏家族属于'在民'。"

黄老师说："你看看，这真是太像电影里的那位女记者了。"

我急忙凑过去，再仔细看了看那张照片，哎呀，还真有些像哩！特别是面部的微笑，以及那条系在脖子上的纱巾，在微风的轻拂下微微飘动，更显几分电影里那位日本女记者的风采。这张照片是我拍的，我怎么就没有发现呢？

我们的相识还得从《望乡》这部电影说起。

在"大三线"建设初期最受欢迎的、唯一的文化娱乐就是看电影。那里没有电影院，我们看的都是"坝坝电影"——在一块空地上开来两台吊车，吊车将"手臂"高高地竖起，放映员就在吊车的"手臂"上挂上银幕，观众们或带着凳子，或就地而坐，或站着，或跑到银幕的背面，或爬到树上，或坐在远处的山坡上，总之各显神通，找个适合观看的地方，就可以仰着脖子看电影了。

我所在的34号信箱12分箱下面有一个土建工程队，因此捷足先登，在荒山坡上较早建了一座机关办公楼，一二楼为机关办公室，三楼为机关男性单身职工宿舍，四楼为机关女性单身职工和子弟学校单身女教师的宿舍。办公楼下面有一块新开出的平地和一个小舞台，将平地用水泥抹平，建了个灯光球场，每次放电影时，就用不着再开大吊车来挂银幕，只要将银幕挂在舞台上的柱子上就行了，观众可以搬个凳子坐在下面的灯光球场上，这在当时也算一种享受了。

这天一早，工会电影队贴出海报，晚上放映日本电影《望乡》。一大早就有人将凳子放在灯光球场上占位子。有几位子弟学校的年轻女教师住在我们办公楼的四楼，她们一早得去上班，但又想占个好一点的位置看晚上的电影，中午从山下的学校爬了一段坡路到机关食堂吃午饭，就找了几个凳子摆在球场上占了几个位子。

那时由于影片有限，一部电影往往分几个场地放映，并派一个司机开着一辆吉普车来回地给各个放映点送放映的胶片。电影看到一半，负责"跑片"的司机没有到，大家就只得坐在原地等。这时，灯光球场的灯光突然亮了，照着一个个焦急盼望的面孔。我这才发现，紧靠着我的竟然是子弟学校的几位女老师。

过了一会儿，跑片的司机来了，全场数千人一下子欢呼起来，球场上的电灯也全部熄灭，银幕上出现了日本女记者山谷圭子秀丽的身影。

观众正看得入迷，突然一阵狂风刮过，豆粒般大的雨点从天空落了下来。场上出现骚动，有人开始退场。

放映机不惧风雨，仍然嗒嗒地转动着——早已准备好的一把巨大的帆布雨伞，在电影放映机旁边被人撑了起来。那是一个文化生活十分困乏的年代，特别是“大三线”这个特殊的地方，肩负着国家特殊使命的人们，正从事着特殊的工作，能看到一部国外引进的影片非常不易，尽管风雨不断，绝大多数观众仍不为所动，全神贯注地盯着银幕。

我身旁的几位年轻女教师已经被雨水淋透。薄薄的的确良衬衫紧贴在身上，水珠顺着头发直往下滴。她们想派人挤出去，跑到屋里去取把雨伞或者带件衣服来挡下风雨，可是，看着全场黑压压的观众，谁也没有力气挤出去。就是拼力挤出去了，又怎么能够挤进来呢？

她们犹豫着，坚持着。

我看她们一个个如花的容貌，却被淋成了落汤鸡，就脱下自己的外衣，对她们说，顶在头上挡挡雨吧。

她们不好意思地接过去，将那件衣服顶在头上，直到看完这场电影。

此前，我们虽然同在一座大楼，但从未有过联系。她们一早就下楼赶往山下的子弟学校去上班，我们下班她们赶回来到机关食堂吃晚饭然后回四楼住宿。虽然都是青年男女，但四楼的女单身职工宿舍，我们三楼的单身男职工，从来都是不上去的，除了保卫科就在二楼之外，还有一个道德与纪律的约束，因此相互之间连名字也不知道。

这场电影之后，女教师们见到我开始点头，有时也停下来说一两句话。我注意到一个娇小的东北女教师，中等个子，面容白皙，在以的确良为时尚服饰的年代里，她却终日穿一件公司发的蓝布工作服，那件工作服洗得很干净，布面平顺，阳光下闪着诱人的蓝光，透出另一种审美的张力。

我问她，为什么总穿着一件工作服。

她笑着问，这有什么不好吗。

第一次约会是去看一场声势浩大的演出。

铁道兵文工团要到“大三线”钢铁基地来演出的消息，早就传遍了整个渡口市，数十万久居深山的建设者们，都盼着能尽早看到这场慰问演出。

演出地点设在四零公司的灯光球场，那是钢铁基地的总部所在地。这个灯光球场比我们12分箱的灯光球场要大得多，除了球场之外，有一个很大的舞台，并依山建了台阶式的观众露天席位，一层一层地顺着山坡往上扩张，这是当时整个渡口市最大的观众席位，可以容纳一万人左右。

我们约好去看演出。

那天傍晚，她找了一张凳子，我扛着来到演出地点。

夕阳已经悄悄地移到了大山后面，即将谢幕的彩霞布满西天，被炽热的阳光烤了一天的地面，散发出阵阵热浪。而另一股热浪，也在不断地向我们扑来——演出的地方，早已涌满了黑压压的人群。就连附近的一些树上，屋顶上，也早有人爬上去占了“坐位”。

我们在靠近舞台的地方挤了个位子，将凳子放了进去。

随着夜幕的来临，广场上的人越来越多。我们坐在紧靠舞台的前面，心想无论人怎么多我们都能看到舞台，如果看不见，还可以站在凳子上，于是放心地坐着等待演出开始。

谁知一切都在预料之外发生了！

随着几声军号，报幕员走上舞台，演出正式开始。

后面看不到的人群，开始向台前涌动，这一涌，造成前面的人群向舞台方向扑去，维持治安的警察和工人，怎么也无法将人流推回到原来的位置。稍微稳定之后，人们就将就着往下看。

接下来的一波浪潮再次涌起，后面的人群又向前涌动，我们根本无法坐着看演出了，只得站起来。

刚站到凳子上，后面的人用力一推，双双落到了地上。

我急忙拉住她的手说："你站上去看吧，我在下面拉着你。"

就这样，我用背抵抗着人群的压力，她站在凳子上，仰着脖子看了一会儿。一个节目还未看完，人群又开始涌动起来，无论我怎么用力，都没有办法挡住，人与人紧贴着，随时都可以闻到别人身上的汗味。

她只好跳下凳子。

我们已被挤得满头大汗，她说："算了吧，我们不看了。"

我们开始往外面挤，在人群里，遇见了动力厂的工人作家徐少多，他对我说："小沈，你带着女朋友来看了。这文化娱乐也太缺乏了，一个铁道兵文工团来演出，就挤成了这个样子，再好的艺术也无法欣赏！"

我说："万一把人挤伤了，明天怎么干活？"

他看了看我的女朋友，笑着说："年轻人，这么多人挤来挤去怎么谈恋爱？唉，这里连谈恋爱都找不到一个好地方。"

话没说完，人群又开始挤，我们只得向外面撤。可是，无论我怎么用力，那只端来的凳子都无法从人群中拿出来。

她看着我满头大汗的样子说："算了，不要凳子了。"

就这样，我们抛弃了"财产"，两个人一身大汗地从人群中挤了出来——第一次约会就这样结束了。

不久，渡口市举行文艺汇演，邀请我担任节目组的评论员，我便约她一同去看汇演。

汇演地点设在金沙江的对岸——我们住地的对面——渡口市招待所的大会堂。等我们赶到时，门外已经挤满了人。

我担心再遇到看铁道兵文工团演出时的场面。

我们评论员的召集人是文化局创作室的赵晓义——我叫他赵老师。这位毕业于北大中文系的江苏老乡，曾在中国《冶金报》任记者，"大三线"建设要这方面的人才，他就调到了这里。后来调回家乡，在江苏《新华日报》副刊部担任过负责人。

我正发愁之时，在大门口遇见了赵晓义，他看看我们，笑了笑，又给了我一张票。

进入会堂，只见里面早已坐满了人。评论员被安排在前面第三排，可是，赵晓义给我的那张票却在后面十几排。赵晓义已经坐在自己的位子上了，见我们进来了，也不说话，就站起来让出了他的位子。

我看着他离开的背影，心头不由一热——多么善解人意的领导啊！

我们终于坐在一起，观看了一场汇演。演出的节目，除专业文艺团体之外，主要来自参加渡口“大三线”建设的各个指挥部宣传队和职工业余演出队的演出，大都是建设者自己编导，节目的水平也参差不齐，在“大三线”这个相对封闭的大山里，也算是难得的精神享受了。

置身在轰轰烈烈的“大三线”建设中，到处都是隆隆的开山炮声，到处都是飞转的运输车轮，到处都是高高的脚手架，到处都是塔吊的巍巍手臂轻挽着蓝天白云。尘土飞扬的大山中，没有可供轻盈漫步的公园，没有年轻人谈情说爱的亭阁、酒吧。“月上柳梢头，人约黄昏后”那充满浪漫情怀的古典式约会，只能出现在我们这一代“大三线”青年建设者的梦中。

于是，我们追逐着梦想，不惜流汗，流血，乃至献出宝贵的生命。

母亲得知我有了女朋友非常高兴，来信问我，什么时候有时间带回家来见个面。

1977年暑假，我决定带她一同回家探亲。

可是，单位忽然通知我，有紧急任务，暂时不能请假。

“大三线”建设，基本实行军事化管理，一切行动听指挥，个人服从集体，个人利益服从建设大局，这是每个建设者都明白的道理。学校已经快放暑假了，时间不能等，怎么办？

在她的学校里有一位与我年龄相仿的男教师名叫王世笃，他的家与我母亲工作的县近邻，说是近邻，其实是相邻的另一个县。好在母亲有一位同族的妹妹，我叫她二姨，在涪陵县卫生局工作，要回到我母亲工作的地方，就一定得经过两江（长江、乌江）交汇的涪陵，可以将她“捎”到我二姨家，然后让我母亲来接。

将自己美丽动人的未婚妻托年龄相仿的男性朋友“捎”回家，现在看来，简直就是“天方夜谭”。可是，在当年参加“大三线”的建设者中，这完全是一件很正常的事情。那时的“大三线”建设者有许多是“半边户”——丈夫或妻子参加“大三线”建设，另一位在家乡务农或工作，每当一方来“大三线”探亲，或者是探亲后要回乡时，另一方因为工作没有时间陪送，如果这时有一位一起参加建设的“老乡”请了探亲假，那就托他将自己的另一半“捎”回家。如同当年从事地下工作一样，这一对假夫妻就这样离开“大三线”火热的工地，开始了艰难的回乡“探亲”之路。

两个年龄相仿的男女“老乡”一路同行，住店很不方便，只得在候车时蹲火车站。如遇上冬天，这位受朋友之托的男老乡就带上一床薄被，两个人在蹲火车站时用来盖在腿上挡寒，别人往往都会将他们误认为是一对夫妻。

有的“大三线”职工的家住在山里，除了需要乘坐一个星期之久的车船，还得步行近百里山路，这些受人之托的同乡，总是精心照顾，平安地将其送到家里。

当下，老人倒地无人敢扶，少女跳楼围观者“鼓励”，幼儿园老师虐童，养老院保姆虐老，是什么让灵魂变得如此丑恶？“大三线”建设，那是并不遥远的岁月呀，那时的人们是那么纯洁，那样友爱，那么重情谊，那份“受人之托，忠人之事”的沉甸甸的责任，现在回想起来，还有些惊心动魄。

在我决定将未婚妻托人“捎”回家之前，曾经遇到过这样一件事情。

那是在一次从渡口出差的列车上。

我对面的座位上坐着一位挺着大肚子的孕妇，在她的旁边，坐着一位与她年龄相仿的男子，穿着“大三线”建设的某信箱的工作服，我初步断定他们是一对夫妻，是一同回老家探亲生子的。

为什么不买卧铺？那个时候，卧铺是铁路上的“专利”，别说一个普通的“大三线”建设的工人，就是一般的领导干部，那也得由各个指挥部的接待处每天去向铁路方面申请，这种申请当然是有代价的。

列车开出金江火车站，在成昆铁路的崇山峻岭中越过一个山洞又一个山洞，如同穿行在地下铁道一样。半夜时分，对面的孕妇突然“哎哟哎哟”地叫了起来。

那个男的坐在她的旁边，看着孕妇满头大汗地叫喊，只是不断地问她：“你要喝水吗？”

孕妇已经喊得没有力气了，想要躺下，那个男的便站起来，让出自己的座位让那个孕妇躺下。

可是，躺下也不行，孕妇仍然叫喊。

午夜时分，车窗外黑洞洞的，一丝亮光都没有。

有乘客见那个男的站在那里不知所措，就指责他说，你看看，你老婆快生了，你还站那里干什么。

那个男的不知道怎么办。

有人愤怒地指责那个男的，你还不动手扶扶她。

男的站在那里，就是不肯动手去扶孕妇。

女乘务员来了，广播里很快响起了播音员寻找妇产科医生的声音。

一会儿，一位年轻的女乘客赶来，她说，自己是“大三线”某号信箱医院的妇产科医生。于是，她指挥我们坐对面的男人们都站起来，将位子腾给孕妇。乘务员拿来床单，我们帮着搭起一个临时的产房，又将几幅床单铺在地上。

医生用手指着那个男人对我们大家说：“除这位做丈夫的之外，所有男人们都离开，就在这里接生孩子。”

那个男子不愿单独留下来，也跟着我们这些男性走到车厢的另外一边。

医生生气地叫住他：“你跑什么，你就站在这里，有事可以帮个忙。”

那个男的忙说：“不……我……我……”

医生说：“你马上就要有孩子了，在这个环境下接生是有风险的，你必须站在边上随时帮助我。”

那个男人胆怯地说：“我不是……”

医生提高声音追问：“你不是什么？”

那男人说：“我不是她丈夫，站这里不合适。”

医生愣愣地看着他，问孕妇，孕妇点点头。

没有消毒酒精，几个探亲的老工人从包里取出自己准备带回家的白酒。

经过医生和乘务员的一阵忙碌之后，突然在隔着的布帘里面，传出了一声婴儿的啼哭，在“大三线”绵延千里的成昆铁路上，一个新的生命来到人间。

直到这时，那个男人才在医生的准许下，走进那个临时拉起来的布帘，看着孩子和母亲都平安无事，长长地松了一口气……

那位女医生，因此坐过了站。她说："我到了成都再往回坐吧。"

半个世纪过去了，这件事一直令我难忘。要是当时有一点差错，那个帮着同事将孕妇"捎"回家的工友和接生的女医生，该负多么大的责任啊！

正是"大三线"建设者这种纯洁、真诚的灵魂，使我放心地将未婚妻托付给了她的同事王世笃，请他帮我将未婚妻"捎"回家。

当他们二人转乘三天的火车轮船到达涪陵，走进县政府的大院里，敲开二姨家的房门时，二姨睁着惊奇的眼睛，竟然不相信眼前的事实——世界上哪有这样的事情啊！

她急忙给我母亲打了个长途电话。

母亲的回答终于让她放心了。

王世笃办完"移交"之后，朝她们挥挥手，赶到乌江边的码头上，独自乘小火轮赶回老家休假去了。

第二天，我母亲乘乌江上的小火轮，在傍晚的时候到了涪陵，与自己未来的儿媳见面。

翌日，这对未来的婆媳乘上小火轮，向着乌江上游那个名叫龚滩的古镇驶去。对于在东北大平原上长大的她来说，这完全是一块陌生的土地，两岸是她从未见过的陡峭峰峦和险峻山崖，江水一年又一年，不知疲倦地拍打着两岸，将岸边铁青色的岩石"咬"出了一个又一个"窟窿"，如同一排一排蜂巢垒在两岸，神奇而壮观。小火轮如同一片树叶，任波涛滚滚的江水抛向天空，接着又扔下波谷……

她被这惊心动魄的行船吓得不知所措。

新的人生，在险象环生中向她招手。

1980 年，当我们准备结婚时，费了很大劲才找到负责结婚登记的"街道办事处"。那是一个低矮的红砖房子，被四周沸腾的建设工地挤在里面，如同"大三线"青年男女的爱情，充满着汗水和泥土。来登记的几对青年，大都穿着工作服，脚上蹬着一双工地上的大头皮鞋，脸上渗着汗水。“办事处”里有一只保温桶，他们到来之后，先拿上一只杯子，在保温桶里倒水，待咕嘟咕嘟地将一杯水喝下，才走到登记员的办公桌前，开始掏出各自单位开的结婚介绍信——那个时候没有身份证，“大三线”建设者都是由单位统一管理，集体户口，办事都由单位开具证明。

登记员看看我们的介绍信，对她的年龄表示怀疑：“你多大，到结婚年龄了吗？”

她忙指着单位的证明说：“你看，上面都写着。”

是的，她那时乐观、开朗，整天在席棚子搭建起来的学校里教书，与孩子们打交道，快乐而充实，风吹日晒的时间比现场的工人少，加之面容白皙，使登记员产生了怀疑。登记员靠近那张证明看了看，没有再说什么，爽快地开了两张如同奖状一般大的结婚证。

到哪里去拍一张结婚照呢？

那时，一张照片需要用相机将影像“拍”在胶卷上，再到暗房里用相应的“药水”进行冲洗，这“药水”又分为显影液和定影液两种，待胶卷晾干之后，又要用投影仪将胶卷上的影像投射在相纸上，再将那个相纸放入显影与定影液中进行“显影与定影”，最后还要将冲洗出来的照片放在清水里冲洗，然后进行晾干，非常麻烦，由于这些原因，照相对于很多人来说都是一种奢侈品。

当时渡口的照相馆非常少，跑了几家，不是说没胶卷，就是说没有“药水”和相纸，要等一等。

可是，一直等到学校放假，也没有照成。

无论如何，这结婚照总得拍一张呀！

没有办法，当我们“旅行结婚”经过昆明时，我拿出自己随身带的那台76元买来的海鸥203型照相机对妻子说：“我们就用它来拍张结婚照吧。”

她点点头。

于是，我将相机放在房间的桌子上，调好焦距和自动快门，跑过去跟新婚的妻子靠在一起。相机自动快门哒哒哒地响了一会儿，突然“咔嚓”一声，便将我们宝贵的青春和炽热的爱情定格在这个难忘的时空里。

2. 追着爱情的脚步

一个上海姑娘，追着爱情的脚步来到了“大三线”。

她的丈夫名叫丁雷。高挑的个子，鼻梁上架一副深度近视眼镜，一看就是个文弱书生。其实，他的真实名字叫丁厚生，丁雷是他的笔名。人们都叫他的笔名，竟然将他的真实名字忘记了。

我与丁雷的相识是因为渡口市召开的一次文艺汇演。

在那次汇演中，我被邀请担任评论员——对于演出的优秀节目，在市里报纸或者是文化局办的文艺类综合刊物《攀枝花文艺》上进行评论。我跟着被邀请的其他评论员一起，坐在新建的招待所（现在已改名为宾馆）礼堂的前排，观看了几场之后，觉得市歌舞团有一个歌舞节目很有特色，曲子抒情动人，歌词文采飞扬，在“大三线”轰轰烈烈建设背景的映衬下，年轻的舞蹈演员轻展舞姿，刚柔相济，以优美的曲线和阳刚的气势，彰显了“大三线”人为祖国建设不畏艰辛、顽强奋进的精神，抒发了他们对生命与生活的热爱。

我决定为这个舞剧写一篇评论。

评论组组长赵晓义支持我的想法，并告诉我，这个歌舞的创作者是歌舞团的编剧丁雷。

与丁雷见面是在他的家里。

那天早晨，我跨过金沙江上的钢架大桥——当时号称亚洲单拱跨度最大的大桥，顺着陡峭的山崖爬到半山腰，再踩着一路的碎石顺着山根往前走，便看见了一排干打垒平房。由于川滇交界的土壤大都是红色，这干打垒房子也就成了一排“红楼”。

轻轻地敲了几下房门，里面传出一个轻柔的女声：“谁呀？”

我问："丁老师在家吗？"

屋子不隔音，里面的声音从门缝里传了出来，还是那个柔柔的女声："丁雷，有人找你。"

一阵橐橐的拖鞋声，房门开了。

丁雷惊讶地看着我，推了推鼻梁上的眼镜，问："小沈，有什么急事？今天是星期天。"

我被问得半天说不出话来。

丁雷将我让进屋里，对他的妻子介绍说："这是攀钢的小沈，就是经常在报上发表文章的那个小沈。"

那时，我已经在全国一些重要报刊发表过文学作品，在渡口文艺界多少有了点名气，他妻子每天都是要读那份《渡口日报》的，自然也知道我。但第一次见面，她仍有些腼腆，朝我点点头，就退进里屋去了。里屋没有门，只挂了一个布帘。他们的儿子小丁丁只有两岁，在两间狭小的干打垒屋子里来回地跑着，一会儿要妈妈抱抱，一会儿要爸爸抱抱，一会儿又跑到我面前来叫着，要叔叔抱抱。

这两间干打垒屋子，总共加起来不足20平方米。外面一间是客厅兼饭厅，有时还兼作厨房。因为厨房只是一间用油毛毡搭起来的小棚子，遇到下雨天就时不时地漏雨，只得将煤炉子提到这间小屋里来生火煮饭。里面的屋子里放了一张双人床，窗前放一张书桌，书桌上放着一只台灯，那是丁雷晚间写作时用的。

我是第一次见到丁雷的妻子。那是一个娇弱的女子，面容白皙，说话轻柔，跟千千万万漂泊在外的上海女子一样，虽然讲的普通话，却带着浓浓的沪上口音。而丁雷呢，他的普通话却明显带着两湖（湖南、湖北）的腔调，这样两个相隔千山万水的人，怎么结合在一起而又同时到"大三线"来的呢？

我曾好奇地问过丁雷："你是怎么将嫂子从大上海'拐'来的？"

丁雷一下子脸红了，只顾哈哈地笑。

这笑声里，藏着幸福与甜蜜！

丁雷的老家在湖南农村，高中毕业考上复旦大学新闻系。

他穿着一身土布衣服来到上海，在这个中国最繁华的城市里，显得有些"不合群”。他知道自己上大学不容易，整天背着一只土布缝制的布袋，里面装着笔记本和钢笔，除了教室就是图书馆，那一本又一本中外名著，他读起来有时连吃饭都会忘记。

学校有一个总机室，里面总是坐着一群姑娘，她们的职业称呼是接线员——那时，每部电话的电话线都是汇总在单位的总机上的，外面呼进的与内部打出去的电话，都得要经过接线员的手，将相互的电话线插入总机的连线，双方才能接通。大学里进出的电话很多，这里非常忙碌。

丁雷每次到教室或者是进图书馆，都会经过总机室，时间久了，就引起了总机室一个姑娘的注意。这人怎么每天总是“泡”在教室和图书馆里，就是到了星期天，也没有看见他外出去玩一玩。

一个星期天，这位姑娘到图书馆去还书。不巧，负责还书的图书管理员有事离开了，那个姑娘一边等一边不停地看手表，很着急。

快到中午了，里面很静。

姑娘实在等不及了，就走过去对旁边一个正在看书的同学说，希望帮她还一下这本书，并将借书卡一起交给他，请他经过总机室的时候交给总机门卫就行了。

那个看书的同学就是丁雷。

在大学的校园里相识相恋，平凡而又普通。

大学毕业分配的时候，丁雷选择了遥远的“大三线”。

是跟未婚夫一起去那个陌生而又一无所知的深山峡谷，还是留在灯红酒绿的大上海，这成了姑娘艰难的选择。

那是一个户籍管理很严的时代，一个上海的户口，可以说千金难换。当时的上海，无论是服饰还是工业，都是引领全国，很多人都望眼欲穿地盼着能有个上海户口。

姑娘毫不犹豫地选择了爱情，决定跟着丁雷到万水千山中的金沙江畔。

就这样，一对年轻人注销了上海户口，告别复旦，走进大山。

婚礼是简朴的。请几个亲朋好友和单位的同事一起吃了几盘糖果，讲了几个有关新婚的笑话，一对新人张嘴去吃一只挂着的苹果，一直闹到月上柳梢……

每个人的心里都有一团火，路过的人只是看到了烟。相爱的本质，是他们看到了对方的那团火。他们看重并珍惜对方身上的热情。

爱情的力量是如此强大，这位曾被人们视着纤弱、娇气的上海姑娘，跟建设者们一起吃着咸菜，流着汗水自己搭房，用“三块石头架口锅”开始煮饭。唯一不同的是，休息的时候，小两口会跑到山上去，采一些野花来插在家里的瓶子里，让山野的清香飘满温馨的小屋。

很快，爱情结出了丰硕的果实，他们的儿子来到了这个世界，我们都叫他们的儿子为小丁丁。那时，“大三线”的婴儿很少，这个孩子的到来，不但给他们家庭，也给邻居和同事们带来了欢乐。

奶水不够，需要奶粉。“大三线”哪有这个呀。于是，写信请上海的亲戚朋友一包一包地邮来，请出差的同事，一包一包地带回。孩子咕嘟咕嘟地喝下去，体格长得壮壮的，对于小两口来说，这比什么都高兴，苦呀累呀，一切都抛到了九霄云外。

还有令他们高兴的是，在“大三线”轰轰烈烈的建设中涌现出了许多英雄儿女，丁雷每天都生活在他们中间，这为他的创作提供了丰富的素材，由他创作的歌舞剧，不断被搬上舞台，他的事业硕果累累，蒸蒸日上。

由于条件所限，在千军万马、人潮涌动的“大三线”，建设者大都是单身——未结婚的青年和无法带家属的已婚男女，在这样一个几乎“全民单身”的环境中，能有一个幸福的家庭，那是非常令人羡慕的。

随处都有体验不完的“大三线”生活，不断地激发着创作灵感，坐下来就可以写一篇很好的作品，回到家里，有妻子儿子的笑声，丁雷终日都生活在幸福之中。

谁也没有想到，一场灾难正悄悄降临。

这天早晨，歌舞团准备下基层去演出，大家忙着准备道具和各种需要的物品。

丁雷同演员们一起，帮着将道具送上卡车。待运送道具的卡车开走后，一辆运送演员的解放牌卡车开了进来，丁雷和演员们都爬上卡车。

丁雷的妻子带着孩子跑来了，孩子不停地喊着爸爸。

丁雷从卡车上站起来，向孩子挥手。

其他的演员见了，也都站起来，向小丁丁挥手。

孩子高兴地喊着，挥动着小手。

卡车迎着太阳，穿过市区新修的柏油公路，在奔腾的金沙江边转了一个弯，飞快地驰过江上的大铁桥，向着峰峦巍峨的大山深处奔去。

这是一条新辟的公路，还没有来得及浇上沥青，路面高低不平，卡车不断地颠簸着，车后卷起的黄尘，不断地向敞开的车厢里扑来。

就是这样，也挡不住年轻人火一般的热情，挡不住喷涌着的青春的激情，车厢里传出了响亮的歌声：

横断山，路难行，

天如火来水似银。

……

卡车在歌声的伴奏下，吃力地呼叫着，缓缓地向山顶爬去。山顶上是一片蓝天，站在车上的演员们，仿佛一伸手就能攀上天空。

卡车在山顶的丫口上稍作休息，接着就开始下山。由于山势陡峭，道路险峻，转弯抹角，崎岖难行，卡车司机十分小心，一路不停地踩着刹车。

车下到半山时，不知怎么回事，一下子不听指挥了，如同醉汉一般，在公路上来回晃动。

突然，驾驶室里传来了司机的声音："快，快跳车！"

整个车厢一下混乱起来。

有人大声问："为什么要跳车？"

司机在驾驶室里已经紧张得满头大汗，大声喊："刹车失灵！"

大家突然明白，生死就在眼前，一个一个地跟着往车下跳。

山区跳车可不是一件简单的事情，汽车不断往山下滑动，公路下面是万丈深渊，稍有不慎就会粉身碎骨。

好在大部分都是舞蹈演员，具有腾、挪、跳、跃的基本功，说时迟，那时快，只见一个个身轻如燕，扑扑地从车上跳了下来。

最后，车上仅剩下了一个人——歌舞团的编剧丁雷。

他，熟读唐诗宋词，但不知道危急之时怎么跳车。

大家追着汽车，不停地朝他叫着："快跳！快跳！"

丁雷双手抓着车厢后面的挡板，任醉汉般的卡车摇晃着，看看下面，路面狭小，悬崖断壁，深谷如渊，试了几次都没有成功。

卡车已经完全失去控制了，大家追着，叫喊着。

眼看着卡车就要坠下山谷，人们的心都提了起来。

就在这时，只见丁雷一个飞身，从车上跳了下来。

瞬间，卡车飞出公路，山谷下响起了一声巨响。

人们立刻跑上前去，只见丁雷面向天空，一动不动躺在公路上。

"丁雷！丁雷！"人们呼喊着，可是，他再也没有回答大家。

在他的脑后，流着一摊鲜血。

一个将美好的爱情带进"大三线"的热血赤子，就这样离开了美丽的妻子，可爱的孩子，永远长眠在他深深爱着的中国"大三线"的土地上。

事故的追查是严肃的。因为山高路陡，卡车在接连下山时，司机只能不断地使用刹车，致使刹车片发热发烫失去刹车功能。在跳车过程中，丁雷从卡车上跳下时是背朝着车身，汽车在行驶中带有惯性，使他在纵身跳下后顺着惯性整个身子向后仰，造成后脑着地，被岩石击破，流血过多而死亡。

在参加"大三线"的建设中，时时都会遇到意想不到的危险，这跳车逃生也是有学问的啊！

丁雷被安葬在卡车失事的兰尖火山的半山上，那是一条去兰尖火山矿山的必经之路，在那里有一个巨大的墓群，长眠着为"大三线"钢铁基地建设倒下的英雄的身躯。那是一座长青的陵园，不朽的丰碑，它铭刻着中华民族一段不平凡的岁月。

那些圣洁的灵魂，将他们的爱情和悲壮的生命，永远留在了这片热土。

3. 爱情之树长绿

每一个人都有自己的爱情，但每一个人的爱情又不同。这对年轻夫妇不寻常的爱情故事，是那样感动着我……

吴焕荣，这个20多岁的年轻小伙子，宽肩膀，厚嘴唇，一头粗黑蓬松的浓发。现在，他习惯地用手向下拉了拉那件带拉链的米黄色夹克衫，匆忙地穿过熙熙攘攘的人群，朝着琳琅满目的百货商场走去。

成都的深秋，公园里菊花似海，郊野上枫叶如丹，浣花溪碧水淙淙，望江楼云横雾缠。这位第一次来到成都的“大三线”西昌410厂的青年工人，却无心去观赏这些。那颗年轻的心啊，完全被幸福的浪潮淹没了——他和恋爱了几年的青年女工李桦已经讲好，这次出差回去，就要正式举行婚礼！对于曾经在爱情的海洋里苦苦寻觅的青年男女，谁不盼着这幸福的一天！吴焕荣兴高采烈地抱着那一包又一包为结婚准备的东西走出百货商场，不觉咧开嘴轻轻地笑出了声。

十天后的清晨，邛海之滨的西昌城还笼罩在一层淡淡的薄雾里。归心似箭的吴焕荣提着从千里之外买回的结婚用品，匆忙跳下列车，直朝厂里跑去。甜蜜的爱情之果，几年前对于这个忠厚纯朴的小伙子，就像天边的云、山腰的雾，是那样遥远而又神秘。但是现在呢，仿佛只要一伸手就能摸着了！

当吴焕荣骑着自行车，飞快地赶到四川省西昌专区医院时，他那颗心从幸福的峰顶一下子跌进了悲痛的深渊：美丽的姑娘痛苦地躺在病床上，腰身被一层纱布紧紧地裹着，大便、小便和饮食，都要依靠拖着的一根根紫红色皮管。

姑娘从昏迷中苏醒过来，一双动人的眼睛久久地看着站在床前的吴焕荣，悲伤的泪水啊，溪水般从眼角边流下来，浸湿了那条洁白的枕巾。

姑娘怎能不难过？几天前，她那颗心整天都泡在蜜糖里的呀！她一天又一天地算着日子，焦急地等待着心上的人儿回来，等待着幸福的那一天。这天早晨，当她走上厂房的天桥，准备跨进自己驾驶的那部行车时，一部行车对直从前面驶了过来。“哐！”行车巨大的冲力，把姑娘从几十米高的厂房行车轨道上一个坐式撞了下来，她只觉得腰部骨散筋裂般疼痛，很快便昏了过去。

事故无疑是别人造成的，却给沉醉在幸福中的姑娘带来了极大的不幸。如今，日夜盼望的人儿回来了，但是自己呢，不要说结婚，连生命也可能保不住。她将怀着遗憾的心情离开曾经爱过的人，离开这个美好的世界……

吴焕荣伸出粗大的右手，慢慢给姑娘擦去泪水：“不要东想西想的，安心养伤。”

姑娘知道憨厚的小伙子是不会甜言蜜语的。可是，现在是什么时候，难道你不能多说几句吗？出自女性的敏感，姑娘心中不觉起了一团疑云：“这句不冷不热的话，是什么意思呀？”

从安宁河谷吹来的风，带着阵阵寒意，阴沉沉的天空，飘下一丝丝牛毛般的细雨。在西昌火车站的候车室里，姑娘躺在担架上，艰难地睁开眼睛，不停地看着呆坐在旁边的吴焕荣，用十分微弱的声音说：“你，你回去吧……”

吴焕荣惊奇地瞪大了一双眼睛，直愣愣地冒出两个字：“为啥？”

“叫厂里另外派人去吧，我，我不行了，不能连累你。好、好在我们，还、还没有结婚……”

垂危的姑娘，多么需要几句温柔甜蜜的宽心话啊！但是吴焕荣却只是摇着头，不停地重复着一个字：“不，不，不……”

车站的月台上一片混乱：“哎呀，怎么把死人抬上车！”“不，不能让死人上车！”“哟，看那双脚，还是个女人呢！”这些话像针一般刺痛着姑娘的心。几天前，她同参加“大三线”建设的兄弟姐妹们一样地在车间里流汗，一样地在大地上行走、歌唱，她那苗条的身姿，乌黑发亮的眼睛，曾吸引过多少小伙子的目光。但现在，人们竟这样歧视她这个垂危的病人。她只好用那床雪白的被单紧紧蒙着头，将悲痛的泪水强咽进肚子里。

车门被上下的人群挤得水泄不通，担架只好从列车的窗口递进去。姑娘的母亲却死死抓住担架："不行，不行，这样一高一低，背上的脊水流完了，李桦也就没命啦!"

"呜——"列车就要启动了，吴焕荣急了，一咬牙，将担架举上头顶，用头紧紧顶住担架上的木杠，平稳地将姑娘送上了列车。

抱着一线希望，吴焕荣四处托人，将姑娘送进了成都体育学院附属医院。

"你，你这是干啥?"躺在病床上的姑娘，见吴焕荣提着崭新的铝锅、饭勺、碗筷从门外进来，感到十分惊奇。

小伙子朝姑娘调皮地笑了笑："打持久战呀，我们先在这里成家啰!"

苦恼中的姑娘，不好意思地笑了。

吴焕荣放好那一套崭新的锅碗，急忙端着脸盆去打水："哎呀，我光想着去买这些东西，脸也忘记给你洗了。"他迅速用手拧着毛巾，一团团热气在手中不停地升腾。

洗完脸，吴焕荣像前几天一样，将脸盆端到床上，轻轻地揭开被单，脱下姑娘脚上的袜子，用手给姑娘洗脚。突然，一阵难闻的恶臭刺入鼻孔，吴焕荣急忙端下洗脚盆，轻轻将受伤的姑娘移到床的里面。原来姑娘由于受伤过重，大小便完全失禁，吴焕荣必须像侍候婴儿一样每天几十次地给姑娘垫尿布。为了不弄脏医院的床单，吴焕荣特地找来一张三层板放在下面。这时，只见尿布上已有一摊。吴焕荣刚想伸手去收拾，见同室的人都在看着自己，是的，20多岁的大小伙子，什么时候干过这种活！对于一个身强力壮的青年来说，干十天十夜的累活也比干这痛快!

姑娘早已不好意思地转过脸去，轻轻地抽泣着。

人心都是肉长的呀！人如果没有了相互的同情和怜悯，没有了人与人之间的友爱和支援，就不会在地球上战胜其他生物，取得生存和繁衍的权利。受苦受难的姑娘，这时多么渴望得到温暖啊！吴焕荣急忙给姑娘换上一叠干净的尿布，拉过那块换下的尿布，朝门外的厕所走去。

室外的阳台上，挂满了吴焕荣洗的尿布，大大小小，五颜六色，足有几十块!

晶莹的泪花在姑娘的眼眶里闪动："要是我身体好好的，就不会让你受这罪了。"

"不要想这么多，安心养伤要紧。"吴焕荣一边安慰着姑娘，一边伸手去拿床头上那堆换下的衣服。

"不，那是我妈昨晚换下的，她讲了下午自己来洗。"

吴焕荣急忙将衣服塞进脸盆："老人家昨天晚上照看你也够辛苦的，就让我洗了吧！"

当吴焕荣伸手去拿姑娘枕头下的那件脏衣服时，谁知姑娘竟用手紧紧按着。他一用力，"哗"的一下从枕头下带出了一包白色的药片。

吴焕荣不觉大吃一惊，"啊，安眠药，医生怎么给你这么多？"

泪水从姑娘的眼里流了出来："我不能再连累你了，让你一辈子跟着受罪。我不应该再活下去……"

一个人向前属望的时候，如果看不到一点快乐的远景，他在世上就活不下去。姑娘经过一个多月的医治，竟没有一点好转，反而一天天严重了。夜晚，在昏暗的电灯光下，她常常看见头发花白的妈妈背转身去，偷偷地擦泪。妈妈将姊妹六个带大成人，多么不容易！自己眼看着不可能治好了，难道还应该让养育自己的老母亲跟着受苦？然而，使姑娘更难过的，还是面前这个对未来和幸福满怀希望的小伙子，每天早晨天刚蒙蒙亮，他就忙着来接换守夜的妈妈，接着就是打水、煮饭，给姑娘洗脸、洗脚，端着热腾腾的饭菜一口一口地喂进姑娘的嘴里。然后就是洗衣服、换尿布、上街买菜，一直要忙到晚上十一点钟。那一双浓眉下的大眼睛，已经熬得通红，人也看着渐渐消瘦了。他这样一天一天熬着、等着的将是什么？难道是摔伤前两人一起在月光下所憧憬的那种幸福吗？不，决不应连累他！姑娘把医生给的安眠药，一粒一粒地"节省"下来，心中不停地计算着……

"你不要想那么多，你看，我都不东想西想的！"吴焕荣两眼直直地望着撒落在地上的白色药片，紧紧拉住姑娘的手，生怕她从自己的手里"飞"走。

"小吴，你对我好，我和我们全家已经是感激不尽了！你的恩情，我九泉之下也不会忘记。只怪我命苦，此生无缘。"

吴焕荣宽阔的额头两边急得暴起了两股青筋："既然是为了我，难道你不想一想，这样做会使我高兴还是难过？医生讲，你已经快脱离危险期了，再过三个月就会好的！"

古往今来，人们对于爱情有着多少美妙的传颂，忠贞的爱情，哪一次不是在意外的困苦中，才闪现出金子般的光辉呢！第二天中午，当姑娘从昏迷中醒来，见床头上放了一摞《大众电影》。姑娘跌伤前是最爱看这本杂志的，于是顺手拿起一本。翻着翻着，五彩斑斓的生活又在姑娘面前展开了。啊，"大三线"建设虽然艰苦，但生活却是如此的充实，青春和理想都在这鲜为人知的山沟里绽放，眼前的世界是多么可爱呀！杂志里介绍的那些热爱生活，顽强奋进的主人公，在迷茫绝望的姑娘面前，打开了一线生活的亮光。

吴焕荣进来了，手里拿着一份报纸："这些《大众电影》都是从书摊上买的，看着散散心，省得整天躺着闷得慌，哦，这里还有篇文章，我读给你听听。"

姑娘看着吴焕荣打开的那份《中国青年报》，说："我都是个重病在身的（共青）团员了，你这个团支部书记呀……"

"快把伤养好，我们一起回去，听说在我们西昌，还要建卫星发射场，'大三线'建设正在等待着我们年轻人哩！"

"嗯，嗯。"姑娘看着吴焕荣那张有棱有角的脸，眼里闪动着晶莹的泪花，不住地点着头。

四个月终于熬过去了，姑娘的病情却没有明显好转，痴情的小伙子，你能坚持住吗？

没有经过考验的爱情，就像没有剥开的核桃，内在的一切都紧紧地包裹着，深藏着。一旦一方遇到意外的不幸，就像石头一下砸开了核桃壳，一切内在的、深藏的、高尚的、卑鄙的、人性的、兽性的东西都会暴露出来。吴焕荣的那颗心，在姑娘漫长的治疗时间里，更闪现出"大三线"青年建设者那金子般的光辉。

"师傅，你们药店有砂仁没有？"吴焕荣满头大汗地走进成都南郊一家药店，拿出医生开的药方，"医院里现在缺这种药，麻烦你们帮帮忙吧！"

药剂师歉意地摇着头："哎呀，这个缺货，你进城里几家药店去看看。"

于是吴焕荣冒着严冬凛冽的寒风，步行20多里路，问遍了沿途所有的药店，然后坐上公交车到市内的盐市口、春熙路、胜利路……一个药店一个药店地打听，几乎跑遍了成都市内的全部中药店，终于买到了砂仁。

他紧紧地捧着那包来之不易的中药，仿佛是捧着姑娘的命根一样。不时还俯下头去，闻着那淡淡的药香，心里高兴极了。

成都深冬比邛海边的西昌城要寒冷得多，北风呼呼地刮着，落光了树叶的梧桐，在寒风中不停地摇曳，纷纷扬扬的雪花，从灰蒙蒙的天空飘落下来，路上的行人早已穿上了厚厚的棉大衣，而这个只穿了一件绒衣的小伙子，当匆忙地回到医院时，头上却蒸笼般冒着缕缕热气，浑身的衣服全浸在湿淋淋的汗水里。

查看病房的女大夫被感动了。

吴焕荣仍然静静地坐在床前等待着姑娘醒来。午饭早已煮好，为了不影响姑娘休息，吴焕荣始终不愿叫醒她，每次总是踮着脚尖，轻轻地进来，然后又踮着脚尖，轻轻地出去。为了让姑娘醒来就能马上吃到热乎乎的饭菜，他已经是第三次升火热饭了。

姑娘醒来了，吴焕荣急忙跑出去，端来了热腾腾的饭菜："趁热快吃吧，我今天特意买了只母鸡，熬了点汤给你补补身子。你闻闻，这味真香！"

"哎呀，这骨头受伤是不能吃鸡肉的。鸡肉吃下去起收缩作用，反而更加麻烦！"同室的一个病友急忙"警告"他。

要说在星光灿烂的夜空下突击焊接任务，吴焕荣是个既懂行又肯出力的好手，而对于医道却知之甚少。病友的话难辨真伪，姑妄听之。伸到姑娘嘴边的小勺立即收了回来，他端起那碗鸡汤就朝门外走："这鸡汤留给你妈吃吧，你躺一会儿，我再给你做好吃的。"

昨晚下了一场大雪，病房外是一片粉妆玉砌的银色世界，北风呼啸着从空旷的原野上掠过，带来阵阵刺骨的寒意。吴焕荣迎着北风向附近的菜市场跑去，雪地上留下了他深深的脚印。

20分钟后，吴焕荣满头大汗走进病房，手里端着一碗香喷喷的肉片汤。他舀起一小勺热汤，用嘴轻轻地吹了吹，递到姑娘的嘴边："吃吧，刚熬好的。下次再做你爱吃的肉圆汤。"

姑娘看着那碗热腾腾的肉片汤，上面浮着一层晶莹的油珠，嫩绿的葱叶被切成细细的葱花洒在汤面上，飘着一阵清香。

"这季节哪来的葱呀？"

"人家蔬菜公司温室里种的，菜场出高价才能买到，这肉片没有葱花不香呀！"

看着那翠生生的葱花，闻着那扑鼻的香气，愁苦了几个月的姑娘，幸福地微笑了，那双会说话的大眼睛，笑眯眯地看着面前这位憨厚的小伙子。

但是，几天以后，当吴焕荣端着刚做好的肉圆子汤走进病室时，那双美丽的大眼睛却冷漠地看着他。姑娘从枕头下拿出一个小本子："给！"

吴焕荣呆住了，小本子上记着每天他为姑娘买药、买菜、买书所花的钱……

"李姐姐，你的信。"一个奶声奶气的小女孩走到床前，把一封信递到姑娘手里。

这是从"大三线"的西昌410厂邮来的信，信封上写着："吴焕荣亲收"。久卧他乡的病人，多么盼望亲人的来信啊！每次厂里邮给吴焕荣的信，他总是让姑娘拆开先看。这时，姑娘看着看着，不觉泪如雨下："……那么远去照顾别人，每月吃百分之五十的面粉，天气又冷，真辛苦啊！李桦病情如何，我很关心，她下地走路没有？……妈妈在家都哭了，大老远地去照顾一个瘫子……厂里漂亮的姑娘多得很……"

"你真漂亮！"就像昨天的事情一样，当初恋的姑娘第一次走进吴焕荣的家门，他家的那些亲戚不也是这样夸她的吗！"快，快做饭！"大家围着灶台，更是忙得团团转。现在呢，姑娘因工跌伤了，她躺在病床上已经四个多月不能挪动一步，那张丰润的脸变得消瘦、蜡黄。人心隔肚皮呀，聪明的姑娘自从脱离危险期之后，就时常提防着这不幸的一天。好在每天用钱的账目，她还清清楚楚地记着……

吴焕荣捏着那个小账本和那封浸满了姑娘泪痕的家信，久久说不出一句话来。像千千万万的青年一样，吴焕荣也曾憧憬过自己美好的未来：温存的妻子，胖胖的儿子，在"大三线"的大山沟里，组建一个温暖幸福的小家庭。但是，面对跌伤的李桦，美好的希望破灭了。“李桦不死也得瘫，你图个啥呀！”“婚姻大事可不是栽秧打谷，一季不好二季来！”“你这个年轻的共产党员，团支部书记，团省委命名的新长征突击手，还怕找不到漂亮的姑娘！”这样的话，早已灌满了吴焕荣的耳朵，他也曾为此痛苦过。而现在，自己的家里也这样来信了。

吴焕荣迎着呼啸的北风，在成都南郊的旷野上毫无目的地走着。美丽的爱情之神啊，你为什么不肯从那条笔直的、铺满鲜花的大路上走来，投入小伙子热烘烘的怀抱，偏偏要这样折磨他的心！啊，天气真冷，小河里都结上了一层薄冰，光秃秃的树枝呜呜地悲鸣着。这声音多么熟悉，哦，那是李桦对面的病床上，那个农村姑娘痛哭的声音。

那位农村姑娘是十分漂亮的，一张鹅蛋形的脸，一对圆圆的大眼睛，欢笑时脸上还有一对浅浅的酒窝，这位美丽的姑娘因为上山砍柴，不小心跌了腿。住院的那天，她的未婚夫来了，小伙子对姑娘说了许多甜蜜的话。几天后，狠心的小伙子却不声不响地走了。

啊，哭声，怎么又变成了李桦的哭声？吴焕荣不觉打了个寒战。他顺手折下一条干树枝，在手里不停地转动着：啊爱情，难道爱情之树也会在严寒中干枯？

吴焕荣清楚地记得，那是他和李桦初恋不久的一个星期天，两个人一起登上邛海之滨的泸山，在那棵高大的唐代古柏前坐下休息。他试探着问姑娘：“听说过去有人给你介绍一个百货公司工作的朋友，你为啥不同意？”

“那个人眼里就只有钱、钱、钱，一开口就是他能从内部买到这样，买到那样，烦死人了。同这样的人一起，这辈子怎么过呀？”

几天以后，厂里抢修高炉，为了抢时间，吴焕荣第一个冲上去，趴在滚烫的铁皮上焊接，腿上被烫起一个个大泡。第二天，腿上的泡破了，不停地向外淌着脓水。

“哎呀！”姑娘惊叫起来，找来药棉，用温开水帮他洗着腿上那又臭又脏的脓水。

这是在“大三线”建设中共同建立起来的多么可贵的感情！这是一位多么体贴可爱的姑娘！难道就因为她遇到了不幸，自己就远远地离去吗？

吴焕荣一口气跑回医院，提着菜篮，步行20分钟到附近的青羊宫，排队为姑娘买熬汤的猪骨头……

我在中国“大三线”工作的时候，吴焕荣所在的410厂是攀钢下属的一家中型钢铁企业，为此我曾采访过他和那位他心爱着的姑娘李桦。当我在厂里宣传部王部长的带领下找到他们的时候，已是他和李桦婚后三个月了。新房布置得很漂亮，浅绿色的窗帘，大红色灯罩的落地灯，淡黄色暗花的双人沙发，崭新的书柜旁，摆着一盆翠绿的文竹……李桦热情地给我泡茶，然后又走进屋去拿出一个精致的盒子，请我补吃他们的喜糖。我仔细地观察着她的腿和腰，几乎看不出曾经受过重伤。只是久病初愈，身子骨儿稍微单薄些。

李桦坦诚地告诉我：“要不是小吴呀，我就是死不了也会变成一个瘫子，哪能像现在这样！”

憨厚的吴焕荣坐在靠墙的木凳上，只顾咧着嘴笑：“没有什么，没有什么，那都是应该的。”

我说：“小李现在身体怎样，能上班吗？可以找厂领导换个轻松一点的工种。”

“她呀，”吴焕荣爱怜地用手指着李桦，“回来不久就上班了，还爬到厂房顶上，仍旧‘哐啷哐啷’地开她那行车。有人问她，你伤成这样了，怎么不休息下呢？”

“唉——”李桦长长地叹了一口气，“就凭我这一身伤，厂里可以让我耍一辈子。但是，小吴每天在厂里拼命地工作，回来还要照顾我，我怎么好意思天天耍！”

灾难终于过去了，眼前的一切都是幸福的、和谐的，充满了甜蜜和芳香。但是在生活的道路上今后就不会再有突来的灾难吗？面对这对沉浸在幸福中的年轻夫妇，我不得不提醒他们：“李桦这一身病，将来生孩子说不定又会遇到困难的。要是她今后再次不幸瘫痪，怎么办呢？”

吴焕荣抓了抓蓬散的头发，闷声闷气地说：“我不是那种没良心的人，不会做出那种没道德的事。她就是瘫了，也愿照顾她一辈子，我一天再苦再累，只要夫妻间能相互谅解、体贴，就心满意足了。”

李桦笑了：“他这人呀，我伤成那样都没有说过一句甜蜜的话，这次倒有进步啦。记得过去我们谈朋友，看到他在厂里光荣榜上的照片，头发乱七八糟的，简直像个‘犯人’。”

“现在呢?”我问。

“现在……”李桦不好意思地看着玻璃板下那张结婚照片，甜甜地笑了。

人不是因为美丽才可爱，而是因为可爱才美丽啊!

我向吴焕荣夫妇告别时，已是深夜了。如水的月光，洒满了“大三线”苍翠的山峦，路旁一排排浓绿的树木，在微风中正轻轻地唱着甜蜜的夜曲。啊，这就是我们正在建设的中国“大三线”，这就是我们祖祖辈辈生活的土地，这就是我们世世代代播种爱情的土壤！我们的民族，是一个懂得爱情的民族，愿年轻朋友辛勤培育的爱情之树四季常绿!

4. 扼住命运的咽喉

生活，对于一个20多岁的青年，像东方地平线上升起的朝霞，绚丽而迷人；像春天绿色的原野，妩媚和充满生机；像高山飞泻的银瀑，有着无穷无尽的憧憬与追求；像江河上升起的风帆，满怀着踏平惊涛骇浪的勃勃壮志。不信，你看这位虎生生的小伙子吧，敦实的个子，宽厚的肩膀，浓眉下闪着一双炯炯有神的大眼睛，浑身有着使不完的力气。他穿着一件干干净净的深蓝色涤卡上衣，坐在由成都开往自贡的列车上。川西平原的春天是美丽的，一丛丛翠竹掩隐着一户户农舍，田埂上蓝莹莹的蚕豆花，像一群群春姑娘可爱的眼睛，调皮的牧童仰身躺在草地上，让手中的风筝向着碧蓝的天空飘啊飘啊……

他的思绪也不停地飘啊飘啊，飘到了远方的盐都自贡。

他习惯地伸出左手，捏了捏右手的衣袖，心中不停地问着自己："她，能爱我吗？"

他要去会见的那个姑娘名叫何正英，是自贡市建筑公司的描图员，长得十分俊俏。他们是通过亲戚介绍认识的，过去只是书信来往，各自寄了照片，但没有见过面。

现在，在自贡一条偏僻街道的小屋里，姑娘正用挑剔的目光打量着他。

姑娘指着桌上那个信封上的字问他："喂，这是你写的吗？"

他笨拙地点点头。

姑娘显然不太相信，转身拿来一张白纸："写几个字吧。"

他伸出左手，用拇指和食指慢慢拧下钢笔帽，捏着笔，十分流畅地写了"攀钢钢研所"几个清晰的大字。

姑娘笑着点点头，眼里闪出一道喜悦的光。

他们的婚事就这样定下来了。

正英啊，你这个全家最小的娇女儿，为什么硬是不听妈妈的劝阻，偏要将自己美好的爱情，献给这个千里之外只有一只左手的“大三线”青年呢?

……

1977年6月21日中午，一辆北京牌130汽车，不停地鸣着喇叭，风驰电掣般地开进了四川省渡口市人民医院。车上抬下一个昏迷不醒的青年，殷红的血把衣服和担架都染红了……

这个人名叫古隆吟。

当古隆吟清醒过来睁开眼睛的时候，发现眼前是洁白的床单，床头的铁架上，是高悬着的输液瓶，自己的右胳膊刀砍斧劈般疼痛，额上布满了豆粒般大的汗珠。

他一切都明白了。

他下意识地看了看右边那只紧缠着几层厚厚纱布的半截胳膊，伤心地痛哭起来:“没有右手了，我今后怎么摇炉呀，怎么炼钢呀，我的手，我的右手呀!”

那悲痛的哭声啊，使同病房的几个中年人都默默地流下了眼泪。

他怎能不难过? 今天是端午节，正是他26岁的生日，却不幸失去了右手。啊，手! 正是这双粗壮的、勤劳的大手，使他第一次在钢花飞溅的炉前取样，就得到老炉长的夸奖；正是这双布满茧子的灵巧的手，使他很快学会了拉计算尺，准确地计算出转炉里钢合金的比例；也正是这双聚满“大三线”钢铁工人力量和智慧的大手，使他在代理炉长工作的一个多星期里，炉炉都出优质钢。领导信任他，同志们称赞他。生活在他的面前，铺开了一幅色彩绚丽的画卷。

现在呢，画卷同那只手一起被绞碎了!

“生活，你是那风平浪静的湖面该有多好啊!”几个月后，古隆吟站在黄浦江畔，望着滚滚的江水，看着一艘艘即将鸣笛启航的巨轮，他多么羡慕那些在轮船上来往奔忙的水手啊! 他们都有一双完好的手，日夜为祖国、为人民，同时也为自己和家庭创造着财富，创造着美好沸腾的生活。他怎么也忘不了那个浓雾弥漫的早晨，当他伤愈后乘车回到成都，全家人都难过地哭了。年迈的妈妈不停地摇着他那只空空的袖筒，一遍又一遍哭喊着："天呀，天呀，你今后怎么过呀？"

是呀，他还年轻，生活的道路才刚刚展开，今后的路该怎么走呢？

中国"大三线"啊，你这块集结了无数中华优秀儿女的土地，能够让这个年轻人重新投入你火热的生活吗？

在上海假肢厂，假手总算装上了——这是一只不能自由活动的"手"。

那天，有一位骑自行车的中年人来到假肢厂。该厂的医生热情地向他们介绍说："你看，他的双手都是工伤后给安装的假肢，经过锻炼，现在不但能骑自行车，还能写字哩！"

大伙都请这位双手残疾的工人，在笔记本上签字留念。古隆吟也递上自己的小本子，那位工人用假肢握笔，在上面写了几个苍劲有力的大字："身残志不残"。

古隆吟看着这位刚毅的工人，再看看那几个字，一道闪电猛然驱散了心头的乌云，闪电下映出了一条崭新的道路。他不由想起中学时代读过的一本书，想起了书中的那位中国的保尔·柯察金——吴运铎。过去自己身强力壮时，对这位身残志坚的革命者只是敬佩，但并不完全理解，现在当自己因公残疾的时候，吴运铎就是一位先行的导师站在自己面前。他决心从绝望的迷雾中站起来，勇敢地迎接生活的挑战，大胆开拓自己未来的人生道路。

他又回到炼钢炉前，那只空空的衣袖在高压风管的吹拂下飘荡着。他望着熊熊的炉火，听着那闷雷般的轰鸣声，一股热血在胸中钢水般沸腾着。看啊，钢铁，就是在这宝葫芦般的转炉里，在炽热的高温下冶炼出来的！

攀钢——中国"大三线"最重要的钢铁基地，除了钢铁，还冶炼出多少具有钢铁般意志的优秀儿女啊！

这是出钢的地方。

这是一条布满荆棘、危岩的生活之路。古隆吟在这条路上满头大汗地走着：他利用在家休息的时间，用左手紧捏钢笔，颤颤抖抖地开始学习写字。位于四川盆地中心的成都仲夏炎热而潮湿，晚上屋里更是闷得像个大蒸笼。古隆吟把自己关在屋子里，手中那支小小的钢笔真比炉前的取样勺还重！由于用力不均，纸上戳下了一个又一个的窟窿，连"一"字都没有写直，手腕上的汗水，把一张张垫着的报纸全浸湿了。

古隆吟累得倒在靠椅上。

外面昏暗的路灯下，一群人正在梧桐树下乘凉，手中的扇子在不停地摇着。卖冰糕的喊声，不时从窗外传进来。这时，要是在外面乘乘凉，再吃上一支冰糕，该有多舒服呀！“算了吧，反正是工伤，依靠厂里吃一辈子闲饭，何必自找苦吃！”“不，不能打退堂鼓，自己当过摇炉工，知道钢铁是怎样炼成的！”古隆吟的思想斗争着，他用左手捶捶酸痛的背，又开始练起字来。不一会儿，手被磨出了血泡，衣服裤子都被汗水湿透。

第二天清晨，古隆吟刷牙的时候，左手痛得怎么也捏不住牙刷把。牙刷在嘴里不听使唤地上下乱动，上下牙床都被戳出了血，口盅里的水完全变红了。

他对旁边的妹妹说：“要是可以将左手移下来，接到右手该有多好啊！”

吃饭了，妈妈给他拿来平时使用的汤匙。

“不，我要用筷子！”

“哎呀！”妈妈说，“你用汤匙吃饭都困难，用筷子怎么行呢？”

“我是想多练习练习，这样对左手写字会有帮助的。”

古隆吟用左手拿起筷子，颤颤抖抖地刚把菜夹到碗边上，手一抖，“叭”的一下掉了。

妈妈爱怜地说：“算了，我给你夹菜吧。”

“不，我自己锻炼。”

为了使左手得到更多的锻炼，他干脆让家人将每餐的菜加了一个炒黄豆。那一颗颗滚圆的豆粒，到了筷子上，刚一夹起来就掉了。古隆吟头上累出了汗珠，左手也酸痛得不能拿东西。他仍然咬着牙，坚持着铺开白纸，拧开钢笔帽……

生活是充满着狂风巨浪的大海，每一个人都是海上的一叶扁舟。勇敢者扬帆远航，奋力驶向光辉的彼岸；怯懦者只能将生命的航船搁浅在大海的岸边。看吧，古隆吟又用左手拧开了钢笔帽，在公司外语班招生报考的名册上，端端正正写下了自己的名字。

他能行吗？

记得半年前，古隆吟来到厂里财务科工作时，人们也是这样惊奇地看着他。从用左手写字到学打算盘学会用计算器，这是一个新课题。他凭着自己练字的那股韧劲，下班后将自己关在屋子里练呀练呀，直累到五个指头的关节疼得无法再伸开才停止。后来科里八名职工进行算盘比赛，他这个半路出家的“独臂会计”，得了第四名。

外语班是为公司培养翻译人才的，他像吗？宽大的脸盘，一点也不文静，还少了一只右手！

古隆吟扛回一大捆英语书籍，凭着自己十年前上初中时学到的一点英语知识，向着光辉的目标开始了艰难的跋涉。他这段时间，生活单调而枯燥。除了财务科的工作，就一头钻进了知识的海洋，尽情地品尝着奋斗的艰辛和欢乐。

古隆吟被录取了，他的生活翻开了新的一页。

太阳还在大山后面睡觉，钢城笼罩在一片淡青的夜色里，古隆吟起床了，借着朦胧的星光和路灯，左手举起书本，读着一个又一个陌生的英语单词。

不知什么时候，夜幕隐退，太阳升起来了。他的衣服上、皮鞋上浸满了湿漉漉的露水。

“喂，古隆吟，快去吃饭，我们都吃过啰！”有人敲着碗，对他大声喊着。

他这才想起来自己还没有吃早饭。

“古隆吟，还是搬回厂去住吧，这里生活太差；就只剩你一个人留校了。”有人劝他。

古隆吟摇摇头。

他有自己的想法，生活苦点没啥，只要能学到知识。住在学校可以把跑来跑去的时间节省下来看书，一天节省两个小时，一年下来就会读完厚厚的几本大书。

半夜，老师走到窗前：“古隆吟，你这样干不要命啦！”

他歉意地一笑，用书把灯光挡住。

一年的时光就这么一天天地过去了。古隆吟没有犹豫，没有彷徨，一心追赶着时间，追赶着那已经失去了的，而又能够夺回来的一切。1979 年底毕业考试时，这个初中都没有毕业的青年，竟以 94 分的优异成绩获得全班第三名。

很快，他被聘到钢铁研究所情报室任外文翻译。

生活，竟是这样神奇。一年前，古隆吟看到情报室堆积如山的外文资料时，感到高深莫测。一年后的今天，他打开了知识宝库的大门，成了这里的主人。

他努力地工作着，两年时间便为攀钢的钢铁冶炼翻译了八万多字的科技文献资料和数以千计的资料卡片。

生活啊，我赞美你，在你这汹涌澎湃的大海上，古隆吟找回了他失去的那只右手，找回了曾经破灭的金色之梦，找回了他应该获得的一切。

现在，古隆吟穿着那件干干净净的深蓝色涤卡上衣，又坐上了成都开往自贡的列车。川西平原上的桃花开了，如同一片片绯红的云霞，映衬着一座座翠绿的村舍。一阵浓郁的花香，从车窗外扑了进来，甜丝丝的。去年冬天，他已正式取得了助理翻译（相当于助理工程师）的职称。在英语的基础上，他又开始自学日语，当我与他面对面地坐在攀钢钢研所的一间办公室里交谈时，他已达到借助工具书翻译日文资料的水平了。

这次，他是满怀喜悦的心情，去自贡同正英结婚的。

“我要扼住命运的咽喉，它妄想使我屈服，这绝对办不到。”这是那个世界著名的聋人音乐家、《英雄交响曲》的创作者贝多芬留给后人的名言。

古隆吟终于扼住了命运的咽喉，迎来了幸福生活的曙光。

人的强大不是征服了什么，而是承受了什么。你的世界是由你自己创造出来的。你是阳光，你的世界就阳光；你是爱，你就生活在爱的氛围里；你快乐，你就是在笑声里；你咬紧牙关、自强不息，你终就会冲破黑暗，迎来朝霞灿烂的黎明。

车上，一位相识的青年工人拉着他的手，十分惊奇地说：“哎呀，你一年时间里就越过了高中、大学、助理技术员、技术员的台阶，真是一步登天了！”

不，年轻的朋友，生活中从没有一步登天的事情！我们这一代人，本来失去的就已经太多了，如果我们只是一味地感叹、埋怨，不奋起，不拼搏，我们将还会从生活中失去现在，失去将来。生活从来就不是一条铺满鲜花的平坦大道，古隆吟走过的这条路，是用汗水铺成的，是用勇气和毅力开拓的，是用“大三线”建设者的钢铁意志铸成的。这是每个人都能踏上而又不容易踏上的路。

这的确是一条登天的路，请沿着这条路去拥抱生活吧！

5. 爱在深山情无价

南方的春天比北京来得早。人们早已脱了冬装，布谷鸟在田野上歌唱，黄莺在草丛中飞舞，白云舒展，大山泛绿，真是一派世外桃源的风光。

这偏远而闭塞的大山中，有这样一对过着牛郎织女生活的夫妻。

古代的中国是一个陆权国家，守疆卫国就是保卫陆上领土。历史进入现代后，世界各国对于资源的争夺从陆地逐渐地转向海洋，有着辽阔海域的中国面临着对自己海洋资源的保护，没有强大的海军，就无法保护自己的领海。形势逼着中国必须建设自己强大的海军。

大学毕业那年，听说为了建设现代化的海军，“大三线”需要大量科技人才，女方主动放弃了分配在北京的科研机关，跟着未婚夫来到“大三线”的崇山峻岭。婚后，他们虽然同住一个屋子里，却过着牛郎织女一样的生活——一个承担某科研的主要技术，另一个负责这项科研材料的采购，经常各自外出开会、查资料、订货、托运……

今天，女方接到通知，到北京参加一个重要的采购会议。

她看看这个家，一切都是那样简陋，几张木凳，一张方桌，一个小小的柜子，一张木板双人床，被子和床单也是用了很久的了，虽然旧一点，但是总舍不得扔掉。那间小小的厨房已好久都没有生火了，一只烧煤的小炉子冷冰冰地立在那里。

丈夫出差还没有回来，自己又要出差，当他出差回来，走进这个家的时候，却吃不到一口热饭，作为妻子，她心里很不好受。

可是，出差的通知已经下来了，她必须在今天下午先乘汽车出山，到外面的火车站再换乘去北京的火车。

此时的他们青春年华，新婚燕尔，朝气勃勃，报国的热血在心中腾腾地燃烧。这项重要的科研项目如同一块磁石，将两颗年轻的心紧紧地吸引。

在这片荒野上，他们同大家一起住着简易平房，嚼着咸菜馒头，顶着白花花的太阳到现场做实验，迎着狂风暴雨到外地采购物资，风雨吹黑了他们的皮肤，冰霜铸炼了他们的筋骨，爱情之花也在这片荒野上盛开。虽然艰苦，但是理想之光照耀着他们，他们生活得充实而快乐。

不久，爱情结出甜美的果实，他们的孩子在这里诞生了。

荒原上传来新生命的第一声啼哭，他们的生活也展开了新的篇章。

科研任务非常繁重。女方除了工作还得花时间照顾这个新生命，喜悦与繁忙同时包围着她，丈夫却总是出差，在家的时间很少。请一个保姆吧，这荒郊野外，上哪请去？更何况外来人员进入这里，那也是要经允许的。

初为人母，必须在工作与孩子之间做出自己的选择。

知识报国，知识强国，把知识献给时代，献给祖国，这是她少女时代追逐的理想，追逐的事业，追逐的人生，对于那个时代的年轻知识女性来说，她盼望理想的翅膀能越飞越高。

可是，孩子呢？每当听到孩子啼哭，她的心就会不由一阵紧缩。那是一个多么可爱的小生命啊，闪闪的眸子，挺直的鼻梁，粉嘟嘟的小脸，真叫人心疼。

她跟丈夫商量，希望两个人上班的时间能够相互错开，这样就可以做到两不误。

丈夫却给她讲了这样一个逻辑：失去了一颗马蹄钉，就失去了一匹马；失去了一匹马，就失去了一名骑士；失去了一名骑士，就失去了一份消灭敌人的力量；失去了一份消灭敌人的力量，就输掉了一场战争；输掉了一场战争，就失去了一个国家。由此可以看出，失去一颗马蹄钉的威力有多大。丈夫说，此项科研，需要多门学科，多种技术，多项工种之间的相互配合与协作，单靠哪一个部门，哪一个人都很难完成。每一项设计，每一场施工，每一颗螺钉，都直接关系此项科研的命运，作为主要科研人员，他只能往前，不能后退。

是的，丈夫承担的担子比她更重。现在全厂上下都开足了马力，他们怎么好意思向领导提出这样的要求呢？

她同所有参加研制的工程技术人员都知道，这是一项艰苦而危险的事业，越是危险越不能后退，对于一个国家，后退是没有出路的，对于个人，后退就是一个人精神的妥协。

不畏难险，勇敢向前，这就是那个时代大学培养出来的青年。

夫妻二人商量后决定，将出生才两个月的孩子送回老家，让婆婆帮着照看。

当她将孩子交到婆婆手里的时候，情不自禁地俯下身去，在孩子细嫩的脸蛋上亲了一下，泪水便含满了眼眶。

就这样，她告别婆婆和孩子，回到了风雨中的大山。

她与丈夫同在一个研究所工作，同在一间屋子里生活，却是一对牛郎织女。丈夫因为设计任务繁重，需要外出查阅资料，商讨方案的各种会议接连不断。她所承担的科研物资采购，在那个时代也是非常困难，得到处打听，四处说好话，求别人，其中滋味一言难尽。常常是丈夫刚从外面出差回来，她就提着旅行包走出家门，夫妻二人在房门前打个招呼，匆匆告别。

这次，丈夫在北京开会还没有回家，她就接到通知前往北京去参加另一个会议。那个时候没有手机，电话也很少，她没有办法联系丈夫，就写了一张条子放在家里的桌子上，告诉丈夫自己出差了。

她赶到北京的时候正是夏日的黎明，阳光照着首都车站的月台，有上车的乘客提着东西在月台上奔跑，忙着上另一辆列车。

突然，她在人群中发现了一个熟悉的身影。

她一边叫着，一边拼命地向那个身影跑去。

那个身影终于听到了她的声音，急忙停了下来，朝着她飞奔而来。

他们在车站的月台上相遇了。

她问：“你开完会了？”

他告诉她：“开完了，正上车回家。你这是……”

她说：“开会。”

他说：“好，保重。”

没有握手，更没有拥抱，夫妻二人就这样在月台上匆匆相遇，又匆匆告别——

这就是那个时代的青年知识分子。

她站在月台上，一直目送着他的身影消失在即将远去的列车上……

他大学毕业分配的时候，学校有关老师问他，希望分到哪里去，并告诉他北京、上海的科研机关都有名额——他当时与班上一名女生已经在谈恋爱，老师希望他们分在一个条件好的城市，将来能够过得幸福。

他看看老师，问道："这次分配的地方，哪里最艰苦？"

老师被他问傻眼了，反问他："你是要到最艰苦的地方去？"

他肯定地说："是的。"

老师再反问道："她呢？"

他笑着说："如果可以的话，我们一同去。"

老师问："你与她商量好了？"

他大大咧咧地说："不用商量，我们有着共同的志向。"

这就是那个时代的大学生，这就是那个时代的年轻人，对于当代一心要进"北（京）上（海）广（州）深（圳）"或者是一心想留学海外的大学毕业生来说，这简直就是天方夜谭。不同时代的价值观、人生观和世界观，铸造了不同时代的中国青年，也将铸就不同的中国。

就这样，他和未婚妻来到了荒山野岭中的"大三线"。

从未见过这么大的山啊，一座座如同冲霄巨汉，突耸在面前，挡住你进山的道路。很多地方是刚开辟的临时公路，汽车就在这路上颠簸着前进，到达厂里时，早已从头到脚都被包裹在尘土里了。

走出大学的"象牙塔"，一下子跌进了荒草萋萋夕阳残的大山里，四周全是一人多高的茅草，一座座临时的小木板房搭在山窝窝里，吃的是玉米面、红薯和老南瓜。每月食堂只有两餐食肉，按定量每人仅给两大片。到了这时，他就会将自己碗里的肉分给未婚妻，看着她慢慢地将那两片肉吃完，心里有说不出的满足与高兴。

我写到这里的时候，泪水早已蒙住了眼睛，仿佛看见了自己年轻时的身影——我当年在"大三线"恋爱时，也曾将从食堂里买回的两片肥肉放在宿舍的碗里，留给未婚妻，因为她曾说喜欢吃肥肉。可是，她也舍不得吃，用一块塑料纸包上，让我未来的岳父带回宿舍去吃。

这就是我们那一代人的青春，这就是我们那一代人的爱情，理想、情感与异常艰苦的环境随时都交织着、冲洗着我们的灵魂，爱情在“大三线”的崇山峻岭中，闪现出她诱人的情感与色彩。

这里没有公园，没有戏院和电影院，更没有游乐场，连一条散步的林荫道也没有，两个热恋中的年轻人，到了周末，只能走出各自的集体单身宿舍，在荒凉的山野上散步、交谈。

为了活跃年轻人的生活，厂里不时组织一些舞会，开展一些文艺演出，大都是自编自演的文艺节目。

跳舞看戏都不是主要的，主要是给年轻人建立一个交流感情的“平台”。

可是，大庭广众之下，如何交流感情?

两个人在学校时就是舞林高手，跳起舞来如旋风一般，优雅的舞姿，轻盈的身影，带着青春的色彩与梦幻，常常吸引了很多人的目光，大家都称赞他们是天生的一对。

随着科研进入高潮，许多工作一件接一件地跟进，他们仿佛忘记了自己的年龄，将婚事一拖再拖。直到有一天，人们从他们青春的容颜上发现了一丝浅浅的皱纹时，都为他们着急了。

有人旁敲侧击地问他：“我们什么时候吃你们的喜糖呀?”

他笑笑说：“快了。”

“快了，到底什么时候?”

他说：“等这场科技攻关结束，我们一定请你吃喜糖。”

这是他们踏上这片土地时的青春诺言，他们从未反悔。

问的人一下子惊住了，上帝啊，这要等到猴年马月!

他们每天仍然埋头在一堆堆的图纸里，埋头在那些永远也计算不完的数字里，下班后只能回到各自的单身宿舍，约会时只能到用食堂临时改作的舞厅，青春的骚动与激情都悄悄地埋进了心里，他们用一分一秒的努力，来实现自己青春的梦想。

20世纪60年代，苏联撤走专家，很多援建项目瘫痪，国际形势恶化，为了民族的生存与国家的独立，为了应对未来不可预测的战争，开始了轰轰烈烈的“三线”建设。很多年轻的科学工作者这个时候义无反顾地站出来，以他们的柔弱之躯，稚嫩之肩，挑时代重担，扛民族重托，站在科技的最前沿，吃着咸菜和白菜根，啃着干馍，每人每月仅五元钱的办公经费——这其中还包括出差费。那时没有计算机，他们就靠拨算盘，拉计算尺来计算海量的数据。他们穿着粗布衣，蹬着解放鞋，在荒原上度过青春，让风雨浸湿年华，终于依靠自己的力量，在“大三线”的山沟里，完成了令中国人自豪的科研成果，干出了令世界震惊的事业。

他们不时会在下班的时候，相约在深山的一个僻静处相会。

他最喜欢看她戴着安全帽的英姿。

每到这时，她就会取下头上的安全帽，依偎在他的身边，深深地吸着山野里清新的空气，让赶来的夜风，尽情地轻拂着丝丝秀发。抬头看看天空，繁星闪烁，银河璀璨，不由想起了毕业分配时的情景。她接到分配通知的那个夜晚，天空也是这样灿烂，人衔也是这样宁静。是的，你的选择就是你的人生，你的决定就是你的今生，有一分热，发一分光，只要理想之火不灭，人生处处灿烂……

山高谷深，穷乡僻壤，风餐露宿，披星戴月，这一切都算不了什么，理想的光芒照耀着他们，呼唤着他们，激情的热血在心中沸腾，他们坚信自己的青春会因此而美丽。

一个没有理想的人就是黑夜中的盲人，在人生的道路上时常会迷失方向，只有当理想的光芒照亮人生，生命才会闪射出耀眼的光辉。

深山的冬日雪花如席，朔风如刀，半山的竹子都被雪压断了，山顶的松树都被风吹折了树梢，满山都是冰凌，出门就打滑，牙齿也被冻得打战。没有空调，难觅炭火，他利用出差的机会，买回了两只热水袋，将热水灌满之后，约她到山后的雪地里相会。当她从他的手中接过那只热水袋时，幸福的热浪已流遍了全身。

下班回来，她总爱抱着那只水袋取暖——那是她心爱的人赐给她的体温啊！

料峭的寒风被大雁的翅膀带走，山间的秀色被燕子衔来，春回大地，群峰滴翠，黎明的阳光照着飞涌的瀑布，以及在不远处的山洼里那间用木板搭起的炊事房，在炊事房的外面，堆放着一筐筐用泉水淘洗得干干净净的山药蛋……

是的，这就是滋养他们爱情之花的食物。

当青春的足音缓缓远去，他们终于盼来了那个美好的日子，试验基地为他们举办了隆重的婚礼。他挽着新娘的手，在欢悦的音乐声中步入大厅。参加婚礼的宾客们站了起来，为这对新人鼓掌。彩色的纸花如同纷飞的蝴蝶，载着迷人的梦想，在他们的四周飞舞……

当他兴奋地转过身来，准备向参加婚礼的朋友们表示深深的谢意时，突然“啪”一下跌了下去。

就在这一瞬间，婚礼上的气氛突然变得凝重起来，大厅里响起了嘤嘤的抽泣声。

在璀璨的灯光下，人们看到的是一个慢慢站起来的跛子——为了这项重要的试验，他爬上搭建在三十多米高的平台，不想这个试验平台失衡，他被重重地跌了下来，伤好之后，一个当年英气勃勃的小伙子，就变成了这般模样。

“……草色烟光残照里，无言谁会凭阑意。”

他和自己心爱的人将整个青春，都留在了这深深的大山里了！

“……衣带渐宽终不悔，为伊消得人憔悴。”大山作证，青春作证，爱情作证！

我的一位同事有一个聪明的儿子，在中学时学习非常优秀。那年高考，被录取到清华大学的某个专业，全家人高兴不已。可是，他后来却改变了主意，不让儿子去清华上学。

有人问他：“别人都望眼欲穿地盼着孩子能考上清华，你为什么不让儿子去？”

他摇着头说：“你不知道，他考上的那个专业是学校进行‘调剂’的，是搞原子能的。虽然是个前卫的科学，但是很危险，最主要的是有核辐射，年轻人，万一摊上了，我们家庭承受不起。”

我说：“那么多搞原子能科学的科学家，人家还不是同样生活得好好的。”

他还是摇头说：“现在人们都在拼命赚钱，那原子能能卖钱吗？我让儿子再复读一年，明年换个经济专业，将来进股票公司或银行。”

我劝他说：“那么聪明的一个孩子，本来就是一块搞科学的料，不搞科学可惜了。”

他说：“你呀，观念得更新了。科学是国家的事，赚钱是自家的事，孩子是自家的，就得为自家想。”

我相信他说的全是真心话，因为他说话时的态度是严肃的。

后来听人说，他儿子第二年考了某名牌大学的经济专业，毕业后在中国最大的城市找了份与经济有关的工作。可是，这个来自“大三线”的孩子极不适应这份工作，钱拿了不少，生活得并不快乐。

我不由感叹，一个可爱的“天才”，被这个追逐钱财的“原子核”“辐射”了。

回眸望去，当年“大三线”建设者们伟岸的身影，在时光的隧道中已逐渐走远——已经快半个世纪过去了，又一代中华儿女成长起来。孩子们，你们在奋力向前奔跑的时候，是不是应该回眸看一看你们的父兄，看一看那些鲜为人知的“大三线”建设者，他们弃高楼而不居，见金钱而不贪，遇名誉而不争，赐高官而不做，隐姓于戈壁，埋名于深山，用他们的生命之光，点燃了一个民族的自强之火。现在，中华民族生命的火炬，已经传到了你们手中。你们是像“大三线”的父辈一样，用青春与生命让她熊熊燃烧，还是在美酒咖啡的“太平盛世”花天酒地，纸醉金迷，让这把在父辈手中用灵魂点亮的火炬悄无声息地熄灭？！

6. 爱情没有遗忘的角落

爱情带来的不全是幸福!

凤凰花开了，如云似霞般开满了金沙江两岸。

老人们说，当年进山的时候，这里根本就没有这种花，是以后在建设中栽种的，她美化了城市，把美女一样的笑容带进了大山。

年轻人说，那本来就是爱情之花啊，他们在这块土地上播种自己的爱情，不然怎么能开得如此艳丽。

是的，这是一片神秘的国土，是一块播种爱情的土壤，无数创业者从祖国的四面八方来到这里，用辛勤的汗水浇灌着爱情之花，结出了丰硕的爱情之果。

“大三线”的建设，给这片不毛之地带来了阳光，带来了花海，带来了沸腾的生活，带来了大山外人类的文明。有学者认为，“大三线”的建设，使那些大山里人们的生活水平整整向前迈进了五十年。

当年参加“大三线”建设的人们有句名言：“车间里忙着制造原子弹，车间外忙着刀耕火种山药蛋。”机声隆隆的“大三线”建设工地，处处都洋溢着现代化工业的气息，而在工地的四周，却仍然是终日“脸朝黄土背朝天”的村民们，以家族为纽带组成的村寨，一家人穿着破旧的衣裳，日出而作，日落而归。穷困到什么程度?女孩子长到 14 岁了，却没有裤子穿。有的人家，穷得几个人穿一条裤子，谁出门，这条裤子就给谁穿。那种贫穷，简直无法言表，看了都让人落泪。

这是一个被爱情遗忘的角落。

但是，再贫穷，也阻止不了人类对于爱情的渴盼，他们仍然希望自己能够获得爱情。

在金沙江重重叠叠的山峦中，有一座几户人家的小山村，属于“大三线”建设所在的渡口市仁和区管辖，村寨周围芭蕉金黄，木瓜低垂。清晨雾笼烟绕，傍晚落日熔金，别有一番仙境之趣。

这远离建设工地的山野中，住着一户人家，主人名叫赖志辉。此人宽肩阔嘴，敦实憨厚，人称“老实疙瘩”。赖志辉自幼父母双亡，由胞姐终日耕田种地，哺育成人。赖志辉西瓜大的字识不到一马车，除了种植糊口的苞谷之外，别无其他养身的手艺。在这贫穷落后的山村里，他年已 39 岁，仍然是孤单单的光棍一条。

爱情却并没有遗忘他。

这天早晨，赖志辉肩扛锄头，头戴草帽，赤脚踩着山路上湿漉漉的青草朝田里走去。这时从晨雾笼罩的远山，传来了悠扬的山歌声。他不由停住脚步，手搭凉篷望去，但见蒙蒙雾岚中，一轮红艳艳的朝日正徐徐跃上对面的山巅。丛丛绿树下，一位穿着红色短衫的姑娘，一边挥鞭吆喝着白云般的羊群，一边悠闲地唱着山歌。

此情此景，对于长居深山中的赖志辉，无疑是一幅令人心驰神往的“仕女图”。一股无法控制的热血，猛烈地冲撞着他的心房。一种原始的、难以抑制的萌动，使他全身不住地颤抖，手脚似乎都已经麻木了，肩头上的锄头“啪”一下落在地上。他顿时觉得，自己的生活中，似乎缺少点什么……

日出而作、日落而归的赖志辉从此变了。

他用几年来卖菜得来的钱，到乡场上去买了两套新衣，劳动之后，也学着那些“大三线”建设的工人一样，跑到村外的小河边去洗个脸，洗个脚，将黄土全部溶解在水里，再换上干净的新衣。山野里无人“瞻仰”，他也努力按照“大三线”建设的工人一样“锻炼”自己，心中盼望着那一天。

终于时来运转，他四处托人，找到了那位“牧羊姑娘”。他穿一身干净的衣服，现在正端端正正地坐在那姑娘的对面。外表的“老实”，却不能掩饰激动不安的心情，他那双眼睛，不时望着对面低首含羞的意中人。

这是一位年仅 18 岁的妙龄女郎，穿得朴素而微显寒酸——衣服和裤子上有几块不同颜色的补丁。虽是山野之人，那端庄的脸盘和微微露出的健壮的手臂，以及高高隆起的胸脯，都充满着一种自然而素静的美。

媒婆（介绍人）对低头用手搓着衣角的姑娘循循开导："姑娘，你家姊妹那么多，赖志辉光棍一条，今后可以帮你家多做活路。你这么大了，难道还好意思靠你父母养活？……"

"要想富，劳力足。"虽然轰轰烈烈的"大三线"建设已经在大山里展开，但这远离建设工地的地方，这片仍被贫困包围的边远山区，温饱问题如毒蛇一样地缠绕着，威胁着他们的生存，这是一件非同小可的事呀！

爱情啊，婚姻啊，你有着多么大的引力，你是如此地震颤着人们的灵魂！"老实疙瘩"突然灵活起来，抓住"战机"，对姑娘父亲说："我有的是力气，家里又没有负担，每年可以给你们家干半年活。你说一句吧！"

姑娘父亲家里的子女的确太多了——想想看，未开展"大三线"建设之前，这里连个电影都看不到，到了夜晚黑灯瞎火的，狼嗥熊叫，连门都不敢出。那么长的夜，没有事做，就只好躺在床上"娱乐"，孩子怎么能不多？他们认为，这世界上最简单的事情，恐怕就是"制造"孩子——当代城市里的年轻人为了生一个孩子，跑遍各大医院的苦恼，他们根本就想象不到，会觉得稀奇，天下竟还有这样的事？生孩子简单，迎接小生命到世界上来更简单——自己接生。将剪刀放开水里煮几下，拿起来"咔"一下就将脐带剪断，从火塘里抓起一把草木灰，往结口处一抹，好了，就让这棵"苗"自己去生长吧！

因为孩子多，这位父亲自然穷，穷得连出门都没有一件像样的衣服，冬天脚上都穿着草鞋。他见赖志辉的确老实忠厚，为人本分，又有一身力气，就对他说："我看就这么定吧。"

姑娘慢慢地抬起头来，看了父亲一眼，默默地点了点头。

赖志辉迟到的罗曼史就这样开始了。

他虽然已人到中年，与女方年龄相差悬殊，但是双方热恋的激情，却如滔滔流水，不可遏止。赖志辉常利用到女方家干活的机会，两个人在田坎边倾诉衷肠。姑娘也常常利用上街的机会，偷偷到赖志辉家里来“谈心”。初恋的纯洁与真诚，使两个人情意绵绵，日思夜想。

女方家子女多，家境很不宽裕，其父就想，养女十八，花费不少，不趁“出门”前要财礼，岂不白养一场。

有一天，姑娘父亲对赖志辉说：“你同我家女儿相好，还没有交过订婚礼呢！”

赖志辉憨厚地笑着说：“那当然要送的。我也不会买东西，怕你家姑娘不中意，就给点钱吧，你看要多少？”

“我们山里人，少一点，两百元吧。”（那可是1988年的两百元哟！）

姑娘的父亲说完，摸摸下巴上的胡子，两眼直盯着赖志辉的脸。

赖志辉脸上的肌肉颤动了一下说：“好吧，我下月给你两百元。”

好心的乡亲们听说光棍赖志辉找了个姑娘，都来帮助，有的送钱，有的借钱给赖志辉，他都一一谢绝了。他心想，我的钱要来得正，才对得起这个姑娘。山里太穷，没有什么工业，更没有什么值钱的东西。他听说上山挖中药材可以挣钱，就每天爬到悬崖峭壁上去，用一根绳子系在腰上，将自己放到山腰去采药。他一锄一锄地挖着，双手在悬崖间爬出了鲜血。有时狂风突起，大雨如瓢，人被淋得像一只落汤鸡，他也不顾。美好的爱情在召唤着他，为了那一天，一切苦难他都能忍受。

赖志辉一分一分地积攒着，终于存满了两百元，看到姑娘父亲数钱时满脸的笑容，自己站在旁边也憨厚地笑了。

人生中，谁都有被爱情之火烤得心急火燎的时候，苦难和幸福这时都在前面招手。人们啊，请擦亮你的眼睛！

几天之后，赖志辉再次来会姑娘时，姑娘的父亲却挡在门前，对他说：“志辉，见面礼呢？”

兴奋中的赖志辉感到莫名其妙：“不是给过两百元了吗？”

“那是订婚礼！”姑娘的父亲笑道，“你每次来总不能两手空空，见面礼还得给吧！你这样不孝顺，谁家愿将姑娘嫁给你？”

赖志辉一想也是个道理，哆哆嗦嗦地从身上掏出十元钱。

转眼秋去春来，在将近两年的时间里，赖志辉不知掏过多少次十元了。现在春光明媚，山花吐艳，赖志辉同姑娘已商定，等秋粮入仓，秋菊盛开的时节就登记结婚，双方的心都快醉了。

常言道，好事多磨。对于赖志辉来说，却是好事多难啊！

这天，赖志辉刚刚起床，姑娘急急忙忙跑来了。

赖志辉见到这如花似玉的少女，一把拉住，不让她走，并说："我们像电影上一样，来，亲一下……"

姑娘推开他说："我爸爸讲了，你起码得准备四百元钱的彩礼，不然出嫁那天村子里的人要笑我的。我们村的几个姑娘去年出嫁，人家给了六百元。爸爸说了，你没有四百元的准备，我们退婚。"

赖志辉朦朦胧胧地觉得自己走错了路，被一只无形的黑手推下了万丈深渊。在这穷困的大山中，要想挣到四百元钱，那可是一件不容易的事情。昔日，前辈们是靠"剪道"（打劫）抢钱掳物，现在哪还有当土匪的？更何况大山外，轰轰烈烈的"大三线"建设已经开始，来了那么多军队，那么多工人，几个蟊贼算什么，谁还敢"重操旧业"？

他"醒"来一看，房门敞开着，外面的山坡上，树影摇曳，满天是明亮的星星。这山里的星星真大，一颗一颗地悬挂在树梢上，就像快下落到屋顶上一样。

他痛苦地挣扎着。自己乡野村夫一个，居于深山之中，要不是"大三线"建设，连汽车电灯都没有看见过，现在上哪去弄这么多的钱呢？

无奈之下，他想退掉这门亲事。

可是，深山中的乡野村民，不知"魏晋"，找一个传宗接代的女人不容易，眼看着自己年龄一年年地大了，没有一个女人，他"赖"家就会断根，那是多么可怕的事情！现在钱已花出去了几百，怎么能就此"前功尽弃"？作为一个男人，他又是多么需要她……

罢罢罢，赶紧想法找钱！

"叮当，叮当……"夜风送来牛铃阵阵清脆的响声。

再愚蠢的人，在爱情的驱使下，都会变得"聪明"起来。

赖志辉隔窗望去，只见邻居徐荣阶家那头七百五十元钱买的耕牛，正低头吃草。他轻手轻脚走过去，偷偷地卸下牛铃，借着朦胧的星光，赶着黄牛上了路……

第二天下午，当夕阳染红山乡的时候，赖志辉将四百元钱和为姑娘买的彩礼，一起交到女方家里，并当面确定了婚期。

这天一早，赖志辉打扫干净房子，穿上新衣，请了周围村子里的一些熟人，忙着杀猪宰鹅准备酒宴。

一阵鞭炮响过之后，花轿抬到门前。

唢呐声起，新郎新娘开始对拜。

“谁叫赖志辉？”几个公安人员，突然出现在门外。

一把亮晃晃的手铐，将新郎的双手铐了起来，公安人员拿出一个“证明”来说：“你盗窃别人耕牛，现在被捕了。”

“啊！啊！……”赖志辉的一双眼睛，直直地盯着打扮得花枝招展的新娘。

新娘扑向自己的父亲，拼命抓住父亲的衣服，发出阵阵悲痛的哭声……

幸福的爱情总是相似的，不幸的爱情却各有各的不同！

深山里，有一个爱情不会遗忘的角落。

深山外，随着“大三线”建设的隆隆炮声，已经将一条平坦的公路修到了这个山寨的脚下……

第十六章

一个不和谐的音符

1. 漫步在昔日的灯光球场

2017年的初冬，我回到了“大三线”重镇渡口，回到了当年献出青春的这片热土。

金沙江仍然呼啸奔腾，三角梅依然蓬勃盛开，弯弯曲曲的山路，已经拓展成宽阔的大道，一座座桥梁隧道，已连通了四面八方。高山上的公园已绿树成荫，竹湖园四周早已翠竹森森，大道上覆盖着树的浓荫，空气中弥漫着花的清香。

一切都在日新月异地发生着变化，唯一没有变化的，是那两座屹立在江边的攀钢办公大楼。

攀钢难道没有钱建一座新大楼吗？回答当然是否定的。早在三十多年前，为了保证每年大量探亲的职工和家属在成都转车时不再蹲火车站，经理赵忠玉提议，在成都的梁家巷购地，建了这个片区最高的大楼攀钢蓉城大厦——现在已改名为攀钢大酒店，让每年回家探亲的职工和家属在成都有个落脚休息的地方。

三十多年来，城市高楼林立，楼市轰轰烈烈，就连当年的这块不毛之地，也耸立起了成片的楼群，在碧蓝的天空下，闪着诱人的色彩。唯有攀钢办公大楼依然如故。

我为年轻的一代攀钢建设者点赞，他们太有眼光了，因为许多历史，是必须得有实物才能让人信服的。

我带着深深的眷恋，站在这两座办公大楼前，斑驳的墙体，仿佛在向我诉说着那些青春的岁月。

我顺着灯光球场向招待所方向走去，那里有我新婚时的家。

这条双车道的街道就是当年攀钢的“王府井大街”，现在已经冷落了。我站在曾经住过的小楼前，抬头望着五楼住过的那间只有 19 平方米的小屋，这座位于顶楼的小屋，现在的住户除安装了空调之外，还在楼道、窗户和阳台上焊了铁条，加了黑色的防护网，两家住户之间也各自安装了防盗门，夜不闭户的日子已成过去。

记得当年每到午时，烈日炙烤，屋子里热得如蒸笼，晚上为了能睡好觉，我们常常是在水泥地板上浇水，待温度下降后再铺上席子。我有时晚上要赶写稿子，就只得将一双脚泡在盛满冷水的桶里，用以降温。女儿的学习室在阳台上，她常常汗流浃背地在里面做作业，因此，她写了“清苦居”三个字贴在屋里。

我转身走到旁边的灯光球场，那是我与妻子初恋时观看铁道兵文工团演出的地方，观众的露天看台成梯形依山而建，这是当年最大的集会场所。

球场的四周种着凤凰树，开花时红灿灿的如同火焰一般。我猛然想起，那时晚饭后我常在这里散步，经常会遇到同样散步的张恩林。他瘦瘦的身材，总是穿一件四季不变的蓝色工装，弓着腰，一边走仿佛一边在想什么事。谁知后来有一天，我站在这里，竟看着检察机关的人将他带走了。

2. 近镜头：吃钱的老鬼

1984年夏天的一个清晨，阳光越过金沙江畔陡峭的山峰，将缕缕金辉洒满钢花飞溅的弄弄坪。吃罢早饭，年逾花甲的张恩林，照常爱在屋里踱一会儿方步，然后在阳台上聆听红花绿叶的细语，做着他延年益寿的深呼吸。在位于“大三线”深处的攀钢，到处是热气腾腾的建设，到处是开山的炮声和车轮转动的声音，如此一个清静的早晨，对于张恩林来说，那是一种难得的愉悦。

突然，家里的电话急促地响起来。

以前这个时候，如果有电话进来，大都是向他汇报或请示工作。今天却有些不同，他握着话筒的手不停地哆嗦起来：“好……好……我马上来。”

当他推开公司纪委办公室大门的时候，发现屋子里坐着两个戴大盖帽的人，帽子上有一枚金光闪闪的国徽。

他不由向门外退了一步。

那两个人站起来，请他进屋，还未等他坐下，就厉声地对他说：“张处长，请你跟我们走一趟。”

“走，上哪去？我上午还有一个重要的会议要讲话。”张恩林故作镇静地问。

“东区人民检察院。”

拥有13万职工家属的攀钢，凡是认识张恩林的人，都被这爆炸性的消息震惊了。

“张恩林，不是个老革命吗，怎么能这样？”人们不解。

“他现在不是已退居二线了吗，不可能吧？”人们疑惑。

然而，事实却是如此无情。不久后，张“老革命”就被公司党委开除了中国共产党党籍，由人民检察院起诉，人民法院判处他有期徒刑五年。

我与张恩林同在公司机关楼里上班。我喊他张处长，他叫我小沈。遇见了，他总爱以首长和长辈的语气问我，最近又写什么大作了，什么时候到我们处里来采访。这些话，让正在追求事业的我，听起来既亲切又顺耳，对这位从遥远的中国北方来到“大三线”深山中的“老革命”格外尊重。

没有想到，这位“和蔼可亲”的张处长，竟然会被检察院带走，并被法院判了刑。

在人人努力为国家的强大卧薪尝胆、奋发图强的“大三线”，竟然会出现这样的人，这样的事，这如同晴天的一声响雷，轰隆隆地在崇山峻岭中滚过。

这样的事情写还是不写呢？我曾为此犹豫。

张恩林，曾经是一名积极参加“大三线”的建设者。又是怎样“长”成了一个腐败毒瘤的呢？

（以下这组镜头是在1982年，那时攀钢安全环境保护处副处长张恩林从领导岗位上退下来，担任该处的调研员，专门负责环保绿化工程的经费预算和决算工作。）

失去了权力，张恩林感到十分茫然，他有气无力地躺在自家的沙发上，将瘦骨嶙峋的身子缩成一团，忿忿不平地说：“我身体并不是很差，就被‘切’到二线了，现在什么都搞一刀切，年龄一大就要让年轻人干，干嘛不到幼儿园去选领导干部，他们更年轻。”

如今，只有“余权”了，对此“余权”如何用呢？另一根神力无边的魔棍使他产生了浓厚的兴趣。这根魔棍像一只小老鼠在咬着他的心，毛骨悚然地透过骨骼，钻进血管，弥漫到全身……

他决定在退居二线之后，开辟一个神秘莫测的“第二战场”。

火力侦察开始了。

这天傍晚，夕阳落山，群鸟闹林。张恩林独自悠闲地散步，来到包工队负责人李光的家。

这个李光，我也认识，东北人，大块头，家就住在我家附近，他的孩子与我年龄相仿，他的老伴与我们见面时都很客气。他是从东北来到“大三线”的，本来在一家工厂里干得好好的，不知怎么后来干起了包工队。

李光见这位“老革命”亲自上门来访，慌了手脚：“张处长，哪股风把你吹来了。”

“哈哈，我下午预算了你们的工程，累了，出来走走。”张恩林坐下后，看看屋里没有外人，便轻声问道：“我家里有几瓶尖装酒，这可是紧俏货，你要不要，若要，就先给我五十元钱。”

“老革命”送酒上门，李光受宠若惊，忙掏出五十元交到张恩林手里。

事后张恩林给了李光六瓶尖装酒，按当时的市价，每瓶三元二角，共计十九元二角，尚余三十元零八角钱，张恩林便吞进了腰包。

这是李光没有想到的事情，自己中了张恩林设下的“埋伏”，那钱当然是不能要回来了。

“老革命”张恩林是有“战斗”经验的，经过火力侦察之后，摸透了“敌方情报和火力分布”，决定“乘胜挺进”。

这天晚上挑灯时分，张恩林再次来到李光家“拜访”，见李光的老婆在家，就对她说：“请你出去一会儿，我和李光要研究下工作上的事情。”

待主妇走开后，张恩林开门见山地说：“我儿子要买彩电，你借给我三百元钱吧。”

“借?”李光自从离开“大三线”的企业，个人出来单干之后，对于这句话的弦外之音，早已心知肚明。包工队的“脖子”卡在张恩林的手里，不“借”能行？他从家里的箱子里取出二百五十元现金，双手捧着交到张恩林面前：“现在家里只有这点钱，就请张处长委屈下。”

张恩林接过钱数了数——那时最大的票面只有十元，二百五十元就是一叠。他揣进腰包，腰包一下子鼓了起来，急忙用手压了压，站起来，轻轻拉开房门，很快就消失在深黛色的夜色里。

李光的老婆回来后见他气色不对，便问道：“张处长来找你，到底有什么事？”

李光使劲地往木床上一坐，生气地骂道：“倒了大霉，箱子里的钱都让鬼吃了。”

李光哪里想到，张恩林更大的“口”还在后面张着哩！

张恩林是个“大肚子”饿鬼，区区二三百元岂够塞牙缝！他要“发挥余热”，去尽量索取那令人眼红而又“属于自己”的东西。

一个月过去了，张恩林再次来到李光的家。他坐下之后，猛吸了一口香烟，慢慢地从嘴里吐出那抹蓝色的烟雾，凑到李光耳边说：“我想买台冰箱，你能不能借点钱给我？”

李光咬咬牙，轻声地问：“要多少？”

张恩林也不说话，伸出一个指头。

李光装着糊涂：“一百？”

想当年张恩林在位的时候，哪个包工头敢这样回话？这些包工头都狡猾得很，得给他点颜色看看。张恩林一下子板起面孔，严肃地说：“一千，你有没有，你没有我就走了！”

这可是个“大三线”特大型国有企业的财神爷，怎么能让他走呢？李光连忙说：“有，只有五百元。”

五百元，在当时，那是一笔不小的数字，我作为这家中国“大三线”最大钢铁企业的“白领”，一个月的工资才三十八元八毛。十年干下来，存款不足三百元。

一千元，那时就是一笔巨款。

“五百也行，你先拿给我。”张恩林对李光说，“我儿子在矿山（公司）当纪委书记，我自己原来在攀钢工程处，九道拐涵洞炸塌了，公司经理差点上法庭，是我去打官司处理的。东区建筑队修马坎汽车运输公司的凉亭，我不给批预算，东区建筑队控告我，我就猛砍他们的预算，后来整得他们饭都吃不起，也没把我怎么样！”

张恩林的“回忆”，谈笑中轻轻地将压力给了李光，李光连连点头说：“对，对，这是我对张处长的感谢，我不会说出去的。”

李光口里虽然应承着，可这么来要钱，他有点“架不住了”，就尽量躲着这个“吃钱的老鬼”。

岂料，跑得了和尚跑不了庙，张恩林竟三番五次追到李光家去要钱，见李光总是不提钱的事，就话中有话地说："小李，我们以后还打不打交道了？"

"要，要打的。"李光面对这位"深入基层"的"老革命"，赶紧又送上三百元。

李光恭恭敬敬地将张恩林送到家门口，看着他的背影消失后，才恶狠狠地吐了一口唾沫："呸，一个戴着红帽子吃钱的老鬼！"

3. 中镜头：不敬香火不显灵

（这组镜头在前一组镜头之后，张恩林在这里由过去的“偷偷摸摸”变成了全线出击。）

也许，是太阳对渡口的偏爱，赠予了这里过多的热能。钢城那炽热的阳光，将柏油路面炙烤得软绵绵的，街道两旁的凤凰树，被晒得蜷缩着，花瓣上蒙满了尘土，就连汽车的喇叭，也仿佛是被热哑了喉咙，声音显得沙哑。

在通向攀钢办公大楼的江边公路上，顶着烈日，急匆匆地走着一个人。

他名叫王基，是一个集体建筑队的队长，他们负责承包攀钢耐火材料厂的绿化工程，合同早已签订，预算报到负责此项绿化工程的攀钢安全环保处，已经被打回来五次了。时间一天天就这样拖下去，百十号人没活干，张嘴等着要饭吃，问去问来，原来此项“卡子”出在张恩林那里。

王基决定去找一找张恩林。

在出发之前，他对张恩林进行了一番“摸底”，得知这是一个刚退居二线的“领导”，不由想到电影里那些廉洁奉公的领导干部形象，心里就有点“虚”。

他走进张恩林的办公室，见偌大一个屋子，就张一个人坐在办公桌前，心里更“虚”了。心想这人一定是个“有实权”的大官，因为其他工作人员，其中包括一些科长，都跟大家挤在一个办公室里。

他试探着问道：“张处长，我们预算哪里不行，请指出来好吗？”

张恩林狠狠地吸了一口香烟说：“这个预算嘛……搞得不好。”

王基讨好地问：“具体哪里不行，请您帮我指出来，我们好改正。”

“你拿回去。”

“这……张处长，请你帮我们改一下好吗？”

“好吧，你过三天再来。”

张恩林说完，朝王基挥挥手。

王基张张嘴，还想再说什么，张恩林早已不耐烦了，皱起眉头，再次向他挥挥手。

王基无奈，窝着一肚子火走了。

三天后，王基硬着头皮去找张恩林。

张恩林头也不抬地对他说：“还要等批下来。”

王基听到此话一阵心喜，心想凡事不能再找小鬼了，还是得找阎王爷，只有阎王说了才算数的。你瞧，经张恩林这个“阎王爷”帮忙，跑了五次都没有办成的预算，现在终于要到手了！

可是，当这份预算真的批下来，面对王基伸出手想要取走的时候，张恩林却将那份批下来的预算合同，轻轻地放进了自己办公桌的抽屉里了。

王基只得将手收了回去，轻声地问：“张处长，这预算……”

张恩林笑着说：“你急什么，我今天还有个会，没时间，你明天再来吧。”

王基苦笑着连连点头。

第二天下午，王基派了个手下的“谋士”（高管）来向张恩林要预算。

张恩林见王基本人没有来，心里顿时不悦，连眼皮都不抬一下，慢吞吞地说：“预算吗，是搞好了，但得王基本人来取，我上次都跟他讲过的，他怎么那么‘官僚’！”

此“谋士”是个久混江湖的“药师”，早看出了张恩林的“病根”，回去后对王基说：“这老家伙看来是个大肚子菩萨，你何不给他‘烧香’？”

王基开始不敢相信，对“谋士”说：“他可是个老干部，能像现在的个别年轻官员那样贪财？”

“谋士”笑道：“我看他是个老馋鬼，退了二线，他再不吃，将来就没机会了。”

那时的“大三线”，人人争为国家做贡献，谁也没有想到，会出现一个贪财的“老干部”张恩林。

王基听了茅塞顿开!

第二天，王基将五元一张的现金准备了一百张，那可是厚厚的一叠啊！心想，这次有了香火，菩萨该显灵了。

张恩林并非那些浅薄之辈，多年混迹“官场”的生涯，使他遇事善于谋算，不露声色。王基刚走到他的办公室门口，就被他堵住了嘴：“我马上有个会议，你到外边等我。”

等呀等，两个小时过去了，又两个小时过去了，王基一直不敢离开，那时又没有手机，无法联系，急得王基在外面来回地转着。

谢天谢地，到快吃午饭的时候，张恩林终于出现了。只见他手里提着一只时髦的人造革公文包，右手的两个指头夹着一支香烟，正从走廊前面走来。

王基急忙走上前去，用乞求的语气说：“张处长，你开开恩吧，我们那预算……”

“嗯，事情不好办呀……”张恩林一边说着，一边用眼睛迅速扫了一下四周，见没有其他人，就轻声地说：“你能不能借点钱给我？”

早有准备的王基一阵欣喜，忙问：“你要多少？”

张恩林满不在乎地说：“随便。”

当张恩林左手接过那五百元钱放进公文包时，右手便从裤兜里掏出早已审批好的预算表交给了对方。

哦，菩萨终于显灵了！

被一纸预算表弄得焦头烂额的王基，终于看到了金钱在这位“老革命”身上产生的“奇迹”。

然而，他太“嫩”了，此事岂能就到此结束！

“大三线”的建设工程，为了抢时间，加快进度，开始都是由国家的主要施工企业和军队组织力量进行的，随着科技含量较高的主体工程逐渐完成，一些辅助性工程就逐渐交给企业自己去承包经营，这样，一些民营中小企业，逐渐进入“大三线”承揽工程，攀钢的绿化工程就是其中之一。

由于这些工程逐渐放开，原先集中统一管理的严格制度受到了冲击，人们的思想也逐渐从理想转向了现实，转向了金钱，一些掌握着实权的部门，成了进攻的主要对象。

到这项绿化工程完工的时候，施工队的工人们眼看着一把把汗水，即将换来一张张钞票，都很高兴。

张恩林是认真学习过“不断革命论与革命发展阶段论”的，他一个电话，就把王基的心提到了嗓子眼上。

张恩林在电话里说：“王基，你编的那个决算不符合要求。”

王基听后大惊，满头大汗地跑去找张恩林。

张恩林沉着脸，连连向王基发出三发“炮弹”：“决算不详细，单价不合理，收取的费用不正确，这些，你再考虑考虑。”

“大三线”企业都是由最高政府管着的，制度很严，相互约束，理想与信念仍然是这些企业员工特别是领导层所提倡和坚守的。王基父母是早年来到“大三线”的建设者，他多少受到一些影响，是个“木鱼脑壳”，就是没有弄懂“考虑考虑”的意思，回去后又与会计一起，埋头搞决算。

他算来算去，接着又送来送去，往返了无数次，不是这不行，就是那不合要求，工人们眼看自己的血汗钱成了水中的月亮，可是又无可奈何。

张恩林都觉得烦了。他真搞不明白，这个王基，是真糊涂还是在装糊涂。

他只得约王基到攀钢灯光球场“散步”。

“散步”中，张恩林对王基说：“你那个决算，我费了好大的劲哟，现在快办成了。”

王基连说感谢。

张恩林见这个年轻人怎么启发都“不明事理”，只得“单刀直入”地说：“我儿子要结婚，缺点钱用，你是否支援一点辛苦费。”

直到这时，王基才从身上掏出二十张十元的钱来，交到张恩林手里。

那个苦苦盼望的决算，当然是立即到手啰。

事情还没有到此结束。

此后，张恩林在耐火材料厂的鱼塘工程中，又千方百计卡王基的“脖子”，向王基追加了五百元的“香火”费。

张恩林不是那种“白吃”的“菩萨”，他吃了“供果”就会“显灵降恩”。他将自己的“余热”发挥到了极致，手中大笔一挥，将国家和“大三线”企业用于建设的公款大笔大笔地“批”了出去。仅仅攀钢医院污水站一项工程，他收到别人五百元辛苦费之后，在决算时就多批给对方三万六千四百多元。

三万多元，在那个时代可是一笔天文数字。

当包工头领到这笔钱后，张恩林说：“我对你够意思吧！”

4. 远镜头：紫红色的华盖

（在张恩林的一生中，这些镜头都被放得很大，它如同一顶紫红色的华盖，挡住了他的其他镜头。人们看到的这位退居二线的“老革命”，是一个多么光辉的形象。）

在张恩林“发挥余热”索贿之时，攀钢查处两起特大索贿、受贿案：房产公司科长盛殿臣，索贿受贿四万元，被判处无期徒刑；机动处副科长朱家路贪污十五万八千多元，被判处死刑。如此两件特大案件，足该引起张恩林觉醒。

会议室里，大家正在听张恩林谈体会：作为每一个参加“大三线”建设的工作人员，我们应以此为自豪，因为我们承担起了国家的重托，挑起了民族的使命。作为一名“大三线”国有骨干企业的领导干部，应该从两件受贿案中吸取深刻的教训。

张恩林坐在藤椅上，脸上充满“正气”：“同志们，同志们啊，这教训多么深刻！现在跟我们初进‘大三线’不同了，如今‘大三线’在对外开放，对内搞活的新形势下，有的人钱迷心巧，损国家利益，中饱私囊，利用职权，索贿受贿……”

说到这里，张恩林“格格”地咳了两声，喝了一口浓茶，“呼”的一下站起来吼道：“他们是社会的蛀虫，是人民的罪人，是共产党人中的蜕化变质分子，是‘大三线’建设者中的败类！”

职工们听了，都为他的发言鼓掌。

就这样，随着一阵阵立场坚定的吼声，张恩林的形象也像电影里的大特写镜头一样，由远而近，越来越高大，并迅速占领了人们凝神注目的“银幕”。

有这样“原则性极强”的“老领导”在二线掌舵，天真烂漫的青年员工感到是一种荣幸。

张恩林言教不凡，身教更令人敬仰。

他经常穿的是一件洗得发白的劳动布工作服，脚上总是穿一双旧布鞋，就是出席重要的会议，他也是这身简朴的服饰。

有一天，处里同事问他：“张处长，你这蓝布裤子上，怎么补了块白布？”

“哈哈，这哪是什么布，这是我在门诊室领的一张‘伤湿止痛膏’补上的。”

张恩林的语言显得相当风趣，他说：“这玩意补衣服可以节省针线，既方便又牢固，还能治资产阶级贪图享乐的思想病。你们这些年轻人啦，生活好了，‘大三线’建设最艰苦的时期过去了，艰苦朴素的传家宝可不能丢啊！”

瞧瞧，真是“寓教于乐”。这样的领导，哪个年轻人不喜欢哩！

那时，“大三线”的水果都是从外面运进来，然后分到各厂各单位再分到个人。有一次，张恩林所在单位分发一批梨，几个年轻人将分剩后的烂梨倒在过道上，张恩林走过去，拾起几个烂梨在水管前冲洗干净，然后削了皮，独自坐在一边吃起来。

年轻人劝他说：“处长，下次分水果的时候，给你先分一点好的，省得吃这些分剩的水果。”

他哈哈地笑了起来，对他们说：“这哪是吃的烂梨，这是一种回忆啊！我参加革命几十年了，现在当了处长，在我们家乡，也算一个县太爷了。可我总忘不了过去的苦，有的老干部犯错误，归根到底是忘本了，这梨比农民吃的苞谷碎渣强多了，怎能随便浪费呢？”

年轻人都说，跟张处长相处，处处都受教育。

张恩林最妙的特写镜头，还表现在下面一件事上。

这天，某建筑队队长杨日月来到张恩林的办公室，找他问预算的报批情况：“张处长，我们那预算……”

张恩林连头也不抬，将手中的预算单抖了抖：“你不看我正在审吗，急啥？”

杨日月靠过去，从衣袋里取出一包红梅牌香烟：“张处长，请抽烟，能不能给我们快一点。”

“哼！抽烟，拉关系，我最讨厌这玩意儿！”张恩林皱着眉头说。

张恩林的北方口音，“儿”化音很重，作为南方人的杨日月，一听好像在骂自己是“儿”，心里很生气，一股火直往上蹿。可是，看看张恩林那不屑一顾的样子，想想还有几百号人等着这工程挣钱养家，也就“咕嘟”一声将气咽了下去。

他又从身上掏出两包红梅牌香烟，走到张恩林面前，轻轻拉开那张办公桌的一个抽屉，将两包香烟放了进去，对张恩林说：“张处长，我先走了，麻烦你尽快审了给我。”

说完，杨日月头也不回地走了。

张恩林看着对方的背影，鼻子里哼了两下，从抽屉里取出那两包香烟，用手捏了捏，发觉跟别的香烟不一样。

虽然那个年代办公室没有监控探头，细心的张恩林还是不敢在这里拆开香烟盒。他将它装进裤袋里，就往厕所走去。

他找了个“单间”，一个人蹲在里面，轻轻地拆开了那两包香烟。

这一瞬间，张恩林的手开始有些颤抖起来，那里面竟然魔术般地“跳”出一叠“大团结”——那时的十元钞票上，印着全国各族人民大团结的图案。他细心地数了数，一共四十张，那可是他几个月的工资啊，不由兴奋得一阵心颤。

张恩林曾经工作过的某县委会，对他的鉴定是这样写的：“一九四八年选为干部后，工作热心，无论谁的工作都尽力去帮助，帮助管理员算账、填表格等。……联系群众，有信用，群众相信他，态度又好，作风正派。”

就是这样一个被选拔到“大三线”来的领导干部，在最艰苦的创业时期，他同大家一起“三块石头架口锅，帐篷搭在山窝窝”，“天当被盖地作床，澡堂就是金沙江”，“白天杠杠压（用木杠抬机器设备），晚上压杠杠（晚上就睡在用木杠搭起的‘床’上）”，如此艰苦的创业都咬着牙过来了，可在各方面条件都日渐好转的时期，他却在悄悄地发霉变质。

我之所以要写下张恩林，是想向读者说明，“大三线”并非净土，在千千万万的建设者为之忘我奋斗的时候，也滋生出了张恩林一样的腐败分子。

精心设计的伪装，红得发紫的华盖，掩盖着一颗罪恶的灵魂。人们为什么总会相信这些虚假的东西，不愿或不善于发现道貌岸然的躯壳后面那罪恶的鬼魂呢？

5. 画外音：在魔棍的驱使下

（这声音来自镜头以外，来自华夏大地千千万万的心灵，也来自长眠在地下的无数“大三线”建设者。）

权力万能和金钱万能，这是前两个社会遗留下的“沉渣”，是使人类丧失良知的两根魔棍。它在人类的生活中挥舞着，使人眼花缭乱，要是真的着了“魔”，它可以使灵魂变得锈蚀，使大脑丧失理智，使人成为妖孽。

参加革命41年，具有中共党龄39年的张恩林，仰慕权力，追求官爵，认为这才是决定此生幸福的关键。

年龄不饶人，张恩林退二线了，手中失去了原有的权力，总觉得空落落的。面对这种“权力再分配”，他终于“醒悟”。

“今天的社会权力不能终身制和世袭，但财产是可以终身享受和传给儿孙的呀！”他为自己离休后画了幅蓝图：先买一些贵重药品，好好地补养自己，争取多活几年；带上老伴回到离别了几十年的黑龙江鸡东老家，给已故的父母修坟墓，也好光宗耀祖；全国还有很多地方也想去逛一逛……

他决定抓住这个“夕阳无限好”的时期，为自己的“理想”奠定物质基础。

权力，这个封建时代被顶礼膜拜的神灵；金钱，这个资本市场上呼风唤雨的魔鬼，将张恩林引向了疯狂：“我钱迷心窍，一心想捞钱，没想到害怕。”

在张恩林受贿的33次中，竟然有32次是他“主动出击”，向人伸手的，索贿的现金达到万元以上。

一万元，在今天那算不了什么！可是，在“大三线”建设时期，我这样的年轻干部工资才三十几元一个月，按每月35元计算，那得工作285个月，也就是说，最少得工作23年啊！

受贿不在多少，在于带来的社会影响极其恶劣。受贿一万元的张恩林没有逃脱法律的严惩——国家对于“大三线”建设的投入，绝不允许任何人侵吞毫厘。

是否将这件受贿案写出来呢？我曾非常犹豫。

这是雄壮的“大三线”建设合唱中一个不和谐的音符。这样的事件写出来，是不是有损于“大三线”的建设者呢？

就我所知，发生这种事件的除了张恩林之外，还有矿山公司的女会计青素琼和前面提到的攀钢机动处的副科长朱家路。朱家路被执行枪决的那天开了公判大会，各厂矿单位都派代表参加，灯光球场上黑压压站满了人，宣判结束，他被押上一辆卡车，面无人色……

我必须告诉人们一个真实的“大三线”，一个不“护短”的“大三线”，因为只有真实才可信，只有真实才更有力量——虽然它并不能代表数百万“大三线”建设者用生命组成的雄壮合唱，虽然它只是这部时代进行曲中一个不和谐的音符。

艰苦让人纯洁，享乐让人堕落。人类对于物质的追求是永无止境的，在这种不断的贪欲中，人对于自然的适应能力也会日渐衰退，这种贪欲的滋生与蔓延，便是人类自身沉沦的开始。

当时有人问过，张恩林的索贿受贿如此露骨，又发生在整党期间，竟能瞒天过海，时间将近两年，这是为什么？

这个问题并非多余。

这里，似乎隐藏着一种观念，张恩林这样的老党员、老干部，经历过烽火，受过苦，知感恩，思想觉悟高，业务熟，完全信得过，因而放松了对这种领导干部的制度约束和监督管理。

不受约束的权力，是产生腐败的温床。

不信？下面的一次会议便可证实。

1986年初，一次环保处开业务会，有人当众提出：“下面反映南山绿化工程承包中，有高估算的情况……”

话还未说完，张恩林做贼心虚，站起来质问：“同志，要拿出证据来！”

哎，老干部，老领导了，虽然退到二线，可在他那个部门，仍然是太上皇，谁敢得罪？于是，会议便结束了。如果是一般工作人员，此事岂能轻易放过？

从制度上说，张恩林审核的预算、决算并不是终审，奇怪的是张恩林的魔棍却舞得越来越神奇了！

魔棍啊，终于把张恩林这个当年满怀热情参加“大三线”建设的老干部，引向了令人痛心的覆灭。

快举起锋利的宝剑，尽快斩断这两根魔棍吧！

第十七章

生活，我赞美你

1. 放声歌唱

令人兴奋的消息早已传开，“大三线”渡口市将举行一场万人歌咏大会。

渡口的“大三线”建设者已经看过不少著名艺术团体的慰问演出，铁道兵文工团呀，东方歌舞团呀，中央歌剧舞剧院呀……但是，如此大规模的演出，上万人啊，而且都是“大三线”建设者，那会是怎样的一种气势，怎样的一种场面?

我同大家一样，盼望着能早日看到这场歌咏大会。

作为“大三线”建设的重中之重，渡口市从一开始就集结了千军万马，有地质队、铁道兵部队、筑路工程公司、冶金建设安装公司、水电、机电、武警等等，各自都以信箱称呼，万山丛中如同“淮海战役”一样集结了数十万“大军”，每天从早到晚都是炮声隆隆。人们听惯了炮声，听惯了汽车的马达和机车的轰鸣，现在终于要享受一次自己唱的歌声了。

这件事情由文化局统一负责，各个指挥部、信箱、公司、部队开始抽调人员，选择歌曲，进行排练。

眼看着离歌咏大会的时间越来越近，我们这些青年男女的心也越来越激动，到时不但可以去听歌，而且可以“人约黄昏后”，利用那个场合与心爱的人约会。我那时刚谈了女朋友，自然也是盼着早点看到这场“大会”。

可是，令我没有想到的事情发生了。

那天我正在办公室里向领导汇报下去调研的情况，突然工会打来电话，说是让我到他们那里去一下。我说，正有汇报工作，离不开。工会那头的人说，上级工会来人了，找我有点事，已经事先跟我的领导请示过了，让我汇报完了就过去。

我赶到工会，只见那里坐着好几个陌生人，工会主席李金山指着我向他们介绍说："这个就是小沈。"

来人中一个操着四川口音的人站起来跟我握手，他说："早知你大名了。"

我问："有什么事吗？"

那人说："万人合唱大会眼看着就要开始了，我们公司由于各厂矿的生产和建设任务都很重，一直没有落实这件事。最近研究后觉得修建部是一支灵活机动的'游击队'，没有固定厂区，是到各厂跑检修的，比较灵活，可以抽调人员参加合唱，决定在修建部抽调一百名职工，组成合唱队，参加这场比赛。"

我不明用意，立刻兴奋地说："好呀！好呀！"

那人说："我们刚才跟李主席、张主席（张仁玉副主席）研究过了，修建部几千职工，抽一百个人没有问题，由谁来担任这支队伍的指挥呢，你看谁合适？"

我说："李主席、张主席都可以，工会的文体干事也可以，他二胡拉得不错，也懂音乐。"

李金山笑了，笑得那颗金牙也露了出来。这个从东北鞍钢来到"大三线"的老同志工作认真，待人和蔼，特别关心年轻人。由于工作关系，领导经常会派我到工会来了解职工情况。那时的办公室秘书，经常会被派下基层去与职工交朋友，做调研，了解最基层的情况，然后回来汇报，让领导及时听到下面的声音，迅速解决各种问题，推动各项工程的建设。李金山在我这个小秘书面前从不摆架子，总是有说有笑地跟我交谈，他的个性与人格吸引着我，我很尊敬他。

李金山说："不是要人去当领导，而是当指挥，一百人大合唱的指挥，那是要上台表演的，你看我适合吗？"

他的话说得大家都笑了起来。

工会副主席张仁玉对我说："小沈，你来指挥怎么样？"

我一听吓了一跳。

张仁玉是修建部的工会副主席，她丈夫兰师傅，是从西藏《高原战士》报转业下来的摄影记者，照片拍得相当棒，不仅精通照片暗房制作的全套工艺同时还会缝纫，这让年轻的我敬佩不已。

那个上级工会来的人看着我说："你看看，是不是就这么定了。"

我忙说："那不行！那不行！"

张仁玉说："小沈，你就来当指挥吧，我已经给刘书记请示过了。"

李金山也说："组织工作都由我们来管，你当好合唱队指挥就行了。让大家放开嗓子来唱，唱出我们'大三线'钢铁工人的气概来！"

我头上都急出了汗水，我，一个五音不全的门外汉，怎么能指挥这么一支庞大的合唱队伍？！

我曾与年轻人交谈过"大三线"建设，其中包括我的女儿——这个出生在"大三线"的孩子。在他们眼里，当年的我们就是一群只知埋头苦干，不知生活乐趣的前辈，是一代令人崇敬而又无法效仿的人。其实，这是一种误解。当年"大三线"建设的艰难困苦，那是不用说的，但在这场随时都可能献出热血与生命的大建设中，除了汗水和眼泪，也有欢乐与歌唱。那种生命的张力与灵魂的壮美，组合成人生最豪壮的史诗，在千山万壑间回响。

渡口市曾经组织过一次拔河比赛，那是一场非常壮观的体育竞技。

接到参加比赛的命令之后，各大指挥部与部队，开始选拔人才，组织力量，研究战术，加强练习，准备迎战。

有趣的是，各个指挥部相继进行了大力士选拔赛。下班之后，只要你愿意跑，乘公交车也行，自己爬坡也行，走到哪里都可以看见围着一大群人，面前放着石头、铁块、报废的机器、轮胎等等重物，大力士们有的光着膀子，有的系着腰带，正在进行比赛。只要那人将那个重物举起，人群中便会响起一片掌声。

每天都有捷报传来，某厂某矿某兵种某工程队出了某个大力士，举起多重多重的物品，已经超过了前几天的某某大力士。

于是，各种形式的拔河比赛也在各个单位开展起来，真是轰轰烈烈，乐此不疲。

据我所知，在基层开展的比赛中，最后一名往往都是机关的拔河队。

拔河比赛那天，整个城市都沸腾了。

阳光灿烂地照着新修的大渡口体育场，这是将大山的腹部推平，依山修建的一个场地，成圆形，中间是跑道与球场，观众座位是一层一层的水泥台阶，这已是"大三线"难得的体育圣地了。

比赛异常激烈，观众呼声动地，喊声如潮，整个体育场席卷在一片欢乐的海洋里。

现场高潮迭起。

令人没有想到的是，女队比赛时有一支队伍异军突起，连克对手，轰动全场，再起高潮。

这是一支“大三线”家属组成的拔河队。

拔河比赛的早期安排中没有她们，她们知道后就提意见。负责此项活动的领导一听，有道理，都是为参加“大三线”建设而来的，没有她们的支持，后院起了“火”，还怎么建设？好，让她们参加，队伍由她们自己组织选拔。

家属队的选拔与众不同，不比力气，只比体重，磅秤上去称一下，队员就出来了。一出场，往那里一站，那个块头，早将对方拔河队的姑娘们吓了一大跳。还敢较量吗，姑娘们？

女队最后的角逐在家属队与水运公司之间展开。

那是怎样的一场力的较量啊！

家属队的女队员穿一色的白色帆布工作服，被戏称为“大象队”。水运队的女队员穿一色的蓝色工装，被戏称为“蚂蚁队”。两支队伍，势均力敌，多次出现拉锯，观众更是个个激动，“加油”之声山鸣谷应。

最后，水运队女队以三比二险胜，“蚂蚁”竟然战胜了“大象”。

水运队获胜理所当然。那是怎样的一批队员啊，虽然个个都是年轻姑娘，从黑红的脸膛上，可以看出她们在“大三线”的风雨中经受的锤炼。

金沙江是长江上至今唯一没有通航的水段，由于滩多流急，行船困难，古来至今，少有人敢于闯滩。“大三线”建设初期，铁路、公路不通，很多物资只有通过水路运进来。很多江滩上，机动船根本无法航行，只能用小木船，一船一船地运输。木船运输全靠船老大划桨，要想冲到上游，也是非常难的，只能靠人工拉牵。那是怎样艰难的一项工作啊，每天头顶烈日，身背粗大的牵绳，匍匐着身子，手抓悬崖脚蹬沙，汗水串串滴悬崖。每一步都是在与江水搏斗，每一步都是在撕裂着躯体，这便是金沙江上的纤夫。

水运女队的队员，大都来自这支水上运输队，她们有金沙江上炼出的力量、毅力与坚韧！使她们赢得了这场比赛。

可是，这歌咏比赛跟拔河比赛不一样，这是个“技术活”，光有力气有热情有胆量不行，还得有专业知识，让我来担任指挥这个角色，我感到犹豫、担心，同时还有几分胆怯。

我曾在修建部当过篮球队的领队，那是个“技术活”。

我初进“大三线”时，那里还没有球场。几个篮球爱好者在我们住的席棚外面，用铁架子焊了两个篮球架，再将地平一下，就成了一个球场。每天我们下班之后，就抱着篮球去那活动。由于当地气候干燥，整个球场顷刻间便灰尘滚滚，有时连投球的球篮都看不见。

大家就在这尘土里“滚”着，倒也生活得很愉快。

后来，在修建部机关住地的荒山上推了几个平台，开始浇上水泥，装上电灯，灯光球场就算是建成了，篮球爱好者们就有了一个活动的地方。

我从办公楼到食堂去打饭，都要从球场上经过，球场上的朋友就会将篮球扔过来。手中拿着饭碗，没有办法，就只得躲，有时打好的饭就落到地上，引得一阵大笑。

为了活跃职工文娱生活，各信箱之间经常组织友谊赛。听说煤炭指挥部的球队打得很好，队员们就提议，邀请他们来修建部进行一场友谊比赛。

晚饭过后，球场四周早就摆好了凳子，观众将球场围了好几层。

煤炭指挥部的队员大都是四川人，我们的队员大都是东北人，这样在个头上我们就占了上风。对方的球员虽然个头不如我们，但灵活机动，运球传球都很熟练，上半场下来，双方打了个平局。

下半场一开始，双方分数咬得很紧。我看着这样“胶着”下去不行，于是要求换人，将我队的投球手换上，这是我事先“储备”好的，“不见兔子不撒鹰”，不到最关键时刻是不让他上的。

这个队员上来就连投三球，分数一下拉开了。

对方不明真相，慌了阵脚，三个人合围我方一个投球手。

双方球员大都是青年工人，在“大三线”建设中都是一只只小老虎，从来没有惧怕过困难，从来没有畏惧过艰险，很少打过“败仗”，谁输了都不服气，更何况煤矿球队是一个指挥部球队，而我们只是攀钢下面一个小厂矿的球队。

球场上出现了混乱，观众开始“指责”客队。

我一看不好，立刻制止。

可是，已经晚了，只听球场上“啪”的一声，我们投球的球员倒在地上。

裁判立刻吹哨，比赛只得暂停。

我跑进球场里一看，我们的球员满嘴是血，正从地上爬起来。

他用手捂着嘴，直向我摇头。

原来，他倒在地上，一颗牙齿被磕掉了一半。

我让人迅速通知职工医院开救护车来，把这位球员拉走。

比赛继续进行，但无论球员还是观众，早已没有刚才的激情了。

现在，又叫我来担任这个合唱队的指挥，不由使我想起前两次的活动。要说是在拔河队、球队担任领队，还可以对付一下，这合唱队指挥可不是我能干得了的，更何况我自己都五音不全，怎么当这个一百人的合唱指挥？

去向领导叫苦，要求另外换人，这不是“大三线”人的精神，也违背了来这里之前，我向母亲作的保证：就是再苦再累，我也不会后退。“大三线”建设谁干过，钒钛磁铁矿的冶炼谁干过，原子弹谁干过，人造卫星谁干过，核潜艇谁干过，这些不是都没有干过吗？我们“大三线”人，住着席棚，喝着泥浆水，硬是把这些东西创造出来了。一个合唱队的指挥算什么，你却要向后退！

我是当秘书的，我知道，要是给领导提出来，领导回答我的肯定就是上面那些话，只得硬着头皮上任。

女朋友听说我要担此重任就笑了，问我，你还有这两下子？

我哭笑不得，对她说，没有办法，工作交给我了就得完成。

她说，到时一定去体育场看看我的“表演”。

好了，原想看别人演出的，想不到别人来看我的演出了！

好在中学时代爱好文体活动，在学生会担任文体部长时更是打球、游泳、短跑、跳远、唱歌、跳舞、演戏样样参加，整天组织同学们疯玩，也曾在全校的大合唱比赛中，担任过班里的合唱指挥，练过几下“把式”。虽然场面没有这样大，但有了这碗“酒”垫底，心里也就稍微稳定了。

正式比赛的那天，一百名参加合唱的员工全部穿上崭新的白色帆布工作服——钢铁工人的服装，脖子上系上白毛巾，四辆卡车将我们载到体育场，这时体育场内外已经人山人海。观众中，很多是钢铁工人，他们见到我们，立刻自觉地让出一条通道，不断地给我们鼓掌。

因为攀钢是“老大”——中国西部最大更是渡口“大三线”最大的企业，被排在第一个出场。

一百人的合唱队伍已经在梯形台阶上站好，队伍的前面放了一张高高的桌子，那是指挥的位置。

随着报幕员的声音，我走上指挥台。

突然，我听到指挥台下一片笑声，并听到有人在大声地说：“那不是小沈吗？”

我往下面一看，文化局的两位局长正在那里指着我说话哩！

我与两位局长都认识，他们待人热情，对我这个初涉文学的青年人更是关爱。后来我曾问他们，在下面说我什么呢？他们说，没有说什么，只是看见你来担任这个指挥，感到有些意外和惊奇。

合唱是成功的，暴风雨般的掌声将我淹没在了人海里。

中国“大三线”啊，有多少不敢想、不敢做的事情，在这里都变成了现实！

2. 不谢的山菊花

从通安镇出发，走了近四十里的山路，我和“大三线”渡口市34号信箱12分箱教育科的老杨带着一群年轻人，来到当年中央红军巧渡金沙江的渡口——皎平渡。摇船将红军渡过金沙江的船工周启龙老人，就站在这里向我们指着这个渡口进行着回忆。

深秋的夕阳，是一面打磨得锃亮的古代铜镜，悬挂在对面的笔架山巅。两岸陡峭的峰峦，仿佛被刷上了一层金。那些裸露着的峥嵘的岩石，那些悬崖上凌空翘首的苍松，以及中武山茂密的桐子林，全都沐浴在金辉里。咆哮的金沙江水，在群峰连绵的峡谷里奔腾着，扑向雾蒙蒙的峭壁，腾起一堆堆雪白的浪花。山腰上的云雾，被夕阳染成一匹匹彩色的绸缎，在江风里轻柔地飘着。

皎平渡像一块巨大的磁铁，吸引着我们这群参加“大三线”建设的年轻人。大家顾不得坐下来休息，急步走进了接待站的展览馆。

展览馆简陋、整洁，陈列着红军渡江时留下的棉毯、银元、马灯和老船工们给红军摆渡的一把船桨。墙壁上挂着红军渡江的歌谣和帮助红军渡江的三十六名船工的名字。一张照片深深地吸引了我：三位健在的老船工，嘴里叼着竹筒烟杆，正在江边兴高采烈地谈笑，脚下是奔腾的金沙江水，身后是巍峨的中武山，山上开满了星星点点的野花。

年轻的讲解员指着照片上的老船工一一地向我们介绍：“这是张朝满，这是李正芳，这是周启龙。这山上的野花叫山菊花，现时开得正旺哩！”

我和老杨商量之后，决定带着大家去拜访住在附近的周启龙。

夕阳刚沉到笔架山后，五颜六色的光束，使西天变得如调色板一样绚丽；奔腾的金沙江上，缓缓升起一片淡淡的雾霭。江边吹来的晚风，带着微微寒意。弯弯曲曲的小径旁，娇艳的曼陀罗花枝头上，被寒霜剥光了绿叶，浅蓝色的喇叭形花落了一地。早谢的野玫瑰，蜷缩着细柔的腰肢，躲在枯黄的草丛里。在这瑟瑟秋风中，唯有一丛丛的山菊花开得格外热闹。白的如雪，黄的如金，把皎平渡妆扮得既美丽又庄严。

我顺手摘了一朵，细细地观赏着。那金灿灿的花瓣流光四溢，淡淡的花蕊里散发着一股清香。小径旁，岩缝里，悬崖上，草丛中，到处都是她们的姐妹，放眼望去，山野如同铺金盖银一般。

老杨读过很多古诗，是我们教育科的“学究”。他触景生情，高声背诵起唐末农民起义领袖黄巢所写的一首咏菊诗：“等到秋来九月八，我花开后百花杀。冲天香阵透长安，满城尽带黄金甲。”

吟毕，老杨十分感慨地说：“虽然这不是一首一般的咏菊诗，但当年长安城里的确开满菊花。它们生长在宫廷和达官的庭院里，专供他们观赏，黄巢一怒，冲天造反，带着一群‘黄金甲’直杀京城。而这些山菊花呢，它们不迷恋园圃，也无意侍奉权贵，而是以自己特有的风韵，给大地增添了一派生机盎然的景色，它们是大自然真正的宠儿。”

听老杨这一说，我不觉对这些极不起眼的山菊花产生了崇敬。

谈着谈着，我们走进了一丛芭蕉林，宽大的叶子遮住了夕阳的余晖，林子里显得有点黯淡。那些洁白的、金黄的山菊花，在这里统统都被“染”成了深紫色。拨开蕉叶，前面亮出一座黄泥筑成的平顶房，这就是老船工周启龙的家。

门是敞开着的，我们走了进去。

正中的厢房地上，堆着一堆刚收获的苞谷（玉米），金灿灿地散发着醉人的清香。旁边不远处的牛棚里，养着两头膘肥肉满的毛驴，见有人进来，便昂起头来“昂昂”地叫着。

从屋里走出一位五十开外的乡村妇女，她问我们：“同志哥，你们是找我爹的吧？他下地去了，一会儿就回来。”

她自我介绍说：“我是他的儿媳妇。”

老杨惊奇地道："你爹今年多大年纪，还下地干活？"

"嗨，都79岁了。"

正说着，有一个人弓着腰，背着一筐苞谷跨了进来。暮色中看不清他的脸，只有那双穿着草鞋的脚，在缓缓地向前移动。

"爹，我来。"

儿媳急忙跑去接下背筐。

我这时才看清，这位当年给红军摇船摆渡的老船工，矮矮的个子，背微微有点驼，身子骨儿却也硬朗。他头上戴一顶浅黄色的旧毡帽，饱经风霜的脸上布满深深的皱纹。老船工朝我们笑着点点头，在一张小木凳上坐下，用衣袖擦着脸上的汗水，掏出身上的旱烟袋吧嗒起来："你们准是来让我讲给红军划船的事吧。这点小事，比起那些流血牺牲的红军战士，又算得了啥子哟。"

儿媳妇赶紧帮公公解释："同志哥，你们可别见气呀，我爹人老了，耳朵也不好使，不管谁来让他讲为红军划船的事情，他总是这个样子。可让他讲红军的故事，他能讲三天三夜。"

儿媳妇说着，从厨房里端来一盆水煮白菜和一碟辣椒，老船工热情地邀我们同他家人一起吃晚饭。见我们欣然就坐，老人很高兴，指着桌上的白菜说："这是山里有名的蘸水菜，莫嫌弃。"

我学着老人，夹起一片白菜，在辣椒碗里蘸了蘸，嗨，吃起来还别有一番味道呢。但那又硬又粗的苞谷饭，却十分难吃。我和老杨吃得直咧嘴。

老船工见了，不知是解释，还是乘机对我们进行"鼓励"，或者这两者都不是："同志哥，这是我们农村一年一度的吃新节，吃着自己种出的苞谷，比吃什么都香。"

饭后，我们与老人谈起"大三线"建设，他听得非常高兴，不断地向我们提出各种问题，并自豪地说，前几年，听说"大三线"的工厂要迁到我们大山里来，心里真高兴啊！乡里派民工参加修筑公路，他也争着报名参加，想不到现在你们就已经进山来了。当年红军渡金沙江，我看啊，他们个个都是你们现在这个年龄，你们这些年轻人，个个都是红军的好后代啊，一定会把我们中国建设得更强大。我虽然老了，但是也想跟你们一起参加这场大建设，就是不能上"前线"，也要在后方支援你们“战斗”，不吃闲饭，不给国家的建设增加负担。

老船工五十多岁的儿子在一旁憨厚地笑了。他接着给我们讲了老船工一件有趣的事情：“几年前，县里有关部门说有一批‘大三线’建设的职工要进山来了，想请我爹去城里给他们作‘报告’，在招待所一住就是十多天，服务员每顿将白花花的大米饭送到我爹面前，他却吃不下去，后来竟从县里悄悄地跑了回来……”

“十多天不干活，就等着给建设‘大三线’的青年‘讲话’，吃着别人送来的饭，心中有愧呀！”老船工将儿子的话打断。

吃完饭，老船工在我们的再三要求下，慢慢地吸着旱烟，讲述了给红军摆渡的故事：

“那是1935年的事情啰。我看见许多红军战士在江边用布条和绳子扎竹排，但竹排一放到江心就被激流打散了。于是，我和张朝满等几个船工，冒着危险顺江而上，终于在三十里外的鲁车渡（口），为红军找到了两条船，加上原来的五条船，总共七条船。我们三十六名船工分成几个小组，晚上打着灯笼火把，人歇船不歇，昼夜不停地为红军划船，一直划了九天九夜……”

我抑制不住内心的激动，插了一句：“你们这些老船工，都是革命的有功之臣。”

老船工连连摇头：“不对，不对，当年给红军划船时，哪想到要成为什么功臣呀。其实，我们这些划大桨的老粗，就像这皎平渡口的山菊花，平常得很哟，平常得很哟！”

老船工的话，使我想起了那些金灿灿银闪闪的山菊花。它们世世代代生长在贫瘠的山野里，默默无闻。它们淳朴、谦逊，依靠着深深扎向大地的根须，顽强地生活，默默地付出，给山寒水冷的秋山带来生机与美丽。当艳阳升起，春光来临，它们早已悄悄隐退，凋谢在不为人知的深山。

老船工磕去烟锅里的烟灰，走到那两头油光水滑的毛驴跟前，爱怜地抚摸着说：“我还真想同它们一起，再到你们那里去看看‘大三线’建设哩。”

他见我们都愣在那里，便说：“你们渡口建设初期，我曾牵着这两头毛驴，参加公社的运输队，翻山越岭，为你们工人兄弟运送粮食、盐巴、布匹、蔬菜，现在那里一定大变样了吧？”

我不由想起了令人难忘的创业岁月。

那时，在渡口市的荒山野岭中，除了一树树火红的攀枝花和一顶顶雪白的帐篷外，最引人注目的，就是那一溜成趟的毛驴运输队。在雪浪飞卷的峡谷里，在危石密布的兰家火山小径上，到处都能听到“叮当叮当”的铃铛声，想不到那赶着毛驴的老倌队伍里，就有这位当年给红军摆渡的老船工啊！

老杨走上去紧握住老船工的手，激动地连声说：“变样了，变样了，现在已是铁水奔腾，钢花怒放，欢迎你老人家到我们‘大三线’的钢厂来做客。”

老船工周启龙脸上的一条条皱纹舒展开了，高兴地笑着说：“要去的，要去的，去看看我们自己建设的大工厂。”

我说：“参加‘大三线’建设的还有很多当年的老红军，他们中间，也许还有人当年乘过你划的船哩。中国的这艘航船，正是靠着你们一桨一桨地努力，才划到了今天，才会变得如此强大。”

临别，老人拿出一包山菊花的种子送给我们：“请你们将它撒在‘大三线’的土地上，它不择土，耐秋寒，还是上好的药材哩！经常服它，可以长生不老。”

“不老！”一路上，我一直在思索着老船工的这句话，难道他指的是一个人的形体上的不老吗？显然不是！因为服过这种药的老船工，他的外表已经苍老了。那么，他指的又是什么呢？我不懂中医，但我懂得这位在战火纷飞的年代立过功，在建设“大三线”的事业中流过汗，虽年已古稀，仍在这金沙江畔的山野中盼望着祖国强大的老船工的心。

地上已布满一层薄薄的银霜，月亮从树缝间筛下星星点点的光斑，山林显得幽静而淡雅。仔细看去，那一丛丛的山菊花已缀上了晶莹的寒露，在秋风里昂首怒放。

啊，这不就是一个“不老”的形象吗？

老船工就是这样一朵不谢的山菊花！

我紧紧捏着那包山菊花的种子，同大家一起加快了脚步。

夜风送来一阵阵山菊花的清香。

3. 泪花与歌声交织的岁月

在参加承德普通高炉试验钒钛磁铁矿冶炼攻关队伍中，有一位来自上海的姑娘名叫周兴怡，面对着餐桌上那一个个紫红色的高粱窝窝头，竟呜呜地哭了。

周兴怡是刚毕业的大学生，分在化验室工作。这位从小在上海滩上长大的姑娘，受江南日月和大米的滋养，长得白白净净，娇嫩得像一棵青郁郁的柳树，既天真又可爱，实验组里，人人都叫她小妹妹。为了中国的钒钛磁铁矿冶炼事业，她总是拼命地工作。承德的严冬冰天雪地，呼啸的西北风饿狼般在旷野上嚎叫。周兴怡仍然一丝不苟地将那一堆试管洗得干干净净，水太冷，白嫩的小手冻得像发面的馒头，血顺着冻裂了的指头，从指缝间直往下流，她从来没有哼过一声。

可是，每顿饭却叫周兴怡为难，又粗又硬的窝窝头，怎么使劲也啃不动。就是用玉齿咬下一小块，粗拉拉的总咽不下去，为此，吃一顿饭她就哭一场。

那时候的生活多么困难啊！化验组借别人房子开火，蔬菜全靠供应，大米更是少得可怜，大伙只好每顿围在一起，用青菜汤下高粱窝窝头。周兴怡长这么大，何曾吃过这玩意。可是，不吃就没有别的食物，时间长了身体也受不了，去高炉取样回来化验，要过一个小水沟，周兴怡虚弱得无法跨过去了。

指导员老沈走过来，一边大口吃嚼着，一边说："来，跟我学，大口大口地嚼。"

周兴怡用手抹着眼泪，闭上眼睛，用劲咬了一口。

老沈在一旁给她加油："好，咽下去，咽下去！"

承德，这个周兴怡在中学时代就知道的名胜之地，城外有富丽堂皇的外八庙，那是满清皇帝的避暑山庄，棒槌山鬼斧神工，巍然耸立。现在是严冬，承德正好在风口，北风夹着雪花，将大地冻得硬邦邦的。在钒钛磁铁矿攻关的日日夜夜里，这位娇弱的上海姑娘同男人们一起，潜心科研，无暇他顾，由于匆匆上马，吃、住条件都较差。艰苦的生活磨炼着人的意志，崇高的事业激励着一代青年科技工作者。周兴怡总这么下去是不行的呀，指导员老沈找到兼任党委书记的周传典和副书记陆旸汇报：“给小周想法弄点别的吃吧，不然身体受不了！”

周传典看看陆旸，这位曾是某工学院炼铁系党支部书记的讲师，是周传典点将要来做青年科技人员思想工作的。他为难地摊开双手：“副食供应相当困难了，这里远离北京，又在承德郊外，目前蔬菜供应都紧张，大米就更困难。”

陆旸和老沈找到周兴怡，见她正在埋头化验，这是一个多么好的姑娘啊，为了中国的钒钛磁铁矿冶炼工业，为了“大三线”钢铁钒钛基地的建设，她真是拼上命了。

陆旸走过去，深情地问周兴怡：“小周，能够挺住吗？”

周兴怡那双明亮的大眼睛已是热泪盈眶，她默默地点点头。

吃晚饭的时候到了，老沈仍然不放心，端着窝窝头走过去，只见周兴怡正闭上眼睛，艰难地吞咽着，就像电影《上甘岭》中的志愿军战士用干裂的嘴吞吃饼干一样。

陆旸和周传典走过来了，一群年轻人也给她加油：“小周，吞下去，吞下去就有力量，就是胜利！”

周兴怡在大家的鼓励下，终于吃完了半个窝窝头。

饭堂里立刻响起一片热情而友好的欢呼，大家为这位上海姑娘感到由衷的高兴。

周兴怡又哭了。不过，这次是胜利者喜悦的泪，是同志之间感激的泪。她仿佛觉得在钒钛磁铁矿冶炼的漫漫征途上，自己迈过了一片难以想象的泥泞和沼泽，浑身聚满了战胜困难的勇气和力量，正向着光辉的峰顶攀登。

生活是艰苦的，也是欢乐的。除夕之夜，整个试验组没有一个人请假回家。试验攻关组的负责人周传典把大伙召拢来，聚在饭堂里吃年夜饭。除了增加几个菜之外，桌上仍然是窝窝头，大伙吃得真香。饭后举行了文娱晚会，有人讲故事，有人说快板，有人朗诵诗歌。平时在炉前、在实验室、在书桌前默默工作的人们，这时激情如同开闸之水，呼啸奔涌，欢声笑语充满了整个饭堂。不知是谁冒出一句："请毛丽华的新媳妇唱支歌！"

一片赞同，一片欢呼。

毛丽华，这个来自鞍钢的小伙子，平时在炉前风风火火，脚步踏得炉台咚咚直响，这时候竟不好意思地拉拉新媳妇的手，轻声说："怎么，给大家唱一支吧！"

"哎呀，我唱不好。"新媳妇赵晓岚说。

周传典站起来了。这位对科学一丝不苟的专家平时严肃的工作态度使年轻人十分敬畏，他笑着说："为了支持钒钛磁铁矿的冶炼攻关，毛丽华的新媳妇赵晓岚同志冒着漫天大雪从东北来到承德探亲，这不光是她一个人对我们的支持，这是人民对我们的支持和希望。因此，请赵晓岚同志代表我们远在千里之外的所有亲人，一定给大家唱支歌！"

北风在窗外呼呼地叫着，雪花搅得整个天地白茫茫一片。看着一张张为试验而熬黑了的面孔，面对着一个个吃着高粱窝窝头，却要攻下举世无双的科学堡垒的人们，赵晓岚激动地站起来，亮开清脆悦耳的歌喉，唱起了电影《护士日记》里的插曲：

小燕子，穿花衣，
年年春天来这里，
我问燕子你为啥来，
燕子说，这里的春天最美丽……

很快，独唱变成了雄壮的合唱：

小燕子，告诉你，
今年这里更美丽，
我们盖起了大工厂，
装上了新机器，

欢迎你，长期住在这里……

共和国以她火热的熔炉，铸造了一代青年圣洁的灵魂。赵晓岚这只当年的“小燕子”，在炼出世界第一炉钒钛磁铁矿的铁水后，同他的丈夫一起，双双飞到了“大三线”的攀枝花钢铁公司，“长期住在这里”，为钒钛磁铁矿的综合利用，像周兴怡一样勤勤恳恳在化学实验室工作，现在已经退休了。

啊，生活，你苦难，你甜蜜；你艰辛，你喜悦；你痛苦，你振奋；你有眼泪，更有歌声；你有困难，更有勇气；你有障碍，更有欢乐。

此时，在遥远的金沙江畔，隆隆的爆破声已唤醒沉睡千年的山谷，中国“大三线”钢铁基地的建设，正迈开它惊天动地的脚步。

4. 白云的故乡

我到“大三线”的第一次上班，是跟着师傅到石灰石矿去检修机器。后来，由于工作的调动，来这里的机会就少了。

1982年春节前夕，我再次来到这里，没想到九年时间这里竟发生了翻天覆地的变化。

汽车沿着用水泥铺成的公路，爬上了海拔一千五百米的矿山。站在山巅上，天突然变得低矮，仿佛一伸手就能抓住白云。采场上，高大的潜孔钻机呼啸着，乌亮的风枪怒吼着，组成了一支亢奋激昂的交响曲，挖掘机伸开巨擘，猛力抓起沉甸甸的矿石，送上运矿的汽车。蔚蓝的天空下，满地是新采的矿石。洁白的石灰石矿，白得浑厚、凝重，晶莹的白云石呢，白得明朗、轻盈。仰望蓝天，一抹白云在微风轻拂下，正缓缓起伏着、移动着。它时而像一抹淡淡的晨雾，时而又像一排鼓满风的白帆；时而像一串乳白的珍珠，时而又像一条银白的长龙，仪态万千，变幻无穷。俯瞰矿区，但见运矿的汽车，在盘山公路上来往穿梭，一车车如雪似浪的矿石，就像一朵朵飘飞的云朵，我仿佛置身在上下翻飞、无边无际的白云中了。

工程师老姚摘下头上的安全帽，指着周围连绵的山峰告诉我：“据初步地质探测，这几座大山蕴藏的石灰石矿有九千万吨以上，至少够开采六十年。这座座大山都是宝啊!”

他正了正鼻梁上的眼镜架，自豪地说：“这里的矿石不但贮量丰富，而且品质也高。石灰石含钙百分之五十四，白云石含氧化镁百分之二十一，都属于一级品。”

我来到采场上，老姚从地下拣起一块矿石，对我说：“你看，多好的石灰石啊，你知道吗，这些宝贝都是天上的白云仙子变成的哩!”

老姚摘下眼镜，用手绢擦去玻璃镜片上的灰尘，娓娓动听地讲述起来：

“相传，大概是女娲炼石补天以后的事了，天宫里有一位十分漂亮的白云仙子。她不愿过寂寞无聊的天堂生活，偷偷地爱上了为老君炼丹的黑面金刚。用现在的话来说，就是高炉炉前工。两个人相约，悄悄来到人间，在这片荒无人烟的土地上，白云仙子开荒种地，黑面金刚林中打猎，夫妻俩过着亲亲热热的日子。不料，土地神将这件事报告了王母娘娘，王母娘娘大怒，骂他俩私奔淫乱，违犯天规，令雷公电母劈下万道闪电，泼下倾盆大雨，以示警告。白云仙子和黑面金刚爱上了这块宝地，誓死不回。王母娘娘令风伯刮起阵阵狂风，想把他俩吹回天庭。白云仙子和黑面金刚为了表示自己的决心，立刻变成两座大山，紧紧地挽起了手臂。王母娘娘派大力神夸娥氏二子下凡，用尽吃奶的力气也搬不动这两座大山。王母娘娘恼羞成怒，拔下头上的金钗，用手一挥，金光万道，他俩紧挽的手臂被强行分开了，接着，王母娘娘从身上撕下一条白裙带，抛下了凡尘，顷刻间，白裙带变成了一条汹涌澎湃的河流，就是金水河，即现在的金沙江。”

我没有想到，从事采矿工程的姚工，在繁忙的工作之余，还搜集到如此美妙的民间故事。这里除了轰鸣的机器声，竟蕴藏着如此浪漫的爱情故事，她滋养着这座远离都市的矿山，滋润着年轻建设者的心灵，给这座严肃、沉默，终日浸透在劳动者汗水中的矿山增添了无尽的风采，一下子鲜活起来。

姚工讲完这个充满浪漫色彩的民间故事，长长地叹了一口气，站在平台上，指着江北黛青色的大山说：“对面那座山就是黑面金刚，是盛产乌金（煤）的宝鼎山，我们脚下的这座山就是白云仙子。你看，这两座山呀，一个白，一个黑。”

我的视线落在金沙江对面的宝鼎山，但见原煤堆积如山，乌黑闪亮，铁塔耸立，索道凌空，煤斗飞翔，往来如梭。金刚哥正含情脉脉地向白云妹妹传书递简，诉说衷肠哩！

从矿山往下走，半山腰就是破碎车间。破碎机轰鸣着、飞旋着，张开巨大的“牙齿”，经过粗破、中破、细破，将一块块粗大、坚硬的矿石，咬成了一粒粒米粒般大小的细矿，如珠似玉，逗人喜爱。工人按动开关，装料机自动起落。两排粗大的钢绳，宛若粗壮的手臂，从车间向外伸了出去。这是矿山的自动运输索道。抬头望去，索道上一排排料斗穿梭般奔忙。蓝蓝的晴空下，那些从车间飞出去的料斗，都装满了沉甸甸的细矿，像团团白云在飞翔；那些远处飞来的料斗，则像一支支盖着篷布的小船，在碧蓝的天空飘荡；它们飘上矿山，飘进厂房，一直飘入白云深处。

姚工指着索道告诉我："1970年5月，为了保证渡口市早日流出火红的铁水，这个矿经过近一年的筹建，以最快的速度正式投产。当时上料、推斗都靠人力，运输也只靠汽车，粉尘飞扬，劳动强度大，成本高，对工人的身体也有损害。为了加快'大三线'建设，大家硬是拼着命地往前干，这种精神，回想起来仍叫人热血沸腾。"

说着，姚工不由停住了，站在那里仿佛在回忆着什么。

接着他说："后来，矿里的技术人员和工人，根据矿山运输的特点和规律，设计了这两条空中索道。现在这两条索道，每年可以运送一千二百万吨矿石，保证了渡口市炼钢、生产水泥和转炉炉衬的需要。"

姚工又指着前面的一排厂房告诉我，这个矿的二期工程已经开始，以后运矿就不再用汽车了。他们正准备打通这座宝山，将铁轨铺进大山的心脏，采用溜井的办法，用自动化的电气机车，将大矿石直接送到破碎车间，再经过自动索道送到外面的卸料场。

我和姚工站在卸料场纵横交错的铁道边，只见一排排料斗如朵朵白云，从矿山扑朔迷离的云雾中飘来，徐徐地进入卸料房。好像有一双神奇的手，自动地将料斗翻了过去，如珠似玉的细矿便倾泻进巨大的漏斗……

望着那巨大的天轮，我激动地对姚工说："你们这里真是白云的故乡啊！"

在这个曾经荒芜了亿万年的大山里，因为姚工和他的同伴们的到来，因为轰轰烈烈"大三线"建设铁军的到来，正在发生着巨变。是他们用旺盛的青春之光，照亮了这里，使这片亘古无人的荒野上有了新兴的工业，喧闹的城市，美好的未来。

这时，一群身穿白色帆布工作服的青年男女，说说笑笑地从我们前面走过，不时地用白毛巾擦着脸上的汗水，山野里撒下他们欢快的笑声。

我不由想起姚工讲的那个故事。啊，他（她）们不就是一朵朵洁白的云朵吗？他（她）们不也是一块块白云一样的石灰石矿吗？这白云的故乡因为有了这些热血报国的“大三线”建设者，才变得这样美丽，这样可爱！

生活啊，你竟是这样的神奇！

5. 这里真有黄金

童年时代，奶奶给我讲过许多神奇的故事，现在回忆起来，被时间的长河卷走了不少，但是关于遥远的金沙江畔盛产黄金的故事，我至今仍记得清楚。

那是一个月朗星稀的夏夜，在屋后的葡萄架下，奶奶摇着那把大蒲扇，让我趴在她的膝盖上，娓娓动听地给我讲道："很久很久以前，很远很远的地方，有一条大河名叫白水，水流得好急哟！有一位寻宝的老人带着儿子路过这里，在这漫长的沙滩上走啊走啊，火辣辣的太阳烤得他们的汗水像雨点一样落下来，不一会儿都变成了闪闪发光的金子，布满了河岸的沙滩，真是亮极了！从此，人们就将这条河改叫作金沙江……"

我拍着小手高兴得跳起来："知道了，知道了，那一定是世界上最好的地方，金沙江一定是金子流成的河！"

我问奶奶："你去过那个地方吗？"

奶奶摇着头说："没有去过，没有去过，这都是听我的奶奶讲的，你是我们家的长孙，要有志气啊，等你长大了自己去找那条河吧，帮奶奶看一看，那里是不是真有金子。"

金沙江，带着多少古老而神奇的幻想，常常闯入我童年的梦中。

我长大后，便追着儿时的梦想，决定勇敢地去寻找奶奶所说的那个盛产金子的地方。

在一个冬日的黄昏，我和近百名参加中国"大三线"建设的同伴们，追着三千里路云和月，终于来到了梦魂牵绕的金沙江畔。只见两岸陡峭的山峰如一柄柄利剑直插云空，金沙江劈开重重山峦，腾着银色的浪花夺路东去。望着我儿时梦想的这条大江，心中不停地问着自己，我能根据奶奶所讲的故事，寻找到那些金光灿灿的黄金吗？

有一天，我在单身宿舍的卫生间水池边刷牙，突然发现那些新抹的墙壁，在阳光的照射下，不时有细微的小颗粒，闪着亮光。我于是走近，仔细地观看。原来，这些抹墙的水泥，由于混合了金沙江里的细沙，才有这样神奇的异彩。那江水中的细沙里，含有人们所说的沙金，所以人们才将这条名叫白水的江叫作金沙江。正是这些混合在泥沙里的细微如尘的沙金，才使得这些墙体闪射出星星点点神奇的光彩。

在一个工余休息的日子，我决心遵照童年时的记忆，按照奶奶故事里所讲，来到金沙江边，踩着沙石顺江而下，去寻找那一粒粒闪光的金子。

金沙江畔的凤凰树已经开花，阳光下一串串的花朵如同“大三线”建设者一样充满热情，在山崖和江畔蓬勃盛开，大江边便闪射出无数的红霞。金沙江劈开山峦，腾着银色的浪花夺路东去。可是，我走了很远的路，除了白如细浪的沙滩和古怪的礁石，没有找到一粒童年时所梦想的黄金。

我站在烈日下，看着呼啸而去的江水，不免有些失望。

“金沙江，金沙江，你为什么要叫这名不副实的名字？这里哪有黄金？”我像一个疲劳的登山者，坐在江边的沙滩上自言自语地问着自己。

这时，不远处走来了一位老人，粗布衣，肥裤腿，对襟小袄敞开着，一看就是一位本地的老人，一个地地道道的“乡巴佬”。干瘦干瘦的面容，背微微前弓，下巴上留着又细又尖的山羊胡，布满皱纹的脸上，是一双炯炯有神的眼睛，一顶旧军帽油腻腻的，几束稀疏的白发顽强地从帽子的边缘钻了出来，阳光下闪着倔强的银光。他吸着一支比胳膊还粗的竹筒式水烟筒，随着他的一吸一吐的动作，水在里面发出呼噜呼噜的声音。我第一次见到如此粗大的水烟筒，感到非常新奇，后来得知，这是云南特有的神奇水烟筒，在这川滇交界的“大三线”，当地土著居民吸烟的老人，世世代代都用的是这种水烟筒。据他们讲，用这种方法吸烟可以将烟在水里过滤之后吸入，既卫生又健康。

他听了我的问话后朝我笑着说：“别埋怨金沙江不好，这可是条宝河啊！小伙子，要找金子就不要怕流汗，顺着江水朝上走，那里确实有黄金哩！”

“真的？”我高兴地一下子从沙滩上跳起来，乐得老人哈哈大笑。

翌日清晨，我遵照老人所指的方向，沿着江水朝上游走去。

薄薄的雾像一条乳白色的纱巾，在江面上飘来飘去，又宽又绿的芭蕉叶上，滚动着一粒粒晶莹的露珠儿，雾帘里透出一串串早熟的木瓜，金黄金黄。不远处看见了一堆一堆如山的细沙，有几个农民模样的人，光着脊背，满头大汗，把一筐一筐沙子倒在锯齿形的斜板上缓缓溜去。

我不明白他们在做什么，就拍着一个人的肩膀问道：“老乡，你们这是在做什么？”

那人放下手中的活儿，抬起头来打量着我，伸出一双粗大的手，紧紧握住我的手说：“小伙子，淘金呀！”

哦，这不就是江边遇见的那个瘦老头吗！

我不好意思地问：“老爹，这……淘金？”

老爹好像看出了我的心思，从保管员那里拿来一个精致透明的小塑料盒子，我一看，啊，盒子里是半盒光亮耀眼的金子，一粒一粒，在阳光下熠熠生辉。黄金，这世界上最珍贵的东西，多少人梦寐以求，多少人为之铤而走险……

这宝物在这里极不显眼，它们一粒一粒地被放在这只盒子里，静静躺着，每一粒竟是那样的细小，那样的不起眼，如果不是这些淘金者用汗水将它们从沙中淘出，谁又能发现呢？它像一滴汗水，似一粒春雨，洒落在浩瀚如海的细沙里，一点也看不出来，很难寻觅，很难被人发现，要将这些从堆聚如山的泥沙里淘选出来，付出的汗水可以让金沙江水涨潮。

我和老爹边谈边向江边走去。

金沙江的流水，从脚边奔腾不息地流着，浪涛一会儿扑上松软的沙滩，一会儿便急急地退了下去，像运动员深呼吸时胸脯起伏一样。远处，嫩绿的山林里，不时传来几声悠扬的竹笛。老爹告诉我，当年，为了淘金，大凉山的奴隶主雇人将他们抓来，用枪押着在烈日下劳作，稍有休息，便会用皮鞭抽打，一个个淘金汉的身上，都落满了鞭痕血迹，一双双劳动的手，差点被打成残疾……

我问他，为什么现在还要干这淘金的行当。

他朝我笑笑，满脸的皱纹也跟着微笑起来："现在，'大三线'建设进了我们这个大山沟，这里立刻变了样，修了公路，来了汽车、火车，建起了工厂，我们家里也用上了电灯，不用再点松明和桐油灯了，这是我们祖祖辈辈都没有想到的事啊！国家建设需要钱，我们想改变一下山里人的生活，这也得要钱。听说这金子是可以换钱来支援国家建设的，这对国家和我们个人都有好处啊！"

谈着谈着，老爹突然停住了，两眼直直地盯着前面。原来，一个小伙子不注意，将淘沙的斜板弄翻了。

老爹急忙跑过去，帮小伙子将斜板放平，然后用那双又粗又大的手，一把一把地将掉在地上的细沙捧上斜板。

在这俯拾皆是的沙滩上，掉了那几捧细沙又算得了什么？但是，老爹却那样细心，那样认真。我想，也许那几捧细沙里就有黄金吧！

我问："老爹，这里面有黄金？"

"也许有，也许没有。但我们总不能让一粒黄金白白地从我们的手里溜走呀！"老爹捧完细沙站起来，将手上的几粒沙子都搓在漏沙板上。他摸着下巴上的胡子，乐哈哈地对我说："没有恒心，没有决心，世界上哪个事情能办好？"

是呀，世界上有哪一件事情是轻而易举能办到的呢，满眼的细沙，多如瀚海，要获得那一粒粒细如针尖的沙金，看起来不是比登天还难吗？但是，老爹和他手下的小伙子们，正是靠自己的决心和恒心，淘出了那光灿灿的黄金。我们的事业，我们的未来，有时看起来也像这沙里淘金一样的渺茫，只要我们看准目标，从一点一滴做起，持之以恒，事业和未来的耀眼黄金，就会在我们眼前闪现出希望的光辉！参加"大三线"建设的人们，埋名深山，流血流汗，用自己的脊梁扛起了民族的希望。一个个平凡的生命，不就是那一粒粒闪光的黄金！

老爹同我握握手，又干活去了。

这时，太阳已从东山尖上升起来了，给群山镀上了一层金辉。金沙江像一条金色的绸带，从我的身边飘向远方，一直消失在水天相连的彩云里。灿烂的朝霞映在老爹古铜色的脊背上，像金子一样闪亮闪亮的……

入夜，我推开窗户，望着满天晶亮的星斗，又想起了童年时从奶奶那里听来的那个美妙的传说。夜风啊，轻轻地吹吧，快把我心中的喜悦，告诉那位第一个让我知道金沙江的老人，在这古老的土地上真有黄金！

6. 从死神手中夺回的少女

在四川宜宾造纸厂家属宿舍区里，一位年过半百的母亲，读着失踪女儿从远方邮来的信，读着读着，不觉泣不成声。

这是一封诀别信。

“……妈妈，你不必再挂念我了，我离开你，离开这个令人留恋的世界，到很远很远的地方去，那里再没有忧愁，再没有人间的冷酷与无情。人字好写，做人却难，做一个青年人更难，做一个年轻女子就更难了，我很早已想好，大河就是我的归宿……在我将要离开你的时候，我又多么想念你，想念爸爸和弟弟啊！我是个不孝之女，我走了，你们别再找我，希望两个弟弟好好照顾你，我身上还有几斤粮票，做一次好事送给了一个要饭的人……”

这封诀别信是用红蓝两种墨水写成的，刺目的颜色像一个神奇的魔方，在老人昏花的眼前不停地变幻着，扩大着：高山、大河、铁桥，许多人围着一具打捞起来的女尸……

“熊萍，我的女儿，我的女儿呀！”老人哭喊着，跌跌撞撞地朝厂里跑去。

厂保卫科的人一边安慰老人，一边对来信进行了认真的分析。只见邮戳上印着“成都 51 支”，厂保卫科的人立刻向厂领导汇报，并决定“必须迅速去成都找人”！

天刚破晓，造纸厂保卫科的董平焕、技术检查科的侯明远以及熊萍的父亲熊永龙，匆匆忙忙登上开往成都的列车，三个人都心急如焚。

傍晚，金沙江畔的渡口市，夕阳收起最后的一道金晖，街道两旁的凤凰树在暮色中轻轻摇曳，在市中区横跨大江的铁桥上，一位姑娘正徘徊着。这是一个多么美丽的姑娘，白净的瓜子脸，高高的鼻梁，一双葡萄般大而明亮的眼睛。她扎着两束烫得十分舒卷的短发，上身穿一件浅黄色马蹄袖的衬衫，下身穿一条黑色喇叭裤，脚上是一双白色的凉鞋。她时而看着远方茫茫的群山和天边正在消失的晚霞，时而瞩目眼前层层叠叠的高楼和一排排初放的华灯。她的目光停留得最久的，还是大桥两边那些晚饭后散步的人群，那些亚热带气候下穿得花枝招展的姑娘，那说着不同口音的健壮魁梧的小伙子，那奶声奶气喊着要妈妈买汽水的孩子……

狂奔乱吼的金沙江，变成了一条墨蓝色的带子，滚滚滔滔夺路东去。

她向桥头卖冰糕的老太婆买的四支冰糕都已经吃完，她将手中的那根冰糕棍狠狠地向地上一扔，用牙咬了咬薄薄的嘴唇，突然一转身冲到桥下，踩着乱石向波涛滚滚的金沙江边冲去。

江水咆哮着，张开了血盆大口。

“不好，有人跳江！”

江边的乱石堆上，三个正在纳凉的年轻人见此情景，急忙追了上去，一把拉住那个姑娘。

“你年纪轻轻的，怎么想到跳江啊？”

姑娘气冲冲地推开面前的那个青年，又一次扑向江面。

“不，我们不能见死不救！”三个年轻人拉起手，挡住了那个姑娘。

“你们，救我？”姑娘突然冷笑起来，“谁知道你们怀的是什么心？”

三个青年急了，其中一个忙掏出自己衣兜里的照片：“我们都成家了，你看吧，这是我的全家福。”

那时没有身份证，其他两个急忙掏出自己的工作证：“我们是参加‘大三线’建设的工人，你对对照片，上面有姓名，有单位，你还不放心？天色已经晚了，今晚先到我们那里去住，一个人在外面，太危险。”

姑娘十分机警，借着桥头路灯反射的昏暗灯光，仔细地看了他们的工作证，心中记下了其中一个人的单位和姓名：攀枝花钢铁公司修建部工人闵世东。

一辆双人摩托车飞快地冲出攀钢生活服务公司的办公楼，风驰电掣地向修建部机械队的单身宿舍开去。开摩托的小伙子名叫张友初，一张有棱有角的四方脸，显得粗犷而坚毅，他是生活服务公司保卫科的民警，刚才接到机械队宿舍管理员的电话，说是昨天晚上，有三个青年工人将一个姑娘带进了那幢单身职工宿舍。

“大三线”建设初期女性很少，三个男性青年工人，怎么能随便带一个年轻女子到单身宿舍来住宿呢？

张友初停下车，对情况和可能发生的事情进行了紧张的调查后，那颗悬着的心才放了下去：昨天晚上，为了让熊萍能够安心休息，闵世东等三名青年工人搬出了自己的宿舍，并一再嘱咐姑娘关好门窗。年过半百的宿舍管理员知道后，生怕发生意外，整整在楼门前守卫了一个晚上。

姑娘已经起床，正在对着镜子梳头。她看了看面前这位保卫科的警察，慌忙掏出自己的厂徽和工会会员证：“我叫熊萍，我可不是坏人。”

“你为什么要独自一个人往外跑？”张友初用鹰一样锐利的目光注视着她，严肃地问。

熊萍呆呆地站着，突然俯在桌上呜呜地哭了起来……

问不出个名堂。张友初让宿舍管理员同他一起，用摩托车将熊萍拉到保卫科，一来为了进一步弄清情况，因为这里毕竟是中国“大三线”，对进出可疑的人员都必须有所警惕，二来也是为了姑娘的安全。

姑娘看见保卫科的牌子，吓得直往后退。

张友初为难了，怎么安置这个姑娘呢？

“我们是保卫部门，不是慈善机构，必须马上将她送到拘留所。”有关领导听完保卫科副科长黄方勋的汇报后，“果断”地作了指示。

黄方勋惊住了。他干了多年的保卫工作，对扰乱社会秩序的坏人，他是一个严厉的执法者。对一个身份明确的无辜姑娘，能这样做吗？他第一次违背领导的指示，召开了全科同志的会议，经过认真讨论，大家一致同意以保卫科的名义，先将熊萍安排在招待所住下，由科里的两位女警负责她的安全，并与她工作的单位进行联系，迅速弄清她千里寻死的原因，然后再作解决。

熊萍走进招待所，仔细打量着这个陌生的地方，感到舒适、温暖和亲切。

“小熊，你先去洗个澡，换换衣服吧。”与熊萍只见过一面的机械队宿舍管理员刘桂珍，拿着自己烫得十分干净的衣服和裙子，急急忙忙地跑来，对姑娘说。

“真……真对不起。”熊萍接过衣服，感激得不知说什么好。

“别客气，生活上有什么困难尽管来找我。”刘桂珍说完急急忙忙上班去了。

洗完澡，换上干净的衣服，熊萍觉得整个身子一下子轻松了，心情也开始舒畅。这时，进来了保卫科的那两位女警，一个叫叶裕勤，高挑的个子，稳重而热情；另一位个子矮一点的叫鲁玉萍，说话又急又快，她们给她带来了毛巾和肥皂。

熊萍拉着她们的手，感激地说：“谢谢你们，叶姐、鲁姐，你们都不像保卫科的。”

“那我们像什么呢？”

熊萍不好意思地说：“倒有点像我的大姐姐。”

小小的房间里，立刻充满了欢快的笑声。

快吃午饭的时候，黄方勋带着保卫干部王兴明、谢周仕、张友初一同来了，他们都安慰熊萍：“你不愿回家，就先在这里住下吧，生活上不用担心，全由我们安排。”

说着，他将保卫科几个人凑的钱和粮票，交到熊萍手里。

熊萍，这个一心想结束自己生命的21岁的姑娘，在“大三线”这块神秘而陌生的土地上，面对着这些陌生的人们，一股从未有过的暖流，顿时流过她那坚冰严锁的心……

被凤凰花染红的渡口山城，在熹微的晨光中，显得更加美丽。张友初踏着晨露来到招待所，完成组织上交给他的任务。

昨天询问时气势汹汹的张友初，现在完全变成了另外的一个人——和蔼可亲。他深深地知道，身为“大三线”的保卫干部，除了防止敌特的破坏，还有保护人民的神圣职责。生死抉择中的这位姑娘，多么需要人们的信任与温暖啊！

年轻人的心总是相通的。

张友初坐下来，与熊萍一起谈理想，谈人生的意义，谈生命的价值，谈年轻人的服饰、爱好、追求与苦恼。

张友初："人的生命只有一次，不应该白白地度过。"

"是的，一个不热爱生活和珍惜自己生命的人，一遇到困难就会消沉的。"熊萍说完，不好意思地低着头，心中涌起阵阵羞愧的浪花。

"好了，我们不谈这个。"张友初急忙转过话题，"你的业余生活中最喜欢什么？"

"文学。"熊萍猛一下抬起头，一双眼睛晶亮地闪动着。

于是，他们一起谈起了王蒙，谈起了许许多多当代作家的作品。

下午，张友初抱着一摞杂志走了进来："小熊，给你找了些杂志，你爱看不？"

熊萍忙站起来，打开一本色彩斑斓的杂志，如饥似渴地翻着、看着，心中充满了一种生活的甜蜜。

"你爱音乐吗？音乐能陶冶人的情操。"刚走出房门的张友初回过头来问道。

"我最爱弹吉他。"熊萍答道。

说者无意，听者有心。第二天，张友初借来一把吉他交给熊萍："弹一曲听听吧。"

熊萍拿起吉他，伸开纤纤手指，轻轻地弹奏起来。悠扬的吉他声，仿佛是小河的流水，在轻轻地、轻轻地流淌着，流淌着……

这天上午，黄方勋带着保卫科的几名男警察，又一次来到招待所，可是，熊萍的房间里却空无一人。

人到哪里去了呢？

熊萍这时正走向生活服务公司的办公楼，轻轻地敲着保卫科办公室的门。

办公室里只有叶裕勤和鲁玉萍两位女警，见熊萍低头不语，忙让她坐下，又赶紧泡茶。

叶裕勤爱抚地问："渡口这地方怎么样，习惯吗？"

熊萍答非所问地说："你们这里的人真好。"

"世界上毕竟好人是多数嘛，要是坏人比好人多，那这个世界不就完啦！"心直口快的鲁玉萍，边说边拉住熊萍的手。

"你看，你一个21岁的大姑娘，独自一个人跑出来，爸爸妈妈不知有多着急呢！”细心的叶裕勤，拍着熊萍的肩膀，一字一句地说着。

“有天大的事情也不能这样想不开，要多想想爸爸妈妈对你的好处才行。”鲁玉萍说得飞快。

仿佛有一股电流通过全身，熊萍的身子猛然颤动了一下。啊，爸爸妈妈，你们此刻在哪里呀？

记得小的时候，有一次她跑出去看电影，很晚了都没有回家，爸爸妈妈可急坏了，他们跑遍全城的大街小巷，呼唤着女儿的名字。半夜里，当两人回到家，看见早已归来的女儿时，妈妈一下子紧紧抱着她，泪水流在她小小的脸蛋上。

后来她长大了，参加了工作，可在父母眼里却还是个孩子。天热了，她说要买背心，妈妈一次给她买了三件；天凉了，她说要买皮鞋，妈妈一下子就给她买了两双。她喜欢文学，常常被书中人物的命运吸引，一看就是大半夜。妈妈怕她饿了，悄悄起床，披上衣服，到厨房给她煮荷包蛋……

窗外清风徐徐，绿树婆娑。熊萍面对两位大姐，慢慢地讲述自己千里寻死的原因……

熊萍是这样诉说的：

我是制浆车间检查站的检验工，检查纸浆有规定，将浆取后稀释，做成纸型进行检验。我在检验时，由于没有注意，把不合格的产品当成了合格产品。

第二天，事情在全厂传开了，我走到哪里，哪里都在指着我说长道短，有的人还讽刺说：“唉，熊萍搞检验是择‘忧’（讽刺她给全厂带来了忧愁）录取。”有人威胁说：“这月奖金一下子滑下来那么多，我真恨不得揍她几拳！”……

人有脸，树有皮，我知道自己做错了事，感到无地自容。当晚回到家里，父亲劈头就骂：“你这样对得起工作吗？在（20世纪）50年代那是要坐牢的！”

父亲的话也是为我好，可当时我却受不了啦！心里想，你们都这样对待我，好啦，我不活啦！但是，死我也不死在家里，那会让别人笑话。当天傍晚，我跑进城去，找一个同学借了点钱，就直奔成都。车越走越远，故乡淹没在一片暮色中了，我心中默默地说着：再见吧，生我养我的故乡，你的女儿再也不会回来了！唉，人都是有自尊心的，当时想到的只有堕落和死亡。

我决定在成都结束自己的生命。

说来也怪，出来时是一心寻死，可真正要死时又有些害怕起来，我想起了生养自己的父母和家里的两个弟弟，想起了他们对我的情和爱，这时他们不知道有多着急呀！我用红蓝两种颜色的钢笔给家里写了封信，让他们知道这件事。

当我从火车站邮局走出来，一位与我年龄差不多的姑娘向我借钢笔写信，姑娘与姑娘很容易说上话，通过了解，我知道她叫杨蜜仙，在“大三线”工作，是攀钢炼铁厂的工人，现在是探亲后回厂上班路过成都。我想，在死之前还是多看下世界吧，更何况“大三线”一直带有神秘色彩，不知道那是个什么地方，那里的人怎么样，是哪里来的，在做些什么。于是，带着这种好奇，就向她借了十一元钱，结伴来到渡口。

到渡口后，我们一起在她厂里的宿舍里住了两天。这两天里，我遇到很多工人，他们来自全国各地，说着不同的口音，大家在一起相互关心、帮助，更吸引我的是他们的开朗与热情，我真觉得，在他们的身上有一种神奇的魔力，让你感到温暖与力量，跟这样的人在一起，困难与苦难都算不了什么！真没有想到啊，在这深山峡谷里，还有这样的一群人，在苦苦地为国家的强大而忘我地工作和战斗！

后来，我对她说：“我要走了，我这块表给你，就作为我还你的钱。”

她死活不让我走，并说十一元钱你就别挂心上，没钱还就算了。

从这个女孩子的身上，我也看到了你们“大三线”人的善良与纯朴。

我独自一人走了，走到大花地（地名），只见到处都是大山，心想我的命真苦，死时连一条江都找不到，直到下午六点多钟才转到渡口桥头，下了跳江的决心……

熊萍心中的那座冰峰，在这块充满阳光的异乡土地上，被慢慢地融化了，化成潺潺的流泉，流进了生活的海洋。

“大三线”——你就是这样的一座熔炉，来自长城内外、大江南北的优秀儿女汇集在这里，他们操着不同的口音，有着不同的习俗，不同的爱好，不同的性格，不同的学历，但都怀着一颗赤诚的报国之心，不怕山高，不畏路险，硬是挺着胸膛勇敢地进来了。在艰难与困苦中大家互相帮助，相互友爱，终于将昔日的荒山野岭变成了一座充满阳光的城市。

面向群山，春暖花开，爱的种子深深地播入每个建设者的心灵。

这天，熊萍同平时一样在房间里悠闲地弹着吉他，房门被人轻轻地推开了，一张熟悉的老人的面容出现在眼前。

她急忙放下吉他，一头扑进老人的怀里：“爸爸！”

为了寻找女儿奔波得筋疲力尽的熊永龙老人，简直不相信自己的眼睛，这位穿得干干净净的姑娘，就是自己的女儿。老人不停地用手抚摸着女儿乌黑的头发，泪水从眼眶里流了下来。

原来，生活服务公司保卫科接到熊萍的当天，就给宜宾造纸厂发了电报，造纸厂立刻通知熊永龙和董平焕、侯民远日夜兼程赶来。这时，看着父女团聚的幸福情景，站在门外的生活服务公司保卫科的全体工作人员，都幸福地笑了。

轰轰烈烈的“大三线”建设，不但在昔日荒无人烟的大山中建起了一座座雄伟的工厂，更重要的是在艰难困苦中塑造了一批中国人的灵魂，这些燃烧的灵魂，托举起了一个民族的希望。

世界上，有什么能比一个民族灵魂的纯洁和高尚更让人敬佩的呢？！

熊萍要走了，要回到自己的故乡去了，可是，她又是多么舍不得离开这里，离开那些可亲可敬的“大三线”人啊！

她背上挎包，来到保卫科办公室——这个给她生活勇气的地方，呜呜地哭着说：

“让我就在你们这里工作吧，我舍不得离开你们，舍不得离开你们！”

鲁玉萍急忙安慰她说：“你妈妈在家不知急成什么样子，还是快回去，以后有机会还可以来这里的。”

“鲁姐，你在这里给我找个对象，我永远也不想离开这里，这里的人太好了！”

平时严肃得极少说笑的保卫干部们，被熊萍天真无邪的话逗笑了：“只要你爱这个地方，以后我们还可以为你帮忙的。”

熊萍白净的脸顿时羞得绯红，不好意思地低下头去，不停地搓着双手：“人家说真话，你们别开玩笑。”

楼下的汽车连响了几声喇叭，熊萍抬起头来，只见一辆吉普车停在那里，父亲正焦急地来回走动着，不时又看看手表。几天来，熊萍已与这些陌生的“大三线”建设者结下了深厚的情谊，在这依依惜别之际，泪水又从她的眼里流了出来，她从那一张张面孔看过去，这是一张张令人永生难忘的面孔啊！

她恋恋不舍地走到门前，突然又回转身来向大家深深鞠躬：“过去我看电视剧《陌生的保护人》，心想哪有这样的事哟，今天我真的亲眼看到了，世界上真有这么多的好人，我回去以后，一定用你们给我的温暖，去温暖更多在工作和生活中像我一样跌了跤的年轻人。”

是的，姑娘，人在世界上走路，没有不跌跤的，对于跌了跤的人，更需要别人的搀扶。

这时，鲁玉萍突然想起了什么，挤过人群，从办公室的角落里，抱起一个自己刚分到的大西瓜（那时“大三线”的水果是由集体购回来按人分配的），好说歹说装进了熊萍的网兜里：“带着车上吃吧，口渴了能帮你忙的。”

依依惜别，情意浓浓，路旁的凤凰树向他们频频招手。

汽车鸣着喇叭开走了，车后留下了两条车轮轧出的痕迹，生活服务公司保卫科的同志们站在那里，一直目送着那辆车消失在远方。

再见吧姑娘，“大三线”人祝你一路平安！

以上就是我与当事人熊萍以及保卫科的同志们见面、交谈，并跟踪调查所了解到的内容，我后来写成一篇纪实作品，《文明》杂志很快就发表了。不久，我收到编辑部邮来的一封读者来信。我一看，那个读者就是熊萍。令我没有想到的是，喜爱阅读的熊萍姑娘看到了这篇文章，读后非常感动。她深深怀念“大三线”那些善良、真诚而又乐于助人的人们，写信给编辑部，希望转达她的谢意。

这封信立刻被《文明》杂志在下一期（1985 年第 6 期）转发：

我生活在爱的海洋里

亲爱的读者：

你们一定还记得《从死神手中夺回的少女》那个姑娘吧，我就是那个姑娘。我深深地感谢那些好心人，他们使我感动，过去那种悲观情绪是错的。在他们那里，我常常徘徊在林荫道上，思索着人生的价值，张海迪、保尔的形象在我的脑海一一闪过，他们都曾有过自杀的念头，但想到人生不应该这样度过，又坚强地活下来。难道我就不能像他们那样？我告别了他们，回到了久别的故乡，我得到了领导和同志们的热情关怀。他们用真挚的感情体贴我，用温暖的话语鼓励我。我在亲人们中间生活得很幸福，感到无比的温暖。我看到了光辉的前程，人世间的美好！

在此，借《文明》一角，捎去我对渡口人们深切的感激之情！祝亲人们工作顺利，身体健康！

熊萍

1985 年 11 月

7. 无花果

在我们工人村里，谁也记不得他的名字，大人小孩都叫他老吴头。

他很瘦小，脸皱巴巴的，嘴唇总是紧紧地闭着。开会时老爱往角落里坐，人们很难感觉到他的存在。他是从遥远的东北来到“大三线”的。1966年初夏，听说这里需要技术工人，可有人不愿来，说这里山很大，生活太艰苦，他见到这种情况，就在会上举了手，要求到“大三线”来。别人奇怪，问他，你怎么不回家跟老伴商量一下。他说，这有什么可商量的，国家建设要人，咱就不能缩脖子。刚到这里，那真是苦啊，他却整天穿着那件油乎乎的工作服，照常开动那台蹲在墙角的车床，不慌不忙地做着一个个零件。好像他是个聋子，外面炸石放炮的声响一点都听不见。

那些忙着躲炮的人就叫他：“老吴头，你不怕死呀！”

他头也不抬地说：“那炮不远着吗，有什么可怕的？日本鬼子炸咱东北，咱也没怕过，还是每天扛着锄头去种地。”

有人说他胆子真大：“日本鬼子是要杀人的。”

他说：“要杀就杀吧，中国人还能杀得完？可活着就得吃饭，不种地哪能行！”

老吴头一句话，说得对方无话可说。

真的，那放炮的地方的确离车间很远，可是，以前在城里从来没有听到这样响的放炮声，年轻人难免有些害怕。后来，不知是谁在车间的屋顶上加盖了几块木板，这样一般的石块落下来也就不用怕了。

人们都问，这是谁干的好事。

没有人回答。

后来有人发现，给老吴头用来盖小木房子的那堆木板少了，就问他弄到哪里去了，他支支吾吾没有回答。

原来，老吴头因为家乡老伴身体不好，无人照顾，他就要求将老伴接到这里来，虽然艰苦，老两口在一起，总还有个照顾。领导考虑他在这批支援“大三线”的队伍中年龄最大，技术最好，也应该让他老两口团聚在一起相互关照，于是批了一些木板，让大伙帮着他搭个小房，老伴来了也好有个地方住。现在木板给弄没了，领导追问大伙，这是谁干的。

年轻人都你看看我，我看看你，没有人回答。

领导说，就这么大个地方，就这么几个人，你们不回答，大伙就别吃午饭。

一直沉默的老吴头站起来了，吞吞吐吐地说：“领导，让大伙去吃饭吧，这事是我干的。”

就这样，大伙才知道，为了不让年轻人被放炮吓着，也为了大伙的安全，老吴头硬是一个人深夜爬上屋顶，将那些木板盖在了车间的屋顶上面。

大伙“轰”的一下都笑了起来，冲着他说：“你怎么不叫我们年轻人干呢？深更半夜的，要是哪里跌着了，到时怎么办！”

他嘿嘿地笑了两声，不再说话。

他后来不知从哪弄来几棵树苗，拿把铁锹在新建起来的工人住宅区那光秃秃的空地上吭哧吭哧地挖着，将小树苗栽了下去。清晨，当绯红的朝霞刚刚升起的时候，他经常提着一把水壶，小心翼翼地给树苗浇水。银色的水花，在阳光下闪动着，真像一串晶莹透亮的珍珠。等到工厂正常生产时，那排小树苗已快长成绿油油的大树了。

几年后的一个夏天，位于“大三线”的这座城市出现了从未有过的酷热。一天，突然有人像发现新大陆一样惊叫起来：“哎呀，大伙怎么不到前面的树荫下去乘凉！”老吴头哩，也像是第一次发现这排树林，提着个小木凳，跟着乘凉的人群，朝林子那边走去。他佝着腰瞄来瞄去，独自找了个不显眼的地方坐下来。

“这是谁种的树，还是排无花果哩！”有人惊讶地问着。

老吴头好像根本没听见。他慢腾腾地将右手伸进衣袋里，抓出一小团烟丝，不慌不忙地压进烟锅，轻轻地划根火柴点着，习惯地将一双手压在膝盖上，低着头吧嗒吧嗒地吸了起来。

春天是万花争艳的季节，那姹紫嫣红、喷金吐黄的花朵，赢得了多少人的赞叹！而这排无花果树，极不引人注目，却只管自个儿慢慢长着绿叶，悄悄地为人们孕育着甜美的果实。我有一天下班回来，只见无花果树后面的水沟边，有人弯着腰不知在干什么。走近一看，原来是老吴头。他穿着那件油乎乎的工作服，手里拿着一把铁铲，正在掏着水沟里沉淀的污泥。谈起这条水沟，真叫人伤透了脑筋。多少年来污泥越积越厚，雨季来到的时候，雨水流不出去，常常弄得家家屋前都是泥浆。

有人打趣地问："老吴头，今天没上班呀？"

他只顾埋头一个劲地掏着，过了好一会儿才憋出几个字："我，我退休了。"

我不觉睁大了眼睛：这个老吴头，别人退休都是戴着大红花，敲锣打鼓送到家门口。他什么时候退休的，怎么一点也不知道。

这年的雨季来得特别早。雨水顺着那条长长的水沟，一直流到村外的小河里，我们这工人村再也看不到那满地臭气熏天的泥浆了！

可是老吴头呢，怎么好久都没见他了。

一天早晨，当启明星刚刚隐去，大地还笼罩在雾霭中的时候，我照例来到那排翠绿的无花果树下做早操。突然，身后传来了刷刷的响声。朦胧的晨光里，一个人正佝着腰，双手吃力地挥动着手中那把长长的竹扫帚。

"老吴头，你这几个月到哪去了？"我跑过去，一把握住他的手。啊，这是怎样的一只手呀，是一块冰凉冰凉的橡胶皮！

我的泪水夺眶而出。

他见我这个样子，顿时没了主意，那两片深紫色的嘴唇动了好几下，才冒出一句话来："小兄弟，别哭呀！掏，掏水沟，手跌……瞧，这，这也能干活……"我一把夺过他手里的竹扫帚，他急了，那多皱的额上顿时突起了几道青筋，嘴唇动了几下，似乎想说什么。他伸出左手抢过扫把，然后用那只假手扶好，佝着腰，头也不回地向前扫去。

我呆呆地站在浓荫覆盖的无花果树下，看着他身后那条洁净的路面，心潮像江河一样不能平静……

8. 王阿姨

我生病了，医生说得住院。

好，那就住吧。

刚走进医院的住院大楼，就听见走廊上一位护士的声音："王阿姨，你快来把这间病房的地打扫一下。"

很快就听见了一个女人的响亮回声："来啦！"

这时，只见一个四十开外的妇女，穿一件蓝色短袖的勤杂工上衣，头发在脑后扎成一只"喜鹊尾巴"，拿着扫帚、拖把，朝那间病房跑去。

可是，还不到五分钟，又听见有人叫："王阿姨，你在哪？将这个病人带去检查一下！"随着一声"来啦"，那个妇女端着垃圾，提着拖把，从那间打扫干净的屋子里小跑着出来。将垃圾处理后，带着病人检查去了。

检查刚回来，她的脚步还未迈上楼，就又有人高声地叫"王阿姨"……

在我住院的二十多天时间里，每天都会听到很多叫"王阿姨"的声音，有的是护士，有的是病员，有比她年纪小的，更有比她年长的，无论谁都这么叫她，她只要听见有人叫，就会立刻答应一声，乐呵呵地跑过去，忙着干活，从不嫌麻烦，也从不怕苦嫌累。每天天刚亮，病员们还在睡梦中的时候，走廊上就会响起她的脚步。她轻轻推开一间间病房的门，将那些垃圾一袋一袋地拿出去装在车上，又忙着回来给病人屋子里打开水。待那些活都忙完之后，她又开始打扫厕所、病房和走廊。两只沉甸甸的拖把，在她的手中来回不停地拖着，不一会儿地板就变得锃亮，而汗水却浸湿了她身上的蓝色工作服。

与王阿姨交谈，才得知她老家在安徽的农村，是乡下种地的，一年四季都看不到一个钱，因为丈夫参加“大三线”建设，便来到这座城市打工，也好夫妻团聚。没有住房自己建，夫妻二人就在山窝窝里搭建了一间席棚子。四十多岁的女人，拖着一双儿女，好不容易才找到了这样一份工作。丈夫有时下班回来，怕她太累，也来病区帮她干这勤杂工的活。工资虽然很低，她却十分满足，流了汗水，看得到手中的钱了。她说有时一天楼上楼下不歇气地跑，回到自己的“家”里，一双腿都不能动了。

令大家满意的是王阿姨不但卫生弄得很干净，而且还能想法美化病区。每次病人出院的花篮从不随便乱扔，她会从中一朵一朵地将还在盛开的花朵和嫩竹选出来，再找来玻璃瓶子，将它们插在里面，用水把它们养起来，使这些将要报废的花草转变成了一只只小花瓶里的“公主”，她再将它们放到病区的走廊和窗台上，给病区增添了一片花红叶绿的生机。

王阿姨不但负责病区卫生，而且还要给病员送饭送菜。本来按照菜单上送饭，她一个人推着车子也就够了，但每到这时就有护士主动来帮她，不过这个帮忙只是接过她手中的送饭单，帮她念一个个病号的名字，再念一下谁几两饭，几种菜。

令我不解的是，只要没有护士帮助，勤快的王阿姨就会站在饭车旁，一动不动地静静等着帮忙的护士。

一个很勤快的王阿姨，每到这时为什么会这样？

病室的热水瓶都是根据床位编了号的，没想到王阿姨竟搞错了。有一次她推着车为病室打开水，结果却少给了我们病室一只。我们问她，她急着跑来看了一下，说怎么会少呢。一看真少了，此时她已忙得满头大汗，抹了一下汗水就急着去找。结果竟给别的病室多发了一只。她忙拿过来放好，然后说，水瓶多了有时数不清，真对不起呀！

医院为病室印了一张“预防跌倒”的小卡片，这也得由王阿姨来贴。

她却犯了愁，左看看右看看，然后请病员来帮她贴。

我顿时觉得不可理解，一个平日如此勤劳的王阿姨，为什么连一张只有三指宽的东西都不肯贴，莫不是心里有什么不快？

王阿姨话说出后才发现病员们行动都不太方便，没有办法，就只好自己贴。当她贴好以后，我们一看不由大笑起来："王阿姨，你这真是'跌'（贴）倒了啊！"

王阿姨说："怎么啦，不是贴得好好的吗？"

我说："你没看这字给贴倒了吗？"

王阿姨急得头上出了汗水，说道："怎么办，我不识字！"

我一听这话心里不由"咯噔"一下，于是，只好叫她重新将卡片倒过来贴上。贴好后王阿姨还不放心，生怕那张卡片上的字再"倒"过去，又在卡片外面贴了一层透明胶，然后左看右看，觉得没有问题了才离去。

国庆节放假，我突然发现每天与她配合的丈夫没有来帮她。当问到这件事时，她便乐得笑开了嘴，告诉我，老伴回乡带大儿子"相亲"去了。现在这活全由她一个人承担。当问到她大儿子今年多少岁时，她开心地说："都 20 岁了啊！"

护士们听了都立刻惊得张大了嘴："20 岁，还没有我们大呀！"

这时，王阿姨便快乐地大笑起来。

几天之后，王阿姨在打扫病房时见我在看书，就关心地问："病快好了，要出院了吧？"

我点点头，并问他："老伴带大儿子相亲回来了吧，怎么样？"

她一边拖地，一边说："没有相成。"

我问为什么。

她说："女方家要我们买房子，我说农村老家有一座平房，好几间，小两口够了。可是女方不同意，说那就得先交五万元钱给她。老天爷，我哪来那么多钱！我说，现在国家正在大力搞建设，我们这'大三线'都盖起了楼房，老家的老房子也是迟早要拆的，到时你们住新房子不就得了吗！可是对方不干。就这样相亲给吹了！"

说完，王阿姨竟然哈哈地笑了起来！

9. 绚丽的彩笔

晚霞落在西山头，瑰丽的红云映照着群山环抱的钢城。我泡好绿茶，坐在阳台的凉椅上，习惯地打开当天本市的报纸，一则小小的消息立刻吸引了我。

“为了促进国际文化交流，最近，中国展览公司赴委内瑞拉、芬兰和瑞士等国参加国际儿童画展，这次画展中，有两幅画是我市东风小学学生的作品，一幅是《春天多美丽》，作者王小花……”

那是去年，在市群众艺术馆举办的儿童画展览馆里，我和一位美术工作者站在两幅画前赞叹不已。你看，一群天真活泼的少年，手拿小锄头，正细心地栽种着一棵又一棵树苗。他们是那样认真，棵棵幼苗寄托着他们对钢城的爱恋。那幅《春天多美丽》的画卷更是叫人神往：崇山峻岭中，千万朵攀枝花开了，新燕的翅膀剪着翠绿的柳丝；一座座高炉耸入云天，一列火车在群山中飞奔，新轧的钢材闪着蓝光，垒入云霄，出钢的气浪染红了天空的云朵。“大三线”建设者用辛勤的汗水，换来了金沙江畔如画如梦的春天。

我决定去拜访一下这两位小画家。

一个春暖花开的日子，我踏着层层石阶来到东风小学。这是一座新建的学校，几座崭新的红砖房掩映在散发着清香的凤凰木中。还没有到上课时间，一群小学生在老师的带领下，正在校园里栽树。陪同我的张老师向栽树的人群中喊了一声：“刘小攀！王小花！”

“哎——”随着回答的童音，从树叶里露出两张红扑扑的小脸。一个留着小平头，穿着黄色灯芯绒外套，大大的眼睛总是笑眯眯的；另一个扎着一对羊角辫，穿着妈妈新织的红毛线外套，见了人一双手不知道往哪里放。

多么可爱的小画家！

我问："你们今年多大了？"

"我今年10岁。爸爸说他和妈妈从北京来渡口的时候，我还没有出生哩！"闪着大眼睛的刘小攀说。

王小花自豪地说："我今年11岁，和渡口这座钢城一同长大！"

听着两个小画家的回答，我心里翻腾起江涛云海。他们的父母与我是同一代人，从祖国的四面八方来到这片曾经的不毛之地，我们共同用辛勤的汗水浇开了火红的攀枝花。这些幼小的生命，就是在艰苦创业的一排排竹席棚子里，一座座搭在山窝里的帐篷中，在那匆忙的一年一次的探亲假里，在流干了汗水，撕裂了筋骨的劳动后孕育的！无论山高水远，无论天崩地裂，再残酷的大自然，也不能阻挡人类创造生活与孕育生命的权利，千千万万的"大三线"建设者，用自己粗壮的大手，托起了一座巍峨的钢城，赋予这片土地以新的生命，他们也为这片热土孕育了未来的建设者。这些幼小的生命啊，或许是在用竹席棚子搭建起来的临时产院里呱呱坠地吧？他们来到人间，第一眼看到的就是火红的攀枝花，第一次听到的就是开山劈岭的隆隆炮声。父辈英雄的创业精神，像甜蜜的甘露，滋润着他们幼小的心田，哺育着他们成长，也在他们的心灵中印下了一幅幅色彩鲜艳的图画。

在教室里，两位小画家让我饱览了他们一本本感人的习作。有几幅张开了想象翅膀的画，叫我特别兴奋：未来的渡口是一座热闹繁华的山城，银鹰在蓝天飞翔，电机车在云中穿行，新一代的"大三线"建设者，正看着一排排电子仪器，让通红的钢水如瀑布般倾泻……

我指着那张描画未来的图画说："你们见过这些东西吗？"

"没有。"

"你们为什么想到这些呢？"

"叔叔，我们在梦里梦见过多少次了，将来，渡口一定会更美丽！"

小画家天真而自豪的话，使我这个"大三线"的建设者眼里蒙满了泪花，是啊，为了更加美好的未来，他们正刻苦地学习。我深信，将来他们一定能画出一幅更加壮美，更加绚丽的图画……

“小攀，小花，树都种完了，快来帮我们抬水浇一浇吧！”一个愣头愣脑的胖小子冲进教室来，打断了我们的对话，也打断了我的遐想。只见他双手抱着一只半人高的大水桶，两个小画家看了看我，我完全理解他们的心情，朝他们说：“去吧。”

三个人像三只燕子一样地飞出了教室，带着咯咯的笑声，顷刻间消失在金色的朝阳里。从孩子们栽树的地方，传来了清脆悦耳的歌声：

攀枝花，攀枝花
我和你同呀同长大，
不怕风，不怕雨，
迎着太阳把根扎。
学叔叔，学阿姨，
人人做个小画家。
栽下树，栽下花，
要叫你美呀美如画……

走出东风小学的大门，两个小画家天真活泼的面容还在我脑海里浮现，孩子们的歌声还在耳际回荡……

37年后的初冬——2017年11月，我和妻再次来到这片土地，走进金沙江畔的东风小学，这里的一切早已发生了翻天覆地的变化。

当年，随着“大三线”建设的不断发展，大量家属和孩子们开始从遥远的故乡来到这里，没有学校，孩子们来了如何办？情急之下，开始从职工中抽调工程技术人员和有文化的职工到学校任教。

当时这所学校是将小学和初中合在一起，名叫东风学校。那时，妻还是我的女朋友，她在这所学校担任英语教师。说是学校，其实就是几排竹席棚子，地面都是泥土，课桌是工程队赶做的，黑板也是分配给工程队做好后扛来的，孩子们就围着坐在那里上课。亚热带气候的渡口市，上午十点钟左右，席棚里就开始热起来，热气从教室的地下直往外冒，屋顶上一块薄薄的石棉瓦，如何挡得住毒辣辣的太阳，老师和学生都如同烤在蒸笼里一般。不时有孩子流鼻血，弄得老师手忙脚乱。

现在这里已经建起了一排排教学楼，阳光下骄傲地屹立着，整洁、漂亮、质朴、华贵，那是“大三线”建设者奉献给孩子们的最珍贵的礼物，更是创业者对下一代的希望。实验室里，早已用上了电脑，各种实验仪器也都应有尽有。鲜花和绿树环绕着校园，江水欢快地绕着校园吟唱。两位小画家所描绘的理想，早已在这片热土上变成现实。

我曾担任过主编的《攀钢文艺》出刊一百期，接班的同事盛情邀请我重回故地，那次我是乘着飞机进来——这里早已在高山上建起了机场，这是以前做梦都不敢想的事情；这次，我是坐着高速公路的大巴进来；回程，我则乘坐当年经常乘坐的成昆铁路列车。难忘少年情怀，迷恋这片热土，劳动创造着世界，创造着生活，当年的那两位小画家，现在早已长大成人，你们现在在哪里？也许你们仍然在这块土地上描绘着理想的蓝图，作为一名老“大三线”建设者，我祝福你们，祝福这座花一样美丽的城市。

我深信，每一个建设者手中，都有一支绚丽的彩笔！

第十八章

孩子，我爱你们

1. 我给女儿当陪读

一转眼，在“大三线”风雨中诞生的女儿已经三岁。

那天早晨，旭日从山顶上升起，翠绿葱郁的山野上，一丛丛山花带着晶莹的露珠展瓣怒放，晨曦灿灿，柳拂碧波，我很高兴地送女儿去幼儿园——那是攀钢沿着山坡刚刚修建起来的一座“布达拉宫”式的建筑。

我当年告别老母，只身来到这金沙江畔的万山丛中。望四处山峦连绵，雄关重重，虫蛇出没，水瘦山寒，蛮荒一片，心里难免有些发颤。如此之地，如何建厂？没想到几年下来，荒野巨变，高炉耸立，现在又建起了这座布达拉宫式的幼儿园，为孩子们创造了这座难得的乐园，这真是奇迹。

由于国际形势变幻莫测，为了预防未来不可预测的战争，必须加快“大三线”建设的步伐。在“大三线”建设中实行的是“先生产后生活”的原则。可是，年轻人要结婚，要生育子女，这是人类不可抗拒的生存规律。孩子生下来了，父母却要上班，怎么办？于是开始办托儿所、幼儿园。在大山沟里，哪有这方面的老师啊！向上级教育部门要，人家一听说去“大三线”，进大山沟，住席棚子，喝泥浆水，怎么都不愿来。没有办法，只能“自力更生”，从家属队里抽老大娘、老大嫂来担此重任。

那是怎样的托儿所、幼儿园啊！

在工厂附近选一块僻静一点的地方，找几个工人来挖地基，埋下几根木桩，再用竹席围起来，上面盖上几块油毛毡，这就成了一所托儿所或者是幼儿园。那门是竹席做的，大点的孩子就会用石头将门扎破，从洞里钻出去。席棚外面是工厂的施工工地，车来人往，那多危险！

“老师”们就提意见，说这个“老师”不好当，责任太大，要辞职。

怎么办？

问题反映到厂领导那里。

我参加过一次有关这个问题的办公会，领导一听就笑了，大声地说：“这还是问题吗？我们钢铁厂，有的是钢材，叫几个电焊工去，在托儿所、幼儿园给他们焊一排栏杆，将孩子们都圈在里面，两三岁的孩子，谁还能翻出来！”

这个办法真灵，“老师”们这下放心了，可以一边晒太阳，一边拿出她们的大烟袋子来抽了。

轰轰烈烈的“大三线”建设，到处都是隆隆的炮声，汽车的喇叭声，火车拉响的汽笛声，孩子们被这些声音吓得不敢动。“老师”就在孩子们的耳朵里塞上棉花。这样一来，外面的声音听不到了，可孩子们都一个个变成了“傻子”，整天就坐在便盆上一动不动。

“大三线”的孩子们，经受着怎样的童年啊！

我母亲有一位老战友名叫周宗京，当时担任四川省教育厅主要领导。有一次到“大三线”重镇渡口市视察教育工作，抽空来到我家，看着我们一家三口住着一间顶楼的小屋，里面热得如同蒸笼，孩子养得瘦巴巴的，他说：“向你妈妈问好。有勇气来到‘大三线’的每一个人，都是令人感动的。”

他来到一所学校，那是用竹席棚子围起来的学校啊！学校组织了文艺节目，看着一个个孩子，在四周炮声隆隆、机声突突、尘土飞扬的环境下，仍然天真地唱着，跳着，他的眼泪一下子涌满眼眶，不忍再看下去，连忙站起来说：“孩子们，孩子们，你们休息一会儿，休息一会儿吧！”

这就是“大三线”的孩子，这就是我们下一代的童年。

女儿不足三个月就开始跟妈妈一起乘公交。那时用一个小包袱包着，每天早晨由我抱着，她妈妈先挤上车。那是怎样的一辆公交车啊，全是上班的工人，一件件油腻的工作服塞得满满的。女儿这个最小的乘客，是从窗口递进去的。每当我将那个包裹着孩子的棉布包袱在车窗前举起的时候，车里的男人们都喜欢主动将大手伸出车窗，然后大声地叫着：“大家让开点，小乘客来了！”于是，大家自觉地让出一个空间，热心的男人就一个传一个地将孩子传递过去，交到她妈妈的手里。

现在，随着“大三线”建设的迅速发展，终于在这块山坡上，依山建起了这座幼儿园，这给孩子和家长带来了福音。女儿拉着我的手，高高兴兴地走进了幼儿园。

谁知不习惯这种环境的孩子们哭成一团。女儿没有哭，她站在那里，痴痴地看着大家。

“老师”走过来，拉着她的手，号召其他的孩子向她学习。

“大三线”初期的幼儿园，其实就是个职工孩子的托管所。虽然建了这座崭新的“宫殿”，老师却一时无法配到，还是由从家属队里抽去的老大娘、老大嫂担任，孩子们只会每天跟着她们喊：“老太婆，尖尖脚，狼来了，跑不脱……”

谁知女儿在幼儿园也同在家里一样，张嘴就讲英语，这一下引来了麻烦。

“老师”听不懂英语，就用铅笔敲着她的小脑袋说：“都三岁了，怎么说话还咿咿呀呀的?”

因为妻子是英语教师，每天早上起来就要放英语磁带，为的是“热炒热卖”。想想看，自己是一个刚毕业不久的初中生，在“威虎山（南山）”的英语培训班和大学里培训几天就要上阵教中学的英语，有多么难？没有办法，那就只得边学边教。时间久了，女儿也对英语有了识别力，只要家里的收录机一放，孩子就会尖着小耳朵听，如果是放的英语，她就会叫着对妈妈说：“妈妈，妈妈，你的英语！”

大山沟里的孩子，张嘴就能说英语，这成了一件稀奇事，很快就传开了。

后来全国恢复高考，拥有13万职工家属的攀钢，曾经出现过高考录取人数连续五年为零的“奇迹”。

当时的攀钢经理赵忠玉急了，“大三线”建设创造了很多世界性的奇迹，没想到这教育也创造了“奇迹”，丢人啊！

赵忠玉决心抓这家“大三线”重点企业的教育。由于篇幅有限，这个曲折、生动而又复杂的过程，只有在另外的作品中再写了。

为此，攀钢的全国人大代表李宝树在第五届全国人民代表大会上发言：“我们攀钢有十八所学校，两万多名学生，但连续五年没有一个学生被大学录取，用四川话说是‘剃了光头’，外地人说是被推秃了。总之，高考升学率为零。中国第一流的现代化特大型企业，留学生、博士生、国家级的高级科技人才不少，但他们的子女却无一人能够考上大学，‘大三线’建设者们，埋名于深山，已经给国家做出了重大的贡献，但他们的子女却被耽误了，因此，应该关心他们的子女，不抓教育，我们的民族还有什么希望！”

李宝树呼吁，关心“大三线”的教育，关心一下“大三线”的孩子们！

我和爱人决定在困难的环境中，加强对孩子的培养。

然而，幼儿园“老师”的铅笔，使我家这位英语“神童”，对讲英语产生了一种莫名的“恐惧”，到了上初中的时候就令我感到头疼了。

那是一个阳光明媚的周末，我翻开她的英语作业本，发现上面有很多错误，有的地方是很简单的字母都写错了。

我们夫妻俩决定查一查女儿的英语学习情况。

当她将作业都做完后，她妈妈就让她将英语书拿来，从检查英语字母的发音开始，一点一点地对女儿所学的课文进行检查，发现很多在小时候就会的英语常识，到了这时候反而不会了。

我们急了，如此发展下去那还得了呀！

她妈妈对女儿笑着说：“要不这样，你跟爸爸两个都做我的学生，每天做完作业后我就按你们学校的英语课本教你和你爸爸，你们是同学，看谁学得快。”

说真的，我心里还真有点犹豫。我以前学的是俄语，这英语根本没有学习过，一大把年纪了，学习语言哪敢跟小孩子比呢？

女儿见我犹豫的样子，就马上说：“好，我跟爸爸比赛一下。”

就这样，在她妈妈的辅导下，我跟女儿开始了紧张而愉快的家庭英语学习比赛。

自从开展英语比赛之后，女儿来了精神，每天放学回家就先做作业，吃完饭休息一会儿就叫着让妈妈快点洗碗，然后自己搬来小凳子，再将我和她妈妈的椅子拉过来，靠在家里那张用来吃饭的圆桌前，催着要学英语。

她妈妈根据学校的教学进度，每周教一点，教完之后就让我们两个将书合上，由她提问让我们回答。

第一天学习下来，考试的结果我输了。

她妈妈以教师的口气批评我说："你还不如一个小孩子，看来下次你得用功了，再这样下去可不行的。"

这一批评，女儿可高兴了，她努力学习的结果不但取得了成绩，而且得到了家里老师的肯定，将一个自以为是的爸爸甩在了后面，心中那个高兴劲就别提了。

我没有想到的是，我们的家庭老师竟提出，让输了的人唱一首歌。

我感到有些突然，想了想说："那就讲一个故事吧。"

我于是讲道："从前有一只白羊要想从一条河的东边到西边去，有一只黑羊想要从河的西边到东边去，可是桥上只有一座独木桥，两只羊在中间相遇了，白羊说你让我先过去，黑羊说你让我先过去……"

女儿一听就叫了起来："不听了，不听了，爸爸尽讲这个老掉牙的故事，我都听了快十年了……"

我们大家都哈哈大笑起来。

我那时在攀钢党委宣传部工作，每天杂事特多，哪还有时间学英语。可是不学不行呀，孩子每天都是盯着我的，我要不学，就会直接影响到她。

第二次，她很骄傲地坐在妈妈身边对我喊道："爸爸，快来上课了！"

她根本没有把我放在眼里，考试结果下来，我终于达到了要求，而她竟有一个单词没有答对。

我们家的老师对她说："这次你爸爸赢了，你得唱支歌哟！"

在我们的催促下，女儿唱了一支："八月十五月儿圆呀，爷爷为我打月饼呀……"

清脆动人的童声，在我们家小小的屋子里回旋。

每到星期天，女儿有个爱睡懒觉的习惯，太阳都照着屁股，她妈妈都叫过几次，也还是不愿起来。自从与我进行英语比赛之后，到了星期天就再不用我们叫了，自己早早起来，抓紧时间到家里的小阳台上打开书本读英语。

随着时间的推移，需要读的单词越来越复杂。这时，“大三线”建设中需要汇报和宣传的工作也越来越多，加之年龄的关系，我越来越感到与女儿的竞赛力不从心。

与之相反，看着自已通过努力的学习，一次一次战胜了“对手”，一天一天地取得了成果，女儿十分开心，对于学习英语的信心也逐渐增强，在班上的英语成绩很快就从中游进入了上游，几次考试都进了前几名。

英语课程进入教音标了，我和女儿又开始了新一轮的比赛。

我开始还可以，可是学着学着就不行了，不是这地方没记住，就是那地方读错了，当着我们家的两位女同胞闹过不少笑话。我也就在一次又一次的比赛中失败。

我每次输了，女儿都让我唱她妈妈教的那支将音标编成的歌，由于我发音不准，唱着唱着，就把大家都引笑了。

这里天气干燥，加之学习紧张，父女之间的比赛激烈，女儿不时会流鼻血。看着她用纸团塞在鼻子里，在顶楼的高温下，在那个用阳台隔出的小间——这个被她贴上“清苦居”三个大字的学习室里，埋头学习的身影，泪水便会情不自禁地从我的眼眶里流出。

什么时候，这些出生在“大三线”的孩子，才能跟山外的孩子们一样，享受洁净的教室，丰富的图书，以及良好的师资教育呢?

不再年轻的我，如同一位长跑的领跑者，在“大三线”教育条件极其艰苦的环境下，咬着牙，领着我们可爱的孩子，奋力地向前奔跑着。

的确是年岁不饶人，无论我如何努力，越来越复杂的英语单词和句子以及一些基本的语法，使我完全不能应付。所幸的是，女儿这时早已对学习英语十分主动，再也用不着我们催促了，她的英语成绩在班上也越来越冒尖。

终于有一天，当我和女儿一同坐在我们家的那张圆桌前，准备听她妈妈讲英语课时，女儿突然对我说：“爸爸，我看你工作太忙，我们就别再比赛学英语了。”

我问道：“爸爸不学了，你自己能学好吗?”

女儿说：“你就别为我操心了吧，你不陪我也能学好的。”

她妈妈看着我将信将疑的样子，笑着说：“女儿说得对，她自己现在完全有能力学好这门功课了。”

我顿时觉得压在肩上的担子一下子松了下来，高兴地哈哈大笑。

窗外的凤凰树，已经长到了我家的阳台上，那炽热如火的花朵，正蓬勃地盛开着，一串串、一片片，如同红霞一样落在我家的阳台前。

高中毕业，她以名列前茅的高考成绩进入大学英语专业，并担任班上的学习委员。现在，这个生在“大三线”，长在“大三线”的孩子，早已在一家外资企业上班，并于2017年与联合国儿童基金会的工作人员一起，到湘潭参加对农村幼儿教育的扶贫，当看到那些简陋的托儿所、幼儿园时，她被深深地震撼。受她所在的这家外资企业的委托，给予当地的农村幼儿园以实质性的经济支持。

去年，我曾再次回到“大三线”，徘徊在当年曾经住过的那座小楼前。小楼依旧如昨日，凤凰花开似当初，当年青春勃发的我已银发如霜。我站在楼下，望着楼上那间十九平方米的小屋，与妻子、女儿一同学习英语的情景又浮现在眼前。

岁月悠悠，时光飞逝，时代的车轮隆隆转动，将昔日的一切都留给了风，留给了雨，留给了历史长河中那温馨而恬静的绵绵细流……

2. 孩子们真不容易

“大三线”的男人是山，“大三线”的女人是水，“大三线”的孩子是高山里新嫩的绿叶，是小溪畔吐艳的山花，在高山流水间绽放着他们娇艳的童颜，稚嫩的生命同父母一起，承担着他们本不该承担的磨难与心酸。

开始，这里只有山，只有水，只有他们的父母。迫于当时山恶水险，野狼出没的恶劣生存环境，那些可爱的小生命被阻隔在大山之外。

可是，年轻的生命勃发着激情，人类繁衍的使命并不因“大三线”建设而停止，一对一对年轻的开拓者在“大三线”建设中相识相恋，跑到那间用几块红砖垒起来的“街道办事处”，急匆匆领了鲜红的结婚证。哪有什么街道啊，全是满山的石头，满地的泥浆，满天的尘土，但这也挡不住生命的呼唤。在那一间间简陋的席棚子里，一个一个幼小的生命，呱呱地哭叫着来到了“大三线”这片神秘的国土。那些年长一些的建设者，那些奔赴“大三线”的父母，此时也格外思念自己留在远方的孩子。

“大三线”禁锢的闸门，被这些鲜活的小生命冲开了！

为了迎接他们的到来，各个信箱开始搭建席棚，曾经被野狼主宰的荒野上，从此有了孩子们天真可爱的笑声。

这些生活在“大三线”的孩子们，经历了怎样的童年？说起来都令人心酸、落泪。

由于一排排席棚都是一样的，孩子经常会出门就找不到家，站在荒原上大哭，急得家长四处寻找。更可怕的还有那些满山的野果，城里来的孩子无法识别，经常误食，造成威胁生命的危险。

这是一个周日，我所在的34号信箱12分箱党委的几位主要领导召开会议，一是研究工作，二是学习了解当前的国际形势，进一步提高对加快“大三线”建设的认识。

我作为办公室秘书，负责会议记录。

对于国际形势，大家一致认为，战争的阴云笼罩着世界，任何国家外交胜利的背后都有一个强大的军事后盾。战争使人们看到了一个事实，那就是诉求主权时，你手中的剑必须比对方更锋利。那种太平盛世，无仗可打的思想是多么可怕。事实说明，世界一天也没有太平过，各国之间利益的争斗，资源的攫夺，从来都没有停止过。害怕战争，最后迎来的只会是将自己毁灭在别人的侵略战争里。但是，“技术决定战术”，在现代战争中，世界各国不得不承认军事技术在决定战争胜负中的重要作用。

对于当时工作中出现的一些问题，大家的意见是一致的：这是一场没有硝烟的战斗，是和平年代里的一场竞赛。一个人总想着向别人伸手，一个企业总想着向政府伸手，一个部门总想着向上级伸手，一个国家总想着向别国伸手，那这个人，这个企业，这个部门，这个国家还能有什么希望？我们都是各个阵地上的指挥员，阵地失守，按军令就要杀头。如果一切都有了，都摆在你面前，那还要我们这些人来做什么？

我一边记录，一边为这些领导的发言感到震惊。因为他们中，没有几个是真正的大学毕业生，大都是在鞍钢读的“夜大”，有的还没有毕业就被调到“大三线”来了，只好中断学业。但他们都是在实践中摸爬滚打出来的好汉，没有废话套话，句句实在，字字中的。

讨论的结果是，必须关心职工的生活。山里野狼时有出没，为了安全，得让那些有孩子的家庭过段时间都能住上楼房，以进一步调动职工的积极性，把上级交给的建设任务尽快完成。

是的，一个人的未来，由他自己掌握；一个国家的未来，应该由它的国民掌握。每一个国民的努力程度，将决定这个国家的命运。

突然有人敲门。

我打开门一看，一位熟悉的工程队队长站在门前，他上气不接下气地说：“不知什么原因，有几个孩子倒在外面的树林子里了。”

几位领导一听立刻都站了起来。

会议还没有结束，党委书记示意大家坐下。

报信的工程队长说：“书记，你的孩子也倒在那里。”

党委书记镇定地问：“出了什么事？”

工程队长说：“情况不明，需要立刻处理。”

党委书记转过头来对我说：“小沈，你去处理一下。”

我急忙放下会议记录簿，跟着那位工程队长往半山的那片树林子跑去。

那是一片灌木林子，一大片低矮的树木，将这片山地覆盖得严严实实。在林子外面的空地上，有几个十三四岁的孩子，有的躺着，有的蹲着，都在不停地呕吐。几名工人围在他们四周，叫他们的名字。

我跑过去一看，这些都是我所在的12分箱的孩子，大都能叫出他们的名字，我蹲下去问他们：“你们怎么会这样？”

他们用手指着身边一堆深酱色的果子说：“吃了这个野果。”

我一看，哎呀，这哪是什么野果，这是桐子果呀！

我自小在川东山区长大，对于用于榨制桐油的桐子树和桐子果是很熟悉的。那里满山遍野都长着桐子树，每到春天，桐花盛开，红雨飘飞，壮美极了。花谢之后就开始结果，桐子结的果可以用来榨油，桐油是那个时代用来照明、油漆的主要材料。这几位倒在地上的孩子，都来自东北，父母上班了，孩子在家没人照看。桐子树是南方的植物，东北人家的孩子何曾见过？将其当成山中野果，误食中毒，这也是“正常”的事情。

我急忙让旁边的一个工人跑步去附近的工地，找到一部电话机，打通了职工医院的电话。

我处理完后已是傍晚，回到12分箱办公的那座小楼，遇到党委书记，他问我：“孩子们怎么样了？”

我将情况向他作了汇报，并告诉他：“他们都没有生命危险。”

党委书记听后长长地叹了一口气，用那口浓重的东北口音说：“孩（儿）们也真不容易！”

这就是“大三线”的孩子，他们为“大三线”的建设献出了自己宝贵的童年。现在，他们都已长大成人，成家立业，回想起那一段岁月，我的眼里仍盈满泪水。

3. 炸雷从苍凉的山野间滚过

1978年春天，我接到通知，到湖北十堰东风汽车制造厂参加会议。到那里一看，参会者基本上是来自“大三线”企业的，因此会下的交流远远超过了会上的交流，大家交流得最多的是各自生存的环境以及职工的思想情况。一位来自某兵器工厂的参会者知道我来自渡口，非常羡慕地对我说，虽然同在“大三线”，渡口比他那里好多了！因为渡口有几十万建设者，医院学校铁路交通等基本生活配套设施都已齐全，他那个大山沟里，就孤零零一座工厂，两千多人，交通医疗学校等条件都很差，虽然科技工作者和工人们将艰苦咬啐吞进了肚子里，但是那些年幼的孩子怎么办？他含泪给我讲了一个发生在他们工厂的故事。这哪是故事啊，这是大山中对一个生命的呼唤……

他是一位父亲。1967年夏天，为了理想——为百年来受尽屈辱的中华民族，铸一柄坚守国门的利剑，离开工作的城市，来到“大三线”的深山峡谷。

他在少年时代，曾听老人讲过许多故事，那个春秋时代铸剑复仇的传说，令他至今不忘。

故事说的是一对居于深山的铸剑夫妻，所铸之剑，寒光闪闪，削铁如泥。吴王获知，令其铸剑。夫妻二人深山十年，铸成利剑，结果丈夫反被吴王杀害。儿子听从母令，自幼深山练剑，一身武艺，最后执剑进京城，杀了吴王，为父报仇。

随着年龄的增长，他对于国家和民族的历史有了更深的了解。自1840年鸦片战争以来，积贫积弱的中国，在外国列强坚船利炮的威逼下，签署了许多丧权辱国的不平等条约，山河破碎，民不聊生，生灵涂炭，这使得一颗少年的心不能平静。祖国啊，我的母亲，你何日能够强大，你何时才能铸出锋利之剑，让一切妄图窥视和凌辱你的强盗心惊胆战？

这天傍晚，他和新婚的妻子背上背包，穿过熙熙攘攘的人群，挤上了一辆公交车。没有座位，背着的背包也无法放下，等到这辆公交车开到北京火车站的停车场时，他背上的汗水已经浸在那只背包上了。

那是个什么地方，那个地方是个什么样子？到那里去后，一家人能分到房子吗？孩子将来能上学吗？物资供应能赶上家乡吗？休息时有电影院歌剧院可以去吗？这一切的一切，他都一无所知，因为这些东西无论有无，都不会影响他的选择。

同许许多多的“大三线”企业一样，这个群山包围中的基地是艰苦的。初进深山，道路不通，全靠步行，一只从北京背来的背包，经一路的风吹日晒，到达目的地时，已经变了颜色。

山窝里撑起几座帐篷，不分年龄，不分级别，不分工人干部，只将远道而来的建设者们分为男女两队，帐篷上挂一块木牌，上书“男”“女”二字，再编个号，如当下电视剧里的明星一样，分为“男一号”“女一号”，依次往后排。喊到谁，谁就答应一声，扛着自己的行李，钻进编号的帐篷。有几间刚刚搭起的低矮的木板房，便是这些“大三线”建设者的“宾馆”，那是专门给跟着来的少数家属和孩子们住的。

不用为“买房”发愁，不用担心官员腐败，“财产”早已公示，没有亲戚熟人等各种关系的纠缠。只有山间泉水，潺潺有声，如歌如吟。黎明，“女”帐篷的“门”轻轻拉开，清净如镜的泉水中便映出一群青春的丽影……

就这样，他们夫妻二人来到了“大三线”。

那天晚上的月亮真好。寂静的山野在月光的抚慰下，正静静入睡。“明月别枝惊鹊，清风半夜鸣蝉”，山风轻轻吹着，树影在木板房的窗外摇曳。他不由想起莫斯科郊外的那片桦树林，在那里，他经常同一群中国留学生坐在松软的草地上，谈着自己的理想，畅想着归国后的勃勃雄心——如何为自己的祖国，干一番轰轰烈烈的事业。年轻的热血，曾经是那样的沸腾，渴盼着为国家和民族建功立业。

月光透过窗棂，从外面照了进来，山里的月亮轻柔而洁净，如同一面闪光的镜子，挂在窗外的树梢上，整个山野，便在这清辉的抚慰下静静地进入梦乡。

第二天清晨，他早早起床，山里的空气真好，温润中飘着山花的清香，门前那条清亮的小河，映下他的身影。

“深山方一日，世上已千年”，一转眼他们的女儿出生在“大三线”这片土地上，给这个深山中的家带来了无限的幸福。一生为之努力研制的“神剑”，经过无数岁月的磨砺，眼看着就要出鞘，他的心里有说不出的激动。

当年归国进深山，转眼鬓发快染霜。千磨万难志如铁，不铸“神剑”誓不还。

夜晚，他躺在床上，怎么也难入睡，不由想起留学时候的一些事情。那时，他年轻，正在为未来积蓄知识和力量，老师曾告诉他：“不管将来决定做什么事情，我都希望你能坚持到底，你能真的下定决心，不要回头。”

他又想到那条山间小河，这条美丽的小河，终日就这样在山间静静地流着，为了不惊醒山里人甜美的梦境，她仿佛是踮着脚尖轻轻地走向远方。她是平凡的，又是伟大的，正是这条小河，滋润了两岸的群山，才使得这里古木森森，四季常青，山花烂漫。

他下班后喜欢在这条小河边洗脸，他常爱对着这面“镜子”，欣赏自己的青春。

他希望自己能成为这样的一条小河，静静地在这个远离尘世的大山中“流淌”，尽自己的滴水之力，默默地做着自己认为应该做的事情。纵有千艰万险，自己确定的目标永远不能改变。永远不要因任何困难而放弃自己的追求，更不要放弃自己，因为你放弃自己的时候，你也放弃了自己的国家。

他一家人住在一间简陋的小木屋里，四处通风，冬日来临，冰天雪地，深山奇寒。夜已经很深了，但山里的风却根本不知疲倦，仍然在呼啸着，如同山野里怪兽的叫声，令人感到恐怖。风不停地撞击着木板搭起来的屋子，木屋仿佛将要被撕裂和击塌，就连东北的北毛风，也没有这么厉害呀！

没有任何的取暖设备，山里野兽出没，冬日无食，对于孩子们来说，危险异常，他们无法出门，就只能裹在家里的被子里。

他心疼孩子，下班后回到家里，会将女儿紧紧地搂在怀里，用自己的体温给她取暖。到了这时，孩子也会紧紧地搂着他的脖子，生怕他从自己的身边“飞”走。

孩子经常会问：“爸爸，我们为什么要离开老家？”

他无法回答。

孩子又问："我们到这个大山沟里来做什么？"

孩子太小，说了她也不明白，他仍然是沉默。

孩子固执地还要追问，他只能说："你现在还小，等你长大就明白了。"

孩子问他："爸爸，我什么时候才能长大呀？"

他总是摸着孩子的头说："快了，快了。"

初春，大山深处冰消雪化，山花烂漫，晨曦初显，山色黛秀，他走到小河边，高山的雪水融化后的小河，碧水清清，潺潺有声，几只黄莺在草丛中欢快地飞来扑去。

这天下午，突然有人咚咚咚地敲他办公室的门。

他打开房门，来人上气不接下气地说："快快，出事了！"

他问："出了什么事？"

来人拉着他就往外跑："别问了！"

他回头看了看桌子上那一摞图纸，对来人说："我把这些图纸放好了再说。"

来人不让他回去，将房门一关，拉着他就跑。

外面的山崖边，围着一群人。

他跑过去一看，自己的女儿躺在地上。

"怎么啦？这是怎么啦？"他蹲下去，一下子抱起孩子。

孩子艰难地睁开眼睛，看着他笑了，轻声地叫了一声："爸。"

原来，住地没有学校，孩子上学要到山外的学校去，每周只能回家一次。这么小的孩子，住在学校里，难免有些想家。这不，学校刚上完课，孩子就自己独自顺着山路跑回来了。谁知前几天下过一场雨，本来就崎岖难行的山间小路，变得异常湿滑，孩子在爬山的时候，不小心从山顶上滑了下来，跌在山路上，被石头砸成重伤，血流不止。幸得有工人下班路过，才将孩子救起。

有人高声叫喊："快，到医务室拿担架来！"

担架抬来了，人们将孩子放在担架上，医务室的医生对孩子进行了检查，认为伤情严重，必须迅速送到山外的医院去治疗，否则会有生命危险。

他一下子惊住了。

孩子嘴唇发紫，浑身寒冷发抖。

唯一的一辆北京牌吉普车，载着他们夫妻二人和孩子向县城飞奔。

汽车在坑坑洼洼的路面上艰难地行进，没有想到，前面突然出现一道两米宽的深沟——前天下雨，这段路面被冲断了。

在这荒山野岭里，前不靠店，后不靠村，汽车怎么“飞”过去？

孩子在车上不停地叫着，每一声都深深地牵动着他的心。

孩子的脸开始发紫，叫声也越来越弱了。

“爸爸，妈妈，我想回家……”

妻子哭了，将脸紧紧贴在孩子稚嫩的脸上。

一位美丽的天使，一条鲜活的生命，一个曾经活蹦乱跳的“大三线”的孩子，父母只能这样眼睁睁地看着，然后紧紧地将她搂在自己的怀里……

山野突暗，乌云从远处的山梁上扑来，几声炸雷，从苍凉的山野间滚过。

苍天啊，你雷鸣吧，你怒吼吧，你下一场旷世稀有的暴雨吧……

4. 爱的力量

“我是一个女人吗?”她心中不停地问着自己，女人应该是温柔的化身，感情的“维纳斯”，渗透着母爱的“圣母”，而现在，她却要狠狠地咬着牙，把头埋在长途汽车的玻璃窗下面，不让孩子看见自己。

“啊，我好心狠呀!”

孩子被外公抱着又哭又闹，声音都已沙哑，老人的心也酸了，朝着车厢里喊着:“梅媛，你别去学习了，就把孩子带走吧!”

“不，爸爸!”梅媛回答着老人。

“梅媛，决定派你到外地去学习，你看有没有困难?”一年前，有关领导曾这样征求她本人的意见。

“行呀!”

“你的孩子呢?”

啊，孩子，自己的孩子!那时来到这个世界上才八个月，还在吃奶哩，真要是到外地学习，这小生命怎么办?她抱起胖嘟嘟的孩子，不停地用嘴亲着。孩子咧开小嘴咯咯咯地直朝她笑。她那颗做母亲的心，不觉狂跳起来，丈夫忙着上班，谁来带这个吃奶的娃娃?

同千千万万做母亲的少妇一样，她多么舍不得离开这幼小的生命。但学习对于她又是太需要太迫切了。随着“大三线”建设的发展，家属和孩子们都在陆续进来，需要大量的人来做这方面的工作。几年幼儿教育工作，她越来越感觉到自己知识的不足。办幼儿园、托儿所，为“大三线”的建设者解决后顾之忧，这标准太低了。目前，世界上很多科学技术发达的国家，都十分注意幼儿智力的开发，今后国际上产品的竞争，主要也是人才的竞争，幼儿智力开发是万丈高楼的第一块砖。

梅媛到外地学习去了。孩子呢？她毅然断了奶，送回老家让年老的父亲照看。现在，孩子都两岁多了，长得黄巴巴的，还没有别人一岁多的孩子高。见到孩子，她的心不觉一下子紧缩起来，可是学习还有几个月才能结束啊！

“为了学点知识去教别人的孩子，让自己的孩子长得这样，值得吗？”梅媛的眼圈红了。她承认，自己不是强者，不是那种叱咤风云的巾帼英豪，她太爱自己的孩子了。孩子是父母生命的延续呀！对于生命，古往今来人们都有不同的看法，这时，她的眼前又浮现出更多的、鲜花般围着她的笑脸……

“嘟嘟！嘟嘟！”汽车鸣了两声喇叭，慢慢地向前驶去，梅媛这时才将头伸出窗外，向父亲和孩子告别，泪水不觉流出了眼眶。

唉，女人，做了母亲的女人，倒需要时刻想着别人的孩子，爱着别人的孩子，那有多难呀！

“我要回家，要回家，找妈妈，找妈妈！”王涛小朋友倒在地板上，不停地哭着、闹着、打着滚。顿时，一群小朋友都学着倒在地板上，像一个个小冬瓜，在那里滚来滚去……

那是八年前的一个秋天，投产不久的攀钢办起第一所全托幼儿园，经过短期培训的梅媛，担任了小班的老师，第一天就忙得头晕眼花。小朋友睡觉的床是用桌子拼起来的，三十多个人，要不停地抱起来拉屎撒尿，还得把滚到床边的小朋友抱到里面去睡，时常给孩子们盖被子。

“这叫什么老师？”她信步走到窗前，钢城的夜晚也是沸腾的，列车长鸣的汽笛声，汽车清脆的喇叭声，轧钢时“通通”的轰响声，不时从不远的厂区传来，出钢的红浪，映红了金沙江两岸的山峦。

她伸了伸发酸的胳膊。

她多么羡慕那些日夜奋战在炉前的工人，他们每天为祖国创造的财富，都实实在在地填写在那份生产记录表上，对于这些忘我的“大三线”建设者，人民热爱他们，领导重视他们，作家和诗人都歌颂他们，自己有文化，有健壮的身体，当个工人不比谁差。现在，干这无声无息的工作，有谁能体谅到？更何况攀钢这个崇山峻岭中的特大型重型企业才刚刚投产，全托幼儿园也就只是几间破旧的房子。

“小梅，这第一天可把你累坏了吧？”负责幼儿园的陈老师上楼来了，星光映着她为孩子们劳碌了大半生的微微佝偻的身躯。

“嗯。”梅媛受了委屈似的点点头，晶亮的泪珠在眼里转动着。

陈老师关切地拍着她的肩膀说：“没关系，这是第一天，孩子们都不适应，等过几天就会好的。幼儿教育关键是要给孩子真诚的爱，让他们感受到幼儿园这个大家庭的温暖，同时，我们也必须用爱去塑造这些‘大三线’孩子们的幼小心灵。”

啊，爱，他们不正是为了这种爱才牺牲自己应该获得的一切吗？那些炸开拦路的巨石，为筑路大军铺平道路而失去双手的人；那些在危急之时，挺身而出，排除哑炮而被炸瞎双眼的人；那些为了在“大三线”建设一座现代化幼儿园，在大雨突然袭来之时，用生命抢救建筑材料的人……这一个个不都顶天立地屹立在“大三线”建设的每一块土地上吗？他们曾经对梅媛这样嘱咐：“带好下一代，让他们更幸福，更聪明！”

梅媛心里涌起了汹涌的浪花。

又是一个夜晚，满天星斗。

厕所里突然传来哭声。

好久都没有小朋友哭了，怎么回事？

梅媛跑去一看，不由叫起苦来。

一个名叫陈萤的小朋友，昨天回家吃了几个石榴，连籽儿都吞进肚子里去了，大便解不出来，一张小脸急得通红。幼儿园暂时没有保健医生，到附近的医院最快也要走二十多分钟。

小朋友们都在外面叫了起来：“陈萤屁屁臭，臭！”

那时梅媛还没有结婚，面对此情一下子不知如何办。

“我是这位孩子的母亲如何办？”梅媛想了一会儿，立刻找来肥皂，抹在孩子的肛门上，然后伸出少女那双白嫩的手，一点一点地抠着、抠着……

当孩子上床睡觉时，小陈萤悄悄睁开眼睛，看着坐在灯前的梅媛，突然光着脚从床上跳了下来。

“陈萤，为啥不睡觉？”

小陈萤跑到墙角，拿来一块擦桌布，一边说着，一边弯下腰去：“梅老师，你的鞋脏了，我给你擦一下。”

“多可爱的孩子呀！”梅媛激动地一下子抱起小陈萤，幸福的泪水从少女那深潭般明净的眼里滚落了下来。

窗外是满天星斗，它们晶亮地闪烁着，以自己的光，组成了灿烂的银河，又有多少人能一一说出它们的名字？

夜，静极了，只有朦胧的星光，映出脚下那条弯弯曲曲的小路，一个年轻的姑娘，背着一个小孩，正匆匆忙忙地向前走着。风将一片树叶吹过来，她的心不由紧缩了一下。接着，又咬着牙，壮着胆子往前走……

梅媛背上背着的那个小孩子名叫石苹，是一个失去了母亲的孩子，父亲是一名老实憨厚的炉前工，刚到幼儿园时，孩子满头都长着疮，流黄脓。有的老师曾嫌弃她，孩子见到老师如同老鼠见到猫，总是一个人呆呆地蹲在墙角。

人到这个世界上来，难道是为了受到歧视与冷漠，当她长大以后，将如何看待我们这个社会和人生？应该让孩子重新获得母爱，获得温暖，必须将“大三线”爱的种子，播进孩子幼小的心灵。梅媛给孩子洗了澡，在头上的脓疮上抹了药水，找出针线为她缝好衣扣，撕掉自己的一条裤子，为小石苹缝补磨破了的衣服。

谁知这天晚上，小石苹竟发起高烧，梅媛毅然背上她，踩着坑坑洼洼的山路朝医院跑去……

小石苹的病好了。这个星期六的下午，孩子们都被爸爸妈妈接回家去了，她却像一只落群的雏雁，在那里辗转哭泣。

刚度完新婚蜜月的梅媛回来了，得到消息后急急忙忙跑来，蹲下身子，拉着小石苹的手说：“爸爸上班了吧，走，到梅老师家过周末去。”

石苹破涕为笑，一下子扑在梅媛暖烘烘的怀抱里。

在梅媛母亲般的关怀照料下，小石苹的病一天天地好了起来，头上的脓疮已经痊愈，一根根黑油油的头发，从愈合的疮口上长出来了，小脸又白又胖，后来，梅媛让她演童话剧《蚂蚁搬豆》里的黄鼠狼，哎呀，演得真像哩！

小石苹的爸爸乐了，一下跑到台前抱起自己的女儿，走到梅媛面前，不住地道谢："梅老师，感谢您，感谢您！"

小石苹不知怎么搞的，直朝梅媛喊着："老师妈妈！老师妈妈！"

哎呀，刚结婚不久的新媳妇梅媛，一张脸羞得通红……

"小朋友们，你们一生下来就能听到各种声音，谁能知道声音是怎样发出的吗？"

"知道！知道！"三十几只小手一起举了起来：

"是从汽车喇叭里传出来的！"

"是从嘴巴里飞出来的！"

"是从鼓里响起来的！"

……

梅媛老师问道："有个小朋友讲是从鼓里面响起来的，这面大鼓就放在这里，为什么没有声音呀？"

小朋友们都被这新奇的问题吸引了，瞪大眼睛看着梅老师。

梅媛拿起鼓槌，轻轻地敲动鼓面，鼓面上的小纸花像一群活泼可爱的小蝴蝶，就跟着跳起舞来了："当鼓槌敲动鼓面时，小纸花们都跳起舞了，这是因为鼓面发生了震动，震动才会有声音，这是科学家发现的，小朋友，你们长大了愿不愿做科学家？"

一把闪亮的钥匙，打开了孩子们心灵的门窗，三十多只小手都举了起来："我要当科学家！我要当科学家！"

我的家就在幼儿园下面，每天都会看见梅媛经过这里去上班。我曾问过她，为什么这样喜爱这些孩子。她说："这些孩子就是未来啊！我们人类不就是这样一代一代地发展下去的吗？我们中华民族的下一代，一定会比他们的前辈更聪明。"上午她备课的时候看到一本书，介绍美国有一个"狼孩"，刚出生不久就放入狼群里，由于与外界隔绝，他每天用四肢像狼一样地爬着走路，同狼群一起争吃生冷食物。到五岁还不会直立行走，也不会讲话，眼睛整天都闪着狼一般的绿光。由此可见，人类智力的开发，必须从婴幼儿开始，让孩子们多接触外界新鲜的事物，启发他们的思维。

夜深人静，南山上梅媛家窗口的那盏灯还亮着，她剪着自己家里那摞心爱的唱片，赶着为孩子们做玩具。每一件玩具，对孩子们都是一种美的享受，一种对未来生活的新的启迪，都是对孩子们形象思维的一种最好的引导，是绝不能粗制滥造的。

第二天早晨，当她兴高采烈地拿着新做的玩具，踏着黎明的晨光来到幼儿园时，薄雾中见一位家长拉着一个小朋友，早已站在门前了。

小朋友见梅媛连叫着："梅老师早！"

"小朋友早！"梅媛爱怜地摸着小朋友的头，又朝旁边的家长说，"又要出差，这么早就送孩子来了？"

小朋友闪着两颗葡萄般圆亮的眼睛，奶声奶气抢着说："我，我长大了，要上小学啦！"

小朋友的妈妈笑着说："我和孩子来向梅老师告别，谢谢梅老师！"

梅媛的心不由"咯噔"一下，好像突然失掉了什么，又好像突然得到了什么，急忙一把紧紧搂住小朋友，将自己的脸紧贴在那张白嫩嫩的小脸上，大滴大滴的泪珠，情不自禁地溢了出来……

又一群小鹰从她身边飞走了！

他们将飞过连绵起伏的山峦，飞过奔腾的江河，飞过铺满绿草和鲜花的原野，飞向那深邃湛蓝的万里晴空。

梅媛，你这年轻的母亲，面对着这些可爱的孩子，你在想些什么呢？你在想，世界上什么最伟大？纯洁而真诚的爱是最伟大的，这种爱不是索取，是一种献出，一种无私的献出。对我们的下一代，对我们的祖国和人民，只要是真正地爱了，就能够克服一切困难，敢于无私地献出自己的一切。也唯有真诚的爱，才能赢得别人对你的崇敬和信任。很长一段时间，这种爱被人们遗忘了，现在我们应该让它成为新时代生活的主旋律。

生活是多么美好啊！铺满彩霞的天空下，一片片的花瓣在微风中飘飞，轻轻地、默默地，这样美丽，又这样平凡。"落红不是无情物，化作春泥更护花。"无声地献出自己，为了无数的鲜花开得更艳……

第十九章

那个年代的家书

1. 春满宝鼎

亲爱的妈妈：

离开您来到“大三线”已经一年多了。这一年多里，我住席棚，喝用明矾沉淀下来的泥浆水，和老一辈创业者一起“三块石头架口锅，帐篷搭在山窝窝”，真是经风雨，见世面了。其中的艰苦难以想象，但我觉得活得很充实。

您来信说很想了解这里的情况，更想了解在这里生活的“大三线”建设者们，让我每次写信都多写点，写详细点，写人写事写景写物都行，也写自己的生活与感想，在这里我就向您谈谈最近到矿区去的情况。

现在正是冬天，远处的大黑山被纷飞的雪花披上了一层厚厚的棉毯，金沙江上游的无数冰峰闪着熠熠银光，我们这里却是风和日丽，艳阳普照，位于金沙江畔的宝鼎矿区更是一派热气腾腾的景象，风镐突突，矿灯闪闪，矿工们在地球的肚腹里采乌金，又刷新了一年的纪录，提前跨进了 1975 年。开山大炮像迎接新年的串串爆竹，又像紧擂猛敲的阵阵战鼓，横空运煤的索道上，铁斗来往如梭，纵横交错的公路上，喇叭声声，车轮飞转，延伸万里的铁道线上，运煤的列车满载着宝鼎工人的深情厚谊，正风驰电掣地奔向远方。“高举红旗学大庆，加快步伐赶开栾”的大红标语，贴在了工地、厂房……

啊，春天，新一年的春天，早已来到了金沙江畔的宝鼎矿区！

宝鼎煤矿是“大三线”的一项重要工程，主要是为我们钢铁企业的生产提供燃料，没有煤，高炉就根本无法生产。

还是来了解一下这里的建设者吧。

1965 年的春天，一群从首都北京来的建设者，在一无铁路，二无公路的情况下，跋山涉水开进了宝鼎矿区，在这支队伍中，那位头发斑白，身穿蓝色工装的老同志，就是党委书记老陈。在战火纷飞的岁月里，他饮过延河水，吃过小米饭，喝过南瓜汤，在南泥湾大生产运动中，他还当过劳动模范哩！当他决定离开首都，到这大山沟里来建设煤矿时，有人劝他："你是老八路，为革命吃过苦，流过血，负过伤，那里很艰苦，你身体又不好，就留在北京吧。"老陈却说："现在的困难，比起红军爬雪山过草地，那又算得了什么。"一晃十年过去了，一座崭新的矿山巍然屹立在宝鼎山上。而我们的老陈呢？斑白的头发已经全白了，但人却格外精神。他每天穿着那身工作服，戴着那顶闪闪的矿灯，从这个矿井到那个矿井，百里矿区到处都留下他忙碌的脚印。老陈提出"生产要大上，干部要大下"，"不要在电话里要煤"的号召，他把被盖摆到井口，在那里办公和解决问题。贮煤场上，他同矿区的家属们一起扫落地煤……看，在新年的第一天，在那深深的矿井里，老陈又戴上矿灯，抱着风镐，和矿工们战斗在一起，墨玉般的煤炭像飞泻的瀑布，唰唰落地。

大雁高飞靠头雁，火车飞奔靠车头，像这样带头大干苦干的干部又何止老陈一个！正是他们焕发出来的勃勃朝气，给矿山早来的春天增添了更加美丽的色彩，给祖国的万里江山抹上了永远葱茏苍翠的绿色。

"大干再大干，超产再超产，夺取新胜利，为国家做贡献！"在全矿新年夺煤大战的誓师大会上，一个小伙子正响亮地读着决心书，他铿锵有力的声音，赢得了全场热烈的掌声，他就是全矿有名的"采煤小老虎"，青年采煤班班长小李。别看他矮笃笃的个子，黑得像一块煤，但他那肌肉隆起的胳膊，却有着使不完的力气。他那颗年轻的心，就像这乌亮的煤块一样，有着无穷无尽的光和热。工人阶级的热血，在他的血管里奔流，他接过老一辈矿工的风镐，把全部心血都扑在这煤海里。今年冬天的一个早晨，小李带着全班下井刚放完第一炮就遇到了险情。掌子面一块十米长、七米多宽的顶板上面突然压力增大，棚子压得嘎嘎直响，碎石不断往下落，将要"大冒顶"。如不及时抢救，掌子面就有报废的危险，全班工友都有可能被压在乱煤堆里。事关全班的生命，小李未作半点犹豫，立刻冲上去，带领全班赶紧撑支木，进行抢险。可是，顶板一个劲地往下沉，情况十分危急。煤层上面根本不知道下面发生了什么，一切都只能依靠自己，生死在此一举。小李大声呼喊："为了建设'大三线’，敢将热血献矿山！”全队十几个小青年在他的带领下，如同十几只小老虎，一起冲向最危险的地方，经过半个多小时的激烈战斗，终于排除了险情，从死神手中夺回了十几条年轻的生命，大家这才在地球深处喘了一口气……

夜晚，当灯火满山的时候，我与小李肩并着肩地向单身职工宿舍走去。我问小李：“你们班今天的采煤任务完成得怎样？”他朝我笑笑说：“哈，又超产了。”我说：“面临生死的时候你是怎么想的？”他用手指了指灯火中的矿山说：“什么也没想，什么也来不及想，就是死，也要死得光荣，死得值得！”

妈妈，这就是“大三线”的建设者，这就是“大三线”人！

东风万里红旗飘，百里矿山卷春潮。虽然现在满山的草木还未绿，攀枝花还未开放，但在矿工的心中，早已是生机勃勃的春天了。早就跨上1975年跃进战马的宝鼎矿区，在新的征程上迅猛飞奔，开山的炮声更响了，电溜子转得更欢了，在热火朝天再创“开门红”的战斗中，运煤索道突然出现了事故，铁斗在半空悬挂着一动不动。时间就是煤，就是胜利，必须马上进行抢修！

谁上？看着高高悬挂在半空的铁斗，攀上去修的人如同进行一场惊心动魄的高空杂技表演。令人没有想到的是，首先争着要这项任务的竟然是几个电焊班的“铁姑娘”。她们冒着危险，像一只只飞翔在蓝天下的春燕，勇敢地攀上索道。啊，白云、蓝天、旗飞、哨鸣，中国“大三线”工业区雄伟壮丽的画卷展现在她们的眼前。攀高望得远，豪情滚滚来，她们挥舞焊枪，把自己建设“大三线”的凌云壮志，一起牢牢地焊在这空中索道上了。一朵朵灿烂绚丽的焊花，开在隆冬时节的宝鼎山上，那是矿山春天的报春花，那是勇敢参加“大三线”建设的姑娘们青春的花朵啊！

妈妈，这就是参加“大三线”建设的姑娘们，她们代表着我们这一代青年，是勇敢忠诚的化身。

亲爱的妈妈，这封信写了两个晚上，因为刚从矿山回来，有很多话想告诉您。我现在一切都很好，修建部（34号信箱12分箱）劳（动工）资科已经通知我所在的机械工程队，调我到修建部办公室任秘书，我将开始新的工作。

祝妈妈身体健康！工作顺利！

您的儿子　国凡

1975年1月5日

2. 这里没有冬天

妈妈：

一转眼又到了冬天，位于武陵山脉中段的那座小县城一定又开始冷起来，雪花纷纷落下，冰凌早挂在一家家的屋檐下了。您一个人在家，一定很冷，好在那里能有木炭火取暖，望您多多保重。

您问我们这里冬天怎么样，我告诉您，这里没有冬天啊！

我记得当年报名参加“大三线”建设，您一边说这里石头上能“烫”熟鸡蛋，一边又担心我冬天受冷，让我带上家里那件军大衣。到了车站，张师傅看到后就笑了起来，操着东北话告诉我说：“带这玩艺干哈（啥），我们那里是没有冬天的。”

我对张师傅的话将信将疑，“大三线”那个地方既不在广东，更不在海南，怎么会没有冬天呢？

我们在成都登上去渡口的列车，过大凉山时山上正在下雪，整个世界便是粉妆玉砌，心想这还不冷吗，满山都冻得咔咔直响了啊，我急忙穿上带来的军大衣。可是，当列车越过雅砻江铁桥，沿着金沙江河谷驶往渡口时，一阵好客的热风便从车窗外挤了进来。像一双温暖的手，抚摸着我的脸盘，直抚得两颊一阵阵发烫，头上也冒出了缕缕热气，军大衣再也穿不住了，我急忙脱了下来。

这难道就是冬天了吗？列车进入渡口“外围”的米易——米易米易，吃米容易，果然如此。只见坝子上是一块块方格式的菜地，绿油油的菠菜，翠生生的青笋，蓝莹莹的豌豆，青幽幽的芹菜，给大地抹上了一笔浓绿。而那绿海中的几片红云，便是熟透了的西红柿，红得那样鲜，那样艳，仿佛只要用手一摸，汁液很快就会流出来。山坡上高大挺拔的攀枝花树，已绽开黛青色的花苞。那一丛丛一簇簇紧贴泥土的太阳花，张开朱唇，似星星点点的火苗在跳动、在闪烁。沐浴着热烘烘的太阳光，一串串芭蕉熟了，像一只只金色的小船，沉甸甸压弯了枝头。熟透的木瓜，则像一只只黄金铸成的大绣球，在翠绿的树叶下闪着金灿灿的光。这些缤纷艳丽的色彩，组成了一幅令人陶醉的图画，就像那香醇的美酒，刚将嘴唇沾到酒杯边就要醉了。

这是我没有想到的。在离建设“大三线”钢铁厂不远的地方，竟然还有这么一块绿洲，她与我所处的“大三线”钢铁厂同属于金沙江干热河谷气候。

祖国西南万山丛中的这座钢铁基地，从地理纬度来看，接近亚热带的滇西，室内最高温度达41℃，全年平均气温21.1℃，2748小时的日照，一年四季无冰、无霜。金沙江两岸的峡谷地带，属横断山脉中典型的垂直性气候，山下赤日炎炎，瓜果香甜，山顶上往往是白雪皑皑，朔风怒号。难怪有人告诉我，冬天的脚步，到了大黑山就停住了。

我跟当年招工的张师傅讨论过这个问题，他则连连摇头，用手指着耸入云霄的高炉笑着说：“不对，不对。冬天的冰雪，都被我们的高炉融化了！”

顺着张师傅手指的方向望去，弄弄坪上的三座高炉，如同三个顶天立地的巨人，将高傲的头颅直耸入蓝天白云里。登上炉台，炼铁工人戴着锥形石棉帽，挥舞着手中的钢钎正在出铁，铁水像一条飞蹿的火龙，闪动着片片金色的鳞甲，从炉口飞涌而出，腾空升起一排浓艳的彤云，将滚滚的热浪溢满炉台。

在奔忙的工人队伍里，我见到了工程师老盛。他取下鼻梁上的眼镜，不住地擦着脸上的汗水，铁水映红了他那张棱角分明的脸。这位大学炼铁专业的讲师，到“大三线”已经十个年头了。当年为揭开普通高炉冶炼钒钛磁铁矿的奥秘，他冒着北国纷纷扬扬的鹅毛大雪，来到这遥远的“大三线”，参加了冶炼钒钛磁铁矿的后续技术攻关，解决一些边生产边遇到的技术难题。经过十几年来的不断努力，终于最后攻克了这道世界一百多年来都未解决的难题，打开了开发攀枝花宝库的大门。当然，这项攻关的最后完成，是包括“一百零八将”在内的成千上万的科学家、炼铁专家和工人的共同参与下完成的，但老盛在这方面的贡献仍不可低估。他在完成这些之后，只是笑一笑，根本不接受任何记者的采访，我因为跟他在一个机关里，才能在工地上随时接触到他，了解到他，这也算是幸运吧。

在中国“大三线”的建设中，有着许多这样的科技工作者，他们就是这样默默无闻地埋头工作着，奉献着，他们吃的是“草”，挤出来的却是奶，我从他们的身上，看到了一种精神，这种精神，便是这一代中国知识分子的奉献。

正是他们的奉献，才使得和煦的春风吹到这亘古无人的旷野，昔日荒凉的不毛之地变成了一座沸腾的工业城市，轰轰的开山炮唤醒了沉睡的宝山，塔式吊车向蓝天伸出巨臂，召唤着金色的黎明，呼呼的油锯，使大黑山千年的冰雪融化，粗大的原木像绿色的河流，从险峻的山巅流向正在铺架铁轨的山谷……

正是他们，使曾经贫穷的中国，有了钢铁的脊梁。

去年冬天，我接待了一群来此参观的外国专家，他们来之前先看了地图，穿了厚厚的冬装。可是一到这里就急着脱下了，一个个欢快地仰望着热烘烘的太阳，伸了伸胳膊，十分兴奋地对翻译说：“啊，这里没有冬天，没有冬天！”

我带他们来到雄伟的高炉前，他们闪着棕色的眼睛，观察着炉前工人的操作，然后到备料场上抓起一把矿料放在手上，再用放大镜仔细地看了又看，然后竖起了大拇指：“上帝在你们这里创造了奇迹！”

新年刚过不久，在邮局的邮筒前，我见到了当年一同招到“大三线”的一个伙伴，他正小心翼翼地将几瓣盛开的攀枝花放进一只信封里。他告诉我说：“谈了一个未婚妻，可她听别人说这里很艰苦，总不愿到这里来，还要我调回去。这不，我写信告诉她，就连冬天，到了这里也会变成一个热情奔放的小伙，你就大胆地来吧！这不，摘下几瓣盛开的攀枝花，让她开开眼界，好早一天来这里啊！”

妈妈，这里的确没有冬天，连同伴的话，听起来都热乎乎的啊！

妈妈，您什么时候有时间来呢？儿子盼着您！

儿子　国凡

1983年4月5日

3. 攀枝花为什么这样红

妈妈：

今天刚下班回来，就收到了你的来信。

你来信讲，我托小钱给你带的那一束火红的攀枝花收到了。这是你儿子的一片心意，也是“大三线”新钢城创业者最珍贵的礼物。

我们“大三线”钢铁基地的建设者是最爱攀枝花的，不仅因为它红艳、美丽，更重要的它是我们扎根荒原创大业的战斗伙伴。我们曾在一起击退过漫天风沙，我们曾在一起挡住过滚滚热浪，我们曾在一起战胜了滴水贵如油的艰苦时期，我们也曾一起看着巍峨的高炉在弄弄坪上破土耸立……

攀枝花就像我们，我们就像攀枝花。

因此，每年 2 月只要有朋友出差，或是战友探亲，人们总爱在山岗上去摘上一束攀枝花，把它捎给远方的亲人。

妈妈，你来信问我，攀枝花为什么这样红？要回答这个问题，还是得从离开你进入“大三线”艰苦创业的时候谈起吧。

你还记得吗，那年我争着要到“大三线”来的情境，那是我人生一段多么艰难的选择，感谢你支持我，硬是咬着牙，将儿子送到了“大三线”，送到了荒草丛生、荆棘遍布的金沙江畔，你知道那是一个多么遥远的地方啊！我作为你唯一的孩子，为什么硬是要选择到这里来呢？对于年轻的我来说，那是一种理想的召唤啊！初中学地理的时候，老师就给我们讲过攀枝花这个地方蕴藏着大量的钒钛磁铁矿，钒和钛都是稀有金属，是制造宇宙飞船和核舰艇必不可少的材料。现在，我们这些“大三线”建设者，肩负着时代的使命，要开发这崇山峻岭中的地下宝藏，会战的大军从北方遥远钢都，从热闹繁华的上海，从天山脚下，从长江之滨，从伟大祖国的四面八方向金沙江畔汇集，我们有志气，要在这荒无人烟的不毛之地，干一番轰轰烈烈的事业。能参加这样一场改天换地的大会战，嘿，那真够带劲！妈妈，大概你没有忘记吧，那时我还是一个虎头虎脑的半大小伙子，连背包都不会打，出发的那天早晨，还是你给我打的背包，但是，你却没到车站来送我——一位阿姨告诉我，你怕控制不住自己的眼泪……

经过几天几夜的长途跋涉，我风尘仆仆地来到了会战总指挥部。工程队一位同志热情地握着我的手说："欢迎，欢迎，欢迎你参加祖国的'大三线'建设！"

接着，他转过头去，对一位正在打电话的老同志说："马书记，你明天打前站不是还要个助手吗？这小伙子就分在你们前线指挥部，明天随你一同进山。"

前线指挥部马书记高高的个子，斑白的头发，古铜色的脸上有一条长长的伤疤。马书记打完电话，乐呵呵地拍着我的肩膀说："小伙子，明天一早就出发，能行吗？"

"行！"我坚定地回答。

"好样的，咱们干革命就要有这么一股干劲，这么一股热情。"马书记微笑着。

第二天清晨，一抹红霞染红了会战总指挥部对面的山头，马书记领着我和设计队的老姚，各人背了一个大地质包就开始出发了。

我们顺着深深的峡谷艰难地向金沙江上游走去，只见到处都是乱岩叠嶂，茅草丛生，连一条小路都没有。快到中午的时候，太阳晒得人浑身热辣辣的，走一步就得出一身汗。我们爬过了两座小山坡，蓦地，我看见前面山顶上长着几棵昂首挺立的大树，树枝像一柄柄利剑直刺青天，枝干上盛开着簇簇耀眼的红花，像一把把熊熊燃烧的火炬，又像一朵朵艳丽的云霞，她是那样朴实，那样壮美，她没有用一片绿叶来装饰和陪衬自己，却用她火红的花朵去召唤这荒原的春天。我从来没有见过这样的花，就好奇地问："这是什么花，开得这样红？"

马书记说："这是攀枝花。"

老姚说："我们广东人又叫它英雄花。"

我说"哈，攀枝花，英雄花，这名字真带劲。"

我问："荒原上这么大的风沙，这花怎么开得这样旺盛？"

502

马书记用衣袖擦了把汗水说："雨打不低头，风吹她不怕，这就是攀枝花的性格。小沈啊，咱们在这人烟稀少的荒山创业，让铁水映红蓝天，我们这些'大三线'建设者，都是勇敢的人，就要像攀枝花一样，扎根荒野，风吹不倒，沙打不怕，用我们的双手建设起崭新的钢铁基地。"

我跑上几步追上马书记问："到那时，我们这钢铁厂该给起个什么名字？"

马书记说："就叫她攀枝花钢铁厂。那时候，我们钢铁基地，就像一朵火红的攀枝花盛开在祖国的大西南。"

老姚也乐了，抹了把脸上的汗珠，像是对我们，又像是对群山，大声地喊道："攀枝花，我们来了！"

喊声久久地在山谷回荡……

山巅上那一树火红的攀枝花，舞着劲枝，也仿佛正在向我们致意：创业者们，你们好！

嘿，在这里创业真富有诗意！

第二天中午，我们到了会战前线指挥部，住在一顶小帐篷里。一天，我和老姚外出勘测回来，背靠在帐篷前的攀枝花树下闲谈，老姚说："小沈，你说说在我们这指挥部里，谁对攀枝花感情最深？"

我摇摇头。

老姚说："哈，你还没看出来，是我们马书记嘛！他在这金沙江畔打过仗，流过血，他那条长长的伤疤就是在这里留下的。"

老姚打开话匣子滔滔不绝向我讲述起来："红军长征的时候，马书记在先头部队的尖刀排当战士，他们奉命在主力部队到来之前的两天来到了金沙江畔，决定先干掉对面山头上的敌人碉堡。深夜，尖刀班的战士们神不知鬼不觉地游到对岸，爬到半山腰时被敌人发现，碉堡里的机关枪嘎嘎嘎地响起来。战士们立刻进行反击，副班长抱着炸药就朝山顶上冲，没有跑出几步，就被敌军的子弹击中。另一个战士跑上前，抱起副班长身边的炸药包，借着山顶上几棵攀枝花树做掩护，一步一步地接近敌堡。当他准备奋力扑上去拉响炸药包时，突然一排子弹飞过来，他扑通一声倒在地上，鲜血染红了他的军装，那英勇的红军战士咬紧牙，艰难地一步一步爬过去，终于爬到碉堡下面，轰隆一声，敌人碉堡上了天，那位红军战士由于负伤过重，也晕过去了……”

“后来呢?”我着急地问。

老姚说：“后来那位战士的伤在红军医院治好了，他一直走到了延安。”

我问：“他现在在什么地方?”

老姚指着我说：“嘿，你真是个小呆子，他就是我们的马书记!”

啊，马书记，老红军，我激动地站起来，仰望着头上那火焰一样炽热的花朵。一只苍鹰在天空飞翔，山下响着金沙江水呼啸奔腾的涛声，这崇山峻岭中的山山水水好像都在对我说，是的，当年的老红军，又带着我们年轻的一代到这里创业来了。

半个月以后，由于筑路队的努力奋战，一条简易公路修到山下来了。这时，上级分配给我们一台柴油机和一部小型发电机，叫我们先在山上发起电来，开始动工建设。但是从山下到山顶只有一条巴掌宽的羊肠小路，怎么能把机器运上山呢?

马书记组织全体人员在那棵火红的攀枝花树下开了动员大会，他说：“我们要发扬铁人王进喜的精神，用中国人自己的肩膀，将这两台机器抬上山来，让灿烂的钢花早日开放。”

这是一个激情燃烧的时代，这是一个向往英雄的时代，马书记的动员报告，说得个个心里热乎乎的，大家争先恐后地拿着绳子和杠子，奔下山去。

在巴掌宽的路上要抬这异常笨重的机器，困难是相当大的，大家都响亮地提出：“誓叫机器早上山，我们面前无困难。”马书记跟我们一起参加了这场战斗，快到中午的时候，才把两部机器抬到半山腰。

大伙把机器放稳后坐下来休息，有的取出水壶来喝水，有的几个人在一起说笑。不一会儿，炊事班送来了热腾腾的饭菜。炊事班长王大个还扛来了一块木板，一边将饭菜放在上面，一边乐呵呵地笑着说：“这地无三尺平，我给你们带来这张好‘餐桌’，大家就围拢来吃吧。”

吃完饭，马书记走过来拍着我的肩膀说：“小伙子，怎么样?”

我说：“还行。”

马书记说：“小伙子，我们现在扛的不光是两台机器，我们扛的是一座钢城，一座现代化的钢城。”

马书记的话，在我心中激起了阵阵波浪，我激动地掏出笔来，写了这样一首小诗：

小小山路巴掌宽，
书记领咱把业创。
机器飞上高山顶，
全靠我们铁肩膀。

即兴之作，匆忙而粗糙。我放好钢笔，突然听到山顶上一阵一阵嘭咚嘭咚的响声。抬头一看，糟了！一块圆滚滚的石头正从山顶上滚下来，发电机就放在下面，眼看着要被砸坏，我急忙跑过去。这时，从我身后突然冲出一个人，扛着那块用来当“餐桌”的木板，直朝发电机跑去，他用背牢牢地抵住木板，一双手紧紧地护住发电机。山上石头滚下来，“嘭”的一声砸在木板上……

“马书记！”老姚第一个高声叫起来，大家一起涌了上去。

马书记支撑着站起来，摸摸被石头砸烂的木板和流着血的臂膀大声地说：“不要管我，快把机器抬上山！”

下午医生来了，给马书记上了药，包扎好了伤口，并嘱咐我和老姚，要让马书记好好休息几天，不要让他出去干活。

这天晚上也许是太累吧，我躺下不一会儿就呼呼地睡着了。半夜里被冻醒，侧耳一听，帐篷外正呼呼地刮着风，我伸手一摸马书记的被窝，啊，空空的，这半夜三更他能到哪里去呢？

我可急了，顾不得叫老姚，披上衣服朝帐篷外面跑。到外面一看，黑咕隆咚，只有不远处的一棵树枝上，挂着一盏小马灯，红红的火焰闪烁着，真像一朵绽放的攀枝花，不时还传来铁锹挖土的声音。

我顺着声音走去，借着微弱的灯光，看清了那个人的背影。

“马书记！”我叫着跑了过去。

马书记向我摆摆手说："小声点，别影响同志们休息。"

"你的伤……"我拉着马书记的手，眼里闪动着晶莹的泪花。

"哈，这么大的小伙子还兴哭鼻子。"他笑着说，"只要一想到我们所开创的宏伟事业，这点伤算什么……"

马书记站起来，用手指着黑幽幽的大山说："我们要在这建第一座高炉，在那边建一栋职工大楼，建设钢城的第一个战斗就从这里开始！"

啊，马书记，你是在为我们建设钢城的战斗准备打基础的位置呀！

天亮了。一轮旭日从东方冉冉升起，灿烂的霞光染红了群山，金沙江像一条绿色的丝带，穿过崇山峻岭飘向远方，山顶上那一树树耀眼的攀枝花，正喷射着红红的火焰。

……

啊，攀枝花，是我们英雄的创业者，用战斗的汗水把你浇灌，用满腔的热血把你染红，那一朵朵艳丽的攀枝花，正是从我们创业者的心坎上开出来的啊！

妈妈，你来信还给我带来了一个好消息，你们那里支援"大三线"建设的物资也快运来了，请让我以"大三线"建设者的名义，向你和你的同事们致以深深感谢。妈妈，你快点来吧，马书记早就对我讲过，那时候我们将手捧火红的攀枝花到火车站来欢迎你！

你的儿子

1975年3月5日

4. 攀枝花　英雄的花

亲爱的妈妈：

儿子参加“大三线”建设以来，一直都没有回家陪您过一个春节，您独自一人在家，外面的鞭炮声牵动着远隔千里的母子，我们只能相互在信中祝福。

您是位有理想有情操的妈妈，总想更多地了解我们这一代年轻人，信中总叫我多讲讲身边的山和水，人和物，那我这封信就讲讲这里最美的一种花吧，这花的名字叫攀枝花。

每年的新年刚过，金沙江畔的攀枝花就盛开了。

这是何等炽烈燃烧的花朵啊！她来不及等绿叶撑开碧伞，就迎着风沙勇敢地喷出了一簇簇碗口般大的红花，好似一片片瑰丽的红云，又如一团团燃烧的火焰。加上那笔直的树干，苍劲的枝条，整个大树威武、挺拔，带着一股催人奋进的豪气，远远望去真像一位披红挂彩的英雄。

在金沙江畔万山丛中的“大三线”钢铁基地（现在已经向全世界公开了，不再叫34号信箱，改名为攀枝花钢铁公司，直属冶金工业部管辖），到处可以看到这样的花朵。攀枝花不但是顶天立地的英雄，也是甘愿为民献身的勇士。她的花和皮可以入药，为人们解除疾病的痛苦；它粗大的躯干可凿成劈波斩浪的木舟，载着勇敢的水手达到生活的彼岸；它那洁白如棉的花絮，可以做枕芯，抚慰着工作疲劳的人们进入梦乡；由于攀枝花的花絮具有不沾水的特征，在现代航海事业上，还可以制成优良的救生圈；每当仲夏暑热逼人之际，它又长出满树碧绿的掌状复叶，给人们以如盖的浓荫。人们又把她叫作木棉花、英雄花——就是《红色娘子军》里面盛开的那种花。

每当看到铁水映红金沙江畔的崇山峻岭，看到钢花灿烂怒放的壮丽景象，看到一列列满载钢材的列车，从一棵棵高大的攀枝花树下驰过，更加激起我对攀枝花的爱恋。因为在这火红的攀枝花树下，战斗着千千万万英雄的攀枝花人。

一天，我在弄弄坪那棵巍峨的攀枝花树下，遇见了工程师老马——就是那个参加过周传典一百零八将钒钛磁铁矿冶炼攻关的马家源。现在，他已由小马变成老马了。他长着一张白净的脸盘，戴一副深度近视眼镜，总是那么斯斯文文的。当他十年前刚来这里的时候，一号高炉才投产。由于时间紧，只能采用边生产边攻关解决的办法。没有完全解决普通高炉冶炼钒钛磁铁矿这一世界炼铁技术上的科技难题，给生产不时带来麻烦，渣铁黏稠不分，经常糊死风口，事故不断。一个高达六十多米的大型高炉，一天只能出四五百吨铁。

这道难题不彻底解决，雄居世界之首的攀枝花钒钛磁铁矿资源，就会永无见天之日。

这位外表斯文的“书生”，内心却粗犷豪放着哩！他选定了这一目标，立志要占领这片高地。夜晚，当人们都已进入梦乡，他仍在实验室紧张忙碌，突然觉得胃痛，看看手表，啊，又是一连三十多个小时没有合眼，连晚饭也忘记吃了！天上的星星在窗口催他，快回家吧，快回家吧！初升的朝霞在门外唤他，该休息了，该休息了。但是老马一转身，又开始了他的实验。此刻，除了那一排排试管，似乎世界上别的一切都不存在了。那时他妻子正临产住院，分娩后通知他去接。谁知等了一天不见人影。等他做完实验回到家里，那个刚来到人世间的胖娃娃，正在床上哇哇地向他抗议哩！

经过二百多个日日夜夜的苦战，老马和他的合作者们，终于解开了这道难题的一些关键数据。接着弄弄坪上，两座雄伟的高炉拔地而起，奔腾的铁水映红了半个天空，创业者用自己的血汗浇开了攀枝花！

在海拔一千六百多米的兰家火山，一辆意大利“伯尔贝尼”翻斗运矿车，正轰鸣着从坎坷不平的乱石路上飞驰而过。那猛冲的虎劲，真恨不得把一座矿山都拉跑。开车的司机小安，敦实的个子，黑红而粗糙的脸盘上全是汗珠，蓝色劳动布工装的袖口和膝盖磨出了一个个窟窿，满身全是矿石铁锈色的粉尘和油渍。

不久前他连病带累，晕倒在心爱的“伯尔贝尼”车上。醒来一看，自己躺在医院的病床上。医生和护士劝他说：“就在这里住几天吧，治好了病再上矿山。”但病还未好，他就避开医生，悄悄搭车回到矿山。工友们见他六月天穿件大棉袄，面容消瘦得吓人，就硬要送他回医院。他憨厚地笑着说：“我一听到矿山的炮声，闻到火药味，看到电铲转，病就好了一大半！”

工友们说什么也不让他干活。可是拦也拦不住，不让他修车就去换胎，不让他换胎就去拖电缆。他后来索性戴上两个大口罩防风，跳上他的“伯尔贝尼”，发动起轰鸣的马达，拉着矿石飞跑起来。这一个月，他落了17斤肉，但他和他领导的小组，硬是用50年代的一台电铲，赶上了目前世界电铲单机作业的先进水平。

这一奇迹使国际上的同行感到吃惊。一位来此参观的外国专家，不相信能有这样高的产量，因为目前外国的电铲料斗容量，比这矿山电铲的容量大将近两倍。这位外国专家到现场，独自卡着表测产量，亲自到驾驶室同工人一起操作，最后完全信了。他比划着手势，竖起大拇指：“上帝在你们这里创造了神话般的奇迹，你们的料斗小，但挖得快，我们的料斗大，但挖得慢，中国工人是这个！”

我昨天专门去了趟矿山。看见小安的“伯尔贝尼”正开过来了。身后那棵火焰般燃烧的攀枝花，将这台深绿色的翻斗车映衬得格外威武。

每当攀枝花盛开的时候，在这“大三线”新钢城峰峦重叠的宝鼎山上，在那凌空飞越的索道旁，人们格外思念一个英雄的名字，她名叫房桂芝。

春节刚过不久的1979年3月9日，一树树火红的攀枝花开遍了宝鼎山，由于半年时间未下雨，气候炎热干燥，宝鼎矿区的山上突然起了山火，熊熊的火光卷着热风向厂区扑来，呼啸的火舌直向半空窜去。眼看着无数创业者用双手建设起来的厂房里，一台台新的机器，顷刻之间就会化为灰烬。房桂芝——这个全国煤炭战线的劳动模范，带着职工和家属向火海冲去。突然，一股狂风卷着烈火向他们扑来。在这危急的时刻，房桂芝奋不顾身地冲进了火海，当人们逼退火阵准备撤退时，突然起了一阵山风，火势再次以更猛烈的燃烧扑向工厂和人群。房桂芝一边带领大家扑灭火势，一边叫大家注意安全。就在这时，她身边的工友云桂芝一下子倒了下去，她急忙拉了云桂芝一把，可是拉不动，原来云桂芝的一条腿陷在石缝里了。无情的烈火如同发疯的恶魔，趁势向她们扑来。在这生死关头，房桂芝只要后退一步就可以逃出魔掌。可是，她没有这样做，她一只手扑打着烈火，一只手用力地帮助工友将那只脚从石缝里拔出。瞬间，烈火发怒了，猛力扑向她，她的衣服被烈火点燃，头发被烈火烧焦，但她的手仍然紧紧地拉着工友云桂芝的手不放，直到将工友救出。这时，她已全身上下被烈火包围，她不停地扑打着，扑打着，踉踉跄跄地用自己的身体扑向机器上的火苗……

救护车呼啸着将她送到煤矿总指挥部医院，但是，由于伤势过重，房桂芝不幸牺牲。

1980年，四川省人民政府授予房桂芝烈士称号。

啊，这不就是一棵顶天立地的攀枝花吗？她用铁干劲枝撑起了浩瀚的天宇，燃烧的花朵染红了祖国满天的红霞。

在矿里同志的陪同下，我曾来到烈士生前奋战过的地方。烧焦的山坡上，已长出了新草，一株火红的攀枝花，在烈士的墓前盛开。那一朵朵艳丽的花朵，不就是烈士青春的容颜！那笔直伟岸的树干，不就是烈士不朽的身躯！啊，房桂芝——这个随丈夫一起，从遥远的北国来到大西南参加“大三线”钢铁基地建设的女性，将永远活在这川滇边界的宝鼎山上，守护着无尽的宝藏，日夜看着奔腾的煤河从这里流向沸腾的炉台。

妈妈，这就是攀枝花，这就是攀枝花人，他们从四面八方来到这里，就爱上了这新的家乡，用忘我劳动和勇敢的献身精神，建设着这块得天独厚的宝地。在炼钢炉前的黑板报上，我抄下了这样一段话：

> 贫穷的祖国需要的不是无休无止的埋怨，而是要千千万万的儿女，为她的富强而奋斗。

有什么能比这更伟大更崇高的呢！

攀枝花啊，英雄的花，是创业者顶天立地的脊梁，给了她挺拔威武的躯干；是祖国忠诚的儿女，给了她不畏风沙的倔强性格；是英雄用满腔的热血，染红了怒放的花朵！

亲爱的妈妈，你说想来这里看一看，儿子欢迎您！不要怕山高，不要怕路远，沿着山峻水险的成昆铁路，穿过奇特的大凉山，越过长虹般的雅砻江铁桥，就会来到这个地方。老远老远，你就会看到那一树树如火似血的花朵，正高举着英雄的火炬欢迎您。

妈妈，您快来吧！

你唯一的儿子　国凡

1982 年 3 月 16 日

第二十章

情系「大三线」

512

1. 金沙江畔的明珠

傍晚，我漫步在金沙江畔。

一轮蚀月正慢慢升起，山峦镀上了一层淡淡的银辉。江风轻抚着路边黄叶稀疏的梧桐，轻轻地细语。朦胧的夜色里，金沙江宛如一条银色的长龙，撞开千重万叠的群山，在刀削斧劈的峡谷间，发出震耳欲聋的涛声，留下一串串珍珠宝玉，一直消失在钢城那星光灿烂的深处。

位于金沙江畔的渡口市，是中国“大三线”的重镇，开始建设时名叫攀枝花特区。这真是一个独特的区域啊！金沙江从白雪皑皑、冰塔林立的唐古拉山脉主峰——各拉丹冬雪山飞涌而出，穿过两山夹峙的横断山脉南下，在攀枝花钢城附近的倮果接纳了从北面汇入的雅砻江的江水，浩浩荡荡东流而去。在那放荡不羁的江水里，有着多少美丽神奇的传说。

相传在女娲补天的时候，有几颗璀璨斑斓的五彩石撒在金沙江畔的榛莽之中，人们只要找到它，两岸的荒山就能变绿，一幢幢红楼就会出现，百姓就会摆脱刀耕火种的苦难生活，金沙江两岸就会变成繁荣昌盛的人间乐园。

我慢慢地走着，回味着一个又一个美妙的传说。突然，对面山顶上升起一朵巨大的红云，遮住了半个天空。我知道那红云升起的地方叫弄弄坪，她是整个钢城的心脏。创业初期，面对着莽莽群山，有人问一位前来视察的首长怎么办，那位首长吸着香烟，双目凝视着呼啸奔腾的金沙江说：“弄一弄就平了。”弄弄坪便由此得名。建设者硬是以大无畏的豪情，弄平了高山，竖起了塔吊，盖起了厂房，铺下了钢轨，建起了车站，同时也找到了那金光灿烂的稀世珍宝——钒钛磁铁矿。为此无数中华儿女在这里流血流汗，攻克了普通高炉冶炼钒钛磁铁矿这道世界性的难题，在 20 世纪 70 年代的第一个春天，高炉第一次飞泻出火红的铁流。在这 2.5 平方千米的弄弄坪上，辟出了 28 个台阶，创造了世界上依山建造大型钢铁联合企业的宏伟业绩。伴着长鸣的汽笛，闪着蓝光的钢材，就像滚滚的金沙江水，源源不断地运往祖国各地。三面环水的弄弄坪，远远看去就像一艘巨大的战舰，正乘风破浪去征服攀枝花共生矿的海洋。啊，它不就是两岸人民世世代代苦苦寻觅的“五彩石”吗？

这里的确是一个五彩石的海洋。你看那星辰朗照的地方，就是兰尖露天采矿场，那一片灯火，如无数的繁星，镶嵌在深蓝色的天幕上——矿山的夜是沸腾的，潜孔钻在轰鸣，电焊花在闪烁，韶峰九号电气机车拉着沉甸甸的矿石在灯海中穿行；雄浑的汽笛声伴着奔腾的涛声，组合成一支高昂的英雄交响曲，激荡得那一棵棵巍然屹立于矿山之巅的攀枝花树，一夜间便催开了火焰般的繁花，灼灼地呼唤着攀枝花钢城如花似锦的明天！

在兰尖铁矿的半山上有一座巨大的墓群，那里长眠着当年劈山开路的创业者。在莽莽群山中绵延千里的成昆铁路上，平均 500 米就倒下了一个不屈的魂灵！攀枝花钢城的拓荒者们，在共和国历史的非常时期，硬是以神圣的热情和生命，托起了这座世界钢铁史上辉煌无比的钢城，创造出了这神话般的奇迹。那一座座烈士纪念碑是民族之魂浇铸在金沙江畔的一道世代仰慕的风景。

夜幕徐徐降临，钢城像一个羞涩的少女，隐进了薄薄的雾纱里，格外叫人迷恋。这时，东风商场正开放着热闹的夜市，“大工棚”的舞台上正传出悦耳的歌声，炳草岗电影院里正放映着惊险的影片，拔地而起的攀钢文体大楼如圣塔耸立，轻盈舒缓的乐曲正徐徐传来……多情的金沙江啊，江滩上不见了纤夫的脚印，深山里没有了苦难的悲歌。我不觉想起曾陪同几位外国专家在此参观时的情景：他们在提钒炉前久久徘徊，这座中国当时唯一的提钒车间，便是中国人民面对世界的骄傲。他们脱下帽子，向随同的我国科技工作者和炉前的工人们致敬。

攀枝花——你这画一般美丽、诗一般动听的名字，已经誉满全球。

你是金沙江畔闪光的明珠，你是祖国胸前朝霞般火红的鲜花！

2. 月色溶溶

谈起攀枝花——这个当年“大三线”建设时的渡口市，许多远方来的客人都爱称赞这里的月色，说是在金沙江畔望月，真是又大又圆，别有一番情趣。

当夜幕刚刚笼罩这万山丛中的新钢城时，东山上便慢慢地升起了一轮明月。开始她躲藏在大山后面，羞答答地露出一点轮廓，当看清人们都在殷切地盼望着她的时候，便大胆地伸出了头，真像有人将半面巨大的圆镜放在山顶上一样。这时，只要你一眨眼，她就会从山后将整个身子一跃而出，霎时，夜空如洗，群星失色，铜盆一样的月亮，散步似的慢慢地向中天游去。难怪古人赞叹“清风雅雨建昌月”啊!

攀枝花迷人的月色，使人们流连、陶醉。

但是，很久很久以前，这里的月亮却不是从大山的背后升起来的，而是从碧波万顷的海洋上升腾。那时候，这里是一望无际的大海——喜马拉雅海。苦涩而又带着咸味的海水，总是洗着她那张愁苦的面容。

“造物主”以旋转乾坤的伟力将水撵走了，无数的山岭从万顷碧波中伸出头来，见到了永恒的月光。古老的林莽沼泽喧腾起来。170 万年前，我国最早的人类——元谋猿人，在这块土地上出现了。那时的月亮啊，照着人类祖先，在这块土地上与猛兽拼杀，与山洪搏斗。

月亮从山巅上升起又落下，一个又一个世纪过去了，寒冷的月光照着的仍然是高山丛林中低矮的茅屋，一块块巴掌大的田地，一个个赤身裸体的农奴。波涛滚滚的金沙江上，没有一座桥，只有偶尔一两只“猪槽船”（用木头挖制的独木小船）和羊皮筏子，在漩涡激流中颠簸。月亮高高地挂在天上，她为人类的苦难悲伤，为这里埋没了的无数地下宝藏痛心。那时，人们说晶亮晶亮的明月里面一定是盛满着泪水。

20 世纪 30 年代，明亮的月光引来了我国地质科学工作者的马帮，叮当的马铃声闹醒了沉寂的荒野。那个戴着眼镜、胸挂相机的年轻人就是这支队伍的领队，他名叫常隆庆，是我国著名地质学家李四光的学生，怀着实业救国的理想，来到这荒无人烟的深山老林寻找宝藏。他带着队伍爬上耸入云端的兰家火山，在熠熠生辉的月光下，发现了攀枝花铁矿石的第一块标本，高兴得差一点从山顶上滑到脚下的金沙江！于是，他借着月光银辉，在这里写下了第一份地质报告——中国具有世界上最大的钒钛磁铁矿资源！但是，在那时，常隆庆开发攀枝花的理想，就像天上的月亮一样，被一层厚厚的浓云笼罩着。

乌云终于被扫尽，月亮终于在这里的山巅上露出那美丽而迷人的笑脸。迎着开国大典的礼炮，我国地质勘探队跋山涉水，进山探宝，对攀枝花进行了系统的普查，确定这里是一个含铁、钒、钛、钴等近二十多种金属的共生矿床，足够开发一百多年！

1965 年，迫于当时的国际形势，决定进行“大三线”建设，倾全国之力建设渡口（攀枝花）战略基地，开发那里无尽的地下资源！

啊，那是一个多么明亮的月夜，第一支建设大军开进了深山！

月光下，一顶顶帐篷宛若盛开的攀枝花一样布满山坡。第一代创业者住的是帐篷，睡的是“棒棒床”（用几根木头搭起来的临时床），吃的是“尼龙布”和“美国手榴弹”（海带和土豆），用铁肩扛着沉重的机器上山。一盆水早上洗脸，晚上擦背，最后还要用来浇菜地。英雄的创业者们终于在湍急的江流上架起了彩虹般的铁桥，在号称世界地质博物馆的险峻山岭中开凿出“地下铁道”——成昆铁路。高山削成了平地，烟囱如雨后春笋，飞涌的铁水钢花打扮着这万古荒岭的春天——火红的攀枝花终于盛开了！

这里的月亮是那样明、那样美。攀枝花的建设者们最爱在月色中散步，回味着艰苦创业的甜蜜，慢慢地消除一天工作的疲劳。凤凰花遮掩的林荫道上，一对对年轻的伴侣爱在这迷人的月色下漫步私语，他们用汗水开发着这里的宝藏，也酿造着甘甜而芬芳的生活蜜汁。而那些老人，总爱抱着小孙孙坐在阳台上，指着天上的月亮告诉未来世纪的公民，千万别丢了攀枝花人艰苦创业的精神。

攀枝花妩媚而诱人的月亮，照着这里漫长的过去，映着这里战斗的昨天。远方的朋友，不要怕山高，不要怕路远，你如果有机会来到这里，一定会同我一样，爱上这里美丽的月色，更会爱上那些在月光下改天换地的人们！

我曾在这座攀枝花燃遍的西部钢城生活了整整 23 年，我用自己青春的热汗浇灌过那些生命一样炽烈的花朵。现在我虽然在这座江南的城市生活几年了，但是，金沙江畔那朝霞般火红的攀枝花无时不在眼前开放，一次又一次地激荡起我青春的热血，让我去重新思考对健全生存方式与现代人生意义的认识，我深深地知道，我生命的一部分已永远地留在那里了。尽管岁月用它懒散的尘埃有时会模糊我前进的道路，但点燃灵魂的火焰，永远在我心中鸣唱着生命的壮歌。

3. 花之城

谁不爱花呢？

一朵绯红的花，是一片火红的朝霞，那样炽烈，那样令人神往，顿时会激起你对大自然的热爱，以火一般的热情去创造美好的未来。一朵淡红的花，是一张春姑娘美丽的笑脸，使人迷恋，叫人沉醉，你会由此感到生命的可爱与幸福。一朵金黄的花，是一朵金色的云，艳丽而神奇，会载着人类理想的翅膀，去蓝天白云间翱翔。一朵雪白的花，是一朵纯洁的浪花，素静而淡雅，在令人心旷神怡之余，会载着生命的航船，去勇敢地鼓浪扬波……

啊，无数美丽的花朵跟随我们这些“大三线”建设者的脚步，到金沙江畔的万山丛中落户来了！

每当跨进新的一年的时候，那花啊，竞相开放，显得格外繁茂。在这彩色缤纷的花海里，每年都会有一朵艳丽的新花，以她的名贵和娇艳，吸引着来自世界各国的专家和朋友。

在这样的季节，祖国北方已是雪花纷飞，河汉冰锁，然而“大三线”钢铁基地，却是艳阳融融，万花争艳，每当东方露出熹微的晨光，太阳神用金手指拉开了薄薄的雾幕，一幢幢新盖起的楼群中，一家家的阳台上，一排排花盆里，花朵挂着亮晶晶的露珠儿，水灵灵开得可爱极了。深紫色的月季，像多情的少女，在晨风中晃动着轻盈的腰肢；粉红色的长春花，又如腼腆的新娘，早已羞红了一张笑脸。那美人蕉，更像绝代佳人，顶着深红的、淡黄的花冠，高傲地舞动着绿色的衣裙。还有那碎金般的丁香，在散发着醉人的芬芳……

啊，一排排阳台，就是一个个落满五彩云霞的花圃！

更壮观的花的海洋，是在厂区新辟的绿化带和厂房外新修的花坛，以及市区新建的公园。在这里，那粉红的、雪白的夹竹桃，成片成林，如雪似浪。那叶尖纤细的一品红，整整齐齐，在木瓜树丛中闪着火红的花冠，就像一团团绿浪中跳动着的火苗。那九里香更像一队队卫士，挺直起绿色的腰板，高擎着金黄的彩旗……

这里的花是生命之花，意志之花，力量之花，这些美丽的花朵就像可爱的“大三线”建设者一样，从祖国的四面八方来到这里，就将自己的根，深深地扎进了金沙江畔的泥土，四季不败地盛开，使这块昔日“抬头不见树，低头不见花”的不毛之地，展现了一派盎然的春意。

“大三线”钢铁基地的土地上盛开的花朵是美丽的，这些美丽的花都是建设者用热血浇灌出来的。

追着花的脚步，我来到巍峨挺拔的高炉旁，这里正在进行十年一次的高炉系统大修工程。这是自1970年7月1日，中国“大三线”钢铁基地第一座普通高炉冶炼钒钛磁铁矿流出奔腾的铁流之后，进行的一次争时间、抢速度的大型规模检修。为了让高炉早日绽放金色的礼花——流出火红的铁流，与我一同进厂的伙伴们正吞烟食尘地奋战着。作为“大三线”建设者，他们已经在这块土地上奋斗了一生，有的伙伴已不幸离开了我们——他们的坟前，早已开满了迎春的鲜花。

这时，在整个工地上，哨子声、号子声、卷扬机呼呼的转动声，组成一支迎春的交响曲，微明的晨光中，夜班工人正在抢焊炉皮，炉上炉下，炉顶炉座，一簇簇银色的焊花怒放着、飞舞着，一座雄伟的高炉，变成了耸入云空的粗大的花柱。

啊，银色的焊花，中国“大三线”的报春花，哪里有了你，哪里就会绚丽如花！

我非常幸运，此时正行走在这片焊花组成的海洋。看吧，在那焊花盛开的深处，我国第一座大型选钛厂正巍然屹立在奔腾的金沙江畔，主厂房重选流程有122台两层楼高的螺旋选矿机。举目远望，整个工厂就像舒展的花瓣，这是我们“大三线”建设者献给祖国的又一朵奇丽的新花！

中国“大三线”钢铁基地，你是金沙江畔的明珠。在这块曾经古老而荒芜的土地上，建设者用自己的双手，播下了花的种子，多少年来都是这样，把最美丽的鲜花献给祖国。从普通高炉冶炼钒钛磁铁矿盛开的金花，到大型提钒炉前喷吐的银朵，从310乙字钢轧制时炽热的花束，到举世瞩目的大型选钛厂的奇葩……

中国“大三线”钢铁基地啊，不就是祖国大地上盛开的一朵新花吗？

这些可爱的新花，都是在“大三线”这块热气腾腾的热土上，创业者们用自己的汗水浇开的，这是“大三线”儿女的骄傲之花，这是中国人民的自豪之花！

难怪啊，在呼啸奔腾的金沙江畔，在巍巍耸立的山崖之巅，这里都倔强地挺立着一种最伟岸挺拔的树——攀枝花。它铁杆劲枝，顶天立地，如同一位巨人。踏坚峰巨石，抚蓝天白云，真是花树中的伟丈夫，人们又将这种树叫作英雄树。看啦，每年春节过后，它就开花了，那花啊，开得热烈，开得惊艳，开得如一片火海在燃烧。看着那火炬般高擎的花朵，总会激起沸腾的热血，勃勃的雄心，不屈的意志以及血洒疆场的豪情，因此，人们又将这花叫作英雄花！

中国“大三线”啊，你这片神秘的国土，是祖国大地上一片英雄的国土，是英雄花盛开的地方！

这些可爱的花啊，一年又一年地从“大三线”建设者的科研室里，加热炉前，沸腾的工地上开出来了，今后还将开得更多、更艳、更茂盛，因为我们每一个“大三线”建设者的心中，就是一片创造美好未来的花的海洋！

祖国，让我们把这朵美丽的鲜花献给您！

4. 山的城水的城

烟花三月，位于江南大地的古城常州草长莺飞，柳绿桃红，从冬日寒冷中走出来的人们，踏着柔柔的嫩青色小草，沿着京杭大运河两岸寻觅春天的脚步。绿水如带，春花芳菲，水边寺静，树掩小舟，潺潺流水绕着烟雨楼台，柔肠千转的苏州评弹在盈盈的水波上漂荡。于是，无数早已渴盼着奋飞的风筝，便从老人和孩子们的手中乘着春风飘飘升起，让放飞者的心情在五颜六色的运河上空追逐、嬉闹。

啊，蓝色的天空竟是那样的高远!

这使我不由想起四十多年前，一列西去的列车，将我带到了中国西部一个鲜为人知的神秘地方。那天正是傍晚，只见通红的夕阳照着四周的高山，闪着一种赤褐色的光，如同一个个巨人，俯看着我们这些年轻人。山山山，到处是山——开门见山，抬头见山，远看是大山，近看是小山。我们决定去感受一下这些扑面而来的大山——在一个山风吹拂的假日，一群年轻人拿着自制的风筝，跑向高高的山岗，当几只风筝顽强地升起的时候，才发现这里与在运河边放风筝完全不同，人与天离得是那么近，仿佛一伸手就能摸着白云，风筝也仿佛要将你载到云层中去了。

同样是放风筝，却有着两种完全不同的感觉。从某种意义上来说，常州是一座水的城市，没有水便没有这座城，穿城而过的运河，悠悠绕城的河网，用轻波柔浪拍打着河堤，编织了一座城市千年的梦幻，犹如唱着一支江南小曲，绵绵的叫人心醉。是水载着这座城，是水给了这座城市以滋养，才使她成为中国东部的一座明星城市。

昔日古城，家家门前一口井，户户屋后有鱼塘，幢幢楼后有码头。出门时只要走到自家的后门，推开吱呀的木门，顺着青石板走到河边的小码头，解下系在树干上的船绳，便可摇着小船咿咿呀呀地出远门了。四通八达的河网便是一个热闹的市场，卖小菜的农夫，售百货的小贩，有时会摇着自家的小船，顺着潺潺的河水来到你家的窗下。你如不愿出门，便可推窗叫喊，将自己购物的钱系在一条绳子上，轻轻地放入窗下的小船，你所要的东西，便会被挂在一只小竹篮子里，让你徐徐地拉进自家的屋子……两千多年来，水就是这样使这里的人们过着诗一样的生活。

然而，这中国西部的大山中水却变得异常珍贵。虽然山下就是奔腾的金沙江，由于铁路还未修通，大量设备运不进来，人们无法将江水引上山岗。创业者一盆水早上洗脸，中午擦背，晚上洗脚，最后还得用来浇菜地。那真是滴水如油！令人赞叹的十年时间，这个崇山峻岭中竟奇迹般地崛起了一座新城，一条条粗大的水管如巨龙绕山，壮观巍峨，成为一大奇观，托起了一座磅礴雄伟的百里钢城，人们将这个昔日“大三线”建设时的渡口改名叫作攀枝花。

以花来为一座城市命名在中国的城市中是不多见的，可见人们对于这座城市热爱的程度。这些美丽的攀枝花，都是长在高山上的，她们迎着风沙，傲然挺立，为这座山城增添了一道迷人的风景线。远处的大黑山上是一片亿万年前的原始森林，莽莽苍苍，没有尽头。宝鼎山上索道横空，让发亮的乌金飞越过重重高山峻岭，送往高山上炉火熊熊的高炉。含满丰富磁铁矿石的兰家火山，亿万年前则是一座活火山，喷涌出来的岩浆炽热似火，早已将整座大山烧成了光秃秃的一片，在阳光下闪着赤红色的光，凌空挺拔在碧蓝的天空下，热辣辣地吸引着远方来客的目光。面对着群山，你会发出一声赞叹：啊，多么雄伟富饶的大山！美丽和富饶使这座城市成为中国西部一颗灿烂的明珠！

这里处处都有桥——除了架设在金沙江上的大桥之外，大大小小的桥梁绝大部分却是建在没有江河的大山之间。这些架于深壑之上的桥梁，云中拉手，雾里挽臂，如同天上的彩虹，将重重叠叠的大山连在一起，钢城便成了一座彩虹上面的城市。

一座座钢铁长桥托起了一座山城，小桥流水也曾孕育了水的城市常州。沿着天宁古寺朝前走，便可到达舣舟亭，这是京杭大运河上的一座小岛。站在这里，便可看见奔涌浩荡的河水从这里流过，浪涌涛喧，一泻千里。才有了苏东坡数次在此登岸，看长河东去，豪情澎湃，最后将终老之地选在了这依河而建的小城，为这块大地增添了一股浓浓的书卷气。于是曹雪芹顺流而来，才将这运河边上的毗陵驿写入了“红楼”，成了这部不朽巨著最后的结束。流着漠北草原祖先粗犷血液的乾隆大帝三下江南，在此登岸观景，留下了仰慕江南文明的千古佳话。于是，少年瞿秋白便经常站在觅渡河边，面对民族的苦难，时常仰望着头上的苍天，从心灵深处发出一声声的疑问：觅渡觅渡，渡在何处？终于有一天他寻到了这个“渡口”，就勇敢地沿着运河走出家乡，将自己理想之舟摇向了朝霞初升的地方……

正是水，使这块大地得到滋润，变得流畅，变得富有，使传统的农耕文明较早地进入了工业文明。河网如织的常州大地稻秧碧绿，鱼跃清池，虾肉肥，蟹脚壮，来往的船只穿梭如织，旗飞笛鸣，晚泊常州，晨发湘楚。在陆上交通还不发达的明清时期，便利的水上交通使这里与近邻的苏州一样，较早地出现了手工作坊，出现了中国较早的手工业者，运河两岸更是商旅云集，叫卖声不断。进入现代文明以来，虽然公路、铁路、航空交通早已覆盖了这座城市，但依托着水乡之便，那些遍布在小城四周的极不起眼的小乡镇，便在全国率先崛起。

山城攀枝花是一座与常州完全不同的城市，她没有绕城的绿水，却有连绵的山峦，就连公园也是建在一座没有河水的高山上的。入夜，只要登上南山观景台，你便会看到万山丛中那层层叠叠如同繁星般闪亮的星星，如长龙似浩海一般地绕着山岭，盘旋而上，人就被融入了一片星海之中，那天上的朗月，仿佛一伸手就能揽入手里。这时，你就会感受到一种心灵的震撼，那是山的力量，山的气魄，山的灵魂，是它们给予了这里的人们改天换地的勇气与移山填海的力量。三国时期诸葛亮曾经在此“五月渡泸，深入不毛”，七擒孟获。可是在千千万万的三线建设大军到来之前，这里却还是一片不毛之地，只住着七户人家，雄浑的大山隔断了与外面的一切联系。这里没有来过苏东坡，没有来过曹雪芹，却来过邓小平、彭德怀、郭沫若，还有“常州老乡”华罗庚。数十万建设大军开进山来，逢山开路，遇水搭桥，依靠中国人自己的智慧，在这万山丛中硬是用中国人的双手托起了一座现代化的钢城——人们将这个托起中国西部钢都的地方叫作弄弄坪。

水使常州这座古城变得妩媚动人，她的市花广玉兰，便是用水做成的骨肉，如同一位亭亭玉立的少女，站立在春日晴朗的天空下，为这座现代化的东部工业城市增添了动人的一笔。她们绕着运河，依着绿茵，在人们的赞叹中将这座江南水乡的古城装扮得格外迷人。

山使中国西部的新城攀枝花显得高大壮美，攀枝花又名英雄花，便是从大山中吐出的奇葩，如同一位伟岸的美男子，头顶着火焰般燃烧的激情，用炽热的花朵为这座城市带来了耀眼的光彩。

与常州相比攀枝花这座山之城太年轻了，翻开建设的史册，也不过五十多个春秋。正因为年轻，所以她没有沉重的负担，没有沉甸甸的包袱，如同一个健壮的年轻人，伸伸胳膊，用自己山一样的力量，托着城市向前飞奔，来自全国各地的建设者，其中也包括水之城的儿女，在共和国的建设中，在与自然的抗争中，形成了一种坚韧不拔的精神，铸就了山一样的性格，从没有路的地方开出一条路来，从没有城的地方建设起一座新城，这是一种何等气吞山河的气魄啊！正因为她年轻，所以给人的印象总是朝气蓬勃，总是充满生机，充满了活力。在崎岖山路上行走的人，也是那样的脚步匆匆，仿佛前面有着许多的伟业在等待着他去开拓。

一方水土养一方人，一方水土建一座城，不同的地质地理环境，不同的历史和特殊的时代以及人类发展在各个地域的不同进程，使得地球上各个城市有着千差万别的美丽，从这些不同的建筑，可以看到一座城市前进的历史，看到一部人类文明的进步史，无论是水的城还是山的城，她们都是我们人类的杰作！

第二十一章

远方有朵圣洁的云

1. 远去的灵魂

在那个风雪弥漫的夜晚，背着背包离开故乡，奔赴“大三线”的“超龄青年”曹国宽，现在终于回到了日夜思念的故乡。

辽阔无垠的东北大平原伸出热情的手臂，拥抱这个从远方归来的儿子。离开这片祖祖辈辈生活的土地已经十多个年头了，这些年来，他钻山沟，住席棚，在金沙江畔的那片荒山野岭中棚居浊饮，硬是用那双粗糙坚实的大手，用那赤子一样的情怀，同他的工友以及千千万万的建设者们，在这片野狼出没的荒野上，为祖国托起了一座现代化的钢城。岁月在时光的隧道中匆匆飞驰，转瞬间他已霜染青丝，雪盖鬓发，当年奔赴“大三线”时交给他“带徒弟”的任务已经完成，一个个徒弟早已成长为机车车辆厂的顶梁柱，他可以放心地回家养老了。

他终于回来了，回到了日夜思念的妻子和三个儿女中间，可以过儿孙绕膝的幸福晚年了。

然而，没有回家时想家，真正回到家里却又时刻惦记着“大三线”，因为那里还有他的三个儿女。那颗做父亲的心啊，自从去“大三线”后就被分成了两半：一半在故乡——那里有他的妻子和三个儿女；一半在“山沟”——这里还有三个跟着他来到荒山野岭参加“大三线”建设的儿女。他和妻子如同两个领队，各自带着儿女，天各一方地生活着。

于是，他每年都会从家乡跑到“大三线”来住几个月，看看那条熟悉的金沙江，爬一爬那些熟悉的山，会一会那些难忘的同事和朋友，当然，与三个留在深山中的儿女团聚也是一件乐事。

他每次回到“大三线”都住在我家。

他每天吃完早饭后，总爱提着一只小木凳——这是他自己做的，来到旁边的灯光球场，在这里会另一位老人，这是一名十多年前与他一样从鞍钢来的土建工人，当年将全家都迁到了“大三线”，退休后就很少回家乡了。但是，一种对故乡的思念总是萦绕着他，自己回不去了，跟家乡的人聊一聊也是好的呀！于是，两个老人就坐在灯光球场的台阶上，谈着家乡，谈着过去，谈着儿女，谈着国家的现在和未来，谈着昨天晚上看过的电视节目。球场上有很多带着孙辈玩耍的老太太，看着他们两个每天都准时“约会”，如情人一般，就觉得很奇怪：两个退休了的老男人，哪来那么多说不完的话？

他们每天“约会”的那个灯光球场，在妻所在的学校下面，是妻上下班的必经之地。妻将这个情况告诉了我，我笑着说：“回忆也是一种幸福，让他们去回忆吧！”

妻说：“他同那个‘瓦匠’（土建工人俗称）每天都坐在那里，又无烟又无茶，也没有水果和饮料，两个人连矿泉水都舍不得买一瓶，是不是给爸点零花钱，让他买点东西两个人坐着吃。”

可是，我们给了钱他也不花，两个人还是那么每天干坐着说话，到了吃饭的时间就“各奔前程”。天天如此，乐此不疲。

老人在家里总是闲不住，不是帮着我们做这样，就是做那样，只要能做的活，看见了就会默默帮我们做，不声不响，就像在“大三线”的机车车辆厂上班一样，做着自己认为应该做的事情。徒弟们都说，曹师傅呀，是个只做不说的人，本来可以在厂里弄个一官半职，可就是只肯干活，不愿张嘴。

我们这个社会不知是从哪一天开始，“名嘴”越来越多，竟然成了一种人人崇拜的职业，说的人太多，做的人太少，难道万丈高楼是靠说出来的吗？

我们家有一辆女儿骑的幼儿自行车，坏了被我扔在阳台上。老人看见了，就从一堆废物中拿出来，放在阳台上修理。我劝他说：“那车已经坏了，不能再骑，孩子也上小学了，不用再骑了，不要修了。”

他不吱声，朝我笑，只顾埋头修车。

两天下来，他终于将车修好，再用机油擦洗干净，完全就是一辆八成新的儿童自行车了。

女儿放学回来看见了，就夸赞“姥爷的手真巧”。

他站在旁边，看着孩子玩着这辆儿童自行车，嘿嘿地笑着问：“你还要吗？”

女儿高兴地说：“要。”

妻对女儿说：“你都长大了，哪有小学生还骑这儿童车的，不要了。”

老人说：“你们真不要了，我就把它卖了，让需要的家庭拿来使用。”

第二天，他真的就将这辆修好的儿童自行车提着，来到渡口大桥公交车站的旁边，蹲在那里卖车。

到吃午饭的时候他回来了，我问：“车呢？”

他说：“卖了。”

我说：“那修好的旧车还真能卖呀？”

他说：“怎么不能卖，要买的人还有好几个哩！”

妻问：“卖了多少钱？”

他说：“五元。”

我不由笑了起来：“才卖五元呀！”

他说：“报废的东西，能卖五元就不错了。其实，当时有几个人都要买，出价都比这个高。但我见一个女的，她是从农村来这里探亲的家属，带着一个只有三岁的女儿，那孩子看着车子就不想走，可她掏了半天才掏出五元钱。我说，算了，就卖给你吧！围着的人说，这老头傻了呀，三十元、四十元的不卖，偏卖给一个出钱最少的。”

这就是我的岳父，这就是真正的“大三线”建设者，这就是那一代的中国工人。

有一天，我下班回到家里，见阳台上放着十多只用铁丝做的新衣架。就问妻，这是哪来的。

她朝我努努嘴。

我一看，岳父曹国宽师傅坐在阳台上，地上放着一把电工钳子，一双有力的大手正在用力地弯曲着铁丝，做最后的几只衣架——这十多只用铁丝做成的衣架，现在有的已生了铁锈，家里新购的衣架五颜六色，但无论工作调动还是搬家，哪怕行程千里，我们也没有扔掉岳父做的那些铁丝衣架，它们至今仍在家里“服役”。

这是对逝去岁月的珍藏，是对于生命历程的怀念，是一代人品质的见证。

真水无香，真品无言。退休后的岳父，就是这样默默地将一个“大三线”建设时期的创业者的品质，悄无声息地传给我们，感染着我的家庭——实实在在做事，默默无闻创造，认认真真生活，老老实实做一个对社会有用的平凡的人。

前不久，在整理家里物品的时候，偶然发现女儿在“大三线”上小学时的一堆作业本。我一本一本地翻过去，发现一篇写她姥爷的假期作文。在一个小学生眼中，这位当年参加“大三线”建设的曹国宽师傅是个什么样子呢？

给姥爷的画像

我的姥爷是一名退休老工人，他对人总是面带微笑。姥爷中等身材，身上常穿一件半旧的蓝衣服，但总洗得干干净净。

姥爷花白的头发，是他在旧社会受的苦难，如今，新社会了，姥爷才当上了一名工人。他为攀枝花的建设贡献了宝贵的年华。姥爷的脸上刻满了一道道皱纹，这是他走过的岁月。姥爷的胡子总是剃得干干净净，两只眼睛炯炯有神，谁的自行车坏了，姥爷一看就知道。姥爷的手掌四四方方的，指头粗而短，外面裹着一层茧皮，真像半个蚕茧上安了个指甲，而且每个指头都像一根小铁棍，总体看来，真像一个小耙子。大家可不要看不起那两只手，我们现在住的向阳村，不都是姥爷和其他开创者，“一锄头，一锄头”地挖了地基，修起了楼房，(不然)哪有攀枝花？

姥爷的手不但坚硬，而且灵巧，他爱修机械，常常帮助别人修钟，修自行车，修缝纫机……姥爷在我们家总闲不住，还用铁丝做衣架，他弯铁丝不用钳子，只要两手抓住铁丝的两端，一用力，就把铁丝弄弯了。有一次，爸爸新买回来一个熊猫台灯，可是灯罩太低了，灯泡怎么也安不上去，姥爷拿来钳子，将架灯罩的铁丝用力一扳，灯泡就安上去了。

我从姥爷身上懂得做人应该朴素，我要像姥爷一样勤劳。当我做完作业时，我要勤劳地帮爸爸妈妈做家务活，当我想穿新衣服时，我要去克服，

继续穿旧衣服。姥爷的品德、形象（使）我（对做人的认识）得到提高，
我要向姥爷学习，做一个热爱劳动，勤劳、朴实的人。

我一字不改地将这篇作文录于此处，孩子稚嫩的字里行间，会给我们什么样的启示呢？

我有一次出差去东北，发现他和老伴在大地里干农活，老伴挥着锄头刨土，他挑着一担粪往地里走。快中午了，太阳毒辣辣地照着，大地显得很空旷，风也不知躲到哪里去了，空气闷热得难受。

我直感叹，这两位老人，真是“锄禾日当午”啊！

岳父将粪挑放在我面前说：“来，你挑挑看。”

我蹲下身去，将扁担放在肩头，没想到，这一挑粪还真沉啊，虽然挑起来了，却迈不动脚步。

岳父看着笑了，说：“放下吧，我看你写文章行，干这活不行，还是放下吧，别把腰闪着了。”

说着，他自己挑起担子就往地里走。

说起退休后“承包”这块地，还有一段“雷锋的故事”。

岳父退休后无人“动员”，每天总在大楼四周把地扫得干干净净，也不要报酬。后来，由于治安等原因，在没有形成小区的地方，居委会决定聘人守楼，每月三十元。得知老人乐于助人，为人本分，于是“聘请”他守楼——现在已有了官方名称“保安”。

有一天，他见一个大娘站在路边，守着一辆送菜的三轮车发愁。走过去一看，三轮车坏了。大娘愁眉苦脸，无可奈何。

他帮着将三轮车推到大楼边，然后拿来工具，开始修三轮车。

大娘担心地问：“师傅，你能修好？”

他不说话，只顾埋头修车——机车都能修好，你这三轮车算什么！

大娘怕被“敲竹杠”，担心地问修车要多少钱。

他仍不说话。修好后对大娘说：“好了，你骑走吧，这一车菜挺重的，干这么重

的活，得当心啊！”

大娘从来没有遇到过这样的人，修了车都不要钱，两个老人便聊了起来。

原来，那位大娘的家就在附近的乡下，因为争地邻居之间发生冲突，两家人打了起来，她的儿子和丈夫失手将邻居家的一个人打死了，被判刑坐牢。现在家里就她一个老太婆，地是没法种了，就靠用这三轮车给城里拉菜度日。

大娘说：“地是荒了啊！”

辽阔的东北大平原，多好的土地啊，只有土地才是坚实的，可是就这么白白地荒废着！他提出要帮大娘种地。

这位大娘看着他，笑着说，那地现在也不值钱了，你要种就给你种，每年随便给几个钱就行了。

于是，曾经参加轰轰烈烈“大三线”建设的退休老工人曹国宽同志，就自费“承包”了这片土地，与老伴一起早耕晚归，过起了少年时代在乡下梦寐以求的田园生活。是呀，那时家里很穷，只有几分地活命，哪有这样的土地啊！现在人们得到了土地，却这样不当一回事，任意地荒弃，那是多么令人心痛！

地种得很成功，每当蔬菜丰收时吃不完，他就大捆大捆地送给朋友和邻居。

后来，他在修一辆自行车时，由于用力过猛，突然一下子倒在地上。

经过医院的抢救，他终于活了过来，然而，却成了一个哑巴，不再会说话了。还有更痛苦的，就是不能吞咽食物，每次吃饭都是一场战斗，有时会累得浑身大汗。看着他痛苦的样子，儿女们的心里都非常难过。

他咬着牙，没叫过一声苦。

我妻子经常给她的父亲喂饭，喂一次感动一次。

有一次，她对我说，想将这些都写下来。

我鼓励她：“你赶快写呀！”

她有些犹豫，认为自己不会写文章，担心写不好。

我说：“你看到了什么，想到了什么，把这些记下来就行了。”

后来，她终于写出一篇记录父亲病中情况的文章，让我帮她看一下。

我看完后非常感动，认为可以找家刊物发表。

妻睁大眼睛看着我问："这，全是写家里病人的事情，也能发表？"

我鼓励她说："能，这比那些整天无病呻吟，哼哼唧唧的文章好多了。"

妻说："那这个任务就交给你。"

因为岳父是从鞍钢出发去参加"大三线"建设的，我将这篇稿子邮到鞍钢的《流火》杂志，2008 年这本杂志在第四期的"辉煌乐章——鞍钢成立 60 周年专稿"的专栏中发表了这篇文章：

父亲的牙齿

曹丽娟

在我的记忆中，父亲有着一口洁白整齐的牙齿。可是不知什么时候，父亲的这口牙齿怎么会没有了呢？他的这口牙齿都到哪里去了呢？

父亲从青年到壮年，身体一直很好，到了老年也很壮实，每天在外能走十里路。可是，前几年在修自行车时却突然晕倒，经送医院抢救才得以活下来。一场大病，夺去了父亲健康的身体，也给他的晚年生活带来了极大的痛苦。这场大病之后，父亲的舌头就不能动了，失去了说话的能力，成了一个"哑巴"，也失去了吞咽食物的功能，从此他就不会吃东西了。这么多年来，全靠我们姐妹四人每餐一口一口地喂饭，才使父亲的生命得以延续到今天。在一次喂饭的时候，我突然发现他的嘴里，仅存着一颗上牙和下边右侧残缺不齐的一颗断牙。父亲的牙齿怎么没有了，什么时候没有的，我们不得而知。那么，父亲的牙齿到底到哪里去了呢？

每当看到父亲在吞饭时那艰难的样子，就会想到，父亲一定是在吞饭的时候，连同着每次脱落的牙齿，一起咽下去了，不然，牙齿又怎么会没有了呢？

常言道，牙齿打落了往肚里吞。可是，谁也没有"打"呀，他为了不让儿女们难过，难道就是这样，如同当年在崇山峻岭的"大三线"一样，默默地将困难——牙齿吞进了肚子里?！一个当年冒着风雪从遥远的东北横穿整个中国大陆，奔赴"大三线"的生机勃勃的建设者，到了晚年，生命仍然是这样坚强。

父亲的舌头不能自由活动，每餐全靠着口腔的上下活动将喂进嘴里的饭咽下去，那么每次脱落的牙齿，也就和着饭一起吞下去了？这该是多么艰难！

为了生存，为了活下去，父亲硬是以顽强的生命和不屈的毅力，和着饭就这样一口一口地将满口的牙齿吞了下去，这种痛苦只有父亲自己才能明白，只有他自己心里才能体会得到。每当喂饭的时候，看着他吞咽时痛苦的样子，做女儿的心中不觉阵阵难过和心痛。

在我的记忆中，父亲的那口牙齿是异常坚硬的，它曾经品尝过人生路上无数的酸甜苦辣，并将一个个困难咬碎。我们兄妹六个都是在20世纪50年代中后期来到世界上的，60年代遇到荒年，儿时的我们无法吃饱肚子。为了省下那点可怜的粮食来养育我们，他下班后就到公园去摘榆树叶回家煮着吃。后来连榆树叶都没有了，他就用那口坚硬的牙齿啃吃过草根。当看到父亲一口洁白的牙齿被那些“食物”渐渐染黑的时候，我背过身去，偷偷地哭了……

这是一种何等伟大的父爱啊！

20世纪60年代，作为一名共和国成立初期参加中国最大钢铁企业鞍钢建设的技术工人，父亲唱着“毛主席的战士最听党的话，哪里需要到哪里去，哪里艰苦哪安家……”的歌，毅然告别我们这群儿女，独自去了遥远的四川，参加祖国的“大三线”建设。

处于金沙江畔万山丛中的“大三线”钢铁基地，建设时由于交通不便，蔬菜水果等生活物质都无法运进去，生活非常艰苦，他经常同建设者们一起，用那口坚实的牙齿，啃吃着硬如铁块的干馒头充饥，还顶着烈日在工地上干活，从来都没有叫过苦，喊过累。

有一次，工地上突然出现事故，在来不及使用工具的情况下，他硬是用那口坚硬的牙齿，将一段麻绳咬断，使无数建设者脱险。父亲那口钢铁般的牙齿，很快便出了名！他在那里一干就是十几年，直到在一片荒原上用双手为祖国托起一座现代化的钢城后才回到家乡。

父亲一手托着儿女，一手托着祖国，我为他而自豪！

然而，父亲现在却病倒了。

近些年来，整个社会的生活水平提高很快，条件有了很大改善。鱼、肉、蛋、新鲜蔬菜、新鲜水果要啥有啥，想吃什么都可以买到。在这个时候，他却不会吃、不会喝，不会说话，已经躺在床上不能动弹了。虽然他不能像正常人那样吃东西，但是我们作为儿女，每餐都做好适合他吞咽并可口的饭菜，用各种办法帮着他“吞”下去，让他老人家“吃”得满意，吃得可口。作为一个已经八十多岁的老人，每天看着自己用血汗养大的女儿围在身边，从表情上可以看得出来，他是非常的高兴。每当父亲张开他那张掉了牙齿的嘴，我都会感到一阵心酸——那一口洁白整齐的牙齿再也见不到了。没有了牙齿的父亲令我更加吃惊，更加敬佩，他硬是以顽强的“牙齿精神”与病魔斗争着——每次进食简直就是一场生命延续的战争，食物经常会堵在食管里，使他咳嗽不已也不放弃，并时常强行支撑着想站起来——那是一种对生命的渴望，对生命的留恋所迸发出来的无穷力量。

我爱父亲，因为我是踏着父亲的足迹来到“大三线”的，我们的女儿是在“大三线”这块土地上出生的，我们一家三口同父亲一样，都是“大三线”人，这是一片令人迷恋的热土，曾留下过我们三代人的足迹，并赐予了我们坚强、勇敢的精神，以及善良、诚实的品质。

我爱父亲，爱他粗壮的大手，有力的臂膀，勤劳的身影，不屈的生命，更爱他那种敢于用自己坚硬的牙齿——即使没有了牙齿也能咬碎困难的“大三线”人的精神！

只要有时间，病中的老人总爱拉着儿女的手，不断地摸着，摸着，他那粗糙的大手会不时发出阵阵震颤。从眼眶里可以看出，他心里有很多话想说，可是却说不出来，痛苦在他的眼眶里转动着。生病之前，他早已写好遗嘱，不留骨灰，不连累儿女，他会独自“飞”向远方。

我见他行走困难，为了使他起居方便，就将他的枕头从床上拿到沙发上，又去帮他抱被子，让他独自躺在沙发上休息。谁知他突然一下两眼圆睁，用凶凶的目光看着我，摇摇晃晃地向我冲来，伸出手掌就要打我。

我顿时惊魂。

几十年来，哪怕在“大三线”最艰苦的岁月里，我们翁婿之间相处和谐，从来都没有红过一次脸。我对他尊敬有加，他对我关爱有余，今天到底是怎么啦？

大家慌忙制止，而我却百思不得其解。

直到多少年后的今天，当我准备写这部书稿时，想到当年那些两地分居的同事，每年一次的探亲假，如牛郎织女般穿梭在铁路线上，心里不由发颤。匆匆忙忙的一个月，被窝才刚刚焐热，转眼又将分离，这种痛苦是别人很难理解的。岳父参加“大三线”建设十多年，所有的探亲假加起来，夫妻团聚的时间还不如别人一年。在这生命的最后时刻，他希望自己能同相爱一生的人，在被窝里多焐一会儿，将失去的那些岁月补回来，这有什么不好呢？偏偏我这个同他一起在“大三线”战斗过的人不理解他，嫌他病了，行动不便了，要将他们分开，他能不生气吗？

岳父是在黎明到来的时候去世的。

他一生做工，勤劳善良，不进党派，远离名利，无论是在鞍钢还是在“大三线”，都在机车车辆厂埋头做工，用自己的汗水和心血，推动着中国的机车向前奔驰，却连小汽车也没有坐过。出殡的那天，儿女们专门在殡仪馆租了一辆黑色小轿车，让他最后“享受”一次。

一个平凡的灵魂，从此走进了天国……

2. 彩云里的歌声

她是一位母亲，在傍晚的时候走进了日夜思念的“大三线”，她是来看望儿子的。

她的儿子名叫许亮德，刚满 26 岁，在大山深处的一处筑路工地当工人，同时也是一名业余歌手——大山深处的蓝天白云，常载着他雄浑的歌声飘向远方。

长途汽车在公路边的一块木牌下面停了下来，司机转过头去朝着她喊道：“工程队到了，请下车。”

丈夫扶着她走下汽车。

放眼望去，近山如墨，远山如黛，河水在山崖的挤压下，发出雷鸣般的吼声。运送器材的卡车在不远处的简易公路上飞驰，不时腾起一片尘土。高高的塔吊伸着巨臂，霍霍的哨声不时传来，密密麻麻的工棚布满山野，组成了一座全新的“城市”。工棚的灯光亮了，星星般在大山中闪烁。雾岚徐徐升起，暮色开始笼罩四周的山野。

这就是儿子工作的地方，这就是“大三线”啊！

她是被儿子所在工程队的一封加急电报催到这里来的，那电报上只简单的几个字：儿有急事，请速来。

她和丈夫急忙收拾行李，急匆匆地出了门。

她年轻的时候美丽、动人，村里人都说，她那双大大的眼睛，就像村边上那两口澄碧的清潭，照得进人影。提亲的人踩烂了家里的门坎，她都一个个地回绝了，人们猜不透，不知道她要找一个什么样的男子。

直到有一天，村里一个高小毕业生回来了，终于点燃了她心中爱情的火焰。

那个高小毕业生梳着“一片瓦”的头发，穿一件立领的学生装，上衣口袋里挂着一支钢笔。谁家要给远方的亲人写信就来找他，他会从上衣口袋里“咔”一下抽出那支钢笔。在贫瘠的乡村里，这声音太动听了。

那抽出钢笔的声音终于将她吸引了，那时，高小毕业生已被列入“知识青年”，在乡村中可是凤毛麟角。

这场婚姻遭到了家庭的反对，原因是那个高小毕业生的家庭是富农成分，也就是说，他是富农的儿子。

在以阶级成分划分国民的时代，富农成分的就是农村的“专政”对象，不但祸及本人，也会影响儿女，那是多么可怕的后果啊！

可是，她已下定决心，非他勿嫁。

父母将她锁在家里，她拿出剪刀，以死相争。

那是20世纪的50年代初期，乡村中反对封建包办婚姻，提倡婚姻自主的宣传开展得轰轰烈烈。在一个大雪纷飞的夜晚，她用剪刀砸碎了窗户，奔到那位高小毕业生的家里，两个人手拉着手，冒雪步行二十里，来到乡政府领了结婚证。

由于嫁到了富农家庭，全村的人都退避三舍，婚礼举办得冷冷清清。她对此并不在意，只感到心里热乎乎的，因为终于嫁给了自己心爱的人。

不久，宝成铁路开始建设，铁路招工部门派人来县里招工。

她是在到城里赶场（即赶集，四川话叫赶场）的时候得到这个消息的，就跑回来催着丈夫去报名。

新婚的丈夫看着她，那是一张多么美丽动人的面容啊，怎么舍得离开！

她生气了，冲着丈夫说：“国家建设铁路要人，你有知识有文化，怎么能躲在村子里？”

丈夫仍然有些犹豫。

她说：“你是不是舍不得热被窝？男子汉大丈夫，为国出力，理所当然，更何况修了铁路，我们山里人得福，出门也方便了，你的书都读到哪里去了？”

第二天，她独自跑到县里去，帮丈夫报了名。

他是富农家庭，地方有关部门认为他“政审”不合格。但他有文化，招工的铁路局正缺少这方面的人，下决心硬要招他。

就这样，她给丈夫戴上一朵用绸布做成的大红花，拉着他的手走出村口，送他参加了铁路局的筑路工程队。

直到后来，从丈夫一封封的来信中，她才知道修建一条铁路，那是多么艰难的事情啊！丈夫所在的工程队，一年四季驻扎在荒山野岭，风餐露宿，在隆隆的炮声和呼啸的风镐声中，在尘土和沙石飞扬中打眼放炮，平路铺轨，架桥梁与山鹰共舞，掘隧道跟魔鬼抗争，暴雨、山洪、塌方、滚石、泥石流、地下水……生命随时都面临着威胁。

随着铁路一寸一寸地向前延伸，她的年龄也一天天地增长，他们还没有自己的孩子，这成了她十分纠结的心病。

为了能有个孩子，每年一次的探亲假她决不轻易放过，催着丈夫按时回家。如果丈夫因公不能回来，哪怕当时丈夫的工程队所在地再远，再偏僻，再艰苦，她都会毫不犹豫地奔去。她十分珍惜这一个月的探亲时间，希望通过夫妻的共同努力，得到一个可爱的宝宝。每年探亲之前，她都会到村外的小庙里去，给那个慈祥的送子观音烧香磕头，盼望得到她的保佑。

我在“大三线”时，每年都会看见一个又一个年轻媳妇，为了不耽误丈夫的工作，候鸟一样地从外面“飞”来与丈夫团聚。因为“大三线”建设初期是不准带家属的，大多数建设者都成了牛郎织女，夫妻每年只能相会一次，“探亲”的时间只有一个月。于是，夫妻二人住在一间工友们腾出来的极其简陋的工棚里，紧张而繁忙地进行着他们的“工作”。在这一个月里，要想怀上孩子，真是件不容易的事情，必须得“天时地利人和”恰到好处才能实现。

她的虔诚终于感动了“菩萨”，在一个春光明媚的上午，一个胖嘟嘟的男婴来到了人间。

她终于做了母亲。

后来，丈夫所在的工程队开进了“大三线”。

夫妻两个特别珍惜这个来之不易的儿子，将其视如珍宝，捧在手上怕丢了，含在嘴里怕化了，看着孩子一天天长大，她的心里真是乐开了花。

山村的孩子经常打赤脚，可是她绝不让自己的儿子打赤脚。她每天收工回来，总是在夜晚点亮家里的那盏桐油灯，独坐在窗前给儿子纳鞋底。自己用麻搓成的麻线，在一层一层布粘起来的厚厚的鞋底上，发出“丝丝”的摩擦声，如同山村一支动听的夜曲，透过窗户飘向寂静的夜空。

儿子上中学时，村里来了一支演出队，大家都跑去看演出，有一个独唱的男子，那歌唱得真好，乡亲们一次一次地给他鼓掌。儿子站在那里，直到演出散了也不肯走。问他为什么还站那里，儿子说，他想再看一眼那个唱歌的叔叔。

从此，儿了爱上了唱歌。

后来，老师对她说，你的儿子嗓子很好，但还得找个好的老师给训练一下，才能唱得更好，说不定将来会成为歌星哩！

她急了，问：“到哪里找老师教呢?”

那个老师告诉她，可以找到的，但要花很多钱交学费。

她写信给丈夫，希望他寄钱回来让儿子拜师学唱歌。

到底要多少钱，她也不知道。那时丈夫的工资一个月才三十多元，哪来那么多钱呀！于是，她就到村外的集上去打零工。别人家修房子，她就去挑水泥，背河沙，挑一挑水泥两元钱，背一背筐沙子一元钱，就这样，她一元一元地为儿子凑齐了钱。

儿子第一天从学习唱歌的老师家上完课回到家里时，高兴地搂着她，连声地喊着妈妈、妈妈。

她的心里蜜一样的甜啊！

那些在烈日下流的汗，风雪中冻伤的脚，以及因挑担被磨破皮的肩头，在儿子绽放的笑脸面前都算不了什么。

可是，那学习唱歌的钱太贵，最后她实在交不起了。儿子是懂事的，退了学，偷偷跟认识的朋友学，跟同学学，跑到教学班的窗户底下去“偷”着学，就这样，在初中毕业典礼上，他自弹自唱的《铁道游击队之歌》，赢得了大家的掌声。

还有什么比这个更幸福的了呢？坐在台下的她泪水顷刻便流了出来。

这掌声是给儿子的，更是给母亲的。

就这样，母子二人在家乡艰辛而快乐地生活着，直到有一天，丈夫从“大三线”

回家探亲，她才惊奇地发现，丈夫的头上长出了稀疏的白发。

他们相互看着对方，看着看着，两个人的眼里不由流出了泪水。是的，时光如水，生活如潮，在滔滔的生命长河中，他们夫妻共同支撑着的这只航船，驶过了无数的激流险滩，生命的风霜已经悄悄地开始染白他们的满头青丝。

丈夫告诉她，自己即将到退休的年龄了，“大三线”仍然在轰轰烈烈的建设中，需要更多的年轻人投身建设的队伍，希望儿子能接自己的班，投身到宏伟的“大三线”建设中去，“献了青春献终生，献了终生献子孙”，这是“大三线”建设者的胸怀与决心。

她的心不由颤抖起来，那里山高水远，她舍不得儿子远行。

丈夫说，你难道忘记了吗，当年你是如何动员我参加国家建设的？现在儿子长大了，我们同样应该送他到国家最需要的地方去。“大三线”建设还没有完成，还需要大量的建设者。对于“大三线”国家有了新的政策，老职工退休，子女可以“顶替”，他们到“大三线”后，“吃老子（父辈）的粮，睡老子的床，干老子的活”，这就叫作日月轮回，新老更替，这样做，会使我们参加建设的“大三线”永远充满青春的活力。

她是一个深明大义的母亲，终于决定用年轻的儿子换回了年老的丈夫。

分别三十多年的丈夫终于“卸甲归田”，回家团聚了！可是，送走了儿子，她觉得心里总是空落落的，仿佛失去了什么。外出时忘记了关门，煮饭时忘记了放水，炒菜时忘记了加盐，丈夫经常笑着说，唉，真的老了！

是的，她再不是当年那个十里闻名的标致村姑了，再不是那个穿着对襟花袄的新媳妇了，再不是那个在陌生人面前转过身去，悄悄地解开衣服给婴儿喂奶的年轻妈妈了，她从一个“大三线”建设者的妻子，已经成为一个“大三线”建设者的母亲。

她将两代人都送到了“大三线”，她的心同“大三线”连接得更紧了。

儿子到“大三线”的第一个月，邮差给她送来了一张汇款单，那是儿子从第一个月的工资中抽出一部分邮给她的，钱不多，但那是儿子一片心意。她在取钱回来的路上，乡亲们问她为什么那么高兴呀，她便自豪地说：“儿子从‘大三线’给我寄钱来了。”

消息很快传遍了村子，乡亲们都说她有福气，养了个懂事的儿子。

江水奔腾，山风呼啸，岁月的风雨让少年白头，时代的风雷令苍山巨变。她经常会站在家乡屋后的山坡上，站在一片灿灿的晚霞中，遥望着远方，怀想着“大三线”的儿子，恨不得立刻插上翅膀，飞到儿子身旁。

每当这时，丈夫就会从屋后爬上山坡，来到她的身边，拉着她的手说：“天色已经晚了，回家吧。”

她总会用带几分生气的话对丈夫说：“你总是叫我回家回家，可我怎么能安心呢？儿子接你的班，到‘大三线’当工人去了，在那里人生地不熟的，条件也很艰苦，工地上放炮取石，人来车往，我怎么能放心。”

丈夫总是笑着问：“当年你送我去的时候，也是这样担心吗？”

她这时就会说：“谁担心你呀！”

丈夫说：“这就对了，我在外三十多年，不是平平安安地回来了吗？现在的年轻人，有文化，有知识，比我当年强多了，你还有什么不放心的？”

前不久，她从街上回来，忽然对丈夫说：“儿子已经不小了，我今天在街上看中了一个姑娘，一打听，是邻村的，长得标致极了，过几天我找人去她家说说。”

丈夫一听就笑了，劝她说：“现在的年轻人都是自由恋爱，用不着我们操这个心。就像你当年一样，父母看上的，孩子不一定满意，还会闹出人命来。”

她一听脸就红了，没想到几十年了，丈夫还记着这件事。可是，一个做母亲的，心里总是放心不下，就对丈夫说：“你不是说的‘大三线’男多女少吗？”

丈夫不由笑了，对她说：“那是我们这一代人翻的老皇历了，现在那里建设得多漂亮。成群结队的姑娘都往那里跑了，下次探亲的时候，我们一起去看看。”

现在，她和丈夫来到了这里，不远处的山坡上，就是儿子工作的工程队。暮色与华灯在群山中交织，挂在树上的高音喇叭里，传出了悠扬的吉他声，多么动听，多么悦耳，多么熟悉啊！

随着吉他的伴奏，一个雄浑的男中音在群山间回响：

西边的太阳快要落山了，
微山湖上静悄悄，
弹起我心爱的土琵琶，
唱起那动人的歌谣……

她高兴地呼唤着，儿子，这是儿子的歌声，这是儿子弹奏的吉他，在欢迎远方母亲的到来啊！

第二天，当工程队长将他夫妇带到一个山坡上时，迎接她的却是山岗上的一座新坟，石碑上刻着儿子的名字。

她愣愣地瞪着眼睛，完全不敢相信眼前的事实。

片刻后，她扑上去，撕心裂肺地叫了声“我的儿呀！”便晕了过去。

儿子是在一次意外事故中牺牲的。

那天中午，开午饭的哨声响起，他放下手中的风镐，踩着乱石朝开饭的地方走去，一股扑鼻的肉香被风送了过来，他高兴地喊着：“哎呀，真香！”

就在这时，不远处一枚没有发现的“哑炮”，在烈日下突然爆炸，飞溅的石块击中了他的头部。

年轻的歌手倒下了。

不，他没倒下，他永远和“大三线”的工友们在一起——每天早晨和傍晚，工程队的广播里都会播放他在全队文艺汇演时弹唱的录音。

悠远的歌声被彩云托着，在山野的上空久久地、久久地回旋……

3. 一个米脂婆姨和她的丈夫

夜已经很深了，丈夫还没有回来。

她独坐在家里，有些心神不定。丈夫每天下班后都是准时回家的，就是有重要的会议要开，有重要的公务要继续处理，也会打个电话回来，这是他多年以来的习惯。今天怎么啦，挂在墙上的“三五”牌挂钟都敲了十下，却还没有听到那熟悉的敲门声。

深秋的北方已是风寒叶落的季节，玻璃窗户的外面都结上了一层薄薄的白霜，丈夫还是没有回来。

她名叫吴洁茹，在某单位担任党支部书记，是一个米脂婆姨。对于米脂婆姨，民间曾有“米脂婆姨醉人的酒，啥时才能喝到口；米脂婆姨人品好，远走千里忘不了”的赞誉。

我曾被这样的赞美吸引，专程去过一次米脂。米脂城外有一个山洞名叫貂蝉洞，相传这位绝代美女曾在此住过。城外不远处是当年李自成的一座行宫，这与米脂盛产美女的传说是否有关系呢？英雄的血性与米脂美女的柔情在这里也许有过一段生动的故事。这时，不知是哪家的婆姨在山梁梁上唱起了动人的信天游：

我拉你的手，
你亲我的口；
拉拉手，亲亲口，
二人一起走……

天啦，听到这样的歌声心都醉了！

据当年在延安参加革命的老人们讲，由于米脂与延安在地理位置上的关系，抗日战争爆发的时候，大量有觉悟的米脂女子冲破重重阻碍，奔赴革命圣地延安，投身伟大的民族抗战，米脂婆姨成了艰难岁月中延河边一道最靓丽的风景，她们以进步的思想文化和自身美丽的双重魄力，打动了来自全国各地的优秀青年。那时，能找到一位标致的米脂婆姨，会引来许多人羡慕的目光。

人们喜爱米脂婆姨，追求米脂婆姨，米脂县就被亲热地称为“丈人县”，可见米脂婆姨在当时“革命队伍”中的影响和地位。

吴洁茹，就是这样一位从米脂走出的婆姨。1939年她从米脂跑到延安，参加了全民族的抗战，她同男人一样扛枪上前线。有时半夜里一声军号，就得起来打好背包，跟着队伍前进，作为女人，她从来没有落后过。除了行军打仗，一有时间，她就帮战士们缝补衣裳……

谁要讨到这样的婆姨，那真是一种福分啊！

谢天谢地，终于响起了敲门声。

吴洁茹打开房门，丈夫裹着一身寒风进了屋子，放下公文包后对她说：“我有一件重要的事情要与你商量。”

吴洁茹瞪着一双大眼睛看着丈夫：“什么事那么急，连饭都不吃了？”

丈夫让她坐在自己的对面，用从未有过的严肃口吻问她：“要是哪一天我离开北方到外地去工作，你同意吗？”

吴洁茹笑了：“这是哪来的话呀，在延安窑洞结婚的时候我就跟你讲过，哪怕走到天涯海角都会跟着你。”

丈夫说：“要是不让你去呢？”

吴洁茹惊奇地问：“为什么？”

丈夫说：“就像战争年代一样，那里有‘炮火’（开山炸石），有‘拼杀’（与大自然搏斗），有‘肉搏’（克服困难的生活条件），有流血牺牲，那里目前交通不便，山高谷深，各方面都很困难，所以上级规定一律不准带家属，加之这家里三个孩子也得有人照顾。”

吴洁茹不由有些犯愁。

丈夫冲着她神秘地一笑。

吴洁茹有些生气，追问丈夫去那个荒凉的地方做什么，可丈夫就是不回答，问急了丈夫对她甩出一句话："我也不知道。"

吴洁茹一晚上都没有睡好觉，什么事情这样神秘？

丈夫说的都是实话。

丈夫知道，这事是属于绝密的，这是纪律。那天下班的时候，领导突然找到他聊了很久，问了他家庭的情况，并透露即将调动他工作的想法，让他回家先同老伴商量一下。

就这样，丈夫就算是同吴洁茹商量了。

一个星期之后，丈夫接到工作调动的通知，前往正在建设中的"大三线"某基地，并担任那里的临时负责人。

那临时负责人是个什么级别？他也不问，更不想问，现在关键就是急着回家去将这件事情告诉必须在家留守的老伴。

吴洁茹得到消息后着急地问："那是个什么地方？"

丈夫只简单地回答："大山中，荒山野岭，人烟稀少，野狼出没，一穷二白。"

吴洁茹笑了，对丈夫说："你不要吓我，你到那样的地方去做什么？"

丈夫一下子严肃起来，对她说："我可不是与你开玩笑，是真的要到那样的地方去工作，那个地方叫作中国的'大三线'，我们要在那里建设强大的内地工业和国防工业，以预防未来不可预测的战争。"

吴洁茹问："你都这把年纪了，难道没有比你更合适的年轻人吗？"

丈夫一听皱起了眉头，冲着她说："现在进城了，难道我们的思想变了，我们的信仰变了，不再为人民的利益奋斗了？难道革命的目的是坐在城里当官、享福？同志，我们人老了，信仰不能变，理想不能变。"

她注意到，丈夫说这话时，眼睛里闪着年轻时那诱人的光亮。

吴洁茹说："那好，我跟你一起上'前线'。"

丈夫冲着她说："哪有带一个老婆子上'前线'的，现在那里连个吃饭睡觉的地方都没有，所有职工都不让带家属，难道我能搞这个‘特殊’?”

丈夫对她说：“你还有自己的工作，家里孩子还得有人照顾，你就给我当后勤部长吧，等那里建设好了，我一定来接你，我们一起在那里安度晚年。”

吴洁茹在单位也是个挑担子的“角”，要领导批准随夫去“前线”，也非一件容易的事情，更何况现在自己再不是从米脂跑到延安的那个单身女子，她已做了母亲，家里的孩子需要照顾，不说别的，去了“前线”，这些孩子们到哪里上学?

她的丈夫名叫刘永德，中等身材，双肩不宽，前额也不饱满，尖尖的下巴上留着几根稀疏的胡子，整天穿一件灰色卡其布中山装，上下班骑一辆锈迹斑斑的永久牌自行车，有几次还被新来的门卫拦住询问。

刘永德的老家在江西，1928 年家乡“闹红”，跟祖母在外讨饭的刘永德一咬牙，就跟着红军走了。没想到这一走就是三十多年，在雪山草地吃过从马粪里淘出的“麦子”，在抗战前线与日本兵拼过刺刀。

吴洁茹年轻时长得可俊啦，高高的鼻梁，樱桃似的小嘴，见人总是微微地一笑。刘永德的心，也被这微笑融化了，他们在延安的窑洞里，举行了简单的婚礼。

婚礼后的第三天，刘永德所在部队接到命令，开赴抗战前线。

夜晚，她独坐窗前，赶着为新郎做一双布鞋。

新郎从睡梦中醒来，披上衣裳，坐在身边陪着她。

夜很静，窑洞里的灯很暗，两个人都听得见对方的心跳。

她微微一笑，一边缝着布鞋，一边轻声地唱了起来：

……

送郎当红军，

切莫想家庭，

家中(啊)事情(啊)，

我郎莫挂心(呐)，

(哎呀)我的个郎当红军。

……

第二天黎明，他们在窑洞前告别。新郎用手轻轻地抚摸着她的脸，晶莹的泪花在她的眼眶里转动。

这一切仿佛就在昨天，一转眼，当年的新郎新娘已儿女满堂，银发初显，她又要送自己的心上人去“前线”——那是一场开天辟地的大建设，那是新时代一场争时间抢速度的“战争”。

这一年，刘永德57岁。

从此，这对即将达到退休年龄的老夫妻，开始了漫长的两地分居的生活。家庭的一副重担，全落在了吴洁茹的肩头，除了每天上班工作，照顾儿女，她的心时刻都牵挂着远方的丈夫，一个女人的心，一下子被分成了两瓣。

刘永德风尘仆仆地赶到数千里外的“大三线”，一看眼前的情况傻眼了。由于当时的各种原因，加之山高水远，交通闭塞，工程上马仓促，职工没有住房，粮食蔬菜供应不上，许多从东北调来的职工只好打道回府。几台施工的推土机放在露天里，早已锈迹斑斑。成堆的建筑材料，横七竖八地堆放在山坡上。那些临时搭建起来的帐篷和木屋，如同山上的蘑菇，东一“朵”，西一“朵”地“开”在山洼里，万一遇到山洪或泥石流怎么办？更令他担心的是那些仍然留在这里的职工，由于看不到企业前途，整天无所事事，钓鱼的钓鱼，打猎的打猎，一个国家寄予很大希望的“大三线”企业，就这样被抛弃在大山深处。

刘永德心里很不是滋味。

大家见来了一个干瘦的老头，根本没有当回事。

他自己提着背包，住进了谁也不要的一间破板房，这里就成了他的办公室和宿舍。

他每天都跑到那些蘑菇一样的小木屋里去，跟留守的职工们“侃大山”(聊天)。

刘永德第一道命令就是让劳动工资科通知所有“放假”回家的职工，必须在半个月之内回厂报到，否则作为自动离职处理。

接着，他召开职工大会，响亮地提出：责任重于泰山，信念坚如磐石，决心不可动摇！

人们一打听，才知道这个刘永德竟然是个老红军，货真价实的老革命，是从血与火中走过来的。你看他，住最破的房子，在食堂里同大伙一起排队买饭，在工地上同大家一起抬石挑土，回来还自己担水洗衣服——说不准带家属，他自己就带头。一个五十多岁的老头奔赴“大三线”，无畏地挑起这副担子，扭乾坤，挽狂澜，奠基石，拓新路，这需要何等的勇气与魄力啊！

有人闹情绪，想调回城里，不用开会，不用动员，不用讲大道理，就会有人走过去，用手指着刘永德悄悄地告诉他说：“你看看这老头，上面调来的大干部，老红军啊！”

那些活蹦乱跳的年轻人见他是个真革命，都争着和他交朋友。

还有什么比榜样的力量更强大的呢！

刘永德像一颗火种，点燃了人们心中的火焰，沉寂的大山开始喧腾起来，热气腾腾的大建设开始了。

可是，留守后方的“后勤部长”吴洁茹，此时正处于纠结之中。

家里的几个子女，最大的两个到了“上山下乡”的年龄。根据当时的相关规定，参加“大三线”建设的父母，均可以带成年的孩子进入“大三线”参加工作，这是国家对“大三线”职工的照顾，也是加强“大三线”建设力量的需要。

让孩子们到父亲工作的“大三线”去，这是名正言顺的事情，既可以解决他们的就业，又可以照顾年老的父亲，真是一个再好不过的机会。

吴洁茹决心写信与丈夫商量。

她将信纸铺在桌上的时候又犹豫了。这样做会不会给丈夫带来影响，会不会引起更多的职工将子女带到厂里就业，会不会给还未正式投厂的企业造成压力？

那么，不提让孩子们去“大三线”的事，就孩子们现在的情况，跟丈夫商量一下怎么办。

她又犹豫起来。丈夫远在数千里之外，不了解家里的情况，现在需要的是全心全意地投入工作，把这座“大三线”工厂建设好，这样做不是在给他找麻烦吗？

最后，她没有写这封信。

她决定来一次自作主张。

几个月后，丈夫到北方开会，回到家里发现两个孩子不见了，就着急地问她孩子的去向。

她说："同你一样，上'前线'了。"

丈夫一下子蒙了，问道："哪个前线？"

她如实地将情况向这位家庭的"首长"做了汇报，她让两个孩子上山下乡去了。

丈夫一听高兴了，夸她"真是一个好婆姨"。

她说："你就安心在'前线'好好干，我们母子都不会给你添麻烦。"

他说："你做得对，我们参加革命是为了什么，为了当官，为了发财，为了有一天骑在老百姓头上作威作福？升官发财，让家属和孩子们搞特殊，我们如果也这样想，这样做，那我们还是共产党员吗？"

丈夫还夸她说，你这个"婆姨"已不是家里的后勤部长了，现在级别一下子提高了，当起政委来了，哈哈哈……

人要有使命地活着，才不会在花花世界里迷失。人要知道自己是谁，才不会努力向世人证明自己是谁。灵魂足够丰盈的人，才不会追逐虚荣的官爵和生活外的体面。

机器从外面运进来了，山上没有公路，这些机器怎么办？

刘永德说："整天发愁有什么用？技术人员先将这些机器拆散、分类、标号，大家用肩头再抬上山来。"

有人问他："你也参加吗？"

他笑着说："别看我老了，干这活比你们年轻人强。"

他带头扛着杠子下了山。

黎明的太阳顶着寒冷的晨风，冲破还未化尽的冰雪，在地平线上勇敢、倔强地升起来了。这灿灿的晨光携着温暖，蕴含着希望，坚定、沉稳、充满活力，将生机勃勃的春天带给了大地，带给了深山丛林中的中国"大三线"。

那是一群怎样的古铜色的肩膀啊！

粗壮的肌肉在一声"上肩"的吼声中鼓了起来，随着木杠在重压下发出的"咔咔"的声音，沉重如山的机件就压在了这些人的肩头。立刻，肩上那鼓鼓的肌肉就被无情地压了下去，肩头上便是一个深深沉陷的窝巢，死死地将那根粗大的木杠“咬”住，带着韧性的肌肉便扩张起所有的血管和每一个细胞，将意志与信念拧成钢铁，将生命与灵魂铸成高山，担时代之艰，扛民族之难，一副副古铜色的肩膀组成了一座坚固的长城，沉重的机件便在这“长城”上面，沉稳而缓慢地向着山上移动。涔涔汗水从这些古铜色的肩膀上一串一串地滴落下来，脚下的泥土便散发出汗的清香，力的醉意。

就这样，在极其困难的条件下，这些被太阳和风雨打磨出来的古铜色肩膀，终于将总重量近百吨的设备和机件，全部运到了大山深处。

听着隆隆的机器声，沉寂的大山欢腾起来。

大山里的冬天雪花如席，天寒地冻，欢畅的小溪也停止了歌唱，在厚厚的冰雪下呻吟。刘永德住的小木屋里，刺骨的寒风从门缝不断地挤进来，屋顶的沙木板也被冻开了裂纹，水珠从屋顶上嘀嘀嗒嗒地滴下来。

他给妻子写信说，这里有北方看不到的好风景，“隔牖风惊竹，开门雪满山。遥遥‘大三线’，厂房耸云端。”

“十年饮冰，难凉热血。”老红军刘永德本色未改，壮心不已。

他忠实履行着自己参加革命的诺言，人未解甲，马未离鞍，带领一群“大三线”建设者，在一块不毛之地上，建设起了一座现代化的工厂，绿水青山绕着一排排高楼，学校、体育场、公园……

远方的儿女们都有了自己的孩子。

妻子写信给他说，他已经升为家庭的“太上皇”了，儿孙们都盼他尽快“解甲归田”。

然而，由于积劳成疾，老红军刘永德终于倒在了“大三线”。

他心爱的米脂婆姨带着孩子们匆匆赶来。

山风吻着她的白发，轻拂着她饱经风霜的脸，山间的小河静静地流淌，挺拔的青松屹立在山崖上，挽着留恋的蓝天白云……

人之渺小，如沧海一粟；生命之伟大，在灵魂之高尚。可贵的灵魂吸引来的，也正是相同的灵魂。从抗战前线到“大三线”，这对聚少“离”多的夫妻永远奔走在国家和民族最需要的战斗前列，他们用自己的青春、爱情与生命，书写了一代中华儿女的传奇人生，书写了“大三线”建设的雄伟篇章。

“杜鹃花与鸟，怨艳两何赊。疑是口中血，滴成枝上花。”中国“大三线”建设的硕大花朵，是千千万万个母亲和妻子，用她们赤诚的爱和浓浓的血浇灌出来的。

巴金说，没有人因为多活几年而变老，人老只是由于他放弃了理想。

“大三线”的建设者们怀着信念而来，用生命之笔蘸着沸腾的热血，书写了一部不朽的传奇。他们以勇敢、坚强与忘我奉献的精神，劈高山以填深谷，挽彩云以腾九霄，做出了惊天动地的伟大业绩。

“愿得此身长报国，何须生入玉门关。”

4. 妈妈来到“大三线”

我紧紧握着妈妈从三千里外邮来的信，心激动得都快要跳出来了。妈妈在信中说，自从我参加“大三线”建设的那一天开始，她就想到“大三线”来看看，看看这里的山水，看看这里的建设，看看那些勇敢坚强的建设者，当然更主要的还是要亲眼看看儿子在这里的生活和工作。

“妈妈决定到‘大三线’来看我了！”我将这个消息很快地告诉了妻子以及当年与我一同奔赴“大三线”建设的同伴们。

大家都为我高兴，我也激动得好几天都没有睡好觉。

记得去年冬天，我突然接到一封妈妈所在机关发来的加急电报，说她病重住院，让我速回家探望。我急忙请假，乘上成昆铁路上的列车，昼夜不停地往家里赶。当我踩着夕阳的余辉，急匆匆地跨过一块一块青石板铺成的台阶，轻轻推开医院住院部的那间小屋时，只见妈妈躺在病床上，床前高高地挂着一只输液瓶。

我的到来令她惊喜。

我俯下身去，轻声地问她的病情。

妈妈没有说话，突然伸出没有输液的另一只手来，将我紧紧地搂住。

我是妈妈的独生子，她很爱我。记得小时候有一次她买了两个大包子回家，我和她一人一个。我几口就吃完了，妈妈手中的包子却只吃了一小块。我问妈妈，你怎么不爱吃包子？妈妈说她的牙有点疼，说着将包子放到我手上。我很懂事，不肯吃。妈妈就说，这样吧，我们一人一半。我将妈妈分给我的一半吃了。妈妈手中的那半个包子仍然只吃了一点点。妈妈又将那一半分成两份，对我说，你帮妈妈再吃一半吧。于是，我又“帮”妈妈吃了一半。最后，两个包子几乎就被我一个人吃了。

妈妈用手捧着我胖嘟嘟的小脸，笑了。

妈妈是个坚强的人，对我从小要求就很严，希望我将来无论何时何地，都要能独立生活。五岁时，她让我自己洗衣服，我拧不动，她也不帮我。上小学了，就让我自己煮饭，主要是学会下面条，有时煮成了一锅糊糊，她就让我自己盛着吃。我不想吃，她就告诉我，这是你自己做的，你不吃谁吃？要想吃到可口的面条，就得跟着大人好好地学。1958 年全国开展“除四害运动（即消灭苍蝇、蚊子、老鼠、麻雀）”，妈妈所在区委的机关干部，每天天刚亮就得起床去田野里敲锣打鼓地驱赶麻雀。我觉得很好玩，也想参加，又怕早晨贪睡起不了床，就想让妈妈叫醒我。妈妈却说，让我自己准时起床。怎么办？我的小床安放在妈妈爸爸的大床旁边，我晚上悄悄地在两床中间拉了一条绳子，将绳子一头系在我的手指上，他们起床时不小心碰着了绳子，就将我碰醒了。妈妈一看我的那根手指，都被绳子系肿了，赶紧将系着的绳子取了下来，带着我参加了驱赶麻雀的热闹活动。后来，根据当时“干部下放劳动锻炼”的“政策”，父亲所在的区政府领导决定让他“锻炼”，妈妈因为经常下乡，无法照顾我，便决定让爸爸带着我一同回苏北老家“锻炼”。临走的那天，我想与妈妈告别，却找不到她，我问爸爸，妈妈呢，怎么不来送我们？爸爸摸着我的头说，妈妈下乡工作去了。就这样，直到爸爸在老家去世，我才再次见到妈妈。原来，妈妈担心我年幼，承受不了这种分别，在家里后门的门缝里看了我一眼便悄悄走了。在我的记忆里，只有爸爸去世的那一年，妈妈赶回老家，曾经这样紧紧地搂抱过我。

我俯身在妈妈的怀里，感到从未有过的幸福。

妈妈的同事们告诉我：“见到你，你妈妈的病好了一半。”

不久，妈妈病愈出院。我们沿着县城的石板路，绕过那条穿城而过的小河，回到妈妈在机关里的那间小木屋。屋前那棵妈妈种下的泡桐树，挺拔、倔强的树干已经高过了屋檐，巴掌般宽大的绿叶，在微风的吹拂下，笑着向我们轻轻挥手。

妈妈指着它说：“你看，它同你一样，长高了，长壮了。”

妈妈还慎重地告诉我，明年春暖花开的时候她办完退休手续，就一定要到“大三线”来与我们团聚。

妈妈那年已经68岁，一直被继续“聘用”——儿子去了“大三线”，一个人退休在家难免会感到孤独与寂寞，多么希望我回到她的身边啊！调动工作的单位都替我联系好了，她怕影响我的工作，将这些都埋在心里，从来没有给我提起。妈妈的邻居是县委书记和他的一家人，他是妈妈的战友，在我回家探亲的时候还为此专门找我谈过一次。可是，我爱上了“大三线”沸腾的生活，这让妈妈非常为难。这次生病，她觉得自己必须退休了，准备先去儿子那里看一看，再回来办理退休手续。她已下定了决心，“大三线”再艰苦也不怕，一定要到那个遥远的地方去与儿子一家团聚，在那座崭新的移民城里与儿孙们一起度过晚年，将自己支持儿子参加“大三线”建设的决心坚持到底！

妈妈是在一个傍晚来到“大三线”重镇渡口市的。

不知怎么，这趟唯一可以开进渡口市区的慢车这次却提前进站了，当我从山坡下来，赶到火车站时，出站的人流早已散去。

妈妈，我亲爱的妈妈，你在哪里，在这人地生疏的大山中，你到哪里找自己的儿子！

我急忙顺着铁道往前寻找。

夕阳即将落下山巅，晚霞将西天染红。山崖下，呼啸的金沙江闪着金灿灿的波光，那些裸露着的铁锈色岩石，在晚霞的照射下，闪着迷人的色彩。运矿的列车不时呼啸而过，矿石浓浓的铁锈气味便在空气中飘散。

一个老人正顺着铁道朝这边走来。

“妈妈！妈妈！”我高声地呼喊着，跨过铁道，直向前冲去。

妈妈用一条手帕，将两个旅行包系着，前后搭在肩头。我冲过去，接过她肩头上的两个旅行包。

像许多老人一样，妈妈的身体已经发福，背也微微地有些驼了，满头青丝早已随岁月飘去，苍苍银雪覆盖着头顶。不知怎么，我的眼里一下子盈满了泪水。

妈妈拉住我的手，那是我儿时感觉到的温暖。

我和妈妈顺着铁道慢慢地往家里走去，不时有呼啸的火车从我们的身边驰过。很快，漫山遍野的灯光亮了，层层叠叠，从金沙江畔一直重叠到山顶上的高峰村，整个厂区灿若星空，我们如同在星海中穿行。

妈妈不由停住脚步，惊讶地赞叹："真漂亮！"

我说："当年刚来的时候，这里却是一片荒山野岭，野狼出没，到了傍晚，哪还敢出门呀！"

妈妈笑了，对我说："劳动创造世界，这话千真万确。"

我问："那个时候你不为我担心吗？"

妈妈说："怎么能不担心哩，儿行千里母担忧啊！但是，我相信你能坚持下来，因为在你很小的时候妈妈就培养你独立生活的能力，想不到真派上了用场。你看，你们这些'大三线'建设者，在荒无人烟的崇山峻岭中，建了一座多么美丽的城市！"

妈妈说着停住了脚步，再次看了看满山遍野的灯火。

推开家门，妻子亲切地叫了一声"妈"，我们四岁的女儿扑了上来，不停地喊着"奶奶，奶奶"，并拉着老人的手，让她看摆在地上的玩具。

我参加"大三线"建设后，妈妈独自住在原工作单位的那间木板屋里，在寂寞与冷清中度过了十三年的孤独时光。那时没有手机没有微信，唯一的联系是我每月按时邮回家的两封家书。这些信，妈妈都一封一封地保存着，不时地拿出来看看。现在，在遥远的"大三线"，扑面而来的浓浓亲情使她有些措手不及。她弯下腰去，用颤抖的手，将可爱的小孙女紧紧地搂在怀里。在老人温暖的怀抱里，女儿高兴地叫着："奶奶，我有奶奶了！"

女儿天真的话语，引来满屋笑声。

这是一间分配给我的仅有十九点三平方米的小屋，顶楼（五楼），外面是窄小的厨房和卫生间，里面是两间小屋以及后来加宽的阳台。我们带女儿住在里间，妈妈住在外面一间，床、煤气灶、饭桌和四把椅子，都是单位分配的。虽然是间小屋，在当时也算是不错的了，近十年的"大三线"单身生活，现在总算有了一个"窝"。处于亚热带的渡口市，每年有近八个月都处在炎炎烈日之下，那时没有空调，连电风扇也是难得的奢侈品，顶楼烤得如火炉，每天晚饭后，妻子就将拖布用水打湿，在屋子里来回拖，用以降低地板上的温度，然后一家人将席子铺在地板上睡觉，因为床上总是烫得人无法入睡。2017年冬天，我为了写这本书再次回到“大三线”，走近当年居住的小楼，久久地站在下面，仿佛看见当年母亲站在阳台上盼着我下班回来的身影。

第二天，跟我一同参加“大三线”建设的伙伴们来了，围着妈妈嘘寒问暖，乡情与温暖包围着白发苍苍的妈妈，她看着这些年轻的建设者，开心地笑了。

几天后的一个早晨，突然有人敲门，是一个男人的声音，他不断地在门外叫着：“周主任，周主任。”

我打开房门，一个陌生的中年男人站在我家门口。

妈妈走了出来，他一下子扑了上去，拉着妈妈的手说：“周主任，你到渡口来了呀，我昨天才知道这个消息，到我家里去玩吧，乘我们单位的车子去，车就停在楼下。”

妈妈高兴地说：“长兵啊，没想到是你呀！”

妈妈告诉我，来人名叫陈长兵，1962年才12岁就成了孤儿，为了生存，被安排在机关幼儿园帮厨——打猪草，妈妈当时经常给园长打招呼，要关照这个孩子，让他吃饱饭，长大后“大三线”建设招工，他就来到了这里，在郊外的殡仪馆做会计。

说着，我们一起下楼，妈妈与陈长兵上了那辆停在楼下的北京130汽车。

谁知这一去竟玩了整整十天，陈长兵才将妈妈送回来。

妈妈说，那里空气很好，长兵一家人对她视同亲生母亲，非常照顾，在那里玩很开心。没想到在“大三线”，还有那么多的“老乡”与熟人。

我带着妈妈参观了我们建设起来的现代化工厂，当看到通红的铁流从高炉里喷涌而出，炽热的钢轨飞快地穿过轧机的时候，她竟孩子般高兴地鼓掌。她说，做了一辈子农村工作，没有想到“大三线”的工业发展如此迅速。

我说：“妈妈来了，我们三代人一起照张全家福吧。”

妈妈高兴地笑着，脸上的皱纹也随着舒展开来。

一个阳光明媚的周日，我们一家四口各自换上自己认为“时尚”的衣服，将头梳了又梳，从家里出发，跨过横跨在金沙江上的铁桥，走过一段缓缓的斜坡，来到大渡口唯一的一家照相馆。可是，当摄影师将镜头对准的时候，女儿却哭了，怎么也不肯照。

到底什么原因？原来，那时的摄像机是依靠可以伸缩的脚架支撑着的，摄像师在拍摄时，为了不让里面的胶片曝光，要在头和摄像机之间搭一块内为红色，外为黑色的布，自己将头埋进那块黑布里。一个出生在“大三线”山沟里的孩子，何曾见过这个？那里面会不会冒出一个魔鬼来，把自己的影子“偷”走？

无论我们怎么说，她就是不肯照。

这时，妈妈看见相馆外面有人在卖气球，走出去买了一只。

妈妈将气球交到孩子手里，然后弯下腰去，摸着她的头说：“我们跟它一起照张相好不好呀？”

慈祥的奶奶给了孩子安全感，孩子抹了下泪水说：“我要靠着奶奶照。”

原来，爱也是需要智慧的。

摄像师抓住机会，将手中那个红色的塑料球一捏，“咔嚓”一声按下了快门。

照片出来后，我让我们宣传部摄影科的专职摄影师放大了一张，请木工师傅做了个镜框挂在家里。每天下班回来，我都爱站在那里看看这张照片，心里充满着幸福与甜蜜。

转眼到了1985年的夏天，我要到四川师大去进行论文答辩前的学习，妻子也要到西南师大英语系去进行短期培训，虽然女儿已经上幼儿园，但是每天的接送和回家后的生活总得有个人照顾，在“大三线”请保姆可不是一件容易的事情，谁来帮我们呢？

我们想到了刚来探亲的妈妈。

可是，看到她发胖的身体，每天下楼在开水房打水之后，上楼时总要休息两次才能上到五楼，不由有些犹豫。她曾写信给同事说过，年轻时好过，老来真难过，每天爬上爬下地到五楼，直感到力不从心。而且之前妈妈曾经说过，她的肺上有毛病，不适合带孩子。更何况她初到“大三线”，人地生疏，每天柴米油盐这些生活琐事，让一个老人承担极不容易。

没有想到，妈妈竟答应了下来。

现在，我已到了妈妈当年的年龄，每当想起，不禁痛彻心扉，泪流满面。这世间有太多的遗憾，我们无法追回，很多事情，都来得那么突然，让人意想不到，悔恨终生。

那时，我们是多么年轻，多么的不懂事啊！

一个月后的一个早晨，当我从成都回到家里，敲了很长时间的门都无人来开。

我问邻居，他说昨天还看见我妈妈在走廊上带着孩子。

再敲门，屋里响起了缓慢的脚步声。

门终于开了，妈妈站在那里，双手用力地撑着墙面，还未懂事的女儿在她的身后，拿着一只针管不断地喊着要给奶奶打针。

妈妈没有说话，朝我惨淡地一笑。

我心里不由“咯噔”一下。

原来，妈妈的一双腿已经肿得迈步艰难了。

我揭开灶台上的锅，里面装着半锅吃剩了的粥。再看看饭桌上，竟然没有一点菜肴。那时没有冰箱，这说明祖孙二人已经好几天没有吃到新鲜菜蔬，靠着这锅薄粥维系着生命。

我扑上去紧紧地搂着妈妈，泪水哗的一下从眼眶里涌了出来。

我决定送妈妈到职工总医院去看病。

妈妈第二天一早就起来了，拖着有病的身体，用手撑着墙，将小屋子打扫得干干净净，洗完脸后换上一件干净的衣服，将满头银发梳理得整整齐齐。

那时出行非常困难。没有出租车，公共汽车站离家还有很长的一段路，机关车队的汽车只有一定级别的领导出公差才能使用。妈妈是搭一辆我们工作的便车去医院的，那是一辆北京 130，现在应该叫作皮卡车，既可以装人，也可以装货。驾驶室里已经坐满，我们只得站在后面的敞篷车厢里。妈妈用手抓住车厢的挡板，我们用力托着将她“抬”了上去。

汽车沿着金沙江河谷向医院飞驰，妈妈梳理整齐的白发被带着寒意的晨风无情地吹乱。

医生检查后提出，必须立刻住院。

傍晚，我们带着女儿来到医院住院部，与妈妈一同坐在住院部的走廊上聊天。

夕阳照在院子里，洒上了一层金辉，那些开得正盛的月季花，在暖风中轻轻摇曳。院中的几棵树上，归巢的鸟儿叽叽喳喳地欢叫着，如同我们此时的心情——妈妈只要住几天院就会痊愈。

妈妈说：“楼下熊部长的摩托车什么时候来医院呀，我住几天后想回家去看一看。”

熊部长是我们钢铁公司的武装部部长，就住在我们楼下，因为工作需要给他们部里派有一辆摩托车。我见妈妈精神比昨天好多了，就对她说：“你安心养病，我给熊部长讲一下，我会每天下班后都来看你。”

妈妈高兴地说：“你们放心，好好工作。”

女儿不明白我们在讲什么，拉着妈妈的手说：“奶奶，我不让你走，我要给你打针。”

妈妈笑了，用手摸着女儿头上的小辫子说：“奶奶不走，奶奶还要在这里看着我的小孙女长大成人哩！”

女儿高兴地拍着小手，我们和妈妈一起都笑了。

令我没有想到的是，三天之后，妈妈病情急转直下，连下床都困难了。

主治医生是我认识的朋友，他告诉我，妈妈想吃什么你们就给她做什么吧。妈妈得了肺癌，而且癌细胞已经开始转移。

这犹如晴天响起一声霹雳。

第四天，妈妈的呼吸开始困难，医生从她的胸腔里抽出了大量黄色浓液。

妈妈的呼吸稍有好转，她也许意识到了什么，不断地对坐在床边的我叫着：“快，快，你们把孩子抱来我看看，我要看孩子，要看孩子。”

女儿被她的大姨送来了，她站在病床前，睁着一双眼睛看着我们，不知道眼前发生了什么。

妻子将女儿抱起来，送到妈妈身边。

妈妈伸出那双布满皱纹的手，不断地在孩子细嫩的脸蛋上摸着、摸着，轻轻地叫着孩子的名字——女儿苏蕾的名字是妈妈取的。她曾在信中说，虽然孩子出生在“大三线”，但她的根在江苏；她出生的时候（1981 年），正是中国大地万物复苏的年代，这孩子就是这个年代出生的花蕾啊！

妈妈对孙女的爱，全部融化在这优雅而又寓意深远的名字里。

四岁的女儿不知道眼前发生了什么，下地后在病房里来回不停地乱跑。

妈妈用手指着孩子说："你们以后不准打她，一定不要……"

这话谁说过？我的外婆。妈妈曾告诉过我，当年外婆去世的时候，曾用手指着幼小的我，反复地向她说过这句话。

住院的第七天早晨，妻子煮好了早饭来到病房，将妈妈扶起来，并用枕头垫在她的后背，一口一口地给她喂粥。

妈妈大口大口地吃着，突然，她的头一下子倒在了妻子的肩膀上。

妻子急忙放下碗，叫来了医生。

正是交接班的时候，病房里一片忙乱，医生叫护士给病人吸氧，可是，放在病房里的氧气瓶里却没有氧气，等到急急忙忙送来氧气瓶，病人已经没有了呼吸。

医生将妈妈平放在病床上，并找来一块木板垫在后背，开始了人工呼吸。

然而，终于无力回天。

妈妈平躺在病床上，脸上仍然是慈祥的微笑。

我觉得眼前一片漆黑，一下子倒在地上。

医生立刻对我进行抢救，并要进行输液。

我醒过来，不肯输液，再次冲到病床前，护士已经将一块白色的床单盖在妈妈身上，我揭开床单，紧紧抓住妈妈的手——那手仍然是温暖的。

我"扑通"一声跪了下去，不停地哭喊着："妈妈，妈妈，你再看我一眼啊……"

我的两位直接领导党委宣传部部长荣学良和《攀钢报》总编辑朱凤才都赶来了。荣学良将我拉到一边轻声地说，你妈妈已经去世，让我们一起送这位老同志一程。

荣学良参加了对遗体的抬送，他和医院的几位工人一起将遗体抬下了大楼。我跟在后面追着，哭喊着……

当晚，我们回到家里，还未进门，妻子就扶在门框上放声大哭。我也陪着她站在屋子外面，我们都怕进这个家，这个已经没有了妈妈的家。

561

妈妈当了三十多年地方干部，地无一垄，房无一间，一生清贫，留给我的，只有腕上那块还在嘀嘀嗒嗒走着的手表和外婆传给她的一只开了丝的瓷盘。

妈妈不是“大三线”建设者，却将自己生命的最后一息留在了这里。为了使贫弱的国家不再受欺侮，她将自己唯一的儿子送上“前线”，没有妈妈的支持，我不会将自己最美好的青春年华奉献在这山高谷深、赤日似火的金沙江畔。十多年来，她孤身一人，吃过的苦，咽下的泪，咬碎的牵挂，撕裂的亲情，有谁能够给她补偿，又有多少人能够理解？

“大三线”开始建设时不准带家属和子女，因此经常会有亲人来“大三线”探亲。由于自然条件和环境、气候等诸多原因，不时会发生一些意外事故。有一位妻子，带着两个孩子来探望丈夫，创业初期，无房可住，只得住在一间工友们临时搭建起来的席棚子里。半夜时突然雷电狂风，暴雨倾盆，高山泥石流俯冲直下。为了给丈夫和孩子争得逃离灾情的时间，她硬是只身抱着一块木板去阻挡泥石流。最后这位从远方的乡村满怀喜悦前来探望丈夫的妻子，献出了自己年轻的生命——她是妻子，同时也是母亲。我在“大三线”从事多年的宣传和记者工作，见到听到采访到的这样的故事真是太多太多，可以另外再写一部厚厚的回忆。我的妈妈是千千万万到“大三线”探亲的亲人之一，她将自己生命的最后一息留在了这里，她是我的母亲，也是“大三线”建设者的母亲。

生命是一种回声，只有勇敢的母亲，才能养育出勇敢的儿女；数百万“大三线”建设者的后面，站着数百万平凡的母亲——她们，是坚不可摧的后盾。正是有了一个个母亲深明大义、义无反顾的支持，“大三线”建设才能龙腾虎跃，蒸蒸日上。

出殡的那天，天还未亮，我就听见了敲门声，打开房门一看，原来是陈长兵，他是步行了二十多里路，从沙沟的殡仪馆走来的。他说，那边的事情都已安排好了，要最后来送我妈妈一程。

当我来到医院的时候，这里已经站满了人，当年与我一同来到“大三线”的伙伴们来了，将我招到“大三线”的张甲深师傅来了，曾与我共同策划写电影剧本的工程师丁锁喜来了，电台的刘桂芬老师来了……一双双深情的手，紧紧地握着我，仿佛在告诉我，坚强，挺住，我们是“大三线”建设者。

妈妈被安葬在一个高高的山岗上，四周是一片肥沃的坡地。落霞晚照，山色灿烂，整个山岗似乎在燃烧。一块粗大的石头像刻记一切往事的碑石立在那里，在和畅的煦风中，静静地注视过去和未来。对面的山梁上，白云悠悠，树木苍翠。微微波动的空气，带着山野上树叶和野花的气味，徐徐地在山岗上飘荡。

还未懂事的女儿在山坡上一边玩耍，一边采着野花，很快便采了一大束。当坟头上填满新土后，妻子拉着女儿的手，将那束山花放在妈妈的坟头。

女儿仿佛明白了什么，突然哭喊起来："奶奶，我没有奶奶了！"

我的心一阵颤抖，急忙转过身去，擦去流出的泪水。

远方有一朵圣洁的云，正徐徐地向这边飘来……

妈妈，您离开我已经34年了，我还是想您！

横贯三个五年计划的"大三线"建设，是中国历史上一场前无古人的伟大壮举。在这场浩浩荡荡的大建设中，共有600多家企事业单位进行了重组、搬迁、合并和重建，规模之浩大，工程之复杂，技术之尖端，保密之严密，可说是史无前例。几百万建设者打起背包，告别亲人，在"今夜不知何处宿，平沙万里绝人烟"的深山峡谷、大漠荒野，在"天苍苍，野茫茫，无处去寻隔夜粮"的极其艰苦的环境下，露宿风餐，肩挑背扛，用血汗和生命，在短短的十多年里，硬是建起了1100多个大中型工矿企业、科研单位和大专院校。建起了45个工业产品的重大科研、生产基地，形成了包括煤炭、电力、冶金、化工、机械、核能、航空、航天、兵工、电子、船舶工业等门类齐全的战略后方基地。他们用擎天的巨擘，在荒原山沟里托举起了攀枝花、六盘水、十堰、德阳、白银等一大批新兴工业城市，成都、重庆、西安、兰州、贵阳、安顺、遵义等一大批古老城镇，也因此获得了新的活力。特别是成昆铁路和攀枝花钢铁基地的建成，至少影响和改变了西南地区2000万人的命运，使昔日这片西南的荒塞之地，整整进步了几十年，带来的人口结构变化及其他社会影响至今仍在继续。更令人欢欣鼓舞的还有，洋人们断定中国人不可能制造出来的原子弹，竟然惊雷般地在西北的漠漠荒原炸响，"大三线"建设者还向太空派去了中国人的信使——人造卫星，将中国千年的神话变成了现实。

不要相信魔鬼的谎言，不要希望别人的恩赐，不要相信谁会给你幸福的美梦、给你摧枯拉朽的力量，强势和威严是渗透在强者的骨髓里的，对抗纷繁世界的最大力量，是我们自身的强大。

“大三线”儿女用自己的青春、生命和热血，使中华民族强筋壮骨，傲立于世。

人，只能生活一次，生命的意义也就尤其显得珍贵。一个社会，当价值观被金钱扭曲，当生命的意义被享乐引领，浮躁的气息就会扩散到每一个角落，使人们不再关心生活的本源，而去追寻虚无的奢侈和浮华，隔江“商女”所唱的“后庭花”，便会如瘟疫一样盛行，这种瘟疫将漫延到每个人的灵魂，使一个民族徘徊、彷徨、烦恼、苦闷、堕落、自叹、自怨、自恨、自弃、沉沦、衰竭直至毁灭。

我们中国人，自鸦片战争以来，在列强的铁蹄下屈辱了一百多年，多少仁人志士为着国家独立富强献出了生命，我们这代人终于站立起来了，对于我们的人生来说，这是多么幸运的事情。

我在参加“大三线”建设的23年里，由于工作关系，接触过很多有名和无名的英雄，有的就是我的领导、同事、朋友和亲人。他们平凡，像一棵小树，默默地在烈日下撑起一片绿荫；他们普通，如一棵小草，用生命默默地染绿着大地。危难之时挺身而出的是英雄，平常日子里无私奉献的也是英雄，只要在需要的那一刻能站出来，你，就是英雄。

一个不崇尚英雄的民族，是没有希望的民族！

我喜欢曼德拉的这句名言：如果天总也不亮，那就摸黑过生活。如果发出声音是危险的，那就保持沉默。如果自觉无力发光，那就别去照亮别人。但是——不要习惯了黑暗就为黑暗辩护；不要为自己的苟且而得意洋洋；不要嘲讽那些比自己更勇敢、更有热量的人们。人们可以卑微如尘，但不要扭曲如蛆。

一个民族，在现代化的进程中，他的灵魂应该搁置在什么地方呢？

“大三线”啊，你遥远、偏僻、荒凉、苍茫；你隐蔽、神秘、壮阔、浩荡。在那些难忘的岁月里，有多少青春的血液，因你而奔涌；有多少年轻的生命，因你而豪壮；有多少美丽的爱情，因你而绚丽；有多少平凡的生命，因你而不朽！

“大三线”啊，你的大江大河浸染着建设者生命的血液，你的高山险岳托举着一个民族高贵的灵魂！

轰轰烈烈的“大三线”建设，是一个国家的记忆，一个民族的记忆。

历史不应该忘记他们！

共和国不应该忘记他们！

让我们的灵魂与他们一同燃烧！